ullstein

Das Buch

Nach dem Tod ihres Mannes reist Frances Hart, Mutter von fünf Kindern, nach London. Ihr Leben lang war sie für die Familie da – nun will sie sich endlich einmal um ihre eigenen Bedürfnisse kümmern. Und die sind vor allem erotischer Natur: Frances dürstet nach Leidenschaft, die sie in ihrer Ehe stets vermisste. Im *Club der verbotenen Lüste* lernt sie James Whitcox, einen erfolgreichen Anwalt, kennen. James träumt davon, alles über die geheimsten Sehnsüchte der Frauen zu erfahren, und findet in der liebeshungrigen Frances eine ideale Partnerin. Schritt für Schritt offenbaren sie sich ihre intimsten Wünsche – bis die Begierde nicht mehr zu bändigen ist. Gegen alle Konventionen des 19. Jahrhunderts stürzen sie sich in eine stürmische Affäre und erfahren zum ersten Mal das Glück wilder Lust und wahrer Liebe. Doch ihre Freude währt nicht lange: Frances' Sohn David ist empört über den unmoralischen Lebenswandel der Mutter und verklagt sie …

Die Autorin

Im Alter von fünfzehn Jahren schrieb Robin Schone ihre erste erotische Geschichte. Heute zählt sie zu den führenden Autorinnen des Genres. Schone lebt mit ihrem Mann in Chicago.

Von der Autorin sind in unserem Hause außerdem erschienen:

Gabriels Engel
Wenn die Leidenschaft erwacht
Im Zauber der Verführung

Robin Schone

Der Club der verbotenen Lüste

Roman

Aus dem Englischen
von Ulrike Bischoff

Ullstein

Besuchen Sie uns im Internet:
www.ullstein-taschenbuch.de

Umwelthinweis:
Dieses Buch wurde auf chlor- und säurefreiem Papier gedruckt.

Deutsche Erstausgabe im Ullstein Taschenbuch
1. Auflage Oktober 2007
2. Auflage 2007

Titel der amerikanischen Originalausgabe: *Scandalous Lovers*
(Kensington Publishing Corp., New York)
Umschlaggestaltung: HildenDesign, München
Titelabbildung: © Martin Peterdamm, Bremen
Gesetzt aus der Goudy old Style
Satz: Pinkuin Satz und Datentechnik, Berlin
Druck und Bindearbeiten: Ebner & Spiegel, Ulm
Printed in Germany
ISBN 978-3-548-26786-9

Dieses Buch widme ich den Frauen – allen *Frauen – und den Männern, die stark genug sind, uns so zu lieben, wie wir sind, und nicht so, wie sie uns gern hätten.*

»Nur das Zusammenspiel von
Sex und Herz kann Ekstase schaffen.«
Anaïs Nin

I

Plötzlich sah er mit den Augen einer Frau.

Die fünfflammige Gaslampe. Den sechs Meter langen Mahagonitisch.

Die zwölf Mitglieder des Damen- und Herrenclubs.

Ärztin. Bankier. Publizistin. Lehrerin. Studentin. Professor. Suffragette. Architekt. Philanthropin. Journalist. Steuerberater …

Unweigerlich richtete sich sein Blick auf den Anwalt am Kopfende des Tisches. Sein krauses, kastanienbraunes Haar war an den Schläfen grau meliert, kompromisslose Fältchen lagen wie Strahlen um die kalten braunen Augen.

Die Wahrheit traf ihn mit voller Wucht.

In den 24 Jahren seiner Ehe war seine Frau die perfekte Gastgeberin und Mutter gewesen. Und dann war sie gestorben.

Allein.

Unter den Rädern einer Kutsche.

Er hatte die Frau, die seinen Namen getragen und seine beiden Kinder zur Welt gebracht hatte, gar nicht gekannt. Über ihre Ängste, Träume und Bedürfnisse hatte er nichts gewusst.

Während er den Mann mit den grau melierten Schläfen und den kalten braunen Augen anstarrte, wurde ihm klar, dass sie *diesen* Mann jeden Morgen beim Frühstück gesehen hatte: einen Fremden. James Whitcox. Ehemann. Vater. Verteidiger. Kronanwalt.

Die Erkenntnis brach sich in einem Knall Bahn. Als die Mahagonitür gegen die burgunderrot tapezierte Wand prallte, versetzte sie James zurück in seine männliche Sicht.

Für den Bruchteil einer Sekunde hatte er die Szenerie durch die hellgrünen Augen der Frau gesehen, die nun wie erstarrt in der Tür stand und die Hand nach dem Messingtürknauf ausstreckte, der ihr entglitten war. Ihr Gesicht unter dem runden Strohhut zeigte sanfte Spuren ihres reifen Alters. Leuchtend rote Haare rahmten ihre Schläfen. Ihr grün karierter Samtmantel mit passendem Rock und grüner Seidenpolonaise war vorbehaltlos feminin.

Diese Frau versteckte ihre Sexualität nicht. Sie gehörte eindeutig nicht dem Damen- und Herrenclub an.

Ein Stuhl quietschte in das Dröhnen bebenden Holzes. Er sah die Mahagonitür von der Wand abprallen.

Ihre zierlichen Finger steckten in einem braunen Glacéhandschuh.

Jeden Augenblick würde diese Hand nach dem Türknauf greifen und die Frau würde fortgehen. Eine Fremde. Wie seine Frau ihm eine Fremde geblieben war. Und er würde nie erfahren …

James fing ihren Blick ein. »Was begehrt eine Frau?«

Die barschen Worte hallten vom Kristalllüster wider.

Sein Tonfall klang nicht nach dem Gentleman, als der er erzogen war: in der Öffentlichkeit, bei Gericht, im Bett. Es war die Stimme eines Mannes: herrisch, fordernd.

Der Verdruss in den Augen der Frau schlug in Verwunderung um. Gleichzeitig legte ihre Hand sich um den Messingtürknauf. »Ich bitte um Verzeihung?«

Ihre Stimme war klar. Eine leicht ländliche Färbung milderte die gepflegte Vornehmheit ihrer Sprache.

Sie war nicht aus London.

Doch ihre Herkunft spielte keine Rolle. James wollte nicht das Pardon einer Dame der vornehmen Gesellschaft, sondern die Aufrichtigkeit einer Frau.

»Begehrt eine Frau die Berührung eines Mannes?«

Seine Frau hatte früher mit ihm über die neuesten *on dits* gesprochen, über ihre wohltätigen Aktivitäten und über ihre Kinder. Die Mitglieder des Damen- und Herrenclubs hatten in den bisherigen Sitzungen über Biologie, Geschichte, Philosophie und Soziologie der Geschlechtlichkeit diskutiert. Nicht ein einziges Mal hatten sie die Existenz eines schlichten menschlichen Verlangens zugegeben.

James hatte dieses Verlangen. Galt das für diese Frau auch?

Mit dem scharfen Blick eines Staatsanwalts musterte er ihr Gesicht. »Begehrt eine Frau, einen Mann zu berühren?«

Der Schock machte die Anwesenden sprachlos – alles Männer und Frauen, die den Unterschied zwischen Sexualkunde und Sexualität erst noch begreifen mussten.

»Fühlen Frauen sich vom Geschlecht eines Mannes abgestoßen?«

Die Räder einer vorbeifahrenden Kutsche kreischten. Unten von der Straße wehte entfernt das Plärren einer Polka herauf. In dem burgunderrot tapezierten Sitzungssaal herrschte absolute Stille.

»Was genau begehrt eine Frau von einem Mann?«, hakte James nach.

Etwas flackerte in den Augen der Fremden auf – etwas, was James noch nie zuvor gesehen hatte.

»Wenn Sie bitte unsere Entschuldigung im Namen von Mister Whitcox annehmen würden, Madam.« Die männliche Zensur machte ihre Miene verschlossen. »Wir befinden uns in einer geschlossenen Sitzung, wie Sie sehen. Wenn ich Ihnen den Weg …«

Sofort schweifte ihr Blick von James zu Joseph Manning, dem Gründer und Präsidenten des Damen- und Herrenclubs.

Sie öffnete den Mund …

Vielleicht, um die Entschuldigung im Namen von James anzunehmen. Oder um nach dem Weg in den Museumssaal zu fragen, den sie eigentlich gesucht hatte und in dem fremde Männer ihr ganz sicher keine unerwünschten männlichen Bedürfnisse aufzwängten.

»Wenn Sie bitte *meine* Entschuldigung im Namen von Mister Manning annehmen würden«, schaltete James sich skrupellos ein. »Er vergisst, dass es Zweck dieses Damen- und Herrenclubs ist, geschlechtliche Beziehungen zu diskutieren.«

Der Blick der Frau richtete sich wieder auf ihn.

»Doktor Burns«, James deutete mit einer knappen Kopfbewegung auf die Frau links neben ihm, »glaubt fest an Darwins Theorie der Zuchtwahl. Dagegen ist Mister Addimore«, er wies auf den Steuerberater zu seiner Rechten, »mehr an Malthus' These der Bevölkerungskontrolle interessiert. Mistress Clarring«, er zeigte auf die Philanthropin rechts neben dem Steuerberater, »ist Expertin für erotische Kompositionen in Stillleben.«

»Mister Whitcox, das verstößt gegen jede …«

»Hätten Sie uns nicht unterbrochen«, sagte James, ohne auf die scharfe Zurechtweisung der Publizistin zu achten, die eine attraktive Frau war, deren Schönheit ihn jedoch nicht berührte, »dann würde ich jetzt einen Vortrag über britisches Scheidungsrecht halten. Interessiert Sie britisches Scheidungsrecht?«

Die kleine Hand der Frau ballte sich zusammen. »Nein, vielen Dank …«

»Interessiert Sie Darwins Theorie der Zuchtwahl?«

»Ich bin mit Darwins Theorien nicht vertraut.« Ihre Wangen färbten sich dunkelrot. »Ich muss wirklich …«

Gehen.

Er konnte sie nicht gehen lassen – nicht bevor er wusste, ob das kurze Aufleuchten in ihren Augen tatsächlich von weiblichem Verlangen und nicht vom flackernden Gaslicht herrührte.

»Interessieren Sie sich für erotische Kunst?«

Er kannte die Antwort, bevor sie den Mund öffnete – die einzige Antwort, die eine anständige Frau geben durfte.

»Ich habe noch nie erotische Kunstwerke gesehen …«

»Möchten Sie gern welche sehen?«

Die Frau schreckte zurück. Gleichzeitig ertönte es im Chor: »Mister Whitcox!«

»Miss Palmer.« James wandte sich an die hagere, anämische Lehrerin, die gern blumige Prosa in archaischen französischen Romanen unterstrich und als erotische Metaphern etikettierte. »Haben Sie je eine französische Postkarte gesehen?«

Ihre spitze Nase färbte sich rot. »Sir!«

Nacheinander schaute James die anwesenden Damen und Herren an, die steif und aufrecht dasaßen, zehn von ihnen in Armstühlen mit Medaillonrücken, der Journalist in einem Rollstuhl mit geflochtener Rückenlehne. Er hatte sich eingehend über jedes Mitglied erkundigt, bevor er ihrem Zirkel beigetreten war. Es waren fünf Junggesellen, fünf alte Jungfern und eine verheiratete Frau, deren Mann lieber Vergessen im Alkohol als den Trost weiblicher Arme suchte.

»Wir haben über sexuelle Symbole in der Kunst diskutiert.« Sein Blick glitt über die jungen Männer in ihren dunklen Maßanzügen, die seinem ähnelten, und verweilte bei den jungen Frauen in ihren konservativen Kleidern und dunklen Hauben. »Aber wie viele der anwesenden Damen haben je ein Gemälde oder eine Fotografie gesehen, die ausschließlich darauf abzielten, zu erregen oder aufzureizen?«

Mit wutroten Flecken in den Gesichtern starrten die Frauen an James' Schulter vorbei auf die fein säuberlich neben seiner linken Hand gestapelten Notizen über englisches Scheidungsrecht, auf den Mahagonitisch … überallhin, nur nicht in seine Augen.

Einen geschlechtslosen Gentleman wussten sie zu nehmen. Aber mit einem Mann und seiner Sexualität konnten sie nicht umgehen.

»Wir sind hier, um über Sexualkunde zu sprechen, Sir, nicht über Pornographie«, rief Jane Fredericks ihn zur Ordnung. Die weiße Feder an ihrer schwarzen Haube zeigte zur Decke wie ein Pfeil zum Himmel.

Er musterte die 27-jährige Suffragette. Ihr Idol war Josephine Butler, die Pfarrersfrau, die eine erfolgreiche Kampagne für die Aufhebung des Gesetzes über ansteckende Krankheiten geführt hatte. Dieses Gesetz hätte den Männern nämlich ermöglicht, ihre Sexualität zu genießen, ohne dafür leiden zu müssen. Kein einziges Mal in den sieben Monaten, seit James Mitglied des Damen- und Herrenclubs war, hatte er in ihren Augen auch nur einen Funken von Wärme, Verlangen oder Neugier entdecken können.

»Wollten Sie noch nie sehen, was Männer erregt, Miss Fredericks?«, fragte er sachlich.

Zwei frigide grüne Augen starrten die Wand hinter ihm an. »Nein.«

Sie glaubte an ihre Lüge.

Noch vor sieben Monaten hätte auch James ihr geglaubt.

Er schaute die fremde Frau mit den hellgrünen Augen an. »Was ist mit Ihnen, Madam? Möchten Sie gern eine französische Postkarte sehen?« James fiel das Gold ein, mit dem er seine Mätressen bezahlt hatte, und die Juwelen, die er seiner Frau geschenkt hatte. Beides waren Entschädigungen dafür, dass sie seine Berührungen über sich hatten ergehen lassen. »Oder glauben Sie, dass Frauen sich von Natur aus von Dingen abgestoßen fühlen, die einem Mann Lust bereiten?«

Rotgoldende Wimpern beschatteten ihre Wangen. Sie hatte fein geschnittene Wangenknochen. Dann schoss ihr Blick zu seiner linken Hand. Sie starrte auf seinen Ehering, ein Zeichen der Ehrbarkeit.

Die Heirat hatte ihm den Weg zu so manchen politischen Ämtern geebnet.

Was hat sie meiner Frau gebracht?, fragte er sich. Gesellschaftliches Ansehen? Als Tochter des Finanzministers hatte sie schon vor ihrer Ehe mit James eine privilegierte Stellung in der Gesellschaft eingenommen.

Was hatte die Ehe der modisch gekleideten Frau gebracht, die noch immer auf seinen Finger mit dem verlogenen Ring starrte? Sie strahlte Selbstsicherheit aus, die aus dem Wissen um männlichen Schutz erwuchs, aber genoss sie es auch, die Begierde eines Mannes zu befriedigen?

Schließlich hob die Fremde langsam die Lider, schaute ihm fest in die Augen und sagte ruhig: »Ich denke, Ihre Frau dürfte am besten in der Lage sein, Ihre Fragen zu beantworten, Sir.« Der Strohhut verdeckte ihr Gesicht, als sie zurücktrat.

»Meine Frau ist tot«, hallte es schneidend durch die kalte Frühlingsluft.

Sie stockte, ihr Kopf schnellte hoch.

James wartete schon auf ihren Blick. »Ich werde nie erfahren, welche meiner Berührungen sie erregt und welche sie abgestoßen haben. Ich werde nie erfahren, in welcher Hinsicht ich bei ihr versagt habe, ob ich überhaupt versagt habe. Ich werde nie erfahren, was sie brauchte, weil ich nie danach gefragt habe.«

»Warum nicht?«

Die Gegenfrage kam auf Anhieb, während die Frau weiter fluchtbereit wirkte.

»Weil ich Angst hatte«, sagte James.

Sein Eingeständnis löste Entsetzen bei den Damen im Raum aus. Ein Mann konnte manches tun und sagen, solange er nicht zugab, dass er Angst hatte.

»Ich habe immer noch Angst.«

Männlicher Protest übertönte die weiblichen Entsetzenslaute. »Also, ich muss schon sagen …«

James ignorierte den Einwurf des Steuerberaters.

»Ich bin 47 Jahre alt und habe noch nie die Leidenschaft einer Frau erlebt.«

»Mister Whitcox, Sir!«, übertönte die Suffragette stotternd das Zischen der Gaslampe.

»Ich muss wissen, dass es noch nicht zu spät ist.«

Die Frau mit dem leuchtend roten Haar blieb reglos und mit gebannter Miene stehen.

»Ich muss wissen, dass Männer und Frauen die gleichen Bedürfnisse haben.«

Ein Beben ging durch den Tisch: Unten war eine Tür zugeschlagen.

»Ich muss wissen, dass es zwischen Männern und Frauen Ehrlichkeit geben kann.«

Von der Straße hallte ein knapper, drängender Ruf herauf.

Die Einsamkeit, die James in jeder wachen Minute quälte, dehnte sich endlos vor ihm aus. »Ich muss wissen, dass ein Mann und eine Frau im selben Haus wohnen, im selben Bett schlafen und mehr sein können als zwei Fremde.«

Leises Raunen ging um den Mahagonitisch, weibliches Getuschel hob sich von männlichem Murren ab: »Ich hätte niemals …« – »… hat er wirklich …« – »nicht er selbst …« – »… Trauer …«

»Mister Whitcox, wirklich, Sir«, mahnte Joseph Manning durch das Stimmengewirr. »Es ist doch wahrhaftig nicht nötig, so melodramatisch zu werden.«

»Ich bin nur ehrlich, Mister Manning«, entgegnete James. Mit jeder Faser seines Körpers konzentrierte er sich auf die Frau, die auf der Türschwelle stand. »Empfinden Sie Ehrlichkeit als verletzend, Madam?«

Es fiel ihm nicht schwer, in ihrem Blick zu lesen, was sie empfand: Unsicherheit.

»Ich bemühe mich, es nicht zu tun.«

»Haben Sie Angst vor Ihrer Sexualität, oder jagt ihnen vielmehr die Sexualität eines Mannes Angst ein?«

»Sir, ich kann nicht für alle Frauen sprechen.«

»Ich erwarte auch nicht, dass Sie für alle Frauen sprechen.« Er wollte lediglich, dass sie für sich sprach, von Frau zu Mann.

»Ich bin mir nicht sicher, wie Ihre Frage gemeint ist«, wich sie aus.

James beugte sich vor und forderte sie heraus, eine Frau aus Fleisch und Blut zu sein und kein Vorbild weiblicher Tugend. »Ich frage Sie, ob Sie von einem Mann berührt werden möchten.« Papiergeraschel unterstrich seine Herausforderung. »Ich frage Sie, ob Sie den Gedanken abstoßend finden, dass ein Mann die Berührung einer Frau braucht.«

Ihre Pupillen weiteten sich, bis das Schwarz jede Helligkeit schluckte.

James ließ nicht locker. »Ich frage Sie, ob Sie nachts wach liegen und sich nach der Befriedigung sehnen, die Frauen angeblich nicht begehren.«

Begehren, hallte es durch den Raum.

Seufzend rutschte Wolle über quietschendes Leder. Sechs Frauen beugten sich vor und warteten gespannt, dass eine Geschlechtsgenossin zugab, was sie selbst sich nicht trauten zu gestehen.

»Ich begehre keineswegs die Berührung eines jeden Mannes.« Die Stimme mit der leichten Färbung war ruhig, resolut, das Kinn der Frau energisch. »Aber ja, mich verlangt es durchaus danach, berührt zu werden.«

Ein heftiges Gefühl schnürte James die Brust ab. Er erkannte, dass es Hoffnung war.

»Verlangt es Sie denn auch danach, einen Mann zu berühren?«, fragte er. »Also Lust zu schenken und zu empfangen?«

Der Holztisch ächzte, als fünf Männer sich aufstützten, um die Antwort der Fremden besser zu hören.

Sie atmete tief durch. Der grün karierte Mantel hob und senkte sich über ihrem üppigen Busen. »Ich glaube nicht, dass alle Männer sich Lust schenken lassen möchten.«

Das war nicht die Antwort, die James erwartet hatte.

Die gleiche Frage, die sie ihm vorhin gestellt hatte, schoss aus ihm heraus: »Warum nicht?«

Erinnerungen umwölkten ihre Miene. »Wenn es so wäre, würde ein Mann sich gewiss nicht bei einer Frau entschuldigen, nachdem er sie berührt hat.«

James durchzuckte es schmerzlich. Er hatte sich jedes Mal bei seiner Frau entschuldigt, wenn er in ihr Bett gekommen war.

Er hatte sich durch seine Zurückhaltung entschuldigt, um sie nicht mit seiner Männlichkeit zu überwältigen. Er hatte sich durch seine Stille entschuldigt, um nicht beim Höhepunkt durch Keuchen oder animalisches Stöhnen ihren Ekel zu erregen. Ihrer beider Geschlecht hatte sich berührt, nicht sie selbst.

Jeder Höhepunkt, den James erreicht hatte, war mit dem Wissen belastet gewesen, dass seine Frau ihn nicht teilte. Sie hatte ihre Pflicht erfüllt und sich gefügt. Er hatte seine Pflicht erfüllt und Nachkommen gezeugt. Die eheliche Pflicht hatte sie zu Fremden werden lassen.

»Sie machen sich wohl Gedanken, dass Sie Ihre Frau nicht befriedigt haben«, meldete sich unerwartet eine weibliche Stimme.

James richtete seine Aufmerksamkeit von der Vergangenheit wieder auf die hellgrünen Augen.

»Eine Frau braucht nicht nachts voller Verlangen wach zu liegen. Frauen haben Hände und Finger.« Mit erhobenem Kinn forderte sie ihn heraus, sie ja nicht zu verurteilen. »Wir brauchen keinen Mann, der uns Befriedigung verschafft. Wir sind durchaus imstande, uns selbst zu befriedigen.«

Ein entsetztes Keuchen jagte ihm Schauer über den Rücken.

»Sie wollten von mir wissen, ob Frauen das gleiche Verlangen verspüren wie Männer«, fuhr sie fort. »Ich glaube, ja.«

In der Ferne schlug Big Ben die halbe Stunde.

»Sicherlich gibt es Frauen, die sich von einer Ehe mehr

wünschen, als ihre Männer ihnen zu geben vermögen, ebenso wie es gewiss Männer gibt, die mehr begehren, als ihre Frauen zu geben vermögen. Allerdings ist das niemandes Schuld.«

Für einen flüchtigen Moment sprach aus ihren Augen der gleiche Schmerz, den James vorhin empfunden hatte. »Sie sagten, Sie müssten wissen, ob es zwischen Männern und Frauen Ehrlichkeit geben könne. Ich denke, wir beide haben gerade bewiesen, dass es tatsächlich möglich ist. Guten Tag, meine Damen«, sie neigte kurz den Kopf, »meine Herren.«

Nachdem sie das Tor zu den weiblichen Begierden geöffnet hatte, schloss sie nun die Tür.

»Sie haben doch Angst vor Ihrer Sinnlichkeit«, stichelte er.

Die Fremde hielt mitten in der Bewegung inne, und ihr Kopf fuhr hoch.

»Ich bin 49 Jahre alt.« Lachen ließ ihr Gesicht plötzlich leuchten, und die weiche Haut an den Augenwinkeln legte sich in Fältchen. »Und davon war ich 34 Jahre verheiratet. Ich habe fünf Kinder und acht Enkel. Ich versichere Ihnen, Sir, da ist mir keine Zeit geblieben, Angst vor meiner Sinnlichkeit zu haben.«

Dass sich allerdings auch keine Gelegenheit geboten hatte, sie zu erforschen, brauchte sie nicht ausdrücklich zu erwähnen.

James stimmte nicht in das Lachen ein, mit dem sie so großzügig umging.

Sie hatte also mit 15 Jahren geheiratet; damals war er 13 und ging in Eton zur Schule.

Aus dem rechten Augenwinkel sah er Silber aufblitzen, das Funkeln eines Brillengestells.

Marie Hoppleworth, eine ewige Studentin von 36 Jahren, musterte die rätselhafte Erscheinung in der Tür.

Was brachte diese Frau wohl dazu, sich vor zwölf Fremden derart ehrlich zu äußern, während die Mitglieder des Damen-

und Herrenclubs untereinander nicht aufrichtig zu reden vermochten?

»Sie sind nicht aus London«, stellte er kurz und bündig fest.

Hatten die Augen der Fremden eben noch vor Lachen geleuchtet, so verbargen sie sich nun hinter einem vorsichtigen Schleier. »Nein.«

James war schon zu lange Prozessanwalt, um in ihrer Miene nicht zu erkennen, dass sie sich versteckte. Nur wovor?

Bewusst benutzte er den provozierenden Beinamen der Metropole, die Jung und Alt, Arm und Reich anzog wie das Feuer. »Warum sind Sie in die Stadt der furchtbaren Freuden gekommen?«

»Ich wollte eine Saison voller Unterhaltung und Zerstreuung erleben«, antwortete sie plötzlich reserviert.

»Ohne Ihren Mann?«, fragte James scharf.

War sie nach London gekommen, um einen Mann zu finden, der sich nicht entschuldigen würde, nachdem er sie berührt hatte?

Wie hätte er es ihr zum Vorwurf machen sollen?

Sie schreckte sichtlich zurück. »Ich bin Witwe, Sir.«

Eine Witwe, die keine Trauerkleidung trug.

Seine Jugend war von Ehrgeiz erfüllt gewesen, ihre von Kindern. Sehnte sie sich etwa danach, als reife Frau nun all das zu erleben, was sie als 15-jähriges Mädchen versäumt hatte?

Hatte sie – ebenso wie er vor sieben Monaten – vom Damen- und Herrenclub gehört und gehofft, hier etwas über Leidenschaft zu erfahren?

»Sie haben meine Fragen beantwortet«, erklärte James und schaute sie eindringlich an. »Was möchten Sie gern von einem Mann erfahren?«

Ihre Oberlippe, die etwas voller war als die Unterlippe, bebte und straffte sich. »Ich würde gern eine Frage stellen, wenn ich darf.«

Keine Frau hatte je ihre Sexualität mit ihm geteilt oder ihn gebeten, seine Sexualität mit ihr zu teilen.

Er wünschte sich so sehr, dass sie ihm Fragen stellte. Er wollte einer Frau mehr sein als bloß ein *Fremder*.

»Welche?«, fragte James leise.

Dunkle Röte breitete sich von ihren Wangen über die kurze Nase bis über das runde Kinn aus. »Wo ist hier die Toilette bitte?«

2

Frances stieß die Tür zum Waschraum auf.

Sofort fesselten eindringliche braune Augen ihren Blick.

Für einen lähmenden Moment raubte die Sehnsucht in ihrer Brust ihr den Atem: der Wunsch, jung zu sein, der Wunsch, schön zu sein.

Der Wunsch, die Frau zu sein, die dieser Mann aus dem Damen- und Herrenclub so offensichtlich brauchte.

Nach einem ihr inzwischen nur zu bekannten Muster prallte die Tür gegen die Wand. Mit einer Hand umklammerte sie die Türklinke, mit der anderen ihr Täschchen.

Um den Kreislauf der Wiederholungen – ihre Entschuldigung, seine Fragen – zu durchbrechen, biss sie sich auf die Lippe und platzte heraus: »Der Wasserhahn lässt sich nicht zudrehen.«

Licht fiel auf seine markanten Wangenknochen. Er trat einen Schritt vor und reichte ihr seinen Regenschirm. »Erlauben Sie?«

Frances zögerte. Er war ein attraktiver Mann. Glaubte er etwa – wegen ihrer Ehrlichkeit –, dass sie mit ihm flirtete? Hatte er etwa gehört, wie sie sich *erleichtert* hatte?

Sie ließ die Türklinke los und griff vorsichtig nach dem Regenschirm. Ihre Finger streiften seine nackte, männliche Haut. Hitze drang durch den Glacéstoff und schoss ihr den Arm hinauf.

Er ließ den Regenschirmgriff nicht los.

Verwundert schaute Frances auf.

Bei ihrer Größe von 1,70 Meter war sie nicht an Männer gewöhnt, die sie um einen halben Kopf überragten. Er stand so dicht vor ihr, dass sein Mund nur wenige Zentimeter von ihrem entfernt war. Seine Oberlippe war schmal, seine Unterlippe voll – beide wirkten blütenweich.

Schlagartig fiel ihr auf, dass sie ihm den Durchgang versperrte, und gleichzeitig ließ er den gekrümmten Holzgriff los. Frances trat beiseite und hielt sich an dem schweren Regenschirm fest. Er verschwand durch die Tür. Gleich darauf kam er wieder zurück und schwang seine schwarze Lederaktentasche.

Unwillkürlich wanderte Frances' Blick nach unten. Die maßgeschneiderte Hose aus schwarzem Wollstoff umhüllte lange, muskulöse Beine.

»Der heiße Zapfen sitzt gern fest«, hörte sie ihn durch das dumpfe Rauschen ihres Blutes sagen, das plötzlich in ihren Ohren pulsierte.

»Ja.« Frances schaute ruckartig hoch. Der Seidenschal schmiegte sich blendend weiß an seinen Wollmantel. Was sollte eine Frau zu einem Fremden sagen, nachdem sie ihm offenbart hatte, dass es sie zwar nach Berührung verlangte, sie aber keinen Mann brauchte, um Befriedigung zu finden? Steif reichte sie ihm den Regenschirm. »Vielen Dank.«

Mit höflichem Kopfnicken wandte sie sich ab. Zu spät merkte sie, dass sie in die falsche Richtung ging. Schritte von zwei Paar Füßen hallten dumpf auf dem Holzboden. Der Mann folgte ihr … Der Mann holte sie ein.

Siedend heiß spürte sie die Wärme seines Körpers an ihrer Seite. Die geschlossenen Türen um sie herum waren stumme Zeugen ihres Dilemmas. Frances hielt inne. Der Mann neben ihr blieb ebenfalls stehen.

Mit wippender Tournüre drehte sie sich um. »Mister Whitcox.«

Whitcox, hallte es durch den Flur mit den geschlossenen Türen.

Seine Stimme war ebenso unnachgiebig wie sein Blick. »Ja?« Sein Atem roch nach Karamell.

Kaum zehn Meter von ihnen entfernt war eine Treppe. Der Kurator – *irgendjemand* da unten oder hinter einer dieser geschlossenen Türen – würde sie bestimmt hören, falls sie Hilfe brauchen sollte. Es bestand nicht die geringste Notwendigkeit für ihr Herz, gegen ihr Korsett zu hämmern, als wolle es die Fischbeineinlagen durchbrechen.

»Mister Whitcox«, wiederholte sie leiser. »Ich habe mich bereits dafür entschuldigt, dass ich Ihren Vortrag gestört habe.«

»Es besteht kein Anlass, sich zu entschuldigen«, sagte er gleichmütig. Sein Blick hatte jedoch nichts Gleichmütiges: Er war scharf und eindringlich. »Mich interessiert britisches Scheidungsrecht ohnehin nicht.«

Ihre Frage nach der Toilette hatte nervöses Gelächter ausgelöst. Aber dieser Mann hatte nicht gelacht.

»Sir, ich habe weit mehr Ihrer Fragen beantwortet, als eine Dame sollte.«

Die umschatteten Augen verengten sich. »Ehrlichkeit verletzt Sie also doch.«

»Keineswegs«, stritt sie schnell ab und wusste nicht, ob sie log oder nicht. »Nur habe ich noch nie zuvor einem Mann gesagt, dass ich …« Die Worte *mich selbst befriedige* blieben ihr im Hals stecken, und sie straffte ihre Schultern. »Sie werden verzeihen, Sir, ich bin ein solches Maß an Offenheit nicht gewöhnt.«

»Ich auch nicht.«

»Aber Sie sind ein Mann«, wandte sie ein.

Männern gestand man weit mehr Freiheiten zu als Frauen.

»Der ebenfalls Hände und Finger hat«, erklärte er.

Ihr lief es heiß und kalt über den Rücken. »Sie tragen nicht gerade dazu bei, meine Verlegenheit zu mildern, Mister Whitcox.«

Wieder leuchtete das markante Gesicht unter dem Seidenzylinder auf, als besitze es eine eigene Lichtquelle. »Dann werde ich sie teilen, indem ich zugebe, dass ich mich ebenfalls selbst befriedige.«

Der Schock, den ein solches Geständnis hätte auslösen müssen, blieb aus.

Er hatte feingliedrige Hände mit langen, schlanken Fingern. An einem steckte ein goldener Ring, der dem Ehering an ihrem Ringfinger nicht unähnlich war.

»Ich bin nicht Ihre Frau, Sir«, sagte sie sanft.

Als Frances vor drei Wochen an der Victoria Station aus dem Zug gestiegen war, hatte sie gleich ihr erstes Londoner Wunder erlebt: Elektrizität. Eine Glaskugel hatte geleuchtet und war von einem Augenblick zum nächsten dunkel geworden, ohne dass ein Flämmchen geflackert oder allmählich verglimmt wäre. Nun erkannte sie, was das Gesicht des Mannes vorhin hatte leuchten lassen: Lachen. Jetzt war es so schnell verloschen wie die Elektrizität in der Lampe an der Victoria Station.

»Glauben Sie, ich hätte Ihnen diese Fragen gestellt, wenn Sie mich an meine Frau erinnert hätten?«, fragte er ausdruckslos.

Obwohl sie wusste, dass sie die Ursache seiner Belustigung war, wollte sie dieses Leuchten wieder in seinem Gesicht sehen. »Etwa nicht?«

»Erinnere ich Sie an Ihren Mann?«

»Nein«, erklärte Frances wahrheitsgemäß.

Ihren Mann hätte ihr Geständnis bis ins Mark erschüttert, dagegen hatte der Mann, der gerade vor ihr stand, nicht einmal mit der Wimper gezuckt.

»Wieso haben Sie mir dann geantwortet?«

Der Karamellduft überlagerte den muffigen Museumsgeruch,

unter dem ein schwacher Hauch von Benzin lag. Er hatte wohl erst kürzlich seinen Mantel reinigen lassen.

Impulsiv sagte sie: »Vielleicht weil ein Mann da, wo ich herkomme, eine Frau nicht fragt, was sie begehrt.«

»Woher kommen Sie denn?«, erkundigte er sich überraschend.

Kerring, Sussex.

So unerfahren Frances auch war, wusste sie doch, dass eine Frau einem Fremden nicht sagte, wo sie wohnte.

»Aus einem kleinen Dorf im Südosten«, antwortete sie ausweichend.

Ein entferntes Lachen, das mehr zu spüren als zu hören war, jagte ihr einen Schauer über den Rücken.

»Sie glauben also, Männer, die in kleinen Dörfern im Südosten leben« – sein Blick war zu eindringlich, sein Körper zu heiß –, »haben andere Bedürfnisse als Männer, die in London leben?«

Ihr Herz raste. »Ich bin der Überzeugung, dass es in London wenig Land zu bestellen gibt.«

Die Männer in Frances' Leben – ihr Vater, ihr Mann und nun ihre beiden Söhne – waren Gutsbesitzer, die ihren Schmerz stoisch ertrugen.

Anders als dieser Mann.

Selbstbewusst reckte sie das Kinn in die Höhe. »Ja, vielleicht sind die Männer auf dem Land tatsächlich anders als die Männer in der Stadt.«

»Welche Fragen stellt ein Mann in Ihrem Dorf denn einer Frau?«, hakte er nach.

»Er fragt sie, ob sie seine Frau werden will.« Ein Lächeln huschte über ihr Gesicht, als sie sich an ihren schüchternen, sanften Ehemann erinnerte, der in seinen Bedürfnissen so schlicht gewesen war wie das Land, das er bestellt hatte. »Nichts anderes verlangt und erwartet man von ihm.«

»Dennoch haben Sie mehr erwartet.«

»Nein«, erklärte sie ruhig und wies damit nachdrücklich zurück, dass ihr Mann sie in irgendeiner Weise vernachlässigt haben könnte. »Mehr habe ich nicht erwartet.«

Gedämpfter Applaus drang auf den Flur. Hinter mindestens einer der Türen am Gang befanden sich also Leute.

»Es sind Ihre Augen«, sagte er unvermittelt.

Frances zwinkerte verständnislos. »Wie bitte?«

»Sie haben so klare Augen wie ein Kind.« Seine Augen hatten nichts Klares, sie waren dunkel und undurchdringlich. »Ohne jede Verstellung.«

Länger, als ihr lieb war, hatte sie von einem Mann nichts mehr gehört, was einem Kompliment über ihre Augen – oder etwas anderem an ihr – näher gekommen wäre.

Sie öffnete den Mund, um ihm zu danken und ihn zu korrigieren: *Meine Augen sind hell, nicht klar* ... Stattdessen sagte sie: »Sie riechen nach Karamell.«

Sofort biss sie sich auf die Zunge, aber es war zu spät, diese persönliche Bemerkung zurückzunehmen.

»Gerichtsverhandlungen können sich in die Länge ziehen.« Seine Miene war undurchdringlich. »Karamellbonbons helfen gegen die Langeweile. Deshalb habe ich mir diese Angewohnheit zugelegt.«

Erst allmählich ging ihr auf, was sein vertrauliches Bekenntnis zu bedeuten hatte, nämlich dass er Karamellbonbons in den Gerichtssaal schmuggelte.

»Nur zwei Sorten von Männern besuchen Gerichtssäle: Kriminelle und ihre Opfer«, hörte sie sich sagen und wusste selbst nicht, ob es ernst oder scherzhaft gemeint war. Er hatte erwähnt, dass seine Frau tot war. Hatte er sie *getötet*? Frances kannte weder London noch die Menschen, die hier lebten. Aber welche Art von Männern und Frauen traten einem Club bei, der es sich ausdrücklich zur Aufgabe gemacht hatte, über die Beziehungen zwischen den Geschlechtern zu sprechen? »Zu welcher Sorte gehören Sie?«

Sein Gesicht leuchtete, aber sein Tonfall war neutral.

»Prozessanwälte werden gelegentlich mit Kriminellen verwechselt.«

Frances war noch nie einem Prozessanwalt begegnet. Die Freude, dass es ihr gelungen war, dieses Gesicht wieder zum Leuchten zu bringen, verflüchtigte sich prompt. Er war zwar weder ein Verbrecher noch ein Opfer, aber seine Frau war gestorben, und ihr Verlust schmerzte ihn offenbar sehr.

»Ich möchte Ihnen mein Beileid zum Verlust Ihrer Frau aussprechen.«

Seine dunklen Augen sogen ihr Mitgefühl auf. »Wieso erwarteten Sie nicht mehr von einem Mann, als Sie um Ihre Hand zu bitten?«

Wieso besaß ein 15-jähriges Mädchen nicht die Weisheit einer 49-jährigen Frau? Wieso besaß eine 49-Jährige nicht den Körper einer 15-Jährigen?

»Vielleicht erwartet man von anderen nicht mehr als von sich selbst, Mister Whitcox.«

Schatten legten sich auf sein Gesicht. »Sie sagten, Sie seien nach London gekommen, um Unterhaltung zu finden.«

»Ja«, antwortete sie und packte ihr Täschchen fester. *Was wollte dieser Mann von ihr?* »Das sagte ich.«

»Finden Sie die Stadt denn unterhaltsam?«

»Ja.« Es war nicht gelogen. Frances hatte zahlreiche Parks, Museen und Sehenswürdigkeiten besucht, und Hunderte andere wollten noch erkundet werden.

»Fanden Sie den Damen- und Herrenclub unterhaltsam?«

»Ich fand ihn …« – *anregend, erschreckend* – »interessant«, antwortete sie.

»Dann dürfte es für Sie doch auch interessant sein, ihm beizutreten.«

Ein dumpfes Geräusch hallte durch den Flur, gefolgt von einem zweiten: Schritte, die von einem Klacken begleitet wurden. Jemand, der einen Stock benutzte, kam die Treppe herauf.

»Mister Whitcox.« Ihr Herz flatterte. »Wollen Sie etwa vorschlagen, dass ich Ihrem Club beitreten soll?«

Kurze, schwarze Wimpern verdeckten seine Augen. »Ja.«

Frances' Pupillen weiteten sich vor Schreck. »Wieso?«

Er war ein weltgewandter Anwalt, sie nur eine einfache Großmutter. Es gab keinerlei Gemeinsamkeiten zwischen ihnen.

»Weil Sie als einzige Frau, der ich je begegnet bin, den Mut besessen haben, Ihr Verlangen nach sexueller Befriedigung zuzugeben.«

Vor ihrem inneren Auge blitzten die schockierten Mienen der fünf Männer und sechs Frauen auf.

»Ich glaube nicht ...« Sie schluckte und war sich deutlich der Hitze und Feuchtigkeit bewusst, die durch ihre Glacéhandschuhe drangen, ebenso wie des Fleisches zwischen ihren Schenkeln, das nie wieder feucht sein würde. »... dass die Mitglieder Ihres Clubs zu der Art von Ehrlichkeit bereit sind, die Sie sich wünschen.«

»Au contraire.« Frances erkannte, dass es ein Ausdruck aus dem Französischen war, mit dem die gebildeten Londoner wohl gern ihre Worte spickten. »Miss Hoppleworth fand Ihre Aufrichtigkeit recht anregend.«

Frances war überrascht. »Wer ist Miss Hoppleworth?«

»Die Sekretärin.«

Sie erinnerte sich an die dünne, dunkelhaarige Frau, die eine Brille mit silbernem Rand getragen und ihren dicken silbernen Federhalter wie einen Rettungsanker umklammert hatte. »Woher wissen Sie, dass die Dame meine Aufrichtigkeit anregend fand?«

»Sie hat es geäußert.«

Frances atmete Luft ein, die von seinem Atem angewärmt war. »Sie haben über mich *gesprochen*?«

In seinem Blick lag nichts Entschuldigendes. »Ja.«

Die stockenden Schritte auf der Treppe dröhnten in ihren Ohren.

Der Gedanke, dass man über sie redete – und sie »anregend« fand –, war zugleich aufregend und ärgerlich.

»Was ist mit …« Frances fehlten die Worte. Herren aus der Stadt luden Frauen vom Land nicht ein, privaten Clubs beizutreten, um über ihr Geschlechtsleben zu reden. »… mit Mister Manning? Und den anderen Mitgliedern?«

»*Ich* will Sie.« Die dunklen Augen des Anwalts waren undurchdringlich. »Das genügt.«

Ihr blasses Gesicht spiegelte sich in seinen schwarzen Pupillen, die nur wenige Zentimeter von ihren entfernt waren. Kein Fältchen verunstaltete ihr Spiegelbild. Nur ihre schwere Brust strafte das jugendliche Abbild Lügen.

»Ich komme vom Land, Mister Whitcox. Ich hatte keine Gouvernante und habe nicht mal eine richtige Schule besucht.« Sie war in eine einklassige Schule gegangen, in der ein unterbezahlter Vikar und seine überarbeitete Frau unterrichtet hatten. Die Theorien von Darwin und Malthus hatten nicht auf ihrem Lehrplan gestanden, doch sie hatte lesen, schreiben und ein wenig rechnen gelernt, eben alles, was ein Mädchen vom Lande brauchte, um einen Haushalt zu führen. »Ich habe Ihrem Club nichts zu bieten.«

»Bildung spielt keine Rolle««, erklärte er. Als sie in seine dunklen Augen blickte, hätte sie ihm beinah geglaubt. Aber sie wusste es besser. Bildung trennte Männer und Frauen ebenso stark wie Alter, Reichtum und Erfahrung. »In der Schule lernt niemand von uns etwas über Leidenschaft.«

Leidenschaft.

Eine tiefe Wehmut über die Jugend, die sie nicht mehr besaß, und die Freuden, die der Anwalt sich versagt hatte, durchzuckte sie.

»Sie möchten von einer Frau etwas über Leidenschaft erfahren«, stellte sie fast im Flüsterton fest.

»Ja.«

Plötzlich hatte sie ihren Ehemann wieder vor Augen. Er war

ruhig im Schlaf gestorben, im Tod ebenso unaufdringlich wie im Leben. Die Wärme seines Körpers war ihren Händen entglitten, wie die Abenddämmerung sich in die Nacht verflüchtigte.

»Ich habe mein erstes Kind mit 16 Jahren bekommen«, sagte sie, weil sie plötzlich wollte, dass er verstand, warum sie in seine Stadt gekommen war. Über 34 Jahre hinweg hatten Freud und Leid ihrer Lieben über ihr Lachen und ihre Tränen bestimmt. »Über Leidenschaft kann ich Ihnen nichts sagen.« Suchend schaute sie in sein umschattetes Gesicht und wünschte inständig, er möge begreifen, was sie selbst nicht verstand. »Denn ich habe sie nie erlebt. Ich verstehe mich darauf, Ehefrau zu sein, ebenso Mutter und Großmutter, aber ich verstehe mich nicht darauf, eine Frau zu sein.«

Verstehen leuchtete in seinen Augen auf.

»Aber Sie möchten eine Frau sein«, raunte er mit rauer Stimme.

Der Klang der stockenden Schritte veränderte sich, als sie von der Treppe auf den Holzfußboden übergingen.

Aus unerfindlichen Gründen spürte Frances einen Kloß im Hals. »Ja, ich möchte eine Frau sein«, bestätigte sie. Sie wollte ihr eigenes Lachen lachen, ihre eigenen Tränen weinen, ihr eigenes Leben leben. Nur dieses eine Mal.

»Sie haben mich gefragt, ob Sie mich an meine Frau erinnern«, sagte er unvermittelt mit so dunklen Augen, dass sie sich am liebsten abgewandt hätte.

»Ja.« Aber nun wollte sie seine Antwort nicht mehr hören.

Fremde pflegten für gewöhnlich höfliche Konversation miteinander. Aber ihr Gespräch hatte nichts Höfliches und Belangloses. Sie tauschten intime Vertraulichkeiten zwischen Mann und Frau aus.

»Ich war 24 Jahre lang verheiratet.«

Die kalte Eindringlichkeit seiner Augen ließ sie nicht los.

»Sie starb bei einem Unfall mit einer Pferdekutsche, während ich vor dem Unterhaus eine Rede hielt.«

Die nahenden Schritte dröhnten in Frances' Ohr.

»Ich wusste, dass sie einkaufen wollte, allerdings nicht, was«, erzählte er tonlos. »Ich wollte um sie trauern, aber als ich sie betrachtete, sah ich nur eine Fremde.«

Frances hätte den Anwalt gern getröstet, doch ihr fehlten die Worte.

»Vielleicht hat sie sich selbst befriedigt, vielleicht auch nicht. Ich werde es nie erfahren. Sie schenkte mir zwei Kinder. Ich dachte, ein Mann zu sein hieße nicht mehr, als eine Frau zu nehmen, ihr Kinder zu schenken und erfolgreich für seine Familie zu sorgen.«

Eine unsichtbare Faust griff nach Frances' Herzen, da sie schon ahnte, was er als Nächstes sagen würde.

»Das stimmt nicht«, erklärte er hart.

Tränen brannten in ihren Augen.

»Ich dachte, mein Ehrgeiz gälte meiner Familie.« Er schaute in die Vergangenheit. »Das stimmte nicht.«

Sein trostloser Ton schnürte ihr die Kehle zu.

»Ich dachte, ich sei ein Mann.«

Der Korridor schloss sie beide ein.

»Ich war Ehemann, Vater, Anwalt …«

Frances wollte den Schmerz nicht spüren, der in ihrer Brust keimte, und sie wollte auch nicht wissen, was ihr eine Gänsehaut machte.

»… doch ich war kein Mann.«

»Aber Sie möchten ein Mann sein«, sagte sie bewegt.

3

»Mistress Hart.«

Als Frances ihren Namen hörte, zuckte sie zusammen, und ihr Schreck spiegelte sich in den Augen des Anwalts. Schlagartig wurde ihr bewusst, dass sie auf einem öffentlichen Korridor standen und sie sich die Intimität nur eingebildet hatte.

Mit wippender Tournüre und pochendem Herzen wirbelte sie herum.

Der Museumskurator, ein kleiner, schmächtiger Mann mit beginnender Stirnglatze, grauem Haar und leidzerfurchtem Gesicht, stützte sich auf einen Ebenholzstock. Er war also eben mühsam die Treppe heraufgekommen.

»Mister Whitcox.« Er nickte dem Mann an ihrer Seite freundlich zu. Seine Stimme hallte überlaut durch den dämmrigen Flur. »Wie geht es Ihnen, Sir, Madam?«

»Mister Harmon.«

Dem kühlen, gefassten Ton des Anwalts war nicht anzumerken, dass er eben das Leben seiner Gesprächspartnerin in den Grundfesten erschüttert hatte. Fremde betrieben höfliche Konversation und machten nicht solche intimen Bekenntnisse.

Ob der Kurator ihr Gespräch gehört hatte?

Ihr Körper hatte sich dem Anwalt zugeneigt. Was wohl geschehen wäre, wenn er sie nicht unterbrochen hätte?

Frances rang sich ein Lächeln ab. »Guten Tag, Mister Harmon.«

Der Kurator gehörte zu den wenigen Londonern, die sie mit Namen kannte. Er war ein gebildeter Mann, hatte sie ihren eigenen Mangel an Bildung aber noch kein einziges Mal spüren lassen.

»Mistress Hart.« Stirnrunzelnd blickte er zu ihr auf. »Ich hatte gehofft, Sie zu treffen. Professor Pearsons Vortrag über prähistorische Fossilien fällt leider aus.«

In den schmerzerfüllten Augen des älteren Mannes lag nichts Anzügliches, um seinen abgespannten Mund nichts Höhnisches, in seinem kultivierten Ton keinerlei Missbilligung.

»Das tut mir leid«, brachte Frances mühsam hervor.

»Ich werde mit einem Vortrag über meine Romreise einspringen«, erklärte der ältere Mann. »Es wäre mir eine Ehre, wenn Sie kämen.«

»Vielen Dank, aber ich glaube, ich werde mir einen ruhigen Abend zu Hause machen.« Ihr war kalt und heiß wie einem jungen Mädchen an der Schwelle zur Fraulichkeit. Sie fühlte sich begehrenswert und voller Begehren. Vielleicht waren es auch bloß die Auswirkungen der Wechseljahre.

»Selbstverständlich«, antwortete der Kurator zerstreut. »Wenn Sie mich jetzt entschuldigen wollen, ich muss dafür sorgen, dass die Laterna magica aufgestellt wird. Ich habe nämlich Bildplatten, wissen Sie. Guten Tag, Madam, Sir.«

»Guten Tag, Mister Harmon«, sagte Frances, doch er ging bereits an ihr vorbei. Das Geräusch seines Stockes hob sich scharf vom Klappern seiner Absätze auf dem Holzboden ab.

Heiß und pulsierend spürte sie den Körper des Anwalts neben sich.

»Mistress Hart.«

Jetzt kannte er ihren Namen.

Eigentlich hätte es nichts ausmachen dürfen, für sie war es dennoch ein Unterschied. Anonyme Frauen konnten mit

Fremden über ihre privaten Bedürfnisse sprechen, nicht aber 49-jährige Witwen namens *Mistress Hart*.

»Ja, Mister Whitcox?«, fragte Frances steif. Hitze brannte an ihrer Seite. Wärme prickelte in ihrem Ohr und ihrer Wange …

Der Anwalt trat vor sie. Sein weißer Seidenschal leuchtete im Dämmerlicht. »Sie interessieren sich für prähistorische Fossilien.«

Die Schritte des Kurators wurden leiser.

Klack. *Tapp*.

Nein.

»Ja.« Frances hob ruckartig den Kopf und begegnete dem Blick ihres Gegenübers herausfordernd, damit er es ja nicht wagte, sich über sie lustig zu machen.

Schweigend dachte der Anwalt über ihre Antwort nach.

Unerwünschte Empfindlichkeit machte sie halsstarrig. »Eine Frau hat ein Recht auf Interessen außerhalb ihrer Familie und ihres Heims.«

»Ja«, sagte er sanft, »das hat sie.«

Unter seiner Hutkrempe konnte sie seinen Gesichtsausdruck nicht deuten. War seine Miene verständnisvoll? Mitleidig? Glaubte er, weil sie ihren Mann verloren hatte, sehne sie sich nach den Aufmerksamkeiten eines anderen?

»Ich flirte nicht mit Ihnen, Sir«, versicherte Frances ihm rasch. Sie schluckte, aber es war zu spät, ihre Äußerung zurückzunehmen.

»Ich bin nicht an einem Flirt interessiert«, erwiderte er gelassen.

In der Ferne war das hohle Echo einer sich schließenden Tür zu hören.

Nein, Männer interessierten sich nicht für Frauen, die ihre besten Jahre hinter sich hatten. Sie wollten junge, unerfahrene Frauen. Solche, die ihnen Kinder schenken konnten, keine Mütter, die bereits Enkel hatten.

Die schlichten Bedürfnisse ihres Mannes hatte Frances verstanden, diesen weltgewandten Anwalt dagegen verstand sie nicht. Ehrlichkeit zwang sie, sich die Wahrheit einzugestehen. Der Tod hatte seinem gewohnten Leben ein Ende bereitet. Er musste sich ein neues Leben schaffen.

»Ich wusste nicht, dass Männer und Frauen so miteinander reden können«, murmelte sie mit klopfendem Herzen und starrte auf ihre Hände.

Eine Gefühlsregung huschte über sein Gesicht und wurde von dunklem Schatten verschluckt. »Ich wusste es bislang auch nicht.«

Unablässig pochte es in Frances' linker Schläfe.

Verunsicherung. *Versuchung.*

»Gibt es einen Unterschied zwischen Sexualkunde und Pornographie?«, fragte sie unsicher.

»Ja.« In seinem Ton lag keinerlei Zögern, in seinem Blick kein Zweifel.

Noch nie zuvor hatte Frances den Begriff Sexualkunde gehört oder etwas Pornografisches gesehen. Woher sollte sie wissen, ob – oder wann – die Grenze zwischen beidem überschritten war?

Ein gedämpftes Ächzen von Holz auf Holz machte ihr eine Gänsehaut. Wie aufrichtig konnten eine Mann und eine Frau zueinander sein?

»Sie haben eine Frage gestellt«, sagte sie. Ihre Stimme hallte durch den leeren Korridor.

»Ich habe viele Fragen gestellt.« Die dunklen Augen, die sie eindringlich musterten, wirkten plötzlich vorsichtig. »Welche meinen Sie?«

Ihre Kehle verkrampfte sich. »Sie haben gefragt, ob ich den Gedanken an einen Mann abstoßend finde, den es nach der Berührung einer Frau verlangt.«

»Und?«, erkundigte er sich kühl.

Ihre Nackenhaare kitzelten. »Nein, Mister Whitcox, ich

finde es nicht abstoßend.« Frances fand ganz und gar nichts Abstoßendes an dem Mann, der vor ihr stand.

»Möchten Sie gern eine französische Postkarte sehen?«, hakte er nach.

Ihr fiel ein, wie ausdruckslos seine Augen ausgesehen hatten, als er Miss Fredericks gefragt hatte, ob sie je habe sehen wollen, was ein Mann aufreizend finde. Und sie erinnerte sich an die kalte Feindseligkeit im Blick der jüngeren Frau, als sie darauf mit Nein geantwortet hatte. Frances hatte auch noch seine merkwürdig verletzliche Miene vor Augen, als er sie gefragt hatte, ob sie Dinge abstoßend fände, die bei einem Mann Lust hervorriefen.

Lärm drang auf den Korridor, schallendes männliches Gelächter und weibliches Gekicher. Ihre gemeinsame Zeit ging zur Neige.

»Ja.« Sie umklammerte ihr Täschchen, während das Poltern nahender Schritte lauter wurde und verlockender Karamellduft sie umwehte. »Ich möchte sehr gern eine französische Postkarte sehen.«

Das Gesicht des Anwalts hellte sich auf, aber in seinen Augen lag kein Lachen. »Nächsten Samstag, Mistress Hart.«

Ein Gehstock traf Frances an der rechten Ferse. Eindringliche dunkle Augen veranlassten sie, den Blick fest auf den Boden zu heften.

»Um zwei Uhr«, raunte ihr Gegenüber gedämpft durch den aufwogenden Lärm.

Ein Ellbogen rammte ihre Seite. Die Fischbeineinlagen ihres Korsetts schützten Frances nicht vor dem schmerzhaften Stoß. Mit einem Satz wich sie zurück, fort von der fesselnden Eindringlichkeit des Anwalts, und geriet sofort in die drängende, schiebende Woge von Männern und Frauen.

Männer und Frauen, die jung und gebildet waren.

Männer und Frauen, die alle Unsicherheiten, die einen in mittleren Jahren so ereilten, noch vor sich hatten.

Widerstreitende Gefühle tobten in ihr.

Er wollte ein Mann sein. Sie wollte eine Frau sein.

Warum wehrte sie sich gegen seine Einladung?

Frances drehte sich um und wollte sich ihren Begierden stellen.

4

Der Anwalt war nicht mehr zu sehen.

Eben noch hatten unangenehme Parfüm- und Makassaröldüfte sie eingehüllt, und nun stand sie allein in dumpfig kalter Luft und zunehmendem Dämmerlicht, während unzählige Schritte – klappernde Damenabsätze und kräftigere Männerschuhe – die Holztreppe hinuntertrippelten und -polterten. Sie fragte sich, welche Schritte wohl zu dem Anwalt gehören mochten.

Frances leckte sich die Lippen. Einen flüchtigen Moment lang schmeckte sie Karamell. Dann schluckte die Stille den Widerhall der Schritte.

Einsamkeit ballte sich in ihrer Brust.

Dem Anwalt hatte sie gesagt, sie finde London unterhaltsam. Aber sie hatte ihm nicht gesagt, dass sie sich noch nie zuvor so allein gefühlt hatte wie in dieser Großstadt, inmitten von Fremden. Sie hatte ihm auch nicht gesagt, dass sie sich mit jedem Tag, den sie in dieser Stadt war, zunehmend selbst fremd wurde.

Langsam, gemessenen Schrittes, als ginge sie nicht auf massivem Holz, sondern auf zerbrechlichen Träumen, überwand Frances den Abstand, der sie vom schützenden Treppengeländer trennte. Es war hart und trocken. Das Leder, das die Haut ihrer Hand umhüllte, war weich und feucht.

Bei jedem Schritt, bei jedem Stück, das ihre Hand weiter hinunterglitt, dachte Frances an den Anwalt und die Vertraulichkeiten, die sie ausgetauscht hatten. Er war seit sieben Monaten Witwer. Wieso hatte er nicht gefragt, wie lange sie bereits verwitwet war? Er hatte zugegeben, dass er sich mit eigener Hand Befriedigung verschaffte. Was tut ein Mann wohl, um sich zu befriedigen?, fragte sie sich.

Ein bräunlicher Kopf tauchte über ihr auf. Frances trat einen Schritt auf dem marmornen Treppenabsatz zurück und musterte den langen, rötlich gelb gefleckten Hals, der sich zu sensiblen, dreieckigen Ohren verjüngte. Vor ihrer Reise nach London hatte sie sich nicht vorstellen können, dass es ein größeres oder exotischeres Tier geben könnte als den Elefanten, der jedes Jahr auf dem Jahrmarkt in Sussex auftrat. Und hier stand nun ein solches Tier, das dreimal größer war als sie.

Plötzlich fühlte Frances sich dieser hoch aufragenden Giraffe eng verwandt, selbst wenn sie tot war. Sie war ebenfalls weit weg von ihrer Heimat. Vielleicht hatte sie ja auch Kinder großgezogen und Enkel zurückgelassen, die um sie trauerten. Sie beugte sich vor, um nach dem Geschlecht der Giraffe zu schauen. Weder männliche noch weibliche Geschlechtsteile waren zu erkennen. Frances zog die Augenbrauen zusammen. Diese majestätischen Tiere vermehrten sich doch sicher auch. Der Elefant in Sussex war zwar kastriert, aber sein Geschlecht war immer noch eindeutig zu erkennen gewesen. Sie beugte sich weiter vor.

Bohrende Blicke störten sie in ihrer Untersuchung.

Schlagartig fiel Frances auf, dass sie in einem öffentlichen Museum war und gerade einer fünf Meter großen Giraffe unter den Bauch starrte. Schnell richtete sie sich auf.

Ein schlanker Mann in dunkelgrauem Wollmantel und Bowler musterte Frances strafend, als sie ohne jede Anmut die restlichen Treppenstufen hinunterlief und auf den Marmorboden trat. Ihr Herz raste.

Er hatte wunderschöne Augen, die wie blaues und purpurrotes Eis funkelten. Sein Gesicht zwischen den rötlich braunen Koteletten war ausdruckslos. In der rechten Hand hielt er eine Aktentasche aus burgunderrotem Leder.

Frances war sich deutlich bewusst, dass seine Größe ihm einen Vorteil von einigen Zentimetern verlieh und sie ihm gegenüber um 30 Pfund und einige Jährchen im Nachteil war. Sie öffnete den Mund, um etwas zu sagen, nur was? Auf dem Land gingen Männer und Frauen mit dem Geschlecht von Tieren ungezwungen um, auch wenn sie im Umgang mit ihrem eigenen Geschlecht keineswegs unbefangen waren. Aber in der Stadt bezeichneten Männer und Frauen eine Hühnerbrust als »Hühnchenbusen« und eine Lammkeule als »Schlegel«.

Es gab einfach nichts zu sagen, womit sie als Frau vom Lande ihr Verhalten in den Augen eines Herrn aus der Stadt hätte rechtfertigen können. Also machte Frances den Mund zu und ging.

Gedämpftes Gemurmel folgte ihren dumpf hallenden Schritten. Forsch ging sie an einer verbeulten Rüstung, einem angeschlagenen römischen Sarkophag und einem pechschwarzen prähistorischen Fossil vorbei.

In der dicken Fensterscheibe tauchte eine rothaarige Frau mit rundem Strohhut, grün kariertem Samtmantel und passendem Rock auf. Frances blieb stehen, streckte die Hand aus und musterte ihr Spiegelbild.

Männer, Frauen und Kinder zogen als unablässiger Strom dunkler Bowlerhüte, Hauben mit Federschmuck und Reifen schlagender Kinder am Museum vorbei. Während sie aus dem Fenster blickte, hielt ein Omnibus voller Reklametafeln am Bürgersteig und spie weitere geschäftige Londoner aus. Niemand winkte ihr zu, niemand zeigte kritisch mit dem Finger auf sie. Kein Mann, keine Frau, kein Kind kannte sie. Die Anonymität barg Einsamkeit, aber auch Freiheit. Niemand kümmerte sich darum, was eine Frau mittleren Alters tat. Sie straffte Rücken und Schultern.

Der Anwalt hatte London die Stadt der furchtbaren Freuden genannt. Aber Frances weigerte sich, auch nur eine einzige Freude furchtbar zu finden.

5

Mary Bartle.

James kannte ihr Alter: 31 Jahre. Ebenso wie ihren Geburtsort: Oxford, England. Er wusste, dass man sie beschuldigte, gemeinsam mit dem 26-jährigen Apotheker Evan Keaton ihren Mann vergiftet zu haben.

James kannte zwar die Frau mit ihren Träumen und Begierden nicht, aber er kannte das Gesetz. Ihr Leben lag nicht in den Händen Justitias, sondern in denen zweier Männer: Entweder würde der Kronanwalt ihre Schuld beweisen oder James ihre Unschuld. Wie Regisseure eines Theaterstücks würden sie die Gefühle eines jeden Mannes und einer jeden Frau lenken, die der Gerichtsverhandlung beiwohnten, der Arbeiter und Bürger, die nebeneinander auf der Galerie gegenüber der Anklagebank saßen, und der vornehmen Herrschaften, denen die privilegierten Plätze links des Richters vorbehalten waren.

Im Schutz eines halbrunden Tisches rutschte James auf der harten Verteidigerbank ein Stück zur Seite und griff in die lederne Aktentasche, die an einem Spindelbein lehnte. Auf Anhieb fanden seine Finger ein zusammengedrehtes Papierchen. Der Bonbonmacher, der einen Stand vor dem Gericht hatte, besaß einen boshaften Sinn für Humor und wickelte die Karamellbonbons für James in Papierchen aus den Loseblattsammlungen der Gesetzestexte.

James verspürte einen seltsamen Stich in der Brust. Als er der Witwe Hart gesagt hatte, dass er Anwalt sei, hatte ihre

Miene zunächst Überraschung und dann Freude erkennen lassen. Im Laufe der Jahre hatte sein Beruf schon manche Reaktion hervorgerufen, doch Freude hatte nie dazu gezählt.

Mit dem Karamellbonbon in der Hand richtete er sich wieder auf und fragte sich, ob sie wohl Old Bailey besichtigt haben mochte. Das Gerichtsgebäude stand an der Stelle, wo sich früher das Gefängnis Newgate befunden hatte, und war eine beliebte Attraktion für Reisende. Die Geschichte des Gemäuers war geprägt von Prügelstrafen, Verstümmelungen und Folterungen – alles Rückfälle in eine Zeit, als man widerspenstige Angeklagte noch ganz legal davon überzeugen konnte, sich schuldig zu bekennen –, ebenso von Verbrennungen auf dem Scheiterhaufen und Hinrichtungen durch Erhängen.

James fiel ein, was ein Anwalt namens Mister Jones 1871 in seinem Buch *London Characters and the Humourous Side of London Life* geschrieben hatte:

> *Old Bailey ist zwar überaus unbequem, aber wunderbar platzsparend. Man kann dort von seiner Festnahme bis zur Gerichtsverhandlung inhaftiert, angeklagt und verurteilt werden und in der Todeszelle warten, bis man bequem gehenkt und begraben wird, und muss das Gebäude lediglich verlassen, um zum Galgen zu gehen. Seitdem die neuesten Vorschriften selbst diese Ausnahme überflüssig gemacht haben, besteht nun keinerlei Anlass mehr, die Mauern des Gebäudes zu verlassen. Die Angelegenheit wird nun nämlich in dem gepflasterten Hof erledigt, der das Gerichtsgebäude vom Gefängnis trennt. Es ist, als ob man im Wohnzimmer verurteilt, in der Spülküche eingesperrt und im Garten gehenkt würde.*

Die letzte öffentliche Hinrichtung war vor Old Bailey vollstreckt worden. Während James beobachtete, wie der junge Verteidiger, der Evan Keaton vertrat, eifrig einen Stapel Unterlagen durchblätterte, fiel ihm ein, dass der Prozess in ebenjenem Gerichtssaal stattgefunden hatte, in dem er nun saß. James war damals 18 Jahre alt gewesen. Sein Vater hatte erfolgreich die Anklage gegen einen gewissen Michael Barrett vertreten, einen Fenier, dem man vorwarf, er habe einen Sprengstoffanschlag auf das Gefängnis Clerkenwell verübt, um zwei andere Fenier zu befreien. Am 26. Mai 1868 hatte man den Verurteilten gehenkt.

Als offizieller Henker vom Dienst hatte Calcraft fungiert, ein alter Mann mit weißem Bart, schwarzer Kappe und Wollumhang. Der Verurteilte, ein 27-jähriger Ire, hatte selbst dann noch seine Unschuld beteuert, als er bleich, aber gefasst mit dem Strang um den Hals auf dem Galgengerüst stand. Zweitausend Männer, Frauen und Kinder hatten gejohlt, gebuht und »Rule Britannia« und »Champagne Charlie« gegrölt, als sein Körper in die Tiefe fiel. James' Vater hatte an die Unschuld des Iren geglaubt. Aber ihm war die Aufgabe zugefallen, ihn anzuklagen, nicht, ihn zu verteidigen.

Mein Vater hat sein Metier fast so gut beherrscht wie ich, dachte er nun, während er behutsam das eingewickelte Karamellbonbon befingerte.

Ein trockenes Hüsteln hallte durch den überfüllten Gerichtssaal und rief dem jungen Anwalt beiläufig in Erinnerung, dass er den Richter warten ließ. Schwungvoll zog er ein einzelnes Blatt aus dem Stapel Papiere, in dem er gestöbert hatte.

»Mylord. Bevor das Gericht mit der Vernehmung der Angeklagten beginnt«, stotterte er mit rotfleckigem Gesicht und vor Nervosität zittriger Stimme, »möchte ich vor Eure Lordschaft treten und einen Antrag stellen im Namen von Mister … also, im Namen des … des Angeklagten Keaton. Die eidesstattlichen Aussagen des Angeklagten sind Eurer Lordschaft ebenso bekannt wie meinen …« – er schnappte nach Luft, wobei sein Adamsapfel aus seinem gestärkten weißen Kragen hüpfte – »… meinen werten Kollegen Mister Lodoun, Anwalt der Krone, und Mister Whitcox, Verteidiger von Mistress … der Angeklagten Mistress Bartle. Aus Gründen, die auf der Hand liegen, und natürlich in Anbetracht der Tatsache, dass ich nicht die Absicht habe, die heutige Verhandlung zu erschweren und oder … oder in die Länge zu ziehen, beantrage ich im Namen meines Mandanten, die Verfahren gegen die beiden Angeklagten zu trennen.«

Kleider raschelten, Holzbänke ächzten unter der Last unruhig hin und her rutschender Körper. Keiner der Arbeiter, Bürger und Adeligen wollte etwas von irgendwelchen Anträgen hören, sondern von Unzucht, Verbrechen, Mord und Totschlag.

»Ich verstehe Ihre Gründe durchaus, Mister Lockwood, und habe damit gerechnet«, erklärte der Richter sachlich. Mit seiner strengen Miene und der weißen Perücke, die in 23 ordentliche Lockenreihen gelegt war, sah er aus wie ein bartloser Pharao. »Sie liegen für jeden klar auf der Hand, der die eidesstattlichen Aussagen gelesen hat.«

Auch James verstand die Gründe, Evan Keaton als Angeklagten aus diesem Verfahren herauszunehmen: Mary Bartles Liebhaber wäre als Zeuge wesentlich nützlicher denn als Komplize. Auf der Reporterbank glitten Kohlestifte über Papier. Am nächsten Tag würden viele Gesichter aus dem Gerichtssaal in den Londoner Tageszeitungen auftauchen. James fragte sich, ob die Witwe Hart wohl etwas über seine Rolle im Bartle-Prozess lesen würde. Würde aus ihrer Miene Freude sprechen, wenn sie sich das nächste Mal träfen? Würde sie die Gratwanderung zwischen Wahrheit und Täuschung verstehen? Hatte es sie enttäuscht, dass er nicht gewartet hatte?

»Mylord«, sagte James mit gespielter Gleichgültigkeit, »ich stimme dem Antrag meines werten Kollegen aus den von Eurer Lordschaft erwarteten Gründen zu.«

Feindselige blaue Augen fingen seinen Blick ein, und für einen Moment war er verdutzt.

Der Kronanwalt und Parlamentsabgeordnete Jack Lodoun

trug eine kurze weiße Perücke, wie auch James und der junge Strafverteidiger sie bevorzugten, und rötlich braune Dundreary-Koteletten. Sofort wandte er den Blick von James ab und sagte in kaltem, knappem Ton: »Das Gericht braucht sich mit diesem Antrag nicht weiter zu befassen, Mylord. Nach eingehender, sorgfältiger Prüfung sind meine werten Kollegen und ich zu dem Schluss gekommen, dass keine ausreichenden Beweise vorliegen, aufgrund derer wir die Geschworenen zu einem Schuldspruch auffordern könnten. Daher haben wir bereits beschlossen, gegen die Angeklagten in getrennten Verfahren zu verhandeln. Im Anschluss an seine Einvernahme werden wir keine Beweisaufnahme gegen Mister Keaton beantragen.«

James tat den feindseligen Blick des jüngeren Kollegen ab, der ihm nicht entgangen war. Welchen Grund es dafür auch immer gegeben haben mochte, sein Zorn war offenbar verraucht. Ihnen beiden war klar, dass im Gerichtssaal kein Platz für Gefühle war, die mit dem Fall nichts zu tun hatten.

Der Richter antwortete darauf mit einem gedämpften Brummen. Er werde die Entscheidung vertagen, bis die Verhandlung gegen Mary Bartle eröffnet sei.

Aus den Augenwinkeln schaute James zur Anklagebank hinauf. Mary Bartle verharrte mit gesenktem Blick, während mehrere günstig platzierte Gaslampen ihr kreidebleiches Gesicht beleuchteten. Eine schwarze Haube bedeckte ihr Haar, ein schwarzer Kragen lag eng um ihren Hals. Ihr gesamtes Leben stand gedrängt in der Akte, die ihr Anwalt zusammengestellt hatte und die nun vor James auf dem Mahagonitisch lag. Ihr dominanter Vater hatte ihre Ehe mit einem wohlhabenden Lebensmittelhändler arrangiert. Auch wenn er kein Brautgeld für seine Tochter bekommen hatte, hatte der Vater durch die Verbindung sicher profitiert. Und nun kehrte er seiner Tochter den Rücken.

Wo wäre Mary Bartle wohl heute, wenn man ihr erlaubt

hätte, sich ihren Mann selbst auszusuchen? Bisher hatte James seinen Wert auf dem Heiratsmarkt noch nie in Frage gestellt: Er war jung und wohlhabend gewesen. Nun fragte er sich, ob seine Frau sich lieber von einem anderen Mann hätte umwerben lassen.

Eine unbekannte Stimme riss ihn aus seinen Gedanken.

»... Eurer Lordschaft in Bezug auf Mister Keaton mitteilen, dass ich persönlich mit ihm befreundet bin.«

James war sofort hellwach und sah zur Geschworenenbank hinüber. Sein Blick richtete sich auf den Mann, der gerade gesprochen hatte.

»Das ist sicher kein Ausschlussgrund«, wies der Richter den Geschworenen zurecht.

»Wenn die Krone zu dieser Frage keine Meinung äußert, erlaube ich mir die Kühnheit, anzumerken, dass Mister Keaton sicher als Zeuge aufgerufen wird«, schaltete der Kronanwalt sich ein. »Daher ist es nicht wünschenswert, dass ein persönlicher Freund von ihm unter den Geschworenen ist. Deshalb bitte ich den Herrn im Namen der Krone, sein Amt niederzulegen.«

James musterte den betreffenden Geschworenen. Sein Gesicht zwischen den Koteletten war blass, auf seiner Stirn perlte Schweiß. Vielleicht war er tatsächlich ein Freund von Evan Keaton, vielleicht auch nicht. Eines stand jedenfalls fest: Er wollte nicht zu den Geschworenen gehören. Welcher Mann wollte schon darüber nachdenken, dass eine Frau den Mord an ihrem Ehemann plante, während er von seinen ehelichen Rechten Gebrauch machte?

»Keine Einwände, Euer Ehren«, sagte James.

»Gut«, verkündete der Richter, ein weiterer Akteur in dem bevorstehenden Drama, leicht säuerlich. »Sie können gehen, Sir.«

Unbeholfen stand der Geschworene auf. Ein anderer Mann nahm seinen Platz auf der Bank ein.

»Bekennen die Angeklagten sich schuldig oder nicht schuldig?«, fragte der Richter nun.

Er brauchte Mary Bartle gar nicht erst anzusehen, um zu wissen, was ihre Miene deutlich zeigte: Sie hatte Angst.

Zittrig erklärte sie: »Nicht schuldig, Eure Lordschaft.«

Auch Evan Keatons Gesicht brauchte er nicht zu betrachten, um zu wissen, was es erkennen ließ: Er war erleichtert. Er wäre nicht derjenige, der *im Wohnzimmer verurteilt, in der Spülküche eingesperrt und im Garten gehenkt würde*.

Gleichmütig erklärte Evan Keaton: »Nicht schuldig, Eure Lordschaft.«

James erinnerte sich an die Missbilligung, die er mit seinen Fragen im Damen- und Herrenclub auf sich gezogen hatte. Als ob ihn die Kritik treffen könnte, wo doch tagtäglich das Leben von Männern und Frauen von seiner Fähigkeit abhing, sich weder von Zustimmung noch von Missbilligung beeinflussen zu lassen. Aber die 49-jährige Witwe hatte ihn berührt.

Die Geschworenen wurden vereidigt.

Ihr Verlangen, eine Frau zu sein statt eine Ehefrau und Mutter, hatte ihn berührt.

Streng ermahnte der Richter die Geschworenen: »Die Angeklagten haben sich zur Gerichtsverhandlung dem Staat überantwortet, und Sie, die Geschworenen, vertreten diesen Staat.«

Ihre Entschlossenheit, Interessen außerhalb der engen Grenzen ihrer Familie zu pflegen, hatte ihn berührt.

Die Anklage gegen die beiden Beschuldigten wurde verlesen.

Dass sie seinen Wunsch, Leidenschaft zu erleben, uneingeschränkt und vorbehaltlos akzeptiert hatte, hatte ihn sogar zutiefst berührt.

Unter der Perücke krochen ihm Schweißperlen wie hungrige Ameisen über die Kopfhaut.

Nachdem der Staatsanwalt kein Interesse an einer weiteren

Strafverfolgung seines Mandanten bekundet hatte, forderte der junge Verteidiger die Geschworenen nun weniger zaghaft auf, Evan Keaton für nicht schuldig des Mordes am Ehemann seiner Geliebten Mary Bartles zu erklären.

Der Sprecher der Geschworenen erhob sich prompt. »Wir befinden Mister Keaton für nicht schuldig, Sir.«

Die vermischten Gerüche von Bienenwachs, Makassaröl, Parfüm, ungewaschenen Körpern und jahrzehntelanger Verzweiflung hingen im Gerichtssaal wie ungesunder Londoner Nebel.

Der Geruch der Witwe Hart hatte nichts Verzweifeltes verströmt. Sie hatte nach Vanille und würziger Weiblichkeit geduftet. Sie hielt Leidenschaft für etwas Erlernbares.

Noch vor sieben Monaten hätte James ihr zugestimmt. Damals hatte er geglaubt, Leidenschaft sei nur ein anderes Wort für Erfahrung. Je erfahrener eine Frau, desto leidenschaftlicher sei sie beim Geschlechtsakt. Mittlerweile wusste James, dass die körperliche Vereinigung wenig mit Leidenschaft zu tun hatte. Er hatte zwar stets Befriedigung gesucht, sie aber nie schenken wollen.

»Würden Eure Lordschaft es übernehmen, Mister Keaton freizusprechen?«, bat der junge Verteidiger forsch mit rotem Gesicht, das nun weniger von Verlegenheit als von Erregung zeugte. Sein jugendlicher Enthusiasmus strömte in den Gerichtssaal wie frisches Wasser in die Themse, die bloß noch eine Kloake war.

James versuchte sich zu erinnern, wann er sich so vollständig von seinen Gefühlen losgelöst hatte. War es schon, bevor er die Hinrichtung eines Unschuldigen miterlebt hatte?

»Das große Geschworenengericht verhandelt die Sache nicht«, bestätigte der Richter. »Ich spreche Mister Keaton frei.«

Oder war es, nachdem die Geschworenen einen kaltblütigen Mörder freigesprochen hatten, weil James sie in vollem

Wissen um seine Schuld davon überzeugt hatte, dass er unschuldig sei?

Das Wirbeln schwarzen Wollstoffs holte ihn aus der Vergangenheit zurück. Der junge Verteidiger stopfte einen Packen eselsohriger Papiere in eine braune Ledertasche. Der Triumph ließ ihn strahlen. Es war Zeit für ihn, die Bühne zu verlassen.

Der Staatsanwalt, in raschelnder Seidenrobe, erhob sich. Gespannte Erwartung machte sich im Saal breit. Endlich würde das Schauspiel beginnen. Keine Liebesgeschichte war beliebter als eine, die mit Mord endete.

»Mylord, meine Herren Geschworenen«, begann der Staatsanwalt seine systematischen Darlegungen der Anklage, während James systematisch das Bonbonpapier aus der Gesetzessammlung auswickelte. »Es ist nun meine Pflicht, Ihnen die Fakten dieses Falles darzulegen, welche die soeben verlesenen Anklagepunkte erhärten und aufgrund derer die Beschuldigte hier vor Gericht steht. Ich werde Ihnen aufzeigen, dass Mistress Bartle ihren Ehemann Thomas Edwards Bartle heimtückisch, vorsätzlich und aus niedrigen Beweggründen ermordet hat. Weil es sie nach den unmoralischen Umarmungen eines attraktiven jungen Mannes gelüstete – aus keinem anderen Grund, als ihre verbotene Fleischeslust zu befriedigen –, vergiftete sie ihren gütigen, fürsorglichen Ehemann, den zu lieben und zu ehren sie vor Gott gelobt hatte. Bevor ich jedoch zu diesen Fakten komme, schulde ich Ihnen eine Erklärung zu unserem Vorgehen bezüglich Mister Keaton …«

Das ausgewickelte Karamellbonbon fühlte sich in der Hand warm und weich an wie die Haut einer liebevollen Frau. James lehnte sich zurück, stellte beide Füße fest auf den Boden, um zu verhindern, dass seine rutschige Seidenrobe auf der glatten Holzbank ihren natürlichen Lauf nahm, und steckte sich das süße, sahnige Bonbon in den Mund.

Die Geschworenen beobachteten den Staatsanwalt. James sah die Geschworenen an.

Während die Mitglieder des Damen- und Herrenclubs theoretisch, wenn schon nicht praktisch eine gleichberechtigte Vertretung der Frauen anstrebten, erhob das englische Recht einen solchen Anspruch nicht: Zwölf Männer würden über Mary Bartle, eine Frau, richten. Noch dazu hatte der Staatsanwalt sie bereits aufgefordert, die Sexualität der Angeklagten und nicht ihr Verbrechen zu verurteilen.

Die Witwe Hart hatte gefragt, ob zwischen Sexualkunde und Pornographie ein Unterschied bestehe. James hielt weibliches Verlangen nicht für eine moralische Schwäche und vermutete, dass dies auch für den Staatsanwalt galt.

Er beobachtete die Emotionen, die sich schemenhaft auf den Gesichtern der Geschworenen abzeichneten. Sie glaubten tatsächlich, dass Sexualität bei einer Frau verwerflich sei, diese zwölf Männer, die ihre Größe allein aus der Familienhierarchie bezogen. Die Geschworenen Nummer zwei, drei, fünf, sechs, acht, neun, zehn und zwölf hatten die vom Staatsanwalt leidenschaftlich ausgerufenen Worte »unmoralische Umarmungen« und »verbotene Fleischeslust« nur zu gern geschluckt und sich in ihrer Gier nach mehr vorgebeugt.

Die Witwe Hart hatte Bedenken gehabt, einer Gesellschaft beizutreten, die sich Diskussionen über die geschlechtlichen Beziehungen zwischen Männern und Frauen zur Aufgabe gemacht hatte. Völlig zu Recht. Reflexartig zerknüllte James das Papierchen mit Gesetzestexten in seiner Faust. Im Damen- und Herrenclub konnte Ehrlichkeit in geschlechtlichen Dingen bewirken, dass andere Mitglieder eine abweichende Meinung äußerten. In einem Gerichtssaal würde diese Ehrlichkeit dazu führen, dass eine Frau zu einer Geldbuße, einer Gefängnisstrafe oder im Fall von Mary Bartle zum Tod durch den Strang verurteilt wurde.

6

Mit einem kurzen, energischen Schlag prallte der Hammer auf den Mahagonitisch. »Die Sitzung ist eröffnet.«

Frances erkannte den Sprecher von vergangenem Samstag wieder. Großzügig aufgetragenes Makassaröl hielt sein schwarzes Haar und den schmalen Schnurrbart in Schach. »Fahren Sie fort, Mister Whitcox.«

Der Anwalt benutzte kein Makassaröl. Sein Haar glänzte wie Gold und Bronze mit silbernen Sprenkeln.

Lachen perlte in ihrer Kehle auf.

Ihn hatte der Wunsch, Leidenschaft zu verstehen, in den Club geführt, Frances dagegen konnte für sich keinen nobleren Grund in Anspruch nehmen als das Bedürfnis, sich zu erleichtern.

»Meine Damen und Herren, darf ich Ihnen Mistress Hart vorstellen?« Der Gaslüster zischte und knallte bedrohlich zu der knappen Vorstellung des Anwalts.

Zwölf Augenpaare musterten Frances unverhohlen prüfend.

Das perlende Lachen verflüchtigte sich.

Auf jede Miss Hoppleworth, die ihre Aufrichtigkeit erfrischend gefunden hatte, kamen ein halbes Dutzend Mitglieder, für die das keineswegs galt.

Höflich neigte Frances den Kopf. »Guten Tag.«

Ein erstaunlich blaugrünes Augenpaar entzog sich durch Kopfnicken ihrem Blick. An ihrer Stelle sah Frances einen weißen Mittelscheitel, der fein säuberlich zwei pomadeglänzende Haarfelder teilte.

»Mistress Hart.«

Frances' Kopf schnellte nach rechts. Nussbraune Augen fingen ihren Blick ein. Fedrige Schauer jagten ihr über die Haut.

»Erlauben Sie mir, Ihnen die Mitglieder des Damen- und Herrenclubs vorzustellen.« Das harte Licht ließ die Fältchen über den Wangenknochen des Anwalts scharf hervortreten. Frances zweifelte nicht daran, dass jede ihrer Falten ebenso deutlich sichtbar war. »Miss Marie Hoppleworth.«

Wärme wallte in Frances auf, als sie die Frau kennenlernte, die ihre Ehrlichkeit gutgeheißen hatte, aber die kühle Reserviertheit, mit der die Jüngere ihr durch ihre Brille mit Silberrand begegnete, dämpfte ihre Freude.

»Guten Tag, Mistress Hart. Ich bin die Sekretärin.« Marie Hoppleworth hielt einen silbernen Federhalter über eine in Leder gebundene Kladde. »Würden Sie bitte Ihren vollen Namen für unsere Akten angeben.«

Frances verspürte einen Knoten im Magen. In ihrem Heimatort gehörte sie einem Nähzirkel an, doch die Frau des Vikars führte nicht Buch über die Mitglieder. Die Versammlungen wurden auch nicht mit einem Hammerschlag eröffnet, überlegte sie. Dennoch gab sie ihren Namen an.

Ein schwarzer Tropfen zitterte an der Federspitze der Sekretärin. »Würden Sie bitte Ihren Nachnamen buchstabieren.«

Der letzte Rest an Anonymität schwand dahin. »H-A-R-T.«

Marie Hoppleworth senkte den Kopf, so dass die Schatten ihrer Reiherfedern auf dem Mahagonitisch wie Klauen wirkten. Die Stahlspitze ihrer Schreibfeder kratzte eine schwarze Spur auf das unlinierte weiße Papier. Frances sah einen weißen Seidenschal und einen schwarzen Wollmantel vor sich.

… ich befriedige mich ebenfalls selbst.

»Mistress Hart.«

Mit vor Hitze prickelndem Nacken richtete Frances den Blick auf den Anwalt.

Er deutete mit knappem Kopfnicken auf die Frau rechts neben der Sekretärin. »Miss Jane Fredericks.«

»Ich bin Suffragette, Mistress Hart.« Feindseligkeit funkelte in ihren mattgrünen Augen, und unter ihrer laubgrünen Haube ringelte sich unbändiges braunes Haar hervor. »Ich glaube an die Emanzipation der Frauen.«

Frances' Herz flatterte. Jane Fredericks konnte nicht viel älter sein als ihre jüngste Tochter, die seit kurzem 26 war. Ihr kam offenbar gar nicht in den Sinn, dass eine Mutter und Großmutter sich ebenfalls nach Emanzipation sehnen könnte.

»Miss Fredericks, ich wäre nicht hier, wenn ich nicht vom Recht einer Frau überzeugt wäre, nach Glück zu streben«, erklärte Frances wahrheitsgemäß. Instinktiv blickte sie den Anwalt an.

Leidenschaft war etwas anderes als Politik. Unterstützte er das Frauenstimmrecht?

Mit rätselhafter Miene nickte er dem Mann zu, der rechts neben Jane Fredericks saß. »Mister Louis Stiles.«

Frances starrte auf den weißen Mittelscheitel, der das pomadige schwarze Haar teilte.

»Guten Tag, Mistress Hart.« Louis Stiles kritzelte auf einem Blatt Papier herum und richtete den Blick auf ein Bild, das Frances nicht sehen konnte. »Sie waren am vergangenen Samstag sehr couragiert.«

Sie lächelte voller Wärme. »Vielen Dank, Mister Stiles.«

Leder knarrte, als jemand sich auf einem Polsterstuhl zurechtrückte.

Der Anwalt deutete mit dem Kopf auf die Frau, die rechts neben dem kritzelnden jungen Mann saß. »Mistress Rose Clarring.«

Die Expertin für erotische Kompositionen in Stillleben.

»Guten Tag, Mistress Hart.« Die attraktive junge Frau lächelte, was allerdings die Traurigkeit in ihren kornblumenblauen Augen nicht milderte. Ihr goldblondes Haar leuchtete unter dem schwarzen Kapotthut. Frances schätzte sie auf Anfang 30. »Sie sind neu in London, sagten Sie. Ich würde Ihnen gern einige unserer Sehenswürdigkeiten zeigen. Einer meiner bevorzugten Orte ist der Hyde Park.«

»Sehr gern. Vielen Dank, Mistress Clarring.« Tränen brannten Frances in den Augen über diese unerwartete Freundlichkeit. Sie fragte sich, ob die junge Frau ebenfalls Witwe war.

»Mister John Nickols«, stellte der Anwalt vor.

Schwarzes Haar und schwarze Augen rückten ins Blickfeld, das Erstere zu lang, Letztere zu trostlos. John Nickols war älter als Louis Stiles, jedoch jünger als der Anwalt.

»Ich sehe in Ihrem Blick kein Mitleid, Mistress Hart«, bellte er.

Dieser Angriff ließ Frances erstarren. Langsam atmete sie ein und zählte bis zehn. »Wieso sollte ich Sie bemitleiden, Mister Nickols?«

»Ich bin ein Krüppel«, erwiderte er brutal.

Ihr Herz krampfte sich zusammen, als sie in seine dunklen Augen schaute. Nicht Vorurteile schürten seine Feindseligkeit, sondern die sichere Erwartung von Missbilligung. Er hatte Verachtung, Hohn und Zurückweisung erfahren. Das alles hatte unauslöschliche Spuren in seiner Seele hinterlassen.

»Sir, ich glaube, hier gibt es einige, die das Alter einer Frau für verkrüppelnd halten.« Mit Mühe bezwang sie ihr Herzklopfen und hielt seinem Blick stand. »Ich bin eine 49-jährige Großmutter. Ich sehe keinen Grund, weshalb Sie als Mann in den besten Jahren sich nicht ebenfalls für geschlechtliche Beziehungen interessieren sollten.« Voller Spannung erwartete sie eine Zurechtweisung von ihm.

John Nickols' finsteres, zerfurchtes Gesicht verzog sich zu

einem überraschenden Lächeln. »*Touché*, Mistress Hart.« Er sprach Französisch, aber der Beifall in seinen Augen bedurfte keiner Übersetzung.

Erregung durchzuckte sie. Er war ein junger, gut aussehender Mann.

Zwei nussbraune Augen forderten ihre Aufmerksamkeit. Im markanten, scharfsichtigen Gesicht des Anwalts war kein Lächeln zu entdecken. Er blickte ihr direkt in die Augen und stellte vor: »Miss Ardelle Dennison.«

»Ich bin Publizistin des London Museum, Mistress Hart.« Frances schätzte das Alter der jungen Frau auf 29 oder 30 Jahre. Sie war von atemberaubender Schönheit, aber ihr höhnisches Grinsen hatte nichts Positives an sich. »Dank meiner Position dürfen wir diesen Sitzungsraum benutzen.«

»Sie haben großes Glück mit Ihrer Position, Miss Dennison«, erklärte Frances ernst. »Von allen Sehenswürdigkeiten Londons, die ich bisher besichtigt habe, ist dieses Museum mir am liebsten.«

Ardelle Dennison erwiderte nichts auf das Kompliment. Das Rattern einer vorbeifahrenden Kutsche unterstrich die brüskierende Abfuhr.

In diesen Missklang hinein meldete sich der Anwalt zu Wort. »Mister Joseph Manning.«

Frances umklammerte ihr Ledertäschchen fester. Die stahlgrauen Augen, die ihren Blick einfingen, waren nicht wärmer als die von Ardelle Dennison.

»Ich bin stolz auf die Qualität unserer empirischen Diskussionen, Mistress Hart«, erklärte Joseph Manning mit einem Grinsen. »Männer lernen durch Vernunft, nicht durch Gefühl.«

Frances wusste zwar nicht, was eine empirische Diskussion war, aber ihr war klar, dass er ihr nicht zutraute, sich daran zu beteiligen. Lange blickte sie in das selbstgefällig herablassende Gesicht des jüngeren Mannes. Ihr Leben lang hatte man sie vor Männern behütet, die ihr wehtun könnten. Nun sah sie sich einem solchen Mann gegenüber.

»Was ist mit Frauen, Mister Manning?«, fragte sie schließlich völlig ruhig.

Das Grinsen wich nicht von seinen Lippen. »Was soll mit ihnen sein, Mistress Hart?«

»Sie sagten, Männer lernen durch Vernunft«, erklärte sie vorsichtig. »Lernen Frauen nicht auch durch Vernunft?«

»Vernunft ist Männern vorbehalten«, erklärte Mister Manning nachsichtig. »Nach meiner Erfahrung sind nur wenige Frauen zu empirischem Denken fähig.«

»Dennoch sind Sie Mitglied in einem Club, dem sowohl Männer als auch Frauen angehören.«

Allmählich wich das Grinsen aus seinem Gesicht. Die unterschiedlichsten Emotionen lagen in der Luft: Unbehagen, Wut und noch etwas anderes …

Frances blickte sich um. In Marie Hoppleworth' Augen leuchtete Zustimmung hinter dem silbernen Brillenrand auf.

Der Anwalt lenkte sie vom Wohlwollen der Sekretärin ab, als er das nächste Clubmitglied vorstellte: »Mister Thomas Pierce.«

Der junge Mann hatte blond gelocktes Haar, himmelblaue Augen, Pausbacken und konnte nicht älter als 30 sein.

Frances unterdrückte ein Grinsen: Er sah aus wie ein Cherubim.

»Ich habe nichts für Modepüppchen übrig, Mistress Hart.«

Einen gespannten Moment lang war sie sprachlos. Plötzlich befiel sie der Drang, einfach vor seiner Verachtung davonzulaufen, doch der Wunsch, mehr zu sein als nur Mutter und Großmutter, hielt sie zurück.

»Der Begriff ›Modepüppchen‹ ist mir nicht vertraut«, erwiderte Frances höflich. »Verzeihen Sie, aber meine drei Töchter hatten kein sonderliches Interesse an solchen Spielsachen.«

Thomas Pierce wurde feuerrot. »Ein Modepüppchen ist ein Mädchen, das seine Zeit und sein Geld damit vertändelt, Kleider und Firlefanz zu kaufen.«

Sein verächtlicher Blick blieb auf ihrem smaragdgrünen Samtkleid und der Pfauenfeder an ihrem Strohhut hängen.

»Vielen Dank.« Frances schluckte die Kränkung. »Es ist schon geraume Zeit her, dass man mich als ›Mädchen‹ bezeichnet hat. Ich fasse das als Kompliment an meine Friseuse und meine Näherin auf, da ich das Jungmädchenalter offensichtlich schon lange hinter mir habe.«

Vor dem Fenster pries ein fahrender Händler in unverständlichem Kauderwelsch seine Waren an.

»Ich bin Miss Esther Palmer«, erklärte eine magere Frau mit purpurroter Nase. »Ich unterrichte Mathematik an einem Institut, an dem wir unseren Mädchen Anstand beibringen.«

Aus ihren Worten schloss Frances, dass sie diesen Anstand vermissen ließ. Esther Palmer war schon das fünfte Mitglied des Clubs, das ihr seine Missbilligung zeigte. Es blieben nur noch zwei weitere vorzustellen.

»Meinen Töchtern habe ich durchaus Anstand beigebracht.« Frances hatte feuchte Hände und ballte sie zu Fäusten, um sie nicht an ihrem Rock abzuwischen. »Zur Schule habe ich sie geschickt, um Mathematik zu lernen.«

Ein entfernter Glockenschlag läutete zur Viertelstunde. Vielleicht schlug Big Ben aber auch zur halben Stunde. Wie lange dauerten diese Versammlungen eigentlich?

»Völlig richtig, Mistress Hart.«

Frances schaute den Herrn an, der rechts neben der Mathematiklehrerin saß. Koteletten umrahmten sein langes, hageres Gesicht. Eine rotbraune Locke versuchte vergeblich, die rosa Stirnglatze zu kaschieren.

Er neigte den Kopf. »George Addimore, zu Ihren Diensten, Ma'am.«

Diese höfliche Begrüßung ließ Frances erleichtert aufatmen.

Sie erinnerte sich, seinen Namen schon gehört zu haben, hatte mit einem Mal die Stimme des Anwalts wieder im Ohr ... *Mister Addimore vertritt Malthus' These zur Bevölkerungskontrolle.*

»Guten Tag, Sir«, erwiderte Frances seine Höflichkeit respektvoll. »Ich bin mit den Theorien von Herrn Malthus nicht vertraut. Wie schlägt er vor, unsere Bevölkerung zu kontrollieren?«

Graue Augen wichen ihrem Blick aus. »Durch Prophylaxe.«

Wieder ein neues Wort. Sie atmete tief durch. »Was ist Prophylaxe?«

George Addimores langes, knochiges Gesicht wurde leuchtend rot. Die Farbe passte zum Rotton seiner stacheligen Koteletten.

»Er spricht von Verhütungsmaßnahmen«, warf Marie Hoppleworth ein.

Frances sah zu der Sekretärin hinüber, deren schmale Wangen rot gesprenkelt waren. Die junge Frau gab keine weiteren Erklärungen ab.

»Mistress Hart«, der Anwalt fing Frances' Blick ein, »ein Verhütungsmittel ist eine Vorrichtung, die Männer ... oder Frauen benutzen, um eine Empfängnis zu verhindern.«

Ein schriller Pfeifton drang durch Mauern und Fensterscheiben: der mahnende Pfiff eines Bobbys.

»Ich habe gehört, dass Stillen recht gut ist, um eine Empfängnis zu vermeiden, aber ich ...« Sie konnte nicht weitersprechen, ihr Mund war zu trocken. Unwillkürlich leckte sie sich über die Lippen, um sie zu befeuchten. »Aber mit ... irgendwelchen Vorrichtungen ... für diesen Zweck bin ich nicht vertraut.«

»Es gibt Gerätschaften«, sagte er geheimnisvoll.

Prophylaxe. Verhütungsmaßnahmen. *Gerätschaften?*

»Ich hoffe, diese Gerätschaften sind nicht mit Räderwerken ausgestattet«, stellte Frances nüchtern fest.

Ein ersticktes Husten wurde laut. John Nickols beugte die Schultern vor. »Bei der fraglichen Gerätschaft handelt es sich um eine dünne Gummihaut.« Die Erklärung des Anwalts erregte Frances' Aufmerksamkeit. Sein neutraler Ton konnte sie nicht foppen: Sein Gesicht glühte vor Lachen. »Gemeinhin bezeichnet man es als Kondom.«

»Dieses Kondom …« Frances probierte das Wort aus, das wesentlich angenehmer klang als Gerätschaft. »Wie benutzt man es?«

Plötzlich verlosch das amüsierte Funkeln in den Augen des Anwalts. »Über dem Penis eines Mannes.«

Als Frances vor ihrer Heirat an einem Regentag in ihrem Elternhaus auf dem Dachboden herumgestöbert hatte, war sie auf drei Buchbände mit dem gewichtigen Titel *Encyclopedia Britannica or A Dictionary of Arts and Sciences* gestoßen. Der erste Band war 1768 erschienen und enthielt 165 Seiten über die Anatomie des Menschen. Während sie nun den Anwalt anschaute, verspürte sie die gleiche Erregung wie damals, als sie mit 15 Jahren die Illustration eines männlichen Gliedes angestarrt hatte.

»Es gibt auch eine Gummikappe, die eine Frau einführen kann.«

Entschlossen griff Frances die Idee einer solchen Gummikappe auf – statt sich vorzustellen, wie eine Gummihaut über den Penis des Anwalts glitt – und drehte suchend den Kopf nach der Frau um, die gerade gesprochen hatte.

»Mistress Hart«, lenkte der Anwalt ihre Aufmerksamkeit wieder auf sich, »darf ich Ihnen Doktor Sarah Burns vorstellen?«

Frances war noch nie einer Ärztin begegnet.

»Mistress Hart«, grüßte die Doktorin höflich, aber so kühl, dass es nicht zu weiteren Fragen ermunterte.

Mit pochendem Herzen überlegte Frances, was sie als Nächstes tun oder sagen sollte. Aber vielleicht hatte sie schon mehr als genug gesagt und getan. Etwas verschwommen Schwarzes, das sich bewegte, zog ihren Blick auf sich. Der Anwalt beugte sich vor – unter seinem Gehrock aus Wolltuch zeichneten sich erstaunlich muskulöse Schultern ab. Als er sich wieder aufrichtete, hielt er einen Stapel Postkarten in seinen langen, eleganten Fingern. Ihre Schenkel kribbelten erwartungsvoll.

»Statt einen Vortrag über englisches Scheidungsrecht zu halten«, sagte der Anwalt an alle gewandt, hob eine Karte hoch und musterte Frances, »habe ich mir erlaubt, einige französische Postkarten mitzubringen, um eine Diskussion anzuregen.«

»Mister Whitcox«, schaltete Joseph Manning sich missbilligend ein, »wir haben doch am vergangenen Samstag beschlossen, dass derlei Dinge für Damenaugen ungeeignet sind.«

»Mister Manning, es sollte ja wohl uns Frauen überlassen bleiben, zu entscheiden, was für unsere Augen geeignet ist und was nicht.« Wie ein Reifen legte sich Spannung um ihre Brust, als sie die Hand ausstreckte. Sie würde nicht zulassen, dass man dem Anwalt die Schuld für etwas gab, wofür sie verantwortlich war. »Ich würde die Postkarten gern sehen.«

Überraschend zuckten die Lippen des Anwalts nach oben. »Bravo.«

Frances starrte ihn an.

Er lächelte. Vor einer Woche hatte er nicht gelächelt. Es verwandelte den strengen Anwalt in einen verführerischen Mann.

Sie riss den Blick von ihm los und sah auf das sepiafarbene Bild hinunter, das er ihr gegeben hatte. Im nächsten Moment gingen ihr die Augen über.

7

Eine dunkelhaarige Frau blickte sie von der französischen Postkarte an. Außer einem flirtenden Lächeln trug sie nichts am Leib. Noch nie zuvor hatte Frances so etwas gesehen. Die nackte Frau saß in einem Ohrensessel, hatte die gespreizten Beine über die dick gepolsterten Armlehnen gelegt und stellte all ihre Reize zur Schau. Brüste … Bauchnabel … Als Frances' Blick über den Bauch der Frau zu dem dunklen Haardreieck hinunterschweifte, erstarrte sie.

Mit schlanken Fingern spreizte die Frau ihr Geschlecht.

Der 165 Seiten dicke Artikel über Anatomie hatte die weiblichen Genitalien zwar beschrieben, allerdings keine auch noch so schemenhafte Illustration enthalten.

Wie gebannt starrte Frances auf die winzige Knospe, die aus den weichen, fleischigen Lippen hervorlugte. Einen Körperteil zu sehen, den sie bisher nur berührt hatte, jagte ihr Hitzeschauer bis in die Zehen. Die Knospe sah weich aus, war es aber nicht. Die Klitoris der Frau war hart wie die von Frances. Sie pochte.

Ein gedämpftes Rufen drang durch das Fenster.

Sie spürte zwölf Augenpaare, die sie musterten. Prüfend. Abschätzend. Abwägend, welche Wirkung erotische Kunst auf eine 49-jährige Großmutter haben mochte. Schnell blickte sie auf.

Louis Stiles starrte sie über seinen Zeichenblock hinweg aufmerksam an. Als ihre Blicke sich trafen, wurde seine blasse Haut schlagartig ebenso flammrot wie ihre.

»Ich würde die Postkarte auch gern betrachten.« Aus den

Augenwinkeln sah Frances, dass Marie Hoppleworth entschlossen ihre tintenfleckige Hand über den Tisch streckte. Unmittelbar vor ihr wandte Louis Stiles blitzschnell den brennenden Blick seiner blaugrünen Augen ab. »Natürlich nur, wenn Sie damit fertig sind.«

»Ich bin …« Frances räusperte sich. Hatte der kritzelnde junge Mann wohl ihre unwillkürliche Erregung bemerkt? »Ich bin damit fertig, danke.«

Bewusst mied sie den Blick des Anwalts, als sie die Postkarte dankbar an die Sekretärin weiterreichte. Harte, heiße, männliche Finger streiften ihre Hand. Frances presste die Schenkel fest zusammen, um weitere unerwartete Gefühlsregungen abzufangen, und schlug die Augen nieder. Aber sofort fesselte sie der Anblick des Anwalts. Seine Finger waren länger als ihre. Kräftiger. Auf dem Handrücken traten die Sehnen leicht hervor. Unter der steifen weißen Manschette am Handgelenk lauerte überraschend dunkles Haar. Es dauerte einen Augenblick, bis Frances begriff, was auf der Postkarte zu sehen war.

Eine Frau kniete auf allen vieren. Ihre Baumwollunterhose war von ihrem plumpen, sepiafarbenen Hinterteil gezogen. Eine zweite Frau mit kleinen, runden Brüsten, eigentlich noch ein junges Mädchen, kniete aufrecht und mit erhobener Hand auf dem Holzboden.

Frances erschrak. »Finden Sie es aufreizend, wenn eine Frau eine andere bestraft?«

Nussbraune Augen beobachteten ihre Reaktion. »Ich finde die Vorstellung, dass eine Frau das bloße Hinterteil einer anderen schlägt, durchaus anregend.«

Bloßes Hinterteil, hallte es in ihren Ohren wider.

»Wenn Sie dann fertig sind, Mistress Hart«, unterbrach Dr. Burns sie.

Die Röte im Gesicht der Ärztin zeugte von mehr als Verlegenheit: Dass eine Frau eine andere schlug, erregte sie.

Vielleicht fand sie aber auch die Vorstellung erregend, dass ein Mann eine Frau schlug. Oder die Ärztin reizte der Gedanke, einen Mann zu schlagen. Diese plötzliche Erkenntnis ließ Frances schneller atmen.

»Ich möchte ebenfalls einen Blick auf Ihre Postkarte werfen, Miss Hoppleworth«, meldete sich eine Frau am anderen Ende des Mahagonitisches nervös zu Wort. Rose Clarring streckte ihre blasse, schlanke Hand aus. Ihr Gesicht unter der schwarzen Haube war erwartungsvoll gerötet.

Verwundert betrachtete Frances die drei Frauen, die noch vor einer Woche dem Anwalt nicht hatten in die Augen blicken können, als er sie gefragt hatte, ob sie gern erotische Kunstwerke sehen würden. Nun tauschten sie unverhohlen seine französischen Postkarten aus. In ihren Mienen war keine Missbilligung zu erkennen, während sie die Abbildungen studierten.

Der Anwalt fing Frances' Blick ein. In seinen Augen stand die Frage, ob sie das Gesehene abstoßend fand. Erschreckend, ja. Überraschend, sicher. Aber abstoßend? Sie streckte die Hand nach der dritten Postkarte aus. Eine dunkelhaarige Frau bot ihre sepiafarbene Brust dar, als wolle sie einen hungrigen Säugling stillen. Frances hatte fünf Kinder gestillt. Ihre Brust war üppig und schwer. Genau wie die Brust der Frau auf der Postkarte. Unwillkürlich starrte sie fasziniert auf die dunkle Brustwarze der Frau. Sie war hart und prall. Reif für einen Babymund. Oder den Mund eines Mannes. Ihre Vagina zog sich zusammen.

»Miss Hoppleworth.« Hastig reichte sie die Postkarte über den Tisch weiter. Ihr Arm streckte sich, ihr Korsett spannte sich, ihre Brust hob sich.

Die Augen der Sekretärin funkelten verstohlen verschwörerisch. Sexuelle Neugier hatte eine Bresche durch die doppelte Barriere des Alters- und Bildungsunterschieds geschlagen.

Als Frances die vierte Postkarte entgegennahm, war sie sich schmerzlich bewusst, dass zwei Frauen und sechs Männer sie beobachteten, als wäre sie ein Tier, das ihnen gefährlich werden könnte.

Eine Frau lag mit wohlgeformten, weit gespreizten Beinen auf einem Bett voller Kissen. Ein dicker, länglicher Gegenstand beschattete ihren rechten Schenkel.

Ohne auf die brennende Hitze in ihrem Gesicht zu achten, wandte Frances sich dem Mann zu, der rechts von ihr saß. »Was hält die Frau in der Hand?«

Farbe trat auf die scharfen Wangenknochen des Anwalts. »Einen Witwentröster.«

Die Erkenntnis traf Frances wie ein Stich: Sie war Witwe. »Was macht dieser ... Witwentröster?« Sie zwang sich, dem Blick des Anwalts standzuhalten.

»Er dringt in eine Frau ein wie ein Mann«, erklärte er unumwunden.

In der Ferne bimmelte eine Kirchenglocke.

Frances fühlte sich unwiderstehlich zu der Postkarte hingezogen. Mit einem Mal war deutlich zu erkennen, dass der dicke, längliche Gegenstand am Schenkel der Frau geformt war wie ein männliches Glied. Er war wesentlich größer, als die Illustration in der Enzyklopädie ihn dargestellt hatte. Länger. Dicker. Er war kurz davor, in die dunkle Öffnung zwischen den fleischigen Lippen einzudringen.

Plötzlich verspürte Frances ein fast schmerzliches körperliches Verlangen, die Leere in ihrem Körper zu füllen. Rasch schob sie die Postkarte zu der Sekretärin hinüber. Aber der Anwalt legte ihr prompt ein weiteres Bild in die Hand.

Die fünfte Postkarte zeigte zwei Frauen, eine mit elegant frisiertem dunklem Haar, die andere mit wallenden blonden Haaren. Die Dunkelhaarige grub ihr Gesicht zwischen die drallen Schenkel der Blonden und küsste offenbar ihr Geschlecht. Die wiederum warf in Ekstase den Kopf nach hinten und genoss es eindeutig, sich so küssen zu lassen.

Prickelnde Hitze schoss Frances zwischen die Beine bei den

Fantasien, die sich vor ihrem inneren Auge jagten. Bilder von einem Mann mit bronzegoldenen Haaren, der den Kopf zwischen die Schenkel einer Frau schob und ihr Geschlecht küsste. Schlagartig wurde ihr klar, dass die Lust, die ein solcher Kuss bereiten würde, nicht von der Fähigkeit einer Frau abhinge, feucht zu werden.

Ihr Kopf fuhr hoch. Der Anwalt beobachtete jede ihrer Reaktionen und wartete … worauf? Schweigend reichte er ihr eine sechste, siebte, achte, neunte und zehnte Postkarte. In Erwartung der elften Karte blickte Frances auf, aber die langen, eleganten Finger des Anwalts waren leer.

Sieben Köpfe warfen ihre Schatten auf den Mahagonitisch, drei männliche und vier weibliche. Sie studierten Frauen in all ihrer Herrlichkeit. Dünne. Rundliche. Flachbusige. Vollbusige. Schmalhüftige. Breithüftige. Jede stellte ihren nackten Körper im Vertrauen auf ihre Reize schamlos zur Schau.

Der Anwalt hatte erklärt, mit den Karten die Diskussion anregen zu wollen. Wenn Frances nicht sofort etwas unternähme, würde sie platzen vor Hitze, die in ihr pochte und pulsierte.

»Auf den Postkarten sind keine Männer zu sehen«, bemerkte sie. »Wieso nicht?«

Zwei nussbraune Augen fingen ihren Blick ein. »Weil der Anblick von Männern mich nicht reizt, Mistress Hart.«

Aber der Anblick nackter Frauen reizte ihn. Frauen, die ihre Brüste und Hinterbacken darboten. Frauen, die Witwentröster verwendeten.

»Diese … Postkarten …« Verzweifelt suchte Frances nach Worten, um einen zusammenhängenden Satz zustande zu bringen. »Sie sind also ausschließlich dazu gedacht, Männer zu reizen.«

»Ja«, antwortete er.

Eine Postkarte nach der anderen wanderte von Hand zu Hand, von Mann zu Frau und schließlich zurück zum Anwalt.

»Aber …« Auf keinen Fall würde sie seinem Blick ausweichen. »… wenn Männer und Frauen diese Postkarten gemeinsam betrachten sollen, wäre es da nicht besser, sie so zu gestalten, dass sie beide Geschlechter ansprechen?«

Grüne und goldene Sprenkel funkelten in seinen nussbraunen Augen. »Würde es Ihnen denn Spaß bereiten, sich mit einem Mann französische Postkarten anzuschauen?«

Ja.

»Ich meine …« Sie verhaspelte sich. »Würde es Ihnen nicht mehr Vergnügen bereiten, sie mit einer Frau anzuschauen, Mister Whitcox?«

»Französische Postkarten sind nicht dazu gedacht, sie mit Frauen anzuschauen.«

Die trockene männliche Feststellung wirkte ernüchternd auf Frances. Dankbar wandte sie sich an den Mann im Rollstuhl. »Aber ein Mann würde doch sicher …«

»Männer kaufen diese Karten als Hilfsmittel zur Masturbation.« Aus John Nickols' zerfurchtem Gesicht sprach grimmige Ironie. Er hielt die Postkarte hoch, auf der eine Frau ihr Geschlecht unverhohlen einladend darbot. »Wenn eine Frau dabei wäre, bräuchten wir so etwas nicht, um unsere Fantasie anzuspornen.« In seinen dunklen Augen lag eindeutig zu viel Schmerz. In den nussbraunen Augen des Anwalts lag eindeutig zu viel Verlangen.

»Mistress Hart möchte wohl sagen, dass es Frauen ebenfalls Vergnügen bereiten würde, französische Postkarten zu betrachten, wenn sie Gelegenheit dazu hätten«, schaltete die Sekretärin sich ein.

»Genießen Sie es etwa, sich nackte Frauen anzusehen, Miss Hoppleworth?«, fragte Joseph Manning schneidend.

»Nicht sonderlich, obwohl ich es gewiss lehrreich fand«, erwiderte Marie Hoppleworth. »Es würde mich allerdings durchaus interessieren, Postkarten von nackten Männern anzuschauen. Gelegentlich müssen wir Frauen ebenfalls unsere Fantasie anspornen.«

Joseph Mannings attraktives Gesicht wurde feuerrot.

»Pornographie ist die Wurzel der Prostitution«, platzte Jane Fredericks heraus.

Frances war klar, dass die Diskussion über französische Postkarten nicht der Auslöser für den Ausbruch der jungen Frau war.

»Die Frauen, die gezwungen sind, auf die Straße zu gehen, können sich den Luxus der Pornographie gar nicht leisten«, entgegnete John Nickols beißend. »Da müssen Sie die Schuld schon anderswo suchen.«

Jane Fredericks Blicke sprühten vor Zorn. »Wenn Männer keine Pornographie herstellen würden …«

»Es geht hier nicht um Prostitution«, schaltete Marie Hoppleworth sich entschlossen ein. Ihr silbernes Brillengestell glitzerte in ihrem zu blassen Gaslicht. »Letzte Woche fragte Mister Whitcox, ob Frauen Begierde kennen. Meine Damen, wenn es nicht so wäre, wären wir nicht hier. Wieso leugnen wir es? Mistress Hart tut es nicht. Wovor haben wir Angst und sie nicht?«

Frances klopfte das Herz bis zum Hals, als sie ihren Namen als Beispiel angeführt hörte, das andere Frauen sich zum Vorbild nehmen sollten.

»Falls wir Begierde verspüren sollten, würden wir es zugeben, Miss Hoppleworth«, warf Ardelle Dennison ein, wobei ihr Blick auf Frances ruhte. »Aber wir stehen auf einem höheren moralischen Niveau. Bildung befreit Frauen von den Fesseln der Lust. *Wir* sind keine Tiere.«

Die Bemerkung der Publizistin war eindeutig an Frances gerichtet, auch wenn sie ihren Namen nicht nannte.

»Merkwürdig, Miss Dennison«, hörte Frances sich über das Läuten von Big Ben hinweg sagen: einer, zwei, drei Schläge. Es war unglaublich, aber die Sitzung dauerte bereits eine volle Stunde. »Wo ich herkomme, glaubt man, dass gerade gebildete Männer und Frauen eher zu moralisch unschicklichen Handlungen neigen.«

Ardelle Dennison kniff die Lippen zu einer unschönen, harten Linie zusammen.

Frances bemerkte einen Blick aus mattgrünen Augen. »Sie sagten, Pornographie sei die Ursache der Prostitution.«

Jane Fredericks hob rebellisch das Kinn.

»In meinem Dorf würde man Ihnen nachsagen, dass Sie die Unzucht fördern, denn dort ist es durchaus üblich, dass Männer und Frauen an verschiedenen Seiten der Tanzfläche stehen und sich nur mit Angehörigen ihres Geschlechts unterhalten, statt mit dem anderen Geschlecht zu tanzen. Dort hätte man keinerlei Verständnis dafür, dass eine Frau wie Sie einem derartigen Club angehören und sich dennoch als anständig bezeichnen kann.«

»Möchten Sie deshalb Mitglied im Damen- und Herrenclub werden, Mistress Hart?« Mit seinem Sarkasmus brachte Thomas Pierce Frances aus der Fassung. »Damit Sie ›moralisch unschickliche‹ Handlungen begehen können?«

Über den Mahagonitisch hinweg starrte Frances den Mann mit den himmelblauen Augen und Cherubimwangen wütend an. »In drei Monaten werde ich 50. Ich versichere Ihnen, Sir, selbst wenn ich das Verlangen nach moralisch unschicklichen Handlungen hätte, ist mein Körper weit über das Alter hinaus, um sie tatsächlich zu begehen.«

»Dennoch sind Sie hier«, warf Joseph Manning spöttisch ein. »Warum?«

Ja, warum?

»Sie halten mich für ein ›Modepüppchen‹.«

»Ja«, gab er offen zu.

»Weil ich gern hübsche Kleider trage.«

»Kleidung bereichert den Geist nicht.«

»Trotzdem sind auch Sie sehr gut gekleidet.«

Leuchtende Röte kroch von seinem Gesicht den Hals hinunter. »Ich kann über das Geld, das ich für meine Garderobe ausgebe, frei verfügen.«

»Ich verstehe. Sind Sie verheiratet?«

»Ich habe keine Frau gefunden, die der Ehe wert gewesen wäre.«

»Wie kommt das, Sir?«

Joseph Manning runzelte die Stirn über ihre Anmaßung.

»Haben Sie keine Frau gefunden, die Ihnen geistig ebenbürtig ist?«, hakte sie nach und fragte sich flüchtig, wen seine unbedachte Bemerkung im Saal verletzt haben mochte. »Oder liegt es daran, dass ein Dienstbote billiger ist als eine Ehefrau?«

Erschrockenes Raunen ging durch den Sitzungssaal.

»Dienstboten leisten einen edlen Dienst«, gab Joseph Manning bissig zurück.

»Aber Dienstboten haben wenig Zeit, ihren Geist zu bereichern«, erwiderte Frances mit pochendem Herzen, »weil sie zu sehr damit beschäftigt sind, sich um ihre Dienstherren zu kümmern. Während eine Ehefrau sich um ihre Familie und ihr Heim kümmert. Sie stellt die Bedürfnisse aller über ihre eigenen. Wenn der Diener eines Mannes krank ist, übernimmt die Ehefrau seine Pflichten. Wenn das Kind eines Mannes schreit, lindert die Ehefrau seine Schmerzen. Wenn im Haus eines Mannes Reparaturen notwendig sind, beaufsichtigt die Ehefrau die Arbeiten, um ihm Ungelegenheiten zu ersparen.«

Joseph Manning öffnete den Mund zu einer Entgegnung, um sie herauszufordern und zu korrigieren.

Frances gab ihm keine Gelegenheit dazu. Sie würde sich gewiss nicht einreden lassen, sich unwürdig zu fühlen. »Eine Frau hat Anspruch auf den gleichen Lohn wie ein Dienstbote. Wenn sie die wenige freie Zeit, die ihr bleibt, lieber damit verbringt, einzukaufen, als ihren Geist zu bereichern, dann ist das ja wohl ihr gutes Recht, Sir, und geht niemanden außer ihr etwas an. Finden Sie nicht?«

8

Herr Präsident«, meldete Marie Hoppleworth sich über das Zischen und Knistern der Gaslampe und das unaufhörliche Rattern von Kutschrädern hinweg zu Wort. »Vergangene Woche haben wir Mister Whitcox ein Vorstellungsgespräch zugesichert. Ich beantrage, dass wir jetzt über die Aufnahme von Mistress Hart in den Damen- und Herrenclub abstimmen.«

Der Anwalt fing Frances' entsetzten Blick auf, aber in seiner Miene lag kein Bedauern. Er hatte sie gefragt, ob sie *interessiert* sei, dem Damen- und Herrenclub beizutreten, aber er hatte ihr nie die Mitgliedschaft zugesichert. Da Frances frisch vom Land kam, hatte sie angenommen, sie brauche lediglich zur nächsten Sitzung zu erscheinen, um Mitglied in diesem vornehmen Club zu werden.

»Der Antrag wurde gestellt«, erklärte Joseph Manning kühl und gestelzt. »Höre ich eine Unterstützung des Antrags?«

»Ich unterstütze den Antrag«, sagte der Anwalt.

»Debatte über den Antrag«, verkündete Joseph Manning ausdruckslos.

Der Anwalt wandte den Blick nicht von Frances. »Ich bitte um Abstimmung.«

»Ich unterstütze die Abstimmung«, hallte die Stimme von John Nickols durch den Saal.

»Wir kommen zur Abstimmung.« Frances' Blick schweifte zu Joseph Manning. »Ich beantrage, für die Aufnahme von Mistress Frances Hart in den Damen- und Herrenclub zu stimmen.«

»Alle, die dafür sind, antworten mit Ja«, instruierte Marie Hoppleworth die Anwesenden mit funkelndem Brillengestell. »Mister Whitcox?«

»Ja.«

Die scharfe Federspitze der Sekretärin kratzte eine schwarze Tintenspur auf das weiße Papier.

Frances grub die Finger in das unnachgiebige Holz des Tisches. Man saß öffentlich über sie zu Gericht, und sie konnte nichts dagegen tun.

»Doktor Burns?«, fragte die Sekretärin munter.

Das kantige Gesicht der Ärztin war unbewegt. »Ja.«

»Mister Addimore?«

Flammrot leuchtete auf den vortretenden Wangenknochen und schimmerte durch die stacheligen Koteletten. »Ja.«

»Miss Palmer?«

Esther Palmers schmale, hohe Nase war purpurrot. »Ja.«

»Mister Pierce?«

Argwöhnische Nachdenklichkeit ließ die himmelblauen Augen dunkler erscheinen. »Ja.«

»Mister Manning?«

In Joseph Mannings Blick rangen Gefühle mit Vernunft. »Ja.«

»Miss Dennison?«

Die attraktive Publizistin mit den bernsteinfarbenen Augen warf einen Seitenblick zu Joseph Manning mit seinem geölten Haar und dem schwarz glänzenden Schnauzbart hinüber, der einmal kurz nickte. »Ja«, sagte sie.

»Mister Nickols?«

Der Mann im Rollstuhl sagte ohne Zögern mit schwarzen, glänzenden Augen: »Ja.«

»Mistress Clarring?«

Schatten verdunkelten die kornblumenblauen Augen der Frau. »Ja.«

»Mister Stiles?«

»Ja.«

»Miss Fredericks?«

Zwei mattgrüne Augen starrten Frances schmollend an. »Ja.«

»Damit ist zu Protokoll genommen, dass Mistress Frances Hart, heute, am Samstag, den 16. April 1887, einstimmig als Mitglied des Damen- und Herrenclubs aufgenommen wurde.«

Frances konnte kaum atmen. Sechs Männer und sechs Frauen hatten ohne Gegenstimme für ihre Aufnahme in den Club votiert. Trotz ihres Alters. Trotz ihrer mangelnden Bildung.

Die Sekretärin richtete mit tintenfleckigen Fingern ihre Brille und blickte auf. »Der Damen- und Herrenclub wurde gegründet, um über die Beziehungen zwischen Männern und Frauen zu diskutieren. Aber Sie alle werden mir sicher zustimmen, dass wir dieses Ziel bis heute nie erreicht haben. Mistress Hart – und Mister Whitcox – haben uns eine Sprache gegeben, in der Männer und Frauen über Sexualität diskutieren können.«

Es versetzte Frances einen Stich in die Brust, als sie ihren Namen in einem Atemzug mit dem des Anwalts hörte.

»Diese Sprache, meine Damen und Herren, ist die Begierde.« Die Sekretärin ließ den Blick von einem Mitglied zum anderen schweifen. »Mister Whitcox hat die Frage gestellt, ob wir Frauen Dinge abstoßend finden, die bei einem Mann Lust hervorrufen. Ich stelle nun die Frage: Finden die Männer Dinge abstoßend, die bei einer Frau Lust hervorrufen?«

In den nussbraunen Augen, die Frances' Blick einfingen, war keinerlei Abscheu zu sehen.

»Mister Whitcox war so nett, zu unserer Aufklärung einige französische Postkarten mitzubringen. Ich schlage vor, dass wir diese Verpflichtung ebenfalls übernehmen«, erklärte Marie Hoppleworth entschieden. »Ich schlage vor, dass jeder von uns in Zukunft zu den Sitzungen Dinge mitbringt, die zu weiteren Diskussionen anregen.«

Ein konsterniertes Raunen ging durch den Raum.

Männer hatten Zugang zu erotischen Artikeln, Frauen nicht. Männer konnten Postkarten und Witwentröster kaufen.

Konnten Frauen das auch tun?

»Ich weiß nicht …«, sagte Rose Clarring zögernd. »Also, ich kenne keine Geschäfte, in denen es Dinge zu kaufen gibt, die das … Interesse einer Frau anregen.«

»Geschäfte, die solche pornografischen Materialien verkaufen, können anständige Frauen nicht unbesorgt betreten«, wandte Joseph Manning steif ein.

»Viele respektable Buchhandlungen verkaufen erotische Requisiten, wie Ihnen ohne Zweifel bekannt sein dürfte«, warf John Nickols ironisch ein.

Joseph Mannings Hals lief scharlachrot an.

Frances ersah daraus, dass dieser Mann, der Pornographie öffentlich vehement ablehnte, sie im Stillen genoss.

»Es gibt Dinge, die man in der Apotheke kaufen kann«, schaltete sich Sarah Burns ein. Ihr kantiges rotes Gesicht wirkte finster und abwehrend. »Präservative sind für Frauen sicher interessant.«

»Doktor Burns!« George Addimore hatte einen leichten schottischen Akzent. »Sie lassen uns Männern keinerlei Schamgefühl. Sollen wir nicht gleich zur Aufklärung der Damen unsere Hosen aufknöpfen?«

Frances warf einen verstohlenen Blick auf die Tischplatte, die George Addimores Hose vor den Blicken verbarg. Sie hatte ihren Vater, ihren Mann und ihre beiden Söhne gepflegt und daher schon Männer unbekleidet gesehen, die krank waren. Aber noch nie hatte sie einen Mann bei bester Gesundheit nackt gesehen. Frances wurde klar, dass sie das wollte.

»Ich werde beim nächsten Mal ein Präservativ mitbringen«, bot Jane Fredericks vermittelnd an.

»Mistress Butler billigt Präservative nicht«, spottete John

Nickols. »Sie verführen unmoralische Männer, sich mit moralischen Frauen zu versündigen.«

»Vielleicht ist Mistress Butler zuweilen in ihren Kampagnen etwas übereifrig«, räumte Jane Fredericks steif ein, »aber zumindest versucht sie, das Los der Frauen zu verbessern.«

»Ich sehe wirklich nicht, wie uneheliche Kinder und Krankheiten unser Leben verbessern sollten«, entgegnete Marie Hoppleworth. »Sie haben sich wiederholt gegen die Malthus-Liga und die Literatur ausgesprochen, die sie verbreitet. Wieso bieten Sie jetzt von sich aus an, ein Hilfsmittel mitzubringen, das Sie bislang verdammt haben?«

»Ich biete es an, weil mein Vater meine Mutter nicht mit einer Krankheit angesteckt hätte, wenn er Zeit und Geld für ein solches Mittel investiert hätte«, erwiderte Jane Fredericks mit wutrotem Gesicht.

Das Bekenntnis der Suffragette traf auf beklommene Stille.

Nun begriff Frances: Jane Fredericks hatte den Zorn einer Mutter mitbekommen, die sich bei ihrem Mann mit einer Geschlechtskrankheit infiziert hatte, und das schlechte Gewissen eines Vaters, der seine unschuldige Frau angesteckt hatte. Welche Geheimnisse mochten die Mitglieder des Damen- und Herrenclubs sonst noch hüten?

»Was werden Sie mitbringen, Mistress Hart?«, erkundigte sich Esther Palmer.

»Ich weiß nicht recht.« Frances leckte sich mit heißer Zunge die Lippen. »Vielleicht wäre Mister Nickols so freundlich, mir eine angesehene Buchhandlung zu nennen, in der ich Postkarten finden könnte, die eher geeignet sind, das Interesse« – *die Lust* – »einer Frau zu wecken.«

»Ich würde auch gern eine solche Buchhandlung besuchen«, sagte Marie Hoppleworth mit schriller Stimme. »Vielleicht wäre Mister Nickols so freundlich, uns zu begleiten.«

John Nickols' olivbraune Haut lief dunkelrot an. »Es ist mir eine Ehre, Miss Hoppleworth.«

»Diese Buchhandlung würde mich ebenfalls interessieren«, flötete Rose Clarring. In ihren Augen lag keine Traurigkeit mehr, nur noch grimmige Entschlossenheit.

»Wir sind der Damen- und Herrenclub«, schaltete Thomas Pierce sich heiser ein. »Ich schlage vor, dass wir besagte Buchhandlung gemeinsam besuchen und jeder zur nächsten Sitzung einen Gegenstand mitbringt, der unser Interesse erregt.«

»Seien Sie nicht albern.« Joseph Mannings graue Augen funkelten wütend. »Es ist illegal, wenn diese Läden pornografisches Material führen. Sie sind Journalist, Mister Nickols. Gerade Sie müssten die damit verbundenen Gefahren ja wohl kennen. Wenn es in der Buchhandlung eine Razzia geben sollte, kämen wir alle ins Gefängnis.«

»Dieses Risiko bin ich gern bereit einzugehen«, entgegnete Thomas Pierce.

»Ich ebenfalls«, schloss John Nickols sich an.

»Also gut«, erklärte Joseph Manning bissig. »Es wurde beantragt, dass die nächste Sitzung in einer pornografischen Buchhandlung stattfindet. Unterstützt jemand den Antrag?«

»Das ist doch lächerlich«, protestierte Ardelle Dennison scharf. »Ich werde gewiss nicht meinen Ruf und meine Karriere aufs Spiel setzen, nur weil gewisse Mitglieder unseres Clubs Geschmack an Pornographie finden.«

»Sie kennen die Regeln, Miss Dennison«, mahnte der Anwalt leise.

»Ich bin Gründungsmitglied, Mister Whitcox«, fuhr die Publizistin ihn an. »Ich habe mitgewirkt, diese Regeln *aufzustellen.*«

»Dann brauche ich Sie ja nicht daran zu erinnern, dass ich diesen Antrag erneut stellen werde, wenn Sie nicht dafür stimmen. Ich werde ihn so lange stellen, bis wir eine Mehrheit bekommen. Wenn Sie nicht mit der Mehrheit stimmen können, müssen Sie zurückstehen. So sind die Regeln, nicht wahr, Herr Präsident?«

Die Arroganz in Ardelle Dennisons Miene wich verblüffter Fassungslosigkeit.

Joseph Manning sah aus wie versteinert. Ausdruckslos sagte er: »Ja, Miss Hoppleworth, so sind die Regeln.«

Triumph strahlte durch das silberne Brillengestell der Sekretärin. »Meine Damen und Herren, dann schlage ich vor, dass wir über den Antrag abstimmen.«

Stimmen hallten über Frances' Kopf hinweg hin und her. Bisher hatte sie immer als gesetzestreue Bürgerin gelebt.

»Ihre Stimme, Mistress Hart?«

»Ich stimme mit …« Was würden wohl ihre Kinder sagen, wenn sie verhaftet würde? »Ja.«

Ein scharfes Kratzen schabte ihre Antwort auf weißes Papier.

Vorfreude rang mit Angst und gewann. »Ich habe eine Frage, wenn es gestattet ist«, sagte sie

Der Anwalt beugte sich vor: »Ja bitte?«

Frances fiel ein, dass er ebenfalls in die Buchhandlung kommen und sehen würde, was sie erregte. So wie sie gesehen hatte, was ihn erregte. Er würde erfahren, was ihre Lust schürte, weil sie es ihm sagen würde.

»Wann und wo treffen wir uns?«, fragte sie über das dumpfe Rauschen in ihren Ohren hinweg. »Und in welcher Buchhandlung?«

9

»Mistress Hart.« Eine geschickte Hand packte ihren Mantel an der linken Schulter. Heißer Atem prickelte an ihrem Ohr. »Sie sollten mehr Vertrauen haben.«

Linkisch schob sie den Arm in den Ärmel. »In was, Mister Whitcox?«

»Ich habe Ihnen doch gesagt, dass ich Sie will.« Hitze drang durch ihre Schulter und griff nach Stellen, die nichts mit einer Mantelnaht zu tun hatten. »Das ist das Einzige, was zählt.«

Frances wirbelte zu ihm herum. Zwei himmelblaue Augen versperrten ihr die Sicht.

Thomas Pierce streckte eine Hand nach dem Garderobenständer aus Messing aus und sagte mit seltsam gepresster Stimme: »Gut gemacht, Mistress Hart.«

Bevor sie etwas antworten konnte, zog er sich mit seinem dunklen Mantel und dem schwarzen Bowler in der Hand zurück. Aus den Augenwinkeln nahm sie Gedränge wahr.

»Ich freue mich schon auf unseren Ausflug am nächsten Mittwoch.« Marie Hoppleworth, die einen halben Kopf kleiner war als Frances, nahm einen dunklen Mantel von der Garderobe und nickte dem Anwalt flüchtig zu. »Mister Whitcox.«

Ein kalter Luftzug umwehte Frances' Strohhut. Thomas Pierce öffnete die Tür und trat auf den dämmrigen Korridor hinaus, ohne die Tür hinter sich zu schließen.

»Danke für eine erhellende Diskussion, Mistress Hart.« Rose

Clarring war fast eine Handspanne kleiner als Frances und musste den Kopf in den Nacken legen, um ihr in die Augen zu sehen. »Ich freue mich schon auf unsere nächste Sitzung.«

Ein Schauer der Erregung lief Frances den Rücken hinunter.

»Ich auch«, antwortete sie. Aber Rose Clarring hatte sich schon abgewandt.

Etwas Schwarzes, das sich bewegte, zog ihren Blick auf sich. Jane Fredericks stand mit dem Mantel in der Hand da und starrte Frances voller verdutzter Wut an. Deutlich spürte sie die Fassungslosigkeit der jüngeren Frau.

Ein dumpfes Scheppern hallte in die plötzliche Gesprächspause.

George Addimore befreite mit rotem Gesicht, das in stachelige Koteletten überging, den geschwungenen Griff seines Regenschirms von einem Garderobenhaken und starrte ihn dann an, als wisse er nicht, was er damit solle.

»Vielen Dank, Mistress Hart. Mister Whitcox.« Sarah Burns war eine gute Hand größer als Frances. »Die Sitzung war überaus aufschlussreich.«

Bilder tauchten vor Frances' innerem Auge auf: die Klitoris einer Frau, ihre Brustwarzen, dunkles Haar, das unter einer gestärkten weißen Manschette hervorlugte.

»Ich danke Ihnen, Doktor Burns«, erwiderte Frances das Kompliment der Frau. »Sie haben übrigens gar nicht gesagt, wie man die Gummikappe nennt, die eine Frau benutzen kann.«

Ohne mit der Wimper zu zucken, schaute die Ärztin ihr in die Augen. »Ein Mensinga-Pessar.«

»Willkommen im Damen- und Herrenclub, Mistress Hart.«

Frances drehte sich um und blinzelte verwundert. Für einen Augenblick blickte sie in zwei lebhafte blaugrüne Augen, und im nächsten Moment sah sie eine rote Linie auf einem weißen

Scheitel hinaufklettern wie das Quecksilber in einem Fieberthermometer.

»Vielen Dank, Mister Stiles.« Sie lächelte ihn freundlich an. »Ich würde mir gern eines Tages Ihre Skizzen ansehen.«

Die rote Linie wurde noch roter. Er schob sich seinen dicken Skizzenblock unter einen Arm und griff zwischen Frances und dem Anwalt hindurch nach Mantel und Hut.

»Ich helfe Ihnen.« Esther Palmer schob sich an ihm vorbei und nahm seinen schwarzen Regenschirm vom Garderobenständer.

Frances musste sich ein Kichern verkneifen. Der junge Mann war zwei Meter groß, die junge Frau nur etwa 1,52 Meter. Ihre Brust war fast auf gleicher Höhe mit seinem Geschlecht.

Mit hochrotem, verkniffenem Gesicht nickte Esther Palmer ihnen zu. »Mistress Hart. Mister Whitcox. Dieser Tag war wahrhaftig befreiend.«

Tränen brannten Frances in den Augen. Sie hätte nie geglaubt, dass sie auf irgendjemanden eine befreiende Wirkung haben könnte, schon gar nicht auf eine Lehrerin.

»Verzeihung, Mistress Hart.« Eine männliche Stimme jagte Frances ein Prickeln über den Rücken. »Sie versperren mir den Weg zu meinem Mantel.«

»Mister Nickols.« Erschrocken trat Frances einen Schritt zurück und ging bewusst auf Abstand zum Garderobenständer und zum Auf und Ab ihrer Gefühle. »Entschuldigung.«

»Sie brauchen sich nicht zu entschuldigen.« John Nickols nahm einen schwarzen Bowler von der Garderobe. »Ich würde eher sagen, dass wir vom Damen- und Herrenclub uns bei Ihnen entschuldigen müssten. Aber Sie gehören ja jetzt zu uns, nicht wahr? Eine erfrischende Ergänzung, wenn ich das hinzufügen darf.« Er griff nach einer schwarzen Marinejacke und fragte: »Soll ich Ihnen eine Droschke anhalten?«

»Vielen Dank, aber ich nehme den Omnibus.«

»Sehr gut. Dann sehen wir uns Mittwochabend in der

Achilles-Buchhandlung.« Er tippte an seine Hutkrempe und sagte: »Guten Tag, die Herrschaften.« Geschickt manövrierte der schwarzhaarige Mann seinen Rollstuhl durch den Mahagonitürrahmen.

Frances war am vergangenen Samstag schon einmal mit dem Anwalt allein gewesen, allerdings hatte sie da noch nicht gesehen, was seine Lust erregte.

»Auf Wiedersehen, Mister Whitcox.« Sie nickte. »Vielen Dank für die Einladung, dem Damen- und Herrenclub beizutreten.«

Sie verschwand durch die Tür. Hinter ihr tauchten Gaslampen den Sitzungsraum in helles Licht, vor ihr lag der Korridor im Dunkeln. Metallräder knirschten auf Holz. Die Treppe lag in der einen Richtung, der Aufzug in der anderen. Blindlings wandte Frances sich der Treppe zu. Aus dem Dämmerlicht tauchten Umrisse auf: rechteckige Türen, ein horizontales Geländer, ein runder Treppenknauf. Metall schepperte, die Aufzugtür öffnete sich. Absätze klapperten, Schritte folgten ihr. Frances schob ihre rechte Hand in einen Glacéhandschuh. Hitze strahlte auf ihre linke Körperseite: Schulter, Hüfte, Bein, Fuß.

»Das könnte zur Gewohnheit werden«, sagte sie mit gestrafften Schultern, schwingendem Täschchen und nach vorn gewandtem Blick.

»Eine angenehme, hoffe ich.«

Frances fiel Ardelle Dennisons betroffene Miene ein, als die Sekretärin sie angegriffen hatte. Sie wusste nicht, was sie von den Mitgliedern des Damen- und Herrenclubs halten sollte. Sie hatten ihr abwechselnd Angst eingejagt und sie wütend gemacht, aber dabei immer eine belebende Wirkung auf sie gehabt. Genau wie der Mann neben ihr.

»Es war nicht meine Absicht, unter den Clubmitgliedern für Unstimmigkeiten zu sorgen.«

»Für die Unstimmigkeiten sind Sie nicht verantwortlich.«

Sorgsam zog sie einen Glacéhandschuh über ihre linke

Hand und richtete den Blick auf eine schimmernde Holzstufe. »Hätten Sie zurückgesteckt, wenn die Mehrheit nicht für meine Aufnahme gestimmt hätte?«

»Ich hätte sicher nicht zurückgesteckt.« Sein Ton hatte etwas Zynisches.

Mühsam versuchte Frances, ruhig zu atmen. »Ich nehme an, Anwälte stecken nicht zurück.«

»Die guten jedenfalls nicht.«

»Gewinnen Sie denn immer?«, fragte sie.

»Immer.«

Es war keine großspurige Prahlerei.

Frances spürte einen Knoten im Magen. »Können wir dafür ins Gefängnis kommen?«

»Ja.«

Seine Bestätigung hatte nichts Entschuldigendes. Aus seiner Stimme klang keine Leidenschaft. Nur die gleichmäßigen Schritte eines Mannes und einer Frau waren zu hören.

»Sie kennen meinen Vornamen«, sagte Frances. Das Klappern ihrer Absätze – seine dumpf, ihre hell – hörte gleichzeitig auf. Sie griff nach dem Treppenknauf und schaute den Anwalt an. »Aber ich kenne Ihren nicht.«

Seine nussbraunen Augen wirkten schwarz unter der Hutkrempe. »Ich heiße James.«

Heißer, süßer Karamellduft umwehte sie. Geruch. Geschmack. *Begierde.*

Frances wandte den Blick von den Augen ab, die sie angesehen hatten, während sie Bilder nackter Frauen betrachtet hatte. Sein weißer Seidenschal schimmerte verführerisch auf dem schwarzen Wolltuch. Unter seinem offenen Mantel reichte seine Weste bis knapp über seine maßgeschneiderte schwarze Hose.

»Sie sagten, Sie fänden die Vorstellung reizvoll, dass eine Frau das bloße Hinterteil einer anderen Frau schlägt«, begann sie impulsiv.

»Ja«, antwortete er mühsam.

Rasch blickte sie zu ihm auf, aber sein Gesicht lag im Dunkeln. »Stellen Sie sich jemals vor, dass man Sie auf das bloße Hinterteil schlägt?«, fragte sie mit harten Brüsten und einem Kribbeln im Hinterteil.

10

Licht flackerte in James' nussbraunen Augen auf. »Stellen Sie sich jemals vor, dass Ihre Finger der Phallus eines Mannes sind?«

Kalte Luft erstarrte in ihren Lungen. »Nein.«

Männliches Gelächter hallte die Treppe herauf.

»Wieso nicht?«

Die Wahrheit. »Weil dieser Teil des Körpers einer Frau nicht gehört«, zwang Frances sich zu antworten.

Das Leuchten in seinen Augen verlosch. »Wem gehört denn die Vagina einer Frau, wenn nicht ihr?«

Frances blickte zurück auf ihr Leben vor ihrer Heirat, nach ihrer Heirat. »Einem Mann.«

»Eine Frau bewahrt ihre Jungfräulichkeit für ihren Mann«, schloss er.

»Und dann bringt sie seine Kinder zur Welt«, bestätigte sie.

Seine Augen wurden dunkel. »Ein Mann muss eine Frau nicht schwängern, wenn er mit ihr schläft.«

Ein flirtendes Lachen wehte durch das Treppenhaus.

»Weil es Gerätschaften gibt«, ergänzte Frances ernst.

Ein vertrautes Funkeln trat in seine Augen. »Die keine Zahnräder haben.«

Lachen perlte in ihrer Kehle auf, und gleichzeitig brannten Tränen in ihren Augen. Sie schluckte die Tränen und das Lachen hinunter. »Vielen Dank, Mister Whitcox.«

Sofort verschwand das Lachen aus seiner Miene. »Wofür?«

»Dass Sie mir erlauben, für mich selbst zu sprechen«, sagte sie.

»Anders würde ich es nicht wollen.«

Die Muskeln tief unten in ihrem Unterleib flatterten. Er hatte gesagt, er sei nicht an einem Flirt interessiert. Für einen atemberaubenden Moment wünschte Frances, er möge mit ihr flirten. In einem Wirbel aus Samt, Seide und Draht drehte sie sich um.

Die Stimme des Anwalts folgte ihr durch das dunkle Treppenhaus: »Mistress Hart.«

Frances hielt mit dem rechten Fuß zwischen zwei Stufen inne. Ein Mann und eine Frau – beide kaum mehr als Kinder – standen unten auf dem marmornen Treppenabsatz und betrachteten die tote Giraffe, ohne etwas von dem Aufruhr zu ahnen, der über ihnen tobte.

»Ja, Mister Whitcox?« Ihre Stimme klang blechern, als stammte sie nicht aus einem Körper aus Fleisch und Blut, sondern aus einer metallischen Maschine, die man als Graphophon bezeichnete.

»Sie haben gefragt, ob ich mir jemals vorstelle, mein bloßes Hinterteil würde geschlagen.«

Marmorböden und Gewölbedecken verstärkten den Schrei eines Säuglings. Frances verschränkte die Arme, um ihr Verlangen zu beherrschen. »Tun Sie es?«, fragte sie und sah, wie die junge Frau die Lippen bewegte, worauf der junge Mann den Kopf in den Nacken warf und über die Bemerkung der jungen Frau lachte.

»Bis heute nicht.«

Die Sehnsucht, die seine Antwort weckte, trieb Frances die Treppe hinunter, vorbei an dem lachenden Paar und der Giraffe, die nie wieder ein Lachen hören würde. Sie konnte sich des Gefühls nicht erwehren, dass das Museum nicht mehr war wie vorher. Die verbeulte Rüstung hatte sich nicht verändert, auch nicht der angeschlagene römische Sarkophag oder das pechschwarze prähistorische Fossil. Und doch war nichts mehr wie vorher.

Ohne auf ihr Spiegelbild in der Tür aus Messing und Glas zu achten, verließ Frances das Museum. Tropfen rannen ihr über die Wange. Sie blickte auf. Aus dem grauen Himmel fiel rußgeschwängerter Regen. Aus den Augenwinkeln sah sie einen Omnibus an der Bordsteinkante anfahren.

»Halt!« Sie hielt ihren Strohhut fest und rannte mit hüpfender Tournüre und Täschchen hinter der schwankenden Pferdekutsche her. »Warten Sie bitte!«

Gehorsam blieben die drei Pferde stehen.

Der Omnibus war mit Reklametafeln beklebt wie ein Sammelalbum. Einige der Produkte, die strahlende Frauen auf den Bildern anpriesen, kannte Frances: Roperts beste Schuhwichse, Hudsons Seifenpulver und Yorkshire-Würze. Andere waren ihr unbekannt: Birds Eipulverkonzentrat, Cuffs Sodawasser, Huntley & Palmers feinste Boudoirbiskuits.

Hastig kramte sie das Zwei-Pence-Stück für die Fahrstrecke von zwei Meilen aus ihrem Täschchen und stieg in den geschlossenen Wagen. Der abgestandene Geruch nach Eau de Cologne, Schweiß und feuchter Wolle schlug ihr entgegen. Hinten im Bus saßen zwei dunkle Gestalten, die ihre Köpfe zusammensteckten.

Mit einem Ruck fuhr der Omnibus an. Frances ließ sich unter Stoffgeraschel und Metallgeklimper auf eine Bank fallen. Sie fühlte sich geradezu lächerlich schwebend wie ein Ballon, der sich von der Leine losgerissen hatte, und rutschte auf der abgenutzten Holzbank bis an die verschmierte Fensterscheibe.

Eine Bronzemünze flog durch die Luft. Ihr Herz tat einen Sprung, als sie einen Zylinder aus schwarzer Seide erblickte. Aber der Besitzer trug einen gestreiften Wollmantel, keinen schwarzen. Er hatte die Münze in die Luft geworfen, die eine kleine, schmuddlige Hand nun auffing. Der Mann mit dem Zylinder hielt einen Regenschirm über eine elegant gekleidete Dame, während sie auf einer Bahn entlangging, die der Straßenkehrer vor ihr säuberte. Ihre Körper bewegten sich im Einklang.

Frances fragte sich, wie es wohl wäre, London mit einem Mann zu erkunden, der sie vor Regen schützen und den Sonnenschein mit ihr teilen würde. *Mit einem Mann, der eine Frau nicht unbedingt schwängern würde, wenn er mit ihr schlief.*

Ein unterdrücktes Kichern erregte Frances' Aufmerksamkeit. Der Herr mit dem schwarzen Seidenzylinder und seine modische Begleitung waren verschwunden. An ihrer Stelle waren vor dem Fenster nun der silbrige Dunst ihres Atems und ihr verschwommenes Spiegelbild zu sehen.

»Lass das, Molly«, flüsterte eine jungenhafte Stimme ängstlich durch das Ächzen und Malmen der überladenden Wagenräder. »Die werfen uns noch aus dem Bus.«

»Ach, Jerry, das merkt doch keiner.« Die mädchenhafte Antwort war deutlicher als die Stimme des Jungen. »Nur mal gucken, mehr will ich doch gar nicht ... Ooooh! Guck mal, er ist ja ganz blau. Ist ihm kalt, Mister Hornsby?«

Frances wischte die von ihrem Atem beschlagene Scheibe ab und bemühte sich nach Kräften, das junge Pärchen nicht zu belauschen.

»Sehr, Mistress Hornsby.« Es war nicht einfach. Die Leute aus der Stadt redeten, als seien sämtliche Londoner um sie herum taub, stellte Frances trocken fest. »Nimm ihn in die Hände und wärme ihn.«

»So, Mister Hornsby?« Ein Kichern, das für eine verheiratete Frau viel zu jung klang, drang durch den dämmrigen Omnibuswagen.

Frances fragte sich, wie sie wohl geklungen haben mochte, als sie gerade geheiratet hatte. War auch ihr Lachen voller mädchenhafter Freude gewesen? Hatten Mutterfreuden daraus gesprochen, als sie ihr erstes Kind zur Welt gebracht hatte? Hatte reife Zufriedenheit darin gelegen, als sie ihr erstes Enkelkind im Arm gehalten hatte? Hatte sie jemals unbekümmert gelacht?

Draußen vor dem Wagenfenster wirbelte eine Wollmütze durch den Nieselregen.

»O ja, Mistress Hornsby. Genau so.« Die Stimme des jungen Mannes wurde tiefer. »Du kannst ihn ruhig härter anfassen. Er geht nicht kaputt, weißt du.«

Frances erblickte einen Jungen, der mit gesenktem Kopf und vor Nässe triefender Kappe seinen Muffin-Wagen davonschob, und eine alte Frau, die in einem Hauseingang kauerte.

»Er ist so heiß, Jerry. Und weich. Hier, fühl mal. Er ist weicher als ein Seidenhut.«

Die alte Frau machte keinerlei Anstalten, den Muffin aufzufangen, der an ihrer Schulter vorbeiflog. Sie hatte sich mit ihrem Platz im Leben abgefunden.

»Mach fester«, drängte der junge Mann. »Lass ihn spritzen … wie ich's dir gezeigt hab.«

Das Kichern des Mädchens schrillte durch das dumpfe Quietschen und Ächzen, das in Frances' Kopf dröhnte. Der Omnibus hielt mit einem Ruck an. Niemand stieg ein oder aus.

»Gott«, hallte die seltsam erstickte Stimme des Jungen durch die plötzliche Stille. »Nimm mein Taschentuch raus, Molly, sonst gibt's Flecken auf meiner Hose, wenn er spritzt.«

Flecken, Hose, *spritzen?*

Die plötzliche Erkenntnis traf Frances wie ein Blitz. Das Mädchen und der Junge taten doch etwa nicht wirklich das, was sie stark vermutete? Der Omnibus ruckte, rollte zurück und fuhr mit einem Satz an. Frances lauschte angespannt, um den Jungen und das Mädchen besser zu verstehen.

»Guck, er wird ganz rot und blau. Wie eine reife Pflaume.«

Das gedämpfte Flüstern des Mädchens drang unnatürlich laut durch das Knarren von Holz und das Rattern der Räder. Ehrfurcht lag in ihrem Ton und etwas anderes, was Frances nicht recht einordnen konnte. »Er wird größer, Jerry. Tut es weh?«

»Nein … gut … Mensch, Molly! Nicht aufhören!«

»Soll ich machen, dass er spritzt, Jerry?«, fragte sie und klang auf einmal viel älter als ein junges Mädchen. »Soll ich?«

Mit einem Mal wurde Frances klar, was dieses Andere im Ton des Mädchens war. Sie klang genau so, wie die Frauen auf den französischen Postkarten gewirkt hatten: sicher im Vertrauen auf ihre Sinnlichkeit und ihre Fähigkeit, Lust zu schenken und zu empfangen. Neid wallte in ihr auf. Neid auf die Leichtfertigkeit des Mädchens, auf seinen Mut und seine Jugend. Darum hatte man Frances betrogen, die mit 15 geheiratet und mit 16 ihr erstes Kind bekommen hatte. Die unerklärliche Anwandlung von Neid jagte ihr einen Schrecken ein, gefolgt von reinstem Entsetzen.

Frances sprang auf. Was war bloß mit ihr los? Sie liebte ihren Mann, ihre Kinder und ihre Enkel. Nicht einen Augenblick ihres Lebens mit ihnen würde sie missen wollen. Der Omnibus hielt ruckelnd an. Frances zog die Schultern hoch, hielt den Kopf entschlossen von dem Pärchen abgewandt und stieg hastig aus. Der rußgeschwärzte Nieselregen hatte ebenso unvermittelt aufgehört, wie er angefangen hatte.

Mit klammen Fingern kramte Frances den Schlüssel zu dem roten Backsteinhaus, das sie für die Saison in der Stadt gemietet hatte, aus ihrem Täschchen und stieß energisch die Tür auf. Der Fleischgeruch eines schmorenden Rinderbratens ließ sie mitten im Schritt innehalten. Aus dem Wohnzimmer drang mädchenhaftes Kichern. Frances' rasender Herzschlag stockte. In diesem Haus gab es keine jungen Mädchen. Unruhe jagte ihr einen Schauer über den Rücken. Oder war etwa eine ihrer Töchter mit ihren Enkelinnen zu Besuch nach London gekommen?

»Mister Denton«, rief Frances mit trockenem Mund. Ihre Stimme hallte durch die leere Diele. »Mistress Jenkins?«

Niemand antwortete.

Ich bin noch nicht bereit, mich der Familie zu stellen, dachte Frances in einem Anflug von Panik. Sie brauchte noch Zeit.

Ein dumpfes Scheppern dröhnte durch die Stille. Frances ging an der Tapete mit dem dunkelgrünen Farnmuster vorbei über den verkratzten Eichenboden der Diele durch einen kurzen Flur und blieb vor der Wohnzimmertür stehen. Die Flügeltür aus Walnussholz war geschlossen. Frances atmete tief durch und öffnete sie mit weitem Schwung.

Denton kniete mit gesenktem, weißhaarigem Kopf und gebeugten Schultern vor dem schwarzen Eisenkamin auf dem Boden und hielt eine kleine Bronzeschaufel in der Hand. Mistress Jenkins stand in weißer Spitzenhaube und blütenweißer Leinenschürze neben ihm und hielt einen Handfeger mit Bronzegriff in der Hand. Der Butler war 72 Jahre alt, die Haushälterin 66. Das mädchenhafte Kichern konnte von keinem der beiden stammen.

»Ich dachte, ich hätte jemanden lachen hören«, sagte Frances vorsichtig. »Habe ich Besuch?«

Mistress Jenkins schaute mit rotem Gesicht auf. Ihr irischer Akzent war besonders stark ausgeprägt, als sie sagte: »Das war bestimmt das Heulen im Kamin. Mister Denton und ich gucken gerade danach. Er holt den Schornsteinfeger, sobald wir hier fertig sind.«

Der Nachklang des mädchenhaften Kicherns lag noch in der Luft. Es hatte sich durchaus nicht angehört wie das Pfeifen des Windes im Kamin. Unentschlossen blieb Frances in der offenen Tür stehen.

»Stehen Sie auf, Mister Denton. Wir haben ihn sauber gemacht, so gut es geht. Geben Sie mir die Schaufel.« Geschickt hängte die Haushälterin Schaufel und Handfeger an das Gestell mit den Schürhaken. Als sie Frances wieder anschaute, war ihr faltiges Gesicht gelassen und die Röte zu einem gesunden Glühen verblasst. »Möchten Sie eine Tasse Tee, Mistress Hart?«

»Nein …« Der Butler stand erstaunlich geschmeidig auf. Auch sein Gesicht strotzte vor Gesundheit und Vitalität. »Doch. Das wäre mir sehr lieb. Vielen Dank.«

»Keine Ursache, Madam.«

Frances trat beiseite, um den Butler und die Haushälterin vorbeizulassen. Misstrauisch blickte sie sich in dem leeren Zimmer um. Es lag noch etwas in der Luft, ein Hauch von Freude und etwas anderem …

»Die Post, Mistress Hart.«

Frances schreckte zusammen. Schweigend und mit gesenktem Kopf reichte der Butler ihr ein Silbertablett. Er war nicht nur geschickt, sondern auch ruhig. Mit spitzen Fingern nahm sie den weißen Umschlag mit der großen Kinderschrift von dem Tablett. Frances brauchte den Brief gar nicht erst zu öffnen, um zu wissen, von wem er stammte: Er war von ihrer ältesten Enkelin, der siebenjährigen Megan, die als Einzige das rote Haar ihrer Großmutter geerbt hatte. Das Mädchen war lebhaft und kannte keine Furcht. Megan war ihr Augapfel und würde bald zu einer jungen Frau heranwachsen.

Das Alter lastete auf Frances' Schultern. Sie setzte sich auf einen abgenutzten Goldbrokatsessel und schickte sich an, den Umschlag aufzureißen. Vor ihrer Nase tauchte ein Bronzemesser auf.

Errötend nahm Frances den Brieföffner an. »Danke, Mister Denton.«

In London herrschten tatsächlich andere Sitten als auf dem Land. Zu Hause hatte sie keinen Butler, und das Dienstmädchen wäre gewiss nicht auf die Idee gekommen, ihr einen Brieföffner zu bringen.

»Sehr wohl, Madam«, sagte Denton ruhig. »Haben Sie noch einen Wunsch?«

»Nein, danke.«

Sorgfältig schnitt Frances den Briefumschlag auf. Durch das Fenster fiel fahles Sonnenlicht. Frances hielt den Brief auf Armeslänge von sich – ihre nachlassende Sehkraft gemahnte sie ebenfalls an ihr Alter – und überflog das vertraute Gekritzel. Mit tiefem Seufzen blinzelte sie durch einen Tränenschleier und las den Brief langsam noch einmal.

Liebe Oma,

Ich vermisse dich. Briefe sind nicht dasselbe wie reden. Gestern habe ich einen Fisch gefangen. Er war riesengroß. Ich wollte ihn dir zeigen, aber du warst nicht hier. Wann kommst du nach Hause? Du bist schon so viele Wochen weg. Ich weiß, dass Opa dir fehlt, und Mama sagt, wir müssen geduldig sein, aber wir vermissen ihn doch auch und laufen trotzdem nicht weg. Bitte komm nach Hause.

11

Mister Bartle erkrankte am 8. Dezember 1886, 23 Tage bevor er starb.« James schaute von seinen Notizen auf. »Ist das richtig, Doktor Dudley?«

»Das ist richtig«, bestätigte George Stewart Dudley, der Zeuge der Anklage, ruhig. »Ja.«

»Was haben Sie festgestellt, als Sie Bartle untersuchten?«

»Wir … also Doktor Leach, der mich zur Konsultation hinzugezogen hatte, und ich fanden Symptome einer Quecksilbervergiftung.«

James lehnte sich zurück. »Wieso hat Mister Bartle an einer Quecksilbervergiftung gelitten, Doktor Dudley?«

»Ich nehme an, weil er Quecksilber zu sich genommen hat, Sir.«

Gespanntes Gelächter wurde im Gerichtssaal laut. Die schmalen Lippen des Zeugen zuckten an den Mundwinkeln zu einem unsicheren Grinsen hoch. George Stewart Dudley hatte seine Antwort nicht witzig gemeint, und sie war auch keineswegs komisch. Aber die Reaktion der Zuhörer auf der Galerie bestärkte ihn. Von nun an würde er sarkastische Bemerkungen gezielt einsetzen, um James inkompetent erscheinen zu lassen.

Die zwölf Geschworenen rutschten unbehaglich hin und her. Sie hatten einen weiteren langen Verhandlungstag im Prozess gegen Mary Bartle hinter sich gebracht und brannten darauf, zum Abendessen nach Hause gehen zu dürfen. James konnte es kaum abwarten, Frances Hart in der Achilles-Buchhandlung zu treffen.

»Eine berechtigte Annahme, Doktor Dudley.« James lächelte den Zeugen freundlich an. »Aber warum sollte Mister Bartle Quecksilber zu sich genommen haben?«

Der Arzt grinste nervös. »Das weiß ich nicht, Sir, und da das Opfer tot ist, kann ich es schlecht danach fragen.«

Die Männer und Frauen auf der Galerie brachen in schallendes Gelächter aus. Auch das Publikum war müde. Der Prozess hatte am vergangenen Samstag begonnen. Mittlerweile war bereits Mittwoch, und James hatte noch nicht einmal das Eröffnungsplädoyer der Verteidigung gehalten.

Mit einem Lächeln würdigte er zum Schein den Witz des Arztes. Mit jedem Mienenspiel, jeder Bewegung, jedem Wort ging er ein wohlkalkuliertes Risiko ein. »Litt Mister Bartle vor dem achten Dezember an einer Krankheit, Doktor Dudley?«

»Das weiß ich nicht, Sir.« Der Zeuge wich dem Blick des Anwalts unbehaglich aus. Er versteckte sich genauso wie Mistress Hart. Was der Arzt zu verbergen suchte, wusste James, aber wann würde er hinter die Geheimnisse der Witwe kommen? »Ich war nicht der Hausarzt der Familie.«

Schweiß kroch James über die Kopfhaut. Er merkte, dass seine Geduld mit jedem Herzschlag weniger wurde. »Aber Sie sind doch Arzt«, hakte er sanft nach.

Der Zeuge warf James einen verärgerten Blick zu.

»Einspruch, Euer Ehren«, schaltete der Staatsanwalt sich rasch ein. »Doktor Dudley ist kein Angeklagter in diesem Prozess. Seine Referenzen wurden vom Gericht geprüft und für mustergültig befunden.«

»Einspruch stattgegeben.« Ohne die geringste Bewegung seiner pharaonenhaften Perücke spähte der Richter verstohlen auf die Taschenuhr, die er in dem bunten Blumenstrauß auf seinem Tisch versteckt hatte. Wie so viele Traditionen im Gerichtssaal waren auch diese duftenden Blumen ein Überbleibsel aus früheren Zeiten, als Bäder und sanitäre Anlagen noch wesentlich rarer waren. »Mister Whitcox, bitte unterlassen Sie es, die Referenzen des Zeugen in Zweifel zu ziehen.«

»Verzeihung, Euer Ehren.« James setzte das demütige Lächeln auf, das er im Laufe der Jahre perfektioniert hatte. »Das war nicht meine Absicht.« Er hatte den Blick des Arztes auf sich lenken wollen, und genau das hatte er nun erreicht. Dass der Staatsanwalt die Referenzen des Arztes noch einmal bestätigt hatte, war durchaus kein Schaden. »Doktor Dudley«, sagte James verbindlich, »gegen welche Krankheiten könnte man Ihrer sachkundigen Meinung nach Quecksilber einnehmen?«

»Einspruch, Euer Ehren!«

Der Richter runzelte die Stirn. »Mit welcher Begründung, Mister Lodoun?«

»Als Todesursache wurde bei Mister Bartles eine Chloroformvergiftung festgestellt«, erklärte der Staatsanwalt mit Nachdruck. »An welcher Krankheit er gelitten haben mag, die eine Verwendung von Quecksilber erfordert haben könnte, hat für diesen Fall keinerlei Bedeutung.«

»Mit Verlaub, da bin ich anderer Ansicht, Euer Ehren«, warf James freundlich ein. »Die Krankheit, an der Mister Bartle litt, ist für diesen Fall sogar von erheblicher Bedeutung, wie ich gleich erläutern werde, wenn Euer Ehren mir noch ein paar Augenblicke gewähren.«

»Gut, Mister Whitcox. Aber schnell, Sir.« Wieder warf der Vorsitzende einen verstohlenen Blick auf die versteckte Taschenuhr. Jeden Mittwochabend ging der ehrenwerte Richter Justin Aaron zum Abendessen zu seiner Tochter und spielte mit seinen Enkeln Dame. Auch er brannte darauf, die Sitzung zu schließen. »Einspruch abgelehnt, Mister Lodoun. Doktor Dudley, Sie dürfen die Frage beantworten.«

»Es gibt mehrere Krankheiten, die mit Quecksilber behandelt werden«, antwortete der Arzt ausweichend.

Der Zeuge war gut vorbereitet und würde von sich aus keine Geheimnisse der Anklagevertretung preisgeben.

»Doktor Dudley«, sagte James so laut, dass seine Stimme bis auf die Galerie zu hören war. »Ist es nicht so, dass Quecksilber zur Behandlung von Syphilis eingesetzt wird?«

Erschrockene weibliche Ausrufe hallten durch den Saal. Obwohl in London Geschlechtskrankheiten geradezu grassierten, mussten anständige Frauen sich allein bei deren bloßer Erwähnung schockiert geben. Der Mantel des Schweigens führte bei vielen ehrbaren Frauen wie etwa Jane Fredericks Mutter dazu, dass sie Opfer eben jenes Übels wurden, vor dem die Gesellschaft sie zu bewahren suchte. Die Geschworenen vergaßen schlagartig ihr Abendessen und beugten sich vor, um die Antwort des Arztes ja nicht zu verpassen. Die Sünden eines Mannes waren fast ebenso reizvoll wie die einer Frau.

»Ja«, antwortete der Arzt zögernd. »Manchmal wird Syphilis mit Quecksilber behandelt.«

»Entspricht es den Tatsachen, dass Mister Bartle an Syphilis litt, Doktor Dudley?«, fragte James.

»Einspruch, Euer Ehren!«, protestierte der Staatsanwalt scharf.

»Mit welcher Begründung, Mister Lodoun?«, fuhr der Richter ihn an.

James wartete äußerlich geduldig ab, während er innerlich die Strategie des Anklagevertreters einzuschätzen versuchte.

»Eine solche Information wird das Urteil der Geschworenen unangemessen beeinflussen, Euer Ehren«, führte der Staatsanwalt nun ruhiger aus. »Mister Bartle ist das Opfer. Welche Geschlechtskrankheit er sich vor seinem Tod zugezogen haben mag, ist für diesen Fall unerheblich. Er wurde ermordet, Sir, heimtückisch, vorsätzlich und aus niedrigen Beweggründen. Ich beantrage, dass Sie die Äußerungen von Mister Whitcox aus dem Protokoll streichen lassen, um der Gerechtigkeit zu dienen.«

»Ich versichere Ihnen, Euer Ehren, dass Mister Bartles unglückselige Krankheit für diesen Fall durchaus erheblich ist«, erklärte James ruhig. »Krankheiten wie diese haben eine Entstehungsgeschichte, die recht erhellend ist. Ich bin überzeugt, wenn wir den Krankheitsverlauf des Toten zurückverfolgen, werden wir leichter feststellen können, wer in diesem Fall der Übeltäter und wer das wahre Opfer ist, so dass der Gerechtigkeit wahrhaftig gedient ist.«

»Gut, Mister Whitcox. Einspruch abgelehnt. Bitte dienen Sie der *Gerechtigkeit*, Doktor Dudley«, entschied der Richter und warf einen raschen Seitenblick auf den leuchtenden Blumenstrauß, bevor er seitlich zum Zeugenstand hinübersah, »und beantworten Sie die Frage.«

Der Arzt warf einen fragenden Blick zum Staatsanwalt hinüber, der kurz nickte. »Ja, es stimmt«, sagte Dr. Dudley steif. »Mister Bartle litt an Syphilis.« Hastig fügte er hinzu: »Aber an dieser Krankheit ist er nicht gestorben, Sir!«

James wusste nur zu gut, was Thomas Edwards Bartle getötet hatte. »Vielen Dank, Doktor Dudley«, sagte er.

»Er ist auch nicht an einer Quecksilbervergiftung gestorben«, betonte der Arzt eilfertig. »Es steht außer Zweifel, dass er einer Chloroformvergiftung erlag.«

»Das wäre alles, Doktor Dudley.« James lächelte zynisch. Der Zeuge der Anklage hatte sich als wirkungsvolle Waffe erwiesen, und nun war es an der Zeit, dass er von der Bühne abtrat. »Ich habe keine weiteren Fragen, Euer Ehren.«

Der Staatsanwalt erhob sich halb. »Ich würde den Zeugen gern noch einen Moment befragen, Euer Ehren …«

»Morgen, Mister Lodoun, morgen dürfen Sie Doktor Dudley nach Herzenslust weiter befragen«, erklärte der Richter streng. »Die Sitzung ist hiermit geschlossen.«

Rot vor Wut platzte der Staatsanwalt heraus: »Euer Ehren …«

»Morgen, sagte ich.« Ein lauter Hammerschlag unterstrich

die richterliche Entscheidung. Noch nie hatte James erlebt, dass der Richter sich zum allwöchentlichen Abendessen mit seiner Familie verspätet hätte. Mit Genugtuung stellte er fest, dass dieser Abend nicht die erste Ausnahme von dieser Regel bringen würde. »Die Sitzung ist geschlossen. Die Verhandlung wird morgen früh um zehn Uhr fortgesetzt.«

Vorfreude schoss James in die Lenden.

»Sie haben es offenbar eilig, Whitcox.«

Das Ächzen der Holzbänke und das Rascheln von Kleidern erfüllte den Gerichtssaal, als die Männer und Frauen einzeln oder in Grüppchen die Galerie verließen.

James steckte seine Unterlagen in die schwarze Aktentasche. »Die ganze Welt hat es eilig, Herr Kollege.«

»Aber Sie doch nicht«, sagte Jack Lodoun. »Sie leben doch nur für das Gericht.«

»Werden Sie nervös?« James schnallte seine Aktentasche zu und spöttelte: »Noch bevor ich meine Eröffnungsrede gehalten habe?«

Aus dem scharfen Ton des Staatsanwalts sprach Bitterkeit. »Wissen Sie, wie man Sie nennt?«

Der Anwalt blickte auf. Lange musterte er den Mann, der vor dem Tisch des Verteidigers stand. Er war kleiner als James, schlanker, und in den kastanienbraunen Koteletten, die unter seiner grauen Perücke hervorragten, war noch kein Silberschimmer zu entdecken. James fiel auf, dass die Augen des Staatsanwalts die Farbe von Immergrün hatten, blauviolett wie die Vorhänge in seinem Wohnzimmer.

»Falls ich etwas getan haben sollte, was Sie persönlich kränkt, dann sagen Sie es mir«, erklärte er kühl. »Falls Sie sich jedoch ärgern, weil ich es nicht zulasse, dass Sie meine Mandantin hängen, dann sagen Sie es Richter Aaron.«

In Jack Lodouns Augen rang Verwirrung mit Wut. »Sie wissen es nicht, oder?«

James glitt hinter dem Tisch hervor, was die rutschige Seide seiner Robe ihm erleichterte. »Ich weiß genau, welche Spitznamen man mir gibt.«

In den Gazetten, den Clubs, den Salons.

»Aber wissen Sie auch, wieso?«, fragte der Staatsanwalt herausfordernd.

James stand auf. Später konnte er sich noch genügend über das ungewöhnliche Benehmen seines Kollegen wundern, aber jetzt hatte er eine Verabredung. »Machen Sie mit meinem Sekretär einen Termin aus, wenn Sie etwas zu besprechen haben.« Er wandte sich mit schwingender Aktentasche und raschelnder Robe ab.

»Dieses Mal gewinnen Sie nicht, Whitcox.«

James blieb stehen und zog sich die Perücke vom Kopf. Kühle Luft strich ihm über den Nacken. Er fuhr sich mit den Fingern durch das schweißverklebte Haar, bevor er antwortete: »Ich gewinne immer, Lodoun.«

»Aber es liegt Ihnen nichts daran, stimmt's?«

James dachte an sämtliche Mandanten, die er im Laufe der Jahre verteidigt hatte. Wann hatte er zum letzten Mal wirklich Sympathie oder Mitgefühl für einen unschuldigen Mandanten empfunden? Wann hatte er zum letzten Mal bereut oder bedauert, einem Schuldigen zum Freispruch verholfen zu haben? »Das ist unser Beruf«, antwortete er ungerührt.

Die Krone klagte an. Die Verteidigung verteidigte. Im Rahmen des Gesetzes gab es kein Richtig oder Falsch. James verließ den Gerichtssaal mit der Perücke in der rechten, der Aktentasche in der linken Hand. Die wehende Robe klebte bei jedem Schritt am Wollstoff seiner Hosenbeine. Der Staatsanwalt folgte ihm nicht.

Seine hallenden Schritte pochten eine Frage in den endlosen Korridor: *Stellen Sie sich jemals vor, Ihre Finger wären der Phallus eines Mannes, Mistress Hart?*

James hatte die Gegenfrage aus einem Impuls heraus gestellt und von Frances eine vernichtende Antwort erhalten.

In ihrem Blick hatte kein Zorn gelegen, in ihrem Ton kein Bedauern. Sie konnte sich einfach nicht vorstellen, dass eine Frau Lust aus ihrer Vagina beziehen könnte. Als James ihr Bekenntnis gehört hatte, hatte er sich inständig gewünscht, ihr zu zeigen, was für ein Geschenk ihre Sinnlichkeit war.

Nun schob er sich die Perücke unter den linken Arm und blieb vor einer Tür stehen. Im Licht, das durch einen Spalt drang, war das dunkle Holz als Eiche zu erkennen. Seine Hand stockte über der Bronzeschnalle der Aktentasche. James brauchte seinen Schlüssel nicht. Langsam streckte er den Fuß aus und stieß leise die schwere Tür auf. Ein schwarzhaariger Mann beugte sich über einen großen Teaktisch und blätterte einen Stapel Papiere durch. Ein Lächeln nahm die Anspannung aus James' Schultern. »Noch hier, Mister Tristan? Ich dachte, Sie hätten heute Abend eine Verabredung.«

»Sir! Haben Sie mich erschreckt.« Hastig hob der Referendar die Papiere auf, die er vor Schreck hatte fallen lassen. Sein karierter Überzieher klaffte auf und ließ darunter den traditionellen schwarzen Rock des Bürodieners erkennen. »Ich dachte, ich hätte vergessen, eine Nachricht zu notieren. Ich bin nur zurückgekommen, um das hier schnell durchzusehen. Ich bin gleich fertig.«

»Keine Eile.« Achtlos schob James die Perücke auf den Ständer hinter seinem Schreibtisch und stellte die Aktentasche auf den schwarzen Ledersessel. Avery Tristan arbeitete seit zwei Jahren bei ihm und war ebenso tüchtig wie diskret. »Ich habe heute Abend eine Verabredung. Gibt es noch irgendetwas, was nicht warten kann?«

»Eine Verabredung, Sir?« Rasch blätterte der Referendar in einer Kladde mit schwarzem Ledereinband, die auf dem Schreibtisch lag. »Ich kann mich nicht erinnern, für heute Abend einen Termin eingetragen zu haben.«

»Es handelt sich nicht um einen der üblichen Termine«, sagte James mit einem Anflug von Ironie.

»Oh.« Mit rotem Kopf schlug der Sekretär diplomatisch die Kladde zu. »In Ordnung, Sir.«

James kämpfte sich aus seiner Robe.

»Erlauben Sie, Sir?« Die Robe glitt ihm von den Schultern. »Hatten Sie schon Gelegenheit, den Hart-Bericht durchzusehen?«

Leichte Hitze brannte auf den Wangen des Anwalts. Er hatte Erkundigungen über die Witwe eingeholt. Sofort tat er den ungewohnten Anflug von Gewissensbissen ab: Damit konnte ein Jurist es nicht zum Kronanwalt bringen. »Ja, danke«, antwortete James. Der Bericht lag fein säuberlich auf seinem Schreibtisch, wo er ihn in der Verhandlungspause gelesen hatte.

Frances Harts Leben füllte drei Seiten, von denen eine vielsagender war als die andere. Sie hatten ihm sämtliche Fragen beantwortet bis auf eine: Wieso glaubte sie, über das Alter hinaus zu sein, in dem sie sich auf körperliche Beziehungen einlassen könnte? »Gab es irgendein Problem mit Mister Lodoun?«

»Nein, Sir.« Der Referendar, der gerade einen Fussel von der schwarzen Seidenrobe des Anwalts zupfen wollte, hielt mitten in der Bewegung inne. »Nur Mister Lodouns Sekretär hat um eine Abschrift von Mistress Bartles medizinischen Untersuchungsberichten gebeten. Ich habe ihm gesagt, ich würde seine Bitte weiterleiten.«

Ob der Staatsanwalt deshalb die Hosen voll hat?, fragte James sich zynisch. Weil er zu Recht vermutet, dass ich ihm Informationen vorenthalte? Grinsend knöpfte er seine Weste auf. Er hatte es eilig, sich die Ränke und Verzweiflung abzuwaschen, die in seinen Kleidern und auf seiner Haut klebten wie Kohlenstaub. »Geben Sie ihm die Berichte morgen Vormittag.«

Dann wäre es für Lodoun zu spät, eine offensive Strategie zu entwerfen. Die Anklage hatte keine weiteren Zeugen mehr.

Morgen würde James die Eröffnungsrede der Verteidigung halten und seine Zeugen aufrufen.

Aber der heutige Abend gehörte James Whitcox und Frances Hart.

12

Angst schnürte ihr die Kehle zu, Erregung ließ ihre Brustwarzen steif werden.

Ein Glöckchen bimmelte, und gleichzeitig drang das Rattern von Kutschrädern in die Achilles-Buchhandlung. Frances' Blick schweifte zum Eingang. Zwei modisch gekleidete Frauen traten aus der zunehmenden Dunkelheit in die hell erleuchtete Buchhandlung. Polizisten folgten ihnen nicht. Mit dissonantem Geklimper schloss sich die Tür, und das Rattern der Räder verstummte.

Acht Mitglieder des Damen- und Herrenclubs stöberten in den hohen Bücherstapeln auf den Tischen und mieden entschlossen den Blick der anderen Mitglieder. James Whitcox war nicht darunter. Verlegen griff Frances nach einem Buch in braunem Ledereinband. Wieder bimmelte die Türglocke, gleichzeitig sagte eine Männerstimme aus der entgegengesetzten Richtung: »Mistress Hart.«

Sie erstarrte. Das Buch fiel aus ihren plötzlich tauben Fingern.

»Mistress Hart.« John Nickols hob das Buch auf. Frances löste sich aus ihrer Erstarrung – *was war bloß mit ihr los?* – und nahm den Lederband an. »Da hinten ist eine Tür, auf die Miss Hoppleworth gerade zugeht. ›Lateinische und griechische Klassiker‹ steht groß und deutlich darauf. Wenn sie durch die Tür geht, möchte ich, dass Sie ein paar Minuten warten und ihr dann folgen.«

Frances' Magen krampfte sich zusammen. »Aber es sind doch noch gar nicht alle hier«, wandte sie ein.

Beißende Ironie trat in die schwarzen Augen. »Ich bezweifle stark, dass noch jemand kommt.«

Was Ardelle Dennison, Jane Fredericks und Joseph Manning anging, mochte er ja recht haben.

»Aber Mister Whitcox …«

Feuchte Wärme strich über ihren Nacken. »Steht hinter Ihnen, Mistress Hart.«

Schlagartig war Frances sich des zu hellen Deckenlichts und des überwältigenden Geruchs nach Leder und Druckerschwärze bewusst. Und des Mannes, der hinter ihr stand. »Mister Whitcox«, sagte sie, wobei ihr Herz raste und ihr Atem schneller ging. »Ich habe Sie gar nicht hereinkommen sehen.«

»Sie waren beschäftigt.«

»Entschuldigung.« Sie wusste gar nicht, wofür sie sich entschuldigte, für das 7-jährige Mädchen, das sich von seiner Großmutter im Stich gelassen fühlte, oder für die 15-jährige Braut, die noch keine Mutter, geschweige denn Großmutter war und nie Freude am ehelichen Akt empfunden hatte.

»Ich muss mich bei Ihnen entschuldigen.« Feuchte Wärme streichelte ihr Ohr, ihre Wange. »Ich wurde nach der Gerichtsverhandlung noch aufgehalten.«

Frances musterte ihn. Wassertropfen hingen im goldbronzenen Haar des Anwalts. »Sie tragen keinen Hut.«

»Ich habe ihn vergessen.«

»Ihr Haar ist nass.«

»Ich habe geduscht.«

»Ich habe noch nie geduscht«, sagte sie impulsiv.

Sofort verengten sich die Augen, die eindringlich zu ihr herabsahen. Sein Atem, der ihre Lippen streifte, roch nicht nach Karamell, sondern nach Zahnpulver. Der Geruch war jedoch ebenso berauschend. »Sie können mich gern in meiner Kanzlei besuchen, wann immer Sie möchten, Mistress Hart.«

»Ich soll Miss Hoppleworth gleich nachgehen«, sagte sie rasch, um der intimen Anspielung auszuweichen. Was mochte der Journalist von ihrem Gespräch denken? »Mister Nickols wird Ihnen den Weg …«

Aber der Journalist war fort.

»*Die Grundzüge der Gesellschaftswissenschaft* von Doktor George Drysdale«, las James Whitcox. Als Frances aufschaute, raubte das Leuchten in seinen Augen ihr den Atem. »Gibt es einen Grund, dass Sie mehr über Empfängnisverhütung erfahren müssen?«

Hitze bedrängte sie. »Ich … ich …«, stotterte sie. *Grundzüge der Gesellschaftswissenschaft* war ein Buch über Empfängnisverhütung? Verlegen legte sie den Lederband wieder auf den Tisch. »Ich muss jetzt Miss Hoppleworth nachgehen.«

»Dann begleite ich Sie.«

»Ich glaube, Mister Nickols wollte, dass wir einzeln hineingehen.«

»Unsinn.« Seine langen Finger zogen ihre Hand entschlossen unter seinen linken Arm. Frances spürte seine kräftigen Unterarmmuskeln durch seinen Wollmantel und den festen Griff seiner Finger durch das Leder ihrer Handschuhe. »Wir sind durch und durch respektabel. Ich versichere Ihnen, dass wir niemandes Aufmerksamkeit erregen werden.«

Ihre Finger krümmten sich zur Faust. Er *berührte* sie. Sie berührte ihn. Der gesunde Menschenverstand kam ihr zu Hilfe. Damen und Herren gingen oft untergehakt. Diese Geste hatte durchaus nichts Intimes. Männer in den besten Jahren ließen sich nicht auf Intimitäten mit Frauen ein, die ihre besten Jahre bereits hinter sich hatten. Auch wenn diese Frauen es sich anders wünschen mochten.

»Bei den Sitzungen rochen Sie nach Karamell«, sagte sie steif und zwang sich, ihren Schritt dem seinen anzupassen.

Die geschlossene Tür mit der Aufschrift ›Lateinische und griechische Klassiker‹ erschien ihr meilenweit entfernt. »Haben Sie häufig samstags im Gericht zu tun?«

»Ja. Früher.«

Ihre rechte Brust streifte seinen linken Arm, und sofort schoss ein Prickeln von ihrem Oberkörper bis in den Unterleib. Statt auf die Hitze, die Frances über den Rücken jagte, konzentrierte sie sich auf das Gespräch. »An welchem Gericht sind Sie tätig?«

»Old Bailey.«

»Das steht in meinem Reiseführer.«

»Ich mache gern eine Privatführung für Sie« – seine Hüfte stieß an ihre – »wenn Sie möchten.«

Entschlossen starrte Frances nach vorn. Ihr gemeinsames Ziel war nicht mehr weit. Sie brauchte nur noch wenige Schritte durchzuhalten. »Sie müssen sehr nah am Gericht wohnen«, brachte sie mühsam hervor.

»Wie kommen Sie darauf?«

»Ihr Haar ist feucht.« Von seiner Dusche, aber das musste sie nicht hinzuzufügen.

»Ich habe eigene Büroräume im Gericht.«

Und dorthin hatte er sie eingeladen.

»Mister Whitcox.« Frances musste dringend tief Luft holen. Gleichzeitig zog sie ihre Hand aus seiner Armbeuge, fort von der Hitze seiner Finger. »Durch diese Tür passt jeweils nur einer von uns.«

Mit rätselhafter Miene trat er zurück und deutete eine Verbeugung an. »Ich folge Ihnen, wohin Sie mich auch führen, Mistress Hart.«

Was will er damit andeuten?, fragte Frances sich mit pochendem Herzen. Wieso glaubte sie, dass er damit mehr meinte als bloß eine Höflichkeitsfloskel?

»Vielen Dank«, sagte sie und stieß die weiß lackierte Tür auf.

»Guten Tag, Mistress Hart, Mister Whitcox«, begrüßte Marie Hoppleworth sie.

Leise schloss der Anwalt die Tür hinter sich.

»Miss Hoppleworth«, grüßte Frances.

Aber die Sekretärin hatte sich bereits wieder der Bücherwand zugewandt und sich in die goldgeprägten Titel auf den Ledereinbänden vertieft, die in Latein und Griechisch verfasst sein mussten. Frances beherrschte diese Sprachen nicht, hatte aber keinen Zweifel, dass James Whitcox sie lesen konnte. Die kleine Kammer enthielt außer zwei Sesseln nichts Bemerkenswertes.

Frances drehte sich um und zwang sich, dem Anwalt in die Augen zu blicken. »Waren Sie schon einmal in diesem Laden?«

»Ich habe davon gehört«, antwortete er. »Sonst gehe ich gewöhnlich in einen Laden neben dem Gericht.«

»Neben dem Gericht gibt es einen pornografischen Laden?«, fragte sie verwundert.

»Die gibt es doch überall«, antwortete er sarkastisch.

»Aber … aber Anwälte und … *Richter* besuchen den Laden neben dem Gericht?«

»Selbstverständlich.« Der Spott in seinen Augen kehrte sich nach innen. »Es gibt auch einen neben dem Parlamentsgebäude.«

Anwälte, Richter, Abgeordnete? Empörung über die Angst, die in ihr bebte, und über die Heuchelei, die sie umgab, flammte in Frances auf. »Warum sind diese Läden dann verboten?«

»Stellen Sie sich doch nur mal vor, Fleischeslust wäre keine Sünde.« Etwas Dunkles spielte in seinen nussbraunen Augen. Über ihm flackerte eine Gaslampe.

Frances war verwirrt. »Ich fürchte, ich verstehe nicht recht.«

»Wenn Fleischeslust keine Sünde wäre, hätten Frauen die gleichen Rechte wie Männer«, schaltete Marie Hoppleworth sich ein, während sie die Bibliotheksleiter an das Ende des Bücherregals schob und auf die unterste Stufe stieg.

»Wollen Sie etwa sagen, das Parlament verböte diese Läden, um zu verhindern, dass Frauen das Wahlrecht erlangen?«, fragte Frances ungläubig.

»Diese Läden sind illegal, weil die Männer herrschen und weil sie wollen, dass ihre Frauen rein und jungfräulich sind.« Zwei nussbraune Augen fingen ihren Blick ein.

»Männer wollen, dass ihre Frauen machtlos sind.« Marie Hoppleworth stieg mit einem schmalen, in Leder gebundenen Büchlein von der Leiter und sah den Anwalt an. »Sie nehmen uns unsere Macht, indem sie unsere Sexualität kontrollieren. Wenn Frauen machtlos sind, müssen Männer sich für ihr Verhalten ihnen gegenüber nicht verantworten. Und Männer, die ihre Ehefrauen ermorden, werden für unschuldig befunden.«

James Whitcox' Lippen verzogen sich zu einem spöttischen Grinsen. »Das System funktioniert in zwei Richtungen.«

»Mistress Hart«, unterbrach eine Männerstimme. »Miss Hoppleworth. Mister Whitcox.«

»Hallo, Mister Pierce«, erwiderte Marie Hoppleworth kühl. »Wir unterhalten uns gerade über die Emanzipation der Frauen durch Legalisierung des Erotikahandels.«

Thomas Pierce wurde rot. »Ich glaube kaum, dass Fleischeslust zur Emanzipation führen wird.«

»Welchen Sinn hat denn dann der Damen- und Herrenclub?«

Drei Augenpaare richteten sich auf Frances.

»Sind wir denn nicht hier, um etwas über unsere Sexualität zu erfahren und dadurch eine bessere Lebensqualität zu schaffen?«, fragte sie.

»Was glauben Sie, in einem Laden für Pornographie erfahren zu können, was Ihr Leben verbessern könnte?«, antwortete Thomas Pierce mit einer Gegenfrage.

»Guten Tag, Mistress Hart«, schaltete Rose Clarring sich ein. »Miss Hoppleworth. Mister Pierce. Mister Whitcox.«

Frances lächelte sie voller Wärme an. »Guten Tag, Mistres Clarring.«

»Guten Tag, Mistress Clarring«, grüßte Marie Hoppleworth. »Mister Pierce hat Mistress Hart gerade gefragt, was sie glaubt, in einem Laden für Pornographie lernen zu können, das ihr im Leben zugutekäme.«

Rose Clarring richtete ihre elegante schwarze Haube. »Wenn Sie nicht davon ausgehen, dass sich aus diesem Ausflug etwas Lohnendes lernen lässt, wieso haben Sie sich dann solche Mühe gemacht, uns alle herzuholen?«

»Ich habe nicht gesagt, dass dieser Ausflug keinen bildenden Wert haben könne«, sagte Thomas Pierce abwehrend. »Es hat mich lediglich interessiert, was Mistress Hart zu erfahren hofft.«

»Ich weiß jedenfalls, was ich hier zu erfahren hoffe«, erklärte die Sekretärin munter.

»Was denn, Miss Hoppleworth?«, erkundigte Frances sich.

»Den Preis eines Witwentrösters.«

Frances war gar nicht auf den Gedanken gekommen, dass die Buchhandlung mehr als nur französische Postkarten verkaufen könnte. Unweigerlich schweifte ihr Blick zum Anwalt hinüber. Das amüsierte Funkeln seiner wachen Augen war durch Vorfreude gemildert.

Ein Mitglied des Damen- und Herrenclubs nach dem anderen gesellte sich in das kleine Nebenzimmer, grüßte, verbrauchte die knappe Luft und den engen Raum, bis kaum noch Platz war zu stehen. Aber Frances hörte immer noch das Timbre von James Whitcox' Stimme, spürte die Wärme seines Körpers und schmeckte sein salziges Zahnpulver.

Wenn Fleischeslust keine Sünde wäre …

Als Frances sich bewegte, stieß sie mit dem Anwalt zusammen, und ihre Tournüre schmiegte sich an ihre Pobacken. Dem schmerzlich geschärften Bewusstsein für seinen Körper folgte ein merkwürdiges Gefühl gespannter Erwartung, als könne sie in diesem Laden tatsächlich etwas lernen, was ihr Leben verändern würde. Das war natürlich unmöglich, dennoch vermochte Frances sich dieses Gefühls nicht zu erwehren. Die Erregung war ansteckend. Die Gesichter um sie herum trugen alle die gleiche, bewusst ausdruckslose Miene zur Schau. Aber die glühenden Wangen straften ihre scheinbare Teilnahmslosigkeit Lügen.

Die Türklinke klackte. Frances blickte zur aufschwingenden Tür. Leise rollte John Nickols seinen Rollstuhl in den überfüllten Raum. Zwei junge Männer in Tweedanzügen, die sie als Angestellte der Buchhandlung erkannte, folgten ihm und schlossen die Tür.

»Halten Sie bitte Abstand zu den Bücherregalen«, wies der Journalist sie an.

Das war leichter gesagt als getan. Einer der Angestellten drückte auf den mittleren Teil der Bücherwand, in der sich die goldgeprägten Lederrücken aneinanderreihten. Das Regal schwang nach innen. Frances entfuhr ein überraschtes Oh! Ein ebenso verwundertes Raunen ging durch die versammelten Damen.

»Meine Damen, meine Herren.« John Nickols deutete auf die versteckte Treppe, die nun zu sehen war. »Willkommen in der Achilles-Buchhandlung.«

13

Wie kommen wir hinaus, nachdem wir unsere Einkäufe erledigt haben?«, fragte Thomas Pierce. Er klang so jung, wie Frances sich fühlte.

»Es gibt einen separaten Ausgang«, erklärte einer der Männer im Tweedanzug. »Ein Kollege wird es Ihnen zeigen.«

»Mistress Hart.«

Vor Spannung, die ihr die Kehle zuschnürte, konnte Frances kaum atmen. »Ja, Mister Nickols?«

»Ihnen haben wir es zu verdanken, dass wir heute Abend hier sind.« Die Miene des Journalisten war geheimnisvoll. »Ich halte es für angebracht, dass Sie als Erste hinuntergehen.«

Ihre Knie waren peinlich weich. »Danke.«

Feuchte Luft, die nach Leder und Druckerschwärze roch, stach ihr in die Nase. Die steile Treppe war mit einem Läufer ausgelegt. Hier war es merklich kühler. Über ihr spannte sich eine weiße Decke. Unter ihr bildeten Tische auf Holzböcken mehrere Gänge. Der geheime Teil der Buchhandlung sah fast genauso aus wie der öffentliche. Am Fuß der Treppe zögerte Frances.

Lautlos tauchte ein blonder Mann an ihrer Seite auf. »Kann ich Ihnen helfen, Madam?«

Frances fuhr erschrocken auf, entspannte sich aber sofort wieder. Er trug den gleichen Tweedanzug wie die Verkäufer oben. Vorsichtig schaute sie sich um. Zehn männliche Augenpaare wichen ihrem forschenden Blick aus. Entschlossen hob sie das Kinn. »Ich würde gern eine Auswahl französischer Postkarten sehen, wenn es geht.«

»Gewiss.« Die Augen des Verkäufers waren auf gleicher Höhe mit ihren und ließen weder Entrüstung noch Missbilligung erkennen. »Wenn Sie mir bitte folgen würden.«

Deutlich spürte Frances das Rascheln der Röcke hinter und die aufmerksamen Blicke vor ihr, als sie dem blonden Mann folgte.

Der Verkäufer blieb vor dem offenbar längsten Tisch stehen, an dem auch der größte Betrieb herrschte, und verbeugte sich. »Bitte sehr, Madam.«

Sorgfältig mied Frances den Blick der fünf Herren, die um den Tisch standen, und betrachtete bestürzt die unzähligen Kästen mit Postkarten. »Warten Sie!« Sie leckte sich die Lippen und fragte im Flüsterton: »Haben Sie auch Postkarten, auf denen … Männer zu sehen sind?«

Der Verkäufer ging um den Tisch herum und tippte auf verschiedene Kästen: »Femmes. Vermieter. Mütter und Väter. Billard.«

»Vielen Dank.« Sie umklammerte ihr Täschchen. »Das ist aber eine große Auswahl.«

Doch der Verkäufer war bereits gegangen.

Weibliches Gemurmel drang durch den Laden herüber. Frances erkannte die Stimme der Ärztin, Sarah Burns. Sie straffte den Rücken, trat einen Schritt vor und zog eine Postkarte aus einem der bezeichneten Kästen. Auf den ersten Blick sah sie eine junge Frau, die sich einen sepiafarbenen Strumpf anzog und dabei flirtend in die Kamera blickte. Bei genauerem Hinsehen erkannte sie, dass es sich nicht um eine Frau, sondern um einen Mann handelte. Sie atmete flach, um sich von dem Schreck zu erholen. Ein langer Penis beschattete einen Spitzenstrumpfhalter. Eichel und Schaft waren seltsamerweise gleich dick. Hitze brannte ihr auf der Stirn. Als sie erschrocken den Kopf hob, fing sie den Blick des Herrn ein, der ihr gegenüber am Tisch stand. Ein schwarzer Bowler saß auf seinem grauen Haar, und in seinem Gesicht prangte ein imposanter Schnauzbart. Offensichtlich war er ein respektabler Mann.

»Hallo«, sagte Frances höflich. »Das Wetter ist recht schön für April. Ich fürchte aber, dass es bald umschlagen wird.«

Sein Gesicht erstarrte schlagartig zu einer Maske und färbte sich dunkelrot. Wortlos wandte er sich ab und ging. Die übrigen vier Herren rückten von ihr ab und richteten den Blick unverwandt auf die Kästen mit Postkarten auf dem Tisch.

Frances schloss daraus, dass Reden hier unten nicht erwünscht war. Verlegen steckte sie die »Femmes«-Postkarte zurück und nahm eine Karte aus dem »Vermieter«-Kasten. Heiß schoss es ihr den Arm hinauf. Ein nackter, dunkelhaariger Mann kniete auf einem Schemel und beugte sich mit provozierend herausgestrecktem Hinterteil vor, um einen blonden Mann zu küssen. Ein zweiter blonder Mann stand nackt neben dem Knienden und hielt einen dünnen Rohrstock in der Hand. Sein erigiertes Glied wies zur Kamera. Es war lang und dick. Sehr lang, sehr dick. Die pflaumenförmige Eichel war faustgroß.

»Meine Güte!«

Frances fuhr auf und sah neben sich Rose Clarring stehen, deren Rosenmündchen sich zu einem O spitzte. Unwillkürlich schweifte ihr Blick wieder zu den drei Männern.

»Die Komposition ist recht gut, finden Sie nicht?«, stellte Rose Clarring mit gedämpfter Stimme fest.

Frances schluckte. »Durchaus.«

Rose Clarring trat näher und zog ebenfalls eine Postkarte aus dem »Vermieter«-Kasten. Frances trat beiseite und widmete sich einem »Mütter-und-Väter«-Kasten. Aus den Augenwinkeln bemerkte sie, dass die verbliebenen vier Herren den Tisch verließen. Als Frances auf die »Mütter-und-Väter«-Postkarte hinuntersah, die sie zwischen Daumen und Zeigefinger hielt, fühlte sie sich auf Anhieb in das Bild hineingesogen.

Kühle Luft kitzelte ihre Brüste. Heißes Fleisch ließ ihr Hinterteil prickeln. Sie kannte den Mann nicht, dessen nackter Leib sich an ihren schmiegte. Sie wusste nur, dass er sie berühren, verwöhnen und lieben würde, wie sie jetzt war, nicht wie sie vor Jahren gewesen war.

Er knabberte an ihrem Hals, eine feuchtheiße Frage. Sie lehnte den Kopf an seine Schulter, eine vertrauensvoll bejahende Antwort. Lange, elegante Finger hoben ihre schwere Brust. Seine Hand war heiß, ihre Brustwarze hart. Ihr Körper fühlte sich an wie ein ausgetrockneter Brunnen. Er wusste, wie leer sie war, wie sehr sie sich wünschte, ausgefüllt zu werden.

Sie konnte nicht atmen, sich nicht rühren. Sie konnte nur zusehen, wie er ihre Brust knetete, ihr über den Bauch streichelte … Lange Finger glitten durch ihr Schamhaar … zwischen ihre Schenkel … formten sie … teilten sie … füllten …

Ein Stoß holte Frances aus der Postkarte zurück. Esther Palmer griff zielstrebig nach dem »Billard«-Kasten, ohne etwas von der Fantasie zu ahnen, die sie gestört hatte. Frances sog kühle Luft ein, die sie aber nicht abkühlte. Nun begriff sie, warum Gespräche – und Frauen – hier unten nicht erwünscht waren. Die Postkarten waren mehr als Masturbationshilfen. Sie waren Fenster zu erotischen Fantasien, Gucklöcher, die intime Einblicke in die geheimsten Wünsche eines Mannes – und einer Frau – erlaubten.

Gebannt starrte sie wieder auf die Postkarte. Das Bild pulsierte vor Hitze. Die Frau. Der Mann. *Frances*. Als sie die Postkarte hastig zurücksteckte, bemerkte sie den Blick nussbrauner Augen auf sich. Über den Gang hinweg schaute James Whitcox sie an. Ihre Nackenhaare kitzelten vor Spannung. Er bemerkte ihre Begierde, bemerkte ihre Erregung. Er sah eine

49-jährige Frau mit leuchtend roten Haaren und modischer Wespentaille, aber Frances war nicht diese Frau.

Blindlings wandte sie sich ab. Es gab kein Entrinnen aus ihrem Fischbeinkorsett: Es war hart wie ihre Brustwarzen. Es gab kein Entrinnen vor den Absätzen ihrer Stiefeletten: Sie zwangen sie, ihr Becken ebenso vorzuschieben wie ihren Busen. Verstohlene Blicke musterten sie über die Ladentische hinweg. Männer, die akzeptiert werden wollten, die Berührungen brauchten, die sahen, dass auch sie, eine Frau, Verlangen und Bedürfnisse verspürte. Sie bog in einen Seitengang. George Addimore beugte sich, mit dem Rücken zu Frances, über eine Vitrine. Diskret trat ein Verkäufer zurück an die andere Seite des Schränkchens.

Samstag würde sie sehen, was er und die anderen Männer und Frauen gekauft hatten. Und was hätte sie vorzuweisen? Thomas Pierce hatte sie gefragt, was sie in einem Pornographieladen zu finden hoffe, das Auswirkungen auf ihr Leben haben könne. Die Antwort war einfach: nichts.

Statt George Addimores gesenktem Kopf sah sie zwei nussbraune Augen. Goldene Buchtitel sprangen sie an: *Briefe eines Freundes in Paris; Amouröse Erlebnisse eines Arztes; Die Hochzeitsnacht oder Die Kämpfe der Venus; Betsy Thoughtless; Liebeslust; Das Auf und Ab der Liebe*. Sie schob sich zwischen den beiden Tischen hindurch, auf denen sich hohe Bücherstapel türmten, und prallte mit dem Bauch gegen hartes Holz. Ihr Atem entwich mit einem Stöhnen, Glasflaschen hüpften in die Luft. Schnell hielt sie den kippenden Tisch fest, schnappte eine rollende Flasche und verfehlte dabei sechs weitere.

Mit hochrotem Gesicht duckte sie sich aus dem Blickfeld weiblicher wie männlicher Augen und kroch auf dem kratzigen Wollteppich umher, um die rollenden Flaschen einzusammeln, wobei ihre Handschuhe sie behinderten. Innerlich betete sie inständig, dass sie nicht zerbrochen wären und James Whitcox sie nicht so sehen mochte. Nackt. Verletzlich.

»Madam.« Ein Mann im Tweed hockte sich neben sie. Vage erkannte sie in ihm den blonden Verkäufer, der sie zu den Postkarten geführt hatte. »Haben Sie sich verletzt?«

»Es tut mir leid«, sagte Frances und griff nach einer Flasche, die ihren unbeholfenen Fingern jedoch entwischte. »Es tut mir sehr leid.«

»Es ist nichts passiert, Madam.« Mit geschickten Fingern hob er die verstreuten Flaschen auf. »Es ist ja alles heil geblieben.«

Es war keineswegs alles heil. Ihr Körper würde nie mehr so sein wie früher. Sie verspürte Begierde, hatte aber keine Möglichkeit, sie zu befriedigen. Frances sprang auf und presste die einzelne Flasche an sich. Es war ein hübsches Behältnis mit Kristallstopfen. Durch das klare Glas war eine Flüssigkeit zu sehen, und auf dem blumigen Etikett stand »Roses Lubrificum«.

»Ist das Parfüm?«, fragte sie rasch, bevor sie schamrot wurde. Welche Rolle spielte es schon, was in dem Fläschchen war. »Ich nehme es.« Es war das Mindeste, was sie tun konnte, nachdem sie die ganze Partie umgeworfen hatte.

Ihr Angebot stieß auf Schweigen. Sie blickte auf. Der blonde Verkäufer hatte ihr, ohne mit der Wimper zu zucken, Postkarten von Männern in Frauenunterwäsche gezeigt – aus heiterem Himmel fiel Frances auf, dass sie keine Ahnung hatte, welche Art von Bildern sich in dem »Billard«-Kasten befanden. Was mochte ihn nun zögern lassen?

Sie reichte ihm das Fläschchen. »Ich habe gesagt, ich nehme dieses hier«, erklärte sie ungewöhnlich scharf, weil sie sich beweisen musste, dass sie zumindest ihr Tun im Griff hatte, wenn schon nicht ihren Körper.

Ein Muskel in seiner Wange zuckte. Er machte keinerlei Anstalten, ihr die Flasche abzunehmen. »Das ist kein Parfüm, Madam.«

Kein Parfüm. Was denn dann? Frances vergaß die starrenden Blicke und musterte das Fläschchen mit plötzlich gewecktem Interesse. »Ist es … ein Trank?« Sie hatte von Mitteln zur Stärkung der Manneskraft gehört. Für Frauen kannte sie nur Arzneien, die die Fruchtbarkeit förderten.

»Nein, Madam«, antwortete der Verkäufer ausdruckslos. »Es ist kein Trank.«

»Was ist es denn?«, fragte sie und schaute ihn an.

»Es ist ein Lubrificum.«

Roses Lubrificum, um genau zu sein. Frances verkniff sich mühsam eine wütende Erwiderung. Schließlich konnte der junge Mann nichts dafür, dass sie sich gerade zum Narren gemacht hatte, nur weil eine Postkarte ihr aus tiefster Seele gesprochen hatte.

»Was ist ein … Lubrificum?« Sorgfältig wiederholte sie das neue Wort. Wenn sie weiter so viele neue Wörter kennenlernen sollte, müsste sie bald Tagebuch führen.

14

»Sie riechen nach Vanille.«

Frances Hart wirbelte herum, dass die grün-golden gefärbten Reiherfedern an ihrem Hut nur so flatterten, und presste schützend ihr Täschchen an die Brust. »Wie bitte?« Ihr Atem bildete Nebelwölkchen im matten Schein der Straßenlaterne. Im Schatten ihres Strohhuts schimmerte ihr rotes Haar.

»Ich sagte, Sie riechen nach Vanille«, wiederholte James.

An diesem Abend hatte sie wahrhaftig einen Vorgeschmack auf die Stadt bekommen, die für ihre furchtbaren Freuden berüchtigt war. Wie sollte sie sich nun ihm gegenüber verhalten?

Sie wich seinem Blick aus. »Ich verwende nichts, was nach Vanille riecht.«

»Es ist Ihr eigener Duft«, sagte er und lenkte ihre Aufmerksamkeit zielstrebig auf ihren Körper. »Der Duft Ihrer Haut.«

Sie starrte auf sein Kinn. »Mögen Sie den Duft von Vanille?«

»Ich mag den Geschmack von Vanille«, antwortete er mit Nachdruck.

»Mein mittlerer Enkelsohn liebt Vanillecreme«, murmelte sie und gab sich nach außen unempfänglich für seine versteckte Anspielung. Innerlich hatte sie mit Gedanken und Gefühlen zu kämpfen, die sie noch nicht zu teilen bereit war.

Die Dunkelheit, die ihr Gesicht verhüllte, konnte James nicht durchdringen, so konnte er die widerstreitenden Wellen der Begierde und Angst nur spüren, die ihr Körper ausstrahlte.

Nach einer Weile sagte er: »Was Sie in dem Laden gesehen haben, hat Sie schockiert.«

»Durchaus nicht.« Sie legte den Kopf in den Nacken und blickte ihm widerstrebend in die Augen. »Ich verdaue lediglich die verbotene Frucht.«

Seine Mundwinkel zogen sich nach oben. »Hüten Sie sich vor dem Wurm, Mistress Hart.«

»Zu spät, Mister Whitcox«, antwortete sie finster. Ihre Augen verschleierten sich.

Das Lächeln schwand aus der Miene des Anwalts. Gelbliche Nebelschwaden waberten um den Laternenpfahl. Es war kalt und feucht. Er wollte nicht, dass sie nachts allein auf der Straße war.

Eine Droschke kam ratternd mit hell leuchtenden Lampen auf sie zu.

»Ich winke Ihnen eine Mietdroschke heran.«

»Der Omnibus muss jeden Augenblick kommen.«

»Fahren Sie gern mit dem Omnibus?«, fragte er.

»Sie nicht?«

»Ich bin noch nie damit gefahren.«

»Wieso nicht?«, entfuhr es ihr überrascht.

Wieso nicht?, hallte es in James' Ohren wider. Wieso hatte er seine Frau nie gefragt, welche Berührungen sie erregten? Wieso hatte Frances von ihrem Mann nicht mehr erwartet als einen Ehering? »Ich habe nie den Drang danach verspürt«, antwortete er neutral.

»Man fährt damit recht sparsam«, versicherte sie ihm.

James wollte sie nicht anlügen. »Ich hatte es nie nötig, zu sparen.« Er war in einer wohlhabenden Familie zur Welt gekommen und hatte in eine reiche Familie eingeheiratet. Im Laufe seiner Karriere hatte er sein Vermögen mehr als verdoppelt.

»Ich verstehe.«

Ihre Stimme war verbindlich, ihr Ton kühl. Es war unverkennbar, was sie zum Ausdruck bringen wollte: James Whitcox war reich, Frances nicht. Sein Geld ist eine weitere Barriere, die eine Frau vom Land von einem Mann aus der Stadt trennt, dachte sie.

»Ich bin an ihrer finanziellen Lage nicht interessiert«, sagte er tonlos.

»Und Sie sind nicht an einem Flirt interessiert«, erwiderte sie überraschend.

Im Schein der Laterne musterte James ihre Wange, ihren Nasenrücken, die geschwungenen Lippen und die Kinnlinie, die sich gegen das Licht abzeichneten. In der Stille, die sich in die Länge zog, war das Rattern von Kutschrädern und das Klippklapp von Pferdehufen zu hören.

Schließlich sagte er bestimmt: »Nein, ich bin nicht an einem Flirt interessiert.« Von Frances Hart wollte er weit mehr als eine oberflächliche Liebelei.

Ihr Blick schweifte von seinen Augen auf seine Brust. »Im Laden … Haben Sie da etwas gefunden, was Sie interessiert hat?«

Ihm fiel ihre sehnsüchtige Miene ein, als sie sich die Postkarte von der Frau angesehen hatte, die ihre Brust darbot. Ihm fiel das Verlangen ein, das ihre Wangen gerötet hatte, als sie sich die Postkarte von der Frau mit dem Witwentröster angesehen hatte. Ihm fiel der schmerzliche Hunger in ihren Augen ein, als sie sich von der Postkarte abgewandt hatte, die einen Mann und eine Frau in leidenschaftlicher Umarmung gezeigt hatte. So wie es sein könnte. Wie es sein sollte. Wie es sein würde.

»Ja«, sagte er ruhig und nachdrücklich. »Ich habe etwas gefunden, was mich interessiert.«

Ihr Kopf sank noch tiefer, bis ihr Gesicht völlig im Schatten lag. »Sind alle Männer im Parlament gegen die Emanzipation der Frauen?«

Er beugte sich vor in ihre Wärme und sog den würzigen Vanilleduft ein, der ihr eigen war. »Nicht alle.«

»Und Sie?«, fragte sie so leise, dass er sich anstrengen musste, sie zu verstehen.

James senkte den Kopf, bis die weichen Federn auf ihrem Hut ihn an der Stirn kitzelten. Er wählte seine Worte mit Bedacht. »Es ist politisch nicht von Vorteil, das Frauenwahlrecht zu unterstützen.«

Ihr Kopf fuhr hoch. »Aber Sie tun es?«

»Ja.« Er sog ihren Atem ein und schmeckte Zahnpulver und Frances. Die Art und Weise, in der Frauen Gleichberechtigung anstrebten, konnte er oft nicht billigen, aber die Idee unterstützte er von ganzem Herzen.

»Wieso hat Miss Hoppleworth durchblicken lassen, dass Sie Männer verteidigen, die ihre Ehefrauen getötet haben?«

James hatte gehofft, sie würde nicht danach fragen, obwohl ihm klar war, dass diese Frage kommen musste. Bei der Sitzung am vergangenen Samstag hatte sie mit viel Höflichkeit und Anmut einen ungewöhnlich scharfen Verstand unter Beweis gestellt. An diesen gesunden Menschenverstand richtete er nun seine Antwort: »Ich bin Verteidiger. Die Männer und Frauen, die ich vertrete, sind vom Staat angeklagt. Es ist meine Pflicht, meine Mandanten zu verteidigen. Ebenso wie es die Pflicht der Geschworenen ist, ein Urteil zu fällen.«

»Aber Sie haben Mandanten verteidigt, obwohl Sie wussten, dass sie … Mörder sind?«

»Ja.«

»Was ist geschehen, wenn die Geschworenen sie für unschuldig befunden haben?«

»Sie wurden freigesprochen.«

»Dank Ihnen.«

»Ja«, bestätigte James und wartete auf ihr Urteil.

Die Spitzen ihrer Wimpern schimmerten blassgolden im Licht der Gaslaterne. »Der Staat hat nicht immer recht, wenn er jemanden eines Verbrechens anklagt.«

James dämpfte die Hoffnung, die in ihm aufkeimte. »Nein, das hat er nicht.«

Viele unschuldige Männer und Frauen waren im Namen der Gerechtigkeit hingerichtet worden.

»Dank Ihnen kommen also auch Unschuldige frei, die man ansonsten hingerichtet hätte«, schloss sie.

Es wäre so einfach, zu lügen. Sie wollte glauben, dass etwas Nobles in ihm steckte. Aber James wollte nicht lügen. Nicht jetzt. Nicht bei dieser Frau. Er wünschte sich, dass Frances Hart ihn so wollte, wie er war, und nicht so, wie es für ihr Gewissen am bequemsten wäre.

»Ich nehme Fälle nicht deshalb an, weil ich den Eindruck habe, dass der Angeklagte zu Unrecht beschuldigt wird«, erklärte er.

»Warum nehmen Sie sie dann an?«

Die Wahrheit. »Weil sie nicht zu gewinnen sind.«

»Aber Sie sagten doch, dass Sie immer gewinnen«, entgegnete sie verwirrt.

»Ja.« Das hatte er gesagt, vor vier Tagen zu Frances und vor drei Stunden zu Jack Lodoun. »Ich gewinne tatsächlich immer.«

»Unabhängig von Ihren persönlichen Gründen, einen Fall zu übernehmen, erreichen Sie also, dass zu Unrecht Beschuldigte freigesprochen werden«, folgerte sie mit ruhiger Logik und teilte großzügig die Wärme ihres Körpers, ihres Atems und ihrer Überzeugungen mit ihm.

Schmerz ballte sich in seiner Brust. »Frances ...« James stockte, als ihm klar wurde, dass er sie gerade mit ihrem Vornamen angesprochen hatte.

»Mister Whitcox ...« Frances stockte, als sie es ebenfalls bemerkte.

»Frances«, wiederholte er leiser, wobei sein Atem sich mit ihrem mischte, »Sie kennen mich nicht.«

»Aber ich kenne Sie doch ...« Sein Vorname hing zwischen

ihnen in der Luft. In der letzten Sekunde verließ Frances der Mut. »Mister Whitcox.«

James ignorierte den enttäuschten Stich und spürte, dass sein Herz schneller schlug, weil sie sich nicht dagegen verwahrte, dass er sie beim Vornamen nannte. Weil ihm klar wurde, dass sie nicht vor der Nähe zurückschreckte, die einem Kuss nahe kam.

»Sie wissen das, was ich Ihnen gesagt habe«, korrigierte er sie mit brutaler Offenheit.

Sie wusste, dass er Vater, Witwer und Anwalt war. Sie wusste, welche Art von Postkarten ihn erregten. Nun wusste sie auch, dass er in den gesellschaftlichen und wirtschaftlichen Winkelzügen, die man als Recht bezeichnete, keine Skrupel kannte. Aber sie wusste immer noch nicht, wozu er im Privatleben fähig war.

Frances leckte sich die Lippen, die im flackernden Licht der Straßenlaterne dunkelrot wirkten. »Wir haben alle unsere Geheimnisse.«

Er wusste alles, was es über Frances Eleanor Goodrich Hart zu wissen gab. Über ihre Vergangenheit und ihre Gegenwart. Er wollte, dass Frances alles über James Cordon Whitcox, den siebten, erfuhr.

James fing mit der Vergangenheit an: »Meine Frau schenkte mir zu meinem 26. Geburtstag eine Tochter.«

Frances hatte ihm erzählt, dass sie ihr erstes Kind mit 16 zur Welt gebracht hatte. Dass es ein Junge war, hatte sie ihm nicht gesagt.

»Ich schenkte meiner Frau daraufhin eine Perlenkette«, sagte er, ohne auf den Nebel zu achten, der seine Wangen benetzte, »und dann ging ich zum Abendessen beim Lordkanzler.«

Frances Harts Mann war ein guter, fürsorglicher Ehemann und Familienmensch gewesen, hatte der Detektiv in Erfahrung gebracht. Er war alles das gewesen, was James nicht war.

»Kurz nach meinem 28. Geburtstag brachte meine Frau

meinen Sohn zur Welt«, fuhr er in unerbittlichem Ton fort. »Ich war im Gerichtssaal, als ich die Nachricht erhielt, dass sie in den Wehen lag. Ich hielt das abschließende Plädoyer und kaufte ihr dann ein Diamantcollier.«

Eiskalte Nässe rann ihm über die Wange. Vage merkte er, dass der Nebel sich zu Nieselregen verdichtet hatte. »Vier Jahre und eine Fehlgeburt später bat meine Frau mich, ihr die Qual meiner wöchentlichen ehelichen Heimsuchungen zu ersparen.«

Frances starrte ihn stumm an.

James beugte sich vor, um sie zu beschützen. Vor dem Regen, vor der Wahrheit. »Am nächsten Tag beauftragte ich in einer Verhandlungspause einen gefragten Architekten, ihr ein Haus am Queen's Gate zu bauen«, sagte er unerbittlich.

Ihre im Schatten dunklen Augen weiteten sich vor Verwunderung. In Queen's Gate standen einige der teuersten Häuser von London. Sicher war das Viertel in ihrem Reiseführer aufgeführt. Vielleicht hatte sie sogar das Herrenhaus gesehen, das er hatte bauen lassen.

»Sie sollen wissen, dass ich auch nach meiner Heirat mit anderen Frauen zusammen war«, sagte James.

»Nachdem Ihre Frau Ihr Bett verlassen hatte«, warf sie rasch ein.

»Bevor meine Frau mein Bett verließ.«

Frances sog hörbar den warmen Nebel ihres vermischten Atems ein.

»Sie haben Ihr Leben Ihrer Familie gewidmet«, sagte er, um den Unterschied zwischen ihnen beiden deutlich hervorzuheben, »ich habe meiner Familie meinen Wohlstand gegeben.«

»Mein Leben war alles, was ich zu geben hatte«, murmelte Frances schließlich.

»Die Juristerei war mein Leben«, sagte James ohne Reue.

In ihren Augen schimmerten Licht und Dunkelheit, als sie feststellte: »Aber jetzt reicht das nicht mehr.«

Seine Juristerei. Ihre Familie.

»Nein«, bestätigte James. »Es reicht nicht.«

»Wieso wollen Sie, dass ich all diese Dinge erfahre?«, fragte sie über das laute Rattern nahender Räder und rasselnder Pferdegeschirre.

James sah, was Frances nicht sehen konnte. »Ich habe nicht deshalb Mätressen aufgesucht, weil ich mit jüngeren Frauen ins Bett wollte, Frances.«

»Warum denn dann?«, fragte sie.

»Ich dachte, verantwortungsvolle Männer dürften anständige Frauen nicht mit ihrer Lust behelligen.« Sein Herzschlag maß die verstreichenden Sekunden. »Aber jetzt weiß ich es besser.« Kalte Feuchtigkeit sammelte sich in seinem Nacken. »Ich habe meiner Frau Reichtum gegeben.« Ein einzelner Wassertropfen kroch über seine Stirn. »Sie haben Ihrem Mann Kinder geschenkt.« Die Namen und Geburtsdaten ihrer Kinder und Enkel hatten sich ihm unauslöschlich eingeprägt. »Wir haben unseren Ehegatten nicht erlaubt, uns kennenzulernen, weil wir uns selbst nicht kannten.« Feuchtigkeit hing in den goldenen Spitzen ihrer Wimpern. »Aber ich möchte, dass Sie mich kennenlernen, Frances.«

Den Vater. Den Anwalt. Den Mann.

»Ich möchte Sie kennenlernen.«

Die Mutter. Die Großmutter. Die Frau.

Der Omnibus hielt ruckelnd an der Bordsteinkante. James schickte sich an, Frances gehen zu lassen, obwohl er nichts sehnlicher wollte, als sie zu berühren, zu halten und auf eine Weise zu lieben, wie keiner von ihnen je geliebt worden war.

»Ich will keinen Flirt«, sagte James, wobei sein Verlangen an seinem Magen nagte wie Hunger, »weil Spielchen etwas für Kinder sind, und ich will kein Kind in meinem Bett haben. Ich will eine Frau, die an meinem Geschlecht ebenso viel Freude hat wie ich an ihrem.«

15

Es reicht nicht.

Holz ächzte, und Lederzügel knallten hinter Frances, als der Omnibus anfuhr. Sie senkte den Kopf gegen den feinen Regen. Jeder Schritt weckte weitere Erinnerungen, weitere Gefühle. Jeder Schritt, jede Erinnerung, jedes Gefühl war getrieben von der Entscheidung, die sie treffen musste.

Ein Mann, der seinen Kopf unter einen schwarzen Regenschirm duckte, hastete an Frances vorbei nach Hause. Vielleicht eilte er ebenfalls von zu Hause fort. Zu einer Familie. Oder weg von einer Familie. Oder er war allein.

Sie schob den Schlüssel ins Schlüsselloch und sah nicht die regennasse Haustür, sondern James Whitcox vor sich. Atemwölkchen in der Nacht. Goldbronzenes Haar im eisigen Regen. Die Tür schwang auf. Sie stolperte gegen das harte Holz.

»Mistress Hart?«

Frances schreckte mit pochendem Herzen auf.

»Ist Ihnen nicht gut?« Der weißhaarige Butler schaute mit rotbackigem, runzeligem Gesicht auf sie herunter. »Soll ich einen Arzt rufen?«

»Oh.« Sie fasste sich an das nasse Haar und stieß auf durchweichtes Stroh. Ihr Täschchen schlug ihr gegen das Kinn. Flüssigkeit gluckerte. Die Flasche Roses Lubrificum hing schwer an ihrem Handgelenk. »Nein. Es geht mir gut, Mister Denton. Ich bin nur müde. Und nass.« *Und verängstigt.*

»Soll ich Ihnen Tee bringen?«

»Nein danke.« Gedankenlos ging sie zur Treppe.

»Wenn ich Ihren Mantel nehmen dürfte, Madam. Mistress Jenkins kann ihn zum Trocknen ans Feuer hängen.«

»Ja.« Benommen blieb Frances stehen. »Das wäre nett von ihr.«

»Sind Sie sicher, dass Sie keinen Arzt kommen lassen möchten?«

Ein Arzt hatte ihr gesagt, sie solle nicht gegen den Tod ihres Mannes ankämpfen, sondern der Natur ihren Lauf lassen. Frances knöpfte die durchweichten Lederknöpfe auf. »Ganz sicher, vielen Dank.« Damit wandte sie sich ab.

Die Treppenläufer waren abgenutzt, die Stufen ausgetreten. Am Ende der Treppe flackerten schwache Öllämpchen an der Wand. Im Erdgeschoss war Gasbeleuchtung installiert, aber bis ins Obergeschoss war sie nicht vorgedrungen. Es war zweifelhaft, ob sie je kommen würde. Immerhin war die Miete erschwinglich, weil das Stadthaus schon etwas heruntergekommen war.

Frances stieß die dritte Tür im Flur auf. Ein Stück Kohle knackte in dem Feuerchen, das in dem kleinen Eisenkamin brannte. Nussbraune Augen starrten sie aus den glühenden Kohlen an. *Ich will eine Frau, die an meinem Geschlecht ebenso viel Freude hat wie ich an ihrem.*

Sie war nicht imstande gewesen, James Whitcox zu antworten, sie hatte lediglich in den wartenden Omnibus steigen können. Nun wurde ihr klar, dass er keine Antwort von ihr erwartet hatte. Er hatte gewusst, dass der Omnibus kam und sie einsteigen würde. Während er im Regen stand, ohne Hut, ohne Schirm, ohne Schutz vor Zurückweisung.

Frances schloss die Tür ihres Schlafzimmers mit einem dumpfen Dröhnen, gefolgt vom metallischen Klicken des Schnäppers. Blaue und gelbe Flammen züngelten in der Dunkelheit. Auf dem Schlittenbett lag eine Decke aus grauen und schwarzen Quadraten. Daneben stand ein niedriger, stabiler Nachttisch. Behutsam legte sie ihr schweres Täschchen auf den Nachttisch und zog ihre Handschuhe aus. Dann kramte sie in der obersten Schublade nach Streichhölzern. Sie atmete tief durch, hob den Glaszylinder von der Öllampe und hielt ein brennendes Streichholz an den Docht. Flackerndes Licht schien auf die triste beigefarbene Tapete und tanzte auf ihren Fingern. Als sie das Streichholz ausblies, kam ihr die Erleuchtung: Ihr Leben lang hatte die Verantwortung für ihre Sinnlichkeit bei Männern gelegen, bei ihrem Vater, bei ihrem Ehemann. Frances ließ das abgebrannte Streichholz in ein Miniaturhäubchen aus blauem Glas fallen. Aber nun lag diese Verantwortung nicht mehr in den Händen von Männern, sondern in den Händen einer Frau. Sie setzte den durchsichtigen Glaszylinder wieder auf die Lampe und drehte den Docht so hoch, wie es ging. Ihre Bewegungen waren so systematisch, als habe sie jeden Atemzug, jede Drehung des Handgelenks, jeden Schritt über den abgenutzten Wollteppich geplant.

Sie stellte sich vor den bodentiefen Spiegel und zog die Hutnadel aus dem durchweichten Strohhut. Als sie den Hut aufhängte, hingen die grün-golden gefärbten Reiherfedern herunter wie Fragezeichen. Zielstrebig machte sie sich an die Knöpfe ihres Mieders. Sie waren hart auf dem weichen Kaschmirstoff. Der wachsende Spalt in dem laubgrünen Jersey gab den Blick auf weiße Baumwolle und rosa Satin frei. Die Chemise bedeckte ihr Dekolleté züchtig vom Schlüsselbein bis zum Busen, während das Korsett Brust, Taille und Hüften stark betonte. Es war eine lächerliche Mischung aus reifer Frau und unerfahrenem Mädchen.

Ein leises Klopfen ließ ein Kribbeln über ihren Rücken laufen.

Sie erstarrte. »Ja?«

Sicher war mit der Abendpost ein weiterer Brief gekommen.

Aber Frances wollte keine Mutter oder Oma sein. An diesem Abend wollte sie einfach nur Frau sein.

»Brauchen Sie eine Tasse heißen Tee, um einer Erkältung vorzubeugen, Mistress Hart?«

Es war die Haushälterin, nicht der Butler.

»Nein, Mistress Jenkins.« Sie atmete tief durch. Sie brauchte etwas anderes als Tee. »Vielen Dank.«

»Sehr wohl, Madam. Gute Nacht.« Der Akzent von Mistress Jenkins war weich und mitfühlend.

Am liebsten hätte Frances sie zurückgerufen. Aber die Haushälterin war schon auf leisen Sohlen verschwunden wie die flüchtige Jugend. Mit zitternden Händen öffnete sie die Häkchen ihres Korsetts. Befreiung hatte durchaus ihren Preis, musste sie feststellen.

16

Meine Herren Geschworenen, heute komme ich meiner Pflicht nach, die von allen Freunden verlassene Dame auf der Anklagebank zu verteidigen.« James blickte den Geschworenen nacheinander in die Augen, um ihnen Mary Bartles Notlage einzuprägen. Diese Frau hatte keine Freunde, deshalb mussten sie ihre Freunde werden.

Unruhig rutschten die gelangweilten Männer und Frauen auf der Galerie hin und her. Sie wollten Skandale und Affären. Die würde James ihnen zwar auch liefern, aber vorerst ignorierte er die derben Arbeiter, die konservativen Bürger und privilegierten Adeligen und konzentrierte sich ausschließlich auf das Band, das er zwischen zwölf Männern und einer Frau knüpfen musste.

»Die Staatsanwaltschaft behauptet, Thomas Bartle sei vergiftet worden. Zwei Fragen müssen daher in unsere Überlegungen einfließen: Starb er durch eine Chloroformvergiftung, und, wenn ja, hat Mary Bartle ihm das Gift beigebracht?« Er legte eine Pause ein, damit die Geschworenen die ganze Schwere ihrer Verantwortung auf ihren Schultern spürten. »In der ersten Frage stimme ich mit unserem werten Anklagevertreter überein«, fuhr James fort. »Wir bestreiten nicht, dass Thomas Bartle infolge einer Chloroformvergiftung starb. Allerdings bestreiten wir den zweiten Punkt.

Mister Lodoun behauptet, Evan Keaton sei Mary Bartles Liebhaber, und er will uns glauben machen, jede Frau, die ihr heiliges Ehegelübde verrate, sei mehr als fähig, einen Mord zu begehen.«

Für die zwölf Männer auf der Geschworenenbank war Untreue an sich schon eine Form von Mord: Eine untreue Ehefrau kostete einen Mann seine Stellung in der Gesellschaft.

»Aber war Mister Keaton tatsächlich Mistress Bartles Liebhaber?«, fragte James, um gezielt Zweifel zu säen.

Der Staatsanwalt hatte die moralische Entrüstung der Geschworenen geschürt, nun schürte der Verteidiger ihren moralischen Zwiespalt.

»Ich habe Ihnen bereits aufgezeigt, dass Mister Bartle an Syphilis erkrankt war. Im Weiteren werde ich Ihnen beweisen, dass er bereits an dieser Krankheit litt, bevor er Mary Bartle zur Frau nahm. Ich werde belegen, dass Mary Bartle ebenfalls an Syphilis leidet und dass ihr Mann sie – im heiligen Ehebett – mit dieser Krankheit angesteckt hat.«

Die Geschworenen zwei, fünf und sechs waren schockiert, dass Mary Bartle Syphilis hatte. Die Geschworenen eins, vier, sieben und elf dagegen waren entsetzt, dass Thomas Bartle seine Frau wissentlich angesteckt hatte.

»Weiterhin werde ich Ihnen beweisen, dass Evan Keaton nicht an dieser grauenhaften Krankheit leidet«, fuhr James fort. »Meine Herren, ich frage Sie nun: Wie kann Mister Keaton Mary Bartles Liebhaber sein, wenn er nicht an Syphilis leidet?«

Unsicherheit erfasste die Geschworenen acht und zehn. Die Logik sagte ihnen, dass der Apotheker sich mit Geschlechtskrankheiten auskannte, direkten Zugang zu Kondomen besaß und daher durchaus ungefährdet mit Mary Bartle Verkehr hätte pflegen können. Persönliche Abscheu über die Vorstellung, dass ein gesunder junger Mann sich wissentlich mit einer kranken Frau einlassen sollte, ließ sie an ihrer durchaus berechtigten Logik zweifeln. Die Geschworenen drei, neun und zwölf waren nach wie vor fest von der Schuld der Angeklagten überzeugt.

An sie richtete James sich nun: »Des Weiteren werde ich Ihnen zeigen, dass Thomas Bartle sich bereits im Tertiärstadium der Syphilis befand. In diesem Stadium führt diese äußerst grauenhafte Krankheit zum Tode. In einem verzweifelten Versuch, sein Leben zu retten – denn Mister Bartle wusste sehr wohl, dass die Syphilis ihn umbrachte –, suchte er ein Heilmittel. Obwohl ihm, wie Sie bald erfahren werden, mehrere Ärzte bestätigten, dass er sich zu spät in Behandlung begeben hatte, nahm er – aus verständlicher Sorge – schließlich Quecksilber. Und er litt. Haarausfall – Mister Bartle war fast völlig kahl, als er starb – und Zahnausfall sind nur einige der Folgen einer Quecksilbervergiftung. Außerdem führt sie zu starkem Speichelfluss, der sich anfühlen muss, als ertrinke man an seiner eigenen Spucke.«

Der dritte Geschworene schluckte krampfhaft.

James sprach den neunten Geschworenen nun direkt an: »Die werten Ärzte haben in diesem Gerichtssaal die tödlichen Wirkungen von Chloroform geschildert, aber sie haben Ihnen nichts über die Qualen gesagt, die ein Mann mit fortgeschrittener Syphilis leidet. Sie haben Ihnen nicht dargelegt, dass Syphilis den Geist verwüstet und den Verstand raubt. In meiner Beweisführung für die Verteidigung werde ich Ihnen zeigen, dass Thomas Bartle unter ständigen Schmerzen seiner deformierten Gelenke litt, die diese furchtbare Krankheit verursacht hat. Ich werde Zeugen aufrufen, die aussagen werden, dass er an akuter Übelkeit litt. Diese Zeugen werden Ihnen bestätigen, dass Mister Bartle am Abend seines Todes seinen Kummer gestand, weil er seine Frau angesteckt hatte, und dass er zu Gott um Verzeihung betete.«

James wandte sich an den zwölften Geschworenen: »Mister Lodoun behauptet, Chloroform – nicht Quecksilber oder Syphilis – habe Thomas Edwards Bartle getötet. Sie werden deshalb vor die Frage gestellt werden: Woher kam dieses Chloroform? Laut Mister Lodoun gehörte es Mistress Bartle. Aber ich werde Ihnen zeigen, dass ihr Ehemann eine Woche vor seinem Tod einen Chirurgen aufsuchte, von dem er Chloroform bekam, bevor man ihm ein syphilitisches Geschwür am Hals entfernte.«

James ließ den Blick von einem Geschworenen zum anderen schweifen und schätzte die Gedanken und Gefühle ein, die er mit Bedacht hervorrief. »Stellen Sie sich die Erleichterung vor, die Mister Bartle verspürt haben muss, als seine Schmerzen ohne die berauschenden Nebenwirkungen eines Opiats zumindest für eine Weile betäubt waren. Ja, Mistress Bartle hatte ebenfalls eine Flasche Chloroform. Auf Anraten Mister Keatons kaufte sie sie, um die Schmerzen eines kleinen chirurgischen Eingriffs zu betäuben, dem sie sich am 2. Januar unterziehen musste, um ebenfalls ein syphilitisches Geschwür entfernen zu lassen. Mister Keaton hat ausgesagt, dass er meiner Mandantin nur eine einzige Flasche verkauft hat. Bei der Überprüfung war diese Flasche noch voll. Doch das ist immer noch nicht Beweis genug, um begründete Zweifel bei unserem werten Anklagevertreter zu säen. Aber Ihnen und mir ist klar, dass man Chloroform bei jedem Apotheker und in Dutzenden Geschäften Londons kaufen kann. In der Beweisführung der Verteidigung werde ich darlegen, dass Mister Bartle selbst das Chloroform kaufte, das ihn tötete. Ich werde darlegen, dass er infolge seiner Krankheit und des Quecksilbers, das er wissentlich einnahm, an unheilbaren Schmerzen und Übelkeit litt und selbst das tödliche Betäubungsmittel trank. Vielleicht war sein Geist umnachtet, und in seiner Verwirrung erinnerte er sich nicht mehr, wie Chloroform richtig anzuwenden ist, das selbstverständlich inhaliert wird und nicht eingenommen werden darf. Vielleicht dachte er aber auch, wenn ein paar Tropfen, auf ein Tuch gegeben und an die Nase gehalten, wohltuend seien, müsste es eingenommen doppelt so gut wirken. Mister Bartle ist tot, daher werden wir, wie Doktor Dudley schon erwähnt hat, nie erfahren, warum er das Chloroform trank. Wir werden nie erfahren, ob er seinem Leiden endgültig ein Ende setzen wollte oder lediglich hoffte, für eine Nacht Erleichterung zu finden.«

James schaute die Geschworenen neun und zwölf fest an. »Aber wir wissen, dass Mistress Bartle nicht für den Tod ihres Mannes verantwortlich ist. Er lag im Sterben, als er das Chloroform einnahm. Es ist Ihre Pflicht, meine Herren, sich die Beweise anzuhören, die ich Ihnen präsentiere, und sich anschließend zu fragen: Warum sollte Mary Bartle ihren Mann ermorden und ihr eigenes Leben riskieren, obwohl sie nur … einen Monat, drei Monate, sechs Monate, höchstens ein Jahr … hätte warten müssen, bis Thomas Bartle am natürlichen Fortschreiten seiner Krankheit gestorben wäre?«

Die zwölf Geschworenen blickten ausnahmslos zur Anklagebank hinauf. Sie dachten das, was James sie denken lassen wollte: Mary Bartle war ein Opfer der Staatsanwaltschaft und ihres Mannes. Sie kamen gar nicht auf den Gedanken, dass die Angeklagte dem Leben ihres Mannes vielleicht aus reinem Hass ein Ende bereitet haben könnte, weil er sie um ihr Leben betrogen hatte. James hatte den Prozess schon gewonnen, ohne auch nur einen einzigen Zeugen aufzurufen.

Blauviolette Augen fingen seinen Blick ein. Unbändige Wut sprach aus Jack Lodouns Miene, verschwand aber sofort hinter der kalten Maske des Juristen. Jack Lodoun hatte verloren. Er wusste es. James wusste es. Aber er empfand keinen Triumph.

Mary Bartles Leben war vorbei, ganz gleich, wie das Urteil der Geschworenen ausfiel. Sie würde tagtäglich ein Stück mehr sterben an einer unaufhaltsamen Krankheit, die sie sich von dem Mann zugezogen hatte, der gelobt hatte, sie zu lieben, zu ehren und für sie zu sorgen.

Was würde Frances Hart wohl Gutes in seinem heutigen Vorgehen sehen?

17

Der Schlag von Holz auf Holz hallte durch den Sitzungsraum.

Frances war sich der zwölf Männer und Frauen, die an dem Mahagonitisch saßen, prickelnd bewusst. Gemeinsam hatten sie Gefahr und Erregung geteilt, als sie eine pornografische Buchhandlung besucht hatten. Nun wollten sie ihre intimsten Gedanken und Gefühle miteinander teilen, indem sie über die erotischen Artikel sprachen, die sie gekauft hatten.

»Die Sitzung ist eröffnet«, erklärte Joseph Manning.

»Vielen Dank, Mister Manning«, sagte Marie Hoppleworth kühl. »Ich bedaure, dass wir in der Achilles-Buchhandlung nicht das Vergnügen Ihrer Gesellschaft hatten.«

Sein Gesicht wurde rot vor Zorn. »Ich war durch widrige Umstände verhindert.«

»Dann müssen Miss Dennison und Miss Fredericks wohl durch ähnliche Umstände verhindert gewesen sein«, stellte die Sekretärin fest.

»Es gibt keine Regel, die besagt, dass wir an jeder Sitzung teilzunehmen haben«, entgegnete Ardelle Dennison ebenso kühl.

»Völlig richtig, Miss Dennison.« Wut – oder vielleicht war es auch Vorfreude auf die bevorstehende Diskussion – brachte Farbe in das Gesicht der Sekretärin.

»Vergangene Woche hat Mister Pierce vorgeschlagen,

wir sollten uns in der Achilles-Buchhandlung treffen und zu unserer nächsten Sitzung einen Gegenstand mitbringen, der unser Interesse geweckt hat. Heute werden wir über diese Gegenstände sprechen und hoffentlich, wie Mistress Hart in der Buchhandlung sagte, mehr über Sexualität erfahren und das Gelernte zur Verbesserung unseres Lebens nutzen können. Wer fängt an? Misses Hart?«

Frances spürte ihren Herzschlag bis in die Kehle. *Sie war noch nicht bereit, sich zu offenbaren.* »Ich …«

»Wieso fangen Sie nicht an, Miss Hopplеworth?«, forderte John Nickols sie heraus.

Die Sekretärin musterte den Journalisten. »Gut.«

Frances beugte sich vor, um besser sehen zu können. Da die Stunde der Wahrheit aufgeschoben war, wuchs ihre Neugier. Sie bemerkte, dass auch Rose Clarring sich vorbeugte.

Marie Hoppleworth zog aus ihrer Segeltuchtasche ein Buch mit einem schwarzen Ledereinband statt des Witwentrösters, den Frances und Rose Clarring erwartet hatten. »Ich habe mir ein griechisches Theaterstück ausgesucht.«

»Sie enttäuschen mich, Miss Hoppleworth.« John Nickols' schwarze Augen funkelten spöttisch. »Ich war sicher, Sie würden etwas Stimulierenderes finden als ein Buch.«

»Ich fürchte, nein, Sir.« Rote Flecken überzogen das Gesicht der Sekretärin. »Man entdeckt nicht alle Tage ein zweitausend Jahre altes Theaterstück, in dem ein Dildo die Hauptrolle spielt.«

»Das Wort Dildo ist mir nicht vertraut«, warf Rose Clarring zögernd ein.

»Das ist das traditionelle Wort für einen Witwentröster«, erklärte James Whitcox, an Rose Clarring gewandt, aber Frances spürte seinen Blick in jeder Faser ihres Körpers.

Langsam sah sie in die nussbraunen Augen, die auf sie warteten. »Wieso haben Sie es am vergangenen Samstag Witwentröster und nicht Dildo genannt, Mister Whitcox?«

»Ziehen Sie traditionelle Bezeichnungen beschönigenden Umschreibungen vor?«, konterte er.

»Ich fürchte, ich kenne nicht viele beschönigende Umschreibungen, wenn es um geschlechtliche Dinge geht.«

»Ach, kommen Sie. Sie haben doch Kinder«, neckte John Nickols sie leicht ironisch.

»Ja, Sir«, erwiderte Frances sanft. »Aber ihre Umschreibungen für körperliche Dinge beschränkten sich auf Pipi und Aa, die sie wiederum an meine Enkel weitergegeben haben.«

John Nickols grinste, dass seine gleichmäßigen weißen Zähne blitzten. James Whitcox' Augen funkelten amüsiert.

»Anständige Frauen verfügen nicht über die Art von Vokabular, von dem Sie sprechen, Mister Nickols«, schaltete Joseph Manning sich tadelnd ein.

Hinter Marie Hopplewort' Brillengläsern leuchtete Kampfeslust auf. »Tatsächlich, Mister Manning?«

Joseph Manning kräuselte die Oberlippe. »Tatsächlich, Miss Hopplewort.«

»Nennen Sie ein Thema, Sir.«

»Wie bitte?«

»Sie haben gerade zu verstehen gegeben, dass Sie mehr sexuelle Umschreibungen kennen als ich, weil Sie ein Mann sind. Es gibt nur eine Möglichkeit, Ihre Hypothese zu überprüfen, nicht wahr?«

Joseph Manning bekam rote Ohren. »Ich lasse mich nicht darauf ein, mir mit Ihnen vulgäre Worte an den Kopf zu werfen.«

»Was für ein Gentleman«, sagte John Nickols sarkastisch. »Ich lasse mich gern mit Ihnen auf einen Wettstreit um vulgäre Worte ein, Miss Hopplewort.«

»Sehr gut«, willigte die Sekretärin ein. »Suchen Sie ein Thema aus.«

»Vielen Dank«, spöttelte der Journalist. »Wir befinden uns an diesem besonderen Punkt unseres Lebens, weil Mistress Hart uns überaus mutig daran erinnert hat, dass wir nicht unter sexuellen Entbehrungen leiden müssen. Deshalb wähle ich als Thema die Masturbation – die männliche, nicht die weibliche, denn ich möchte die Damen nicht in Verlegenheit bringen. Ich fange mit dem Begriff an, den ich persönlich bevorzuge: ›striegeln‹.«

Die roten Flecken im Gesicht der Sekretärin wurden dunkler, aber ihre Stimme blieb munter und sachlich: »Ich ziehe ›den Johannes schnäuzen‹ vor.«

In John Nickols' Augen blitzte eine seltsame Mischung aus Nachdenklichkeit und Vorfreude auf. »Sich einen runterholen.«

»Sich einen schlackern.«

»Sich einen schleudern.«

»Sich einen von der Palme wedeln.«

»Ich wusste gar nicht, dass es an der Universität einen Kursus für Vulgärsprache gibt, Miss Hoppleworth.«

»Es gibt vieles, was Sie nicht über mich wissen, Sir.«

Mutwillig sagte John Nickols: »Wichsen.«

»Sich die Wurst pellen.«

Das Bild war unmissverständlich.

»Die Stange polieren.«

»Den Peller schrubben.«

»Die Pfeife ausklopfen.«

Frances hätte über die absurden Umschreibungen am liebsten schallend gelacht, aber angesichts der wachsenden Spannung blieb ihr das Lachen im Hals stecken. In dem Kampf zwischen der Sekretärin und dem Journalisten ging es um weit mehr als um Worte.

»Die Soße spritzen lassen«, sagte John Nickols.

Frances machte große Augen.

»Die Nudel rollen«, gab Marie Hoppleworth unbeirrt zurück.

»Onans Olympiade.«

»Einbeiniges Rennen.«

»Ein Flötensolo spielen«, sagte der Journalist mit tiefer Stimme.

»Den Wurm rülpsen lassen«, erwiderte die Sekretärin prompt.

Holz ächzte unter einer Gewichtsverlagerung. Vor dem Museum pries ein vorbeiziehender Verkäufer seine Ware an: »Heiße Pasteten! Aal-, Rind- und Hammelpasteten! Alles heiß und frisch!«

John Nickols musterte Marie Hoppleworth eingehend. »Diese Wörter haben Sie nicht an der Universität gelernt.«

»Nein, sicher nicht.«

»Wo dann?«

»In einem Waisenhaus«, antwortete die Sekretärin gelassen.

Beklommenheit schnürte Frances die Brust ab. Als Waise hatte die Sekretärin sicher ebenso schmerzliche Zurückweisungen erfahren wie John Nickols, der an den Rollstuhl gefesselt war. Verschwommen nahm Frances aus den Augenwinkeln eine Bewegung wahr, die ihre Aufmerksamkeit erregte. Eine bräunliche Gummihaut fiel mitten auf die glänzende Tischplatte.

»Das ist es doch, was Sie alle sehen wollen, nicht wahr?«, fragte Jane Fredericks herausfordernd. »Vulgäre Dinge sehen? Darüber reden, was uns erregt? Bitte, dann lassen Sie uns darüber reden, wie das hier das Interesse einer Frau erregen kann.« Wut und Schmerz sprachen aus den Augen der jungen Frau.

Thomas Pierce nahm das Kondom. »Vielen Dank, Miss Fredericks.«

»Hoffen wir, dass Ihre Frau Ihnen dankbar ist, wenn Sie heiraten«, erwiderte Jane Fredericks zornig.

»Ich sagte: ›Vielen Dank, Miss Fredericks‹«, wiederholte Thomas Pierce, ohne den Blick von der Gummihaut zu wenden, die er behutsam zwischen den Händen dehnte, »weil Sie mir am vergangenen Samstag klargemacht haben, warum ich die Gesellschaft von Frauen nicht genieße.«

Rund um Frances wurden Proteste laut.

Ardelle Dennison: »Wie können Sie es wagen …«

Marie Hoppleworth: »Ich bitte Sie …«

George Addimore: »Ich muss schon sagen …«

»Mein Vater starb, als ich sieben war«, sagte Thomas Pierce über ihre entrüsteten Einwürfe hinweg und dehnte die Gummihaut noch weiter, einen Zentimeter, zwei Zentimeter, drei Zentimeter. »Seit er tot ist, hat meine Mutter mir jeden Tag Predigten über die Verrücktheit von Männern gehalten, die Frauen hinterherlaufen.« Die Gummihaut sprang zurück in ihre ursprüngliche Form. »›Wie Rüden, die hinter läufigen Hündinnen herjagen‹, sagte sie.«

Zwei himmelblaue Augen schauten von dem Kondom auf und richteten sich fest auf Jane Fredericks. »Am vergangenen Samstag ist mir klar geworden, dass mein Vater meiner Mutter untreu war. Als er starb, hatte meine Mutter niemanden mehr außer mir, dem sie die Schuld an seiner Untreue hätte geben können. Ich genieße die Gesellschaft von Frauen nicht, Miss Fredericks, weil meine Mutter mich tagtäglich ihre Wut und ihre Eifersucht hat spüren lassen. Sie haben gefragt, wie eine Frau das hier« – er hielt das Kondom hoch, das schlaff herunterbaumelte – »erregend finden kann. Wenn ich eine Frau wäre, würde ich eher fragen: Wie kann ich einen Mann erregend finden, der es nicht benutzt? Wie kann ich einem Mann vertrauen, der seine eigenen Moralvorstellungen über das Wohlergehen der Frau stellt, die seiner Obhut anvertraut ist? Aber ich bin keine Frau, ich bin nur ein Mann, der sich von einer Frau gegen Frauen hat vergiften lassen.«

»Meine Mutter hat jedes Recht, zornig zu sein«, erklärte Jane Fredericks hitzig. »Sie stirbt durch meinen Vater.«

»Nicht jeder Mann ist wie Ihr Vater.«

»Tatsächlich«, schnaubte Jane Fredericks. »Wie oft haben

Sie denn schon eine von diesen Abscheulichkeiten benutzt, um eine Frau zu schützen?«

Sein Engelsgesicht färbte sich peinlich rot. »Ich war noch nie mit einer Frau zusammen.«

Die unterschiedlichsten Gefühle brachen sich rund um den Mahagonitisch Bahn: Entsetzen, Verlegenheit, Neugier.

»Wie, Sie haben nichts mehr zu sagen, Miss Fredericks?« Bitterkeit ließ die Stimme von Thomas Pierce belegt klingen. »Das hätten Sie doch gern, dass wir unmoralischen Männer alle jungfräulich wären, nicht wahr? Damit wir die moralisch reinen Frauen nicht verderben?«

Jane Fredericks wich dem Groll in seinen Augen aus. »Damit stehen Sie nicht allein da.«

Frances schaute zu Louis Stiles hinüber.

Er beugte sich über einen Skizzenblock, der präzise Mittelscheitel in seinem dunklen Haar prangte dunkelrot. »Auch ich war noch nie mit einer Frau zusammen.«

Frances wusste nicht, ob ihr Mann unberührt in ihr Ehebett gekommen war. Entschlossen wandte sie sich an Thomas Pierce. In der Buchhandlung hatte er ihr eine Frage gestellt. Nun erwiderte sie seine liebenswürdige Neugier. »Was haben Sie in dem Laden ausgesucht, Mister Pierce?«

Nach einer langen, gespannten Pause griff er in die Tasche seines schwarzen Wollrocks und holte ein Paar goldener Ohrhänger heraus.

»Sie sind sehr hübsch«, sagte sie ermutigend.

»Der Verkäufer nannte sie ›Apfelhänger‹.« Thomas Pierce blickte ihr unverwandt und ohne jeden Groll in die Augen. »Er sagte, Frauen trügen sie an der Brust.«

Plötzlich spürte Frances ihr Korsett, das ihr seitlich in die Brüste schnitt.

Thomas Pierce senkte den Blick auf die Tischplatte und richtete die ›Apfelhänger‹ sorgfältig nebeneinander aus. »Als ich ein kleiner Junge war, zog meine Mutter mir jeden Sonntag einen lächerlichen Matrosenanzug an und ging mit mir im Park spazieren. Sie schimpfte über Frauen, die Schmuck trugen, und über die Männer, die sie begleiteten. Als ich am Mittwoch in dem Laden begriff, was das hier ist, dachte ich, wie schön es wäre, wenn eine Frau sie unter ihren Kleidern trüge und nur sie und der Mann ihrer Wahl davon wüssten.«

Und sie vor kritischen Blicken und mütterlicher Verachtung geschützt wären. Frances krampfte sich die Brust zusammen.

Das entfernte Kreischen und Rattern von Kutschrädern drang durch die Stille.

Unvermittelt fragte Esther Palmer: »Was haben Sie gekauft, Mister Stiles?«

Ein lautes Knacken jagte Frances Schauer über den Rücken. Ein halber Bleistift flog durch die Luft. Mit gesenktem Kopf starrte Louis Stiles auf die Zeichnung, die außer ihm niemand sehen konnte, und zog einen Druck hinten aus seinem Zeichenblock.

James Whitcox nahm das Blatt, spannte es etwas und betrachtete es lange. »Das ist ein außergewöhnliches Kunstwerk.«

»Ich hoffe, dass ich eines Tages fähig bin, ebenso zeichnen zu können.« Ohne aufzusehen kramte Louis Stiles aus seiner Rocktasche einen weiteren Bleistift hervor. »Eine Frau so zu sehen.«

Zwei nussbraune Augen fingen Frances' Blick ein. Sie spiegelten die gleichen Gefühle wider, die in der Stimme von Louis Stiles mitgeschwungen hatten: den Wunsch, eine Frau zu sehen und sie kennenzulernen, körperlich wie auch in ihrem Verlangen völlig nackt.

Wortlos reichte James den Druck an Frances weiter. Es war eine schlichte Zeichnung. Aber ihre Wirkung auf Frances war alles andere als schlicht: Sie zog ihr das Herz und den Unterleib zusammen. Dem talentierten Künstler gelang es, sie mit den Augen eines Mannes sehen zu lassen: Eine nackte Frau saß rittlings auf seinen Hüften, ihr Rücken war ein Muster aus schemenhaften Wirbeln und glatter Haut. Sie hob die Hüften an, beugte sich vor und schaute über die Schulter, als wolle sie ihre intime Vereinigung betrachten: den Liebesgriff ihrer Vagina, den verletzlichen Stab seines Gliedes, seine Hände auf ihren runden Hüften, ihr Schamhaar, das sich mit seinem vermischte.

»Es ist wunderschön, Mister Stiles«, sagte Frances aufrichtig und reichte das Bild an Esther Palmer weiter. »Ich bin sicher, dass Sie eines Tages einen ebensolchen Moment einfangen werden. Wenn Sie es tun, hoffe ich, dass Sie anderen Gelegenheit geben, sich an Ihrem Talent zu erfreuen.«

Sein Kinn sank auf die Brust. »Vielen Dank.«

George Addimores Koteletten zuckten. »Was haben Sie gekauft, Doktor Burns?«

Das kantige Gesicht der Ärztin lief dunkelrot an, als sie zögernd einen Strang geflochtener, schwarzer Lederriemen auf den Tisch legte. Knurrig erklärte sie: »Männer fühlen sich von mir überwältigt. Ich weiß, dass es so ist, weil ich größer bin als die meisten Männer. Nur ein einziges Mal möchte ich mich überwältigt, klein und verletzlich fühlen wie andere Frauen.«

Neugierig musterte Rose Clarring die Riemen. »In welcher Weise überwältigt?«

Sarah Burns straffte die Schultern, als erwarte sie einen Schlag. »Durch Fesseln.«

Frances' Handgelenke kribbelten. Noch nie hatte sie sich vorgestellt, gefesselt zu werden, um sich begehrenswert zu fühlen.

Sarah Burns kaschierte ihre Schüchternheit mit aufgesetzter Barschheit. »Und was ist mit Ihnen, Mister Addimore?«

»Ich …« George Addimore schob einen Finger in seinen Hemdkragen. »Das sage ich besser nicht vor Damen.«

»Vielen Dank, dass Sie Rücksicht auf unser Zartgefühl nehmen.« Ardelle Dennisons Beifall war ein Schlag ins Gesicht für alle, die bisher gesprochen hatten.

»Andererseits …« Wut fackelte in seinem Blick auf. Mit rotem Gesicht griff er in seine Rocktasche und warf einen großen Ring … oder ein sehr kleines Armband auf den Mahagonitisch. »Ich halte mich an die Regeln des Clubs.«

Der Elfenbeinring rollte über die Tischplatte, verlor an Schwung, kurz bevor er Ardelle Dennison erreichte, schwankte und fiel um.

Die Publizistin musterte den Gegenstand gleichermaßen fasziniert und argwöhnisch. »Was ist das?«

»Ein Schwanzring«, sagte er steif.

Ardelle Dennison schreckte angewidert zurück.

Frances Hart beugte sich neugierig vor. »Wozu ist er gut?«

Ihm fehlten die Worte. »Ich … er .. Ich …«

Zwei nussbraune Augen zogen ihren Blick auf sich. »Er passt auf den Schwanz … oder Penis eines Mannes, wenn Sie so wollen.«

Sofort fielen Frances die nackten Männer ein, die sie mit steifem Glied auf den Postkarten gesehen hatte. Sie hatten keinerlei Schmuck getragen.

»Warum sollte ein …« Sie stockte, atmete schneller und fragte sich, welche Form der Penis von James wohl haben mochte … ob die Eichel dünner oder dicker war als der Schaft? »Warum sollte ein Mann einen Ring über seinem Penis tragen?«

»Um auch nach der Ejakulation die Erektion zu erhalten«, erklärte John Nickols, »damit er einer Frau auch weiterhin Lust bereiten kann.«

Frances atmete langsam ein.

»Was haben Sie gekauft, Mister Nickols?«

Marie Hoppleworth' Frage war eine unverhohlene Herausforderung.

Wortlos holte der Journalist eine Postkarte aus seinem Rock und warf sie auf den Tisch.

Da das Bild auf dem Kopf stand, erkannte Frances lediglich eine nackte Frau, die eine Maske mit Federn trug.

Langsam hob die Sekretärin den Blick. »Sie hätten doch sicher aufregendere Postkarten finden können als diese.«

»Ich habe schlichte Fantasien, Miss Hoppleworth«, erwiderte der Journalist mit ausdrucksloser Miene. »Ich brauche nicht mehr als eine einzige Frau.«

»Die ihr Gesicht verbirgt«, provozierte ihn die Sekretärin.

»Die ihren Abscheu verbirgt«, entgegnete John Nickols grimmig.

Marie Hoppleworth riss vor Verwunderung die Augen hinter dicken Brillengläsern weit auf. »Warum sollte sie Abscheu empfinden?«

Die Stimme des Journalisten war rau vor Verachtung. »Welche Frau würde einen Mann nicht verabscheuen, der in ständiger Angst lebt?«

»Wovor haben Sie denn Angst, Mister Nickols?«, fragte Rose Clarring mitfühlend.

»Was glauben Sie, weshalb ich als Letzter die Treppe in der Achilles-Buchhandlung hinuntergekommen bin?«

Rose Clarring gab keine Antwort.

»Ich musste getragen werden, weil es keinen Aufzug gab. Ich habe Angst, dass man mich eines Tages eine Treppe hinunterfallen lässt. Oder dass ein Witzbold mich vor eine Kutsche stößt. Oder dass ein Räuber meinen Rollstuhl umkippt und mich den Hunden und Ratten zum Fraß in der Gosse liegen lässt. Ich lebe tagtäglich in Angst.«

Frances hätte ihm gern etwas Tröstliches gesagt, wusste aber, dass es nichts zu sagen gab, was ihn hätte trösten können. Er hatte in der Buchhandlung behauptet, sie seien ihretwegen dort. Frances war nie in den Sinn gekommen, dass sie einem Mann Angst machen könnte. Ebenso wenig hatte sie darüber nachgedacht, dass die beiden Angestellten der Buchhandlung John Nickols die Treppe hinuntergetragen hatten.

»Mein Mann hat kurz nach unserer Heirat Mumps bekommen«, sagte Rose Clarring unvermittelt und holte eine Postkarte aus ihrem Handtäschchen. Tränen schimmerten in ihren kornblumenblauen Augen. »Er hat sich so sehr Kinder gewünscht. Nach der Mumpserkrankung konnten wir natürlich keine mehr bekommen. Er sagte mir, dass … Intimitäten ohne die Hoffnung auf Kinder das Gleiche wäre wie … wie das, was dieser Mann macht.«

Frances starrte den nackten Mann auf der Postkarte an. Er stand aufrecht, streichelte schamlos sein erigiertes Glied und legte mit einem Ausdruck höchster Ekstase den Kopf leicht in den Nacken. Das muss eine Postkarte aus dem »Billard«-Kasten sein, fiel ihr ein. Was der Mann tat, hatte durchaus nichts Fruchtloses: Es bereitete ihm Lust, seinen Körper zu berühren, wie es ihr Lust bereitet hatte, ihren Körper zu streicheln. Es war eine schöne, erotische Postkarte.

Als Frances aufsah, begegnete sie Rose Clarrings Blick und sagte mit Nachdruck: »Die Komposition ist recht gut, nicht wahr?«

Der jungen Frau entfuhr ein Lachen, bevor sie es mit vorgehaltener Hand unterdrücken konnte. Sie räusperte sich und nahm die Hand vom Mund. In ihren Augen leuchtete die Erinnerung an die Erregung, die sie beide verspürt hatten, als sie sich in der Buchhandlung das Foto von drei nackten Männern angesehen hatten. »Durchaus.«

»Ich hasse Wolle.«

Verwundert schaute Frances zu Esther Palmer hinüber.

»Doktor Jäger behauptet, Wolle absorbiere Schweiß und lasse die Haut atmen. Und da Mistress Beasleys Mädcheninternat den gesunden Geist und Körper fördert, ist Wolle an unserer Schule Pflicht. Für jedes Mädchen, jede Lehrerin, jedes Kleidungsstück.«

Aus Sympathie juckte es Frances am ganzen Körper.

Esther Palmer starrte auf den Tisch. »Ich weiß, dass ich keine attraktive Frau bin. Mein … mein Gesicht wird puterrot, wenn ich aufgeregt oder durcheinander bin. Darunter habe ich schon als Kind gelitten. Kein Mann würde mich je heiraten.«

Frances' Herz flog ihr zu. »Das stimmt doch nicht, Miss Palmer …«

»Ich weiß genau, was ich bin.« Die Lehrerin zwang sich, den Kopf zu heben und Frances in die Augen zu sehen. »Ich weiß, was die Zukunft für mich bereithält. Ich werde am Internat unterrichten, bis ich zu alt dafür bin. Glauben Sie bitte nicht, dass ich mich beklage. Das tue ich nicht. Ich kann mich glücklich schätzen, eine Stelle zu haben, sonst müsste ich bei meinen Eltern oder, Gott bewahre, bei meiner Schwester und ihrer Familie leben. Aber ich hätte gern einen Mann. Mir ist schon vor langer Zeit klar geworden, dass es sinnlos wäre, meine Jungfräulichkeit für einen Ehemann zu bewahren. Jahrelang habe ich eine … Kerze benutzt. Aber ich wollte einen Mann sehen.« Die Lehrerin schluckte schwer. »Ich wollte erleben, wie es sich anfühlt, einen Mann in sich zu haben. Zu dem Zweck habe ich in der Achilles-Buchhandlung das hier gekauft.« Mit einer Geste, die alle warnte, sie ja nicht zu verurteilen, legte Esther Palmer einen Lederphallus auf den Tisch. Er war etwa 15 Zentimeter lang, und die Eichel war nur wenig dicker als der Schaft.

»Ich habe gelesen, dass manche Frauen in Indien sich mit einem Steinphallus deflorieren«, erklärte Thomas Pierce verlegen.

»Frauen haben diese Bedürfnisse seit über zweitausend Jahren«, versicherte Marie Hopplewort der Lehrerin beruhigend. »Ich persönlich koche mir gelegentlich eine Wurst. Sie haben etwa die gleiche Form wie Ihr Witwentröster und sind wesentlich billiger.«

»Viele Frauen verlieren ihre Jungfräulichkeit durch ganz normale körperliche Anstrengung«, erklärte Dr. Burns. »Es ist höchst unwahrscheinlich, dass ein Mann feststellen könnte, ob Sie Jungfrau waren oder nicht.«

Louis Stiles meldete sich überraschend zu Wort: »Ich würde einer Frau nicht wehtun wollen, wenn ich sie zur Frau nähme.«

Frances musterte den jungen Mann, der nur selten etwas sagte. Seine lebhaften blaugrünen Augen waren auf Esther Palmer gerichtet.

»Ein Mann streichelt sich und stellt sich vor, seine Hand sei eine Frau.« Louis Stiles drückte so fest auf den Rand seines Zeichenblocks, dass seine Fingerspitzen weiß wurden. »Das macht ihn nicht weniger jungfräulich. Er hat den Körper einer Frau nicht erlebt. Er hat nicht das Fleisch einer Frau umarmt. Sie sind immer noch Jungfrau, Miss Palmer. Sie werden einem Mann das Geschenk Ihrer Wonne machen, wenn Sie zum ersten Mal spüren, wie sein Körper Teil des Ihren wird. Und er wird Ihr Geschenk zu schätzen wissen.«

Frances war hingerissen von der Erklärung des jungen Mannes, der sich nun über seinen Zeichenblock beugte, als sei ihm gerade erst klar geworden, dass er laut gesprochen hatte.

»Was haben Sie gekauft, Mister Whitcox?«, fragte Rose Clarring nach einer langen Pause.

Unwillkürlich schlug Frances' Herz schneller. Das war der Moment, auf den sie gewartet hatte.

Der Anwalt griff in seine Rocktasche und holte langsam eine Postkarte heraus.

Frances atmete schneller.

Er blickte ihr in die Augen, legte die Postkarte mit dem Bild nach oben auf den Tisch und schob sie zu ihr hinüber.

Die Erkenntnis durchzuckte Frances wie ein Blitz. Ein Mann. Eine Frau. Feuchtheiße Lippen an ihrem Halsansatz, die den Duft ihrer Haut einsaugen. Trockenwarme Hände, die ihre schweren Brüste anheben. Raue, heiße Finger, die eintauchen zwischen … Frances kniff die Schenkel zusammen.

Die körperliche Barriere konnte nichts gegen das akute Gefühl ausrichten, dass männliche Finger sich vortasteten, sie öffneten, ausfüllten.

»Vergangene Woche hat Mistress Hart gefragt, wieso auf den Postkarten, die ich mitgebracht hatte, keine Männer zu sehen seien.« Die Stimme des Anwalts hallte in ihrem Körper wider. »Ich sagte ihr, der Anblick von Männern reize mich nicht.«

Sie zwang sich, den Blick von der Postkarte loszureißen.

»Ich habe mich geirrt«, sagte James an alle gewandt, konzentrierte sich aber auf Frances. »Ich finde den Anblick eines Mannes und einer Frau zusammen wesentlich anregender als Bilder, die eine Frau allein zeigen. Wenn ich diese Postkarte betrachte, kann ich die Erregung der Frau förmlich riechen – nach Vanille und Gewürzen. Ich kann ihre Begierde so deutlich spüren, als lehne sie sich an mich. Als läge ihre Brust in meiner Hand. Ich sehe mir diese Postkarte an und habe das Gefühl, dieser Mann zu sein. Ich bin derjenige, der das Geschlecht der Frau berührt und mit dem diese Frau ihre Leidenschaft teilt.«

Das unverhohlene Verlangen in seinen nussbraunen Augen traf Frances bis ins Mark. Das Wissen, dass sie dieses Verlangen zu befriedigen vermochte, ließ ihr Herz vor Angst und Erregung rasen.

»Was haben Sie gekauft, Mistress Hart?«, fragte Thomas Pierce.

Vor diesem Augenblick hatte Frances sich gefürchtet. Eine ganze Weile war sie vor Unentschlossenheit wie gelähmt. Zwölf Augenpaare musterten sie, als könnten sie bis in ihr tiefstes Inneres sehen. Wenn sie das tat, gab es kein Zurück mehr. Aber es hatte schon kein Zurück mehr gegeben, seit sie einem Mann begegnet war, der sein Verlangen nach der Leidenschaft einer Frau ohne Scham zugab. Mit den Bewegungen einer 94-Jährigen, nicht einer 49-Jährigen, griff Frances in ihre

Handtasche, zog langsam und vorsichtig eine Glasflasche aus dem mit Seide gefütterten Lederbeutel und stellte sie zwischen sich und den Anwalt auf den Tisch. Das dumpfe Geräusch von Glas auf Holz war laut in der kühlen Frühlingsluft zu hören.

Als James Whitcox fragend den Blick senkte, ließen dunkle Schatten seine Wangen hohl wirken. Ruhe kehrte in seine Züge ein. Rund um den Tisch wurde es still, bis im Raum nur noch gedämpfter Verkehrslärm und das unablässige Zischen von Gas zu hören waren.

»Lubrificum«, raunte er in die Stille und legte seine langen Finger um das hübsche Fläschchen. »Gleitmittel.«

Frances stellte fest, dass sie als Einzige im Damen- und Herrenclub nicht gewusst hatte, was ein Lubrificum war. Kaum war ihr dieser Gedanke durch den Kopf geschossen, sah James auch schon auf. In seinen dunklen Augen stand das Wissen um ihr Verlangen und den Zweck des Gleitmittels.

Um sich zu beruhigen, atmete Frances tief durch und stellte sich dem abwartenden Blick von Thomas Pierce. »Vor zwei Wochen sagte Mister Whitcox, er habe Angst, zu alt zu sein, um Leidenschaft zu erleben.« Zwei nussbraune Augen brannten sich in ihren Hinterkopf. »Ich glaubte nicht, dass es für Mister Whitcox zu spät sei, weil er ein Mann in den besten Jahren ist. Aber ich glaubte, für eine Frau meines Alters sei es zu spät.«

»Wieso?«, fragte James Whitcox scharf.

Frances zwang sich, den Anwalt anzusehen und ihre Schwäche öffentlich einzugestehen: »Wenn eine Frau ein gewisses Alter erreicht, ist sie nicht mehr imstande, natürliche … Gleitmittel zu produzieren.«

Seine Augen verengten sich zu einem Anwaltsblick. »Und Sie dachten, das hindere Sie, Leidenschaft zu erleben?«

»Ich dachte, die Natur wolle mir damit zu verstehen geben, dass ich mich auf andere Dinge konzentrieren sollte als auf Fleischeslust.«

»Was glauben Sie jetzt?«

»Ich glaube …«, Frances straffte die Schultern und weigerte sich, der Angst nachzugeben, die in ihr brodelte, »dass Frauen eine Wahl haben, was ihre Sexualität angeht. Ich glaube, dass das Geschlecht einer Frau, unabhängig von ihrem Alter, dank Hilfsmitteln wie Roses Lubrificum niemals zu trocken sein muss. Weder für ihre eigene Lust noch für die eines Mannes.«

Das Leuchten seiner Augen fesselte Frances. Er wollte sie immer noch, obwohl er nun wusste, dass ihr Körper nicht mehr funktionierte wie der einer jüngeren Frau.

»Diese Sitzung war äußerst aufschlussreich«, erklärte Marie Hoppleworth. »Ich habe heute einiges gelernt. Ich schlage vor, dass wir Pläne für die Diskussion der nächsten Woche machen.«

»Ich schlage vor, dass wir uns irgendwo anders treffen als in diesem Sarg hier«, warf John Nickols ein.

»Ich unterstütze den Antrag«, sagte James Whitcox.

»Machen wir doch ein Picknick«, schlug Esther Palmer vor.

»An einem Sonntag, damit wir uns nicht so abhetzen müssen«, regte Rose Clarring an.

»Morgen hätte ich Zeit«, erklärte Sarah Burns.

»Morgen wäre gut«, pflichtete George Addimore bei.

Ardelle Dennison kniff den Mund zu einer schmalen Linie zusammen. »Wir treffen uns seit zwei Jahren jeden Samstag in diesem Raum …«

»Und wir sind uns heute fremder als bei der Gründung des Clubs«, warf Thomas Pierce ein.

Frances starrte Ardelle Dennison an und bemerkte hinter der Wut, die in ihren bernsteinbraunen Augen funkelte, die Verzweiflung, die ihr schönes Gesicht verbissen machte. Sie hatte Joseph Manning mit der gedankenlosen Bemerkung verletzt, er habe keine Frau gefunden, die einer Heirat würdig sei.

»Sollen wir nicht morgen unser Picknick machen und uns am nächsten Samstag wieder hier treffen?«, schlug Frances ruhig vor.

»Sehr gut«, stimmte die Sekretärin zu. »Dann sehen wir uns also nächsten Samstag hier. Und wo sollen wir morgen zusammenkommen, meine Herren, meine Damen?«

»Im Kristallpalast«, sagte James auf Anhieb.

18

Entlastetes Holz knarrte und Wollstoff raschelte, als fünf Männer und sechs Frauen von dem Mahagonitisch aufstanden.

Sanft streichelte James mit dem Daumen über das kalte Kristallglas. »Sie haben es benutzt.«

Frances Harts hellgrüne Augen hielten seinem fragenden Blick stand. »Ja.«

Hölzerne Regenschirmgriffe klackerten an Messing, Wollmäntel raschelten beim Überziehen, und einzelne Gesprächsfetzen mischten sich mit den gedämpften Geräuschen, die von der Straße heraufdrangen.

Eingehend musterte James die Frau, die ihn anrührte, wie er es nie für möglich gehalten hätte. »Sie haben es in Ihrem Geschlecht benutzt.«

An einer Stelle ihres Körpers, von der sie gedacht hatte, wegen ihres Alters wolle kein Mann sie mehr berühren.

Frances scheute nicht vor der Wahrheit zurück. »Ja.« In ihrem Blick lag etwas Wissendes, Neues.

»Sie haben es also tatsächlich in Ihrem Geschlecht benutzt«, behauptete er aufs Geratewohl.

»Mistress Hart. Mister Whitcox.« Rose Clarrings Stimme jagte ihm Schauer über den Rücken. »Kommen Sie noch mit auf eine Tasse Tee?«

Ohne den Blick von Frances zu wenden, antwortete James mit erhobener Stimme: »Wir kommen gleich nach.«

Frances' Wangen brannten heiß.

»Wir sind in dem Café hier in der Straße«, sagte Marie Hoppleworth.

»Danke«, sagte er laut.

Die schwere Mahagonitür fiel ins Schloss. James und Frances saßen allein im Schein der Deckenlampe. Sie warf keinen Schatten, in dem man sich hätte verstecken können. Ein Privatclub zu zweit.

»Sie werden sich denken können, dass wir persönliche Dinge besprechen«, sagte Frances.

»Sie haben ihre eigenen Privatangelegenheiten zu besprechen«, erwiderte James ungerührt, streichelte den Glasstopfen und wiederholte: »Haben Sie das Gleitmittel benutzt, um in Ihr Geschlecht einzudringen?«

»Ja.« Sie hob trotzig das Kinn, damit er sie ja nicht verurteilte.

»Mit den Fingern?«

»Ja.«

Seine Brust und sein Schritt spannten sich. Sie würde ihn nicht belügen. Ein unwiderstehlicher Drang, Frances Hart kennenzulernen, trieb James zu fragen: »Wie viele Finger haben Sie benutzt?« Er wollte sich ihre Lust ausmalen und Teil ihrer aufkeimenden Sexualität sein.

»Ich habe drei Finger benutzt«, antwortete sie mit fester Stimme.

Das Dröhnen des Verkehrs draußen vibrierte in seinem Körper. »Zeigen Sie es mir«, sagte er. »Zeigen Sie mir, welche Finger Sie benutzt haben.«

Frances legte die rechte Hand mit der Handfläche auf den Tisch. Sie hatte kleine Hände. Arbeitsame Hände. Ihre kurzen, ovalen Fingernägel waren glänzend poliert. Langsam krümmte sie den kleinen Finger und hielt ihn mit dem Daumen fest, so dass der Handballen sich hob und drei Finger leicht nach unten zeigten.

Hitze strömte durch James' Zeige-, Mittel- und Ringfinger

der rechten Hand. »Hatten Sie Freude an Ihrer Vagina?«, fragte er.

»Ja.« Die Röte, die auf ihren Wangen brannte, breitete sich über den Nasenrücken aus, aber ihr Blick wich seinem nicht aus.

Die Spannung des Anwalts wuchs. »Wenn ich mich recht erinnere, sagten Sie doch, Sie würden Ihre Finger nicht wie einen Phallus benutzen.«

»Das war auch so.«

»Aber nach dem Besuch in der Buchhandlung sind Sie in Ihren Körper eingedrungen.«

»Ja.«

»Und haben Lust aus Ihrer Vagina bezogen?«, hakte er nach.

»Ja.« Sie wich weder seinen Fragen noch ihrer eigenen Sinnlichkeit aus.

James blieb lässig auf seinem Stuhl mit der hohen Medaillonlehne sitzen, obwohl sein ganzer Körper zu Frances hindrängte. »Wieso?«

Wieso fand sie inzwischen Lust an einem Teil ihres Körpers, von dem sie noch vor einer Woche behauptet hatte, er gehöre nicht ihr?

Sie blickte in das fahle Sonnenlicht, das durch das Fenster drang. »Sie sagten, Sie hätten Ihre Frau angeschaut und eine Fremde gesehen.«

James hatte seine Frau kalt und reglos in dem mit Satin ausgeschlagenen Sarg liegen sehen und erkannt, dass er über die Frau, die ihm zwei Kinder geboren hatte, nicht mehr wusste als über die Debütantin, die er geheiratet hatte.

»Als ich meinen Mann betrachtete, war ich die Fremde«, sagte Frances leise und verletzlich, während sie den Blick in die Vergangenheit richtete. »Nicht der Mann, den ich geheiratet hatte. Ich hatte mir nie Zeit genommen, etwas anderes zu sein als Ehefrau und Mutter. Mein ganzes Leben drehte sich um meine Familie. Es gab für mich kein Leben ohne sie, aber als mein Mann tot dalag, lebte ich weiter.«

Der Mann in ihm wollte sie trösten, der Anwalt in ihm hielt ihn zurück.

Entschlossen blickte Frances ihm in die Augen. »Ich möchte nicht länger eine Fremde für mich sein, James.«

Freude durchzuckte ihn, als er hörte, dass sie ihn mit seinem Vornamen anredete. Gleichzeitig tat es ihm weh, als er den Grund verstand, warum sie sich berührt hatte: Frances hatte ihren Anspruch auf die Sexualität geltend gemacht, die sie für andere geopfert hatte.

»Hattest du ebenso viel Lust an deiner Vagina wie an deiner Klitoris?«

Aus ihren Augen strahlte das Wissen um die Befriedigung, zu der ihr Körper fähig war. »Nein.«

James hatte das Geschlecht einer Frau noch nie eingehend erkundet und lernte es nun stellvertretend durch Frances kennen. »Wie unterscheiden sich die Gefühle?«

Die Deckenlampe zischte, das Gas strömte stetig durch die Kupferleitungen wie Blut durch Adern.

Selbstlos teilte Frances das Wissen über ihren Körper mit ihm. »Beim Eindringen ist das Gefühl tiefer, intimer.«

Die Lust, die James empfunden hatte, wenn er in eine Frau eingedrungen war, hatte nichts Intimes besessen. Er hatte es stets als Pflicht oder Wollust empfunden. Keines von beiden hatte ihn tiefer berührt. »Wie fühlt es sich an, wenn du deine Klitoris berührst?«, fragte er, um Frances Hart im Kern zu verstehen.

»Es fühlt sich an, als hätte meine Klitoris ein Herz«, antwortete sie. »Jedes Mal wenn ich sie berühre, pocht sie.«

Wie ein kleiner Schwanz.

»Welches Gefühl ist dir lieber?«

»Ich weiß es nicht.«

Seine Finger pulsierten am spröden Glas der Flasche im

Takt mit dem Pulsieren in seinem Schritt. »Hattest du einen Orgasmus, als du in deine Vagina eingedrungen bist?«

Ihre Wimpern flatterten. »Ja.«

Die Wahrheit, aber nicht die ganze Wahrheit.

»Wie hat sich dieser Orgasmus von denen unterschieden, die du erlebst, wenn du deine Klitoris berührst?«, erkundigte sich James vorsichtig.

Frances zögerte. »Ich weiß es nicht.« In ihren Augen lag keinerlei Täuschung, in ihrem Ton keine Ausflucht. Sie wusste die Antwort auf seine Frage tatsächlich nicht.

»Wieso weißt du es nicht, Frances?«, fragte er sanft. Warum musste es für Männer und Frauen so schwer sein, die Bürde zu überwinden, die ihrem Geschlecht auferlegt war?

Die dunkle Röte breitete sich von ihrem Gesicht auf ihren Hals aus. »Mein Handballen hat auf meine Klitoris gedrückt, als ich in mich eingedrungen bin.«

»Der Unterleib des Mannes drückt auch auf die Klitoris einer Frau, wenn er in sie eindringt«, stellte James leidenschaftslos fest. Trotzdem hatte noch keine Frau je einen Orgasmus erlebt, wenn er in sie eingedrungen war. Würde es bei Frances Hart anders sein? Konnte ein Mann eine Frau befriedigen, während er seine eigene Befriedigung suchte? »Wie schmeckt das Gleitmittel?«, fragte er unvermittelt.

Ihre hellen Augen weiteten sich überrascht. »Ich weiß es nicht.«

Langsam zog James den Kristallstopfen aus der Flasche. Ohne den Blick von ihr zu wenden, steckte er den Mittelfinger in die Flüssigkeit. »Koste.«

Frances starrte seinen Finger an.

James senkte den Blick, um zu sehen, was sie eingehend betrachtete. Auf seiner Fingerspitze bebte ein klarer Öltropfen. Einen ähnlichen Tropfen Flüssigkeit spürte er an seiner Eichel.

Langsam beugte sie sich vor und fuhr rasch mit der Zungenspitze über seinen Finger. Heiß. Feucht. Die Reibung ihrer Zunge drang bis tief in seine Hoden vor.

Sofort zog sie sich mit unsicherem Blick zurück. Ihren eigenen Körper kannte sie, aber über die sinnlichen Bedürfnisse eines Mannes wusste sie ebenso wenig wie James über die einer Frau. »Es hat kein Aroma.«

Das Öl. Sein Leben.

»Ich habe noch nie das Geschlecht einer Frau geschmeckt.«

Ihre Miene sagte ihm, dass noch niemand ihr Geschlecht geschmeckt hatte. »Wieso nicht?«, fragte sie leise.

»Frauen lernen, die Bedürfnisse anderer über ihre eigenen zu stellen.«

Ihr innerer Kampf zwischen ihren Bedürfnissen und denen ihrer Familie war noch nicht ausgestanden. »Ja.«

»Männer lernen, ihre eigenen Bedürfnisse über die anderer zu stellen«, sagte James.

In ihrem Blick lag Verstehen: Sie hatte anderen Freude bereitet, aber nie für sich Freude beansprucht. Er dagegen hatte für seine Freuden gesorgt, aber anderen nie Freude geschenkt.

James musterte Frances und suchte in ihr, was er noch nie bei einer anderen gesucht hatte. »Steck deinen Finger in die Flasche«, sagte er in distanziertem Anwaltston, distanziert von jeglichen fleischlichen Bedürfnissen.

Mit fragendem Blick tauchte sie den Mittelfinger in die Flasche.

»Nicht nur die Fingerspitze«, sagte er. »Steck den ganzen Finger in das Gleitmittel.«

Ihre hellgrünen Augen waren immer noch fragend auf ihn gerichtet, als sie tiefer in die Flasche griff, bis die ölige Flüssigkeit ihren zweiten Fingerknöchel umspülte.

»Jetzt stecke ihn dir in die Vagina und lass mich dann deinen Finger kosten, Frances.«

Ihr Schreck hallte von den fünf Glaskugeln der Deckenlampe wider, die sie in helles Licht tauchte.

Mary Bartles Prozess würde in der nächsten Woche enden. Zuerst würde die Anklage, anschließend die Verteidigung ihr Plädoyer halten. Danach würden zwölf Geschworene über das Schicksal einer Frau entscheiden, die sich ihrer Weiblichkeit nie erfreuen würde, ganz gleich, wie das Urteil ausfallen mochte.

»Teile dein Geschlecht mit mir, Frances.« James musste verstehen, wie es war, eine Frau zu sein, in die Ehe verkauft, in der Ehe betrogen zu werden und vom Wohlwollen von Männern abhängig zu sein, die dazu erzogen waren, ihr eigenes Wohl an die erste Stelle zu setzen. »Ich möchte nicht, dass du mir fremd bist.«

Angst rang in ihrem Blick mit Verletzlichkeit. Über diese beiden widerstreitenden Gefühle siegte der Wunsch, er möge sie kennenlernen. Sie sah ihm unverwandt in die Augen, während sie an die Stuhlkante vorrutschte.

James konnte Frances lediglich bis zur Taille sehen. Er hörte nur ihre Kleider rascheln, sah nur die Verlegenheit in ihrem angespannten Gesicht, ahnte das glatte Eindringen nur aus ihren geweiteten Pupillen.

Langsam, mit zittriger Hand reichte sie ihm ihren Finger. Öl schimmerte in ihrem Nagelbett, auf ihrem Finger, dem ersten und dem zweiten Knöchel. Das restliche Öl befand sich einen halben Finger tief in ihrer Vagina.

James beugte sich vor und leckte an ihrer Fingerkuppe. Als sie vor Lust scharf den Atem einsog, füllte sich die Leere in seinem Inneren. Er schaute ihr tief in die Augen, saugte ihren Finger in seinen Mund und leckte das Öl und Frances ab.

Sie schmeckte nach würziger Vanille. Ihre Haut. Ihr Geschlecht. James leckte ihren Finger ab, bis das Schwarz ihrer Pupillen ihre hellgrüne Iris verdrängte und der letzte Rest an Verlegenheit in ihrem gespannten Gesicht dahinschmolz.

Mit einem letzten Lecken gab er ihren Finger frei, lehnte sich zurück und steckte den Kristallstopfen wieder auf die Flasche. »Gehen wir Tee trinken.«

19

Die Absätze von Frances' Stiefeletten klapperten laut über den dämmrigen Korridor. James' Schritte passten sich ihren an, eine hörbare Erinnerung an den intimen Moment, den sie gerade gemeinsam erlebt hatten, und das Band, das er zwischen ihnen geknüpft hatte. Vor seinen Augen hatte sie den intimsten Teil ihres Körpers berührt, und er hatte vor ihren Augen die Essenz ihrer Weiblichkeit gekostet.

Wie gebannt starrte Frances auf das matt schimmernde Messing vor ihr und konzentrierte sich völlig auf ihr gemeinsames Fortkommen. »Warst du unberührt, als du geheiratet hast?«

»Nein«, antwortete James. »Ich habe meine Unschuld mit 15 verloren.«

Damals hatte Frances noch nichts von James Whitcox' Existenz gewusst. Sie war 17 und bereits zwei Jahre mit einem Mann verheiratet, von dem sie ein Kind hatte und ein zweites erwartete.

»War sie Jungfrau?«

»Das weiß ich nicht.«

Hatte das Mädchen sich für einen Jungen aufgespart, der von ihrem Geschenk gar nichts gewusst hatte? Frances hatte nicht geblutet, als ihr Mann sie zur Frau gemacht hatte. Hatte sie etwa gewissenhaft ein Jungfernhäutchen zu bewahren versucht, das sie schon längst durch körperliche Anstrengung verloren hatte?

»Hat sie es genossen?«, fragte Frances.

James hatte seine Unschuld vor 32 Jahren verloren, Frances ihre vor 34 Jahren. Ihre Vergangenheit ließ sich nicht mehr ändern. Was spielte es schon für eine Rolle?

»Ein Zimmermädchen hat sich mir für fünf Shilling angeboten«, erzählte James in dem gleichen seltsam leidenschaftslosen Ton, in dem er ihr gesagt hatte, er wünsche sich, dass sie ihren Körper mit ihm teile. »Damals hielt ich es für einen fairen Tausch. Sie hob ihre Röcke und bückte sich. Ich zog meine Hose herunter und schob mich unbeholfen in sie hinein. Nach einer knappen Minute war alles vorbei.«

Frances griff so heftig nach dem Treppenknauf aus Messing, dass ihr Täschchen mit der sicher verwahrten Flasche Gleitmittel an ihrem Handgelenk baumelte. Unten stierte die Giraffe mit toten Augen vor sich hin.

»Findest du immer noch, dass es ein fairer Tausch war?«, fragte sie.

»Meine Mutter entdeckte am nächsten Tag das Geld bei ihr und warf sie hinaus.«

Frances schluckte. »Hast du deiner Mutter gesagt, dass sie es nicht gestohlen hatte?«

»Sie hat das Mädchen nicht wegen Diebstahls entlassen«, sagte er sarkastisch.

Eine Frau in züchtigem Umhang und ein Junge in Matrosenanzug blieben am Fuß der Treppe stehen. Frances fühlte sich unweigerlich an Thomas Pierce erinnert.

»Was hat deine Mutter daraufhin mit dir gemacht?«, fragte sie.

»Sie hat es meinem Vater erzählt, der sich noch am gleichen Abend mit mir hinsetzte und mir das Gewerbe erklärte.« Sein Ton war emotionslos. »Er fand, ich hätte dem Zimmermädchen erheblich zu viel gezahlt.«

Ein Mädchen hatte seinen Lebensunterhalt verloren, ein Junge seine Unschuld. Und das alles für eine Krone.

»Hast du es denn genossen?«, hakte Frances nach.

»Nicht sonderlich.«

Der Junge in dem Matrosenanzug zeigte aufgeregt auf die fünf Meter große Giraffe.

Frances legte die Hand auf den Treppenknauf und schritt von der Vergangenheit in die Gegenwart. »Hast du denn meinen Geschmack genossen?«

»Würzige Vanille, Frances.«

Schwungvoll ging sie die Treppe hinunter und spürte ihr vom Öl geschmeidiges Fleisch. Neben ihr passte James seine Schritte den ihren an, linker Fuß, rechter Fuß. Der erotische Druck, den Louis Stiles mitgebracht hatte, blitzte vor ihrem inneren Auge auf. Noch nie hatte sie sich vorgestellt, dass ihr Schamhaar sich mit dem eines Mannes vermengte. Die Logik sagte ihr, dass es beim ehelichen Verkehr zwangsläufig dazu kommen musste. Dieses Phänomen hatte sie also sicher mit ihrem Mann unzählige Male erlebt. Es gab keinen Grund, warum die Vorstellung, dass ihr Schamhaar sich mit dem von James Whitcox vermengte, ihr Herz schneller schlagen und ihre Brüste anschwellen ließ. Es gab keinen Grund, warum die Erinnerung, wie er an ihrem Finger geleckt hatte, ihr Tränen in die Augen trieb.

»Wieso hast du vorgeschlagen, dass wir uns im Kristallpalast treffen?«, fragte Frances gepresst.

»Warst du schon einmal dort?«

»Nein.« In ihrem Reiseführer stand, dass es ein 80 Hektar großer Park voller botanischer und geologischer Wunder sei. Aber botanische und geologische Wunder kannte sie aus der Grafschaft Sussex zur Genüge. Sie trat vom Hartholz der Treppe auf den noch härteren Marmorboden.

Neben ihr sagte James geheimnisvoll: »Morgen wirst du es sehen.«

Morgen.

Frances konnte nicht einmal über die letzte halbe Stunde

hinaus denken, geschweige denn den nächsten Tag planen. Sie ging vorbei an einer verbeulten Rüstung, die zum Schutz gedient hatte, vorbei an einem angeschlagenen römischen Sarkophag, der an die Sterblichkeit gemahnte, vorbei an einem pechschwarzen prähistorischen Fossil, das von der ständigen Präsenz der Vergangenheit zeugte. Ein Mann und eine Frau tauchten im Glas der Eingangstür auf. Der Mann war groß und hatte einen schwarzen Zylinder auf. Die Frau war einen halben Kopf kleiner und trug einen Strohhut mit Feder.

»Ich kann keine Kinder mehr bekommen«, sagte Frances. Sie ging das Risiko einer endgültigen Zurückweisung ein.

»Ich habe nicht den Wunsch, eine Frau zu schwängern«, antwortete James gleichmütig. Er wies sie immer noch nicht zurück.

»Warum hast du den Wasserhahn neulich Zapfen genannt?«

Er hätte an jenem Samstag auch andere Worte benutzen können: Hahn, Ventil, Armatur. James musterte sie nachdenklich. »Ich wollte, dass du mich ansiehst.«

»Das ist dir gelungen«, gab sie zu.

James hielt ihr die Tür auf. »Und dann bist du weggegangen.«

Frances trat über die Schwelle. London paradierte an ihr vorüber. Ratternde Pferdewagen, kreischende Kutschen, Männer in Bowler-Hüten, Frauen in Hauben eilten vorbei, und Kinder rannten unbekümmert an alledem vorüber, ganz in die Gegenwart vertieft, ohne einen Gedanken an ihre Zukunft zu verschwenden. Heißer Atem streifte ihren Nacken und ihre Wange, als James mit spürbarer Präsenz neben sie trat.

»Jetzt gehe ich nicht fort«, sagte Frances in die beißende Luft, die nach Pferdeäpfeln und Kohlenstaub roch.

»Dann nimm meinen Arm.« Als er ihr den Arm reichte, war es die Geste eines respektablen Gentleman gegenüber einer respektablen Dame. Aber ihrer beider Verlangen hatte durchaus nichts Respektables. »Und komm mit mir.«

Frances schob ihre Hand in seine Armbeuge. Seine Hüfte, die ihre streifte, brannte ebenso wie ihre Schulter, wo sie an seiner rieb. Um sie herum gingen Männer und Frauen ebenso Arm in Arm wie Frances und James.

Sehnten die anderen Frauen sich ebenfalls danach, mehr als nur Ehefrau und Mutter zu sein? Brannten die anderen Männer auch vor Verlangen, die Leidenschaft einer Frau zu erleben?

Nach einem kurzen Fußweg erreichten sie das überfüllte Café. Helles Licht und Reiherfedern tanzten unter Gaslampen.

»Mistress Hart«, rief Rose Clarring. »Mister Whitcox.«

Acht Augenpaare musterten Frances und James unverhohlen. Instinktiv rückte Frances ein Stück von dem Anwalt ab und erwiderte den Gruß.

»Nehmen Sie Platz, Mistress Hart.« John Nickols rückte einen weiß emaillierten, schmiedeeisernen Stuhl zurecht. »Sie auch, Mister Whitcox.«

»Nein danke«, lehnte James höflich ab. »Ich habe noch etwas zu erledigen.«

Frances blickte auf. Seine Augen leuchteten nicht. Mit einem Nicken wandte er sich ab und ging. Schlagartig fühlte sie sich einsam.

»Ich muss mich ebenfalls verabschieden, meine Damen, meine Herren«, sagte George Addimore. »Ich bin zum Abendessen mit einem Mandanten verabredet.«

»Ich muss auch gehen«, erklärte Rose Clarring. »Ich habe noch ein paar Besorgungen zu machen.«

»In der Bank hatten wir heute einen Fehlbetrag«, sagte Thomas Pierce. »Ich muss noch einen Angestellten überprüfen.«

»Ich habe noch eine Hausarbeit zu beenden, da ich morgen anderweitig beschäftigt bin«, entschuldigte sich Marie Hopplewort h.

»Auf mich wartet ein Krankenbesuch«, sagte Sarah Burns.

»Ich muss einen Artikel fertig schreiben«, erklärte John Nickols.

»Und ich muss Arbeiten korrigieren«, sagte Esther Palmer.

Schweigend saß Frances an dem weiß emaillierten Tisch und sah die Mitglieder des Damen- und Herrenclubs nacheinander gehen. Ihre Vagina brannte. Ebenso wie ihr Finger. Briefe warteten auf Antwort. Frances wusste nicht, wie sie die Zeilen beantworten sollte. Sie wusste nicht, wie sie ihrem 33-jährigen Sohn oder ihrer 7-jährigen Enkelin sagen sollte, dass nicht der Kummer sie in London hielt, sondern der Wunsch, ein eigenes Leben abseits des ihrigen zu führen.

Louis Stiles zeichnete eifrig. »Darf ich das Bild sehen?«, fragte Frances aus einem Impuls heraus.

Zwei scharfsichtige blaugrüne Augen fingen ihren Blick ein. Langsam, zögernd, drehte er den Skizzenblock um.

Frances erblickte die Mitglieder des Damen- und Herrenclubs mit Louis Stiles' Augen. Ardelle Dennison starrte entsetzt und fasziniert auf den Penisring, der auf sie zurollte. Thomas Pierce dehnte sehnsüchtig ein Kondom zwischen den Händen. Esther Palmer wärmte schuldbewusst einen Dildo in ihren Fingern. Joseph Manning schaute wie gebannt auf einen Miniaturdruck einer nackten Frau, die rittlings auf den Hüften eines Mannes saß. Unweigerlich schweifte ihr Blick zu einem Mann am anderen Ende des Tisches und der Frau, die neben ihm saß. James hielt ein Fläschchen in der Hand und starrte mit unsagbar verletzlicher Miene auf die Postkarte, die eine bekümmerte Frances hochhielt.

20

Die Victoria Station hallte wider vom Gejohle aufgeregter Kinder, den mahnenden Rufen von Müttern und den lenkenden Befehlen von Vätern. Die Sonntage gehörten in England Gott und der Familie.

Mit seiner Frau hatte James nie Zeit verbracht. Diesen Fehler würde er bei France nicht wiederholen.

Die Tür zu den öffentlichen Toiletten öffnete sich, und Frances kam mit vor Aufregung rotem Gesicht hinter zwei plaudernden Frauen heraus.

James trat auf sie zu. »Hast du deinen Fahrschein?«

»Ja.« Verwunderte Aufgeschlossenheit leuchtete in ihrem Blick auf. »Danke.«

»Dann lass uns einsteigen.« Er zog ihre Hand in seine Armbeuge. »Der Zug fährt gleich ab.«

Rasch sah Frances sich unter den umstehenden Familien um. »Wo sind die anderen?«

»Sie warten schon auf uns.«

Sie blickte zu ihm hoch. »Ist Miss Fredericks gekommen?«

»Nein.«

Enttäuschung umwölkte die Erregung in ihren hellen Augen. »Ich wünschte, sie wäre gekommen.« Manche Wunden ließen sich nicht heilen. Ein Gedanke hellte ihre Miene sichtlich auf: »Und was ist mit Miss Dennison und Mister Manning?«

»Sie sind auch nicht da, beide nicht«, antwortete er.

Manche Leute hatten mehr Angst vor Nähe als vor Einsamkeit.

Er wich der Enttäuschung aus, die seine Antwort ausgelöst haben musste, und schlängelte sich zwischen dichten Grüppchen von Männern, Frauen und Kindern, Arbeiterfamilien und Bürgern durch, die gleichermaßen ihren Sonntagsstaat trugen.

»James.«

Er beugte sich herunter, um sie im Stimmengewirr und Lärm der Züge besser zu verstehen. »Ja?«

»Es tut mir leid, dass ich mich gestern im Café von dir losgemacht habe.«

Er öffnete schon den Mund, um ihr zu sagen, es mache nichts aus, als ihm klar wurde, dass es ihm durchaus etwas ausmachte. Es hatte ihn gekränkt, dass sie sich von ihm zurückgezogen hatte. Er hatte sich nur nicht eingestehen wollen, dass diese Frau ihn verletzen konnte. Er schloss den Mund und richtete sich auf.

»James.« Ihr Ton war sanft eindringlich.

Widerstrebend beugte er sich herunter und spürte seine Verletzlichkeit unbehaglich auf seinen Schultern lasten. »Was?«

»Hast du gewusst, dass die Toiletten hier von ganz allein spülen?«

In seiner Brust stieg ein Prickeln auf. Ein Lachen, das noch zu neu war, um die jahrelange, selbst auferlegte Einsamkeit zu verdrängen, wischte die kleine Kränkung fort, die Frances ihm zugefügt hatte. Ihr blauer Nahverkehrszug spie Dampf. »Steig ein, Frances.«

Er half ihr die steilen Metalltritte hinauf. Nur in den Wagen der dritten Klasse waren die Abteile groß genug, dass sie alle zusammensitzen konnten. James war noch nie dritter Klasse gefahren. Der Zug war voll. Da ein Gesetz vorschrieb, dass auf allen Linien mindestens ein Waggon Passagiere zu einem

Fahrpreis von einem Penny pro Meile befördern musste, nannte man ihn auch Parlamentszug.

»Sie können sich hier dazwischenquetschen«, rief Thomas Pierce. Der Bankier hatte eine Sitzreihe in Türnähe ergattert.

James zwängte sich mit seinem Seidenzylinder neben Frances, die ein lebhaft grün gestreiftes Sergekleid trug. John Nickols saß mit grimmiger Miene am Mittelgang. Marie Hoppleworth hatte einen Fensterplatz. Sie trug eine schwarze Haube, und ihr Gesicht spiegelte sich vage in der Scheibe wie ein Gespenst mit silbernem Brillengestell.

»Ist es weit?«, fragte Frances.

»Nein«, antwortete Rose Clarring, deren konservatives Hütchen adrett geneigt auf ihrem Kopf saß. »Nur sieben Meilen.«

»Ich war nicht mehr im Kristallpalast, seit ich ein junges Mädchen war«, sagte Sarah Burns hinter James.

Frances drehte sich zu ihr um. Der sanfte Druck ihrer Brust fuhr James wie ein Blitz durch den Arm. »Wie ist es da?«

»Es ist ein Park«, erklärte Louis Stiles, der sich hinter seinem Skizzenblock verschanzt hatte.

»Es ist ein Ausstellungsgelände«, sagte Thomas Pierce.

»Es gibt ein buntes Kulturprogramm«, sagte Marie Hoppleworth gegen die Fensterscheibe.

»Es finden Konzerte statt«, ergänzte Esther Palmer.

»Jeden Abend gibt es ein Feuerwerk«, fügte Rose Clarring hinzu.

»Wir sollten einen Treffpunkt ausmachen, wo wir uns nach dem Feuerwerk finden können, falls wir uns trennen sollten«, lenkte James das Gespräch gezielt in eine andere Richtung, damit niemand die Überraschung verderben konnte, die er für Frances bereithielt.

»Warum nicht den Haupteingang?«, schlug Thomas Pierce vor.

»Also gut, am Haupteingang«, stimmte James zu.

»Ich stehe den Damen gern als Begleiter zur Verfügung«, bot George Addimore knurrig an.

James konnte sich lebhaft vorstellen, dass an diesem Abend einige Paare zusammenfinden würden.

»Wann warst du zum letzten Mal im Kristallpalast?«, fragte Frances.

»Vor vier Jahren«, antwortete James mit brennendem, verkrampftem Arm. Er hatte damals die letzten Schritte eines Mörders und seines Opfers nachvollzogen. Ein junger Mann hatte seinem Mandanten bei einer Bootsfahrt auf einem See einen unsittlichen Antrag gemacht. Der junge Mann hatte die unglückselige Entscheidung getroffen, den Fremden mit zu sich nach Hause zu nehmen, statt mit ihm in ein Gasthaus zu gehen.

Verlegenes Schweigen senkte sich über die Männer und Frauen, die sich zwei Jahre lang fremd geblieben waren und nun allmählich eine Kameradschaft entwickelten, die sie von Anfang an hätten aufbauen sollen. Dass sie es nun taten, hatten sie der Aufrichtigkeit einer einzigen Frau zu verdanken.

James atmete Frances' Duft ein und erinnerte sich an ihren Geschmack. Als ahne sie seine Gedanken, blickte sie zu ihm auf. Alles lag in ihren hellgrünen Augen: ihr Eindringen in ihren Körper, sein Kosten ihres Geschmacks. Ihre Brust, die sich nun an seinen Arm schmiegte.

Ein Schaffner, der eifrig Fahrkarten abknipste und einsammelte, rief die nächste Haltestelle aus.

»Verwahre deine Fahrkarte«, murmelte James. »Du brauchst sie, um in den Park zu kommen.«

»Wie viele Haltestellen sind es noch?«, fragte sie und steckte den Fahrschein in ihr Täschchen.

»Ich erinnere mich nicht mehr«, sagte er und atmete ihren salzigen Atem ein. Dafür erinnerte er sich umso besser an den Mordprozess, an das Opfer, an den Angeklagten. Ebenso an die Geschworenen, die seinen Mandanten freigesprochen hatten.

Der Zug bremste mit kreischenden Bremsen und unter dicken Dampfschwaden.

»Dein Atem riecht nach Zahnpulver«, raunte Frances.

»Deiner auch«, raunte James zurück.

Weitere Passagiere stiegen ein, aber niemand stieg aus. Eine Rauchwolke quoll aus der Lokomotive, als sie sich in Bewegung setzte. Schwankend kündigte der Schaffner den Bahnhof Sydenham an.

»Das ist unsere Haltestelle«, sagte George Addimore.

Jack Nickols' Miene war angespannt. Es hatte einer 49-jährigen Frau, die noch nie aus ihrer kleinen Grafschaft herausgekommen war, beträchtlichen Mut abverlangt, allein nach London zu reisen. Die gleiche unbezähmbare Courage wie Frances Hart besaß auch der Journalist, der sich tagtäglich in einer Welt bewegte, die nicht auf einen Mann im Rollstuhl eingestellt war. James sorgte dafür, dass James Nickols wieder etwas mehr Kontrolle über seine Lage gewann.

»Mister Addimore«, sagte er. »Mister Nickols könnte sicher leichter aus dem Zug steigen, wenn er sich auf unsere Schultern stützen würde.«

John Nickols' Kopf fuhr herum. Sie starrten sich an, zwei Männer, die Angst vor dem hatten, was sie brauchten. Die Spannung in der Miene des Journalisten ließ nach. Wenn er fallen sollte, läge es an ihm, weil er sich nicht gut genug festgehalten hätte, nicht an anderen, die ihn fallen lassen würden. Er nickte.

Der Zug hielt erneut mit kreischenden Bremsen. Dampfschwaden verdunkelten den Himmel.

Frances' Augen leuchteten im dämmrigen Abteil. Schweigend reichte James ihr seinen Regenschirm. Mit unergründlicher Miene nahm sie den Schirm. Alle Männer, Frauen und

Kinder stiegen aus bis auf James, John Nickols und George Addimore.

»Fertig?«, fragte James. Ein muskulöser Arm legte sich schwer auf seine Schultern. »Gehen wir.«

Kraft und Vertrauen knüpften ein Band zwischen den drei Männern. Jeder setzte seine eigene Stärke für ein gemeinsames Ziel ein und vertraute darauf, dass die anderen ihn nicht im Stich ließen. Ein Schaffner hatte den Rollstuhl geholt und hielt ihn vor der Wagentür bereit. Flüchtig empfand James es als Verlust, als er John Nickols' Wärme und Gewicht nicht mehr vertrauensvoll auf seinen Schultern spürte. Schweigend reichte Frances James seinen Schirm.

Der graue Himmel sah nach Regen aus. Arbeiterfamilien machten sich zu Fuß auf den Weg zum Park. Kleinbürgerliche Familien stiegen in die Omnibusse, die sich auf der anderen Straßenseite aneinanderreihten. Wohlhabendere Familien warteten auf die Mietdroschken, die an der anderen Straßenseite Schlange standen.

James hob den Regenschirm, um eine Droschke heranzuwinken.

Aufgeregt rief Frances: »Sieh nur, der Omnibus hat zwei Etagen.«

Aus den Augenwinkeln sah der Anwalt, dass John Nickols, Rose Clarring, Thomas Pierce, Sarah Burns und George Addimore die Straße überquerten und auf eine geschlossene, vierrädrige Kutsche zugingen.

»Wir brauchen nicht mit dem Omnibus zu fahren«, sagte James und sah zu, wie der Bankier und der Steuerberater dem Journalisten in die Kutsche halfen. Die beiden Frauen reichten dem Kutscher den Rollstuhl an, damit er ihn auf dem Dach der Kutsche verstaute.

»Du hast doch gesagt, du würdest mir folgen.«

Er blickte Frances scharf an. »Ich möchte, dass du auch meine Welt kennenlernst.«

Eine Welt, die über ausreichend Geld und gesicherte Privilegien verfügte.

»Keiner von uns beiden ist je auf einem Omnibusdach gefahren«, sagte Frances ernst und mit fragendem Blick. »Sollen wir dieses Erlebnis nicht zu einem Teil unserer beider Welten machen?«

»Sie wären eine glänzende Prozessgegnerin, Mistress Hart.«

Ihr Lächeln raubte ihm den Atem. Während James noch in seiner Tasche nach Kleingeld kramte, warf Frances bereits die erforderlichen Münzen für die Fahrt in das Kästchen. Er spürte einen Knoten im Magen. Noch nie hatte eine Frau sein Fahrgeld bezahlt.

Da Marie Hoppleworth, Esther Palmer und Louis Stiles es ablehnten, zu frieren und womöglich nass zu werden, stiegen sie unten in den Omnibus, während James und Frances sich oben hinsetzten. Kühle, feuchte Luft strich ihm übers Gesicht. Warmer Frauenduft umgab seine Sinne.

»Sieh nur, Frances.« Seine Schulter rieb freundschaftlich an ihrer, als er auf den Kristallpalast zeigte. Die Glas- und Eisenkonstruktion war 490 Meter lang und 110 Meter breit. Kritiker bezeichneten sie als das größte Gewächshaus, das je gebaut wurde. »Sieh dir die Wassertürme an.«

Zwei 86 Meter hohe Wassertürme flankierten den Glaspalast. Im Hintergrund schwebten Heißluftballons hoch in der Luft, und eine Achterbahn ragte weit über die Baumwipfel hinaus.

»Oh«, staunte sie.

James blickte Frances ins Gesicht und betrachtete den Kristallpalast mit ihren Augen: Schönheit, Staunen und unbeschwerte Freude. Er wünschte, dass sie genau so aussehen möge, wenn sein Körper sich mit ihrem vereinte. Er wollte die Unschuld unbefangener Sinnlichkeit erleben. Vor den geschlossenen Toren drängte sich eine wachsende Menge: unruhige, aufgeregte Kinder, jetzt schon müde Mütter und Väter, die die Ihren entschlossen zusammenhielten. John Nickols wartete mit finsterer Miene am Rand des Gedränges. Thomas Pierce, Rose Clarring, George Addimore, Esther Palmer und Sarah Burns scharten sich schweigend um ihn. Der Duft von gebratenem Fleisch, Zucker und Früchten wehte herüber und erhöhte die Vorfreude. Hinter den geschlossenen Toren und überall auf dem weitläufigen Gelände legten Händler letzte Hand an ihre Verkaufsstände für Ingwerbier, Sandwiches, Pasteten, Süßigkeiten und andere Leckereien. Die Erregung erreichte ihren Höhepunkt, als mehrere Männer in Uniform kamen und ohne sonderliches Aufhebens die Tore weit öffneten. Familien strömten an den Mitgliedern des Damen- und Herrenclubs vorbei wie Wasser um einen Felsen.

John Nickols' Miene verfinsterte sich noch mehr, als er mit knirschenden Metallrädern über den gepflasterten Weg auf den Glaspalast zurollte. »Sie humpeln, Miss Hoppleworth.«

Die Sekretärin verlagerte unauffällig ihr Gewicht auf den linken Fuß. »Es ist nichts.«

»Offensichtlich ist doch etwas«, stellte der Journalist fest und passte die Geschwindigkeit seines Rollstuhls ihrem Schritt an, »sonst würden Sie ja nicht humpeln.«

»Ich habe nur meinen Schuh zu fest gebunden.«

»Dann lockern Sie doch den Schnürsenkel.«

»Das habe ich auch vor, sobald ich einen Platz finde, wo ich mich hinsetzen kann.« Die Sekretärin humpelte weiter.

»Ich bin ein fahrender Stuhl, Miss Hoppleworth«, bot der Journalist an. »Es sei denn, Sie ertragen lieber Schmerzen, als die Bequemlichkeit zu nutzen, die ich zu bieten habe.«

Schweigend beobachtete James den Kampf zwischen der Sekretärin, die jede Aufmerksamkeit vermeiden wollte, und dem Journalisten, der Aufmerksamkeit suchte, und die beide nicht an öffentliche Aufmerksamkeit gewöhnt waren.

Marie Hoppleworth wurde rot. »Ich habe nicht die Absicht, in aller Öffentlichkeit meinen Knöchel zu entblößen, Sir.«

»Wir stellen uns vor Sie und schirmen Sie ab, Miss Hoppleworth«, bot Rose Clarring als unerwartete Komplizin an. Auch sie kannte schmerzliche Einsamkeit und falschen Stolz.

Nacheinander stellten Rose Clarring, Thomas Pierce, Esther Palmer, Louis Stiles, Sarah Burns und George Addimore sich im Halbkreis um den Rollstuhl und kehrten den beiden dezent den Rücken. Mehr konnte niemand tun, um die peinliche Lage der Sekretärin und des Journalisten zu mildern. Nun war es an Marie Hoppleworth, John Nickols' Angebot anzunehmen oder abzulehnen.

»Es wird bald regnen«, stellte James beiläufig fest. »Ich möchte Mistress Hart etwas zeigen, bevor der Park zu morastig wird. Wir sind rechtzeitig zum Mittagessen wieder zurück.«

»Wo sollen wir zu Mittag essen?«, fragte Rose Clarring und blickte mit großen Augen in den weitläufigen Park mit all den Rasenflächen, sorgfältig gestutzten Büschen, gepflasterten Wegen, Terrassen und Brunnen. Überallhin, nur nicht zu der Frau hinter ihr, die endlich zögernd akzeptierte, was sie dringend brauchte.

»Drinnen gibt es Cafés«, sagte Thomas Pierce.

»Wenn das Wetter es erlaubt, können wir uns an den Ständen etwas zu essen holen und da drüben an dem großen Brunnen essen«, schlug Esther Palmer vor und deutete auf eine Fontäne, die über 40 Meter hoch in die Luft schoss.

Aber James schob Frances bereits fort.

»Was willst du mir denn zeigen?«, fragte sie atemlos.

»Eine Überraschung.«

Der 80 Hektar große Park barg unzählige Überraschungen: Statuen, Brunnen, Gartenanlagen, einen Mann, der einer Frau Hilfe anbot, eine Frau, die einem Mann Hoffnung gab.

»Ich war noch nie auf einer Berg-und-Tal-Bahn«, sagte Frances und betrachtete interessiert die Kinder und Erwachsenen, die in bunte Wagen einstiegen.

James führte sie an der Achterbahn vorbei. Als er ein Schild entdeckte, ging sein Atem schneller. »Mach die Augen zu.«

»Mit geschlossenen Augen kann ich nicht gehen«, protestierte Frances.

»Mach die Augen zu.« James schmiegte sich an sie und sog ihren Duft ein. »Ich möchte dich überraschen.« Er fragte sich, ob sie schon jemals jemand mit Liebe überrascht haben mochte. Sanft strich er mit Daumen und Mittelfinger über ihre Augenbrauen. Das schwarze Leder seiner Handschuhe hob sich matt von ihrer strahlenden Haut ab. Gespannt wartete er darauf, dass sie sich seine Berührung verbitten würde.

Frances schloss die Augen.

Behutsam führte er sie an eine eiserne Zierbrücke. »Jetzt darfst du gucken.«

Sie öffnete die Augen. Ihrem reglosen Gesicht war jedes Gefühl deutlich abzulesen. Verwunderung. Freude. Verstehen. »Du hast dich daran erinnert«, sagte sie. Ihr warmer Atem bildete Wölkchen in der kalten Luft.

»Ich erinnere mich an alles, was du gesagt hast.«

Ihre Augen glänzten feucht. »Können wir hingehen und sie uns genauer ansehen?«

»Ich bringe jeden vor Gericht, der versucht, uns daran zu hindern«, schwor er feierlich. »Und ich versichere dir, dass ich gewinne.«

Ihr Lachen hallte über die Senke.

James fragte sich, wann sie zum letzten Mal gelacht haben mochte.

»Sieh nur, wie groß sie sind«, sagte sie und lief den Hang hinunter durch das Gras zu den fünf grausigen Dinosauriern aus Backstein, Ziegeln und Beton. »Was für welche sind das?«

James folgte ihr langsamer. »Dieser grimmige Bursche da drüben ist ein Megalosaurus.« Er zeigte mit dem Schirm auf ein gut zwölf Meter langes Ungetüm und genoss ihre Freude.

Frances streckte die Hand nach einer purpurroten Klaue mit

Krallen aus und sah mit ungespielter Begeisterung zu einem hellgrünen Dinosaurier mit Knochenplatten auf dem Rückgrat hinüber. »Was ist der Riesige da drüben für einer?«

»Ich habe keine Ahnung«, gab James zu. Prähistorische Fossilien hatten ihn nie interessiert, bis eine rothaarige Frau ihr Recht auf Interessen außerhalb der Familie verteidigt hatte.

Sie duckte sich unter dem grünen Monstrum mit dem stacheligen Schwanz hindurch und tauchte auf der anderen Seite neben einem Schenkel wieder auf, der größer war als sie. Enttäuschung dämpfte ihre Erregung. »Er hat kein Geschlecht.«

Die Gefühle, die sich in James anstauten, brachen sich Bahn. Sein Lachen erschreckte ein Eichhörnchen, das am Rand des Weihers trank.

Frances legte ihre Hand auf den stacheligen Schwanz des Dinosauriers und musterte ihren Begleiter. »Es war nett, was du für Mister Nickols getan hast.«

Ein leichter Regenschleier hing über der Niederung.

James' Lachen erstarb und verhallte im dämpfenden Nieselregen. »Ich bin kein netter Mensch, Frances.«

»Aber zu mir wirst du nett sein.«

»Ich will mich bemühen.« Sein Leben lang hatte er genommen, aber nie gegeben.

Eine Taube flog über sie hinweg und landete am Rand des Weihers.

Frances wandte den Blick nicht von ihm. »Ich möchte dich sehen.«

»Du siehst mich doch.« Noch nie hatte er einem anderen Menschen so viel von sich offenbart.

»Ich möchte dein Geschlecht sehen.«

In der Ferne begann die Achterbahn ihren langsamen, ratternden Anstieg.

»Warum?«

»Mein Leben lang war die Vagina einer Frau für mich ein

Gefäß, das den Samen des Mannes aufnimmt, um ihm Kinder zu gebären.«

Seine Frau war für ihn in der Tat ein Gefäß gewesen, um ihm Kinder zu gebären. Seine Mätressen waren für ihn Gefäße gewesen, um ihm Lust zu bereiten. James hatte sein Leben unterteilt wie die Fächer in einem Schreibtisch: Sein Samen war für seine Frau bestimmt gewesen, seine Fleischeslust für seine Mätressen, sein Ehrgeiz für seine Arbeit. »Du bist kein Gefäß«, sagte er.

»Jetzt weiß ich es«, sagte Frances. Nebeltropfen machten das grüne Seidenband an ihrem Strohhut dunkel und benetzten ihr Gesicht. »Aber ich möchte gern einen Mann sehen. Ich möchte dich sehen, James. Ich habe fünf Kinder bekommen, aber ich weiß nicht, wie ein Mann aussieht, wenn er erregt ist. Ich möchte das sehen, was Männer vor Frauen verbergen.«

Anspannung und Vorfreude jagten James Schauer über den Rücken. Bestenfalls würde man sie wegen Erregung öffentlichen Ärgernisses aus dem Park werfen. Schlimmstenfalls könnten sie im Gefängnis landen. Er lehnte seinen Regenschirm an den grimmigen Megalosaurus. Dann trat er einen Schritt vor und zog seinen linken Handschuh aus. Beim nächsten Schritt zog er seinen rechten Handschuh aus. Beim dritten Schritt steckte er seine Handschuhe in die Manteltasche. Mit dem Rücken zur Eisenbrücke blieb er vor Frances stehen.

Sie blickte an seinem offenen Mantel hinunter. Mit zitternden Händen griff James nach seinem Hosenschlitz. Ihre Hutkrempe verdeckte ihre Augen, aber nicht ihren Mund. Er öffnete den zweiten Knopf ... den dritten ... vierten ... fünften und beobachtete jedes Kräuseln ihrer Lippen, jede Regung ihres Gesichts. Sanfte Finger glitten in seinen Hosenschlitz.

James' Blick schoss hinunter.

Ihre Hand verschwand in der schwarzen Öffnung seiner Hose. Scharfe Atemgeräusche durchschnitten das gedämpfte

Rattern von Holz, Plätschern von Wasser und Rascheln von Nagetieren. Sein Atem, ihrer. Ihr Wildlederhandschuh war kühl, ihre Finger waren fest. Sie befreite James von seiner Unterwäsche und setzte ihn dem Sprühregen aus.

»Wie fühlt es sich an, wenn ich dich berühre?«, fragte sie leise. Ihr warmer Atem verwandelte sich in ein silbriges Wölkchen.

»Es fühlt sich an, als hätte mein Schwanz ein Herz«, antwortete er mit ähnlichen Worten, wie sie die Berührung ihrer Klitoris beschrieben hatte. Seine Stimme klang gepresst, sein Körper drängte sich ihr entgegen. »Er pocht, wenn du ihn anfasst.«

Frances hob ihre Hand an den Mund, biss in die ledernen Fingerkuppen und zog ihren Handschuh aus. Rasch steckte sie das schlaffe Wildleder in ihre Manteltasche und nahm seinen Penis in die linke Hand. Die Berührung ihrer warmen, nackten Finger ließ James die kalte Nebelluft scharf einatmen. Dann zog sie mit den Zähnen ihren rechten Handschuh aus. Wärme hüllte ihn ein.

»Deine Haut ist ganz weich«, sagte sie und erkundete ihn sanft. Sie hielt ihn in der linken Hand und betastete mit dem Mittelfinger der rechten Hand behutsam seine Harnröhre. »Er weint.«

James schloss die Augen, überwältigt von den Empfindungen, die sie in ihm weckte. Keine Frau hatte ihn je berührt, nur weil sie es wollte. Er empfand zugleich quälende Lust und demütigende Verwundbarkeit. Kalte Luft trat anstelle ihrer heißen, geschmeidigen Finger. James riss die Augen auf. Frances legte ihren Finger mit dem Sehnsuchtströpfchen, das sie ihm entlockt hatte, an ihre Lippen. Es raubte ihm den Atem. Sie leckte den kristallklaren Tropfen von ihrem Finger. Hitze schoss ihm durch die Brust bis in seinen Schwanz.

»Mein Gott.« Er umfasste sein Glied und kam in seiner Hand.

Frances lockerte seinen Griff, um in seine Hand zu blicken. »James.« Sie sah ihn ejakulieren. »James.«

Ein Finger strich sanft über den rhythmisch pulsierenden Kopf und nahm etwas von der dicklichen, weißen Flüssigkeit auf. Jeder Atemzug zerriss James die Brust, als er zusah, wie Frances erneut den Finger an ihre Lippen führte. Sie blickte ihm in die Augen und kostete den Samen, den er seiner Frau nur aus Pflichtgefühl gegeben hatte, den er ihr aber ausschließlich zu ihrem Vergnügen schenkte.

»Sieh mal, Papa!«, rief ein Kind aufgeregt in einiger Entfernung. »Sieh mal, die herrlichen Dinosaurier!«

21

Das leichte Nieseln, das die Senke einhüllte, ging mehr und mehr in Regen über.

Herrliche Dinosaurier, jagte es Frances über den Rücken. Ihr ganzer Körper war erfüllt von Staunen. Ein fremder Geschmack lag auf ihrer Zunge. James schmeckte nach erdigem Salz. Vor und nach seinem Erguss.

Die kindliche Begeisterung des Jungen schallte durch den Regen: »Darf ich sie mir ansehen, Papa?«

Noch immer ganz erfüllt von dem Wunder, das sie erlebt hatte, spähte Frances über die Schulter ihres Begleiters.

Auf der Eisenbrücke stand ein Vater mit seinem Sohn unter dem schützenden Dach eines Regenschirms. Sie trugen die gleichen Strohhüte. Die ältere, ruhige Stimme des Vaters wehte über den Weiher: »… aufhört zu regnen.«

Frances blickte zu James auf. Seine nussbraunen Augen waren dunkel und undurchdringlich. Wasser tropfte von der Krempe seines schwarzen Seidenzylinders.

»Sie sind fort«, sagte sie und spürte plötzlich den kalten Regen, der ihren Nacken hinunterrann.

James griff mit der linken Hand in seine Jackentasche. Gleichzeitig ließ Frances das warme Fleisch los, das in ihrer Hand lag.

Zu spät fiel ihr ein: »Man hätte uns sehen können.« Doch auch dieses Wissen dämpfte nicht die Erregung, die ihren Körper durchströmte.

Mit einem gefalteten weißen Taschentuch säuberte James seine rechte Hand. In seinen dunklen Wimpern hingen Regentropfen. »Ich stehe mit dem Rücken zur Brücke. Zur anderen Seite der Senke versperrt der Dinosaurier die Sicht.«

Schweigend beobachtete Frances, wie er sein Glied wieder in die Hose steckte. Seine Hände zitterten. Er schloss den fünften Knopf … den vierten … den dritten …

Als er den zweiten Knopf in Angriff nahm, fragte er in neutralem Ton: »Hat dir der Geschmack meines Samens gefallen?«

»Ich habe nicht deinen Samen geschmeckt, James«, korrigierte sie ihn sanft, während der Regen auf sie herabprasselte.

Seine Lider flatterten. Seine dunklen Augen ruhten auf ihr.

»Ich habe deine Lust geschmeckt.«

Seine Augen leuchteten, dass es wehtat, ihn anzusehen. »Da sind noch mehr Dinosaurier.«

Herrliche Dinosaurier.

»Es regnet«, stellte Frances sachlich fest. Es würde immer regnen. Er war ein gebildeter Anwalt, sie eine schlichte Großmutter. Ihre Sinnlichkeit zu erforschen würde nichts daran ändern, was sie waren.

Das Leuchten in seinen Augen verglimmte. »Nicht unter meinem Regenschirm.«

Die Verpflichtungen, die auf ihrer beider Leben lasteten, lösten sich in aufwallendem Glück auf. James hatte einen Regenschirm, und Frances hatte Ferien in London.

»Ja«, sagte sie, »ich möchte sehr gern noch mehr Dinosaurier sehen.«

Er hielt den Schirm über ihren Kopf, und sie schlenderten durchnässt und nach feuchter Wolle riechend durch das Dinosauriertal. Dabei plauderten sie über die unglaublich lange Schnauze eines neun Meter langen Vorfahren des Krokodils. Sie betrachteten einen vogelartigen Dinosaurier mit riesigen, ausgebreiteten Schwingen. Lachten über eine Gruppe von »Fleisch fressenden Riesenfröschen«, wie James sie nannte. Frances ignorierte einen dräuenden Schatten und konzentrierte sich ganz auf das rhythmische Reiben von seiner Schulter und Hüfte und die intime Nähe, die er ihr gewährt hatte. Als sie aus den Augenwinkeln einen Wasserstrahl bemerkte, der in die Höhe schoss, ließ sie James' Arm los und wirbelte herum.

Der Kopf eines Dinosauriers ragte aus dem brackigen Wasser des Tümpels. Eine ganze Weile verging. Ohne Vorwarnung schoss eine Fontäne aus der Schnauze des Dinosauriers. Frances lachte aus reiner Freude am Lachen.

Atemlos drehte sie sich um, als sie den Druck seiner Hand in ihrem Rücken spürte. »Ich hätte nie gedacht, dass es so etwas gibt.«

Die Augen des Anwalts unter der Krempe seines Hutes waren verschleiert. »Ich auch nicht.«

Ein Kinderlachen hallte über die Senke. Über ihnen stahlen sich wässrige Sonnestrahlen durch eine graue Wolke.

»Es regnet nicht mehr«, stellte Frances fest. Fünf Pulsschläge pochten in ihrem Rücken, wo seine Fingerspitzen sich in ihren Sergemantel pressten. »Tatsächlich.«

Vorfreude regte sich in Frances. »Möchtest du dir ein Ingwerbier mit mir teilen?« Es gab so viele einfache Freuden, die sie mit ihm teilen könnte, wenn er sie nur ließe.

Sein Mundwinkel zuckte zu einem schiefen Grinsen hoch. »Es wäre mir eine Ehre.«

Der Zug schwankte, die Eisenräder ratterten im Takt. Mit jeder Schaukelbewegung weckte das Reiben von James' Arm und Schulter andere Bilder, andere Gefühle: kristallisches Glitzern von Glas; feuchter Wind auf ihren Wangen; ein nass glänzender Megalosaurus; scharfe, raue Zacken unter ihren Fingern, seine pralle Männlichkeit; flüssige Salzperlen auf ihrer Zungenspitze.

Auf der Heimfahrt ins sieben Meilen entfernte London schwiegen die Mitglieder des Damen- und Herrenclubs, während um sie her übermüdete Kinder quengelten und Eltern erschöpft in ihren Sitzen zusammensackten. Kreischende Bremsen und zischender Dampf durchbrachen die ohrenbetäubende Stille und die Kakophonie des Geschreis. Instinktiv sah Frances zu James hinüber.

Sein Blick war wissend. »Nimm meinen Schirm, Frances«, sagte er. Sein Atem roch nach Ingwer. »Warte draußen auf mich.«

Sie musterte John Nickols. Er saß am Mittelgang, als hätte er Marie Hopplewroth nie aufgefordert, sich auf seinen Schoß zu setzen und ihren Schnürsenkel lockerer zu binden, während drei Frauen und vier Männer sie vor neugierigen Blicken schützten.

Als Nächstes musterte Frances Marie Hoppleworth. Die Sekretärin saß am Fenster, als hätte sie nicht nach dem Mittagessen auf der Fußstütze von John Nickols' Rollstuhl in der wärmenden Sonne geruht, umrahmt von seinen Beinen, und aus dem Theaterstück vorgelesen, das sie in der Achilles-Buchhandlung gekauft hatte. Dabei hatte sie den altgriechischen Text ins Englische übersetzt.

Wortlos trat Frances in die lärmende Menge aussteigender Passagiere. Das Gequengel und Geschrei aus dem Waggon hallte durch die Victoria Station.

»Vielen Dank, Mistress Hart.«

Rose Clarrings kornblumenblaue Augen hatten geleuchtet, als sie sich das Feuerwerk angesehen hatte. Nun waren sie wieder finster.

»Ich danke Ihnen«, sagte Frances. Der Wunsch, das Unglück der jüngeren Frau zu mildern, und das Wissen, dass sie ihr nicht helfen konnte, schnürten ihr die Kehle zu. »Das Feuerwerk war wunderschön.«

Aber Rose Clarring war schon fort.

»Gute Nacht, Mistress Hart.«

Esther Palmer hatte schallend über die zweitausend Jahre alte griechische Geschichte einer Frau gelacht, die den Dildo ihrer Freundin ausleihen wollte, aber feststellen musste, dass sie ihn bereits einer anderen Freundin geborgt hatte. Nun war kein Lachen mehr in ihren Augen. Mit einem kurzen Nicken verschwand sie im Gedränge der Bahnhofshalle.

Frances' Herz pochte bis zum Hals, als sie James erblickte. Er ging im Gleichschritt mit John Nickols und George Addimore. Gemeinsam mit den beiden beugte er sich hinunter und richtete sich gemeinsam mit George Addimore auf, während John Nickols sich in seinem hölzernen Rollstuhl zurechtrückte.

Sarah Burns, Thomas Pierce, Marie Hoppleworth, George Addimore, Louis Stiles und John Nickols zerstreuten sich in verschiedene Richtungen. Jedes Clubmitglied verließ den Bahnhof, wie es gekommen war: allein.

Pulsierende Wärme legte sich in ihren Rücken, gleichzeitig streifte feuchtheiße Luft ihr Ohr ... ihre Wange.

»Kommst du mit mir zu einem späten Abendessen?«

Frances' Blick folgte Sarah Burns, einer unverheirateten Frau in schwarzer Trauerkleidung, während sie, eine Witwe, lebhaftes Grün trug. Wenn sie mit James Whitcox ginge, würden sie mehr als nur ein spätes Abendessen teilen. Sie suchte den Blick seiner nussbraunen Augen, während die Ärztin in der Kleidung, die eigentlich Frances tragen sollte, einer fünfköpfigen Familie auswich. »Gern.«

Ein ohrenbetäubendes Pfeifen schrillte durch das Stampfen der Dampfmaschinen und das Stimmengewirr.

Beim Anblick seiner dunklen Augen krampfte sich ihr Herz zusammen. »Du hattest Freude an meinem Geschlecht.«

Etwas Hartes stieß ihr in den Rücken. Stolpernd streckte Frances die Hand nach James aus. Er packte sie an den Oberarmen und hielt sie fest. Ihr Busen lag an seiner kräftigen Brust.

Vage war sie sich der Männer, Frauen und Kinder bewusst, die um sie herumströmten, während jede Faser ihres Körpers sich auf die Hitze konzentrierte, die von James ausging.

»Ich habe mich noch nie weniger einsam gefühlt als in den Augenblicken, als ich dich berührt habe«, sagte sie über das Stimmengewirr und das Hämmern der Lokomotiven hinweg.

»Und als du mich geschmeckt hast?«

Eine Männerstimme rief etwas durch den Lärm, unzusammenhängende Silben, unverständliche Worte.

»Ich hatte das Gefühl, deine Lust sei ein Teil von mir«, sagte Frances.

Fransige Schatten machten seine Wangen hohl. Sie erinnerte sich an seine dunklen Wimpern voller Regentropfen, als er sich die Hose zugeknöpft hatte. Sie erinnerte sich an das Leuchten seiner Augen, als er ihr gesagt hatte, es gebe noch mehr Dinosaurier. Sie erinnerte sich, wie allein sie sich in Kerring, Sussex, gefühlt hatte, umgeben von Familie und Freunden. James hatte sie nicht belogen. Sie würde ihn auch nicht belügen.

»Ich fühle mich nicht fremd, wenn ich mit dir zusammen bin, James.«

Langsam hoben sich seine dichten, schwarzen Wimpern. »Ich habe Hunger«, sagte er mit seltsam tonloser Stimme.

»Dann lass uns essen gehen«, sagte Frances mit einem Selbstvertrauen, das sie keineswegs empfand.

22

Vor dem Bahnhof warteten mehrere Droschken in einer Schlange.

James war mit ihr in den Omnibus gestiegen. Nun war es an ihr, mit ihm in einer Droschke zu fahren.

Mit einer Hand stützte er sie, als sie zunächst einen Metalltritt und von dort eine rechteckige Plattform hinter einem dampfenden Pferdeleib erklomm. Mit der anderen Hand griff er um sie herum und öffnete den Wagenschlag. Solche Fürsorge und Höflichkeit war sie nicht gewöhnt.

Zögernd stieg Frances in das gesprenkelte Dämmerlicht. Die Lederpolster waren rissig, das Holz darunter hart. James' Stimme drang verweht durch den Verkehrslärm. Gleich darauf duckte er sich mit eingezogenen Schultern und baumelndem weißem Seidenschal in den dunklen Kokon des Einspänners. Hastig rutschte sie beiseite, um ihm Platz zu machen. Aber es war kein Platz da. Seine Hüfte klemmte ihre Röcke ein und presste sich fest gegen ihre Hüfte. Mit einem lauten Klacken schloss sich das Spitzbrett, welches das Hinterteil des Pferdes verdeckte. Gleichzeitig lehnte James sich zurück und scheuerte mit seiner Schulter an ihrer. Der Wagen rollte zurück, bevor er sich mit einem Satz nach vorn in den Verkehr einfädelte. Die Hitze, die seine Brust vorhin ausgestrahlt hatte, strömte nun von seiner Hüfte und seiner Schulter.

»Ich bin froh, dass der Regen aufgehört hat«, sagte Frances

über das Hämmern ihres Herzens und das Knirschen der Wagenräder hinweg.

Sein Atem wärmte ihre Wange. »Ich habe schöne Erinnerungen an den Regen.«

Mein Gott, hallte es in Frances' Ohren wider.

»Nur an den Regen?«, fragte sie mit bebender Stimme.

Die Kutsche bog so schnell um eine Ecke, dass die Räder auf dem morastigen Pflaster ins Rutschen gerieten. Sie klammerte sich an einen Ledergriff.

»Ich habe auch schöne Erinnerungen an Ingwerbier.«

Vor lauter Freude konnte Frances gar nicht mehr aufhören zu strahlen. »Du mochtest es.«

Das Licht einer Gaslaterne blitzte durchs Fenster und beleuchtete zwei nussbraune Augen. »Ich mag alles an dir, Frances.«

Ich stockte der Atem, dass ihre Brust schwoll. Das Rattern der Räder wurde langsamer, schwankend kam die Kutsche zum Stillstand. Sie blickte aus dem Fenster. »Sind wir da?«

Ein Portier in reich verzierter Livree mit wedgewoodblauen Tressen an Mütze und Schulter stand auf einem etwas erhöhten Eingangsbereich, der im Gaslicht funkelte, als sei er mit Diamanten bestreut. Der rissige Ledersitz schwankte.

»Ja.« James trat auf die seltsame Plattform, die sich vorn an diesem Einspänner befand, und reichte etwas über die Tür hinweg nach oben.

Die Stimme des Kutschers drang durch das Verdeck. »Danke, Sir.«

Mit einer halben Drehung schirmte James Frances gegen vorbeifahrende Kutschen ab und half ihr beim Aussteigen. Sie blickte in das Licht der Straßenlaterne hinauf, vor dem sich seine Silhouette abzeichnete, und spürte die Einsamkeit, die ihn umgab. In der Vergangenheit hatte er Ehebruch begangen. Und auch in Zukunft würde er für Männer, die des Mordes schuldig waren, einen Freispruch erwirken. Der weltgewandte

Anwalt stand für alles, dem eine ungebildete Großmutter aus dem Weg gehen sollte. Aber Wissen tötete Gefühle nicht ab, erkannte Frances.

»Ich mag dich auch, James.«

Licht und Schatten ließen seine Züge scharf hervortreten, beleuchteten seinen Mundwinkel, verdeckten seinen Nasenrücken. »Wirklich?«

»Ja, wirklich.« Sie konnte sich nicht erinnern, je einen Menschen so sehr gemocht zu haben wie James Whitcox.

Feierlich reichte er ihr die Hand. Sein schwarzer Lederhandschuh verschmolz mit dem dunklen Schatten. »Wieso?«

»Ich respektiere dich.« Den Druck seiner Finger spürte sie am ganzen Körper. James zog Frances aus dem Einspänner, so dass sie atemlos zum Stehen kam. »Ich kenne dich.«

Holz knarrte, Pferdegeschirr rasselte.

»Mittwochabend hast du noch gesagt, ich würde dich nicht kennen.« Sie sah zu ihm auf und betrachtete seine Züge im Licht, aber innerlich erkannte sie die Schatten, die seinen Charakter prägten. »Aber ich kenne dich, James.« Frances kannte jeden Zweifel, jede Angst, jede Begierde, die er als Witwer erlebt hatte. Es waren die gleichen Zweifel, Ängste und Begierden, die sie seit dem Tod ihres Mannes erlebt hatte.

Lange schaute er ihr in die Augen, als versuche er, sich in ihrem Blick zu finden. Etwas Dunkles, das sich bewegte, erregte ihre Aufmerksamkeit. Eine Vorwärtsbewegung zog ihr die Füße fort.

»Ruhig, Janey«, brummte der Kutscher. »Ganz ruhig, Mädchen.«

Von einem Augenblick zum nächsten hatte James die erhobene Hand sinken lassen und war beiseitegetreten. Sie spürte seine stützende Hand warm im Rücken. »Pass auf die Stufe auf.«

Frances nahm sich die Warnung zu Herzen: Der einzelne

Eisentritt war tief angebracht. Mit einem Kribbeln im Magen sah sie durch die Sprossenfenster das von Gaslampen erhellte Restaurant. Kristall funkelte. Silber glänzte. Männer in schwarzen Maßanzügen und weißer Fliege und Frauen in eleganten Seidenkleidern und mit funkelnden Juwelen saßen an weiß gedeckten Tischen. James hatte gesagt, er wolle ihr seine Welt zeigen. Sie hoffte nur, dass sie sich solchen Luxus leisten konnte.

»Es muss sehr teuer sein«, flüsterte sie ihm zu.

»Frances«, raunte James, so dass sein warmer Atem ihr Ohr streifte und ihr Hitzeschauer über den Rücken jagte. »Wenn du mit mir zusammen bist …« Eine blaue Flamme schoss hoch in das flackernde Gaslicht. Fasziniert blieb Frances stehen. »… brauchst du dir über Preise keine Gedanken zu machen.«

Die blaue Flamme verlosch flackernd.

»James.« Plötzlich war Frances sich deutlich bewusst, dass sie draußen stand und nach drinnen schaute. »Ich habe deine Einladung nicht angenommen, weil ich mir ein kostenloses Essen erhofft habe.«

»Es ist mir eine Ehre und Verpflichtung, dich zum Essen einzuladen.«

Frances atmete tief durch. »Du hast keine Verpflichtungen mir gegenüber.«

»Wäre es so schrecklich, wenn ich sie hätte?«

»Ich habe dich ejakulieren sehen, James.« Lust war aus seinem Fleisch geschossen wie eine Fontäne.

»Das weiß ich«, murmelte er mit feuchtheißem Atem.

»Meinen Mann habe ich nie ejakulieren sehen.«

Stille ließ die kalte Nachtluft erstarren.

»Du hast neulich gefragt, ob eine Frau Angst vor der Sexualität eines Mannes oder vor ihrer eigenen habe.« Ein verwundertes Stirnrunzeln verfinsterte ihre Miene. »Als ob die Angst eine Frau daran hinderte, Freude an einem Mann zu finden.«

»Ist es denn nicht so?«, fragte James.

Der Pfarrer in Sussex predigte, die Wahrheit mache frei. Aber die Wahrheit konnte auch wehtun.

»Das Haus, in dem ich gelebt habe, gehörte meinem Mann«, sagte Frances. »Die Kleider, die ich trug, gehörten meinem Mann. Das Essen, das ich aß, gehörte meinem Mann. Nicht Angst bringt eine Frau dazu, die Berührung eines Mannes zu erdulden, statt sie zu genießen. Es ist das Gefühl, einem Mann verpflichtet zu sein, weil die Frau in allen praktischen Bedürfnissen auf ihn angewiesen ist. James, ich wollte dich sehen.« Ein Schmerz durchzuckte Frances, als sie diesem Mann eingestand, was sie bisher nicht einmal sich selbst eingestanden hatte. »Meinen Mann wollte ich nie sehen.«

Nach einer Weile fügte sie hinzu: »Ja, es wäre schrecklich, wenn du mir verpflichtet wärst.« Sie kehrte dem Fenster den Rücken. »Ich teile gern deine Leidenschaft, aber ich möchte nicht auf deinen Wohlstand angewiesen sein.«

23

James hatte immer wissen wollen, wie es für eine Frau war, vom Wohlwollen eines Mannes abhängig zu sein. Aber es zu verstehen, versetzte ihm einen so tiefen Stich, wie eine Messerklinge es nicht vermocht hätte.

Ein Poltern hallte durch die Nacht, als eine burgunderrote Tür aufflog. Eine Frau mit Rubinen im Ohr und ein Mann mit weißem Seidenschal um den Hals kamen aus dem Restaurant. Er kannte die Frau. Er kannte auch den Mann. Er kannte die Mätresse des Mannes, weil er selbst einmal mit ihr liiert war.

James schaute zu Frances hinunter. »Du sagtest, du wolltest sehen, was Männer vor Frauen verbergen.«

Gedämpfte Stimmen wehten vom Eingangsbereich herunter. Der Portier eilte die Stufen hinab, um eine Droschke heranzuwinken. Weniger eilige Schritte folgten … der Mann und die Frau, Arm in Arm und dennoch einander fremd.

»Ich habe gezittert«, sagte James.

Ein kurzer, scharfer Pfiff gellte durch das Rauschen des Verkehrs.

»Das ist es, was wir verbergen.«

Ihr Blick verurteilte ihn nicht. »Aber vor mir hast du es nicht versteckt.«

»Nein, vor dir nicht«, sagte er leise.

Pferdegeschirr rasselte, eine Droschke hielt an der Bordsteinkante.

»Möchtest du mit mir zu Abend essen, James?« Getrennt bezahlt, mit Freuden geteilt.

Er legte die Hand in ihren Rücken. Die Wärme, die durch seine Finger schoss, füllte die kalte Leere, die ihre Zurückweisung hinterlassen hatte. »Damit würdest du mir eine größere Freude machen, als du dir vorstellen kannst.«

Frances tat den ersten Schritt in seine Welt. »James.« Auf der vierten und letzten Stufe stockte sie.

Er blickte auf ihre Wange. »Was?«

»Du sagtest, ich schmecke nach würziger Vanille.«

Der Geschmack ihres Geschlechts lag ihm auf der Zunge. »Ja.«

»Du schmeckst salzig.«

»Erlauben Sie, Sir?« Atemlos hastete der Portier die Stufen herauf und öffnete die Restauranttür. »Madam.«

Vertraute Geräusche umgaben James: männliches Gelächter, weibliches Gekicher, Klirren von Kristall, Klappern von schwerem Silber auf Porzellan.

Eilfertig trat der Garderobenjunge vor, der für ein Kind zu alt, für einen Mann jedoch zu jung war. »Darf ich Ihnen den Mantel abnehmen, Madam?«

Frances zögerte, da sie die zuvorkommende Behandlung nicht gewohnt war, die James selbstverständlich fand.

»Mister Whitcox. Was für eine Freude.« Der Oberkellner erschien neben James. »Einen Tisch für zwei, Sir?«

Verlegen griff Frances nach einem Rattanknopf. Ihr Wildledertäschchen baumelte an ihrem Handgelenk.

James schlüpfte aus seinem Mantel. »Meine Begleiterin und ich essen im Separee.«

Als der Garderobenjunge Frances aus dem Mantel half, spannte das grüne Seidenmieder über ihren vollen Brüsten.

»Es tut mir leid, Sir«, entschuldigte sich der Oberkellner ohne Bedauern in der Stimme. »Die Separees sind alle reserviert.«

»Vielleicht haben Sie einen Raum übersehen.« James legte eine Zwanzig-Pfund-Note auf das Pult.

»Tatsächlich, Sir. Ich glaube, eine Partei hat sich verspätet.« Die Gesellschaft würde wohl warten müssen, bis ein anderer Raum frei wurde, nahm James an. Schweigend gab er Mantel, Schirm und Zylinder, in den er seine Handschuhe gelegt hatte, dem Garderobenjungen. »Wenn Sie mir bitte folgen würden, Madam. Sir.«

Frances folgte dem Oberkellner über den wedgewoodblauen Läufer, der von weiß gedeckten Tischen und flackernden Gaslampen flankiert war. James ging hinter Frances, wobei er seine Finger über die warme Kurve ihres Rückgrats gleiten ließ.

»Whitcox, alter Junge!« Ein Mann mit grau melierten Haaren schob seinen Stuhl zurück und versperrte Frances den Weg. »Gerade habe ich noch zu Lodoun gesagt, ich hätte nicht gedacht, dass Sie den Fall Mary Bartle übernehmen. Scheußliche Geschichte. Durch Sie habe ich ein hübsches Sümmchen verloren.«

Frances blickte unsicher zu James hinüber. Sie hatte keine Ahnung, wer Mary Bartle war.

»Baldwin«, grüßte James. Über den Saal hinweg bemerkte er einen Blick aus blauvioletten Augen. Jack Lodoun aß mit einem Anwalt und einer Frau zu Abend, deren Gesicht nicht zu sehen war, aber er musterte Frances. James sah zu ihr hinunter. Seine Begleiterin ignorierte entschlossen die Männer und Frauen, die sie anstarrten. Geschickt führte er den Mann mit den grau melierten Haaren von der Frau fort, deren Bedürfnisse er vernachlässigte. »Mistress Baldwin. Darf ich Ihnen Mistress Frances Hart vorstellen?«

»Mistress Hart.« Charles Baldwins Nicken war herzlich, aber sein Blick war kalt abschätzend. »Ich glaube, wir sind uns noch nicht begegnet.«

»Mistress Hart ist vom Land zu Besuch.« James spreizte in

Frances' Rücken die Finger. Bald würde er sie loslassen müssen, aber noch nicht. »Mistress Hart, darf ich Ihnen Mistress Barbara Baldwin und den Parlamentsabgeordneten, Mister Charles Baldwin, vorstellen?«

»Wie geht es Ihnen, Mistress Baldwin?«, sagte Frances höflich. »Mister Baldwin.«

»Wir möchten Sie nicht beim Essen stören«, sagte James, der deutlich spürte, wie die Sekunden verstrichen. »Wenn Sie uns bitte entschuldigen wollen.«

»Sicher, Mister Whitcox.« Barbara Baldwins Blick schweifte an James vorbei. Kalt musterte sie Frances' Seidenkleid. »Vielleicht haben wir ja einmal das Vergnügen, Mister Hart kennenzulernen.«

»Mein Mann ist verstorben, Mistress Baldwin.« Frances nickte freundlich. »Mister Baldwin.«

Baldwin gab sich keinerlei Mühe, zu verbergen, was er dachte, als er seinen Stuhl aus dem Weg schob.

Der Oberkellner wartete unbewegt mit zwei Speisekarten in burgunderrotem Ledereinband hinten im Restaurant. Noch vier Mal wurde James von Gästen begrüßt. Vier Mal stellte er Frances vor. Jedes Mal musterten sie kalt abschätzige Blicke. Jedes Mal hielt der Anwalt die Neugier in Schach, während er zielstrebig auf das Separee zusteuerte.

»Nach Ihnen, Madam.« Mit einer angedeuteten Verbeugung öffnete der Oberkellner eine burgunderrote Tür. »Sir.«

An der Decke flackerte ein Gaslüster. Um einen weiß gedeckten Tisch standen ein mit goldenem Samt bezogener Diwan und drei Queen-Anne-Sessel mit burgunderroten Lederpolstern.

»Wenn Madam Platz nehmen möchten.« Der Oberkellner zog den quadratischen Tisch zurück. »Der Kellner kommt sofort. Möchten Madam und Sir einen Aperitif?«

Errötend setzte Frances sich auf den goldenen Diwan. »Ich hätte gern ein Glas Champagner bitte.«

»Ein Glas Champagner«, wiederholte der Oberkellner, während er den Tisch zurechtrückte. Er war zu gut geschult, um auch nur eine Miene zu verziehen. In der Welt der Begüterten bestellte der Herr, nicht die Dame. Und derart wohlhabende Männer wie James Whitcox bestellten keinen Champagner, ohne Jahrgang und Kellerei anzugeben. Schwungvoll reichte er Frances mit weißen Handschuhen eine Speisekarte. Gleich darauf zog er den Stuhl rechts von ihr heraus. »Nehmen wir unseren Brandy, Sir?«

»Ja.« Männlicher Stolz stieß James sauer auf, als er in das butterweiche Leder sank und die Speisekarte entgegennahm. »Danke.«

Der Oberkellner nahm die beiden überzähligen Gedecke vom Tisch und ging mit einer Verbeugung rückwärts zur Tür. »Ihr Kellner bringt gleich die Aperitifs.«

Ein leises Klicken erfüllte das Separee.

»Das ist ziemlich großartig«, stellte Frances fest und zog ihre Wildlederhandschuhe aus. Ihr Blick schweifte von einem Gemälde, das in bunten Farbtupfern einen Mann und eine Frau beim Wein zeigte, über einen unbesetzten burgunderroten Ledersessel zu der silbernen Vase mit der einzelnen Rose, die in der Mitte des Tischs stand. »Isst du oft hier?«

»Oft genug.« Sein Leben hatte sich seit dem Tod seiner Frau nicht verändert: Er arbeitete in der Öffentlichkeit, aß in der Öffentlichkeit und schlief allein.

Frances legte ihr Täschchen und ihre Handschuhe auf den Diwan. »Was hat Mister Baldwin damit gemeint, dass er durch dich Geld verloren hat?«

Der Anwalt hatte Mary Bartle angeboten wie saures Bier. »Niemand wollte den Bartle-Fall übernehmen«, sagte er distanziert.

Sie hob den Kopf, aber ihr Strohhut warf Schatten auf ihre Augen. »Außer dir.«

»Außer mir«, bestätigte James.

Sie schlug ihre Speisekarte auf. »Es wäre nicht nötig gewesen, dass du mich deinen Freunden vorstellst.«

Er musterte den Schatten ihrer Nase und Lippen. »Hast du gedacht, ich würde es nicht tun?«

»In der Speisekarte stehen keine Preise«, stellte sie ausweichend fest.

Er nahm ihr die Karte aus der Hand und gab ihr seine.

Sie schlug den burgunderroten Ledereinband auf und schaute verwundert auf. »Wieso stehen in einer Karte Preise und in der anderen nicht?«

»Weil die eine für Männer ist und die andere für Frauen«, erklärte James und sah ihr in die Augen.

Frauen verloren durch Abhängigkeit ihre Sinnlichkeit. Aber Männer gewannen Selbstachtung, indem sie Frauen abhängig machten. Verlegen betrachtete Frances die Speisekarte. James beobachtete ihre ausdrucksvollen Lippen und las nacheinander Entschlossenheit, Faszination, Schreck und Verärgerung heraus. Wie viel Geld sie auf ihrem Bankkonto hatte, wusste er, aber er wusste nicht, wie viel Geld sie in ihrem Täschchen bei sich trug. Er beugte sich vor und zeigte mit dem Finger auf eine dicke schwarze Zeile in der aufgeschlagenen Speisekarte.

Als Frances aufsah, wich der Ärger über die Preise in der Karte allmählich dem Bewusstsein seiner Nähe und der Intimitäten, die sie geteilt hatten.

»Möchtest du vielleicht das hier bestellen?« James wich nicht zurück. »Ich dachte, du möchtest es vielleicht gern bestellen.«

»Wieso?«

Sie hatte durch das Fenster auf das Flambee gestarrt wie ein Kind in einen Spielzeugladen.

»Es ist ein Gericht, das brennend serviert wird.«

Sie riss begreifend die Augen auf, blickte wieder in die Speisekarte und biss sich nachdenklich auf die Unterlippe. James wusste, dass sie den Preis des Champagners nachschaute. Er lenkte ihre Aufmerksamkeit unten auf die rechte Spalte.

»Ja, das würde ich gern probieren.« Sie sah von der Karte auf, und plötzlich funkelten ihre Augen, da sie offenbar sowohl den Champagner als auch das Flambee bezahlen konnte. »Was bestellst du?«

Ein lautes Klopfen hinderte ihn zu antworten.

Widerstrebend richtete James sich auf. »Herein.«

»Guten Abend, Madam.« Ein Kellner in schwarzem Frack, weißer Weste und weißen Handschuhen balancierte ein rundes Tablett. »Mister Whitcox.«

Gedankenverloren dankte Frances ihm für die Champagnerflöte mit der Hausmarke.

Der Kellner, äußerst beliebt, da er aufmerksam, aber nie aufdringlich war, stellte einen Cognacschwenker vor James auf den Tisch. »Möchten Sie bestellen, Sir?«

Der Napoleon war zwanzig Jahre alt und gehörte zum besten Cognac, der für Geld zu bekommen war. Die Perlen in dem Champagner dagegen waren zwar fein, aber nicht annähernd so fein wie bei dem Jahrgangschampagner, den James bestellt hätte: Moët & Chandon oder die königliche Lieblingsmarke Roederer Cristal.

»Wir essen heute Abend nur etwas Leichtes, Benjamin.« Frances blickte auf. Die Freude in ihren Augen war wesentlich wichtiger als ein bisschen verletzter Stolz. »Austern und anschließend eine Portion Jubiläumskirschen.«

»Sehr wohl, Sir.« Geschickt griff der Kellner nach den Speisekarten. »Ich werde die Austern persönlich öffnen.«

Mit leisem Klicken schloss sich die Tür.

»Die Austern öffnen …?«, fragte sie neugierig.

Der Duft würziger Vanille, kühlen Regens und warmen Sonnenscheins hüllte James ein.

»Austern öffnen ist eine seltene Gabe.« Er nahm ihr die Champagnerflöte aus der Hand und stellte sie auf den Tisch.

Behutsam umfasste er ihre Hände. Sie waren weich, warm und leicht widerstrebend. James senkte die Lider und presste ihre Handflächen aneinander. Sie trugen beide ihren Ehering. Zwei goldene Ringe, die sie mit einem Leben der Täuschung verbanden.

»Zuerst wickelt man sich ein Handtuch um die linke Hand«, erklärte er. »Mit der rechten Hand legt man die Auster mit der tiefen Schale in die linke.«

Er legte seine Hand auf ihre Rechte.

»Warum muss man sich ein Handtuch um die linke Hand wickeln?«, fragte Frances mit stockendem Atem.

»Die Schale ist scharf«, sagte James schlicht. Dabei hatten die Gefühle, die durch seine Finger strömten, ganz und gar nichts Schlichtes. »Und glitschig, wenn sie nass ist. Beim Öffnen darf man sie nicht schütteln oder schief halten, sonst läuft die Flüssigkeit aus.«

»Was passiert, wenn die Flüssigkeit ausläuft?«

James sah auf. »Dann entgeht uns das Vergnügen, sie zu essen.«

Der Gedanke, wie leicht ihm Frances Hart entgangen sein könnte, schnürte ihm die Brust zu. Man hätte ihn im Gericht aufhalten können. Sie hätte eine andere Tür öffnen können.

Ihre Wangen färbten sich dunkelrosa. »Wie bekommt man die Flüssigkeit heraus?«

»Man führt vorsichtig die Messerspitze in das Gelenk der Austernschale ein.« Sanft strich er mit dem Daumen über die Fuge zwischen ihren Händen und beobachtete ihre Reaktion auf seine Berührung in ihrem Blick. »Dann schiebt man es hinein und dreht es vorsichtig«, er drang in die Fuge zwischen ihren Händen ein, und sofort umhüllte warmes, pulsierendes Fleisch seinen Daumen, »bis man spürt, dass die Schale nachgibt.«

Wie Frances' Hände nachgaben. Vor Verlangen, nicht aus Pflicht.

»Sobald die Auster offen ist, stößt man das Messer von innen gegen die obere Schale, bis kein Widerstand mehr zu spüren ist.« Er stieß von innen gegen ihre Hände, die keinen Widerstand leisteten. »Dann durchtrennt man den Muskel der Auster.«

Das grüne Seidenband an ihrem flachen Strohhut leuchtete im Licht des Lüsters, die Krempe warf einen Schatten auf ihre Augen. »Was passiert, wenn der Muskel durchtrennt wird?«

Was passierte, wenn ein Mann und eine Frau ihre Bindung an die Vergangenheit lösten? Konnte die Liebe einer Frau den Stolz eines Mannes überleben? Konnte der Stolz eines Mannes das Bedürfnis einer Frau nach Unabhängigkeit akzeptieren?

»Die Schalen lösen sich voneinander«, James löste Frances' Hände voneinander und hielt nun ihre rechte in seiner linken, ihre linke in seiner rechten Hand, »und die Auster ist frei.«

»Um gegessen zu werden«, sagte sie unsicher.

»Um gegessen zu werden«, bestätigte er, wobei er ihre Hände und ihren Blick festhielt.

Ein Klopfen zerriss das Band des Verlangens, das sie zusammenhielt. Frances entzog James ihre Hände, so wie er sich auf dem Tritt der Droschke von ihr zurückgezogen hatte.

Der Kellner rückte die silberne Vase beiseite – ein rotes Blütenblatt fiel von der Rose – und stellte eine silberne Servierplatte auf die Tischdecke. Ein Dutzend halbe Austernschalen lagen auf einem Bett aus dunkelgrünem Seetang, darunter glitzerte zerstoßenes Eis kalt im Licht des Lüsters. Skeptisch musterte Frances die Austern in ihren schiefergrauen Schalen. Gewandt stellte der Kellner eine Kristallschale mit Zitronenvierteln und eine silberne Sauciere mit Worcestershire-Sauce auf den Tisch.

»Soll ich noch mehr Austern öffnen, Sir?«

»Nein.« James musterte Frances eingehend. »Das genügt.«

Mit einer Bewegung dunklen Burgunderrots und einem Klicken schloss sich die Tür.

Entschlossen zog James den Tisch zurück. Frances blickte verwundert auf. Ohne ihr Zeit zu lassen, Einwände zu erheben, setzte er sich neben sie auf den Diwan. Durch das Gewicht seines Körpers neigte sie sich ihm zu.

»Austern in der Schale kaut man nicht, man schluckt sie ganz hinunter.« Seine Hoden strafften sich, als er sich vorbeugte und vorsichtig, um die delikate Flüssigkeit nicht zu verschütten, eine halbe Austernschale nahm. Sachkundig gab er einen Spritzer Zitrone und einen Schuss Worcestershire-Sauce hinzu, lehnte sich an ihre Wärme und hielt Frances die Schale an die Lippen. »Schluck.«

»James.« Ihr Blick schoss von seinen Augen zu der blassen Auster in der grauen Schale und wieder zu seinen Augen. »Sie ist nicht gekocht.«

»Das war ich auch nicht.«

In ihren Augen sah er die nackte Essenz seiner Lust.

»Mich hat schon lange niemand mehr gefüttert«, murmelte sie.

»Mich hatte auch lange niemand mehr gefüttert.«

Die Erinnerung an seine Zunge, die an ihrem Finger leckte, weitete ihre Pupillen.

»Mach den Mund auf, Frances.« James legte den Rand der Schale an ihre Lippen und neigte die Hand. »Lass mich dich füttern.«

Frances öffnete den Mund.

Er spürte, wie die Auster in ihren Mund schwappte, schmeckte die saure Zitrone, die scharfe Worcestershire-Sauce, die süße Auster, bemerkte ihren unwillkürlichen Instinkt, zu kauen.

»Schluck«, mahnte er und presste sein muskulöses Bein an ihren weichen Schenkel.

Frances schluckte.

Er wollte, dass sie an seinen Lieblingsspeisen ebenso viel Freude fand wie an der Intimität, die er brauchte.

»Ich glaube …«, sie nahm ihre Serviette und tupfte sich

sorgfältig den Mund ab, »mit einem Spritzer Zitrone und einem Schuss Worcestershire-Sauce würdest du schmecken wie eine Auster.«

Heißes Blut ließ sein Glied anschwellen. Er beugte sich vor, um seine Erektion zu verbergen, legte die leere Austernschale in das Eis und nahm eine Handvoll Zitronenschnitze. »Austern sind angeblich ein Aphrodisiakum.«

»Was ist ein Aphrodisiakum?«

James träufelte Zitronensaft auf die Muscheln. »Es stärkt das sexuelle Verlangen und die Manneskraft.«

»Was bewirken Austern bei einer Frau?«

»Offensichtlich nicht viel«, sagte er trocken, während er Worcestershire-Sauce über die Austern gab, »wenn du das fragen musst.«

Ihr perlendes Lachen entlockte seiner Eichel eine Träne.

Sie nahm eine Auster. »Stärken Austern dein Verlangen?«

Er drehte den Kopf und musterte ihr Profil, das noch immer strahlte. »Wenn ich mit dir zusammen bin, brauche ich nichts, was mein Verlangen stärkt.« James neigte Kopf und Hand nach hinten und schluckte die Auster unzerkaut. An seiner Hüfte spürte er die Bewegung ihres Körpers … mit jeder Faser spürte er ihren Blick auf seiner Kehle.

»Mister Stiles sagte, Männer und Frauen, die erst noch gemeinsam Lust erleben müssen, seien noch jungfräulich.«

Er senkte die Hand und den Kopf und sah ihr in die Augen.

»Hältst du dich für jungfräulich, James?«

»Ich habe schon oft einen Orgasmus in einer Frau erlebt.«

»Schon …«, Frances wandte den Blick von ihm ab und nahm eine Austernschale, » … oft hat ein Mann in meinem Körper einen Orgasmus erlebt.«

Behutsam führte sie ihre Hand zum Mund und schluckte die Auster. Äußerlich sah er ihre Halsmuskeln. Innerlich vollzog er nach, wie die Auster hinabglitt, eindrang und der Hals nachgab.

James' Lider hoben sich. »Hat es dich gestört, dass er einen Höhepunkt hatte und du nicht?«

»Damals nicht.« Mit abgewandtem Blick legte Frances die leere Muschelschale auf den wachsenden Stapel. »Aber ich glaube, jetzt würde es mich stören.« Zögernd nippte sie an ihrem Champagner. Staunen machte sich auf ihrem Gesicht breit. »Oh.« Sie trank einen größeren Schluck. »Das schmeckt gut.«

Ihre Freude hatte durchaus nichts Kompliziertes, dennoch war James noch nie einer Frau begegnet, die vielschichtiger war als sie.

»Champagner und Austern passen hervorragend zusammen.«

Er spürte ihren Blick. »Warum hast du dann keinen Champagner bestellt?«

James nahm eine Auster. »Ich ziehe es vor, wenn der Alkohol ruhig im Glas liegt.«

Er hörte das Lächeln in ihrer Stimme. »Er prickelt wirklich ziemlich stark.«

James drehte sich zur Seite, so dass sein Schenkel sich an ihren presste, und hielt ihr die Auster an den Mund. »Schluck.«

»Macht es dir Spaß, mich zu füttern?«

»Ja«, gestand er, »dir nicht?«

Frances schluckte.

»Trink einen Schluck Champagner hinterher.«

Sie neigte die Champagnerflöte.

Sein Schwanz schwoll mit dem Schwellen ihrer Kehle.

Frances stellte ihr Glas auf den Tisch und nahm noch eine Auster. »Hat es dich gestört, wenn eine Frau keinen Höhepunkt hatte?«

Der Duft von Zitrone und Worcestershire-Sauce drang ihm in die Nase. Eine scharfe Muschelschale legte sich an seine Lippen. Frances fütterte ihn.

James legte seine Hand auf ihre und sah sie über die Auster hinweg an. »Ich habe nie erwartet, dass eine Frau einen Orgasmus erreicht.«

Er schluckte die Auster. Ihr Blick brannte auf seiner Kehle. Die kühle Muschel glitt hinab. Seine Muskeln dehnten sich. Langsam nahm Frances die leere Schale fort, starrte auf seine Kehle und bot ihm den Cognacschwenker an. »Würde es dich jetzt stören, wenn eine Frau keinen Höhepunkt erreichte?«

»Ja.« Er legte die Hand auf ihre und führte das bauchige Glas an seinen Mund.

Der Alkohol brannte. Aber noch heißer war Frances' Blick.

Ohne Vorwarnung blickte sie ihm in die Augen. »Wolltest du ihr Geschlecht sehen?«

»Nein.«

Ein leises Klopfen brachte die Wahrheit ans Licht. »Aber ich möchte dein Geschlecht sehen, Frances.«

24

Es verging eine Weile, bis Frances klar wurde, dass das Kribbeln in ihrem Rücken von einem zweiten Klopfen herrührte, nicht von James' Antwort, die noch immer in ihren Ohren nachhallte.

Nach Alkohol duftende Wärme streifte ihre Lippen. »Herein.«

Die Tür ging auf.

»Soll ich noch mehr Austern öffnen, Sir?«

»Nein.« Die dunklen Augen des Anwalts fesselten Frances. »Keine Austern mehr.«

»Soll ich das Dessert bringen?«

»Soll er das Dessert bringen?«, fragte er und hielt ihre Hand und ihren Blick fest, während der Lüster über ihnen hisste und zischte und der Kellner auf der Türschwelle wartete.

Sie wussten beide, dass die Frage nicht dem Dessert galt.

»Nein.« Ihre Stimme klang seltsam heiser. »Wir sind noch nicht so weit, danke.«

James schaute Frances weiter unverwandt an. »Ich öffne die Tür, wenn wir Sie brauchen, Benjamin.«

»Sehr wohl, Sir.«

Aus den Augenwinkeln sah sie verschwommen das Burgunderrot der Tür, die sich schloss.

»Er ist fort«, stellte Frances fest.

In seinem Blick funkelte der Widerhall von Dingen, die sie vorher im Regen gesagt hatte, als Vater und Sohn weitergegangen waren und James weich und warm in ihrer Hand gelegen hatte. Der Regen hatte weitere Erkundungen verhindert. Aber im Restaurant regnete es nicht.

»Ich weiß nicht recht, wie ich ...« Sie schluckte. »Ein Mann kann sein Geschlecht sicher würdevoller zeigen als eine Frau.«

»Bietest du mir an, mir dein Geschlecht zu zeigen, Frances?«

»Ja.«

Der Lüster leuchtete heller. Vielleicht waren es aber auch James' Augen, von denen das blendende Licht ausging. Frances wusste lediglich, dass ein vertanes Leben sich nicht genießen ließ. Wie die verschüttete Flüssigkeit einer Auster.

»Die Brüste einer Frau sind Teil ihres Geschlechts«, sagte James.

Noch vor zwei Wochen hätte Frances ihm widersprochen. »Das lerne ich gerade.«

»Warum hast du die dritte Postkarte so schnell weitergereicht?«

Das sepiafarbene Bild einer Frau, die ihre schwere Brust darbot, hatte sich ihr unauslöschlich eingeprägt. Die dunkle Brustwarze hatte hart und prall gewirkt. Ohne Scham hatte die Frau ihr Fleisch angeboten. »Wieso hast du diese Postkarte mitgebracht?«, entgegnete sie.

»Ich habe mir vorgestellt, die Brüste der Frau seien deine«, antwortete er. »Was hast du dir vorgestellt, als du das Bild gesehen hast?«

»Ich habe mir vorgestellt, wie es wäre, wenn ein Mann an mir saugen würde.« Bei der Erinnerung krampften sich ihre Hände zusammen. »Und ich habe mich gefragt, ob es wohl anders wäre, als wenn ein Kind daran saugt.«

James senkte die Lider. »Wie fühlte es sich an, als du deine Kinder gestillt hast?« Sein Blick war wie eine greifbare Berührung ihrer Brüste.

»Wenn eine Mutter ihr Kind stillt, entsteht eine tiefe Bindung.« Sie bemühte sich, ihre Stimme in ihre Gewalt zu bringen. »Es weckt eine Zärtlichkeit, wie ich sie sonst nie erlebt habe. Beim Saugen zieht sich der Unterleib einer Frau zusammen. Es fühlt sich an, als ob das Kind unmittelbar an der Gebärmutter saugen würde. Als ob es versuchen würde, wieder die Nahrung zu bekommen, um die es durch die Geburt gebracht wurde.«

Seine Finger schlossen sich fest um ihre Hand. Frances hielt den Atem an und hatte das Gefühl, dass gleich etwas zerbrechen müsste: das Glas, ihr Körper.

»Tut es weh?«, fragte er mit seltsam gepresster Stimme.

»Manchmal.«

James starrte auf ihre Brust und sah ihr gleich darauf in die Augen. »Ist es lustvoll?«

»Ja.«

Seine Finger entspannten sich ein bisschen. »Hast du dir je gewünscht, ein Mann würde an deinen Brüsten saugen statt eines Kindes?«

Die Wahrheit. »Bis vor zwei Wochen nicht.«

Grelles Licht, tastende Dunkelheit. »Wieso nicht?«

Frances hatte siebeneinhalb Jahre ihre Kinder gestillt. Beim Frühstück. Beim Abendessen. Spät in der Nacht. In der Morgendämmerung.

»Meine Brüste waren für meine Kinder.«

Ihre Vagina war der Empfängnis und der Entbindung zugedacht, aber ihre Brüste waren ausschließlich ihren Kindern vorbehalten gewesen.

»Aber mit mir wirst du deine Brüste teilen«, sagte James. Es war keine Frage.

Unsicherheit rang mit Verlangen. Vor ihrem inneren Auge sah Frances die Brüste auf der Postkarte, ihre eigenen Brüste im Spiegel. Voll. Schwer. »Ja«, sagte sie mühsam. »Mit dir teile ich meine Brüste.«

Kalte Luft legte sich auf ihre Hand, ihre Hüfte, ihre Schulter. Mit einem Ruck schob James den gedeckten Tisch fort und stand auf. Schnell und geschickt räumte er die Möbel um, schob den Tisch beiseite – weitere Rosenblätter fielen herab – und einen Stuhl vor den Diwan. James' Wangen glühten, als er sich setzte, sein schwarzer Rock schmiegte sich um seine Schultern, sein Haar glänzte golden, bronzebraun und hier und da leicht silbrig.

»Zeig mir deine Brüste, Frances.«

Draußen im Park seinen Penis zu erkunden, war ihr so natürlich erschienen wie das grüne Gras und der nebelverhangene Himmel. Aber der Mann, der ihr in dem burgunderroten Lederstuhl gegenübersaß, hatte nichts Unschuldiges an sich. Er war mit Frauen zusammen gewesen. Er war in Frauen zum Höhepunkt gekommen. Aber er hatte noch nie die Lust einer Frau geteilt.

Frances griff nach ihrem Mieder. Ihre Finger zitterten, wie seine Finger gezittert hatten, als er seine Hose aufgeknöpft hatte.

Nacktes Verlangen glühte in seinen Augen, als er das rosa Satinkorsett erblickte. »Du trägst kein Hemd.«

»Nein.« Sie stand auf. Das Seidenmieder klaffte auf. »Ich trage kein Hemd.«

Falls … *wenn* … sich die Gelegenheit ergeben sollte, hatte sie James ihr Geschlecht ebenso ohne Scham darbieten wollen wie die Frau auf der Postkarte. Aber es war schwer, ohne Scham zu zeigen, was eine Frau schamhaft zu verbergen gelernt hatte. Sie tat den ersten Schritt und öffnete das oberste Häkchen ihres Korsetts. Ihr Herz stockte bei dem kühlen Luftzug, der das erste Stück ihres befreiten Busens streifte. Ihr fiel das erste Mal ein, als sie ihren Erstgeborenen gestillt hatte. Ihre Brüste waren damals wie feste, reife Äpfel gewesen. Sie wagte einen zweiten Schritt, öffnete das zweite Häkchen und dachte an das erste Mal, als sie ihr zweites Kind gestillt hatte. Wie ihre Brüste damals ausgesehen hatten, wusste sie nicht mehr. Wann hatten sich die festen Äpfelchen zu den Melonen ausgewachsen, die sie heute besaß? Bei der Geburt ihres zweiten Kindes? Ihres dritten? Ihres fünften? Als sie siebzehn war? Neunzehn? Vierundzwanzig?

Frances stellte sich vor James und öffnete das dritte Häkchen. Kühle Luft drang in das Tal zwischen ihren Brüsten. Kurze, dunkle Wimpern warfen fransige Schatten auf die Wangen des Anwalts. Gebannt starrte er auf den Spalt im Satin und das V nackter Haut. Das vierte Häkchen befand sich unter ihrem Rockbund. Weiter konnte sie sich nicht entblößen, aber er schon. Frances ließ die Arme sinken. Langsam und schmerzlich jung in seiner Selbstversunkenheit schob James das Korsett auseinander. Die Verletzlichkeit, die sie mühsam in Schach gehalten hatte, brach sich mit Macht Bahn. Ihren Kindern hatte sie ihre Brust gereicht, aber Kinder kümmerten sich nicht um ihre Größe und Form, ihnen ging es nur um die Milch, die sie gab. Dumpf hörte sie Leder knarren, als James auf dem Queen-Anne-Stuhl nach vorn rückte.

»Sieh nur, Frances.« Sanfter Druck. Plötzliche Kälte. Lange Finger hoben ihre linke Brust … ihre rechte Brust an. »Wie hart sie sind.«

Frances biss sich auf die Lippe und zwang sich, nach unten zu blicken. Er nahm ihre Brustwarzen zwischen Daumen und Zeigefinger. Pralles Fleisch lugte zwischen seinen Fingern hervor: Ihre dunklen Brustwarzen richteten sich auf vor Verlangen, das sie nicht länger verhehlen konnte.

»Denkst du jetzt an deine Kinder, Frances?«

Leder quietschte. Gleichzeitig pressten harte Schenkel von außen gegen ihre Knie. James schob ihre drallen Brüste zusammen und rieb seine stoppelig rauen Wangen an ihren Brustwarzen.

»Nein.« Zögernd legte Frances die Hände auf seine Schultern. Unter dem kratzigen, weichen Wollstoff waren seine Muskeln angespannt. »Ich denke nicht an meine Kinder.«

Feuchte Hitze. Sengender Blick.

»Ich wusste gar nicht, dass eine Frau so hart werden kann.«

Ein sanfter Kuss umspielte ihre linke Brustwarze. Frances hatte nicht gewusst, dass die Lippen eines Mannes Blitze produzieren konnten, die ihr durch den Unterleib zuckten und aus ihrer Vagina schossen.

»Warum hast du die Augen geschlossen?«

Dunkle Wimpern fächerten sich auf James' Wangen, als er ihre rechte Brustwarze zärtlich küsste.

»Ich …« Frances stockte der Atem. »Ich wünschte, meine Brüste wären wie früher.«

Sengende Hitze bohrte sich dort in ihre Brustwarze, wo früher Milch herausgekommen war, als seine dunkelrosa Zunge an dem dunkelbraunen Fleisch leckte. »Waren sie damals empfindlicher als jetzt?«

»Sie waren noch nie …« Ihre Hände wanderten von seinen Schultern zu seinem Kopf, als hätten sie einen eigenen Willen. Sie spürte sein seidiges, warmes Haar an ihren Fingern. »… so empfindlich wie jetzt.«

Mit einem Seufzen stieß James warmen Atem aus und öffnete den Mund. Heiße Feuchtigkeit. Unerträgliche Zärtlichkeit. Er kostete ihren Geschmack, erkundete ihre Knospe.

»James.« Frances beugte die Schulter über ihn, als zöge sein saugender Mund sie nach vorn. »James.«

Scharfe Zähne maßen die Länge ihrer Brustwarze. Frances sog seinen Duft ein, roch Wolle, Seife, ihn. Kalte Luft streifte ihre Brustwarze. Sie war dunkel, nass und so hart, dass es wehtat. Seine Finger gruben sich in ihr weiches Fleisch, als er an ihrer linken Brust knabberte. Die Geste war ihr so vertraut, aber von einem Mann so fremd, dass ihr Tränen in die Augen traten.

»Wie fühlt es sich an, wenn ich an dir sauge?«

»Dein Mund ist heiß.«

James saugte ihren Nippel ein.

»Deine Zunge ist noch heißer.«

Nun liebkoste er sie mit der Zunge.

»Wenn du an mir saugst, fühlt es sich an, als ob dein Mund und deine Zunge sich um meine Gebärmutter schlängen.«

James liebkoste ihre Brust noch inniger. Ein Gefühl, das Schmerz näher war als Lust, durchzuckte sie. Frances wollte ihn beschützen, ihn vor seiner Vergangenheit bewahren und ihm seine Einsamkeit nehmen. Sie wollte ihm die Lust schenken, die keine andere Frau ihm je gegeben hatte.

»Es fühlt sich an, als ob …« Sanft und unsicher streichelte sie ihm mit einem Finger über das Ohr, über zarte Haut, festen Knorpel. »… ich dich stillen könnte, wenn du nur ein bisschen fester saugen würdest.«

James nahm den dunklen Ring ihres Warzenhofs in den Mund und saugte so stark daran, dass seine Wangen hohl wurden. Frances strich ihm mit der Fingerspitze über den Mund, einen harten, festen Männermund, nicht die Rosenknospe eines Säuglingsmündchens. Ein leiser, hungriger Laut drang tief aus seiner Kehle.

Als Frances ihre Kinder gestillt hatte, war die Milch schon geflossen, wenn sie die Kleinen nur hatte weinen hören. Als Frances nun James hörte, hatte sie das gleiche Gefühl, obwohl es unmöglich war. Wallende Hitze. Strömende Erleichterung.

Für einen blendenden Moment saugte James sie vollständig ein: ihre Brustwarze, ihre Brust, ihr Geschlecht. Gleich darauf fühlte sie sich aus seinem Mund verstoßen und rang nach Luft, während Geräusche und Gefühle auf sie einstürmten: entferntes Gelächter … geballte Hitze … zischendes Deckenlicht … das Schimmern bronzenen, goldenen und silbernen Haares … der Blick nussbrauner Augen.

Als Frances James in die Augen blickte, sah sie dort jedes ihrer Gefühle widergespiegelt. Lähmende Lust. Zerreißende Zärtlichkeit. Nagende Nähe.

»Ich habe deinen Herzschlag geschmeckt, Frances.« Seine Stimme klang merkwürdig unsicher.

Ein dumpfes Poltern ließ die Luft beben, Metall schepperte, Porzellan klirrte. Ein Kellner hatte wohl ein Tablett fallen lassen – vielleicht der junge Mann, der auch sie bediente.

»Wie …« Mühsam versuchte Frances, sich auf den Abstand einzustellen, der sie trennte, auf das Zittern, das sie erfasste. Seinen Höhepunkt zu erleben hatte sie erregt, aber ihr eigener hatte sie völlig überwältigt. »Wie hat er geschmeckt?«

»Nach würziger Vanille.«

Die Verlorenheit in seinen Augen schnürte ihr die Kehle zu. James senkte den Blick, bis seine dichten, dunklen Wimpern seine Augen verdeckten. Ihre Brust hob und senkte sich unter ihrem keuchenden Atem.

»Hat sich deine Gebärmutter zusammengezogen?«, fragte er. In seinem Ton lag nichts von den Gefühlen, die eben aus seinen Augen geleuchtet hatten.

»Ja.« Seine Finger auf ihren Unterarmen pochten im Takt mit ihrem Herzschlag. »Sie hat sich zusammengezogen.«

»Hast du Zärtlichkeit für mich empfunden?«

Am liebsten hätte Frances geweint, wusste aber nicht, warum. »Ich empfinde große Zärtlichkeit für dich, James.« Ihre Versicherung nahm die Anspannung nicht aus seinen Zügen. Ihr langsamer werdendes Keuchen maß die verstreichenden Sekunden.

Ohne Vorwarnung strafften sich seine Finger um ihre Unterarme. »Ich will nicht die Brüste, die du hattest, als du jünger warst.«

Auf keinen Fall würde sie weinen. »Wieso nicht?«

Ihre beiden Brustwarzen waren dunkel und hart, aber die linke glänzte feucht und ragte prall aus dem Warzenhof vor.

Abrupt wich James zurück und ließ ihre Unterarme los. »Weil ich diese Brüste will.« Er zog ihr Korsett zusammen und schloss das unterste Häkchen. »Die Brüste, die du früher hattest …«, er schloss das zweite Häkchen, »gehörten anderen. Aber diese Brüste, Frances …«, als er das oberste Häkchen schloss, schnitt das steife Satinkorsett in ihr geschwollenes Fleisch, »diese Brüste gehören dir und mir.«

James blickte auf, aber in seinen dunklen Augen war kein nussbrauner Schimmer zu sehen. »Sollen wir das Dessert bestellen?«

25

Die Jubiläumskirschen waren hervorragend«, brach Frances das Schweigen. Ihre Stimme drang hohl durch das Rattern der Räder des Hansom.

Schweigend hatte sie zugesehen, wie der Kellner die Kirschen mit Sirup und angewärmtem Kirschwasser anrichtete. In ihren Augen hatte keine Freude gelegen, als die bläulichen Flammen der Alkoholdämpfe an die Decke schossen, keine Erregung, als sie mit James das flambierte Dessert geteilt hatte. Der Gedanke an ihren Orgasmus hatte sie zu sehr beschäftigt.

»Das sollten sie auch sein«, stellte James trocken fest. »Ein Koch hat sie zu Ehren des Thronjubiläums der Königin kreiert.«

»Bist du der Königin schon mal begegnet?«

»Ja.«

»Sie muss den Prinzen sehr geliebt haben, dass sie immer noch um ihn trauert.«

»Aber obwohl sie den Prinzen sehr liebte, tröstete unsere verwitwete Königin sich mit dem Diener ihres Mannes«, sagte James bewusst, um Frances' schlechtes Gewissen zu beruhigen. Noch dazu hatte sie ihn allein sterben lassen, weil sie nicht bereit war, mit dem Protokoll zu brechen.

Ihr flacher Strohhut senkte sich mit einem Mal und verbarg ihr Gesicht. »Ich habe gezittert.«

James zitterte noch immer. Er hatte ihre Brust unter ihrem

heftigen Stöhnen beben sehen und hätte am liebsten geweint vor Freude über das Geschenk, das sie ihm gemacht hatte.

Das Licht einer Straßenlaterne drang in die Droschke und verschmolz mit der Dunkelheit.

»Du sagtest, Männer brauchten Frauen«, sagte Frances über das Rattern der Räder hinweg.

Der Hansom verlangsamte die Fahrt. Ein Schnappen war zu hören, als eine Geldbörse geöffnet wurde. Der Magen des Anwalts verkrampfte sich in dem Wissen, was ihre nächsten Worte sie kosteten.

»Heute Abend habe ich erkannt, dass Frauen auch Männer brauchen.«

Jegliche Vorwärtsbewegung hörte auf.

»Mein Stadthaus ist gemietet.« Das Zuschnappen der Geldbörse hallte durch die Dunkelheit. »Es ist nicht besonders elegant, aber der Tee ist recht gut.«

Was Frances ihm anbot, war kein Tee.

»Frances ...«, sagte James gepresst, da nackte Begierde ihm die Kehle zuschnürte.

Die Droschke rollte zurück und rüttelte sie auf.

»Ich verstehe«, sagte sie höflich mit bleichem, maskenhaftem Gesicht. Mit einem Ruck, der im Dunkeln nur verschwommen zu sehen war, stand sie auf und öffnete den Kutschenschlag. »Vielleicht ein anderes Mal.«

Kalte Luft trat anstelle ihrer Wärme. Frances stand aufrecht in der kalten Nacht und drehte sich zu dem Kutscher um, so dass ihre Schultern sich gegen das Licht des Halbmonds abzeichneten. »Was bin ich Ihnen schuldig?«

Die abgezählten Münzen, die sie James im Restaurant gegeben hatte, wogen schwer in seiner Tasche. Frances reckte sich auf die Zehenspitzen, so dass ihr gestreifter Mantel sich über ihren Brüsten spannte, die er immer noch riechen und schmecken konnte, und reichte dem Kutscher das Fahrgeld hinauf.

Sie hatte ihm gesagt, wenn sie mit ihm zusammen sei, fühle sie sich nicht wie eine Fremde. Und James hatte nichts darauf geantwortet. Sie hatte ihm gesagt, sie kenne ihn, aber James hatte auch darauf nicht reagiert. Sie hatte ihm gesagt, dass sie gezittert habe. Und er hatte sie allein zittern lassen. Mit kühler Präzision lehnte James seinen Regenschirm in die Ecke. Er streckte die Hände aus, fasste Frances um die Taille – selbst durch das Korsett war sie weich – und schob sie von der Tür fort. Gleichzeitig stieg er aus der Droschke und stellte sich neben sie.

Ihre verletzte Miene ließ ihn beinah in die Knie sinken. Sie hatte ihre gesamten Moralvorstellungen über Bord geworfen, als sie ihm ihre Sinnlichkeit anbot, und er hatte sie zurückgewiesen. Sie kehrte ihm den Rücken.

James bemerkte den Blick des Kutschers, der sie desinteressiert beobachtete. »Warten Sie bitte auf mich.«

Der in Wolle eingemummelte Mann nickte einmal kurz.

Im Gerichtssaal bekam ein Prozessanwalt keine zweite Chance. Sobald er seine Überzeugungskraft verlor, verlor er die Geschworenen. Frances stand vor einer weiß lackierten Tür mit dem Nacken in flackerndem Lampenlicht und versuchte vergeblich, den Schlüssel ins Schlüsselloch zu stecken.

»Frances.« James legte die Hände auf ihre Schultern und brachte ihre stochernde Armbewegung zum Stillstand. Sein Ton war emotionslos, wie er es gelernt hatte, aber die Gefühle, die er für diese Frau empfand, erschütterten seinen ganzen Körper. »Ich habe morgen eine Gerichtsverhandlung.«

»Du schuldest mir keine Erklärung.«

»Das Leben einer Frau hängt vom Ausgang dieser Verhandlung ab.«

»Dann musst du dich natürlich auf ihre Verteidigung vorbereiten.«

»Das ist Teil meines Lebens, Frances.« Seine ruhig eindringliche Stimme übertönte das Klirren des Pferdegeschirrs und das unruhige Klappern eines Hufs. Sein Beruf war zwar nicht mehr alles, was ihn ausmachte, aber er würde immer Anwalt bleiben.

Frances stand steif da. »Ich wusste nicht, dass seine Sinnlichkeit zu teilen einen Menschen so … so … verletzlich macht.«

James trat näher, aber die Tournüre verhinderte den Körperkontakt, den er brauchte – den sie beide brauchten. »Ich auch nicht.«

»Ich verstehe, dass du meine Einladung zum … Tee heute nicht annehmen kannst.« Licht und Schatten tanzten auf ihrem gesenkten Nacken und ließen wehende Härchen zuerst kastanienbraun, dann hellrot aufleuchten.

»Wirklich, Frances?«

»Ja«, sagte sie. »Natürlich.« In Wahrheit verstand sie es nicht, weil James ihr keine Chance dazu gegeben hatte.

»Ich wollte den Tag mit dir verbringen«, sagte er.

»Statt dich auf den Prozess vorzubereiten«, schloss sie.

»Ja.«

»Wirst du heute Nacht überhaupt Schlaf bekommen?«, fragte sie leise. Ihre Sorge sprach etwas tief in ihm an, was Teil sexueller Begierde, zugleich aber auch davon losgelöst war.

»Ich habe eine Liege in der Kanzlei.« Früher hatte er öfter in seinem Büro übernachtet als in seinem Schlafzimmer. »Da werde ich die Augen ein wenig zumachen.«

»Wirst du den Prozess gewinnen?«

»Ich gewinne immer, Frances.« Aber den Bartle-Fall zu gewinnen konnte ihn nicht freuen. Die Angeklagte würde sterben, ob er gewann oder verlor.

»Im Park.« Frances starrte auf den Schlüssel. »Was hast du da empfunden?«

Zögernd betastete er mit den Händen ihre Schultern, das Schlüsselbein, das Schultergelenk. Er hatte ihr gesagt, er würde sich nicht vor ihr verstecken. Nun gab er seinen letzten Stolz auf. »Ich habe mich geschämt.«

»Das tut mir leid ...«

»Und mich gedemütigt gefühlt.« Flüchtig verspürte James eine gewisse Verwandtschaft mit George Addimore. Es hatte viel Mut erfordert, den Mitgliedern des Damen- und Herrenclubs den Schwanzring zu zeigen – ein Hilfsmittel für Männer, die unter vorzeitigem Samenerguss litten. »Du hast mich kaum berührt, da bin ich schon gekommen.« Die Stille der Straße prickelte ihm auf der Haut.

»Lust sollte ja wohl keine Frage der Beherrschung sein«, sagte Frances schließlich leise.

»Nein.« Seine Finger strafften sich leicht. Ihre Knochen unter dem Polster aus Wolle, Seide und Fleisch wirkten zerbrechlich. »Sicher nicht.« Aber tagtäglich hing das Leben von Männern und Frauen davon ab, dass er die Lage beherrschte.

Ihre Stimme war so leise, dass er sie durch die dröhnende Stille nur mit Mühe hören konnte. »Hast du dich wegen meines Mangels an Selbstbeherrschung geschämt?«

Das Bedauern über den Schmerz, den sein Stolz Frances bereitet hatte, engte ihm die Brust ein. James hatte früher bereits mit Frauen einen Orgasmus erlebt, aber nie Intimität. Frances hatte bis heute Abend noch nie mit einem Mann einen Orgasmus oder Nähe erlebt. Sie hatte nichts, womit sie ihre Beziehung vergleichen konnte. Er wohl.

»Als ich gekommen bin, wollte ich dich im Arm halten, Frances.« Er schmiegte sich an sie und schützte sie vor der Welt, die ihre Sinnlichkeit verurteilen würde. Vielleicht wollte er sie auch vor seiner Sexualität schützen, vor Männern, die dazu erzogen waren, einfach zu nehmen. Und er würde von ihr nehmen. »Aber als du kamst, musste ich dich einfach halten, Frances. Ich habe noch nie das Band verspürt, das du beim Stillen deiner Kinder gefühlt hast.« Er starrte durch die Silberwölkchen seines Atems auf ihre Kinnlinie. »Aber als ich an dir gesaugt habe, habe ich eine Verbindung gespürt. Ich habe deinen Herzschlag und deinen Atem gespürt. Ich habe deinen Orgasmus gespürt, als ob es mein eigener wäre. Das Einzige, wofür ich mich schäme, ist, dass ich nicht den Mut hatte, dich zu halten, wie wir beide es brauchten.« James beobachtete Frances' rhythmische Atemzüge, die Dunstwölkchen, wenn sie ausatmete, das leichte Dehnen der Schulter, wenn sie einatmete.

»Als du gekommen bist, brauchtest du es da, dass ich dich halte?«

»Ja, ich brauchte es«, antwortete James.

Unter dem Druck seiner Hände entspannte sie sich etwas. »Ich wusste nicht, dass eine Frau durch ihre Brüste einen Orgasmus erleben kann.«

James hatte Männer am Urinal oder in angeheitertem Zustand zwar davon reden hören, ihnen aber nicht geglaubt. »Ich auch nicht«, sagte er.

»Ich würde dich jetzt gern halten«, sagte Frances und setzte sich mutig einer erneuten Zurückweisung aus. »Natürlich nur, wenn du es immer noch möchtest.«

Die Gefühlswallung, die ihr Mut auslöste, ließ ihn den Kopf über ihren beugen. »Frances.«

Sie wand sich.

»Nein.« James ließ ihre Schultern nicht los. »Lass mich dich nur diesen Moment lang halten.« Wenn er sie jetzt in die Arme schließen würde, würde er sie nehmen. Aber in dieser Nacht konnte er sie nicht nehmen. In ihrer Hand zu ejakulieren hatte ihn verletzlich gemacht, in Frances zu kommen, während sie seine Hüften umschlänge, seinen Schwanz umklammerte, seinen Körper liebte, würde ihn zutiefst erschüttern.

»Der Kutscher beobachtet uns«, sagte sie atemlos.

»Schon möglich.« Aber der Kutscher konnte sie nicht hören. »Sind deine Nippel noch hart?«

»Ich …« James spürte tief in seinen Lenden, wie sie einatmete. »Ich kann nichts dagegen tun.«

Behutsam küsste er ihren Nacken. Auf seinen Lippen spürte er ihren rasenden Puls, während das Rattern einer nahenden Kutsche durch die Nacht hallte.

»Du sagtest, dass du Zärtlichkeit empfunden hast, als du deine Kinder gestillt hast«, raunte er in die duftende Wärme ihres Nackens. »Wie hat es sich angefühlt?«

Ein leichtes Beben lief durch ihre Schultern. »Ich hatte das Gefühl, dass ich für sie sterben würde.«

Das Gleiche empfand James für Frances, als er ihren hämmernden Puls spürte und ihren Duft einatmete. »Was hast du empfunden, als ich an dir gesaugt habe?«

»Ich hatte das Gefühl, ohne dich würde ich sterben.«

Die nahende Kutsche hielt. Sie würde nicht ewig stehen bleiben, denn in dieser Wohngegend gab es keine Stallungen.

James konnte Frances nicht die Nacht schenken, aber er konnte ihr die wenigen Minuten schenken, bis die Kutsche sie erreichte. Er spürte ihre weiche Haut und ihr feines Haar an seinen Lippen. »Die Franzosen nennen einen Orgasmus den kleinen Tod.«

»Hast du es so empfunden … als kleinen Tod, als du zum Orgasmus gekommen bist?« Ihre Stimme ließ ihre Haut vibrieren.

James hatte sich noch nie lebendiger gefühlt als in dem Moment, als er in ihrer Hand gekommen war. Aber es blieb keine Zeit, ihr zu sagen, wie tiefgreifend dieser Tag und der Abend ihn verändert hatten.

»Darf ich dich morgen Abend sehen?«, fragte er.

»Ja.«

Seine Kehle, seine Brust, sein Schwanz schwollen an. »Ich hole dich um sieben Uhr ab.«

»Was soll ich anziehen?«

»Etwas für einen Abend in privatem Rahmen.«

Räder und Hufe, die sich langsam in Bewegung setzten, jagten ihm Schauer über den Rücken.

»Soll ich vorher etwas essen?«

Die nahende Kutsche gewann an Fahrt.

»Etwas Leichtes«, sagte James und zählte die Sekunden, bis die Kutsche sie erreichte, während er sanft ihren Nacken erkundete und sich darauf einstellte, sie gehen zu lassen. »Soll ich dich schonen?«

»Nein.« Sie atmete tief ein, so dass ihr Rücken an seiner Brust sich dehnte. »Ich brauche keine Schonung.«

Nudas veritas, die nackte Wahrheit.

Seine Hoden spannten sich. »Ich werde mich bemühen, sanft zu sein.«

»Wie kommst du darauf«, ihre Stimme vibrierte an seinen Lippen, während das Rattern von Rädern und das Klappern von Hufen auf dem Kopfsteinpflaster durch die Straße hallten, »dass ich dich sanft haben möchte, James?«

26

»Finden Sie, wir sollten es ihr sagen, Mister Denton?«

Aber nicht der Butler antwortete der Köchin.

»Wozu sollte das gut sein, Mistress Ellis?«, fragte die Haushälterin nüchtern. »Es kann schließlich nicht angenehm sein, im Mittelpunkt des Geredes zu stehen.«

Drei Augenpaare schauten auf die Zeitung.

»... unser illustrer Verteidiger dinierte im Separee mit der Witwe Frances Hart. Blühen da etwa Frühlingsrosen, oder macht Mister Whitcox einer Mandantin den Hof?«

»Macht er einer Mandantin den Hof?«, las die Köchin vor. »Wollen die damit etwa behaupten, Mistress Hart wäre eine Mörderin?«

»Da hinlänglich bekannt ist, dass Mister Whitcox nur Mandanten vertritt, die wegen Mordes angeklagt sind ...«, der Butler polierte sorgfältig einen Silberlöffel, »denke ich, dass der Autor genau das andeuten will.«

»Das muss man sich mal vorstellen!«, sagte die Köchin. »Glauben Sie, dass sie es getan hat?«

Die Haushälterin schob ihren Stuhl zurück. »Dass wer was getan hat, Mistress Ellis?«

»Diese Bartle«, sagte die Köchin. »Nicht dass dieser Schuft von ihrem Ehemann es nicht verdient hätte. Furchtbar. Einfach furchtbar, was er ihr angetan hat. Aber sie sagen, Mister Whitcox ist es egal, ob seine Mandanten schuldig oder unschuldig sind. – Ist der Kloß schon gut, Mistress Jenkins?«

»Er braucht noch eine Weile.« Die Haushälterin stach mit einer Gabel in den Teigkloß, der in ein Küchentuch gewickelt war. »Mistress Hart sagte, sie möchte heute Abend etwas Leichtes essen.«

»Trifft sie sich wieder mit dem Anwalt?«, fragte die Köchin.

»Das geht uns gar nichts an.« Kochendes Wasser schluckte den Teigkloß. »Nicht wahr?«

»Nee. Aber es macht das Leben spannender, wenn man drüber nachdenkt.« Die Köchin warf einen Blick auf die Titelseite der Zeitung. »Stellen Sie sich bloß vor, dass unsere Mistress Hart mit so einem ausgeht.«

»Wieso denn nicht?« Die Haushälterin stach ein letztes Mal in den Teigkloß. »Sie ist eine gut aussehende Frau.«

»Er ist nun mal wirklich ein gut aussehender Mann.« Die Köchin seufzte. »Gegen eine Sünde mit ihm hätte ich persönlich auch nichts einzuwenden. Ich frage mich, wie sie sich kennengelernt haben. Es ist ja nicht so, dass er und Mistress Hart in denselben Kreisen verkehren würden.«

»Mistress Hart besucht einige öffentliche Veranstaltungen. Sicher haben sie gemeinsame Interessen.« Die Haushälterin legte die Gabel beiseite. »Noch etwas Tee, Mistress Ellis?«

»Nein, danke.« Die Köchin, die erst 62 Jahre alt war, während die Haushälterin schon 66 Jahre zählte, stand mühsam auf. »Ich glaube, ich gönne mir vor dem Mittagessen noch ein Nickerchen. Meine Arthritis macht mir zu schaffen.«

Das Klicken einer Tür mischte sich mit dem Rauschen des kochenden Wassers.

»Sie hat heute wieder zwei Briefe bekommen«, sagte der Butler in einem Ton, den er nur anschlug, wenn er mit der Haushälterin allein war.

»Ach.« Die Haushälterin deckte den riesigen Topf mit einem Deckel ab. Der Eintopf kochte hoch. »Warum lassen sie die arme Frau denn nicht in Ruhe?«

Der Butler sammelte das polierte Silber zusammen. »Sie tut dir leid.«

Die Haushälterin nahm die leere Tasse und den Unterteller der Köchin. »Sie erinnert mich an mich, als ich noch jünger war.«

Der Butler stand auf, die Hände voller glänzenden Silbers. »Jetzt bist du natürlich schon so alt.«

Die Haushälterin warf einen liebevollen Blick auf die leicht gebeugten Schultern und das dichte weiße Haar des Butlers. »Wir denken wohl daran, mich gegen eine jüngere Frau einzutauschen, was, Mister Denton?«

Der Butler legte das Silber in die Spüle. »Mistress Ellis ist ein Gläschen Gin lieber als Geschmuse.«

Die Haushälterin legte die leere Tasse und den Unterteller der Köchin auf das Silberbesteck und nahm den Kessel mit heißem Wasser vom Herd. »Woher weißt du das?« Heißes Wasser rann in die leere Tasse und ergoss sich über den Unterteller.

»Sie ist nicht mehr die Gleiche wie vor einem Monat.«

Die Haushälterin blieb wie erstarrt in einer Dampfwolke stehen. »Mistress Ellis?«

Der Butler nahm die beiden restlichen Tassen und Unterteller von dem zerkratzten Küchentisch. »Mistress Hart.«

Als Frances Hart frisch vom Land eingetroffen war, hatte sie mattes rotes Haar mit grauen Strähnen und verlorene, tief liegende Augen gehabt und ein hässliches, schwarzes Bombasinkleid getragen.

»Sie ist noch genau dieselbe Frau.« Die Haushälterin schüttete den Rest des heißen Wassers aus dem Kessel in die Spüle. »Sie sieht nur anders aus.«

»Das dürften einige andere ganz anders beurteilen.«

»Einige andere sind nicht in London.«

Der Butler ließ die leeren Tassen und Unterteller ins Spülwasser gleiten. »Londoner Zeitungen gibt's auch außerhalb von London zu kaufen, Moira.«

»Was ist denn so schlimm dran, wenn eine Witwe mit einem Witwer zu Abend isst, Roger?« Die Haushälterin gab Seifenpulver in das dampfende Wasser.

»Mistress Hart ist nicht aus dem gleichen Holz wie Mister Whitcox.«

»Wieso sagst du das?« Die Haushälterin nahm das Spültuch, das über dem grauen Wasserhahn hing. »Weil er ein vornehmer Anwalt ist, der sein Handwerk versteht?«

»Sie ist vertrauensselig wie ein Lämmchen.« Der Butler nahm ein Küchenhandtuch. »Er dagegen ist abgebrüht wie ein Hammel.«

Die Haushälterin schwenkte das Spültuch im Wasser hin und her. »Hat dich schon mal ein winziges Lämmchen getreten?«

»Nein.«

Im Becken quoll weißer Schaum auf. »Sie sind nämlich stärker, als sie aussehen.«

»Haben Sie den Bericht über den Apotheker fertig, Mister Tristan?«

»Ja, Sir.« Der Referendar schob seinen leeren Teller fort und kramte in einer braunen Lederaktentasche. »Ich habe ihn hier.«

James nahm den Bericht. Das weiße Papier verschwamm vor dem weißen Tischtuch. Für einen Moment überwältigte ihn der Lärm: plaudernde Männer, klapperndes Besteck, Gelächter.

... wenn du nur ein bisschen stärker saugen würdest ...

James trank seinen starken, schwarzen Kaffee. »Mistress Bartle tritt morgen in den Zeugenstand.« Mit einem vernehmbaren Klicken, das sich dem Klirren anderer Tassen auf Untertellern anschloss, stellte er die durchschimmernde Porzellantasse auf den Unterteller mit Silberrand. »Sorgen Sie dafür, dass sie unter ihrer Jacke ein ärmelloses Oberteil trägt.« James rollte seine Serviette zusammen und warf sie auf die Reste des zu kurz gebratenen Beefsteaks. »Ich möchte, dass die Geschworenen die Syphilisgeschwüre an ihrem Arm sehen.«

Der Referendar wurde bleich, zeigte ansonsten aber keinerlei Regung. »Ja, Sir.«

»Nehmen Sie das hier bitte mit.« James steckte den Bericht in seine Aktentasche und reichte sie dem Referendar, während er seinen ledergepolsterten Stuhl zurückschob. »Wir treffen uns dann vor dem Gerichtssaal.«

»Sir.«

Mit dem Rücken zu seinem Referendar blieb James stehen und blickte durch eine Wolke aus Zigarettenrauch auf eine Mahagoniwanduhr. Es war Viertel vor eins. Die Verhandlung begann um eins. »Ja?«

»Sie haben um halb sechs einen Termin.«

Er hätte durchaus noch Zeit für eine kurze Besprechung, bevor er Frances abholte. Aber ihm stand nicht der Sinn danach.

»Mit wem?«

»Mister Adam Frowt.«

Einer der drei Detektive, deren Dienste James in Anspruch nahm.

»Ich erinnere mich nicht, einen Termin mit Mister Frowt vereinbart zu haben.«

»Er hat heute angerufen.«

Aber James war heute nicht zu sprechen.

»Sagen Sie ihm ab. In Zukunft machen Sie bitte keine Termine mehr, ohne mich vorher zu fragen.«

Die Antwort des Referendars ging im Hintergrundgemurmel anderer »Ja« und »Sir« unter.

James ging durch das Vestibül zur Toilette. Vor dem zweiten der vier Porzellanurinale stand ein Mann.

Blauviolette Augen begegneten seinem Blick in dem facettierten Wandspiegel. »Whitcox.«

Er trat an das erste Urinal und knöpfte seine Hose auf. »Lodoun.«

»Sie waren gestern Abend aus.« Der Staatsanwalt wandte den Blick nicht ab. »Haben Sie eine Frau gefunden, die unterhaltsamer ist als die Vorbereitung auf einen Prozess?« Der Staatsanwalt hatte ebenfalls mit einer Frau zu Abend gegessen.

James starrte mit ausdrucksloser Miene in Jack Lodouns Spiegelbild. »Haben Sie denn eine gefunden?«

»Ja.« Der Staatsanwalt senkte den Blick. Er hatte lange Wimpern, die dunkler waren als sein kastanienbraunes Haar. »Ich habe so eine Frau gefunden.«

»Sind Glückwünsche angebracht?«, erkundigte James sich höflich.

»Sie ist gestorben.« Lodoun trat vom Urinal weg. Das Plätschern des Wassers aus dem Wasserhahn erfüllte den Waschraum.

»Mein Beileid«, sagte James kurz angebunden. Er mochte Jack Lodoun zwar nicht, aber er mochte sich nicht ausdenken, Nähe bei einer Frau zu finden, nur um sie dann zu verlieren.

Statt einer Antwort hörte er nur die Waschraumtür zuschlagen. Wasser tröpfelte in das marmorne Waschbecken. Die Gerichtsverhandlung würde nicht vor 17.00 Uhr enden. Den vergangenen Tag und den Abend hatte er mit Frances verbracht, statt sich auf den Prozess vorzubereiten. Die ganze Nacht und den Vormittag hatte er sich mit dem Prozess befasst, ohne sich auf Frances vorzubereiten. Ein jungenhaftes Kichern drang aus dem Vestibül herein. Hastig knöpfte James seine Hose zu, wusch sich die Hände und drehte den Messinghahn fest zu, den der Staatsanwalt hatte tropfen lassen. Zwei junge Referendare drückten sich an die Wand des Vestibüls, um ihn vorbeizulassen.

Im Gerichtssaal herrschte erwartungsvolles Gemurmel.

Avery Tristan wartete unmittelbar vor der Tür. »Ihre Robe, Sir.«

James schob einen Arm nach dem anderen in die schwarze Seidenrobe.

»Ruhe!«, drang der Befehl des Gerichtsdieners durch die Tür. »Alle aufstehen bitte.«

»Rufen Sie die Telefonnummer an, die ich Ihnen gestern gegeben habe.« James setzte sich die Perücke auf und nahm seine Aktentasche. »Sagen Sie Peasebody, er möge ein paar Dutzend Rosen – rote, denke ich – besorgen und ein Abendessen *pour deux* warm stellen. Um Viertel vor sieben soll er das Feuer im Schlafzimmerkamin anzünden. Um sieben kann er gehen.«

James erreichte die Bank des Verteidigers just in dem Moment, als der Richter sich vor dem Gericht verbeugte. Kleider raschelten, als alle versammelten Männer und Frauen sich ebenfalls verbeugten. Der Richter nahm Platz. James setzte sich. Das Ächzen von Holz ließ erkennen, dass alle Versammelten sich ebenfalls setzten. Während der Gerichtsdiener das vorgeschriebene Protokoll abspulte, holte James die erforderlichen Unterlagen aus seiner Aktentasche: einen Autopsiebericht, den Bericht des Apothekers …

Plötzlich kribbelte seine Haut. Jemand beobachtete ihn. Er wandte den Kopf zur anderen Seite der Anwaltsbank und begegnete zwei blauvioletten Augen.

Sie ist gestorben, hallte es zwischen James und Jack Lodoun wider.

27

Ein entfernter Glockenschlag drang durch Glas und Holz.

Frances' Hand zuckte. Eine spitze Haarnadel kratzte über ihre Kopfhaut. Sie erstarrte mit erhobenen Armen, so dass die blaugrüne Seide über ihrer Brust spannte. Derart intensiv fühlte sie sich an kratzende Zähne erinnert, dass ihr Unterleib sich zusammenzog.

Es klopfte leise an der Schlafzimmertür.

»Einen Moment bitte«, rief Frances.

Mehrere Glockenschläge übertönten das Pochen ihres Herzens: fünf … sechs … sieben. Auf diesen Augenblick hatte sie sich vorbereitet, nur um jetzt festzustellen, dass sie ganz und gar nicht vorbereitet war. Sie fühlte sich, als stünde sie schwankend am Rand eines Abgrunds: Hinter ihr rief eine öde Vergangenheit, vor ihr lag eine Zukunft, die den sicheren Fall bedeutete. Sie setzte sich einen dunkelblauen Windsorhut auf und steckte ihn sorgfältig mit einer Hutnadel fest. Gold blitzte im Spiegel auf, ein Ring als Unterpfand der Treue.

Ein zweites Klopfen ließ ihre Brust beben. Mit zitternden Händen nahm Frances einen blauen Umhang, schwarze Lederhandschuhe und ein schwarzes Perlentäschchen und riss die Tür auf.

Der Butler machte große Augen, die Hand in der Luft. Lag in seinem Blick Beifall oder Missbilligung? Was wusste sie schon über Männer und ihre Wünsche?

»Ist etwas nicht in Ordnung, Mister Denton?«, fragte Frances zögernd.

»Nichts, Mistress Hart.« Eine Maske würdevoller Reserviertheit senkte sich über die Miene des Butlers. Er hob die linke Hand auf die Höhe der rechten und zog behutsam den Halbschleier über ihre Hutkrempe. »Sie haben Herrenbesuch.«

Sie hatte plötzlich schwarze Flecken vor Augen, welche die rote Haut und das schneeweiße Haar des Butlers sprenkelten. »Vielen Dank.« Frances hielt sich mühsam zurück, den Spitzenschleier nicht herunterzureißen. Bräute trugen Schleier, ebenso junge Mädchen, die sich in Traditionen hüllten, nicht Witwen in mittleren Jahren, die sämtliche Konventionen über Bord warfen. »Wo wartet Mister Whitcox?«

Der Butler ließ die Hände sinken und trat einen Schritt zurück. »Im Foyer, Madam.«

Frances wappnete sich gegen eine Verurteilung. »Mister Denton.«

»Ja, Madam?«

Sie wandte den Blick von dem grauhaarigen Mann ab, straffte die Schultern und begegnete entschlossen seinem Blick. »Bitte warten Sie heute Abend nicht auf mich.«

Mit ausdrucksloser Miene senkte der Butler Kopf und Schultern zu einer angedeuteten Verbeugung. »Sehr wohl, Madam.«

Durch den schwarzen Schleier wirkte der Flur noch dunkler als sonst. Oben an der Treppe blieb sie stehen. Ein schwarzer Seidenzylinder verbarg James' Gesicht. Offenbar musterte er die verblichene grüne Tapete. Frances hatte ihm erzählt, dass sie das Stadthaus gemietet hatte. Der Anflug von Scham, der sie nun befiel, war unangebracht, sinnloser Ballast. Sie konnte ihre Lebensumstände ebenso wenig ändern wie er seine.

Eine knarrende Stufe lenkte seinen Blick nach oben. Schweigend sah er zu, wie sie die Treppe herunterkam. Irisierend blaugrüne Seide raschelte. Bronzebraune Wildlederschuhe tasteten sich vor. Eine Hand griff nach dem Geländer. Vage nahm Frances den stattlichen Schatten wahr, der ihr folgte und ihr voranging, sobald sie am Fuß der Treppe stehen blieb. Schweigend nahm James ihr den Umhang ab und legte ihn ihr um die Schultern.

»Ich wünsche Ihnen einen angenehmen Abend, Mistress Hart.« Der Butler hielt die Tür auf. »Mister Whitcox.«

»Vielen Dank, Mister Denton«, sagte sie mit einer Ruhe, die sie keineswegs empfand.

Grauer Nebel lag wie eine Aureole über der nächtlichen Stadt. Die Hitze, die in ihrem Rücken brannte, trieb sie vorwärts. Frances kannte die Adresse nicht, die James dem wartenden Kutscher angab.

»Wohin fahren wir?«, fragte sie in der dunklen Droschke.

James setzte sich neben sie, raubte ihr Platz und Luft. »Das wirst du schon sehen.«

Mit einem Ruck fuhr die Droschke los.

Zittrig zog Frances einen schwarzen Lederhandschuh an, den sie in der dunklen Droschke nicht sehen konnte. Mit jeder Faser konzentrierte sie sich auf den kräftigen Körper, der rhythmisch an ihrem weichen Leib rieb. »Hast du vergangene Nacht überhaupt geschlafen?«

»Genug«, antwortete er unverbindlich.

Verletzlichkeit befiel sie. Sie zog ihren linken Handschuh an – das Leder war trocken, ihre Finger waren trocken, ihr Geschlecht war trocken – und fragte gepresst: »Hast du dich gestern Abend befriedigt?«

Frances spürte seinen eindringlichen Blick mehr, als sie ihn sah. »Hast du?«

Die Flasche Gleitmittel lag schwer in ihrem Täschchen. »Ich hoffte, ich …« – *hätte mich dann besser im Griff* – »wäre dann weniger aufgewühlt.«

»Hat es etwas genützt?«

»Nein.«

Sein warmer, feuchter Atem ließ ihren kurzen Schleier beben. »Hast du dir vorgestellt, deine Finger wären mein Schwanz?«

»Ja«, sagte sie mit schwellender Brust, die immer noch empfindlich war von seinen Berührungen.

Flüchtig fiel Licht in die Droschke, als sie an einer Straßenlaterne vorüberfuhren. James wirkte wie aus Stein gemeißelt mit seinen klar geschnittenen Lippen und den markanten Wangenknochen.

»Ja.« Dunkelheit schluckte sein Gesicht. »Ich habe mich auch befriedigt. Als ich in die Kanzlei kam, konnte ich an nichts anderes denken als an dich. An deinen Geschmack. An deinen Geruch. Ich wollte dich, also habe ich mich gestreichelt und dabei an dich gedacht. Danach habe ich gearbeitet und versucht, dich zu vergessen.«

Lange wusste Frances nicht, ob die schwarzen Punkte, die sie sah, von dem Spitzenschleier oder dem Luftmangel herrührten. »Wie hast du dich gestreichelt?«

Etwas Dunkles packte ihr Handgelenk und zog ihr den Handschuh wieder aus. Hitze hüllte ihre Hand ein. Sanft rieb er ihre Finger zwischen seinen Händen hin und her. Es war nicht die Bewegung, die sie erwartet hatte.

»Als ich mich gestreichelt habe«, sagte Frances und versuchte angestrengt, nicht nur etwas zu spüren, sondern auch zu sehen, »stellte ich mir vor, deine Hand würde sich auf und ab bewegen.« Wie ihre Finger sich auf und ab bewegt hatten.

Die Hitze, die ihre Hände umschlang, verschwand und legte sich um ihren Zeigefinger. »So?«

Der sanft pumpende Druck seines Daumens und Zeigefingers war bis in ihre Gebärmutter zu spüren. Die Stärke ihrer Reaktion war wie eine kalte Dusche. *So eine starke Wirkung dürfte ein Mann nicht auf eine Frau haben.*

Frances ballte die Fäuste. »Wohin fahren wir?«

Sie war kein kicherndes junges Mädchen, er kein unerfahrener Junge. Und die Droschke war kein Omnibus. Schwankend und holpernd brachte das Gefährt sie beide auf eine Reise, die keiner von ihnen je gemacht hatte.

Etwas Festes, Heißes drückte ihre Fingerknöchel, bevor es sich in kalte Dunkelheit auflöste. »Nach Hause, Frances.«

Sie erstarrte. »Nach Queen's Gate?« Brachte er sie etwa in das Haus, das er für seine Frau gebaut hatte?

In seiner Stimme, die durch die Dunkelheit drang, lag keine Wärme. »Queen's Gate war nie mein Zuhause.«

Nebel hing vor dem rechteckigen Fensterchen hinter James. Bald würde der Dunst in Regen übergehen.

»Wo ist dein Zuhause?«, fragte Frances und klammerte sich mit pulsierenden Hüften, pochendem Zeigefinger und schmerzender Brust an einen ledernen Haltegriff.

»Ich habe ein Stadthaus gekauft.«

»Du hast ein Stadthaus *gekauft?*«, wiederholte sie.

»Für uns«, sagte James schlicht.

Sie musste ihn falsch verstanden haben. »Du hast ein Stadthaus gekauft ... für ...« – *den Beischlaf* blieb ihr im Hals stecken – »... das hier?«

»Ich habe *für uns* ein Stadthaus gekauft«, entgegnete er scharf.

Als Kind hatte ihr Zuhause ihren Eltern gehört. Als Ehefrau hatte ihr Zuhause ihrem Mann gehört. Jetzt gehörte es ihrem ältesten Sohn. Die Tatsache, dass sie ihr Haus verloren hatte, das sie 34 Jahre lang geliebt und sorgsam gepflegt hatte, traf sie mit aller Macht: Ihre Familie wollte, dass sie zurückkam, aber sie hatte kein Zuhause mehr, in das sie zurückkehren konnte.

»Wann hast du es gekauft?«

»Vergangenen Donnerstag.«

An dem Tag, nachdem sie sich vor der Achilles-Buchhandlung getroffen hatten.

»Was wäre, wenn ich keine Dinosaurier mehr hätte sehen wollen?« Bewusst benutzte Frances eine Umschreibung, *ihrer beider* Umschreibung.

»Dann hätte ich das Haus wieder verkauft. Vielleicht aber auch nicht.« Eine verschwommene Bewegung und das Knarren von Leder zeugten von seinem Achselzucken. »Ich habe schon länger überlegt, ob es nicht an der Zeit wäre, umzuziehen.«

Dicke Tropfen prasselten gegen die Fenster: Es hatte angefangen zu regnen.

»Wie lange hast du schon gewusst, dass wir zusammenkommen würden?«, fragte sie.

»Genauso lange wie du.«

Die Droschke blieb stehen.

James öffnete den Wagenschlag und hielt den Schirm nach draußen, um den Regen abzuhalten. Er stand auf, drehte sich um und reichte ihr die Hand. »Von dem Moment an, als du mich angesehen hast.«

Zu jenem Zeitpunkt hatte Frances es nicht für möglich gehalten, dass eine 49-Jährige Leidenschaft erleben könnte. Sie nahm seine bloße Hand. Es war zu dunkel, um die Fassade des Stadthauses zu erkennen. Nur ein schwacher Lichtschein war zu sehen. James hielt schützend den Regenschirm über sie beide und öffnete mit dem Schlüssel die regennasse Tür.

Der geäderte weiße Marmorboden der Diele lag im Licht eines Deckenlüsters. Kristalltropfen funkelten wie Tau. Frances sah, dass es elektrisches Licht war. Noch nie waren die Unterschiede ihrer Lebensverhältnisse deutlicher zutage getreten. Holz prallte auf Holz, als die Haustür sich schloss. Gleich darauf klappte James seinen Regenschirm zusammen.

Um ihre Füße sammelte sich eine Lache. »Ich bin in eine Pfütze getreten.« Ihre Stimme hallte hohl durch das Treppenhaus.

»Die Dienstboten machen morgen sauber.« Ebenso hohl hallte seine Stimme die Treppe hinauf. Heißer Atem streifte ihren Nacken. »Darf ich dir den Umhang abnehmen?«

Er nahm mehr als ihren Umhang: Er nahm ihr auch das Täschchen aus der linken Hand. Ihre rechte Hand war nackt.

»Ich habe meinen Handschuh in der Droschke gelassen.«

Der gefütterte Seidenumhang glitt von ihren Schultern. »Er ist in meiner Manteltasche.«

Frances schauderte. »Sind wir allein?«

Waren sie jemals nicht allein gewesen, als er sich um die Juristerei und sie sich um ihre Familie gekümmert hatte?

»Ja.« Die spitze Hutnadel, die ihren Hut hielt, glitt heraus.

Frances griff danach. Zu spät. Sie drehte sich um. James kehrte ihr den Rücken und hob die Arme, so dass seine Schultermuskeln sich strafften. Er hängte ihren Umhang neben seinen schwarzen Wollmantel an eine glänzende Messinggarderobe. Ihr Windsorhut hing neben seinem Zylinder. Der Holzgriff seines Regenschirms ragte aus einem passenden Messingständer.

»James, weißt du, dass du gestern den Hut auf dem Kopf hattest, als du gekommen bist?«, fragte Frances, deren Haar im Licht des Lüsters glänzte. Auch sie hatte einen Hut getragen – keinen Windsor, sondern eine Fedora –, als er an ihren Brüsten gesaugt hatte.

»Frances, weißt du, dass du eine beängstigend schöne Frau bist?«, antwortete James ebenso feierlich, während die blaue Seide ihres Umhangs sich von der schwarzen Wolle seines Gehrocks abhob.

Schön, nein. Beängstigend, vielleicht.

»Mache ich dir Angst, James?«

Er drehte sich vorsichtig um. »Entsetzliche Angst.«

Frances konnte sich nicht vorstellen, dass dieser Mann vor irgendetwas Angst haben könnte. »Wieso?«

»Du weckst Gefühle in mir«, erklärte er geheimnisvoll. »Gefühle können sehr gefährlich sein.«

Der dumpfe Schlag einer Westminsteruhr verkündete die halbe Stunde.

»Welche Gefühle wecke ich in dir?«

»Hoffnung.«

»Ist Hoffnung denn so schrecklich?«

»Männer sind wie kleine Jungen.« Seine Lippen verzogen sich zu einem selbstironischen Lächeln, das seine Augen nicht erreichte. »Wir reißen ein Spielzeug auseinander, um zu sehen, wie es gemacht ist. Danach existiert das Spielzeug nicht mehr.«

Die Finsternis in ihm ging ihr zu Herzen. »Ich bin kein Spielzeug.«

»Aber ich kann dir wehtun.«

Ein kalter Schauer jagte ihr über den Rücken. »Du kannst mir nur wehtun, wenn ich dich lasse.«

»Glaubst du wirklich, dass eine Frau es in der Hand hat, wie viel Schmerz ein Mann ihr zufügen kann?« Unter seinem prüfenden Blick, der plötzlich kalt und berechnend war, hielt sie den Atem an.

Unablässig prasselte der Regen an die Tür, während das elektrische Licht James erbarmungslos beleuchtete. Seine markanten Wangenknochen. Seinen beweglichen Mund. Seine kalten nussbraunen Augen.

Das ist Teil meines Lebens, hallte es zwischen ihnen wider.

Gestern Abend war James von ihr fortgegangen, hatte sie aber nicht vergessen können, als er sich auf die Gerichtsverhandlung vorbereitet hatte. Heute Abend war er wiedergekommen, konnte jedoch die Vorgänge im Gerichtssaal nicht vergessen.

… der Bartle-Fall. Scheußliche Geschichte, hatte Charles Baldwin gesagt.

»Ich glaube, eine Frau kann einiges tun, um ihren Schmerz zu lindern«, sagte Frances vorsichtig.

Aus seinen Augen leuchtete gefühllose Neugier. »Was denn?«

»Ich glaube, wenn eine Frau die Verantwortung für ihr Leben übernimmt, statt andere über ihr Leben bestimmen zu lassen, verleiht ihr das eine gewisse Befriedigung.«

»Was ist, wenn man einer Frau diese Wahl nicht lässt?«

Was war der Frau zugestoßen, die er verteidigte? »Eine Frau hat immer eine Wahl«, sagte sie. Wenn sie nur intelligent, klug, erfahren oder stark genug war, sie zu treffen. Eigenschaften, an denen es Frances ihr Leben lang gemangelt hatte.

»Was ist, wenn diese Frau ihre Entscheidung getroffen hat?«, fragte James sachlich.

»Es ist sicher besser, unter den Konsequenzen des eigenen Tuns zu leiden als unter dem Verhalten eines anderen«, antwortete Frances ernst.

Dumpfer Donner grollte durch das eintönige Prasseln des Regens.

»Wenn du einen Augenblick deines Lebens ändern könntest, welcher wäre das?«, fragte James und suchte ihren Blick.

Frances fiel die Zeichnung ein, die Louis Stiles zur Sitzung des Damen- und Herrenclubs mitgebracht hatte. Die liebevolle Umklammerung einer Vagina, der verletzliche Schaft eines Penis. »In meiner Hochzeitsnacht lag ich im Dunkeln«, sagte sie zögernd, »hatte mein Nachthemd über die Hüften gezogen und wartete auf meinen Mann.« Bedauern verfinsterte James' Blick. »Ich erinnere mich noch, dass ich dachte, wie hässlich das Geschlecht eines Mannes und einer Frau sein müsse, warum sollten sie sonst im Dunkeln beieinanderliegen und am Tag ihre Körper voreinander verbergen. Aber vor allem erinnere ich mich daran, dass ich bloß *dalag*. Mehr erwartete mein Mann von mir nicht, als still mit dem Nachthemd um den Hüften dazuliegen und die Beine zu spreizen. Er erwartete nicht von mir, dass ich das, was er mit mir anstellen würde, genießen oder nicht genießen sollte. Was ich dabei empfand, war unwichtig. Meine Ergebenheit sei mein Geschenk an meinen Mann, sagte meine Mutter. Ich habe nie an dem gezweifelt, was sie mir gesagt hat.«

Ihr Schmerz schwang in seinem Ton mit. »Du warst jung.«

»Wirklich?«, fragte sie.

»Du warst erst 15«, sagte er, aber in seinem Blick lag keine Überzeugung.

Duldsamkeit war keine Krankheit, die das Alter auf wundersame Weise kurierte.

»Ein Teil von mir sehnt sich immer noch nach der Anonymität, Ehefrau und Mutter zu sein«, gestand sie. Es war ein behagliches Leben gewesen. Sicher und geborgen. Dagegen war es ganz und gar nicht behaglich, eine Frau zu sein. »Wenn ich etwas in meinem Leben ändern könnte«, sagte Frances leise in das Prasseln des Regens, »dann würde ich das Bild in meinem Kopf auslöschen, wie ich da im Dunkeln lag, das Nachthemd um die Hüfte geschlungen, und reglos auf die Penetration wartete.«

28

Diese Nacht prägte mein gesamtes Erwachsenenleben.« Der Preis für 34 Jahre sexueller Ergebenheit lag in Frances' Blick, der Preis, den sie bezahlt hatte, damit ein Mann seinen Besitz an einen männlichen Erben weitergeben konnte – der Kern des englischen Rechts. »Aber ich wünschte, es wäre anders. Ich wünschte, ich könnte dieses Bild ersetzen.«

Ein Regenschwall schlug gegen die Tür.

»Gib mir deinen Handschuh«, sagte James tonlos.

»Was?« Ihre Nachdenklichkeit schlug in Verwirrung um, bis sie verstand. »Oh.«

Frances senkte den Kopf, um das junge Mädchen zu verbergen, das im Dunkeln gelegen hatte, und zog ihren schwarzen Lederhandschuh aus. Der Goldring an ihrem Finger schnürte ihm die Brust ein.

»Gestern Abend fragtest du«, sagte er, als er den Handschuh nahm, »ob ich beim Erguss das Gefühl gehabt hätte, zu sterben.«

Le petit mort. Der kleine Tod. »Und?«

James steckte ihren Handschuh in die Manteltasche. »Nein.«

»Was hast du dann empfunden?«

»Ich fühlte mich wie neugeboren.« Langsam hob er die Lider. »Sollen wir hinaufgehen?«

»Das Gleitmittel ist in meiner Handtasche ...«

»Ich habe selbst eine Flasche.«

Sie machte große Augen.

»Meine Besorgung vom Samstag«, erklärte er.

»Ja.« Das plötzliche Leuchten ihrer Augen blendete ihn beinah. Sie freute sich, nur weil er an sie gedacht hatte. »Ich möchte sehr gern hinaufgehen.«

Mit jedem Schritt brannte die Reibung ihrer Hüfte und Schulter an seiner Seite die Barriere zwischen Anwalt und Mann mehr fort. Auf die Marmortreppe folgte spiegelblanker Mahagoniboden. Die Wände zierte eine schwere Seidentapete mit Silberfäden. Ein pfauenblauer Läufer reichte über die gesamte Länge des breiten Flurs. Wandlampen aus Kristall gaben elektrisches Licht. James öffnete die erste Tür am Gang. Ein Geruch nach Tapetenkleister, Holzrauch und Rosen lag in der Luft. Frances ließ seinen Arm los und trat in das Schlafzimmer. Ohne ihre Berührung fühlte James sich seltsam beraubt. Er sah das frisch renovierte Zimmer zum ersten Mal: pfauenblauer Teppich, blassgrüne Seidentapete, dunkelgrüne Akzente, vergoldete Möbel, Kristalllüster. Brennende Holzscheite knackten und knisterten in einem goldgeäderten Marmorkamin.

»Ich dachte, du hättest gesagt, wir seien allein«, sagte Frances.

»Der Butler hat das Feuer angezündet, bevor er gegangen ist.« James schloss die Tür hinter sich. »Gefällt dir unser neues Zuhause?«

Frances betrachtete die hellgrünen Seidenlaken, die unter der zurückgeschlagenen Bettdecke zu sehen waren, den Sessel mit pfauenblauem Samtbezug, die vergoldete Kommode, die dunkelblaue Chaiselongue, die Kristallvase mit korallenroten Rosen, den drehbaren Standspiegel in der Ecke. »Es ist sehr schön.«

»Die Tapete passt zur Farbe deiner Augen«, merkte er vorsichtig an.

Sie musterte die hellgrüne Seidentapete und verstand plötzlich: »Du hast die Einrichtung selbst ausgesucht.«

»Nur die Tapete.«

Alles andere hatte der Innenausstatter auf die Tapete abgestimmt.

»Während einer Verhandlungspause«, vermutete Frances.

»Ich habe sie am Freitagabend ausgesucht.« Brennende Röte ließ seine Wangenknochen vortreten. »Nach der Verhandlung.«

»Es riecht noch ein bisschen nach Kleister.«

»Das tut mir leid.« Es kränkte ihn ungemein, dass sie eine Bemerkung über den unangenehmen Geruch, nicht aber über die Rosen machte, die er bestellt hatte.

Frances drehte sich schwungvoll um. »Es ist wirklich schön, James.«

Es war das Beste, was für Geld zu haben war, aber Geld war nicht genug. James stieß sich von der Tür ab. »Du kannst die Einrichtung ändern.«

»Aber du hast sie doch ausgesucht.«

Er kam näher, immer näher, bis ihr Busen seine Brust berührte und das Wissen um die Einsamkeit, die sie in sich barg, ihn ein bisschen sterben ließ. »Ja.«

Sie blickte zu ihm auf. »Wieso?«

Ihr Vertrauen nagte mit scharfen Zähnen an ihm. Sie hatte gesagt, James erinnere sie nicht an ihren Mann, aber er war David Hart ähnlicher, als er sich eingestehen mochte. Ihr Mann hatte sie durch die Familie an sich gebunden. James würde sie durch Leidenschaft an sich binden.

»Das sind deine Farben, Frances.« Warm. Lebendig. Alles, was er nicht war. James hatte sich nie etwas aus der Farbe Grün gemacht. Jetzt konnte er nicht über die Straße gehen oder sich im Gerichtssaal umsehen, ohne dass diese Farbe ihn ansprang.

Frances senkte den Blick. Wimpern mit goldblonden Spitzen legten sich wie Fächer auf ihre Wangen. Sie streckte die Hände nach seiner Weste aus. »Darf ich dich ausziehen?«

Das Knistern des Feuers wetteiferte mit dem Trommeln des Regens.

James atmete tief durch, als sich der erste, der zweite Knopf öffnete, und rang um Selbstbeherrschung. »Darf ich dich ausziehen?«

Ihre Wimpern flatterten auf ihren Wangen. »Bitte.«

Noch nie hatte James eine Frau ausgezogen. Er wusste nicht recht, wie er anfangen sollte.

Feuerrote Reflexe spielten in ihrem Haar. Ein mattes Braun dämpfte das Lodern. James hob die Hände und fand eine Haarnadel. Kalte Luft drang in seine Weste.

»Ich danke dir«, sagte Frances und nestelte an einem Goldknopf herum.

James fand weitere Haarnadeln. »Wofür?«

»Dass dir meine Brüste, wie sie jetzt sind, lieber sind als so, wie sie früher waren.« Ein Zopf fiel auf ihren Nacken.

Er steckte die Haarnadeln ein und ließ die Finger durch ihr warmes, seidenweiches Haar gleiten. »Dachtest du, es wäre nicht so?«

Sie entfernte den dritten und letzten Knopf. »Ja.«

James lehnte seine Stirn an ihre und konzentrierte sich auf die Knöpfe ihres Mieders. »Hast du gestern Abend deine Brüste gestreichelt?«

Frances griff nach seinem Hosenbund. »Sie haben wehgetan.«

Unter dem offenen, leuchtend blaugrünen Mieder kam das rosa Satinkorsett zum Vorschein, das sie auch am Tag zuvor getragen hatte.

»Vor Sehnsucht nach mir?«, fragte James und atmete schneller, »oder von meinen Zärtlichkeiten?«

Frances knetete den Wollstoff seiner Hose, bis sein Fleisch nach Erlösung schrie. »Beides.«

Mit unsicheren Fingern öffnete er die Knöpfe ihres Rockbundes. »Hast du deine Brustwarzen geknetet?«

»Ich habe mir vorgestellt«, sie schob die Hand in seinen Hosenschlitz und befreite ihn aus seiner Unterwäsche, »dass du daran saugst.«

Die Vorstellung, wie ihre Finger ihre Brustwarzen rhythmisch bearbeiteten, entlockte seinem pochenden Glied heiße Flüssigkeit.

Ein Finger tippte sanft an seine Harnröhre. »Ich wusste gar nicht, dass ein Mann sein eigenes Gleitmittel produziert.«

Mit zittrigen Händen löste er den vorstehenden Knoten eines Bandes: Nichts geschah. Er löste einen weiteren Knoten rechts von dem ersten. Die schwere Rosshaartournüre sank zusammen mit dem Unterrock und dem Seidenrock zu Boden. Frances trug kein Unterhemd und auch keine Unterhose.

James betrachtete die rotbraunen Löckchen unter ihrem Bauch, der von ihren Schwangerschaften leicht gerundet war. Er musste sich zurückhalten, nicht in ihrer Hand zu kommen. »Schmeckt es anders als mein Samen?«, fragte er heiser.

Sie hielt ihm ihren Finger hin. »Koste.«

Seine Nasenflügel bebten, als er sein Geschlecht roch. Er nahm ihre kleine, zarte Hand und führte den Finger an ihre Lippen. Als einzige Reaktion öffnete sie den Mund und machte große Augen, während er ihr die warme Flüssigkeit auf die Lippen strich. Schnell zuckte ihre rosa Zunge vor und kostete, bevor sie sich wieder zurückzog.

Er wollte diese Zunge. Er wollte diese Frau. Die Stärke seines Verlangens überwältigte ihn für einen Moment. James beugte sich vor, um seine Begierde zu verbergen, und leckte an ihren Lippen. Sie schmeckten nach Salz. Sie schmeckten nach Vanille.

Er nahm ihr Gesicht in beide Hände und ließ seine Zunge in ihren Mund gleiten. Aufmerksam wanderte seine Zunge höher und erkundete ihren Gaumen. Er schluckte ihren rasch ausgestoßenen Atem, schmeckte Zahnpulver, sich selbst, dann wieder sie, leckte weiter, bis er nur noch Frances schmeckte und roch, bis die Distanziertheit, die ihn sein Leben lang umgeben hatte wie eine Seifenblase, sich schmerzhaft ausdehnte. Der neugierige Vorstoß ihrer Zunge spannte seine Hoden.

Keuchend beugte James sich ein Stück zurück. »Gestern Abend habe ich mir vorgestellt, dass du dich mit deinen Fingern fickst.« Dabei hatte er seinen Samen ins Leere ergossen. Allein. Wie er immer gewesen war, auch wenn er mit einer Frau geschlafen hatte.

»Gestern Abend habe ich tatsächlich …«, mit ernster Miene musterte sie ihn, da sie das Wort nicht kannte, aber genau verstand, was es bedeutete, »… meine Finger benutzt.«

»Ich möchte sehen, wie du kommst.«

Ihr Atem streifte seine Lippen. »Ich dachte …«

Er würde in sie eindringen, wie ihr Mann in sie eingedrungen war. Während sie stillgehalten hatte. »Ich möchte, dass du mir dein Geschlecht zeigst, Frances.« James schonte sie nicht vor der Macht seiner Begierde. »Und dann möchte ich, dass zu mir zeigst, wie du dir Lust bereitest.«

Er bemerkte den wachsenden Konflikt in ihrem Blick. Sie war immer noch nicht überzeugt, dass er ihren reifen Körper dem eines jungen Mädchens vorzog, aber sie würde ihm geben, was er begehrte.

Plötzlich glänzten Tränen in ihren Augen. »Wirst du mich festhalten, wenn ich zum Orgasmus komme?«

Sanft strich er mit dem Daumen die feuchte Spur unter ihren Augen fort. »Ja.«

»Ich brauche das Gleitmittel.«

Widerstrebend ließ James sie gehen. »Es ist in der obersten Nachttischschublade.«

Ihr Hinterteil war herzförmig. Zwei Spitzenbänder verschwanden in der dunklen Ritze zwischen ihren runden Pobacken. Frances holte das Gleitmittel aus der Schublade und richtete sich auf. James trat zu ihr und presste sich an sie. Sein

Schwanz drängte sich zwischen ihre Pobacken. Sie atmete scharf ein und hob die Schultern.

James schlang die Arme um sie und tastete nach dem Verschluss ihres Korsetts. »Mach die Flasche auf.«

Ein Häkchen sprang aus der Öse. Frances öffnete die Flasche. Ein zweites Häkchen sprang auf, schneller als das erste, da James rasch mit Damendessous umzugehen lernte.

»Leg den Stopfen auf den Nachttisch.«

Frances beugte sich vor. Ihre Pobacken umschlossen sein Glied. Ein dumpfes Klacken begleitete das Schnappen des dritten und vierten Häkchens. Er lehnte sich zurück und zog das Korsett unter dem Seidenmieder heraus. Die beiden Spitzenbänder glitten aus ihrer Poritze und streiften der Länge nach an seinem Glied entlang. Nachdem er das Korsett auf den Boden hatte fallen lassen, schob er ihr das Mieder über die Schultern herunter. Unbeholfen streckte Frances den linken Arm aus, nahm die Flasche in die linke Hand und streckte dann den rechten Arm aus.

Am vergangenen Abend hatte er ihre zerbrechlichen Knochen gespürt. Nun sah er, wie zierlich sie war: ihre geneigten Schultern, der Schatten eines Schlüsselbeins, der Rand eines Ohres, der aus dem roten Haar lugte.

»Tauche deinen Finger in das Öl«, raunte er und legte die Hand auf ihre Arme, um ihren Bewegungen zu folgen. Geschmeidige Muskeln bewegten sich unter seiner warmen Haut. »Fertig?«, fragte er und knabberte durch ihr warm schimmerndes Haar an ihrem Ohr.

»Ja.«

»Feuchte dich damit an.«

Ihr Rückgrat beugte sich von seiner Brust fort, der Spalt zwischen ihren Pobacken weitete sich. Brennende Hitze übertrug sich auf ihn. Auf ihrem Rücken zeichnete sich ein feines Netz rötlicher Linien ab. James streichelte die Abdrücke des Korsetts fort. Frances spreizte die Beine.

»Ist dein Finger in dir?«, raunte er und strich über ihre Wirbel bis an den Beginn des Spaltes, in dem sein Schwanz ruhte. Am Ende ihres Rückgrats markierte ein rautenförmiges Grübchen den Beginn ihrer Pobacken.

»Ja«, sagte sie unsicher.

Er stellte sich das schimmernde Öl in ihrem Nagelbett vor. Dann ließ er die Finger ihren Rücken hinaufgleiten. »Hast du gestern Abend drei Finger benutzt?«

»Ich …« Er spürte an seiner Handfläche, wie sie bebend einatmete. »Ja.«

»Dann nimm auch jetzt drei Finger.«

Natürlich konnte er ihre Finger gerade nicht sehen, aber er verfolgte sie vor seinem inneren Auge: wie sie in die Flasche tauchten, glänzend von Öl wieder herauskamen. Zeigefinger, Mittelfinger, Ringfinger …

Frances spreizte die Beine. Sein Schwanz schmolz zwischen ihren Pobacken. Er wollte jede ihrer Körperöffnungen erkunden, alles mit ihr teilen, was er nie mit einer Frau zu teilen gedacht hätte.

»Wie viele Finger?«, flüsterte er, während der Regen an die Fenster schlug, und schob ihr die Pobacken auseinander.

Ihre Schultermuskeln erstarrten bei dieser ungewohnten Berührung. »Drei.«

»Sind so viele Finger angenehm?«

Frances hatte gesagt, er könne ihr nur wehtun, wenn sie es zuließe. James wusste es besser. Am nächsten Morgen würde er eine Frau vernichten.

Langsam entspannte sie sich und akzeptierte sein Bedürfnis, sie zu erforschen. »Ja.«

Aber Lust hatte nichts mit Annehmlichkeiten zu tun, wie James gerade erkannte. Er ging leicht in die Knie und schob den Unterleib vor. Sein Schwanz stieß gegen ihre Fingerknöchel und fand sich in ihrem festen Griff wieder. Er drückte die Knie durch, damit sie nicht nachgaben.

Sie massierte Öl in seine Haut, um seine Eichel, erkundete den Ring seiner Vorhaut, wagte sich bis zu seinen Hoden vor. Sein Glied küsste den engen Eingang ihrer Vagina.

James konnte sich nicht rühren, nicht atmen. Wenn sie ihn weiter streichelte, würde er explodieren. Wenn sie aufhören sollte, ihn zu streicheln, würde er ebenfalls explodieren. Frances nahm ihm die Entscheidung ab.

Langsam, behutsam, als ob nicht er, sondern sie zu bersten drohe, richtete sie sich auf. »Das tut mir weh, James.«

Blindlings starrte er auf ihre Wirbel, die sich nacheinander zu einer Säule strafften. »Dann zeig mir, was ich dagegen tun kann, Frances.«

29

Auf ihren wackeligen Bobine-Absätzen überwand sie die kurze Entfernung zum Bett. Sie zitterte sichtlich. Auch James zitterte, als er ihr zusah. Frances setzte sich auf das Bett und blickte zu ihm auf. Sie wollte sich ausziehen. James konnte ihr nicht nachstehen.

Unverwandt sah er ihr in die Augen und schlüpfte aus Gehrock und Weste. Sein Hemd versperrte ihm vorübergehend die Sicht auf sie. Er streifte die Hosenträger ab und verlor sie unter seinem Unterhemd wieder aus dem Blick. Ein einziger Knopf hielt seinen Hosenbund. James öffnete ihn. Er fand ihren Blick wieder, steckte die Daumen unter den Bund seiner Hose und Unterhose und schob beide mit einem linkischen Schwung über die Hüften. Gleichzeitig mit den Hosenbeinen streifte er die Schuhe ab. Er spürte ihren Blick in jeder Faser seines Körpers.

Frances hatte zwar sein Glied schon gesehen, nicht aber seine Hoden. Als er nun die Socken mitsamt Sockenhaltern auszog, sah sie seine Hoden hüpfen. James richtete sich auf und blieb reglos stehen, damit sie ihn betrachten konnte. Ihr Blick schweifte über seine langen Beine, seine schmalen Hüften, verweilte auf seinem Penis, der vorragte, und auf seinen Hoden, die sich anfühlten wie Bleigewichte. Dann musterte sie seine Taille, die dicker war als vor zwanzig Jahren, seinen flachen, vor Begierde straffen Bauch und seine dicht behaarte Brust.

Eine ganze Weile verging, ehe sie seinem erwartungsvollen

Blick begegnete. »Du bist ein sehr gut aussehender Mann, James.«

Das war er in ihren Augen tatsächlich, erkannte er. Sein Glied und seine Brust schwollen an. »Du bist eine sehr schöne Frau, Frances.«

Aber sie glaubte ihm nicht. »Ich mache Ölflecken auf dein Bettzeug.«

»*Unser* Bettzeug«, korrigierte er sie. Er kniete sich vor sie – ihre Körper waren in jeder Hinsicht entgegengesetzt, seiner hart, wo sie weich war, behaart, wo sie glatt war. »Wenn es verdorben ist, lasse ich es ersetzen.«

Langsam glitten seine Hände über ihre Beine. Feine goldene Härchen schimmerten unter der fleischfarbenen Seide. Strumpfbänder aus weißer Spitze und rosa Seide engten ihre Schenkel ein. Sanft, aber bestimmt schob er ihr die Beine auseinander. Ihr flüchtiger Widerstand schmolz dahin. Öl glitzerte auf ihrem Schamhaar. Rosiges Fleisch lugte aus dem kastanienbraunen Nest.

»Ich streichele die Spitze meiner Klitoris«, sagte sie ungefragt.

James hockte sich auf die Fersen, so dass sie sich in seine Pobacken gruben. »Zeig es mir.«

Langsam berührte sie sich mit einem zittrigen, feucht glänzenden Finger.

Die Bettdecke versperrte ihm die Sicht. »Rutsch vor.«

Frances rutschte nach vorn, bis ihre Pobacken halb über den Matratzenrand ragten.

James setzte sich mit gekreuzten Beinen auf den Wollteppich, der sich an seine Hoden schmiegte und in den Spalt zwischen seinen Pobacken drang, und schob ihr die Schamlippen auseinander. Außen war ihre Klitoris dunkelrot – genau wie ihr Gesicht, wenn sie aufgeregt war. Aber zwischen ihren Schamlippen war sie zinnoberrot. Ein winziger Spalt klaffte am Ende des schimmernden Tals auf.

Zu sehen, wie klein die Öffnung zum Körper einer Frau war, schnürte ihm die Kehle zu. »Streichele dich.«

Frances berührte die Knospe am Ende des kleinen, roten Schafts. Sie war rund und glatt wie die Eichel eines Penis.

»Deine Klitoris ist wie ein kleiner Schwanz«, stellte er fest und starrte auf den Beleg, dass Frauen zur gleichen Lust fähig waren wie Männer.

»Vielleicht ist dein Schwanz wie eine große Klitoris«, erwiderte Frances atemlos.

Flüchtig ging ihm durch den Kopf, wie die eiserne Suffragette Jane Fredericks wohl auf eine so unverhohlen feministische Idee reagieren würde. Die kleine harte Knospe schwoll unter ihrer Fingerspitze an. Genau wie ein Schwanz.

Deutlich spürte James den Sog ihrer Sexualität. »Streichele dich so, wie du es getan hast, als du an mich gedacht hast.«

Mit ihrem von Öl glänzenden Finger beschrieb sie kleine kreisende Bewegungen, bis die Knospe feucht schimmerte. Er legte seine Finger zu beiden Seiten ihrer Vagina und öffnete sie sanft, um das Eindringen zu erleichtern. Sie roch nach frischer Seife und verführerischer Würze. Ihr schimmerndes rotes Fleisch lockte ihn hinein. Abrupt schob sich Frances' Finger vor die kleine Pforte, schwebte eine Weile davor und tauchte hinein. James stockte der Atem, als er sah, wie reibungslos ihr Körper den Finger akzeptierte. Aber es schien unmöglich, dass er etwas Größeres ohne Widerstand aufnehmen könnte.

»Benutze drei Finger.« Seine Stimme klang fremd in seinen Ohren. »Wie gestern Abend.«

Mit pochendem Herzen sah er, wie ihr Finger aus ihrem Fleisch glitt und die Pforte sich schloss. Nun legte sie drei Finger aneinander, deren Kuppen von Öl glänzten. Der schmale Spalt ihrer Vagina dehnte sich zu einem blassen Ring. Hingerissen von dem zarten Band, das sie ihm offenbarte, schaute James zu. Langsam zog sie die Finger heraus, bis die drei Kuppen zu sehen waren. Weniger sanft schob sie die Finger wieder hinein … einen Knöchel tief … zwei Knöchel tief, bis er nur noch die Fingeransätze und den straffen Ring ihrer Vagina sah. Hinein. Heraus. Der Ring schloss sich. Fingerkuppen tauchten auf. Der Ring dehnte sich. Die Finger verschwanden. Ein ersticktes Stöhnen mischte sich in das Trommeln des Regens und das Knacken des Holzfeuers. James blickte auf und spürte seinen Puls in seinem Schwanz hämmern. Frances hatte die Augen fest geschlossen und war angespannt, wie er es noch nie im Gesicht einer Frau gesehen hatte. Geballte Spannung lag in der Luft.

Röte schoss ihr unvermittelt ins Gesicht und breitete sich bis zu ihren Brüsten aus. Gebannt betrachtete er ihr Geschlecht, das jahrelang anderen gedient hatte, zuerst ihrem Mann, dann ihren Kindern, das nun aber Quelle ihrer Lust war. Immer schneller schossen ihre Finger in ihre Vagina und wieder heraus. Kürzer. Tiefer. Fester. Als er schon meinte, die Spannung müsse ihm die Brust sprengen, stockten ihre Finger und ein erstickter Schrei drang durch den prasselnden Regen und das knisternde Feuer.

Frances' Orgasmus brach über James herein.

Sie brauchte ihn, wie keine andere Frau ihn je brauchen würde. Er schob sie zurück und legte sich aufs Bett, so dass die Federn leise knarrten. Ihr Körper lag steif in seinen Armen, ihr Rücken wölbte sich, und ihre Finger umklammerten ihre Brust. Ein gequälter Laut drang aus ihrer Kehle. Mit einem Fuß zog er ihr Bein auf sich zu und griff zwischen ihre Schenkel. Seine Empfindungen raubten ihm den Atem.

Ihre Vagina blühte auf, hieß ihn willkommen, schloss sich fest um ihn. Mit zusammengelegten Fingern setzte er die Bewegung fort, die sie in der Starre ihres Höhepunkts nicht mehr selbst ausführen konnte.

Drei Finger.

Hart. Fest. Tief.

Ein kehliges Stöhnen kam aus ihrer Kehle und fuhr direkt

in seinen Schwanz. Plötzlich schlug sie die Augen auf. Ihre Iris war fast schwarz. Vor seinen Augen sackte sie in sich zusammen, ihre Pupillen verengten sich, Schwarz ging in helles Grün über, und ihre gequälte Miene wich tiefem Frieden. Sie hatte sich mit ihren Fingern ausgefüllt. Doch nun füllte James sie mit seinen Fingern aus. In ihren Augen lag eine derart nackte Verletzlichkeit, dass sein Geschlecht die Tränen weinte, die dem Anwalt versagt waren.

Stumm sah sie zu ihm auf. Ihr Blick und ihr Körper waren nach ihrem Orgasmus offen und schutzlos.

Behutsam bewegte er seine Hand hin und her und drückte mit den Fingern gegen die Mulde in ihrem Muttermund. »Tue ich dir weh?«

»Nein.« Sie wölbte ihr Becken vor, so dass ihre Muskeln sich fest um ihn schlossen. »Nein.«

James spürte ihre Verletzlichkeit so deutlich, als sei es seine eigene, und leckte an ihrer steinharten Brustwarze, die zwischen ihren gespreizten Fingern hindurchlugte. Ihre äußere Halssehne spannte sich. Ein inneres Flattern ließ seinen Schwanz zucken.

»Ich habe gesehen, wie du gekommen bist, Frances«, sagte er mit rauer Stimme, ergriffen von ihrer ehrlichen Sinnlichkeit.

Die Frauen hatten ihm bisher Lust nur vorgespielt. Ihr echter Orgasmus erschütterte ihn wie ein Sommergewitter. Er ließ sie mit ihm auf dem Ansturm der Gefühle reiten, den jede ihrer Reaktionen weiter schürte. Das Heben ihrer Brüste. Die Röte in ihren Wangen. Die Verletzlichkeit in ihrem Blick.

»James … mein Gott … James!« Auf den Wogen ihres verebbenden Höhepunkts stemmte Frances sich den kurzen, tiefen Stößen seiner Finger entgegen, vielleicht aber auch auf den Wogen des nächsten Orgasmus.

Ihr ungezügeltes Verlangen riss seine letzten Schutzwälle ein. »Reite auf mir, Frances.« Er drehte sich auf den Rücken und zog ihr federleichtes Gewicht auf sich. Feine Härchen klebten an seinen Lippen. Ihre harte Brustwarze stach ihm bis in die Lungen. »Ich wusste nicht, dass eine Frau vor Verlangen nach einem Mann aufschreien kann.« Er packte sie an den Hüften und zog die Knie zwischen ihren Schenkeln an. »Reite auf mir. Reite auf mir, wie du auf deinen Fingern geritten bist. Schrei vor Verlangen nach mir.«

Frances löste sich von ihm und streckte die Arme. Ihr Haar war ein flammend roter Vorhang. Langsam richtete sie sich auf. Ihre Augen waren dunkel, aber nicht vor Lust. »Wirst du für mich stillhalten, James?«

Würde er sich Frances vorbehaltlos hingeben? Er schob sie hoch. »Ja.« Kälte legte sich auf seine Brust. Hitze umschlang seine Lenden. Zum ersten Mal in seinem Leben blickte er zu einer Frau auf: ein Mann, der in seinem Verlangen ebenso nackt war wie sein Körper.

Ihre Wimpern verschleierten ihren Blick, als Frances langsam auf die Knie ging. Sein Glied ragte zwischen ihren Beinen auf und flehte um Erlösung. Wie oft hatte sie im Dunkeln dagelegen und die Beine breit gemacht, während ihr Mann in ihren Körper eingedrungen war? Warme, schlüpfrige Hände fassten James, glitten hin und her, während sie auf den Knien Stück für Stück zurückrutschte.

»Für dich, Frances«, sagte er gepresst. »Er gehört dir.«

»Wirklich?«, fragte sie seltsam leidenschaftslos.

James ließ die Hände über ihre runden, weichen Hüften hinuntergleiten und spreizte die Finger an den Außenseiten ihrer Schenkel, wo Spitze und Seide in warmes Fleisch übergingen. »Ja.«

»Was ist, wenn ich mich streichele … so?«

Sie legte seinen Schwanz an ihre Klitoris, dass ihre harte kleine Knospe sich in seine Harnröhre schob, bis ihm die Tränen kamen.

»Dann werde ich dir dabei zusehen.« James zwang sich, die

Hüften stillzuhalten. »Und in der Lust schwelgen, die du mir schenkst.«

»Aber du hast doch gesagt, du willst, dass ich dich in mich aufnehme.«

»Ich möchte, dass du Lust an mir hast.« Er wollte nicht, dass sie mit Bedauern an diese Nacht zurückdachte. »Ich möchte nicht, dass meine Sinnlichkeit eine Last für dich ist.«

Durch das Prasseln des Regens und das Knistern des Feuers knackte ein Holzscheit. Sein Penis pulsierte um die Knospe ihrer Klitoris. Vielleicht pulsierte aber auch sie in ihm.

»Ich habe Angst, James.«

Eine Faust legte sich schwer um sein Herz. »Vor mir?«

»Ich habe noch nie einen so starken Orgasmus erlebt.«

»Ich habe überhaupt noch nie einen Orgasmus erlebt.« Er hatte seinen Samen ergossen. Beherrscht. Wann er wollte, wo er wollte. Seine Leidenschaft hatte er sich für den Gerichtssaal aufgespart.

Ihre Lider öffneten sich flatternd. »Ich weiß nicht, was passiert, wenn ich mit dir in mir zum Höhepunkt komme.«

»Du wirst kommen, und ich werde dich festhalten.« James rang darum, Schmerz und Lust zu beherrschen, die in ihm tobten.

Hatte sie eben noch in seinem Blick eine Beruhigung gesucht, die er ihr nicht geben konnte, so führte sie ihn nun den rutschigen Pfad zu ihrem Geschlecht hinunter. Der Mund ihrer Vagina küsste das Sehnsuchtströpfchen von seinem Glied. Sie sah ihn fest an, während sie sich auf ihn senkte. In ihrem Blick bemerkte er die Anspannung seines Eindringens. Das erste Dehnen, um den Kopf einzulassen. Das lange Weiten, um seinen Schaft ganz aufzunehmen. Einen Finger breit, zwei Finger breit …

Frances umklammerte seine Handgelenke, stockte auf der Schwelle, sich ganz hinzugeben. Er starrte auf die dunkle Röte, die ihre Wangen überzog. Auf die harten Brustwarzen, die in die Luft ragten. Auf das kastanienbraune Haar über seinem drahtigen Schamhaar. Auf seinen steifen Schaft, der die Brücke zwischen ihren Körpern bildete. Die pralle Knospe ihrer Klitoris schimmerte feucht von seinem Sehnsuchtströpfchen. Er stellte sich den straffen Ring ihrer Vagina zwischen ihren zinnoberroten Schamlippen vor.

»Zuhause«, raunte er, blickte auf und strich mit der Fingerkuppe über ihre kleine Knospe. »Du bist mein Zuhause, Frances.«

Ihr Fleisch lockerte den Klammergriff und sog ihn ganz ein. Frances Hart bewegte sich, bis James Whitcox aufhörte zu existieren. Auf … ab. Hinein … hinaus. Das Geschenk einer Frau an einen Mann. Eine Frau, die ihn mit Freuden annahm und umschlang. Ein stärkeres Band als ein goldener Ring.

»James.« Ihre geröteten Brüste wippten im Takt ihrer Bewegungen. Sie hielt sich an seinen Unterarmen fest. Nacktes Verlangen ließ ihre Stimme belegt klingen. »James.«

Er spürte, dass sie sich dem Höhepunkt näherte. Mit festen Stößen gab er ihr jeden Zoll, den er besaß. Frances drängte sich ihm entgegen und nahm jeden Zoll. Er gab und sie nahm, bis er nichts mehr zu geben hatte, bis er erstarrte, den Rücken wölbte und im hellen Ring ihrer grünen Augen versank.

»Frances!«, übertönte er die quietschenden Bettfedern, den trommelnden Regen und das knisternde Feuer. »Mein Gott! Frances!«

Blindlings reckte er die Arme, packte heißes, verschwitztes Fleisch, feuchtes Haar und ergoss seinen Samen in ihre warme Höhle. Er konnte sich nicht länger zurückhalten. Ihre Vagina melkte ihn bis zum letzten Tropfen. Mit der Linken presste er ihr Gesicht an seinen Hals, rollte sich auf die Seite und stöhnte und grunzte im Takt seines zuckenden Ergusses wie ein Tier, zu dem zu werden er immer Angst gehabt hatte.

30

Ein Holzscheit fiel in sich zusammen.

Frances schreckte auf. Erstickende Dunkelheit machte sie blind. Brennende Hitze umgab sie. James' Hals. Seine Arme. Seine Schenkel.

»Ich halte dich.« Feuchte Hitze streifte fedrig ihre Schläfe. Warme Finger legten sich in ihren Nacken. »Schlaf weiter.«

Ein schmerzlicher Druck tief in ihrem Inneren drang ihr ins Bewusstsein. Genau wie der Moschusgeruch eines Körpers, der ihr den Atem raubte. Unwillkürlich wand sie sich, um sich zu loszumachen. Blendendes Licht vertrieb die Dunkelheit. Gleichzeitig wurde der weiche Schaft in ihrer Vagina härter und länger.

»Bleib.« James hatte die geschmeidigen Muskeln eines Stadtmenschen, nicht die knotigen Muskeln eines Bauern, der Felder bestellte. Aber sie waren nicht weniger kräftig. »Bleib bei mir.«

Das Pochen tief in ihrer Vagina kroch hinauf bis in ihre Brust.

»Ich gehe nicht weg.« Aber sie musste gehen. Es gab keine diskrete Umschreibung dafür. »Ich muss zur Toilette.«

Prompt hob sich der haarige Schenkel, der ihre Beine gefangen hielt. Sie grub die Finger in seine Seite, als sein harter Penis aus ihr herausglitt.

Zwei nussbraune Augen musterten sie mit verschlafen weichem Blick. »Brauchst du Hilfe?«

Die Deckenlampe offenbarte jeden Makel an ihr. Aber in seinen Augen spiegelte sich kein Fältchen, kein Zeugnis ihrer alternden Haut.

»Nein.« Ihre Kehle war wie zugeschnürt. »Danke.«

»Das Bad ist hinter der Tür neben dem Kleiderschrank«, sagte er. Seine Augen waren plötzlich verschlossen.

Flüssigkeit schoss aus ihrer Vagina, als sie sich aufsetzte. Sengende Hitze brannte ihr in den Augen: Die Bettdecke würde nie mehr sauber werden. Als sie aufstand und mit dem Absatz umknickte, durchzuckte sie die Erinnerung: James hatte ihr Rock, Unterröcke, Tournüre, Korsett und Mieder ausgezogen, aber nicht Schuhe und Strümpfe.

Sie setzte sich aufs Bett – die Matratze sank ein, ihre Brüste wippten, und der Mann hinter ihr sah zu –, zog rasch die Schuhe aus und rollte die Strümpfe herunter. Die Strumpfbänder hatten tiefe Abdrücke in ihren Schenkeln hinterlassen. Aber die Spuren ihrer Intimität reichten wesentlich tiefer. Mit seinem Fleisch in ihrem hatte Frances einen Orgasmus erlebt und wusste nun nicht, wie sie je nach Kerring zurückkehren sollte. Der Teppich war flauschig, die Wolle weich, nicht drahtig. Sein Blick, den sie spürte wie eine Berührung, folgte jedem Schwung ihrer Hüften und Pobacken.

Sie öffnete die Tür, die James ihr genannt hatte. Ein Lichtkegel fiel ins Bad und ließ den Rand eines Wassertanks mit Mahagoniverkleidung, glänzend weißes Porzellan und die Ecke eines Mahagonikabinetts erkennen. Vorsichtig trat sie ein. Ihre warmen Zehen krümmten sich auf dem kalten Marmorboden. In der Toilette ging nicht wie von Zauberhand elektrisches Licht an. An den beiden Kristallleuchten über dem Waschtisch war nicht zu erkennen, wie sie anzuzünden waren. Frances schloss die Badezimmertür und stolperte in die Finsternis. Ihre kalten Zehen stießen gegen noch kälteres Porzellan. Sie ließ sich auf einen Holzsitz sinken.

Mitten im Strom flammte gleißend helles Licht auf. Krampfhaft starrte Frances auf die Verbindungstür vom Bad zum Schlafzimmer, konnte aber nicht dagegen an, der Natur ihren Lauf zu lassen.

Eine ganze Weile blieb James im Türrahmen stehen und musterte sie ungerührt. »Wir brauchen keine geschlossenen Türen, Frances.« Er ging an der Toilette vorbei in den hinteren Teil des Badezimmers, das bei Licht besehen so groß war wie das Schlafzimmer in ihrem gemieteten Stadthaus. Das Prasseln von Wasser riss Frances aus ihrer Lähmung. Seine Stimme wehte auf Dampfschwaden herüber. »Komm zu mir, wenn du fertig bist.«

Frances nahm ein Stück Papier – Bromo-Toilettenpapier, dieselbe Marke wie im Museum – und betupfte sich vorsichtig. Die Pforte ihrer Vagina war wund.

Sie war mit James in sich eingeschlafen, sein Glied hatte im Takt mit ihrem Herzschlag gepocht. Mit einem Mal fühlte Frances sich unendlich leer. Sie hatte vor Verlangen geschrien. Und er hatte sie festgehalten. Es war zu spät für Verlegenheit.

Sie zog am Porzellangriff der Wasserspülung und tappte über den Marmorboden. Dampf quoll aus einer riesigen mahagoniverkleideten Wanne. James wartete schon auf sie. Sein nasses Haar klebte ihm am Kopf. Wasser perlte auf den Marmorwänden um ihn herum, rann ihm über die Brust und tropfte von seiner prallen Männlichkeit.

»Du hast mich zum Orgasmus gebracht, Frances«, sagte er mit eindringlichem Blick.

Der Dampf schnürte ihr die Kehle zu. »Ich habe dich gesehen, James.«

Als er jegliche Kontrolle verloren hatte, hatte sein Gesicht sich verzerrt und sein Körper sich so aufgebäumt, dass er sie vom Bett gehoben hatte.

Schweigend streckte er die Hand aus. Auf seinen langen, kräftigen Fingern glänzte noch Öl.

»Wieso?«, fragte sie unvermittelt aus tiefster Seele.

»Wieso was?«, fragte er beunruhigt nach.

»Wieso lehren Mütter ihre Töchter, dass es bei der geschlechtlichen Vereinigung um Unterwerfung geht statt um Nähe?«

»Hast du sie das gelehrt?«

Scham befiel Frances. »Ja.«

Seine harten Züge wurden weicher. Frances stieg in die Badwanne und schlang die Arme um seine Taille. Heißes Wasser umspülte ihre Zehen, feuchtes Haar kitzelte ihre Schenkel. Sie hob das Gesicht und suchte die Nähe, die sie geteilt hatten, als er so tief in sie eingedrungen war, dass sie nicht mehr zu unterscheiden vermocht hatte, wo sein Penis endete und wo ihr Schoß begann. Sofort schlangen sich zwei kräftige Arme um sie. James zog sie an sich, bis seine steife Männlichkeit sich an ihren weichen Bauch schmiegte, ihre Füße zwischen seinen standen und seine Brust an ihrer lag.

»Sieben Generationen von Whitcox haben in Cambridge studiert«, murmelte er, dass sein heißer Atem und das heiße Wasser ihre Wange zum Glühen brachten. »Ich habe am Lincoln Inn Court Jura studiert, genau wie mein Vater und vor ihm sein Vater. Für meinen Sohn wollte ich nichts anderes, als dass er in meine Fußstapfen tritt und eine reiche, wohlerzogene Frau aus gutem Hause heiratet. Ich wollte, dass er das gleiche Leben führt wie ich.«

»Warum tun wir unseren Kindern das an?«, flüsterte sie.

»Weil wir es nicht besser wissen.«

»Aber jetzt wissen wir es besser.«

»Ja.« Ein dampfender Seufzer streifte ihr Gesicht. »Jetzt wissen wir es besser.«

»Ich hatte nie ein Zuhause, James.« Die Wärme seines Körpers und der Dampf der Dusche durchdrangen sie. »Aber wenn du in mir bist, habe ich das Gefühl, ein Zuhause zu besitzen.«

Nasse Lippen legten sich an ihre Schläfe. »Bei mir wirst du immer ein Zuhause haben, Frances.«

»In mir wirst du immer ein Zuhause haben«, log Frances James an. Ein Urlaub reicht für ein ganzes Leben, dachte sie und wusste, dass sie sich etwas vormachte.

Der harte Arm um ihre Schultern verschwand. Noch bevor sie gegen den Verlust an Nähe protestieren konnte, schlängelte seine Hand sich zwischen ihre Körper. Siedende Hitze durchzuckte ihre Klitoris.

»Du bist immer noch hart.«

»Offenbar hast du diese Wirkung auf mich«, sagte sie verlegen.

Lust und Schmerz schossen durch ihr immer noch feuchtes, geschmeidiges Fleisch. Sie schmiegte ihr Gesicht an ihn.

»Ich habe dich geweitet.« Er weitete sie auch jetzt.

»Du hast mich mit deinem Samen gefüllt.« Er grub sich tief in sie hinein. »Ich spüre, wie er aus dir heraus in meine Hand sickert.«

»Ich spüre es auch.«

Seine Lippen bewegten sich an ihrer Wange, seine Finger bewegten sich in ihrer Vagina. »Hast du meinen Samenerguss gespürt?«

Die Erinnerung an sein brennendes Eindringen, die tiefen Stöße, die explodierende Lust weckte in ihr eine Woge der Gefühle. »Ja.«

»Wie hat es sich angefühlt?«

»Du bist immer größer in mir geworden, wie eine Faust.« Das Zwicken seiner Finger in ihrem Schoß löste sich in Lust auf. »Du hast in meinem Schoß pulsiert, und dann habe ich gespürt, wie heiße Flüssigkeit in mich spritzte.«

»Gib mir deinen Mund«, sagte James.

Blindlings reckte Frances ihm ihren Mund entgegen. Der harte Druck seiner Finger verschwand und tauchte an ihren Lippen wieder auf. Moschusduft drang durch den heißen

Dampf. Es war kein sehr einladender Geruch. Bevor sie sich abwenden konnte, strich James ihr mit den Fingern über die Lippen.

»Das sind wir, Frances.« Wasser perlte auf seinen Wimpern. Der Blick seiner nussbraunen Augen war eindringlich. »Das, was wir gemeinsam erlebt haben.«

Zögernd leckte sie an seiner Fingerkuppe. Sie schmeckte Salz, *ihn*, und einen unbekannten Geschmack, *sie*. Dann schmeckte sie einen starken Moschusgeschmack, ihre vermischte Essenz.

Seine Finger wichen seinem Mund. Raue Hitze leckte an ihren Lippen, dann an deren Innenseite. Seine Zunge und sein Duft füllten ihren Mund, bis die Zukunft sich im warmen Regen der Dusche auflöste und es nur noch sie beide gab.

»Präge dir diesen Geschmack gut ein«, sagte er in ihren Mund. »So schmeckt Leidenschaft.«

Der Druck seiner Arme und der feuchte Dunst in ihrer Kehle raubten ihr vorübergehend den Atem. »Hast du mit mir Leidenschaft erlebt?«

»Ja.« Sein stacheliger Bart und das prasselnde Wasser piksten. »Dreh dich um, ich will dich waschen.«

Frances hatte fünf Kinder und acht Enkel gewaschen. Auch sie war einmal ein Kind gewesen, konnte sich jedoch nicht daran erinnern, dass man sie gewaschen hatte. Sie drehte sich um. Prickelnde Hitze prasselte auf ihren Rücken, harte Hitze drängte sich zwischen ihre Pobacken. Seine eingeseifte rechte Hand glitt ihren Nacken hoch.

»Du hast meinen Namen gerufen, als du gekommen bist.«

Frances neigte den Kopf zur Seite, um ihm Platz machen. »Du hast auch meinen Namen gerufen, als du gekommen bist.«

Seifenfinger legten sich um ihre linke Brust. »Hat dein Unterleib sich zusammengezogen?«

»Mein ganzer Körper hat sich zusammengezogen.«

Er knetete ihre Brust, während er ihr mit der rechten Hand den

Hals wusch. »Ich wusste gar nicht, dass eine Frau einen Mann so fest umklammern kann wie du gestern meinen Schwanz.«

»Und ich wusste gar nicht, dass ein Mann so tief in eine Frau eindringen kann, wie du es gestern getan hast.« Ihre Brüste schwollen an, ihre Vagina pulsierte.

Geschmeidige Finger glitten an ihrem Hals hinunter und weideten sich an ihrer prallen Brustwarze – ihr Bauch flatterte –, bevor sie hinunter zu ihrem Unterleib wanderten, während seine Linke weiter ihre linke Brust massierte.

»Du bist auch in mich eingedrungen, Frances.«

Eine winzige Penetration in eine winzige Öffnung.

»Wie hat es sich angefühlt?«

Heißer Atem und heißes Wasser brannten an ihrer Schläfe. Seifenfinger wuschen ihre Klitoris. »Als ob du in meine Kehle eingedrungen wärst.«

Halt suchend fasste sie unter dem Ansturm der Gefühle hinter sich an einen behaarten Schenkel.

»Dreh dich um, ich möchte dir den Rücken waschen.«

Gehorsam wie eines ihrer Enkelkinder drehte Frances sich um. Dampfschwaden kringelten sich um sein nasses Haar, Wasser rann ihm über die Wangen. Zärtlichkeit, Begierde, Dankbarkeit erfüllten sie. Sie wollte diesem Mann die gleiche Lust schenken, die er ihr geschenkt hatte.

»Lass mich dich waschen, James.«

Ein Leuchten milderte die Dunkelheit seiner Augen. Schweigend reichte er ihr die Seife.

»Wenn ich deine Brustwarzen berühre«, ihre Seifenfinger glitten durch sein nasses Brusthaar und fanden eine harte Brustwarze, »wo spürst du es dann?«

Seine Stirn legte sich schwer an ihre. Sein Kopf schirmte sie gegen das prasselnde Wasser ab. Er umfasste ihre Hüften und beobachtete ihre Finger. »Ich spüre es in meinem Schwanz.«

»Ich hätte nie gedacht, dass ein Mann in seinen Brüsten Gefühl hat.«

»Ich auch nicht.«

Die beiden Knospen wurden noch härter. »Hast du nie deine Brustwarzen gestreichelt?«

»Nein«, gab er zu.

»Wann hast du dich zum ersten Mal gestreichelt?« Frances folgte dem nassen Haarstreifen zu seinen Lenden. »Hier?«

Seine Eichel, sein Schaft pulsierten in ihrer Hand, wie er zuvor in ihrer Vagina pulsiert hatte.

»Ich glaube, als ich 13 war.« Er schwoll in ihren Händen an.

»Erinnerst du dich nicht mehr daran?«

»Nein.« Sie spürte, dass er nicht mehr ihre Hände, sondern ihr Gesicht ansah. »Erinnerst du dich denn an das erste Mal, als du dich gestreichelt hast?«

»Ja«, antwortete Frances und rieb langsam sein steifes Glied mit der glitschigen Seife ein, die das Wasser abspülte. »Natürlich.«

Unter ihren geschmeidigen Fingern schwollen die Adern an.

»Wie alt warst du damals?«, fragte er leise.

»Zwölf.« Seifenschaum bedeckte seine Eichel. »Ich habe mich in einem Weizenfeld versteckt und meinen Körper erkundet, während die Sonne mir das Gesicht wärmte.«

Lange Finger nahmen ihr die Seife aus der Hand. »Lass mich deinen Körper erkunden, Frances.«

Sie blickte auf. »Ich glaube nicht, dass es noch eine Stelle zu erkunden gibt, James.« Er hatte ihre Schamlippen gespreizt und in die Tiefen ihrer Vagina geschaut.

»Jedes Mal wenn ich dich berühre, entdecke ich etwas Neues.« Sie spürte seine Armmuskeln an Rippen und Rückgrat, als seine Hände ihren Rücken hinaufwanderten. »Leg die Arme um meinen Nacken.«

Frances erinnerte sich an die gequälte Verwundbarkeit in seinem Blick, als er sie festgehalten hatte. Sie schlang die

Arme um seinen Nacken, so dass ihre Brüste zwischen sie beide glitten. Fragend blickte sie in sein ernstes Gesicht. Impulsiv leckte sie seine Lippen, wie er es vorhin bei ihr gemacht hatte. Eine seifige Hand legte sich um ihren Nacken. James öffnete den Mund für sie, wie Frances für ihn den Mund geöffnet hatte. Vage schmeckte er Zahnpulver.

»Ich wusste nicht, dass Männer und Frauen sich so küssen«, raunte sie in seinen Mund.

Eine Seifenhand massierte ihren Rücken. »Gefällt es dir?«

»Ja.« Sie verschloss die Augen vor der Dunkelheit in seinem Blick, erkundete die Unterseite seiner Zunge, schmeckte ihn, während seine Brust sich hob und senkte und ihre Brustwarzen kitzelten, neckte ihn, während sein praller Stab sich an ihren Bauch schmiegte, entdeckte ihn, während heißes Wasser und Dampf sie einhüllten. »Es gefällt mir sehr.«

Seifenfinger glitten fedrig in den Spalt zwischen ihren Pobacken. Frances riss schlagartig die Augen auf.

James legte die Hand an ihren Hinterkopf. »Ich habe eine Frau hier noch nie berührt.«

Eine seltsame Schwäche prickelte durch ihre Muskeln, als er sie an einer Stelle berührte, von der sie nie gedacht hätte, dass ein Mann eine Frau dort je berühren würde.

Wasser lief über seine Stirn und tropfte ihm von der Nase. »Soll ich aufhören?«

Der Anstand sagte Ja, die Neugier ließ sie stillhalten. »Nein.«

Seine nussbraunen Augen beobachteten die Wirkung, die seine geschmeidigen Finger hervorriefen, als sie abwechselnd um den Spalt kreisten, pressten und fast, aber nie ganz eindrangen. »Es gibt da etwas, was ich dir verschwiegen habe.« Eine Fingerkuppe bohrte sich brennend in sie.

Frances klammerte sich an seine Schultern und spürte ihr Herz an einer Stelle pochen, an der sie es nie für möglich gehalten hätte. »Was?«

»Ich hätte nie gedacht, dass ich eine Frau spüren könnte.« Sein Finger drang ganz in sie ein. »Aber dich spüre ich, Frances.«

Sie kniff die Pobacken zusammen, wusste aber nicht, ob sie damit ein tieferes Eindringen verhindern oder ihn in sich halten wollte. »Wo spürst du mich, James?«

Langsam zog er den Finger heraus, bis nur noch die pochende Kuppe in ihr war. »Ich spüre dich in meinen Hoden.«

Ihr inneres Fleisch pochte im passenden Takt.

Wie ein brennender Stab drang der lange Finger wieder in sie ein. »Ich spüre dich in meinem Schwanz.«

Frances schmolz dahin. Vom heißen Wasser. Von seinem heißen Atem. Von seiner heißen Penetration. Langsam ließ er den Finger Knöchel für Knöchel aus ihr herausgleiten. Unwillkürlich spannte sie die Muskeln an, um ihn in sich zu behalten.

Eine seltsame Sehnsucht schlich sich in seinen Blick. »Ich spüre dich in meinem Herzen.«

Das heiße Wasser prasselte auf sie herab.

»Ich kenne dich, Frances.« Aus einem Seifenfinger wurden zwei, weiteten sie, füllten sie brennend aus. »Denn du bist ein Teil von mir.«

Sein eindringlicher Blick, seine eindringlichen Worte und seine eindringenden Finger – all das war zu viel für sie. »James …«

»Wenn ich bei dir bin …« Langsam zog er die pochenden Finger wieder heraus, bis nur noch die Kuppen wie ein brennendes Fragezeichen blieben. »… fühle ich mich auch nicht mehr einsam.«

Das Brennen der Seife stieg hinauf bis in ihre Brust. »Ist zwischen Mann und Frau denn gar nichts verboten?«, fragte sie unsicher.

»Nichts. Solange es beiden Lust bereitet.« Sie konnte nicht entrinnen, nicht dem Wasser, nicht seinen Augen, nicht ihrer Begierde. »Bereitet es dir Lust?«

»Eigentlich dürfte es nicht so sein.«

Wasser hing an seinen Wimpern, während er registrierte, dass ihre Pobacken ihn festhielten, nicht abwehrten. »Aber es ist so.«

»Ja.« Frances würde nicht lügen.

»Hättest du gern meinen Schwanz in dir?« Die beiden Finger schoben sich wieder hinein. »Hier?«

Ihr Körper öffnete sich für James, akzeptierte den Druck seiner Finger, das Brennen der Seife. Sie atmete tief durch, als er tief in sie drang. »Ja.«

Er schloss die Augen, neigte den Kopf zur Seite und drang in ihren Mund und ihren Po ein.

Frances hatte nicht gewusst, dass ein Kuss bis in den Schoß einer Frau reichen konnte. Oder dass die Finger eines Mannes die Seele einer Frau berühren konnten. Doch plötzlich berührte er beides nicht mehr. Nicht mit der Zunge. Nicht mit den Fingern. Nicht mit seinem Körper. Er drehte an einem Bronzehahn. Der Wasserstrahl versiegte. Mit ausgestrecktem Arm griff er nach einem Handtuch. Tränen brannten Frances in den Augen. James trocknete sie ab wie eine zarte Porzellanfigur, die zerbrechen würde, sobald man sie eine Spur zu grob anfasste. Er nahm ihre Hand, verflocht seine Finger mit ihren und führte sie ins Schlafzimmer. Unsicher schaute Frances zu, als er einen großen Standspiegel vor einen blauen Samtsessel schob.

»Was machst du?«

Wie viel konnten sie noch miteinander teilen, bevor sie aufhören würde, eine einfache Frau vom Lande zu sein?

Er setzte sich auf den Sessel vor dem Spiegel und ölte sich ein. »Komm zu mir.«

Lange betrachtete Frances den dicken, harten Stab, der in einen rundlichen, prallen Kopf mündete. Die Frucht männlicher Lenden: seine Lust, nicht sein Samen.

»Setz dich rittlings auf meine Schenkel.« James fasste sie um die Hüften und drehte sie mit dem Rücken zu sich. Sie sah sich im Spiegel: eine Frau mit nassem rotem Haar, rundlichen Hüften und vollen, schweren Brüsten. »Jetzt lass dich langsam auf mich sinken.«

Das erste brennende Dehnen raubte ihr den Atem.

»Als ich ein Junge war …« Lange, elegante Finger tauchten zwischen ihre Schenkel. »… wollte ich alles über den Körper einer Frau wissen.«

Das Brennen stieg höher. Frances umklammerte hartes Fleisch, während die Frau im Spiegel nach muskulösen Handgelenken griff. »Was passierte dann?«

»Ich sah, wie ein Mann gehenkt wurde.« James legte die Hand auf ihr Geschlecht und stützte sie, während sie auf seinem Stab nach unten glitt. »Die Krone brauchte einen Sündenbock, und mein Vater lieferte ihr einen.«

James verteidigte Mandanten, die von der Krone angeklagt wurden. Sein Vater hatte damals das Amt des Staatsanwalts innegehabt und Beschuldigte im Namen der Krone angeklagt. Er hatte Unschuldige zum Tode verurteilen lassen. James verhalf Schuldigen zum Freispruch. Der Sohn war nicht wie der Vater.

Tränen schossen Frances in die Augen, als sie mehr von James Whitcox in sich aufnahm. Kratziges Haar pikste sie im Rücken. Schabte über die Innenseiten ihrer Schenkel. Kitzelte sie an den Pobacken.

»Was wolltest du wissen, als du ein Junge warst?«, brachte sie mühsam hervor.

Ein fester Arm legte sich um ihren Unterleib und zog sie dichter an seine Lenden. Gleichzeitig streifte heißer Atem fedrig ihre Schulter. »Ich wollte wissen, wie eine Frau aussieht.«

»Du hast mich gesehen«, sagte Frances mit belegter Stimme, während er sie an einer Stelle ausfüllte, die sicher nicht dazu gedacht war.

»Ich wollte eine Frau so sehen«, sagte er. Seine muskulösen

Beine im Spiegel öffneten sich und schoben auch ihre Knie auseinander.

Fasziniert starrte sie auf eine Frances, die sie noch nie gesehen hatte.

»Ich wollte die Farbe ihres Geschlechts sehen.« Im Spiegel teilte ein langer Finger ihre Schamlippen. Sie waren außen dunkelrosa, innen hellrot. Kristall blitzte auf, eine Glasflasche. Frances beobachtete, wie James seine Finger nacheinander in das Gleitmittel tunkte. »Ich wollte fühlen, wie weich ihr Geschlecht ist.« Glänzende Finger glitten durch das erstaunlich farbenfrohe Tal zwischen ihren Schamlippen. »Ich wollte wissen, wie tief es ist.«

Der lange Finger tauchte in die klaffende Öffnung, die im Spiegel zu sehen war. Sein unerwartetes Eindringen ließ Frances aufstöhnen.

»Das ist mein Schwanz«, sagte James und strich über den brennenden Stab in ihrer verbotenen Öffnung. »Das ist dein Muttermund.«

Außen sah sie den Ansatz seiner Finger, die sich in den schmalen Ring ihrer Vagina zwängten. Innerlich spürte sie Fülle und Druck.

»Wie fühlt er sich an?« Ein tiefes Pulsieren ließ Frances plötzlich schlucken.

Die Haut auf seinen Knöcheln dehnte sich, bis sie ganz weiß war. »Wie eine Kuppe mit einer Mulde.«

Frances hätte nicht zu sagen vermocht, ob seine Erkundungen ihr Schmerz oder Lust bereiteten. Sie wusste nur, dass in ihrem Körper Unglaubliches passierte.

»Halte dich selbst offen, Frances.«

Unwillkürlich wanderten ihre Hände zu ihrem Geschlecht. Als ob ihre Finger seine verdrängten, glitt James aus ihrer Vagina. Instinktiv bewegte sie die Hüften, um ihn zu halten. Dabei entglitten ihr seine Finger, aber an jener anderen Stelle nahm sie ihn noch tiefer in sich auf.

»Als ich ein Junge war ...« Weiche Lippen wanderten über ihr Rückgrat. Eine kratzige Wange schabte über ihre Schulter. Die Hoden unter ihren Schamlippen waren alles, was sie von seinem Geschlecht sehen konnte. »... wusste ich nicht, dass eine Frau eine Klitoris hat.« Er fasste ihren Kitzler und knetete ihn sanft, bis sich im Spiegel eine kleine harte Knospe zeigte. »Ich wusste nicht, dass eine Frau zur gleichen Lust fähig ist wie ein Mann.« Als er ihre Klitoris zwischen den Fingern rollte, durchzuckte sie ein lustvoller Stich von der Vagina bis zu den Pobacken. »Ich wusste nicht, wie viel Mann und Frau gemeinsam haben.« Die Hoden unter ihren Schamlippen strafften sich. »Einen Schaft ... eine Eichel ...« Ein gekrümmter Daumen schob die Haut über der prallen Knospe weiter zurück. »Eine Vorhaut.«

Frances konnte nur sprachlos in den Spiegel starren und sich ihren Empfindungen überlassen.

»Ich wusste nicht, dass eine Frau vor Begierde anschwillt.« Unermüdlich massierten die langen, eleganten Finger den Schaft ihrer Klitoris, bis die kleine Knospe sich dunkelviolett färbte. »Ich wusste nicht, dass eine Frau vor dem Orgasmus pulsiert.«

Sie sah das Pochen, spürte es.

Ohne Vorwarnung strömte Hitze durch Frances. Sie konnte nur den Rücken dem brennenden Schaft entgegenwölben, der sie ausfüllte, und auf einer Woge der Lust reiten.

Der Arm um ihren Unterleib packte sie fester, zog sie höher, näher. In ihr übertrugen ihre zuckenden Muskeln die Wucht ihrer Empfindungen auf sein Fleisch.

Gedämpft durch das Rauschen ihres Blutes in ihren Ohren, hörte sie James sagen: »Ich wusste nicht, dass eine Frau mehrere Orgasmen hintereinander haben kann.«

Er drang in sie ein, als sie am verwundbarsten war. Drei Finger schoben sich behutsam in ihre vom Höhepunkt entspannte Vagina und stießen tief gegen ihren Muttermund, bis eine weitere Welle der Lust über sie hereinbrach.

»Aber jetzt bin ich ein Mann, Frances, und ich weiß all diese Dinge.« Ein kratziger Bart strich ihr über die Schulter. Heißer Atem streifte ihre Haut. »Ich weiß, dass das Geschlecht einer Frau ein Geschenk ist, das es zu schätzen gilt.« Mühsam konzentrierte sie sich auf die Hand in ihr. Auf den straffen Ring ihrer Vagina. Auf die prallen, behaarten Hoden, die wie ein Anhängsel ihres Geschlechts erschienen. »Unser Geschlecht ist nicht hässlich.« Das Weiß um die Knöchel seiner Hand verschwand. Gleichzeitig spürte sie, wie seine Finger aus ihr herausglitten und ihre Seele mitnahmen.

»Sieh uns an.« Von seinen Fingern geweitet, klaffte ihre Vagina wie eine offene Wunde. »Sieh uns an und präge es dir ein.« Lange Finger wanderten durch das feucht schimmernde Tal zwischen ihren Schamlippen aufwärts. »Du bist nicht mehr das Mädchen, das einst im Dunkeln dalag.« Er ließ den Finger über die Knospe ihrer Klitoris kreisen, wie sie es ihm vorher gezeigt hatte. Ein ersticktes, lustvolles Stöhnen drang aus ihrer Kehle. Es war zu früh für einen weiteren Orgasmus. Doch Frances explodierte schier, als sein Fleisch tief in ihr zuckte wie ihr Fleisch in seinen Fingern. Seine Hand glitt von ihrer Taille auf ihren Unterleib. »Das ist dein Geschenk, Frances: deine Leidenschaft.« Er füllte die schmerzlich sehnsüchtige Leere in ihrem Körper und entlockte ihr einen kurzen Aufschrei. »Nicht deine Unterwerfung.«

31

Heller Sonnenschein drang durch die dünnen grünen Vorhänge.

Es war Morgen.

James hatte geduscht, sich rasiert und angezogen. Das Unvermeidliche ließ sich nicht länger hinauszögern. Er beugte sich über Frances und schob behutsam eine zerzauste rote Haarlocke beiseite. Angst mischte sich mit einem so ursprünglichen Gefühl, dass es ihm den Schoß zusammenzog. Langsam flatterten ihre kastanienbraunen Wimpern mit den goldenen Spitzen auf. Angespannt wartete James darauf, dass sich in ihrem Gesicht Ekel abzeichnete und ihre Augen sich vor Reue verschleierten. Allmählich wich der Schlaf aus ihrer Miene, und das Erwachen weitete ihre Pupillen.

James sah in ihrem Blick die Nähe, die sie geteilt hatten: das tiefe, brennende Eindringen seines Gliedes, die Orgasmen, die jeden Muskel durchzuckt hatten. Er sah die unverhohlene Verwundbarkeit, der ihre Sinnlichkeit sie aussetzte. Aber er bemerkte in ihren Augen auch eine neue Stärke, die er vorher nicht wahrgenommen hatte, eine Stärke, die aus der Lust erwuchs. Die Angst, die seinen Rücken verkrampfte, löste sich auf, und nun erkannte er das Gefühl, das ihm den Schoß zusammenzog: Es war Zärtlichkeit.

Sie hatte ihn auf die grundlegendste, elementarste Art akzeptiert, in der eine Frau einen Mann annehmen konnte. Es gab nichts, was er nicht für sie tun würde. James verschloss ihr die Augen mit Küssen, damit sie nicht sah, welche tiefen Gefühle sie in ihm weckte.

»Ich muss gehen.« Wimpern, zart wie Schmetterlingsflügel, flatterten an seinen Lippen. Lange sog er ihren würzigen Vanilleduft und seinen eigenen Moschusgeruch ein, bevor er sich zurückzog. Er hatte ihr am vergangenen Abend nichts zu essen angeboten, sie hatte sicher Hunger. »Soll ich das Frühstück heraufbringen lassen?«

Angesichts der Erkenntnis, dass im Haus schon rege Betriebsamkeit herrschte, riss sie erschrocken die Augen auf. »Nein.« Ihre Wangen färbten sich dunkelrot. Schützend zog sie sich die Bettdecke bis an den Hals, als ob die Dienstboten ihre Nacktheit durch die Wände sehen könnten. »Lieber nicht, danke.«

James vermochte sich ein Grinsen nicht zu verkneifen.

»Wie kannst du nach allem, was wir gemacht haben, noch rot werden?« Unnachgiebig zog er die Seidendecke herunter, betrachtete ihre Brüste und tippte mit der Fingerspitze auf ihre Brustwarze.

»Vielleicht werde ich ja wegen allem rot, was wir gemacht haben.«

Sein Blick huschte hinauf. »Bereust du es, Frances?«

In ihren hellen Augen lag keine Reue, nur das Wissen um ihre Sinnlichkeit. »Herrliche Dinosaurier, James.«

Um seine Erleichterung über ihre Antwort zu verbergen, beugte er sich hinunter und umschloss ihre Brustwarze mit seinen Lippen. Ihre weichen Finger legten sich auf seinen Hinterkopf. James spürte, wie ihre Berührung aus seinem Penis schoss. Noch nie hatte er sich einem Menschen so nah gefühlt wie Frances. Sie war ein Teil von ihm.

Er strich mit den Lippen über die feuchte Härte, die er erzeugt hatte. »Ich möchte nicht gehen.« James konnte sich nicht erinnern, dass er jemals nicht darauf gebrannt hätte, in den Gerichtssaal zu gehen, die Zuschauer auf der Galerie zu umwerben und die Geschworenen auf der Geschworenenbank zu manipulieren. Zu gewinnen.

Ihre Stimme war atemlos. »Aber wir müssen.«

»Ja.«

Auf sie warteten getrennte Leben.

»Darf ich mir eine Droschke mit dir teilen?«

Neugierig erkundete seine Zunge die schwammige Vertiefung an der Spitze ihrer Brustwarze und fragte sich, wie ihre Milch wohl geschmeckt haben mochte, die Milch, die sie ihren Kindern gegeben hatte, aber ihm nicht.

»James.« Frances krallte sich in sein Haar, nicht sanft, aber ohne ihm wehzutun. Seine Zunge spielte mit ihr, bis sie sein Haar losließ und ihn an sich zog. »James.«

Er hatte gespürt, wie ihr Schoß sich zusammenzog. Unwillkürlich suchte seine Hand ihren seidenweichen Bauch. Der gedämpfte Schlag einer Westminster-Uhr drang in die Abgeschiedenheit des Schlafzimmers. Widerstrebend richtete er sich auf. Ihre pralle Brustwarze glänzte einladend.

»Ja.« James stand auf und zog ihr die Bettdecke fort. »Du kannst dir eine Droschke mit mir teilen.«

Plötzlich fiel ihm die Anspannung in den hellgrünen Augen auf, die ihn ansahen. Langsam ließ er im Tageslicht den Blick über ihren nackten Körper schweifen. Es gab keinen Teil von ihr, den er nicht kannte: Brüste, Hüften, Bauch, Schenkel, Pobacken. Sein Blick kehrte zu ihrem Gesicht zurück. Deutlich war ihr anzusehen, dass sie darum rang, ihren Körper nicht zu bedecken.

»Du bist wirklich eine schöne Frau, Frances«, sagte er neutral. »Soll ich dir beim Anziehen helfen?«

»Ich ...« Frances schluckte unsicher, weil sie nicht wusste, wie sie auf sein Kompliment reagieren sollte. »Habe ich noch Zeit, zu duschen?«

»Nein.« James war schon jetzt zu spät dran. »Ich muss ins Gericht.«

»Ich bin … ganz ölig.«

Sein Schwanz wurde steif. Er wusste genau, wo sie ölig war. Er ging ins Bad, drehte den Heißwasserhahn auf und machte einen Waschlappen nass. Damit kam er wieder ins Schlafzimmer und wusch ihr das ölige Gleitmittel ab. Das Fleisch zwischen ihren Pobacken runzelte sich straff, aber zwischen ihren Schenkeln war es gerötet und geschwollen.

Frances blickte mit klaren, hellen Augen zu ihm auf. »Ich glaube, bald wirst du mich davon kuriert haben, rot zu werden«, sagte sie schließlich.

Um seine Augen bildeten sich Lachfältchen. »Das ist mein oberstes Ziel. Darf ich Madame zur Hand gehen?«

Verlegenheit und Lust vermischten sich in ihrem Blick. »Bitte.«

Mit schnellen, geschickten Bewegungen zog Frances nacheinander die Kleider an, die er ihr reichte: Korsett, Unterrock, Tournüre, Rock. James kämmte ihr das Haar, während sie sich das Mieder zuknöpfte. Seidenweich klebte es an den Borsten. Um es aufzustecken, brauchte sie keinen Spiegel. Nacheinander nahm sie die Haarnadeln, die er ihr reichte. Schnell zog sie ihre Seidenstrümpfe über. Während James ein Strumpfband aus weißer Spitze und rosa Seide über ihr rechtes Bein schob, musste er an ihre Schenkel denken, die unter seinen kräftigen Stößen seine Hüften umschlungen hatten. Er schob ein Strumpfband über ihr linkes Bein und erinnerte sich an ihre bebenden Pobacken an seinen Lenden, als er tief in ihr ganz stillgehalten hatte, während sie in ihrem Höhepunkt seinen Schwanz gemolken hatte.

Frances schaute zu, wie er ihren braunen Wildlederschuh zuband. James war klar, dass auch sie an das Stöhnen dachte, das er nicht hatte unterdrücken können, und an den Klammergriff ihrer Muskeln, den sie nicht hatte verhindern können.

»Ich habe dich im Spiegel gesehen«, sagte sie unvermittelt.

James hatte ihr Spiegelbild nicht betrachten können, weil ihr Rücken ihm die Sicht versperrt hatte. Er band die Schnürsenkel und nahm sich den anderen Fuß vor. Er war ganz der Anwalt, der seine Gefühle im Griff hatte, als er fragte: »Was hast du gesehen?«

»Deine Hoden waren direkt unter meiner Vagina.«

Blindlings starrte James auf die Schleife, die er gerade gebunden hatte, und sah vor seinem inneren Auge den zinnoberroten Spalt ihrer Vagina über seinen behaarten Hoden.

»Mit jedem Orgasmus, den du mir geschenkt hast, sah ich sie praller werden«, sagte sie. »Ich hatte das Gefühl, dass sie irgendwie mit meinem Körper verbunden waren.«

James war kein bescheidener Mensch, aber Frances machte ihn demütig. Er stand auf und reichte ihr beide Hände, um ihr aus dem Sessel zu helfen.

Sie musterte seine linke Hand. »Du trägst deinen Ehering gar nicht.«

Er hatte ihn vor dem Duschen ausgezogen. »Es ist nicht Gold, das Mann und Frau aneinander bindet.«

»Im Spiegel hat meine Vagina einen Ring um deine Finger gebildet.« Unsicher blickte Frances zu ihm auf.

»Dein ganzer Körper ist ein einziger Ring«, sagte er bestimmt und reichte ihr die Hände. »Deine Vagina, dein Anus, dein Mund.« Seiner Frau war er untreu gewesen, Frances würde er niemals untreu sein. Sie nahm seine Hände.

Der Butler begrüßte James am Fuß der Treppe und ließ sich keinerlei Verwunderung anmerken, als er Frances an seinem Arm erblickte. Er war wahrhaftig gut geschult.

»Ihre Droschke wartet, Sir.«

»Danke, Peasebody.«

Der Butler hielt Frances den Mantel hin. Sie ließ James' Arm los.

Durch seine Haut drang Kälte, die auch sein schwerer Wollmantel nicht vertreiben konnte. Peasebody reichte Frances ihr Täschchen. Gold glänzte an ihrem Ringfinger. Die plötzliche Verletzlichkeit in ihrem Blick schnürte James die Brust ein. Sie musste sich entscheiden, welches Band stärker war: die Vergangenheit oder die Zukunft. Bei dieser Entscheidung konnte James ihr nicht helfen.

Ein Hansom wartete am Bürgersteig.

»Soll ich dich absetzen?«, fragte Frances, als seien sie lediglich flüchtige Bekannte, die sich eine Droschke teilten. »Oder setzt du mich ab?«

»Ich setze dich ab«, antwortete er.

Er wollte sichergehen, dass sie wohlbehalten in ihr Stadthaus zurückkehrte.

James stieg nach ihr auf den Eisentritt und die hölzerne Plattform und nannte dem Kutscher Frances' Adresse, bevor er sich neben sie setzte. Eine ganze Weile war in dem dämmrigen Fahrgastraum nur das Malmen der Kutschräder zu hören. Die Droschke war inzwischen von Dutzenden Fahrzeugen umgeben, in denen Männer und Frauen zu ihren Alltagsgeschäften unterwegs waren.

»Wir tragen noch dieselben Kleider wie gestern Abend«, stellte Frances schließlich fest.

»Ja«, sagte James. Er würde sich in der Kanzlei umziehen.

»Aber wir sind nicht mehr dieselben.«

»Nein«, bestätigte er. »Wir sind nicht mehr dieselben.« Sie hatte zu nehmen gelernt, er zu geben.

Das linke Rad des Einspännners holperte durch ein Schlagloch.

»Was ist ein Peller?«

James erinnerte sich an die Sitzung des Damen- und Herrenclubs am vergangenen Samstag und an die Wortgefechte zwischen Marie Hoppleworth und John Nickols. Es kam ihm allerdings vor, als sei es drei Jahre her, nicht nur drei Tage.

»Der Penis«, erwiderte er sachlich.

»Miss Hopplewort hat ihn als Johannes bezeichnet.«

Er antwortete nicht. Sie erinnerten sich beide, dass die Sekräterin als Umschreibung für die männliche Masturbation »den Johannes schnäuzen« angeführt hatte.

»Mein Vikar führt Johannes oft als leuchtendes Beispiel an«, sagte Frances mit klarer, fester Stimme. »Ob er wohl weiß, dass man so den Penis nennt?«

James brach in Gelächter aus, das die ganze Droschke erfüllte. Er zog Frances an sich und hielt sie fest, damit das Schaukeln der Kutsche sie nicht ins Wanken bringen konnte. Sein Gesicht schmiegte sich an ihres, bis sein Lachen erstarb und ihr Duft ihn erfüllte. »Frances«, raunte er gepresst an ihrer Schläfe.

Sie kuschelte sich an ihn. »Was?«

»Die Seife unter der Dusche muss gebrannt haben«, sagte er gegen ihre weiche Haut.

»Es war ein interessantes Gefühl.«

Er erinnerte sich an ihren anfänglichen Widerstand und erlebte noch einmal ihre schmelzende Hingabe. »Brennt es noch immer?«

»Ein bisschen.«

»Ich weiß nicht, ob ich dich heute Abend treffen kann.« Ihr Eingeständnis, dass er ihr Unbehagen bereitet hatte, schnürte ihm die Kehle zu. »Ich muss das Schlussplädoyer vorbereiten.«

»Mein Zuhause steht dir jederzeit offen, James.«

Die Erinnerung an ihr einladendes Fleisch zog ihm den Unterleib zusammen. »Was machst du heute?«

Ihre Stimme kitzelte an seinen Lippen. »Ich habe etwas zu erledigen.«

»Schick einen Dienstboten.« James wollte nicht, dass sie allein auf den Londoner Straßen unterwegs war. Er kannte die Gefahren nur zu gut.

»Das muss ich selbst erledigen«, sagte sie.

Er wusste besser als jeder andere, dass es unmöglich war, eine Frau zu beschützen, wenn ein Mann ihr unbedingt wehtun wollte.

»Hast du Epsomer Bittersalz?«

»Ich weiß es nicht.«

»Lass es dir von einem Dienstmädchen besorgen.« Hatte sich jemals jemand um ihre Wehwehchen gekümmert? »Nimm ein heißes Bad, bevor du ausgehst.«

»Das mache ich«, versprach sie.

»Ich werde vermutlich nicht immer die richtigen Worte finden …«, brachte er mühsam heraus.

»Ich weiß auch nicht immer die richtigen Worte«, unterbrach sie ihn.

»Aber dein Zuhause ist mir so lieb und teuer, wie ich es dir niemals sagen kann, Frances.«

Sie knabberte an seiner glatt rasierten Wange. »Dein Zuhause ist mir auch lieb und teuer, James.«

Es gab keinerlei Grund für die Angst, die ihn plötzlich erfasste. Aber Angst entsprang nicht der Vernunft, wie James nun merkte. Frances könnte umkommen. Wie seine Frau umgekommen war. Sie könnte verletzt werden, was fast zwangsläufig war, wenn sie eine Affäre mit ihm hatte. »Frances.« Er zog sie an sich und hätte am liebsten ihren Duft, ihren Geschmack und ihre Berührung in sich aufgesogen, bis sie eins wären wie vor einigen Stunden.

»Ich höre gern, wenn du meinen Namen sagst.«

Das rechte Kutschrad holperte durch ein Schlagloch. Frances wippte zusammen mit James auf und ab.

Nie würde er vergessen, wie sie im Höhepunkt seinen Namen gerufen hatte. »Ich höre auch gern, wenn du meinen Namen sagst.«

Frances leckte mit heißer Zunge über seine pulsierende Wange. »Warum nennt man Bilder von einem Mann, der sich streichelt, ›Billard‹?«

James nahm ihre Hand, zog ihr den Handschuh aus und schob ihre nachgiebigen Finger in seine Hosentasche. »Taschenbillard.«

Neugierig streichelte sie ihn durch den Stoff seiner Hosentasche und seiner Unterhose und fand seine Hoden. »Zwei in einer Tasche.«

Er drückte sie an sich und ließ sie seine empfindlichsten Körperteile erkunden, ohne seine Angst abschütteln zu können. »Oder eine in jeder Seitentasche.«

»Du nennst das männliche Glied immer Schwanz.« Sie maß seinen Umfang durch die Kleidung. »Wie nennst du das Geschlecht einer Frau?«

Es gab viele Worte für das Geschlecht einer Frau. Herabsetzende, beleidigende Worte. Männer brauchten Frauen, deshalb hatten sie Angst vor ihnen, und das, was ihnen Angst machte, beschimpften sie. James wollte nicht, dass Frances je schlecht über ihr Geschlecht dachte. Er hielt sie im linken Arm und schob die Rechte unter ihren Mantelsaum, ihren Rock, ihren Unterrock. »Feige.« Er strich über ihr weiches Schamhaar, das ebenso kastanienbraun war wie ihre Wimpern. »Muschi.«

Frances öffnete die Beine. Ihre Klitoris, ein kleiner Schwanz, zuckte bei seiner Berührung.

Er verspürte ein Zucken in seiner Brust. Es gab keinen Teil ihres Körpers, der nicht auf ihn ansprach. »Paradiesgärtchen.« Zarte Lippen schlossen sich um seinen Mittelfinger. »Liebeslaube.« Ihr Fleisch war ihm so vertraut wie sein eigenes. »Honigtöpfchen.« Er küsste die Körperöffnung, die seinetwegen wund und geschwollen war, mit der Fingerspitze. »Hafen der Hoffnung.«

Frances klammerte sich an ihn. »James.«

Sie war so verletzlich. »Was ist?«, murmelte er.

»Ich weiß nicht, ob man mich essen, pflanzen oder vertäuen sollte.«

Ein raues Lachen brach aus ihm heraus. Aber die Droschke

verlangsamte ihre Fahrt und raubte ihm das Lächeln. Er musste sie gehen lassen. Allerdings nicht, bevor er sie nicht hatte lachen hören.

»Vielleicht gefällt Madame ›Jakobsleiter‹, ›Cupidos Kommödchen‹, ›zahnloser Mund‹ oder ›Affenhöhle‹ besser. Oder die üblichen Umschreibungen wie ›Ding‹, ›Dingsda‹, ›du weißt schon‹, ›da unten‹ und natürlich ›das Unsagbare‹ oder auch ›Namenlose‹.«

Die Droschke hielt an. Das erwartete Lachen blieb aus.

»Affenhöhle, James?«, fragte sie bewegt.

Er küsste ihre Schläfe. »Ist dir ›James' Höhle‹ lieber?«

Das Lachen, das er so dringend brauchte, erfüllte die Droschke. Es war klar wie ihre Augen. Hemmungslos wie ihre Hingabe an ihn.

Zaumzeug rasselte.

»Versprich mir …«, verlangte James plötzlich und entzog ihr seine Hand, seinen Atem, seinen Arm, sein Gesicht.

Ihr Lachen verstummte. Langsam zog sich die Hitze aus seiner Hosentasche zurück. »Was soll ich dir versprechen?«

Er ballte die Hände zu Fäusten, um nicht ihre Finger zu packen und sie um seinen Penis zu legen. »Versprich mir, dass du dir von niemandem wehtun lässt.«

Sie suchte seinen Blick im Dämmerlicht der Droschke. »Warum sollte mir jemand wehtun?«

»Manche Leute tun anderen weh, ohne es zu merken.«

Männer. Frauen. Ehemänner. Ehefrauen. Mütter. Kinder.

»Wenn es nicht absichtlich geschieht, ist es auch nicht von Dauer«, erwiderte Frances ernst.

32

»Miss Dennison.«

Die Frau in dem taillierten dunklen Mantel und dem hohen Hut mit Straußenfeder erstarrte.

Ein rhythmisches Tapptapptapp drang durch die kalte Stille. Frances musste an das Huhn denken, das auf dem Jahrmarkt im vorigen Jahr mit dem Schnabel eine schiefe Melodie auf einem Miniaturklavier geklimpert hatte. Das komische Bild der gefleckten Henne ging schlagartig in das Gesicht Ardelle Dennisons über. Als ihr die hässlichen Bemerkungen der Publizistin wieder einfielen, fragte sie sich, ob sie wohl nicht nur ihre Moralvorstellungen, sondern auch den Verstand verloren haben mochte.

»Miss Dennison.« Das Klappern von Frances' Absätzen hallte durch den Korridor. »Könnte ich Sie wohl einen Augenblick sprechen?«

Ardelle Dennisons Ton war kühl wie die Frühlingsluft. »Dieser Teil des Museums ist nur für Angestellte, Mistress Hart.« Die Zurückweisung kam nicht unerwartet.

»Mister Harmon meinte, ich könnte Sie kurz sprechen.« Mit pochendem Herzen trat Frances vor die Publizistin. »Ich hatte gehofft, wir könnten zusammen zu Mittag essen. Hätten Sie Lust, sich mit mir im Café zu treffen?«

Die bernsteinbraunen Augen der Frau waren auf einer Höhe mit Frances' Augen und ebenso kühl wie ihr Ton. »Ich bin zum Mittagessen mit einem Geschäftspartner verabredet.« Selbstverständlich hielt sie Frances nicht für würdig, sie mit ihrem Geschäftspartner bekannt zu machen, während James sie bereits mehreren Parlamentsabgeordneten vorgestellt hatte.

»Dann möchte ich Sie nicht aufhalten.« Frances straffte die Schultern. »Dennoch möchte ich mich gern bei Ihnen entschuldigen.«

Verwunderung überlagerte die Kälte in den Augen der Publizistin. »Wie bitte?«

»Mister Manning hat Ihnen Kummer bereitet«, sagte Frances. »Und das tut mir aufrichtig leid.«

An dem Leid, das sie ihren Töchtern zugefügt hatte, konnte sie nichts mehr ändern, aber sie konnte dieser Frau helfen, die immerhin ihre Tochter sein könnte.

»Ich weiß nicht, wovon Sie reden«, erwiderte Ardelle Dennison, die sich schnell von ihrer Überraschung erholte. »Mister Manning hat nichts getan, was mir Kummer bereitet hätte.«

Frances musterte die Publizistin eingehend in dem dämmrigen Korridor, eine attraktive Frau, die auf einen Schatten reduziert war. »Ich denke, jede Frau, die Gefühle für einen Mann hegt, wäre bekümmert, wenn ihr dieser Mann erklärte, er fände sie nicht der Ehe würdig, Miss Dennison.«

Die Zornesröte in Ardelle Dennisons Gesicht wich erschrockener Blässe. Auch ihr war das Gespräch von vor zehn Tagen noch lebhaft in Erinnerung.

»Ich weiß, dass er sie gekränkt hat«, sagte Frances mitfühlend, »weil ich Ihren Schmerz gespürt habe.«

»Wie kommen Sie darauf, dass Sie meinen Schmerz gespürt haben und nicht den einer anderen, Mistress Hart?« Der Zorn der Publizistin war mühsam gespielt.

Frances hatte ihre Kinder immer durchschaut. »Das erkenne ich an Ihrem Blick, Miss Dennison.«

Die weichen Lippen der Publizistin kniffen sich zu einer hässlichen, schmalen Linie zusammen, die Frances' Feststellung stumm abstritt.

»Ich wusste natürlich, dass Sie Mister Manning sehr schätzen«, fuhr Frances unbeirrt fort. »Aber dass ich Ihren Schmerz gespürt hatte, wurde mir erst am vergangenen Samstag klar. Als Mister Nickols vorschlug, dass wir uns nicht mehr im Museum treffen sollten, bemerkte ich Ihren Blick: Sie hatten Angst, Mister Manning außerhalb einer Sitzung zu treffen.«

Die Augen ihres Gegenübers zeigten keinerlei Reaktion außer dem Schreck, ihr Geheimnis preisgegeben zu haben.

»Ich glaube, Sie müssen sehr einsam sein. Aber das brauchen Sie nicht. Sie sind eine junge Frau, eine gebildete Frau. Sie brauchen nicht allein zu sein. Es sei denn, dass Sie es wirklich wollen.« Vielleicht wusste Ardelle Dennison ja gar nicht, was sie wollte. In ihrem Alter hatte Frances es auch nicht gewusst. »Ich werde Sie jedenfalls nicht länger aufhalten.« Sie hatte alles gesagt, was sie sich vorgenommen hatte. Nun war es Zeit, zu gehen. »Ich wollte Ihnen lediglich sagen, wie leid es mir tut, dass mein Verhalten Ihnen Kummer bereitet hat.«

Hätte Frances Joseph Manning nicht provoziert, hätte er nicht entsprechend reagiert. Mit raschelnden Röcken wandte sie sich ab. Plötzlich ging ihr auf, woher das unablässige Klappern kam: Es war eine Schreibmaschine. Eine Frau hatte die seltsam aussehende Maschine in einem Schaufenster vorgeführt.

»Was würden Sie tun, Mistress Hart?«

Frances blieb wie angewurzelt stehen. Schmerz verlieh der Frage Schärfe. Frances berührte leicht ihre Brust. Sofort wurde ihr Fleisch lebendig. Ihre Brüste schwollen, ihre Brustwarzen richteten sich auf. Was hätte sie getan, wenn James sie nicht eingeladen hätte, dem Damen- und Herrenclub beizutreten? »Im Omnibus habe ich einen jungen Mann und seine Frau belauscht, Miss Dennison«, sagte Frances. »Sie waren beide noch recht jung, vielleicht 18 oder 19.«

Das Tapptapptapp hörte auf. Die Stille war ohrenbetäubend.

»Die junge Frau erkundete den Penis ihres Mannes.« Stechendes Prickeln lief Frances über den Rücken: Nun hatte sie Ardelle Dennison schon zum zweiten Mal schockiert. »Es war ganz harmlos.« Frances schluckte den Kloß hinunter, der ihr im Hals saß. Ihr war völlig klar, dass man ihr eigenes Verhalten nicht so einschätzen würde. »Die junge Frau kicherte. Ihre Neugier hatte nichts Unanständiges, nur etwas Fröhliches und Abenteuerlustiges.«

Das monotone Tippen setzte wieder ein, wirkte aber eher mühsam als musikalisch.

»Aber für einen Moment habe ich diese Frau gehasst.« Die Erinnerung an ihre Wut straffte ihre Schultermuskeln. »Wissen Sie, Miss Dennison, als ich in ihrem Alter war, habe ich nicht gekichert. Ich hörte die Frau kichern und wusste, dass ich das, was sie erlebte, nie erleben könnte. Ich war verbittert, weil ich nicht mehr jung und unschuldig bin. Aber vor allem war ich verbittert, weil ich nicht den Mut besitze, die schlichte Freude zu empfinden, die diese junge Frau empfand.«

Zornig erwiderte Ardelle Dennison: »Und Sie glauben, Mister Manning hätte Freude daran, sich in einem öffentlichen Verkehrsmittel seine Intimität befummeln zu lassen?«

»Ich glaube, dass Mister Manning Sie sehr bewundert«, sagte Frances vorsichtig.

Bitterkeit peitschte ihr ins Gesicht: »Männer bewundern das, was sie nicht bekommen können.« Offensichtlich war die Publizistin einem solchen Mann schon mal begegnet. Einem Mann, der sich vielleicht Freiheiten herausgenommen und sie dann im Stich gelassen hatte.

Nicht Gold bindet Mann und Frau, Frances.

Sie ließ die Hand sinken. »Dann müssen Sie sich wohl fragen, ob Bewunderung alles ist, was Sie sich vom Leben wünschen, Miss Dennison.« Der Korridor, durch den Frances ging, war ihr nicht vertraut. Sie hastete eine Treppe hinunter.

Draußen vor dem unbekannten Ausgang schien die Sonne durch graue Wolken. Die vertrauten Gerüche nach Pferdeäpfeln, gebackenem Brot und Kohlenrauch wehten durch die Straße. Die Gerüche aus Sussex. Aber in Sussex wimmelte es nicht von Männern und Frauen, die kauften, verkauften, wünschten und begehrten. Vielleicht war sie aber auch nur so sehr damit beschäftigt gewesen, Ehefrau, Mutter und Großmutter zu sein, dass sie sich nie die Zeit genommen hatte, die Wünsche und Bedürfnisse außerhalb ihrer Familie wahrzunehmen.

Das Marktgeschrei einer Frau, die Kirschen feilbot, mischte sich mit den Rufen eines Mannes, der Gesteinsmehl anpries: »Kirschen!« »Steinmehl, schleifen Sie Ihre Messer!« »Kaufen Sie schwarze Herzkirschen!« »Ein Viertel Gesteinsmehl für einen Penny!« Eine jüngere Stimme übertönte die beiden: »Mordprozess! Mord und Totschlag für einen Penny! Lesen Sie! Mord und Totschlag!«

Das Wort *Mordprozess* erregte Frances' Aufmerksamkeit. Nicht zum ersten Mal hatte sie gehört, wie es auf den Londoner Straßen ausgerufen wurde, aber sie hatte bisher nichts von Morden hören wollen. Da der Tod sie aus Sussex in die Stadt der furchtbaren Freuden getrieben hatte, hatte sie hier nichts davon wissen wollen.

Ein Junge mit zerzaustem Haar und einem Plakat, das fast so groß war wie er, trottete mit einem Arm voller Zeitungen den Bürgersteig entlang. »Mordprozess! Lesen Sie von der Frau, die ihren Mann umgebracht hat! Eine Zeitung für einen Penny!«

Allmählich wurde Frances klar, dass der Junge den Prozess gegen Mary Bartle meinte. Sie hatte James, den Mann, so tief in sich aufgenommen, wie eine Frau es nur vermochte, aber über den James, den Anwalt, wusste sie so gut wie nichts. Rasch kramte sie einen Penny aus ihrem Täschchen.

Als der Junge die Kupfermünze glänzen sah, kam er ihr auf halbem Weg entgegen. »Tolle Geschichte, Ma'am! Alles über eine Frau, die ihren Mann vergiftet hat. Ein Penny das Stück!«

Frances starrte auf die Zeitung, die der Junge ihr in die Hand drückte: Vom Titelblatt blickten zwei vertraute Augen sie an.

33

Der Gestank im Gerichtssaal war erdrückend. Hinter James verließen die Zuhörer schweigend die Galerie. Vor ihm führten Männer schweigend Mary Bartle von der Anklagebank.

Ohne mit der Wimper zu zucken, hatte sie ihr Mieder Knopf für Knopf geöffnet. Den anwesenden Männern und Frauen, dem Richter ebenso wie den Geschworenen, hatte der Anblick ihrer Syphilisgeschwüre den Atem geraubt. Mary Bartle war bei ihrem angewiderten Aufstöhnen nicht zusammengezuckt. Als James ihr in die Augen geblickt hatte, war ihm klar geworden, warum sie weder Scham noch Eitelkeit zeigte: Mary Bartle war im Laufe dieser Verhandlung gestorben.

Der dumpfe Aufprall einer ledernen Aktentasche auf Holz jagte James Schauer über den Rücken. »Schrecken Sie denn vor gar nichts zurück, um zu gewinnen, Whitcox?«

Der Anwalt schloss die Schnalle seiner Aktentasche. »Nein.«

»Was ist das für ein Gefühl, einer Frau den letzten Lebensmut zu rauben?«, fragte Lodoun voller Abscheu.

James schaute mit ausdrucksloser Miene auf. »Was ist es für ein Gefühl, wenn Sie einen Unschuldigen hängen?«

Die kranke Blässe des Staatsanwalts schlug in Zornesröte um. »Ich klage keine Unschuldigen an.«

James fiel der Spruch eines alten Professors ein: *Selbstgerechtigkeit ist ein gut gewürztes Gericht.* Er stand auf. Seine

Seidenrobe klebte am Wollstoff seiner Hose. Ohne die geringste Regung sagte er: »Sie vergessen, dass mein Vater Staatsanwalt war.«

Erschrocken riss Jack Lodoun die Augen auf. James verließ den Gerichtssaal. Der Gestank der Verzweiflung verfolgte ihn.

Avery Tristan schrieb eifrig an seinem Schreibtisch, der etwas kleiner war als der von James. Die schwere Mahagonitür, die der Anwalt nun hinter sich schloss, vermochte den Gestank des Gerichtssaals nicht auszusperren.

»Sir.« Der Referendar sah nicht auf. »Ich mache gerade einen Entwurf für Ihr Plädoyer fertig. Soll ich uns etwas zu essen holen, während Sie ihn durchsehen?«

Der junge Mann würde mit James bis in die frühen Morgenstunden arbeiten. Aber im Augenblick konnte er nicht arbeiten. Mary Bartle ging ihm nicht aus dem Kopf, aber er brauchte Frances Hart. Sie erfüllte ihn mit Hoffnung, aber nach seiner Arbeit des heutigen Tages empfand James keine Hoffnung. Zeichnungen der Syphilisgeschwüre würden morgen in jeder Zeitung Londons erscheinen. Nur würden die Schwarzweißbilder ihnen nicht gerecht werden.

»Machen Sie Ihren Entwurf ruhig fertig, Mister Tristan.« Er legte seine Aktentasche auf den größeren Teaktisch. »Ich hole uns etwas.« Er nahm seine Perücke ab und warf sie auf die schwarze Ledertasche. Kühle Luft trocknete den Schweiß auf seiner juckenden Kopfhaut. »Was hätten Sie denn gern?«

»Corned Beef auf Graubrot wäre herrlich.«

Herrliche Dinosaurier. James schlüpfte aus der Seidenrobe.

»Sir.«

James nahm Mantel und Hut. »Ja?«

»Das war ein brillanter Schachzug«, sagte der Referendar mit fester Stimme. »Kein Geschworener wird sie jetzt noch schuldig sprechen.«

Aber Mary Bartle würde ihm nicht für ihren Freispruch danken.

In den zwei Jahren, die Avery Tristan nun schon für James arbeitete, hatte er ihn noch nie gefragt: »Warum möchten Sie Verteidiger werden?«

Der junge Mann könnte selbst eine Robe tragen und eigene Mandanten vertreten, aber nach dem Jurastudium am Middle Temple hatte er sich für ein Referendariat bei James entschlossen.

»Mein Vater mochte seinen Schlagstock, Sir.«

Avery Tristans Vater hatte als Constable angefangen und war mittlerweile Sergeant. Er galt nicht als brutal, aber der Ruf entsprach nicht immer der Wahrheit. Offenbar kannte der junge Mann die dunklere Seite der Justiz aus erster Hand: die Armut, die zu einer Strafverfolgung förmlich einlud, die Prügel, die zu Geständnissen führten.

»Ich bin in einer Stunde wieder da«, sagte James kurz angebunden.

»Sehr wohl, Sir.«

Draußen war es bereits dunkel, und kalter Nebel lag in der Luft. Der Anwalt schlug seinen Mantelkragen hoch und überquerte die Straße.

In der Buchhandlung Bailey war es voll. Diskret führte ein Angestellter James in das Hinterzimmer, über das niemand sprach, von dessen Existenz aber jeder wusste, der mit Old Bailey zu tun hatte. Der dämmrige Raum war voller bekannter Gesichter: Referendare, Gerichtsdiener, ein Richter. Sie sahen sich nicht an.

»Kann ich Ihnen helfen, Sir?«

James musterte den blonden Mann mit der Brille mit Drahtgestell. »Haben Sie Roses Lubrificum?«, fragte er sachlich.

»Nein, Sir, aber wir können es besorgen, wenn Sie wünschen.«

»Ich nehme ein Dutzend Flaschen.«

Er wollte eine Flasche in jedem Zimmer des Hauses stehen haben, das ihm und Frances ein Heim sein sollte.

Rasch überspielte der Angestellte seine Verwunderung. »Haben Sie sonst noch einen Wunsch, Sir?«

Bisher hatte James sich immer nur das Postkartenangebot angesehen. »Welche Hilfsmittel führen Sie?«

Die Auswahl war nicht so groß wie in der Achilles-Buchhandlung. Sorgfältig betrachtete James sich das Angebot, das in Schubladen verborgen war. Noch nie hatte er für eine Frau eingekauft. Der Frieden, den er in Frances' Körper gefunden hatte, sickerte durch die Ausdünstungen der Verzweiflung, als er überlegte, woran sie Gefallen finden könnte.

Der Frieden schwand sofort, als er hinaus auf den Bürgersteig trat. An einer Ecke saß ein alter Mann und aß müde eine Teigtasche. Neben ihm stand eine Reklametafel für die *Times*. Für heute hatte er sein Quantum Zeitungen verkauft und stärkte sich für den morgigen Tag. James bestellte in einem Café in der Nähe Sandwiches. Der Kellner gab sich auffallend Mühe, nicht mit den Händen des Anwalts in Berührung zu kommen, als könne er sich mit Syphilis anstecken.

Als James mit der Schulter die schwere Mahagonitür seiner Kanzlei aufstieß, strömte ihm sofort aromatischer Kaffeeduft entgegen.

»Oh!« Avery Tristan kam mit einem großen cremeweißen Becher durch einen Türbogen. Als er James bemerkte, blieb er stehen. »Sie sind wieder zurück. Ich habe eine Kanne Kaffee gekocht. Möchten Sie auch eine Tasse, Sir?«

»Ja.« James legte die Sandwiches auf seinen Schreibtisch. »Sehr gern, danke.«

Der Referendar verschwand durch den Türbogen. James sah die Abstellkammer vor sich, die in eine Teeküche mit Gaskocher umgebaut war. Dahinter befand sich die Toilette und dahinter ein Konferenzraum.

»Die Galerie war heute voll besetzt«, drang Avery Tristans

Stimme durch den Türbogen. »Die Leute standen sogar hinten an der Wand.«

»Der Prozess geht seinem Ende entgegen.« James hängte seinen Mantel auf. »Sie wollen den Ausgang nicht verpassen.« Die Leute blickten den Angeklagten nun mal gern ins Gesicht, wenn das Urteil verkündet wurde.

Der Referendar kam durch den Türbogen. »Ist Ihnen die Frau in dem grün karierten Mantel aufgefallen, die ganz hinten stand?«

James sah plötzlich Frances vor sich, wie sie in einem grün karierten Mantel in die Clubsitzung geplatzt war. »Nein, ich habe sie nicht gesehen.« Mit einem Mal pochte sein Herz wild in seiner Brust. »Wieso fragen Sie?«

34

Davids Hand, die Frances eben noch festgehalten hatte, löste sich plötzlich in nichts auf.

»Mistress Hart.« Ein lautes, anhaltendes Klopfen drang in die Dunkelheit ihres Schlafs. »Mistress Hart.«

»Es tut mir leid.« Frances fuhr auf und presste die linke Hand an die Brust. »Es tut mir leid.«

Sie hatte David 34 Jahre gegeben, aber sie konnte ihm nicht den Rest ihres Lebens geben. Das Klopfen hörte nicht auf. Nach und nach wurde Frances klar, dass sie nicht in Sussex, sondern in London war und dass der Butler an ihrer Tür klopfte und sie nicht das versagende Herz ihres Mannes pochen hörte. Mühsam riss sie sich zusammen und schlug die Bettdecke zurück. Ein dumpfer Schmerz schoss durch ihren Unterleib. Frances musste an die Nacht denken, die sie mit James Whitcox verbracht hatte. Fahles Licht drang durch das Fenster. Der Mond stand tief am Nachthimmel. Oder das Licht einer Straßenlaterne sickerte durch die Vorhänge. Aus den Augenwinkeln sah sie rote Kohlenglut im offenen Kamin glimmen. Es war kalt und feucht. Entweder war es sehr spät in der Nacht oder sehr früh am Morgen.

»Mistress Hart.« Klopfen. »Sind Sie wach?«

Frances schüttelte ihre Schläfrigkeit ab und nahm den Morgenmantel, der am Fußende des Bettes lag. »Was ist denn?« Hatte eines ihrer Kinder ein Telegramm geschickt?

»Mister Whitcox ist hier, Madam.« Die Stimme des Butlers

drang barsch durch die Tür. »Er hat darauf bestanden, dass ich Sie wecke.«

James.

Die Angst, die sich in ihrem Magen ballte, war völlig unbegründet: Offensichtlich war er in ihrem Stadthaus, er konnte also weder krank noch verletzt sein. Und da ihre Kinder nichts von seiner Existenz wussten, konnte er auch keine schlechten Nachrichten überbringen. Frances riss die Tür auf. Ihr einfacher Flanellmorgenmantel flatterte über ihrem schlichten Flanellnachthemd. Vage bemerkte sie, dass der Butler in einem weißen Musselinnachthemd, das er in seine dunkle Hose gesteckt hatte, beiseitetrat. Er hielt eine Kerze hoch. Der Läufer auf dem Boden war kalt und schützte ihre Füße nicht vor dem harten Holzboden. Gaslicht kroch die Treppe herauf und unterstützte die flackernde Kerze. Oben an der Treppe blieb Frances stehen und sah hinunter. James stand am Fuß der Treppe und blickte herauf.

Als er Mary Bartle aufgefordert hatte, ihr Mieder zu öffnen, war seine Miene völlig ausdruckslos gewesen. Die gleiche ausdruckslose Maske zeigte sein Gesicht auch jetzt. In der wabernden Dunkelheit war Frances beklommen ums Herz. Sie hatte unbedingt den Anwalt sehen wollen, aber feststellen müssen, dass der Anwalt James war und wehtun konnte.

Mein Heim steht dir immer offen, James.

Wortlos streckte Frances die Hand aus. Die ausgetretenen Stufen protestierten, als James heraufkam. Hitze erfasste ihre Finger, Unsicherheit schnürte ihr die Kehle zu. Der Butler wusste zwar, dass sie die vergangene Nacht mit einem Mann verbracht hatte, aber es war etwas völlig anderes, dass er diesen Mann nun in ihr Schlafzimmer gehen sah. Ihr fiel die Angst ein, die sie empfunden hatte, als sie auf James' Hüften saß. Ihr fiel die Anspannung in seinen Augen ein, als er still unter ihr gelegen hatte.

Frances straffte die Schultern und führte James durch den

Korridor. »Vielen Dank, Mister Denton.« Der Butler wartete neben ihrer Schlafzimmertür und ließ weder Zustimmung noch Missbilligung erkennen. »Es ist nicht nötig, dass Sie Mister Whitcox hinausbegleiten.«

Der Butler starrte sie eine geraume Weile an, bevor er sich verbeugte. »Sehr wohl, Madam. Soll ich Mister Whitcox morgen früh wecken?«

Sie schluckte unsicher. »Ja, bitte.«

James' Ton war ebenso ausdruckslos wie seine Miene. »Wecken Sie mich bitte um sieben, Denton.«

»Sehr wohl, Sir.«

James schloss die Tür hinter sich mit einem fast unhörbaren Klicken. Das kleine, dunkle Schlafzimmer schrumpfte auf die Größe einer Abstellkammer. Frances kramte in ihrem Nachttisch nach einer Schachtel Streichhölzer und war sich peinlich ihrer Flanellnachtwäsche bewusst, die ein Überrest ihrer Garderobe aus Sussex war.

»Hast du das Plädoyer fertig?«

James beantwortete ihre Frage nicht. »Ich konnte nicht schlafen«, sagte er.

Eine gelbliche Flamme schoss in der Dunkelheit hoch. »Dann halte ich dich.« Ein beißender Schwefelgeruch lag in der Luft.

»Warum?«

Die gelbe Flamme flackerte in der Zugluft. Sie hob den Glaszylinder von der Öllampe und hielt das brennende Streichholz an den Docht. »Ich musste dich sehen.«

Er hatte gesagt, die Juristerei sei ein Teil von ihm, aber wie sehr das zutraf, war ihr erst klar geworden, als sie ihn im Gerichtssaal in schwarzer Seidenrobe und grauer Lockenperücke gesehen hatte, wie er Männer und Frauen Schicht für Schicht auseinandernahm.

»Ich habe sie umgebracht«, sagte er tonlos.

Frances erinnerte sich an die völlige Leblosigkeit in Mary

Bartles Augen und verstand plötzlich Jane Fredericks' Rage. Sie blies das Streichholz aus und setzte behutsam den Glaszylinder über den brennenden Docht. »Die Syphilis hat sie zerstört, James, nicht du.«

In der Sitzung des Damen- und Herrenclubs war die Geschlechtskrankheit bloß ein Wort gewesen. Jetzt verband sich damit ein lebhaftes Bild, das Frances immer lebendig vor Augen stehen würde. So wie es für Jane Fredericks war, weil sie mit einer Frau zusammenlebte, die tagtäglich ein Stück mehr starb. Wie es für James Whitcox war, der sich bemühte, eine Frau zu retten, für die es keine Rettung gab.

Das aufflackernde Licht fiel auf zerknitterte Laken und zerwühlte Decken.

Frances konnte sich die Frage nicht verkneifen: »Hat sie ihren Mann ermordet?« Dabei war ihr klar, was er antworten musste.

»Darüber darf ich nicht reden.«

Sie ließ das abgebrannte Streichholz in die blaue Miniaturhaube aus Glas fallen. »Es tut mir leid.«

Ein leises Geräusch übertönte das Pochen ihres Herzens. »Was?«

Frances drehte sich um. »Es tut mir leid, dass du die Last so vieler Geheimnisse tragen musst.«

Die Geheimnisse eines jeden Mannes und einer jeden Frau, die er je verteidigt hatte, ruhten tief in ihm, wo sie ihn nicht trösten konnte. »Wir alle haben unsere Geheimnisse.«

Es war ein gespenstisches Echo der Worte, die sie vor sechs Tagen vor der Achilles-Buchhandlung gesagt hatte. Er legte seinen Mantel über den Stuhl vor dem Fenster. Sein schwarzer Seidenzylinder lag auf dem kleinen Sekretär.

Ein trister Glockenschlag drang durch die Nacht.

Ja, dachte Frances schweren Herzens, wir haben alle unsere Geheimnisse.

»Mein Bett ist nicht so bequem wie deins«, sagte sie leise und entschuldigte sich im Stillen für die Geheimnisse, die sie vor ihm hegte.

»Da du darin liegen wirst, ist es bequem für mich.« Mit dem Rücken zu ihr schlüpfte James aus seinem Gehrock.

»Hat es dich gestört, dass ich heute im Gerichtssaal war?«

Er zog seine Weste aus und vermied eine direkte Antwort. »Wieso bist du nach der Verhandlung nicht in meine Kanzlei gekommen?«

Sie hatte so viele neue Ausdrücke gelernt. Einspruch stattgegeben. Einspruch abgelehnt. Chloroformvergiftung. Syphilisgeschwüre.

Heimtückisch und vorsätzlich.

»Du hattest mir doch gesagt, dass du das Plädoyer vorbereiten musst«, erklärte sie vernünftig. Sie würde ihn nie bei seiner Arbeit stören.

James zog sich das Hemd über den Kopf. »Wir hatten das Plädoyer um zehn fertig.«

Sie hätte nur zu gern gefragt, wer »wir« sei, befürchtete aber, dass auch diese Auskunft zu vertraulich war. »Hast du mich im Gerichtssaal gesehen?«, fragte sie.

James zog sein Unterhemd aus, unter dem Stück für Stück seine warme Haut zum Vorschein kam. »Nein.«

»Woher weißt du dann, dass ich dort war?«

»Mein Referendar hat dich gesehen.«

Frances erstarrte. »Dein Referendar kennt mich?«

»Er hat dich mir beschrieben.«

»Wieso?«

James steckte die Daumen in seinen Hosenbund, wie er sie zwischen ihre Schamlippen gesteckt hatte, und schob die beiden Stofflagen hinunter. »Er fand, dass die anderen Männer und Frauen neben dir recht trist aussahen.«

»Wirklich?« Das Kompliment ließ ihr vor Freude das Herz aufgehen. »Das hat er gesagt?«

»Ja.« James drehte sich um, nackt in seinem Verlangen. »Genau das hat er gesagt.«

Unwillkürlich schweifte Frances' Blick zu seinem Geschlecht, das sofort anschwoll, bis die lockere Haut zurückglitt und einen pflaumengroßen Kopf freigab. »Ich habe mich noch gar nicht bei dir bedankt.«

Sein Penis richtete sich auf. »Wofür?«

Sie starrte auf das Sehnsuchtströpfchen, das er weinte. »Dass du das Bild ersetzt hast.« Er hatte für immer das Bild ausgelöscht, wie sie reglos mit dem Nachthemd um die Hüften in der Dunkelheit gelegen hatte.

James kam über den Teppich. Bei jedem Schritt wippte sein Penis. »Habe ich dir ein neues Bild gegeben?«

»Ja.« Mit Tränen in den Augen blickte sie auf. »Das hast du.«

Er schob ihr den Flanellmorgenmantel von den Schultern. Seine Wimpern verhüllten seine Augen. »Was für ein Bild?«

»Das von dir, James.« Frances streckte erst den linken, dann den rechten Arm aus. Ihr Herz schlug schneller bei der Erinnerung an das Gefühl seiner nackten Haut an ihrer, an den Anblick seines Geschlechts unter ihrem. »Und von mir.«

»Flanell steht dir nicht«, sagte er tonlos.

Das Nachthemd, das er ihr über den Kopf zog, versperrte ihr die Sicht. Sie hob die Arme. Kalte Luft legte sich auf ihre Pobacken, ihre Brüste.

»Flanell ist warm«, erwiderte sie mit erstickter Stimme.

»Aber jetzt hast du mich, um dich zu wärmen.« Die Dunkelheit, die sie einhüllte, wich flackerndem Licht. »Halt mich fest, Frances.« Seine warme Haut, seine festen Muskeln und sein stacheliges Haar raubten ihr den Atem.

»Dein Geschlecht ist keine Last, James«, raunte sie an seiner stoppeligen Wange. »Es ist eine Lust, die ich gern willkommen heiße.«

Feuchter Atem brannte an ihrem Ohr. »Magst du mich noch?«

Das Lachen über seine absurde Frage blieb ihr in der Kehle stecken. »Ich wusste gar nicht, dass man jemanden so sehr mögen kann, wie ich dich mag.«

Ihr war gar nicht aufgefallen, wie angespannt sein ganzer Körper war, bis er sich entspannte. »Heute habe ich einer Frau Gewalt angetan.«

Frances hielt James so fest, wie sie nur konnte, und schmiegte sich in seine Arme, bis ihre Brust an seiner lag und ihr Bauch seinen Penis umgab. »Du hast getan, was du tun musstest.«

»Ich habe mir vorgestellt, wie demütigend es für dich wäre, wenn du in diesem Zeugenstand stündest.« Seine Worte streiften ihre Schläfen als kurze, heiße Luftstöße.

»Ich wäre dir dankbar.«

»Tatsächlich?«

»Ja«, erklärte Frances mit Nachdruck. Ihre Lippen bewegten sich an seinem harten Kinn, ihre Finger glitten über sein Rückgrat: ein Wirbel, zwei …

»Kommst du morgen in meine Kanzlei?«

Blindlings strich Frances ihm über den Rücken. »Möchtest du es gern?«

»Die Geschworenen werden ihr Urteil fällen.«

»Woher weißt du das?«

»Weil sie eine Frau, die schon tot ist, nicht verurteilen werden.« Ganz gleich, ob sie schuldig war und vielleicht lieber sterben würde.

»Wusstest du, dass du 23 Wirbel hast?«, raunte Frances.

35

James schreckte aus dem Schlaf und spürte weiche Wärme. Sie umschlang seine Taille, lag auf seinem Oberschenkel, drückte auf seine Brust und lastete auf seinem Bein. Vanilleduft stieg ihm in die Nase. Er öffnete die Augen.

Frances' Arm lag um seine Taille, ihr Geschlecht auf seinem Oberschenkel, ihre Brüste an seiner Brust, ihr Bein auf seinem. Sie hatte ihn in ihr Bett gelassen, und er war eingeschlafen, während sein Glied sich zwischen ihre Schamlippen schmiegte.

Wässriges Sonnenlicht drang durch die tristen, farblosen Vorhänge. Die Asche im offenen Kamin war kalt und grau. In dem schlecht isolierten Schlafzimmer gab es keine Wärme. Langsam und vorsichtig strich er eine weiche rote Locke zurück. Ihre Wange wirkte im gedämpften Morgenlicht durchschimmernd. Er hatte sich gefragt, was sie wohl über den Bartle-Fall denken mochte. Nun wusste er es. Frances Hart würde nie aufhören, ihn zu überraschen. Sanft küsste er ihren Mund und betrachtete ihr umschattetes Gesicht. Sofort schlug sie die hellen Augen auf.

Eine Weile verging. Gedämpft drangen Geräusche aus dem Haus ins Schlafzimmer. Bis sieben Uhr konnte es nicht mehr lange sein.

»Ich habe von dir geträumt«, murmelte Frances. Ihr Atem bildete Wölkchen in der kalten Luft.

James strich ihr das Haar aus der Stirn. »Was denn?«

»Ich habe geträumt, du wärst in mir.«

»Hattest du einen Orgasmus?«

»Hätte ich gehabt.« Ihr Blick war kleinmädchenhaft ernst. »Aber du hast mich geweckt.« Mit einem Kuss. Aber James war kein Märchenprinz.

Ernst fragte er: »Möchtest du, dass ich dir den Orgasmus gebe, um den ich dich gebracht habe?«

»Bitte.«

Sein Lachen kam tief aus der Kehle. »Du bist eine erstaunliche Frau, Frances Hart.«

»Ich finde, du bist selbst ziemlich erstaunlich, James Whitcox.«

Ihr Kompliment versetzte ihm tief im Inneren einen schmerzlichen Stich. Sanft küsste er ihre federweichen Augenbrauen, unter denen sich die weiche Linie des Knochens abzeichnete. »Wo ist das Gleitmittel?«

»In der obersten Schublade.«

Schneidende Kälte legte sich auf seine nackten Schultern. Bei jeder Bewegung quietschten die Bettfedern. Eine warme Decke legte sich über seinen Rücken, von Frances festgehalten. Die Glasflasche war eiskalt. James tauchte unter die Bettdecke und wärmte das Gleitmittel zwischen den Handflächen an, bevor er die Finger hineintauchte. Frances knetete sein Glied, bis er sein eigenes Gleitmittel produzierte.

Es war erotisch und zugleich kameradschaftlich. Diese Seite der Nähe hatte er nicht erwartet. »Hast du gestern in Epsomer Bittersalz gebadet?«

»Ja«, antwortete sie mit einem silbrigen Atemwölkchen.

Das sanfte Bohren ihrer Fingerspitze ließ ihn die eisige Luft scharf einatmen. »Hat es geholfen?«

Frances fand die Flasche unter der Bettdecke und tauchte ihre Finger hinein. »Ja.«

Er setzte den Stöpsel auf die Flasche, achtete sorgsam darauf, dass ihre Schultern dabei unter der Decke blieben, schob den linken Arm unter ihren Rücken und erkundete sie mit der Rechten. Da war ihr winziger Schaft, ihre kleine Vorhaut, ihre Knospe. »Du bist hart.«

Sie sog hörbar die Luft ein. »Du auch.«

Mit öligen Fingern umschlang Frances ihn, mit öligen Fingern drang James in sie ein. Ihr Fleisch blühte auf und schloss sich fest um seine Finger. James hielt ganz still, um das Gefühl auszukosten, das ihn durchströmte. Er hatte gebraucht, dass sie ihn festhielt. Und sie hatte ihn festgehalten. Er hatte gebraucht, dass sie ihn tröstete. Und sie hatte ihn getröstet. Er brauchte sie im Gericht. Und sie würde für ihn da sein. Abrupt zog er die Finger aus der Umklammerung ihrer Scheide, schob sich auf sie und stützte sich auf seine Ellbogen. Die Bettfedern protestierten lautstark gegen die kalte Luft, die sich zwischen sie zwängte.

Schnell deckte Frances seine Schultern mit der Decke zu. »In deinem Haus ist es wärmer.«

»Und leiser«, sagte James nüchtern.

Unversehens führte Frances seine pralle Männlichkeit in ihre Vagina ein. James wölbte den Rücken unter dem festen Griff ihres Fleisches und zwängte sich tiefer in sie hinein. Frances zog die Knie zu beiden Seiten seiner Hüften an, um ihn tiefer in sich aufzunehmen. Sie kräuselte sich um ihn wie fließender Samt. Ihr Gesicht im Morgenlicht war voller Staunen. James betrachtete sie durch seine silbrigen Atemwölkchen und spürte, wie sein Penis die Tränen weinte, die er gern vergossen hätte. Frances war nicht im herkömmlichen Sinne schön, aber sie besaß eine Schönheit, die seine tiefsten Gefühle ansprach.

Vorsichtig verlagerte er sein Gewicht und senkte den Oberkörper, um ihre Brust zu wärmen. Langsam hob sie die Lider. Ihr Blick zog ihm Brust und Hoden zusammen: Sie sah ihn an, als schenkte er ihr gerade die Kronjuwelen, nicht seinen Schwanz.

James küsste ihre geschlossenen Lider. »Ich wusste auch nicht, dass man jemanden so mögen kann wie ich dich, Frances.«

Die warme Decke hüllte seine Schultern ein. »Montagabend hast du noch das Wort ›ficken‹ benutzt.«

Behutsam fuhr James mit der Zungenspitze über ihre Wimpern, während ihre weiche Vagina sein Herz drückte. »Ja.«

Langsam öffnete sie die Augen und nagelte ihn mit ihrer Ehrlichkeit fest. »Ist das, was wir gerade machen … ficken?«

Er schob die Arme unter ihren warmen, geschmeidigen Rücken und ließ behutsam das Becken kreisen. »In gewissem Sinne ja.«

Experimentierfreudig kreiste Frances in entgegengesetzter Richtung mit den Hüften. »In welchem Sinne?«

James stellte sich ihre Vagina als Ring vor, der bindender war als ein goldener Ehering. »Ficken ist das elementarste Wort unserer Sprache.« Er hatte geglaubt, bei dem sittsamen Beischlaf mit seiner Frau sei es um eheliche Pflichten und bei den außerehelichen Affären mit seinen Mätressen ums Ficken gegangen.

Als er nun so tief in Frances drang, dass seine Hoden schmerzten, wurde ihm klar, dass er bisher immer nur körperliche Lust erfahren hatte. Aber beim Ficken ging es um Gefühle, die er bisher nie empfunden hatte.

»James.« Scharfe Fingernägel gruben Halbmonde in seine Pobacken. »Würdest du es schrecklich dreist finden, wenn ich dich bitten würde, mich jetzt zu ficken?«

Er schob die Knie unter ihre Pobacken und spreizte ihre Beine weiter, um mehr Bewegungsfreiheit zu haben. »Ich würde mich unglaublich geschmeichelt fühlen, Frances.«

Ihre Wimpern schlossen sich bebend, als er tiefer in sie eindrang, und ihre Muskeln schlossen sich bebend um ihn. »Den ganzen Tag bist du gestern aus mir herausgetröpfelt.«

Sein Schwanz spannte sich bei der Vorstellung, dass sie im

Gerichtssaal gesessen hatte und ihre Vagina von seinem Samen getrieft hatte. »Hat dir das Gefühl gefallen?«

»Es hat mich an unsere gemeinsame Lust erinnert.«

Die reine Freude, die sein Samen ihr bereitete, durchdrang ihn. In dem Wunsch, sie mit der gleichen Freude zu durchdringen, die sie ihm schenkte, stieß er kraftvoll in sie. Die Federn quietschten laut. Frances riss die Augen auf. Er sah ihr in die Augen und forderte sie mit einem weiteren Stoß heraus, ja keine Einwände zu erheben.

Ihre dunklen Pupillen schluckten den hellgrünen Ring ihrer Iris. »Sie können uns hören.«

»Sie hören nur das Bett«, entgegnete James.

Jeder kräftige, tiefe Stoß produzierte ein verräterisches Quietschen. In ihrem Blick rang Unsicherheit mit wachsendem Verlangen. Wäre es in dem Zimmer wärmer gewesen, hätte er sie auf seinen Schoß gesetzt und ihre Klitoris gestreichelt, bis die Zuckungen ihres Orgasmus ihnen beiden die Befriedigung gebracht hätte, die sie brauchten. Wäre er ein Gentleman gewesen, hätte er der Schicklichkeit Vorrang vor der Leidenschaft eingeräumt und aufgehört. Aber James wusste schon lange, dass er kein Gentleman war. Ihre Lust war ein zu kostbares Geschenk, um sie zu übergehen. Er brauchte sie und hatte nicht mehr die Kraft, gegen sein Verlangen anzukämpfen.

»Nur ich werde hören, wie du meinen Namen rufst, wenn du kommst«, raunte James, wobei sein keuchender Atem Silberwölkchen in die kalte Luft stieß. »Nur ich werde sehen, wie deine Augen vor Verletzlichkeit groß werden, wenn dein Körper vor Wonne zuckt.« Frances riss die Augen auf, als ihr klar wurde, dass ihre Begierde stärker war als ihr Schamgefühl. »Nur ich werde spüren, wie deine Vagina mich melkt.« Die Hitze und der Geruch ihres Körpers vermischten sich mit der Wärme und dem Duft der frisch gewaschenen Laken. »Nur ich werde wissen, dass unter deiner Tournüre, deinen

Unterröcken und deiner Unterhose mein Samen aus dir sickert, Frances.«

Das Quietschen von Metall erfüllte das Zimmer. Durch das laute Pochen seines Herzens, ihr aufeinanderklatschendes Fleisch und ihr lauter werdendes Stöhnen nahm James es gar nicht wahr.

Die Wahrheit trieb ihn weiter. »Nur ich werde dich jemals so kennen, Frances.«

36

Frances konzentrierte sich auf den Mann in der schwarzen Seidenrobe und der grauen Lockenperücke, nicht auf die Menschen um sie herum, deren Hygiene zu wünschen übrig ließ. Leidenschaftliche, hässliche, hasserfüllte Worte hallten durch den Saal.

»... heimtückisch ... vorsätzlich und aus niedrigen Beweggründen ... tötete und ermordete sie ihren rechtmäßigen Ehemann.«

Frances fragte sich, ob für Tötung und Mord unterschiedliche Gesetze gelten mochten.

Scheinbar unbeeindruckt von den Vorgängen im Saal, machte James sich in aller Ruhe Notizen. Sein bronzebraunes Haar lugte unter der grauen Perücke hervor, die der des Staatsanwalts sehr ähnlich war. Er hatte ihr in der Droschke erklärt, dass zuerst der Staatsanwalt als Anklagevertreter sein Plädoyer halten werde und anschließend er als Verteidiger. Im Gericht hatten sie sich getrennt. James war in seine Kanzleiräume gegangen, und sie hatte sich einen Sitzplatz am Ende einer Reihe im Zuschauerraum gesucht, der sich rasch gefüllt hatte.

Die Stimme des Staatsanwalts donnerte über Frances hinweg: »Mister Whitcox hat uns erklärt, Mary Bartle habe keinen Grund gehabt, ihren Mann zu töten. Unser verehrter Kollege behauptet, Thomas Bartle habe ohnehin im Sterben gelegen, warum sollte Mistress Bartle – eine Frau, die vor Gott geschworen habe, ihren Mann zu lieben, zu ehren und ihm zu gehorchen – also einen Mann vergiften, dessen Tage gezählt waren? Dann appelliert der Verteidiger an unser Mitleid, weil Mary Bartle, wie er behauptet, an derselben Krankheit sterben wird, an der nach seiner Behauptung Mister Bartle im Endstadium litt.«

Frances warf einen Blick auf die Anklagebank. Dort saß Mary Bartle mit gesenktem Kopf, niedergeschlagenen Augen und gefalteten Händen, die in Handschuhen steckten. Sie musste während der Verhandlungen unendlich gelitten haben und auch nun, während der Staatsanwalt sie mit ihrer tödlichen Erkrankung verhöhnte.

Sperma sickerte in einem langsamen Rinnsal aus ihrer Scheide. Es war obszön, dass sie das Nachglühen verbotener Fleischeslust genoss, während die Frau auf der Anklagebank an den Folgen ehelichen Verkehrs starb. Verstohlen musterte Frances die Männer und Frauen, die sich begierig vorbeugten, um den Staatsanwalt besser zu hören. Am liebsten wäre sie aufgesprungen und weggelaufen, wie ihr Körper es ihr befahl. Das bleiche Profil einer Frau sprang ihr ins Auge. Ihr Herz stockte, als sie Jane Fredericks erkannte.

»Mein werter Kollege behauptet, Thomas Bartle habe bestenfalls noch ein Jahr zu leben gehabt. Aber er ist nicht Gott«, schalt der Staatsanwalt. »Auch ein Arzt ist nicht Gott. Kein Mensch kann sagen, wie lange ein anderer noch leben wird. Wie lange hat Mary Bartle noch zu leben?«

Jane Fredericks beobachtete gespannt den Mann, der sich vor der Geschworenenbank in Positur warf.

Wie lange wird ihre Mutter wohl noch leben?, fragte Frances sich. Wie lange wird ihr Vater noch leben? Wie konnte die junge Frau diesen Prozess durchstehen, der für sie in mancherlei Hinsicht den Fall ihrer Eltern widerspiegelte?

»Ich frage Sie, meine Herren Geschworenen.« Die leidenschaftliche Stimme des Staatsanwalts lenkte Frances' Blick auf ihn. »Wenn Sie Mary Bartle wären und durch das Unrecht, das

Ihr Mann Ihnen angetan hat, sterben müssten – ein Mann, der geschworen hat, Sie zu lieben, zu ehren und für Sie zu sorgen –, was würden Sie tun?«

Schon seit gestern Nachmittag, als Frances sich zum ersten Mal in den Gerichtssaal getraut hatte, verfolgte sie das unbestimmte Gefühl, dass sie dem Staatsanwalt schon einmal begegnet war.

»Unser werter Kollege behauptet erst, Thomas Bartle habe im Sterben gelegen, deshalb habe Mary Bartle keinen Grund gehabt, ihn zu töten.« Rotbraune Koteletten ragten stachelig unter der grauen Perücke des Staatsanwalts hervor. »Und dann teilt er uns mit, dass Mary Bartle selbst im Sterben liegt. Wer vermag schon zu sagen, wer von den beiden zuerst gestorben wäre, wenn man der Natur ihren Lauf gelassen hätte? Vielleicht hätte Mister Bartle seine Frau überlebt. Gibt es für Mary Bartle ein besseres Motiv, ihren Mann zu töten, als Thomas Bartle das Leben zu nehmen, solange sie noch lebt? Gibt es einen besseren Grund für Mary Bartle, ihren Mann zu töten, als sich für das Leben zu rächen, das Thomas Bartle ihr geraubt hat? Mister Whitcox hat Sie zu überzeugen versucht, dass eine todkranke Frau den Mann nicht ermorden würde, der für ihr Siechtum verantwortlich ist. Meine Herren, ich bitte Sie.«

Kameradschaftliche Wärme breitete sich im Saal aus. Der Staatsanwalt sprach von Mann zu Mann und beugte sich vertraulich zur Geschworenenbank. Im flackernden Schatten des Gaslichts an der Decke wechselten die Mienen der Geschworenen ständig zwischen zorniger Verurteilung und unpersönlich stoischer Ruhe.

»Wir sind nicht so naiv, zu glauben, dass Frauen die niedrigen Triebe nicht besäßen. Frauen lassen sich auf ehebrecherische Affären ein. Frauen erliegen lustvollen Instinkten.« Frances zuckte zusammen. »Frauen töten sogar, wenn auch versteckt hinter den Röcken ihrer Weiblichkeit. Mary Bartle hat ihren Mann getötet. Es spielt keine Rolle, warum sie es getan hat. Es spielt auch keine Rolle, ob sie selbst bald sterben wird.« Aus den Augenwinkeln sah Frances, wie Jane Fredericks zusammenzuckte. »Lassen Sie sich nicht von Mitleid leiten, meine Herren. Tatsache ist, dass Mary Bartle ihren Mann getötet hat. Es ist Ihre Pflicht, sie schuldig zu sprechen, um der Gerechtigkeit Genüge zu tun.«

Die zwölf Männer auf der Geschworenenbank rutschten unbehaglich hin und her. Mit einer angedeuteten Verbeugung setzte der Staatsanwalt sich an denselben Tisch, an dem auch der Verteidiger saß.

Gespannt musterte Frances James. Er schrieb weiter, als habe er gar nicht bemerkt, dass der Anklagevertreter sein Plädoyer beendet hatte. Ein lautes Husten fuhr Frances in die Knochen. Als sie schon dachte, dass die wachsende Spannung sie oder sonst jemanden auf der Galerie zum Bersten bringen würde, legte James seinen Stift ab. Langsam beugte er sich vor und presste die Fingerspitzen aneinander. Gestärkte weiße Manschetten lugten unter den weiten schwarzen Ärmeln seiner Seidenrobe hervor.

Es ist meine Pflicht, meine Mandanten zu verteidigen, hatte er ihr vor der Achilles-Buchhandlung gesagt, und mittlerweile war ihr vieles klar geworden. *Es ist Pflicht der Geschworenen, ein Urteil zu fällen.* Frances sah James Whitcox, wie die Männer und Frauen im Gerichtssaal ihn sahen: ein Mann in mittleren Jahren mit glatt rasiertem Gesicht und undurchdringlichen Augen. Seine Leidenschaft sahen sie nicht, bloß seine Reserviertheit. Nur sie würde James jemals richtig kennen, wurde Frances klar. Nur sie würde den Mann kennen, der mit humorvollen Umschreibungen für Geschlechtliches zu bezaubern verstand. Nur sie würde den Mann kennen, der in der Sinnlichkeit einer Frau schwelgte. Nur Frances würde jemals wissen, welchen Preis er als Wiedergutmachung für all die Unschuldigen bezahlt hatte, die sein Vater angeklagt hatte.

»Meine Herren Geschworenen.« James' vertraute Stimme

war nicht leidenschaftlich laut wie die des Staatsanwalts, erreichte aber jeden Mann und jede Frau im Zuschauerraum klar und deutlich. »Mister Lodoun hat wiederholt behauptet, er werde uns den Beweis liefern, dass Mary Bartle ihren Mann ermordet habe, aber alles, was er uns geliefert hat, ist eine leere Flasche Chloroform. Eine Flasche, von der ich nachgewiesen habe, dass sie gar nicht Mistress Bartle gehörte. Der Staatsanwalt hat Verdacht bei Ihnen geschürt. Sie aber dürfen kein Urteil fällen, das sich auf bloßen Verdacht gründet. Heute hat Mister Lodoun die Mutmaßung geäußert, Mary Bartle habe ihren Mann getötet, um sich für ihren eigenen bevorstehenden Tod zu rächen. Sie aber dürfen kein Urteil fällen, das sich auf Mutmaßungen stützt. Tatsache ist, meine Herren, dass es keine anderen Fakten gibt als diejenigen, die ich dargelegt habe. Tatsache ist, dass Thomas Edward Bartle nichts unternahm, um zu verhindern, dass Mary Bartle sich mit der Krankheit infizierte, die ihn umbrachte. Tatsache ist, dass Mister Bartle, als er das Chloroform einnahm, unter ständigen Schmerzen litt, und zwar nicht nur von seiner Syphilis, sondern auch von einer Quecksilbervergiftung. Tatsache ist, dass Mister Bartles Tage gezählt waren. Sie haben die Autopsieberichte gesehen: Man muss nicht Gott sein, um zu erkennen, dass Thomas Bartle sich in einem fortgeschrittenen und entsetzlich schmerzhaften Endstadium seiner Krankheit befand und im Sterben lag. Mein werter Kollege behauptet, Mary Bartle habe ihren Mann vergiftet, aber es ist ihm nicht gelungen, zu beweisen, dass sie ihm das Chloroform beibrachte, das Mister Bartle tötete. Hier gibt es keinen Mord, hier gibt es lediglich die willkürliche Verfolgung einer Frau.«

Frances' Blick schweifte zu Jane Fredericks. Die Suffragette starrte James unverwandt an.

»Zuerst bezichtigte Mister Lodoun Mary Bartle, sie habe sich, wie er behauptete, außerhalb der rechtlichen Ehepflichten begeben.« James sprach weiter mit kalter, klarer Stimme, die Frances' Blick wieder auf ihn lenkte. »Jetzt behauptet der Staatsanwalt, ihren Ehemann zu töten sei etwas, was jeder rechtschaffene Bürger in ihrer Situation tun würde. Ich weiß nicht, was ich tun würde, wenn ich an Mary Bartles Stelle wäre. Ich weiß nicht, was Sie an ihrer Stelle tun würden. Wir stehen nicht vor Gericht. Mary Bartle dagegen steht vor Gericht. Seit sieben Jahren geht sie an der Krankheit zugrunde, mit der ihr Mann sie infiziert und damit zum Tode verurteilt hat, und trotzdem war sie ihm sieben Jahre lang eine Ehegefährtin. Sieben Jahre lang hat sie Thomas Bartles Haus zu einem Zuhause gemacht. Mistress Bartle stirbt – Sie haben gestern die Geschwüre gesehen, die sie aufzehren –, nur weil sie eine gute Ehefrau war. Hier steht die falsche Person vor Gericht, meine Herren. Ich kann Mary Bartle nicht verurteilen.« James legte die Handflächen auf den Mahagonitisch. »Können Sie es?«

»Mistress Hart.«

Die Hand, die Frances leicht berührte, ließ sie so erschrocken auffahren, dass ihr Herz heftig gegen das Korsett pochte. Mit einem kleinen Aufschrei schnellte ihr Kopf herum.

Ein junger, gut aussehender Mann mit schwarzen Haaren beugte sich zu ihr herunter. Frances schätzte ihn auf etwa 25 Jahre.

Er legte einen Finger auf seine Lippen, bevor er flüsterte: »Ich bin Avery Tristan, der Referendar von Mister Whitcox. Der Richter wird die Geschworenen jetzt instruieren. Mister Whitcox bat mich, Sie in seine Kanzleiräume zu bringen.«

Sein Referendar. Der Mann, der gesagt hatte, neben ihr sähen die übrigen Männer und Frauen im Gerichtssaal recht trist aus. Frances stand so anmutig auf, wie sie nur konnte. Neugierige Blicke beobachteten sie. Nicht alle waren freundlich.

Vor der Tür hielt sie inne. »Bleiben die anderen im Saal?«

Aber ihre Frage war müßig. Hinter ihr kamen bereits vereinzelt Männer und Frauen aus der Tür. Frances schreckte zusammen, als sie Jane Fredericks bemerkte. Die Suffragette war allein.

»Einen Augenblick«, sagte sie rasch und huschte an dem Referendar vorbei. »Miss Fredericks. Miss Fredericks!«

Die junge Frau drehte sich um, als traue sie ihren Ohren nicht. Der Blick ihrer dunkelgrünen Augen war keineswegs freundlich.

»Miss Fredericks.« Frances hatte sich von Ardelle Dennison nicht einschüchtern lassen und würde sich auch nicht von einer zornigen jungen Frau abschrecken lassen, die eine zu schmerzliche Bürde mit sich herumschleppte. »Ich wollte gerade zu Mister Whitcox in die Kanzlei gehen. Soweit ich weiß, kann es eine Weile dauern, bis ein Urteil gefällt wird. Gesellen Sie sich doch zu uns.«

Die Überraschung verwandelte sich zusehends in einen versteinerten Blick. »Vielen Dank, Mistress Hart, aber ich kann nicht bleiben. Meine Mutter erwartet mich.«

Eine Mutter, deren »Tage gezählt« waren. Jane Fredericks wandte sich mit wehendem schwarzem Wollmantel ab. Frances hätte gern den Schmerz der jungen Frau gelindert. Sie wusste allerdings, dass es nicht in ihrer Macht stand. Letzten Endes musste Jane Fredericks selbst den Entschluss fassen, aus den Fehlern ihrer Eltern zu lernen, statt darunter zu leiden. Aber zumindest konnte Frances ihr Unterstützung anbieten.

»Miss Fredericks.« Die junge Frau blieb mit dem Rücken zu Frances stehen. »Falls Sie es sich noch anders überlegen sollten, würden wir uns beide freuen.« Frances kannte zwar James' Einstellung zu der Suffragette nicht, wusste aber, dass auf seine Höflichkeit immer Verlass war.

Steif lehnte Jane Fredericks die Einladung ab. »Vielen Dank, Mistress Hart.« Die schlanke Gestalt in Schwarz verschwand hinter einer Gruppe von Männern und Frauen.

Eine ganze Weile schaute Frances ihr nach, bis sie an der

Wärme spürte, dass jemand neben sie trat. »Gehen wir, Mistress Hart?«

Frances betrachtete das Gedränge von Männern und Frauen, die alle von der gleichen hungrigen Gier getrieben waren, ob sie nun teure oder ärmliche Kleidung trugen. »Sind die Verhandlungen immer so gut besucht?«

»Mordprozesse in der Regel ja, obwohl dieser offenbar mehr Aufmerksamkeit erregt als die meisten anderen.« Flüchtig legte sich eine Hand zwischen ihre Schulterblätter und lenkte sie auf einen langen Korridor. »Ist das Ihr erster Prozess?«

Frances wich drei Männern aus, die aufgeregt gestikulierten. *Bartle … schuldig … getötet,* war aus dem Grüppchen zu hören. »Ja.«

»Gefällt es Ihnen?«

»Ein Mann ist tot, eine Frau wird sterben.« Frances warf dem attraktiven schwarzhaarigen Referendar einen scharfen Blick zu. »Ich wüsste nicht, was einem daran gefallen könnte, Mister Tristan.«

Dunkle Augen, die nahezu schwarz wirkten, begegneten ihrem Blick. »Vielen Leuten gefällt es.«

»Zu diesen Menschen gehöre ich nicht, Sir.«

Sein extrem junges Gesicht – er war sicher kaum älter als ihr 24-jähriger Sohn – wurde weicher. »Verzeihen Sie, Ma'am.«

Ihrer beider Absätze hallten wider, als sie in einen dämmrigen Gang bogen, in dem weniger Betrieb herrschte.

»Ich muss mich entschuldigen, Mister Tristan.« Dieser Mann hatte James gegenüber Komplimente über sie geäußert und sich lediglich höflich mit ihr unterhalten wollen. »Ich fürchte, ich bin derlei Dinge nicht gewohnt.«

»Sie brauchen sich nicht zu entschuldigen, Mistress Hart.« Der Referendar richtete den Blick auf den Flur. »Ich glaube, daran gewöhnt man sich nie so recht.« Sein Ton war ebenso neutral wie der von James.

»Arbeiten Sie schon lange für Mister Whitcox?«, fragte sie neugierig.

»Seit über zwei Jahren, Ma'am.«

»Er ist ein guter Mann«, erklärte Frances bestimmt.

Der Referendar musterte sie mit undurchdringlichem dunklem Blick. »Das ist er wahrhaftig.«

»Er leistet einen unverzichtbaren Dienst«, sagte sie mit Nachdruck.

»Ich hoffe …«, der Referendar blieb stehen, schloss eine große Mahagonitür auf und stieß sie auf, »dass ich eines Tages ebenso gut sein werde wie er.«

Frances lächelte ihn an und stellte sich James in seinem Alter vor. »Sind Sie ebenfalls Prozessanwalt?«

»Nicht praktizierend.« In seinen Augen lag kein Lächeln, nur ernste Höflichkeit. »Bitte entschuldigen Sie mich, ich muss zurück in den Gerichtssaal. Mister Whitcox kommt gleich zu Ihnen.«

Frances trat ein. »Vielen Dank.«

Aber die Tür schloss sich bereits hinter ihr. Durch dicke Fensterscheiben fiel Licht herein und spiegelte sich im Eichenboden. Es roch nach Bienenwachs und Kaffee. Ein schwarzer Lederdiwan stand unter den hohen Fenstern an der Wand – das Sofa, auf dem James oft schlief, aber in der vergangenen Nacht kein Auge zugetan hatte. Bücherschränke mit verglasten Türen nahmen die rechte Wand ein. Sie waren voller Bücher in Ledereinbänden. Ein Perückenständer hütete den riesigen Schreibtisch mit dem großen schwarzen Ledersessel. Vor dem Schreibtisch standen zwei kleinere schwarze Ledersessel. Die linke Wand beherrschte ein offener Kamin mit schwarzer Marmoreinfassung, in dessen dunklen Tiefen es rot glühte. Vor dem Kohlenfeuer standen zwei braune Ledersessel im Queen-Anne-Stil an einem runden Teetischchen mit Teakeinlagen. Ein kleinerer Teaktisch war vor ein überfülltes Bücherregal geschoben. Der Raum wirkte ausgesprochen maskulin. Im Gegensatz zu ihrem Schlafzimmer war er auch angenehm warm.

Frances zog ihre braunen Wildlederhandschuhe aus und steckte sie in die Manteltasche. Da sie nicht recht wusste, was sie tun sollte, schlüpfte sie aus ihrem Samtmantel, fragte sich aber sofort, wo sie ihn aufhängen könnte. Sie drehte sich suchend um und entdeckte zu ihrer Linken einen Durchgang und zu ihrer Rechten einen Garderobenständer aus Messing. Als sie James' schwarzen Wollmantel und den weißen Seidenschal sah, wurde es ihr eng um die Brust. Sorgsam hängte sie ihren Mantel neben seinen. An den Innenwänden ihrer Vagina tropfte warme Flüssigkeit herunter.

Lebhafte Erinnerungen schossen ihr zwischen die Beine. *Nur ich werde wissen, dass unter deiner Tournüre, deinen Unterröcken und deiner Unterhose mein Samen aus dir sickert, Frances.*

Ohne Vorwarnung öffnete sich die Mahagonitür. James blieb mit seiner braunen Aktentasche und seiner grauen Perücke in der rechten Hand stehen. Sein Haar kräuselte sich vor Schweiß, der Bronze in Braun und Gold in Bronze verwandelte. Nüchtern musterte er sie. Sein Blick verweilte lange auf ihrem Unterleib, bevor er zu ihren Augen zurückkehrte.

»Sickere ich aus dir heraus?«, fragte er in demselben kühlen Ton, in dem er zu den Geschworenen gesprochen hatte.

Ihre Wangen liefen rot an, als sie an die harten, tiefen Stöße und die heiße Samenflüssigkeit dachte, die sie erst vor wenigen Stunden ausgefüllt hatten. »Ja.«

»Denkst du an uns?«

Frances ließ die Hände sinken. »Ja.«

Wortlos streckte er die Arme aus. Frances schob die Hände in seine schwarze Seidenrobe und umschlang seine Taille. Er nahm sie in die Arme und legte ihr die rechte Hand in den Nacken.

»Wie lange wird es noch dauern?«, flüsterte sie.

Heißer Atem streifte ihre Wange. »Nicht lange, denke ich.«

»Deine Robe gefällt mir.« Die Seide war so weich wie ihre Unterhose.

»Gefällt dir meine Kanzlei?«

»Sehr gut.«

»Möchtest du eine Tasse Tee?«

»Später vielleicht.«

Warme Lippen streiften ihre Schläfe, und dann war sie frei. James legte seine Perücke und die Aktentasche auf den schwarzen Ledersessel hinter dem massiven Teakschreibtisch und warf seine Robe achtlos darüber. »Nimm deinen Hut ab und setz dich zu mir.«

Frances fragte sich, wie oft er schon in seinem Büro auf einen Urteilsspruch gewartet haben mochte.

»Wo ist Mister Tristan?«, fragte sie und zog die mörderische Hutnadel heraus. Flüchtig überlegte sie, ob wohl schon mal jemand mit einer solchen Nadel ermordet worden war.

»Wartet auf Nachricht.« James setzte sich auf einen Sessel am Feuer, dessen Leder quietschte und müde seufzte. »Er holt uns, wenn es so weit ist.«

Frances legte ihren Strohhut mit dem weichen grünen Federbausch auf seinen Schreibtisch.

»Setz dich nicht da drüben hin.« Als sie sich in den Sessel an der anderen Seite des Teetischchens sinken lassen wollte, streckte James die Hand aus. »Komm zu mir.«

»Ich bin ein bisschen zu groß, um auf deinem Schoß zu sitzen«, wandte Frances ein und ließ sich unbeholfen auf der Armlehne seines Sessels nieder.

»Unsinn.« James zog sie auf seine Beine, so dass ihre Tournüre seitlich an ihre linke Hüfte rutschte. »Leg deinen Kopf an meine Schulter und entspann dich.«

»Wie eine brave Ehefrau?«, fragte Frances, der es plötzlich in der Kehle brannte.

»Mary Bartle war eine sehr brave Ehefrau«, sagte James völlig ausdruckslos.

Frances lehnte den Kopf neben seinen an die lederne Rückenlehne. Ihre Arme hingen über die Armlehne. James war viel zu muskulös, um einen bequemen Sessel abzugeben. Ihren linken Arm konnte sie nur um seinen Hals legen. »Ich dachte, Plädoyers dauerten länger.«

Er hatte am vorigen Abend bis zehn Uhr an seinem Plädoyer gearbeitet, hatte er gesagt. »Das ist unterschiedlich.« James schob die rechte Hand unter ihren Rock, seine Linke lag auf ihrer Taille. »Lass mich an unserer Lust teilhaben.«

»Mister Tristan …«

»Klopft an, bevor er hereinkommt.«

Frances konnte nicht sehen, nur spüren, wie seine Finger sich vortasteten … hart und heiß glitten sie über den Strumpf an der Unterseite ihrer Schenkel … schlängelten sich in ihre Unterhose … strichen über den Schenkelansatz … bohrten sich sanft in den feuchten Ring ihrer Vagina. Mit ihren angezogenen Beinen und den geschlossenen Schenkeln war sie unerträglich eng. Sie grub das Gesicht in sein feuchtes Haar und sog den Seifen- und Moschusgeruch ein. Seine Sanftheit trieb ihr Tränen in die Augen.

»Zu Hause, Frances«, raunte er stöhnend. Drei Fingerspitzen schoben sich bis zu ihrem Muttermund vor.

»Zu Hause, James«, sagte sie und fragte: »Weiß Mister Tristan von uns?« Unwillkürlich schlossen ihre inneren Muskeln sich um seine Finger.

»Mister Tristan ist ein äußerst scharfsinniger junger Mann.« James legte den Kopf in den Nacken und küsste ihre Nasenspitze. »Er wird ein guter Verteidiger, wenn er fertig ist.«

Frances spreizte die Finger auf seiner Brust. Sie war erfüllt von seinem Fleisch, seinem Duft und suchte zwischen den Goldknöpfen seine Haut unter dem wollenen Unterhemd. »Er sagte, er möchte eines Tages so gut werden wie du.«

»Tatsächlich?« James schien etwas überrascht. Ein entsprechendes Pochen lockte ihren Muttermund. »Hat er das gesagt?«

»Ja.« Frances drehte sein drahtiges Brusthaar um ihren Finger. In der Locke stach ein einzelnes Haar silbern hervor. »Das hat er gesagt.« Eine Kohle knackte in die Stille. Irgendwo im Gebäude schlug eine Tür zu. Ihre inneren Muskeln zeichneten die langsame Entspannung seiner Finger nach. »Ich fand den Staatsanwalt recht überzeugend.«

»Ja.« Seine Lippen wanderten über ihre Nase, als wollten sie ihre Weichheit prüfen. »Er war erstaunlich gut. Zu gut.«

Ihr Kopf fuhr von der Lehne auf. Ihre Vagina umklammerte ihn fest, nachgiebiges Fleisch war plötzlich abweisend. »Glaubst du, dass sie Mary Bartle verurteilen werden?«

»Entspann dich.« Seine warmen Finger legten sich um ihren Nacken. Sanft schob er ihr den Kopf wieder gegen das weiche Leder. »Männer verurteilen andere nicht für etwas, was sie selbst tun würden.«

Erst nach und nach begriff Frances, was er meinte. Ihr fielen die Ausführungen des Staatsanwalts ein: *Wenn Sie Mary Bartle wären und durch das Unrecht, das Ihr Mann Ihnen angetan hat, sterben müssten – ein Mann, der geschworen hat, Sie zu lieben, zu ehren und für Sie zu sorgen –, was würden Sie tun?* Dann ihr fiel ein, was James ausgeführt hatte: *Jetzt behauptet der Staatsanwalt, ihren Ehemann zu töten sei etwas, was jeder rechtschaffene Bürger unter ihren Umständen tun würde.*

»Das Plädoyer, das du gehalten hast …« Sie starrte auf das einzelne silbergraue Haar in der Locke drahtigen Brusthaars. »Das war nicht das, was du gestern Abend ausgearbeitet hast, nicht wahr?«

Sanfte Finger trommelten zart auf ihren Hals, die gleiche Zärtlichkeit spürte sie in ihrer Vagina, deren Muskeln sich unwillkürlich entspannten. »Zum Teil schon.« Langsam schloss er die Augen. Seine Finger und sein Gesicht entspannten sich.

Müde Schatten lagen unter seinen hohlen Augen. Die Fülle ihrer Vagina breitete sich bis in ihre Brust aus. Diese völlig entspannte Miene hatte sie nach dem Orgasmus schon einmal an ihm gesehen, aber sie hatte nicht gewusst, dass allein das Zusammensein mit ihr derart entspannend für ihn sein konnte. Dabei hätte sie es wissen müssen. Am vergangenen Abend war er nicht zu ihr gekommen, um mit ihr zu schlafen, sondern um bei ihr Schlaf zu finden. Flammen züngelten über den Kohlen, die zu weißer Asche verglühten.

Frances legte den linken Arm um seinen Hals und betrachtete den goldenen Ring an ihrem Finger. »Als ich noch ein junges Mädchen war, dachte ich, eine Witwe, die sich nicht für den Rest ihres Lebens in ihrer Trauer vergrabe, sei eine schändliche Frau.«

Sie spürte James' Blick, der plötzlich hellwach war. Sie spürte auch seine Finger in ihr, die abrupt erstarrten. »Und jetzt?«

»Jetzt bin ich eine erwachsene Frau, und ich weiß, dass es viele Arten von Liebe gibt.«

Die Liebe zu den Eltern. Mutterliebe. Die respektvolle Liebe zu einem Bauern aus Sussex. Die leidenschaftliche Liebe, die ein weltgewandter Londoner erobert hatte. Die Ehe, die Mary Bartle erduldet hatte, war eine Farce. James hatte am vergangenen Tag gesagt, er habe nachgewiesen, dass sie keine Affäre gehabt habe. Frances hoffte, dass er unrecht hatte und dass Mary Bartle Momente der Liebe gefunden hatte, die sie für das Grauen entschädigte, das sie tagtäglich erleben musste. Behutsam zog sie den goldenen Ehering vom Finger, der jedoch nicht so ohne Weiteres nachgab. Bei jeder Drehung, jedem Ziehen schloss sich der Ring ihrer Vagina um seine Finger.

»Jetzt weiß ich, dass Gold Mann und Frau nicht verbindet.« Langsam wanderte ihr Blick zu James. »Die Liebe verbindet sie.«

Tief in seinen dunklen Pupillen, die seine nussbraune Iris schluckten, las sie eine Frage. Plötzlich verbargen seine Augen sich hinter den Wimpern. Seufzend lehnte James die Stirn an ihre Lippen. Die warme Fülle seiner Finger verdrängte nach und nach die kalte Blöße ihres Ringfingers. Sie schloss die Augen und lauschte vertrauten Geräuschen. Knisterndes Feuer. Sein Atem. Das Pochen ihrer Herzen ... Sie dämmerte in einen Halbschlaf hinüber, aus dem sie abrupt herausgerissen wurde. Ein zweites Klopfen hallte durch das Büro.

Schlagartig wurde Frances bewusst, wo sie war und wer ihr als Bett diente. Der Ring in ihrer geschlossenen Hand erinnerte sie an die Bindung, die sie eingegangen war. Schweigend musterte James sie mit dunklen, prüfenden Augen. Eine ganze Weile pochten seine Fingerspitzen an ihren Muttermund, bevor sie langsam und unwiderruflich aus ihr herausglitten. Die Geschworenen waren zu einem Urteil gelangt. Es war Zeit, wieder in den Gerichtssaal zu gehen. James sagte, er gewinne immer. Aber niemand konnte immer gewinnen. Eines Tages wird er verlieren, dachte Frances. Und es wird ihn vernichten.

37

Frances drückte ihr Retikül an ihre Brust und stieg mit eingezogenem Kopf in den Einspänner. Sie war angespannt. Das Urteil der Geschworenen hatte den Gerichtssaal in Aufruhr versetzt.

»Die Droschke bringt Sie an den Hintereingang des Gerichts«, sagte Avery Tristan durch das Stimmengewirr und den Verkehrslärm. »Dort steigt dann Mister Whitcox zu.«

Frances schluckte trocken. »Vielen Dank, Mister Tristan.«

Der Referendar nickte. »Es war mir ein Vergnügen, Sie kennenzulernen, Mistress Hart.«

Mit einem leisen Klicken schloss sich der Wagenschlag. Frances blieb reglos sitzen, als der Einspänner sich unter dem Gewicht des aussteigenden Referendars zur Seite neigte und wieder zurückfederte. Eine leise Stimme drang durch das lackierte Holz. Frances erkannte, dass Avery Tristan neben dem Kutschbock stand und dem Kutscher Anweisungen gab. Ihr war keine Zeit geblieben, ihm Fragen zu stellen. Sie war nur erleichtert gewesen, dem Gejohle und Hohngelächter des Gerichtssaals zu entkommen. Sobald die Stimme des Referendars verstummte, fuhr die Droschke mit einem Ruck an. Ihr Herz schlug im Takt zum Schaukeln der Kutsche und dem Gerassel des Zaumzeugs. Sie kam sich vor wie eine Flüchtige, die sich nachts heimlich davonschlich. Aber es war nicht Nacht. Die Sonne schien durch verwehte dunkle Rauchschwaden.

Abrupt hielt der Einspänner an, neigte sich nach links und

federte zurück. Frances' Herz schlug ihr bis zur Kehle, als sie gespannt wartete, wer die Tür öffnen würde.

»James«, begrüßte sie den Anwalt erleichtert.

Über den lose hängenden Seidenschal hinweg sah er sie vorsichtig an. »Was hättest du gern zum Mittagessen?«

»Ich …« Frances hatte nicht einmal Zeit gehabt, über ihren nächsten Atemzug nachzudenken, geschweige denn über die nächste Mahlzeit. Sein Blick gab ihr deutlich zu verstehen, was sie wollte. »Austern bitte.«

Er reckte sich hoch und sprach mit dem Kutscher, bevor er sich in einem Wirbel schwarzen Wollstoffs und kalter Luft neben sie setzte, vorbeugte und den Wagenschlag schloss.

»Das war … ein echtes Erlebnis«, sagte Frances unsicher. »Aber warum diese Hast und die … Heimlichkeit?«

»Ich wollte, dass du dem Mob nicht begegnest.« Er lehnte sich auf dem harten Ledersitz zurück. »Und ich wollte den Reportern aus dem Weg gehen.«

»Ach.« Nichts in ihrem Leben hatte Frances auf die Höhen und Tiefen eines James Whitcox vorbereitet. »Ist im Gericht ein Mob?«

»Ein kleiner.«

Die Urteilsverkündung hatte unzählige Gefühlsausbrüche ausgelöst. James war mit Lob und Kritik überhäuft worden.

»Sind Proteste nach einem solchen Prozess üblich?«

»Ja.«

Das Reiben seiner Schulter und Hüfte war ihr mittlerweile vertraut. Ein Schlagloch, wie es unzählige in den Londoner Straßen gab, ließ sie tastend nach der Lederschlaufe greifen.

»Du hast gewonnen«, sagte sie schließlich. Sie hätte gern die Nähe wiederhergestellt, die sie vor einer Stunde verbunden hatte, wusste aber nicht recht, wie sie es anstellen sollte.

»Ja«, antwortete James sachlich. In seinem Ton lag keine Genugtuung.

»Das freut mich«, erklärte Frances bestimmt.

James wandte den Kopf und suchte ihren Blick. »Wieso?«

»Weil Mistress Bartle …« *unschuldig ist*, lag ihr auf der Zunge. Aber Mary Bartle konnte durchaus auch schuldig sein. »Weil keine Frau durchmachen sollte, was sie durchmacht.«

Der Einspänner verlangsamte die Fahrt und hielt an einer Bordsteinkante.

Frances sah aus dem Fenster. »Wo sind wir?«

James öffnete den Wagenschlag und duckte sich unter dem Türrahmen hindurch. Er klemmte seinen Regenschirm unter den linken Arm, schlenkerte mit der Aktentasche und reichte ihr eine Hand. »Du hast doch gesagt, du möchtest Austern haben.«

Zögernd nahm Frances seine Hand. »Ich dachte, wir könnten vielleicht in dem Restaurant essen, in dem wir am Sonntagabend waren.«

»Ich weiß etwas Besseres.« James kramte eine Münze aus der Tasche und warf sie dem Kutscher zu.

Offenbar war dem Kutscher die Umgebung ebenso unheimlich wie Frances. Die Zügel knallten, und der Einspänner polterte über das Kopfsteinpflaster. Die hölzernen Ladenfronten waren alt und großenteils mit Reklametafeln vernagelt. Frances sah kein einziges Restaurant. James rückte den Regenschirm unter seinem linken Arm zurecht und reichte ihr den rechten. An einem heruntergekommenen Geschäft mit einem kleinen Schaufenster hing ein Schild mit der Aufschrift »Muscheln und Schalentiere«. Eine matte Gaslampe schien durch eine offenbar jahrealte Schmutzschicht. Das restliche Glas war von verblichener roter Farbe bedeckt.

»Ist das …?«, fragte Frances unsicher.

»Lass dich vom äußeren Erscheinungsbild nicht täuschen.« Unter der Krempe des Zylinders war zu erkennen, dass die Anspannung in James' Gesicht nachließ. »Hier gibt es die besten Austern der Stadt.«

»Essen wir hier?«

Wie viel Zeit mochte ihnen bleiben, bis James wieder ins Gericht musste?

»Nein«, antwortete er und drückte ihre rechte Hand in seiner Armbeuge. »Mach die Tür auf.«

Zögernd griff Frances nach einem schwarz angelaufenen Türknauf. Über ihren Köpfen bimmelte eine große, rostige Glocke. Glastanks mit Wasser reihten sich in dunklen Regalen. Staunend entdeckte Frances große Kreaturen mit vorquellenden Augen, Scheren und fächerförmigen Schwänzen, die miteinander kämpften. Ihr Kampf war sinnlos, da ihre gefährlich wirkenden Scheren fest zugebunden waren. James trat an einen Wassertank mit dunkelgrünen Muscheln.

Frances gesellte sich zu ihm. »Austern?«

Zwei nussbraune Augen funkelten sie an. »Wie sie leiben und leben.«

Im Restaurant hatten sie die Austern geöffnet serviert bekommen. Das war in diesem Laden nicht der Fall, merkte Frances.

»Was darf's sein?«, fragte eine zittrige Stimme.

James schaute Frances in die Augen. »Wir nehmen zwei Dutzend Austern auf Eis. Haben Sie frische Zitronen?«

»Ja.«

Sie musterte die verschiedenen Aquarien, während der wenig neugierige Ladenbesitzer die Austern einpackte. »Was sind das für Tiere?«

»Hummer.«

»Sie sehen aus, als würden sie beißen.«

Frances brauchte James nicht erst in die Augen zu schauen, um zu wissen, dass er lachte. »Nicht wenn sie gekocht sind.«

Sie betrachtete die Hummer eingehender. »Schmecken sie gut?«

»Sehr.«

Sie deutete auf einen Tank voller breiter, flacher Wesen, die statt zwei Scheren nur eine besaßen, aber ebenso angriffslustig wirkten wie die Hummer. »Was sind das?«

»Krebse.«

Es gab so vieles, was sie noch kennenlernen musste.

»So, bitte schön.«

Schnell drehte Frances sich zu dem Ladenbesitzer mit den wässrigen Augen um und griff in ihr Täschchen. James hatte ihr neulich Austern spendiert, nun wollte sie ihn damit verwöhnen. »Was macht das?«

Dem alten Mann machte es offenbar nichts aus, Geld von einer Frau anzunehmen.

Frances steckte zwei dicke Zitronen in ihr Retikül und musterte prüfend das mit Eis bepackte Fässchen, bevor sie es hochhob und an ihre Brust drückte. »Gehen wir?«

James öffnete den Mund, als wolle er etwas sagen, hielt ihr dann aber wortlos die Tür auf, so dass die rostige Glocke bimmelte. »Nach dir.«

Die Straße war menschenleer. Unsichtbare Augen folgten ihnen und bohrten sich zwischen ihre Schulterblätter. Entweder hat mein Urlaub in London mich träge gemacht, oder die Austern vermehren sich zusehends, dachte Frances, als sie um die Ecke bogen.

»Warum hast du die Droschke fortgeschickt?«, fragte sie und drückte das Fässchen fester an sich, um ihre schmerzenden Muskeln zu entlasten.

»Um unentdeckt zu bleiben.« Eine offensichtlich altgediente vierrädrige Kutsche bog um die Ecke. »Ihr Wagen, Madam.«

Dankbar ließ Frances sich auf den abgenutzten Ledersitz fallen. Die Adresse, die James dem Kutscher nannte, kannte sie.

Er setzte sich neben sie und schloss den Wagenschlag. »Wie weit hättest du das noch getragen?«

Sie war eine zupackende Frau vom Land, keine Dame der Londoner Gesellschaft. »So weit wie nötig.«

»Ich hätte es doch tragen können.«

»Du hast deine Aktentasche«, erwiderte sie sachlich. »Außerdem: Wieso hättest du es tragen sollen? Schließlich wollte ich Austern haben.«

Das linke Rad sackte in ein Schlagloch.

Ein fester Arm legte sich um ihre Schultern, heißer Atem streifte fedrig ihre Schläfe. »Was hältst du davon, die gesamte Dienerschaft eines Hauses glücklich zu machen?« Aus seinem Ton sprach jungenhafte Begeisterung.

Frances wandte ihm den Kopf zu. Seine Lippen – die volle Unterlippe war verlockend – waren dicht vor ihren. »Wie denn?«

»Indem wir ihnen den Tag freigeben.«

Sie suchte den Blick seiner nussbraunen Augen, die im Dämmerlicht der Kutsche dunkel wirkten. »Haben wir den ganzen Tag für uns?«

»Und die Nacht.« James rückte seine Aktentasche und den Schirm zurecht. Dabei verlagerte sich das Gewicht, das ihren Schultern Halt gab. »Und morgen ebenfalls, wenn du mich willst.«

Noch nie hatte Frances etwas so unbedingt gewollt wie James Whitcox. Sein unerwartetes Geschenk trieb ihr Tränen in die Augen und schnürte ihr die Kehle zu. »Ich muss meinem Personal Bescheid geben, wo ich bin.«

»Ich werde einen Diener hinschicken.«

»Ich brauche frische Kleider.«

»Schreib eine Liste, dann kann der Diener mitbringen, was du benötigst.«

Die Vorzüge des Reichtums.

»Wieso hast du gesagt, du hättest die Droschke fortgeschickt, um unentdeckt zu bleiben?«

»Vor dem Gericht hätte jemand sehen können, wie ich in die Droschke gestiegen bin.« Das Leuchten in seinen Augen erlosch. »Er hätte sich die Nummer notieren und den Kutscher ausfindig machen können. Ich möchte aber nicht, dass jemand die Adresse unseres Hauses erfährt.«

Die Herrenhäuser in Queen's Gate lagen im Schutz hoher Backsteinmauern und Eisentore, das Stadthaus dagegen besaß weder Tor noch Zaun. Das Verlangen, das ihren Puls schneller schlagen ließ, verwandelte sich in Angst. »Wäre es gefährlich, wenn jemand von dem Stadthaus wüsste?«

»Gefährlich nicht.« Sein Ton war ruhig, seine Miene verschlossen. »Aber ärgerlich. Reporter können sehr aufdringlich sein.«

Frances schob die Erinnerung an die wütenden Stimmen beiseite, die sie im Gerichtssaal gehört hatte. »Du musst ziemlich hungrig sein.«

Seine Augen unter dem Rand des schwarzen Zylinders waren vorsichtig. »Wieso?«

»Du hast zwei Dutzend Austern bestellt.«

Ein Leuchten erhellte seine Miene. »Ein Aphrodisiakum, Frances.«

38

Die Muscheln sind sauber«, erklärte Frances und biss sich auf die Lippen, während sie sorgsam einen Schmutzfleck abbürstete, den sie übersehen hatte. »Bist du mit den Zitronen fertig?«

Eine scharfe Messerklinge fuhr in Holz. »Sofort.«

Erotische Vorfreude würzte ihre kameradschaftliche Häuslichkeit. Frances stand am Spülbecken, wickelte sich ein Handtuch um die linke Hand und packte eine graue Muschel fest um die untere Schale.

»Vorsicht.« Verlockende Wärme lehnte sich an sie, durchdringender Zitronenduft hüllte sie ein. »Du darfst die Muschel nicht schräg halten.«

»Ich weiß«, sagte Frances und zitierte ihn: »Sonst läuft die Austernflüssigkeit aus.«

James reichte ihr ein Messer mit Holzgriff. Behutsam schob sie die Spitze der dünnen Klinge in das Gelenk der Muschel.

»Steck es hinein«, murmelte James leise mit heißem Atem. Er legte seine Hand unter ihre. »So. Und jetzt drehst du es vorsichtig, bis du spürst, dass die Muschel nachgibt.«

Die Muschel sprang auf.

Frances musterte das helle, zungenförmige Muschelfleisch. »Sie lebt doch nicht wirklich, oder?«

»Allerdings.«

»Aber das Eis hat sie doch sicher …«

»Lebendig erhalten«, sagte James. »Schneide den Muskel durch.«

»Wo?«

Ein langer, zitronenfleckiger Finger zeigte es ihr. Frances durchtrennte die zarte Verbindung.

»Schnell.« Seine Finger – ebenso heiß wie sein Atem – hoben ihre Hand an. »Schluck.«

Im Restaurant hatte der Kellner die Muskeln durchtrennt. Eis hin oder her, die Austern waren tot, als er sie serviert hatte. Plötzlich spürte sie das Leben dieser Auster an ihren Fingern pulsieren. Eine scharfe Muschelkante legte sich an ihre Lippen. Gleichzeitig füllte die Flüssigkeit ihren Mund. Frances schloss die Augen und schluckte. Die Auster glitt durch ihre Kehle. Ohne Vorwarnung wich die Muschel heißen Lippen und einer noch heißeren Zunge, die sich in ihren Mund schob. Frances meinte den Herzschlag der Auster in ihrem Magen zu spüren. An ihrem Gaumen spürte sie James' sehr reale Zunge pulsieren. Beide Herzschläge schossen unmittelbar in ihre Vagina. Keuchend wandte sie den Kopf von seinem brennenden Kuss ab, um nach Luft zu ringen.

James hob ihren Kopf an und genoss die unverhohlene Begierde in ihren Augen. »Das wollte ich schon am vergangenen Sonntag tun.«

Frances schluckte. Sein salziger Geschmack vermengte sich mit dem der Auster. »Ich bin mir nicht sicher, ob ich es da schon so zu würdigen gewusst hätte wie jetzt.«

Warme Finger massierten sanft ihren Hals. »Wieso?«

Frances drehte sich um, legte die leeren Schalen beiseite und nahm eine frische Auster von der Spüle.

James zog die Hand von ihrem Hals fort und reichte ihr das Messer. Im Gegensatz zu ihren Fingern waren seine völlig ruhig. »Schiebe es hinein.«

Frances führte die dünne Messerklinge ein und musste daran denken, wie behutsam er in der Kanzlei seine Finger in ihre Vagina geschoben hatte. Wie durch ein Wunder öffneten sich die Muschelhälften, ohne die Auster zu beschädigen. Vorsichtig durchtrennte sie den Muskel.

»Beug dich herunter«, sagte sie bebend. Er ging leicht in die Knie, bis sein Kopf auf einer Höhe mit ihrem war. »Mach die Augen zu.«

Dunkle Wimpern warfen gefächerte Schatten auf seine Wangen. Die Ruhepause in seiner Kanzlei hatte die dunklen Ringe unter seinen Augen nicht gemildert. Frances hielt ihm die Muschel an die Lippen und kippte ihm die lebendige Auster in den Mund.

Schnell legte sie die Schale beiseite und fasste behutsam an seinen Hals, der kräftiger und von einzelnen Bartstoppeln überzogen war. »Schluck.«

Sie spürte, wie seine Halsmuskeln sich dehnten. Gleichzeitig schob sie ihm ihre Zunge in den Mund. Die Auster war süß. Sein Mund war salzig und heiß. Die Auster glitt durch seine Kehle an ihren Fingern vorbei. Frances stieß mit der Zungenspitze gegen seinen geriffelten Gaumen. Ein heiserer Laut der Begierde drang aus seiner Kehle. Sein Hunger ließ ihre Brüste schwellen. Langsam ließ sie seinen Mund und seinen Hals los. Seine Lippen glänzten feucht. Von ihr.

Die Wirkung ihres Kusses zu beobachten schürte eine Erregung, die tiefer reichte als in ihren Schoß und erotischer war als jede Berührung. Schlagartig erkannte Frances, dass James genau dasselbe empfand, wenn er die Begierde sah, die er in ihr entfachte. Er richtete sich auf und musterte sie eindringlich. »Ich glaube, keiner von uns beiden war am Sonntagabend schon hierzu bereit.«

Am Sonntagabend hatte er sich auf den Bartle-Prozess vorbereiten müssen. Aber mittlerweile war Mary Bartle frei. Schweigend öffnete Frances eine weitere Auster.

»Mach die Augen zu und nimm sie in den Mund«, sagte James gepresst. »Aber schluck erst, wenn ich es dir sage.«

Mit geschlossenen Augen behielt Frances die Auster im Mund und bereitete sich auf seinen Kuss vor. Aber sie musste feststellen, dass sie durchaus nicht darauf vorbereitet war.

Warmer Druck legte sich an ihren Hals. »Schluck.«

Ihre Halsmuskeln stemmten sich gegen die Barriere seiner Hand, und die Auster glitt wie eine Zunge über ihre Zunge. Gleichzeitig drang seine Zunge in ihren Mund, und die Auster flutschte zwischen seinen Fingern durch ihre Kehle hinunter in ihren Magen, während seine Zunge an ihrem Gaumen leckte und unmittelbar ihren Schoß erreichte. Die beiden Zungen, die sie ausfüllten, raubten ihr den Atem.

»Mach die Augen auf, Frances.«

Sie schlug die Augen auf und packte seine Finger, die alle ihre Geschlechtsorgane gleichzeitig zu massieren schienen: Gebärmutter, Vagina, Klitoris und Brüste. Der Blick seiner dunklen Augen zog ihr das Herz zusammen.

»Du bist wunderschön«, raunte er, als ob es ihm wehtäte, sie anzuschauen.

»Wenn ich mit dir zusammen bin, fühle ich mich auch schön«, flüsterte sie. Leidenschaftlich. Lebendig. Bei ihm besaß sie alle Eigenschaften, die sie sich nie zugetraut hätte.

Mit offenen Augen beobachtete er, wie sie ihn beobachtete, beugte sich herunter und küsste sie. James versteckte sich ebenso wenig vor Frances wie sie sich vor ihm. Sie zeigte ihm die Zärtlichkeit, die er in ihr weckte. Er zeigte ihr das Verlangen, das sie in ihm schürte. Flatternd schlossen sich seine Augenlider, und er leckte zärtlich an der Innenseite ihres Mundes, bis sie die Arme um seinen Nacken schlang und es ihm nachtat. Dankbarkeit durchströmte sie für die Lust, die er ihr so selbstlos schenkte.

»Ich wollte am vergangenen Sonntag auch gern etwas machen«, raunte sie in seinen Mund.

Seine Zungenspitze streifte ihre Zunge, als koste sie ihre Worte. »Was?«

Die Frage vibrierte tief in ihrem Unterleib. »Setz dich.«

James war neugierig: Ohne Zögern setzte er sich an den Küchentisch. Frances fragte sich, wer sich je die Zeit genommen haben mochte, ihn verspielt zu necken und zu locken. Sie wusste, dass niemand sich Zeit genommen hatte, mit ihm die simplen Dinge zu tun, die sie heute getan hatten: sich gegenseitig zu wärmen, festzuhalten, zu füttern.

»Dreh deinen Stuhl um, bis du mit dem Rücken zum Tisch sitzt«, sagte sie heiser.

James tat es.

»Spreiz die Beine.«

Mit rührend harmloser Miene spreizte James die Schenkel. Frances nahm den Teller mit den Zitronenschnitzen vom Tisch und kniete sich zwischen seine Füße. Ihre Knochen knackten. Mit einem raschen Blick in sein Gesicht vergewisserte sie sich, dass er das verräterische Geräusch des Alterns nicht bemerkt hatte oder sich nicht daran störte. Zum Glück boten ihre Unterröcke und Röcke ihren Knien ein weiches Polster auf dem harten Küchenboden.

Sie sah ihm tief in die Augen und sagte zielstrebig: »Reiche mir bitte die Worcestershire-Sauce.«

Die aufflackernde Glut in seinen Augen raubte ihr den Atem. Er nahm ihr Gesicht in seine bebenden Hände. »Ich bin keine Auster, Frances.«

Sie griff nach seinem Hosenschlitz. »Ich weiß, was du bist, James.«

Sanft zog er mit den Daumen an ihren Mundwinkeln. »Wenn du das tust, ejakuliere ich in deinen Mund.«

Ein Elfenbeinknopf glitt durch ein enges Knopfloch. »Ich möchte dir mit meinem Mund Lust bereiten«, sagte Frances. Eine weitere Körperöffnung, ein weiterer Ring, der stärker verband als Gold.

Er half ihr bei den Hosenknöpfen, befreite sich von seiner Unterwäsche und reichte ihr die Worcestershire-Sauce.

Frances stellte die Schale auf den Boden und setzte sich auf ihre Fersen. Behutsam nahm sie seinen Penis in beide Hände. Er war eingekerbt, purpurrot und glänzte ebenso wie eine frische, reife Pflaume vor Tau.

»Ich fand dein Geschlecht nie hässlich.«

Ein klares Sehnsuchtströpfchen quoll aus dem winzigen Auge.

James presste die Handflächen flach auf seine Schenkel. »Aber deins fandest du hässlich.«

Frances beugte sich herunter und kostete die Begierde, die sie auslöste. »Vor Montagabend habe ich mein Geschlecht noch nie gesehen«, sagte sie wahrheitsgemäß und badete sein pralles Glied in ihrem Atem. Der pflaumenförmige Kopf war ebenso empfindsam wie ihre Klitoris. Eichel hatte er ihn genannt.

»Und nachdem du es jetzt gesehen hast?«

Sie nahm einen Silberlöffel und träufelte langsam etwas Worcestershire-Sauce auf den pflaumengroßen Kopf, der so tief in sie eingedrungen war, dass James sich ihr für immer eingeprägt hatte. »Ich finde unser Geschlecht schön.«

Dunkles Rot überzog tiefes Purpur. Frances presste den Zitronenschnitz aus, bis der helle Saft wie Tränen in der dunklen Worcestershire-Sauce glitzerte. Nicht nur Lust ließ James scharf den Atem einsaugen.

Rasch blickte Frances auf. »Brennt es?«

»Ja«, sagte er angespannt.

»Soll ich aufhören?«

Begierde ließ seine Augen dunkel werden, als seine langen, eleganten Finger sich bebend an ihren Hinterkopf legten und sie nach vorn zogen.

39

Nein.« James' Stimme klang wenig überzeugend.

»Doch.« Frances' Ton war entschlossen.

»Frances.« Er starrte auf sie hinunter und hatte das merkwürdige Gefühl, dahinzuschmelzen. »Woher nimmst du bloß diese Energie?«

An einem einzigen Tag hatte er mehr von London gesehen als in seiner Kindheit in einer ganzen Saison: den Tower, Madame Tussauds Wachsfigurenkabinett, die Nationalgalerie und nun noch einmal den Kristallpalast.

Feierlich hielt Frances seinem Blick stand. »Das muss an den Austern liegen.«

James warf den Kopf in den Nacken und lachte lauthals, so dass es die schrillen Schreie zerrender Kinder und die mahnenden Rufe von Müttern und Kindermädchen übertönte.

»Ich höre dich gern lachen«, sagte Frances. Ihre Schulter rieb sich vertraut an seiner, ihre Hand lag vertrauensvoll in seiner Armbeuge.

Das Engegefühl in seiner Brust zog sich bis in seine Hoden. »Ich mag es, wenn du meinen Namen rufst.«

»Das liegt eindeutig an den Austern.«

»Ich kapituliere.« Seine Augen legten sich in anerkennende Fältchen. »Also gut: eine Ballonfahrt.«

Der schwerelose Aufstieg krampfte ihm den Magen zusammen. James legte den Arm um Frances' Taille und sah die Leute unter ihnen auf Insektengröße schrumpfen.

»Sieh nur!« Frances beugte sich über den Korbrand und deutete auf die Flussaue. Von oben wirkten die Dinosaurier mehr denn je, als ob sie nach einer Kinderzeichnung gebaut wären.

Statt auf den Wind, der den Korb schüttelte, und das Feuer, das dem Ballon Auftrieb gab, konzentrierte er sich auf Frances. Ihre Wangen waren gerötet, ihre Stimme klang aufgeregt. Sie freute sich ebenso ungehemmt an der Ballonfahrt wie an ihm. Er hatte nicht gewusst, dass Lust schmerzhaft und Schmerz lustvoll sein konnte. In jedem Augenblick, den er mit Frances verbrachte, lernte er neue Gefühle kennen.

»Sieh mal.« Er zog sie von dem gefährlichen Korbrand fort, bis ihre Tournüre sich flach an seine Lenden schmiegte und ihre Hutfedern ihn an der Wange kitzelten. »Sieh dir die Fontäne an.«

Wind verwehte den 75 Meter hohen Wasserstrahl zu schäumender Gischt. Hoch oben in den Lüften zu schweben erfüllte ihn mit Frieden. Hier galt es keine Richter versöhnlich zu stimmen, keine Geschworenen zu beeindrucken. Hier gab es nur die Wärme und rückhaltlose Zufriedenheit einer wunderbaren Frau.

Der Abstieg des Ballons ließ sein Herz schwellen und die Jahre schwinden. »Was jetzt, Madame?«

Frances musterte ihn schräg von unten. In ihren Augen funkelte Freude. »Es hat dir gefallen.«

»Ich war ja auch mit dir zusammen.« Mit einem Finger prüfte er die Temperatur ihrer Wange. Ihre Haut brannte, wenn sie sexuell erregt war. »Mehr brauche ich nicht.«

»Das ist lächerlich«, sagte Frances unvermittelt mit bebender Stimme. Sie war für seine Berührungen ebenso empfänglich wie er für ihre.

James wurde sofort hellhörig. »Was?«

»Ich kann mich nicht rühren, dich ansehen oder anfassen, ohne mich zu erinnern.«

»Woran erinnern?«

»Wie kratzig dein Brusthaar ist.« James spürte den Druck ihrer Brustwarzen. »Wie heiß deine Zunge ist.« James schmeckte die feuchte Wärme ihres Mundes. »Wie tief du in mich eindringst.« James sah den straffen Ring ihrer Vagina vor sich.

Ein Junge, der einen Reifen mit einer Peitsche antrieb, rannte an ihnen vorbei.

»Gut.« Ihre heiße Wange brannte an seinen Fingern. »Ich will, dass du dich erinnerst.« Er zog ihre Hand in seine Armbeuge. »Machen wir einen Rundgang durch den Kristallpalast?«

Das Licht, das von den Glasscheiben glitzerte, war gleißend. Die Fontänen, die in die Luft schossen, waren ohrenbetäubend. Die Feuchtigkeit, die der Wind herüberwehte, war stechend. Frances schwelgte in der Parkanlage, James schwelgte in Frances. Eine schwere Glastür fiel hinter ihnen ins Schloss. Sofort wich das Tosen der Fontänen einem leisen Plätschern. Über ihren Köpfen zogen sich gebogene Eisenträger durch das Glasgewölbe.

»Es riecht himmlisch«, sagte sie leise, als sie einen Steinbrunnen mit Wasser speienden Löwen betrachtete.

»Sie parfümieren das Wasser.« Seine Stimme hallte dumpf wider.

»Kann man den Duftzusatz kaufen?« Alles war käuflich, wenn man bereit war, den entsprechenden Preis zu zahlen.

»Das denke ich doch.«

Dienstags herrschte im Kristallpalast nicht so viel Betrieb wie sonntags. Ihre Schritte hallten auf dem Holzboden, als sie harmonisch weitergingen.

»James.« Im römischen Hof zog Frances ihn zu einer überlebensgroßen Statue. »Er hat gar kein Feigenblatt.«

Seine Mundwinkel verzogen sich zu einem Grinsen, als ihm einfiel, welche Furore die Statuen ohne Feigenblatt ausgelöst hatten. Die meisten hatte man nachträglich mit Feigenblättern versehen, aber einige waren von der Änderung verschont geblieben. »Im *Punch* stand ein Leserbrief mit dem Vorschlag, dem Kristallpalast abgelegte Unterwäsche zu schicken.«

Frances' Lachen hallte durch den Hof. James strich ihr leicht über den Rücken, bevor er die Hand gleich über der Tournüre in ihr Kreuz legte. Sie schmiegte sich in seine Hand, ihr Lachen verebbte.

Ihre ungehemmte Sinnlichkeit griff James ans Herz. »Auch ich mag dein Lachen, Frances.« Es berührte ihn fast ebenso tief wie ihre kleinen Schreie kurz vor dem Höhepunkt. James wollte Möbel, die ihrem Zuhause Frances' Stempel aufdrückten. Also führte er sie in den Ostflügel mit der riesigen Haushaltsausstellung.

»Siehst du irgendetwas, was dir gefällt?«, fragte er beiläufig, als er mit ihr an Reihen von Diwans, Sesseln und Lampen entlangging.

Frances ließ sich von seinen Machenschaften nicht täuschen. »Ich mag dein … *unser* Zuhause so, wie es ist, James.« Aber sie betrachtete es noch nicht als ihr Zuhause.

Prasselndes Wasser erregte seine Aufmerksamkeit. Neugierig trat er an einen Apparat mit Glasgehäuse.

»Sir.« Ein junger Verkäufer mit glänzendem Gesicht, glatten, braunen Haaren und eifrigen braunen Augen stürzte sich auf James. »Das ist unser vielseitigstes Kombinationsbad. Es ist einfach und effizient in der Handhabung. Und es ist vollkommen sicher: Die Heiß- und Kaltwasserzufuhr ist so geregelt, dass der Badende sich unmöglich verbrühen kann. Die vier vertikalen Säulen, die den Haupt- oder Nadelsprühstrahl abgeben …«, ein knochiger Finger deutete auf die vier Rohre in den Ecken der gläsernen Duschkabine, »sind in einem Winkel perforiert, dass der Körper des Badenden vollständig mit Wasser berieselt wird. Die beiden Leberdüsen sind allseits verstellbar und lassen sich auf die unterschiedliche Größe der jeweiligen Benutzer einstellen.« James spürte einen sanften Druck in seiner Seite.

Geistesabwesend legte er Frances die Hand in den Rücken. »Der Duschkopf ist großzügig bemessen, wie Sie sehen. Und selbstverständlich lassen sich die vier verschiedenen Sprühvorrichtungen separat oder auch kombiniert benutzen.«

James musterte das Kombinationsbad ausgiebig. Die Nadelsprührohre reichten vom Boden bis zur Decke. So etwas hatte er noch nie gesehen.

»Sie sagten, es gebe vier verschiedene Sprühvorrichtungen, Sir«, warf Frances durch das monotone Rieseln des Wassers ein. »Ich sehe nur drei.«

Das blasse, glänzende Gesicht des jungen Mannes lief rot an. »Da ist noch eine .. ähm …Rosendüse, Ma'am.«

»Wo?«, fragte James.

Der junge Mann deutete auf den Abfluss im Boden der Dusche.

»Der Abfluss ist eine Sprühdüse?«, fragte Frances verwirrt.

»Nein, Ma'am.« Der junge Mann wich ihren Blicken aus. »Die Rosendüse muss aufgeschraubt werden.«

»Schrauben Sie sie bitte auf«, befahl James fasziniert.

»Ich … ich müsste dazu erst das Wasser abdrehen, Sir.«

»Dann tun Sie es.«

Mit unbeholfenen Handgriffen drehte der Verkäufer das Wasser ab, ging in die Hocke und versperrte ihnen lange die Sicht auf den Boden der Dusche, bevor er linkisch wieder aufstand.

James schaute gespannt hin. »Führen Sie es vor.« Wasser spritzte aus allen vier Düsen. »Wir nehmen es«, sagte er ausdruckslos und war plötzlich schmerzlich steif.

»Oh, Sir, ich muss schon sagen.« Jede Verlegenheit war vergessen, als der Verkäufer James anstrahlte. »Eine hervorragende Wahl. Ich bin überzeugt, Sie und Ihre Gattin werden vollauf zufrieden sein. Es wird mit Marmor oder Schiefer Ihrer Wahl geliefert. Was hätten Sie denn gern?«

James war ebenfalls überzeugt, dass sie vollauf zufrieden sein würden. Betont fragte er: »Was hättest du gern, Frances?« In ihren Augen sah er, wie Verlangen mit Unabhängigkeit, wie Erregung mit Genügsamkeit rang.

Frances atmete so tief durch, dass ihre Brust sich hob und senkte. »Kann ich bitte die Marmorproben sehen?«

Genugtuung ließ seine Brust schwellen: Sie hatte den ersten Schritt getan, das Stadthaus zu ihrem Zuhause zu machen. Frances entschied sich für goldgeäderten Marmor, passend zum Boden des Badezimmers, und er bezahlte die Anschaffung. Die Installation vereinbarten sie für die folgende Woche.

Seine Finger spürten die Wärme ihres Rückens. »Sollen wir nach Hause gehen?«

Frances blieb schweigsam, bis sie im Zug saßen. Dieses Mal fuhren sie erster Klasse statt dritter. »Der Verkäufer hat mich für deine Frau gehalten.«

In allem, bis auf den Namen, war sie es. »Ja.«

»Ich glaube, die Leberdüsen sind gar nicht für die Leber, James.«

»Ich glaube, die Rosendüse ist gar keine Damendusche, Frances«, antwortete James spöttisch. Obwohl man sie sicher als solche benutzen konnte.

»Sie hat die Form eines Penis«, flüsterte Frances und schaukelte mit dem Zug hin und her.

»Ich weiß«, antwortete er flüsternd und schaukelte mit ihr.

»Ich bezahle natürlich die Hälfte.«

James schluckte seinen Stolz hinunter. »Natürlich.«

Sie war ganz aufgeregt. »Ich werde die Installation beaufsichtigen.«

Sie wollte sein Geld nicht, und er wollte ihre Dienste nicht. »Dafür habe ich einen Butler, Frances.«

»Probiert ein Butler auch die Rosendüse aus, James?«

Die Vorstellung, dass Frances auf der Rosendüse hockte und Wasser ihre Vagina durchspülte, schnürte ihm die Brust zu. »Wirst du sie denn ausprobieren?«

»Ich weiß nicht recht, ob mir eine Dusche gefällt.«

»Wieso nicht?«

»Sie wäscht dich aus mir heraus.«

James konnte nicht anders, er musste Frances in den Arm nehmen und ihren Geruch einsaugen: den Duft von Vanille und den schwachen Moschushauch ihrer Vereinigung. »Dann muss ich dich eben wieder mit mir anfüllen.«

Sinnliches Wissen glimmte in ihren Augen. »Gestern Abend …«

James erinnerte sich an das Brennen der Zitrone und die feuchte Hitze ihres Mundes. »Was?«

»Du schmeckst besser als eine Auster.« Sie hatte seinen Samen geschluckt und dabei ausgesehen, als äße sie etwas Köstliches.

»Wie fühlte sich mein Samen an, als du ihn geschluckt hast?«, fragte er leise.

»Lebendig, ganz lebendig, oh«, zitierte sie.

Der Zug hielt mit kreischenden Bremsen. Dampfschwaden sperrten das Licht aus. Widerstrebend ließ James Frances los und rückte ihren Hut gerade. Mit ernster Miene hob sie die Hände und rückte seinen Zylinder zurecht. Auf dem Bahnhof herrschte ohrenbetäubender Lärm.

»James.«

Er beugte sich zu Frances hinunter. »Was ist?«

»Du bist viel besser bestückt, als die Römer es waren.«

Er lachte. Die Spannung in seinen Lenden wuchs. Er schob ihre Hand fester in seine Armbeuge, wich einer Gruppe müder Arbeiter aus und führte sie durch den Seitenausgang hinaus. »Möchtest du ein Eis, bevor wir nach Hause fahren?«

Ihre Augen funkelten vor Freude. »Ja, bitte.«

Die Straßen waren voller Menschen, die zum Abendessen nach Hause eilten. Verkäufer boten eifrig Pasteten und Muffins feil. James legte beschützend den Arm um Frances' Taille und zog sie in eine belebte Konditorei. Ein weißes Emailletischchen im hinteren Teil war noch frei. Er rückte Frances den Stuhl zurecht und setzte sich. Ungeduldig schob er eine Zeitung beiseite, hielt aber mitten in der Bewegung inne, als er bemerkte, dass sie ganz blass wurde. »Was ist?«

Sie starrte wie gebannt auf die Zeitung.

Beklommen schaute er nach unten. Die Schlagzeile sprang ihn an: »Sieg der Gerechtigkeit: Mary Bartle tot.«

40

Im Schneckentempo drehte James mit seinen Fingern, die sie erst vor wenigen Stunden geweitet hatten, um tiefer in sie eindringen zu können, die Zeitung um.

Die Frau, die am Mittwochmorgen mit ergeben gefalteten Händen auf der Anklagebank gesessen hatte, starrte Frances nun auf dem Kopf an. Neben der Fotografie von Mary Bartle war James mit Perücke abgebildet, wie seine Züge sich ihr unauslöschlich eingeprägt hatten.

Nun beugte er sich mit ausdrucksloser Miene über die Zeitung.

»Guten Tag, Madam, Sir. Die heutige Tagesspezialität … Sir!«, schrillte eine junge, unmännliche Stimme, die Frances durch den Nebel in ihrem Kopf als die des Kellners registrierte. »Sie sind doch derjenige, der diese Mörderin freigekriegt hat!« Die Stimme des jungen Mannes war durchdringend wie eine Sirene.

Mehrere Köpfe schnellten zu ihnen herum. Aus den Augenwinkeln sah Frances einen Mann mit Makassaröl im dunklen Haar, der Stift und Schreibblock aus einem karierten Wolljackett zog und von einem weißen Emailletische aufstand.

Just in diesem Moment richteten sich zwei nussbraune Augen auf Frances. »Sag nichts, geh einfach weiter.«

Unwillkürlich lag ihr auf der Zunge, zu fragen, wie sie »einfach weitergehen« sollte, wo sie doch saß. Aber schon saß sie nicht mehr, denn James packte sie wie ein Schraubstock am

Oberarm und führte sie auf den Ausgang des Cafés zu, während der Mann mit dem Schreibblock sich zwischen den besetzten Tischen durchzwängte, um sie abzufangen.

»Was haben Sie am Mittwochabend gemacht, Mister Whitcox? Wussten Sie, dass Mary Bartle Selbstmordabsichten hatte?«

Mit unnachgiebigem Griff lenkte James Frances um einen besetzten Tisch herum. Mehrere Damenhüte mit nickenden Federn drehten sich zu ihnen um. Das Aufheben, das der Reporter um sie veranstaltete, war Frances peinlich.

»Was für ein Gefühl ist es, wenn eine Mandantin sich am Tag ihres Freispruchs erhängt?«, rief der Reporter hartnäckig.

Die Tür war nur noch wenige Schritte entfernt.

»Finden Sie, dass die Gerechtigkeit gesiegt hat?« Der Mann folgte ihnen auf den Fersen. »Mit wem waren Sie zusammen, als Ihre Mandantin sich eine Schlinge um den Hals gelegt hat?«

Kalte Luft schlug Frances ins Gesicht.

»Fühlen Sie sich für ihren Tod verantwortlich?«

James hob seinen Regenschirm, um eine nahende Droschke anzuhalten. Er wartete gar nicht erst ab, bis sie am Straßenrand hielt, sondern schob Frances eilig auf die Fahrbahn und half ihr auf das kniehohe Trittbrett. Als ihr Fuß abrutschte, stützte er sie mit festem Griff.

»Hat sie einen Abschiedsbrief hinterlassen, in dem sie ihre Schuld bekennt?« Der Reporter folgte ihnen auf die Straße. »Was hat sie …«

»Fahren Sie, bis ich Ihnen sage, dass Sie anhalten sollen«, befahl James dem Kutscher.

»… nach dem Freispruch gesagt?«

Mit zitternden Beinen ließ Frances sich auf das rissige Lederpolster fallen. »Was hat sie …«

Der Wagenschlag knallte zu und dämpfte die Stimme des Reporters. Gleich darauf fuhr die Droschke mit einem Satz an.

Frances presste die Hände an die Brust. Noch durch ihren Veloursmantel spürte sie ihr Herz hämmern. James saß steif neben ihr und hielt den Regenschirm hoch, als wolle er ihn öffnen. Die Droschke raste um eine Ecke, so dass das linke Rad sich zur Seite neigte. Frances suchte an einem Ledergriff Halt.

»Halten Sie an!«, rief James durch die Dachluke dem Kutscher zu.

Unentdeckt bleiben.

Die Droschke kam schwankend zum Stillstand. Wortlos öffnete James den Wagenschlag und stieg aus. Es dauerte ein Weilchen, ehe er ihr die Hand reichte. Frances ergriff sie. Sie brauchte seine starke Hand, da ihre Beine noch immer zitterten. Die Straße war gespenstisch leer. Die zunehmende Dämmerung dämpfte ihre Schritte. Abrupt blieb James stehen.

Frances blickte benommen auf einen Jungen herunter, der in einem Hauseingang hockte und ein Butterbrot verschlang. Neben ihm an der Hauswand lehnte eine Reklametafel der *Pall Mall Gazette*. Immer noch wortlos warf James dem Jungen eine Kupfermünze in den Schoß und nahm eine Zeitung von dem kleinen Stapel neben den Füßen des Jungen. Er schob sich die Zeitung unter den Arm und winkte eine Droschke heran.

»Du hast so etwas wohl schon einmal erlebt«, stellte Frances fest, als sie neben ihn an die Bordsteinkante trat.

»Ja.« Er warf ihr einen flüchtigen Blick zu und trat beiseite, damit sie auf den Eisentritt steigen konnte. In dem aufsteigenden Ballon hatte Frances sich sicherer gefühlt als nun in der Droschke. Von Recht und Gesetz verstand sie nichts, aber die gefühllose Aufdringlichkeit des Reporters begriff sie noch weniger. Einen erschreckenden Moment lang hatte sie gedacht, er wollte mit ihnen in die Droschke springen. James zündete die kleine Innenleuchte an und las mit undurchdringlicher Miene die Zeitung. Das Rattern der Droschkenräder erfüllte den Wagen. Völlig zusammenhanglos überlegte Frances, wie viele Umdrehungen ein Rad wohl in einer, zwei, drei Sekunden machte. *Mit wem waren Sie zusammen, als sie sich eine Schlinge um den Hals legte?*

Die Tür des Stadthauses öffnete sich in dem Augenblick, als James die Hand danach ausstreckte, als habe der Butler drinnen auf sie gewartet.

Widerstrebend gab Frances ihm Mantel, Tasche und Hut. Ihr war furchtbar kalt. »Vielen Dank.«

»Es ist mir ein Vergnügen, Madam«, sagte der Butler im gleichen Ton wie Denton: weltgewandt und unerschütterlich.

Flüchtig fragte sie sich, ob es wohl eine Schule gab, die Butler ausbildete. Auch James und Avery Tristan sprachen völlig emotionslos. Hatten sie ihre stoische Ruhe im Jurastudium gelernt, oder hatten sie Jura studiert, weil sie diese stoische Einstellung besaßen?

»Peasebody.« James reichte dem Butler seinen Schirm.

»Ja, Sir?«

»Ich muss Ihnen sicher nicht ausdrücklich sagen, dass alle Dienstboten, die meinen Namen in Verbindung mit dieser Adresse erwähnen, sofort entlassen werden.«

Die Miene des Butlers blieb höflich. »Nein, Sir.«

Frances fiel auf, dass James die Zeitung in der Droschke liegen gelassen hatte. Würde derjenige, der sie als Nächstes las, wohl ebenfalls finden, dass die »Gerechtigkeit« gesiegt hatte?

»Sollte es dazu kommen«, James gab mit ausdrucksloser Miene seinen Mantel ab, »würde diese Person darüber hinaus nie wieder eine Anstellung finden.«

Der Butler legte sich den schwarzen Wollmantel über den Arm. »Ich verstehe, Sir.«

James reichte ihm seinen Zylinder, in den er seine Handschuhe gelegt hatte. »Sie und die anderen Dienstboten können sich den Rest des Tages freinehmen.«

»Vielen Dank, Sir.«

Frances spürte einen vertrauten Druck im Rücken und drehte sich mit James um.

»Sir.«

James blieb stehen, Frances ebenfalls, da sie mehr als die Wärme seiner Hand brauchte, um gegen die Eiseskälte anzukämpfen. »Ja?«

»Was soll die Köchin mit den Austern machen?«

Eine Mischung aus Lust und Schmerz wallte in Frances auf, als sie erfuhr, dass James zum Abendessen Austern bestellt hatte.

»Sagen Sie ihr, sie soll aufschreiben, wie man sie zubereitet«, erklärte James.

Frances legte die Hand auf das Treppengeländer und nahm die erste Stufe der Marmortreppe. »Sind sie lebendig?«

James nahm die zweite Stufe. »Nicht nachdem wir sie gekocht haben.«

In dem offenen Marmorkamin brannte kein Feuer, das die Kälte vertrieben hätte. James schloss die Schlafzimmertür, streifte die Schuhe ab und ließ sich auf die blaue Samtchaiselongue fallen. Seine dunklen Augen starrten sie stumm an. Frances befreite sich von ihrer Tournüre und setzte sich auf den Rand der Chaiselongue. Prompt hob James sie über sein Bein und setzte sie zwischen seine Knie. Ihre Knöchel lagen zwischen seinen, ihre Schuhe zwischen seinen schwarzen Seidensocken. Wärme hüllte Frances ein: seine Schenkel, seine Arme, sein Atem.

»Es tut mir leid«, murmelte er an ihrer Stirn.

Frances wärmte seine Handrücken mit den Handflächen und legte den Kopf an seine Schulter. »Was?«

»Ich wollte nicht, dass du das durchmachen musst.«

Er dagegen hatte »das« mehr als einmal durchgemacht.

»Diese verflixten Reporter«, sagte sie mit einem Kloß im Hals.

»Eine Dienerin hat sie Mittwochabend im Bett ihres Mannes gefunden.« Seine Finger bewegten sich in ihren Händen.

James öffnete den obersten Knopf ihres Mieders. »Sie hatte sich am Betthaupt erhängt.«

Frances legte sich auf die Seite, schlang ihm einen Arm um die Rippen und schmiegte den Kopf an seine Brust, um das Bild zu vertreiben, das seine Worte heraufbeschworen. An ihrer Hüfte spürte sie sein steifes Glied. Sein Herz pochte an ihrer Wange. »Es tut mir leid.«

Nur sie würde je erfahren, wie nahe ihm Mary Bartles Schicksal ging. Ein zweiter Knopf öffnete sich, und die Seide gab etwas nach.

»Eine sehr kluge Frau hat mir einmal etwas gesagt«, raunte James, während seine Lippen ihr Haar aufwühlten und seine Finger sich spreizten.

»Was?«, flüsterte Frances.

Ein schnappendes Geräusch übertönte kurz seinen Herzschlag. Kalte Luft jagte ihr eine Gänsehaut über die Brust.

»Sie sagte …« Ein zweites Schnapp begleitete sein Atemgeräusch. »… es sei besser, unter den Folgen des eigenen Tuns zu leiden als unter dem Verhalten eines anderen.«

Besser, von eigener Hand zu hängen, als vom Staat gehenkt zu werden?, hätte Frances gern gefragt. Oder von eigener Hand zu sterben, als qualvoll an Syphilis dahinzusiechen?

Aber diese Fragen würde sie niemals stellen können.

Lange, sensible Finger legten sich um ihre Brust. »Ich brauche es, in dir zu sein, Frances.«

Wahrscheinlich war er auch in ihr gewesen, als Mary Bartle sich das Leben genommen hatte.

Frances drängte die Schuldgefühle beiseite, die der Reporter ihr eingepflanzt hatte, und setzte sich auf. Der Abstand zwang James, die Hand aus ihrem Korsett zu nehmen. Sie knöpfte das Mieder ganz auf und ließ es auf die Chaiselongue fallen. James brauchte sie, aber Frances brauchte ihn ebenfalls. Sie brauchte ihn, damit das Leid, das Menschen einander antaten, einen Sinn bekam.

Ehemänner. Ehefrauen.

Mütter.

Lange, männliche Finger griffen um sie herum und öffneten den dritten Haken ihres Korsetts. James packte die beiden offenen Enden des Korsetts und zog es mit einem Ruck aus dem Rockbund, während Frances die Luft anhielt. Noch bevor sie Atem holen konnte, sprang das vierte Häkchen auf und kalte Luft umwehte ihre Brüste. Ihr Satinkorsett wanderte zu ihrem Seidenmieder. Angesteckt von seinem drängenden Verlangen, stand Frances auf, um sich die restlichen Kleider auszuziehen. Warme Hände stahlen sich unter ihren Rock und ihre Unterröcke. James fasste sie an den Hüften und zog sie mit dem Gesicht zu ihm auf seinen Schoß. Flüchtig sah sie seinen Penis steif und nackt wie eine reife Pflaume aus dem traurig schwarzen Wollstoff ragen. Gleich darauf verdeckten ihr Rock und ihre Unterröcke seine Hose und Weste unter einer Flut grüner und weißer Seide, während harte Hitze durch den offenen Schlitz ihrer Unterhose drang.

»Das Gleitmittel ...«

»Ich bin feucht genug«, raunte er.

Mit der linken Hand an ihren Pobacken, rieb er seinen Penis an der Pforte ihrer Vagina, bis sie sich für ihn öffnete und er ein Teil von ihr wurde. Sie wusste nicht, wie sie ihn verlassen sollte, wenn ihr Urlaub zu Ende ginge. Wer sollte ihn in Zukunft trösten?

»Ich erschrecke mich immer, wenn du in mich dringst«, sagte sie keuchend. Ihr Fleisch dehnte sich, um ihn aufzunehmen, was ohne das Gleitmittel etwas zwickte.

Sofort blickte er auf. »Tue ich dir weh?«

»Nein.« Die Wände ihrer Vagina, die ihn kniffen, behaupteten das Gegenteil. »Der Kopf ist nur so viel dicker als der Rest.«

»Mehr brauche ich gar nicht«, sagte er und hielt inne, als seine pflaumenförmige Eichel in sie eingedrungen war. »Nur deinen Ring.«

Die Wolle seiner Hose kratzte an den Innenseiten ihrer Schenkel. Frances strich ihm durch das bronzegoldene Haar mit den feinen silbernen Strähnen.

»Und deine Zärtlichkeit.«

Sie sah ihm ins Gesicht und begriff schlagartig.

Dunkle Wimpern umrahmten seine dunklen Augen. »Ich brauche deine Zärtlichkeit, Frances.«

Sie hob ihre linke Brust und reichte sie ihm. Seine Finger gruben sich in ihre Pobacken, seine Handkanten legten sich an ihre Schamlippen, um zu verhindern, dass er tiefer in sie eindrang, seine Lippen rieben über ihre dunkelbraune Brustwarze, dass es sie von der Brust bis in ihre Vagina durchzuckte.

»Ich brauche es, deinen Herzschlag zu schmecken«, raunte James an ihrer Brustwarze, die auf einmal so hart war, dass es schmerzte.

Sie sah, wie er den Mund öffnete, spürte das Schaben seiner Zähne, das ihr durch die Brust fuhr. Ihre Brustwarze wurde länger. Ihr Atem trieb ihr schwellendes Fleisch an.

»Ich brauche es, deinen schneller werdenden Atem zu hören.«

Seine Zungenspitze umspielte ihren Nippel. Ihr stockte der Atem.

»Ich brauche es, dass du das Gefühl hast, für mich sterben zu können.«

Frances hatte das Gefühl, auf der Stelle für ihn sterben zu können. Sengende Hitze umschloss ihre Brustwarze, als er mit der Zunge darüberfuhr. Sein Atem war feuchtheiß.

»Und ich brauche es, dass du das Gefühl hast, ohne mich sterben zu müssen.«

41

Wann haben Sie von Mistress Bartles Selbstmord erfahren, Mister Tristan?«

Die Stimme des Referendars wehte mit dem Duft frisch aufgebrühten Kaffees durch den Türbogen: »Gestern Morgen aus der Zeitung.«

James hatte tief in Frances gesteckt. Als Mary Bartle sich erhängt hatte wahrscheinlich ebenso wie zu der Zeit, als Avery Tristan es in der Zeitung gelesen hatte.

Er hängte seinen Hut neben seinen Mantel an die Garderobe. »Haben Sie versucht, mich zu erreichen?«

James hatte sowohl in seinem Stadthaus als auch in seiner Kanzlei Telefon und Telegrafen. Er wäre zwar nicht ans Telefon gegangen, aber sein Butler hatte Anweisung, alle Gespräche entgegenzunehmen.

»Nein, Sir.« Der Ton des Referendars klang nicht entschuldigend. »Das habe ich nicht.«

James wandte sich von der Garderobe ab. »Wieso nicht?« Wenn er es gewusst hätte, hätte er das Stadthaus mit Frances nicht verlassen.

»Sie hatten frei, Sir.« Der junge Mann kam mit zwei Bechern dampfenden Kaffees durch den Türbogen. »Seit ich bei Ihnen bin, haben Sie sich noch nie freigenommen.«

Frances hatte gesagt, Avery Tristan wolle eines Tages ebenso »gut« werden wie James.

»Sie dachten wohl, ich hätte etwas freie Zeit nötig?«

»Ja, Sir.« Aus den Augen des Referendars sprach die gleiche unerschütterliche Entschlossenheit, die James antrieb. »Allerdings.«

Noch nie hatte James so gut geschlafen wie in Frances' Gesellschaft. Er hatte keine Freizeit gebraucht, sondern eine Witwe aus Kerring, Sussex.

»Hat Mistress Bartle sich mit dem Büro in Verbindung gesetzt?«

»Nein, Sir.«

»Haben Sie sich mit Mistress Bartles Anwalt in Verbindung gesetzt?«

»Ja, Sir.«

»Er hat sie nach der Verhandlung nach Hause gebracht.« Außerhalb des Gerichts hatte James kaum Kontakt zu seinen Mandanten. Ein niedergelassener Anwalt kümmerte sich um die polizeilichen Ermittlungen und schrieb einen vorläufigen Bericht. »Hat sie durchblicken lassen, was sie vorhatte?«

»Er sagte Nein, Sir.«

Mary Bartles Vater hatte sie im Stich gelassen. Andere Verwandte hatte sie nicht. Als Leumundszeugen hatten Freunde ihres Mannes ausgesagt, da sie selbst keine Freunde besaß.

»Erkundigen Sie sich bitte, welche Vorkehrungen für ihre Beerdigung getroffen sind.«

Mehr konnte er nicht für sie tun. Sie hatte sehr zurückgezogen gelebt, und er wollte nicht weiter in ihre Privatsphäre eindringen. James sank in das weiche Lederpolster. Frances hatte ihn festgehalten, und dann war sie für ihn zum Höhepunkt gekommen. Heute Abend hatte sie ihn zum Essen in ihr Stadthaus eingeladen.

Auf seinem Schreibtisch stand auf einmal ein Becher Kaffee. Graue Dampfwölkchen stiegen auf. »Gestern ist ein Brief vom Kronanwalt gekommen.«

»Was will Lodoun?«

»Mister Lodoun ist nicht mehr Kronanwalt, Sir.«

James fuhr hoch. »Wieso nicht?«

Avery Tristans Gesicht verschwamm hinter heißem Dampf. »Er ist zurückgetreten.«

Der Preis der Niederlage.

Der Referendar beugte sich vor und tippte auf die gefaltete Tageszeitung, die oben auf dem Poststapel lag. »Ich dachte, Sie würden den Tag gern damit beginnen, Sir.«

Das alternde Stadthaus roch nach Zitrone und Butter.

James reichte dem Butler Schirm, Aktentasche, Mantel und Hut. »Wie geht es Mistress Hart, Denton?«

»Sehr gut, Sir.«

»Ich möchte nicht, dass jemand sie stört.«

»Das möchte ich auch nicht, Sir.«

»Reporter dringen gelegentlich ungebeten in ein Haus ein.«

»Ich versichere Ihnen, ich bin durchaus imstande, dieses Haus zu schützen.« Dentons Miene blieb ungerührt.

James musste lächeln. Gute Butler hatten einen harten Kern, und Denton war ein guter Butler. »Falls etwas vorfallen sollte, erwarte ich, dass man mir Bescheid gibt.«

Der Butler steckte die Visitenkarte, die James ihm reichte, rasch ein. »Sehr wohl, Sir.«

Eine knarrende Treppenstufe erregte James' Aufmerksamkeit. Frances trug tannengrünen Samt, der ihre Augen dunkler und ihre helle Haut zarter wirken ließ. Ungewöhnliche Haut. Bei der Erinnerung an ihre sanfte Wärme brannten seine Finger.

»Ist das Essen fertig, Mister Denton?«, fragte Frances und errötete unter James' Blick.

»Sie haben noch Zeit für einen Aperitif, Madam.«

»Vielen Dank.«

Wenn James »bitte« und »danke« sagte, tat er es nicht aus

Respekt, sondern um zu erreichen, dass andere taten, was er wollte. Aber Frances' Respekt war ebenso aufrichtig wie ihre Ehrlichkeit, fiel ihm auf. Er folgte ihr durch die Diele. Die gemusterte Tapete war verblichen, aber sauber, der Eichenboden verkratzt, jedoch frisch gebohnert. In einem schwarzen Eisenkamin glühten Kohlen. Ein bronzenes Kaminbesteck schimmerte auf dunklem Schiefer. Frances blieb vor einem altmodischen Beistelltisch stehen.

»Wie viele Bedienstete hast du?«, fragte er unvermittelt.

Sie drehte sich mit zwei Cognacschwenkern in der Hand um. »Mister Denton, den Butler; Mistress Jenkins, die Haushälterin, und Mistress Ellis, die Köchin.«

James nahm ihr ein Glas ab. »Das Haus ist blitzsauber.«

»Vielen Dank.« Ihre Miene wurde weicher. »Ich werde ihnen erzählen, dass du das gesagt hast.«

Eine schmerzliche Freude straffte seine Haut. James war bisher nur wenigen gütigen Menschen begegnet, Frances war einer von ihnen.

»Ich habe mich daran erinnert, dass du im Restaurant Brandy getrunken hast«, sagte sie hastig, als er das Glas hob. »Ich hoffe, du magst ihn. Der Händler sagte, das sei eine anständige Marke.«

Der Brandy war bestenfalls mittelmäßig.

Frances nippte vorsichtig an ihrem Glas und kräuselte die Nase über den scharfen Alkohol.

Ein amüsiertes Funkeln brach sich durch seine Reserviertheit Bahn. »Vielleicht mag Madame ihn so ja lieber.«

Er musterte sie eindringlich. Dann nahm er einen Schluck Brandy in den Mund und hob ihr Gesicht etwas hoch. Sie öffnete sich für ihn, trank von ihm.

»Halte ihn im Mund, bis er warm ist und der Alkohol sich auf der Zunge verflüchtigt«, flüsterte James gegen ihre Lippen. Seine Amüsiertheit wich dem Verlangen, das sie in ihm weckte. »Jetzt … schluck.«

Er jagte dem Brandy mit seiner Zunge hinterher. Durch den brennenden Alkohol schmeckte er Frances vanillesüß. Für einen Augenblick hätte er ihr die Wahrheit am liebsten vorenthalten.

James wich vor der Versuchung zurück. »Der Brandy ist sehr gut.«

Das Kompliment und sein Kuss ließen sie strahlen.

Frances lebte ebenso zurückgezogen, wie Mary Bartle es getan hatte. Er wusste nicht, wie er ihr behutsam beibringen sollte, dass man in ihre Privatsphäre eingedrungen war. Also sagte er rundheraus: »Dein Name stand heute in der Zeitung.«

In der *Pall Mall Gazette*, der Zeitung von John Nickols.

Der Reporter aus der Konditorei hatte, weil er keine Stellungnahme bekommen hatte, aus Rache geschrieben, James Whitcox habe sich mit der Witwe Frances Hart vergnügt, während Mary Bartle sich erhängt habe.

Das Strahlen in Frances' Miene erlosch. Sie blickte auf ihren Brandy hinunter. »Ich habe eine Zeitung mitgenommen, als ich einkaufen war.«

Sie hatte es also gewusst. Trotzdem hatte sie ihn willkommen geheißen.

»Auch das ist ein Teil meines Lebens«, sagte James vorsichtig.

Die Juristerei. Der Mob.

Die Reporter.

Sie schwenkte ihren Brandy im Glas. »Woher kennt er meinen Namen?«

Das hatte James sich auch schon gefragt. »Es stand schon einmal etwas über uns in einer Klatschkolumne.«

Ihr Kopf schoss nach oben. »Wann?«

Der Kolumnist hatte sie zusammen in dem Restaurant gesehen.

»Vergangenen Montag.«

Austern und Orgasmus.

An ihren Augen war abzulesen, dass sie sich betrogen fühlte. »Wieso hast du mir nichts davon gesagt?«

»Ich lese keine Klatschspalten.«

»Wie hast du es dann erfahren?«

»Von Mister Tristan.«

Plötzliches Begreifen leuchtete aus ihren Augen. »Als du mit mir in dieses Restaurant gegangen bist, hast du gewusst, dass es Klatsch geben würde.«

»Ja«, bestätigte er ohne jede Reue.

»Trotzdem hast du mich mit Namen vorgestellt.«

»Reporter stürzen sich auf Geheimnisse, Frances.«

»Ich habe keine Geheimnisse, James.«

Sie log.

»Dann hast du auch nichts zu befürchten.«

Er log.

Frances schloss die Augen und umklammerte den Cognacschwenker, bis ihre Finger weiß waren. »Ich fühle mich so leer, wenn du nicht in mir bist.«

James nahm ihr das Glas aus der Hand und stellte es zusammen mit seinem auf den Tisch. Behutsam schloss er sie in die Arme. »Dann werde ich dich ausfüllen.«

»Aber du bist nicht immer bei mir.«

James seufzte erleichtert, als er spürte, wie ihre Hände in seinen Gehrock glitten und ihre Arme sich um seine Taille legten. Er küsste ihre Schläfe. Ihre Haut war so weich, überall, wo er sie berührte, war sie warm und weich. »Wenn ich arbeite und du mich brauchst, kannst du jederzeit ins Gericht kommen. Ich verspreche dir, dass ich mir Zeit für dich nehme.« Hitze prickelte an seinen Lidern. »Ich verspreche, dass ich dich ausfüllen werde.«

Mit seinen Fingern. Mit seiner Zunge. Mit seinem Schwanz.

»Bleibst du heute Nacht hier?«, raunte sie.

Er wusste nicht, was ihm mehr wehtat: dass sie Angst hatte oder dass sie ihre Angst nicht mit ihm teilen wollte. James schloss sie so fest in die Arme, bis er spürte, wie zerbrechlich ihre Knochen waren. »Ich habe vor, jede Nacht mit dir zu verbringen.«

42

»Mistress Hart, Sie haben Besuch.«

»Ist es Mister Whitcox?«, fragte Frances voller Vorfreude.

»Nein, Ma'am.«

Sie musste gegen ihre völlig unbegründete Enttäuschung ankämpfen. James und sie waren im Museum verabredet und dort würden sie sich auch treffen. »Ich komme sofort.«

»Machen Sie sich keine Sorgen.« Geschickte Finger strichen eine Falte aus Frances' dunkelgrünem Samtmantel. »Mister Denton und ich passen am Wochenende gut auf das Haus auf.«

Die Haushälterin musste das verräterische Quietschen des Bettes gehört haben, wenn nicht am Dienstagmorgen, dann sicher in der vergangenen Nacht. Wahrscheinlich war ihr auch aufgefallen, dass Frances ihren Ehering nicht mehr trug.

Eine Woge der Dankbarkeit schnürte ihr die Kehle zu. »Vielen Dank, Mistress Jenkins.«

Die Haushälterin trat einen Schritt zurück. »Wofür, Ma'am?«

Dass Sie eine 49-jährige Witwe wegen ihrer Bedürfnisse nicht verurteilen.

»Sie und Mister Denton haben mir einen sehr angenehmen Aufenthalt in London bereitet.«

»Na, also, Mistress Hart«, versicherte die Haushälterin, »noch sind Sie uns ja nicht los …«

»Mistress Hart«, schaltete der Butler sich in ausdruckslosem Ton ein, »Ihr Besuch.«

»Ja, natürlich.« Die Sonne schien durchs Fenster. »Wer ist es?«

Statt zu antworten, trat der Butler nur wortlos beiseite, damit sie durch die Tür gehen konnte.

»Haben Sie ihm gesagt, dass ich eine Verabredung habe?«, fragte sie über die Schulter.

Die Miene des Butlers war ebenso ausdruckslos wie seine Stimme. »Nein, Ma'am.«

Oben an der Treppe blieb Frances stehen und hob die Arme, um ihren Hut zurechtzurücken. Ihr Korsett spannte sich über ihren geschwollenen Brüsten. »Wo …«

Der dunkle Schatten, der hinter dem Treppenpfosten stand, trat ins Licht. Frances stockte der Atem, als sie den Mann sah, der zu ihr hinaufstarrte. Sie hatte gewusst, dass dieser Augenblick kommen würde. Sie hatte nur nicht gedacht, dass er jetzt eintreten würde, wo ihr Körper warm und feucht von James war und sie sich mehr denn je als Frau fühlte.

43

Ein zweiter Glockenschlag hallte durch den burgunderrot tapezierten Raum: Es war zwei Uhr. Gleich darauf jagte ein scharfer Hammerschlag James Schauer über den Rücken.

»Die Sitzung ist eröffnet.« Joseph Mannings Haar und Schnurrbart glänzten im Licht der Deckenlampe ölig schwarz, als er unsicher den Holzhammer umklammerte. Die Männer und Frauen des Clubs hatten sich verändert. Er wusste nicht mehr, in welcher Funktion er den Vorsitz über sie führen sollte.

Rose Clarrings Stimme drang durch den verklingenden Nachhall bebenden Holzes. »Kann Mistress Hart diese Woche nicht an der Sitzung teilnehmen, Mister Whitcox?«

Wieso sie annahm, dass er über Frances' Pläne Bescheid wusste, brauchte er nicht zu fragen: Alle Anwesenden lasen die *Pall Mall Gazette*. Der gesunde Menschenverstand sagte James, dass alles Mögliche Frances aufgehalten haben konnte. Aber gegen die Angst, die sich in seinem Magen ballte, konnte selbst der gesunde Menschenverstand nichts ausrichten.

»Etwas muss sie aufgehalten haben«, sagte er.

Aber was?

»Dann fangen wir ohne sie an«, beschloss Joseph Manning.

Der Clubgründer würde sich bestimmt freuen, wenn Frances dem Zirkel nicht mehr angehörte, überlegte James, während die Angst in ihm aufstieg. Sie hatte den dahinsiechenden Sitzungen Leben eingehaucht, Ordnung um Spontaneität, akademische Erörterungen um Ehrlichkeit bereichert.

»Ebenso ohne mich«, erklärte James und nahm seine Aktentasche. Im Laufe der Jahre hatte er gelernt, seinem Instinkt zu folgen. Und der sagte ihm nun, dass er so schnell wie möglich zu Frances musste.

Im Sitzungsraum herrschte Totenstille. Schnell zog er seinen Mantel über, schlang seinen Seidenschal um und setzte seinen Zylinder auf. Dann griff er nach seinem Regenschirm und schickte sich an, zu gehen.

John Nickols hielt ihn zurück. »Mister Whitcox.«

Mit der Hand am Türknauf blieb James stehen.

»Ich entschuldige mich für den Artikel, den meine Zeitung gedruckt hat.«

James fragte sich, wie der Journalist sich wohl fühlen würde, wenn sein Name in der Zeitung stünde. Wenn die Presse mit seinem Leben jonglieren würde. Aber sofort fiel ihm ein, dass John Nickols dieses Gefühl wohl sehr gut kannte: Man hatte ihn niedergestochen, als er über eine Bordellbesitzerin recherchiert hatte, die junge Mädchen entführte, um den Appetit ihrer Kunden auf Jungfrauen zu befriedigen.

»Ich erwarte keine Entschuldigung von Ihnen, Mister Nickols«, antwortete James.

»Sie geben uns doch Bescheid, falls Mistress Hart etwas zugestoßen sein sollte?«, fragte Sarah Burns.

Er öffnete die Tür und verließ die Sitzung. Wenn sie Frances verlieren sollten, bedeutet es für den Club das Ende, dachte er.

Der dämmrige Korridor spiegelte seine Angst wider, der Sonnenschein mokierte sich darüber. Ein Mann und eine Frau stiegen gerade aus einer Hansom-Droschke. Noch bevor der Wagenschlag hinter ihnen zuschwang, sprang James auf die Plattform und belegte die leere Kutsche mit Beschlag. Er setzte sich und starrte aus dem Fenster. Mit dem Fuß stützte er sich an der Tür ab, um das Holpern und Schwanken abzufangen. Seine erste Kutschfahrt mit Frances kam ihm in den Sinn. Er fragte sich, was wohl passiert wäre, wenn er sie damals auf dem Tritt des Hansom geküsst hätte. Er fragte sich, was wohl passiert wäre, wenn Frances sein Angebot angenommen hätte, sich von ihm aushalten zu lassen. Aber James wusste besser als jeder andere, wie sinnlos es war, darüber zu grübeln, was gewesen wäre, wenn ... Er hatte sie nicht geküsst, weil er eben war, wie er war. Und sie hatte sein Geld nicht angenommen, weil sie war, wie sie war. Keiner von ihnen war damals zu mehr bereit gewesen, aber nun hatten sie mehr. Er wollte Frances Hart nicht verlieren. James warf dem Kutscher ein Zweishillingstück zu.

»Danke«, schallte es durch das Ächzen von Holz und das Rasseln von Pferdegeschirr.

Statt mit dem bronzenen Türklopfer in Form eines Löwenkopfs pochte James mit der Hand an die weiß lackierte Tür. Es war als dumpfer Hall zu hören. Aber niemand öffnete. Die Angst, die James anspannte wie eine Feder, sprang ihm in die Kehle. Er drehte den Türknauf: Die Tür war verschlossen.

»Sofort. Sie wünschen?« Die Tür wurde aufgerissen. Dentons grimmige Miene wich Erleichterung. »Mister Whitcox. Sie sind es.«

Die unvermittelte Freude des Butlers bestärkte nur seine Angst. »Wo ist Mistress Hart?«

Ohne Zögern antwortete Denton: »Oben, Sir.«

James nahm immer zwei Stufen auf einmal. Die Schlafzimmertür war geschlossen. Er stieß sie auf. Scharfes Metall blitzte im Licht auf.

Frances erstarrte mit erhobenen Armen vor ihrem Frisiertisch, wo sie gerade einen runden Strohhut mit grün gefärbten Straußenfedern feststecken wollte. Denselben Hut hatte sie ohne Straußenfedern getragen, als sie sich zum ersten Mal begegnet waren.

James fiel auf, dass sie nur wenige Hüte besaß. Dieser kleinen Hutauswahl verlieh sie mit Bändern und Federn jeweils ein neues Erscheinungsbild. Frances hatte ihr Aussehen nicht einer Schneiderin, Friseurin oder Putzmacherin zu verdanken: Für die Wärme und Lebendigkeit, die sie ausstrahlte, war sie ganz allein verantwortlich. Langsam schloss James die Tür hinter sich. Mit einem flüchtigen Blick bemerkte er, dass das Bett, das er erst vor wenigen Stunden verlassen hatte, ordentlich gemacht war. Ein Hauch der Lust, die sie geteilt hatten, lag noch in der Luft. Ein Gefühl, das nichts mit körperlicher Liebe zu tun hatte, überlagerte die intime Nähe.

Frances blickte nicht in seine Richtung, aber er wusste, dass ihr seine Gegenwart bewusst war. Das Bedürfnis, ihre Augen zu sehen, trieb ihn weiter. Er warf Aktentasche und Regenschirm auf das gemachte Bett und trat hinter sie. In dem ovalen Spiegel sah er, wie der grüne Wollstoff sich über ihren Brüsten spannte. Der Schmerz in ihren Augen machte ihn so beklommen, dass er nur mühsam atmen konnte. Er hatte gewusst, dass man ihr eines Tages wehtun würde. Aber er hatte nicht geahnt, dass es ihn so schmerzen würde. Behutsam legte er die Hände um ihre Taille, die sich durch seine Handschuhe weich und geschmeidig anfühlte. Als hätte seine Berührung Frances wieder zum Leben erweckt, schob sie die Hutnadel durch ihren Hut.

»Ist alles in Ordnung?«, fragte er vorsichtig.

Wimpern mit goldblonden Spitzen verbargen ihre Augen. »Mein Sohn ist gekommen.«

James ahnte, was stärker war als die Gefühle zwischen Mann und Frau: die Gefühle zwischen Mutter und Sohn. In seinen Gesellschaftskreisen ließen Frauen ihre Kinder von Ammen stillen, als ob es obszön oder unanständig wäre, sie an ihrer Brust saugen zu lassen. Die Vorstellung, Frances' Kind zu begegnen, das sie gestillt und zärtlich geliebt hatte, ließ in James eine Saite anklingen, von der er bislang nicht wusste, dass sie existiert.

»Ist er noch hier?«

Frances ließ die Arme sinken. »Nein.«

»War er aufgebracht über das, was in der Zeitung stand?«, hakte er sanft nach.

»Nein. Ich glaube nicht ...« Eine ausdruckslose Maske legte sich über ihr Gesicht. »Er weiß nichts von den Artikeln.«

Aber irgendetwas wusste ihr Sohn. Etwas, was Frances James nicht sagte.

Plötzlich hob sich der Schatten ihrer Wimpern. Ihre Augen waren trocken. »Ich habe meinem Sohn sehr wehgetan.«

Aber nicht so sehr, wie der Sohn seiner Mutter wehgetan hat, dachte James. Er wollte sie trösten, wusste jedoch nicht, wie er es anstellen sollte. Die Liebe zwischen Mutter und Sohn war ihm ebenso fremd wie die Liebe zwischen Mann und Frau.

Unvermittelt blickte Frances ihn im Spiegel an. Ihr ausdrucksloser Ton schmerzte ihn mehr, als Tränen es vermocht hätten. »Ich brauche es, dich in mir zu spüren, James.«

Er ließ ihre Taille los und drehte sich um.

Doch sie hielt ihn zurück. »Was tust du?«

Die Nachmittagssonne warf dunkle Schatten vor dem kleinen Fenster. »Ich hole das Gleitmittel.«

»Ich will es nicht.«

Langsam drehte James sich wieder um und musterte ihr Spiegelbild. Etwas Finsteres umschattete die Arglosigkeit ihrer Augen. Diesen Blick hatte er schon häufiger bei Mandanten gesehen, die von ihrer Schuld erdrückt waren. Frances wollte keinen Trost, erkannte er mit einem dumpfen Stich: Sie wollte, dass er ihr wehtat. Wie sie ihrem Sohn wehgetan hatte. James spürte, dass ihre Unschuld ihr zur baumelnden Schlinge wurde.

»Beug dich vor«, sagte er tonlos, »und halt dich am Frisiertisch fest.«

Sie beugte sich vor und blickte finster unter der Krempe ihres Strohhutes hervor. Mit noch düsterem Blick stellte er sich hinter sie und hob den schweren Saum ihres Kleides hoch. Ein flüchtiger Blick zeigte ihm, dass sie statt einer Tournüre aus Rosshaar ein gerüschtes Gesäßpolster trug. Mit der linken Hand raffte er ihren Rock im Rücken und zog mit der rechten die Seidenvolants ihrer Unterröcke mitsamt dem Gesäßpolster bis zur Taille hoch. Die weiße Seidenunterhose spannte sich über ihren herzförmigen Pobacken. Zielsicher schob James die Hand durch den Eingriff und fand den Spalt ihres Geschlechts. Selbst durch den Handschuh spürte er ihre sengende Hitze. Er blickte auf, hielt ihren Blick fest und drang in sie ein. Mit drei ledrigen Fingern.

Das Flackern in ihren dunklen Augen zeugte von dem Schmerz, den er ihr zufügte, während sie sich an den Schmerz klammerte, den sie ihrem Sohn bereitet hatte. Er tat ihr weh, wenn auch nicht so sehr, wie er es gekonnt hätte. In den letzten fünf Tagen und Nächten hatte er sie so geweitet, dass ihre Vagina ihm passte wie ein maßgeschneiderter Handschuh – wie die Handschuhe, die er gerade trug.

»Ist es das, was du willst?«, fragte James sachlich.

Sie hatte ihm nicht gesagt, um welchen ihrer Söhne es sich handelte, aber es konnte nur ihr ältester sein: David Matthew Hart, der 33-jährige Erbe ihres verstorbenen Mannes, David Matthew Hart senior. Der Mann, der jetzt Eigentümer ihres Hauses und Oberhaupt ihrer Familie war. Finanziell ebenso wie rechtlich.

»Nein«, erwiderte Frances gepresst, während er tiefer in sie drang. »Ich will deinen Schwanz, nicht deine Finger.«

Noch nie hatte Frances in den Augenblicken intimer Vereinigung dieses Wort in den Mund genommen. James reagierte unmittelbar. Er zog seine Finger aus ihr heraus und führte seine pralle Männlichkeit an ihre Vagina. Langsam, vorsichtig bohrte er sich an dem inneren Muskelrand vorbei durch den engen Tunnel ihres samtweichen Fleisches. Ihre Augen im Spiegel verdunkelten sich, bis er nur noch ihre schwarzen Pupillen sah.

»Ich spüre dich, James.«

Er schob sich tief in sie hinein. Seine gekerbte Eichel schmiegte sich an die Mulde ihres Muttermunds. »Wo spürst du mich, Frances?«

Seine Hände glitten unter die störende Seide und legten sich um ihre Hüften. In ihr stieß er auf eine enge Tasche, die tiefer war als ihr Muttermund.

»Ich spüre dich in meiner Gebärmutter«, sagte sie, wobei ihr ausdrucksloser Ton schwand.

Er ließ die Finger über ihren weichen Bauch wandern und richtete sie auf. Der Stellungswechsel verkürzte ihre Vagina, bis er das Gefühl hatte, sein Penis sei 30 Zentimeter lang. »Wo spürst du mich jetzt?«

»Ich spüre dich in meinem Herzen.« Frances warf den Kopf in den Nacken, so dass ihr Strohhut ihn am Kinn kratzte. Unter der Krempe leuchteten ihre Augen. Ihre helle Kehle straffte sich über dem grünen Wollkragen. »Du bist ein Teil von mir, James.« Aber im Augenblick fand sie keine Freude an ihrer Verbindung.

Er betrachtete sie beide im Spiegel: ein Inbegriff der Ehrbarkeit, er in schwarzem Zylinder, weißem Seidenschal und schwarzem Wollmantel, sie in Strohhut mit Feder und grünem Wollkleid. Am liebsten hätte er sich so tief in Frances gebohrt, dass er sie in zwei Teile geteilt hätte. Danach hätte er sie gern mit seinem Samen wieder zusammengeleimt, damit sie immer ein Leib blieben, vereint gegen eine Gesellschaft, die Pflicht über Begierde stellte. Seine rechte Hand tastete sich vor zu ihrer Klitoris, deren Härte er selbst durch den Lederhandschuh spürte.

»Ich weiß, dass ich dir wehtue«, raunte James und sah, wie die dunkle Röte der Erregung sich von ihrem Kinn über ihren Hals ausbreitete, »dabei will ich es gar nicht. Du möchtest, dass ich dir den Schmerz nehme. Das will ich auch gerne tun. Aber nicht so.« Nie hätte er gedacht, dass er Frances je etwas abschlagen könnte, aber er wollte ihr keine Schmerzen zufügen. Ohne den schützenden Film des Gleitmittels oder seines Samens würden seine Stöße ihr Schmerzen bereiten. »Komm für mich, dann gehen wir nach Hause und ich fülle dich aus. Ich werde dich ausfüllen, bis du von meiner Lust so erfüllt bist, dass du überfließt wie ein Brunnen. Aber in unserem Zuhause gibt es keinen Schmerz, Frances. Ich werde dort keinen Schmerz zulassen.«

44

Heißes Wasser floss über den Waschlappen und bildete Strudel in dem goldgeäderten Marmorbecken. Unvermittelt breitete sich die feuchte Hitze, die sich über ihre Finger ergoss, in ihrem Nacken aus. Gleichzeitig legte sich ein muskulöser Arm auf ihren Bauch, und vertraute Finger schoben sich zwischen ihre Schenkel. Frances sog den warmen, dichten Dampf ein.

»Ich liebe es, wie du dich anfühlst, wenn du voll von mir bist«, murmelte James und ertastete die Nässe, die er erzeugt hatte. Er trat näher und presste seinen feuchtheißen Penis an ihre Pobacken.

Frances drehte den Heißwasserhahn ab, während er seine Finger in sie tauchte und ihr den Nacken leckte.

Vor Zärtlichkeit, die sein Eindringen weckte, hätte sie weinen mögen. »Es tut mir leid, dass ich dich geweckt habe«, sagte sie mit bebender Stimme.

Zielstrebig ignorierte James ihre Entschuldigung. »Ich liebe meinen Samen in dir.« Feuchte Hitze liebkoste ihren Nacken. »Aber noch mehr liebe ich es, wie du dich öffnest und mich willkommen heißt.«

»Es ist unser Zuhause«, sagte Frances und kämpfte gegen ihre Tränen an.

In ihrem Zuhause ließ er keinen Schmerz zu.

»Ich wollte gar nicht einschlafen.« Seine Sorge berührte sie zutiefst. »Habe ich dich erdrückt?«

Sie waren beide völlig erschöpft gewesen. Sie hatte sich wie zerschlagen und dennoch befreit gefühlt.

»Nein.« Angefüllt mit seinen Fingern und seinem Samen, atmete Frances dichten Dampf ein. »Ich mochte es.«

Seine Wärme. Sein Gewicht. Seinen Geruch.

»Habe ich dich wund gemacht?«

»Ein bisschen.« Frances drückte seine Finger tief in sich hinein. »Ich wusste gar nicht, dass ein Mann mehr als einmal ejakulieren kann.«

»Drei Mal«, raunte er und schlang einen Arm um ihre Taille. Seine Hand lag flach auf ihrem Unterleib, als könne er die Bewegung seiner Finger in ihr spüren. Er zog sie fester an sich. Seine warmen, feuchten Lippen erkundeten ihre Wange, während seine Finger langsam und sanft ihre Vagina erforschten. »Du bist ganz voll.«

Raues Brusthaar kratzte an ihrem Rücken. Raues Schamhaar kitzelte ihre Pobacken. Hitze strömte durch ihren Schoß und rann an ihrem Schenkel hinunter. Er hatte ihr gesagt, er werde sie anfüllen, bis sie überflösse: Er hatte Wort gehalten.

»Ja.« Frances lehnte sich an ihn. »Danke.«

»Gern geschehen.« Scharfe Zähne knabberten an ihrem Ohrläppchen. »Auch wenn ich vielleicht nie wieder zu einer Erektion imstande bin.«

Mit einem Lächeln griff Frances hinter sich an heißes, feuchtes Fleisch. »Und was ist das?«

»Das, Madame …«, warmer Atem blies in ihr Ohr, »nennt man eine Morgenlatte.«

»Oh.« Die Verlegenheit, die Frances eigentlich verspüren sollte, wollte sich nicht einstellen. »Soll ich gehen?«

»Warum solltest du?« Eben noch war sie ausgefüllt, im nächsten Augenblick fühlte sie sich schmerzlich leer. Der warme, kräftige Arm, der sie umschloss, streckte sich. James nahm ihr den nassen Waschlappen aus der Hand. »Du fließt über.«

Der dumpfe Schmerz kroch näher. »Wie ein Brunnen.«

Frances beobachtete im Spiegel das Spiel des elektrischen Lichts in seinem goldbronzenen Haar. Mit einem Kloß im Hals überlegte sie, dass sie für ihre Familie gesorgt hatte, aber dass der Mann hinter ihr nun mit jedem Atemzug, der ihre Schultern streifte, für sie sorgte. Mit jedem drahtigen Haar, das ihren Rücken und ihre Pobacken kitzelte. Mit jeder Bewegung des Waschlappens, mit dem er ihre Klitoris und die tiefen Falten ihres Geschlechts säuberte.

»Bist du denn wund?«, fragte sie zögerlich.

Spürte ein Mann die Nachwirkungen der Intimität?

James wischte ein letztes Mal mit dem Waschlappen nach. »Ein bisschen.«

Frances fiel ein, wie behutsam er in ihrem Stadthaus mit ihr umgegangen war: Er hatte sie bis an die Schmerzgrenze geweitet, ihr aber nicht wehgetan. Dabei hatte sie gewollt, dass er ihr wehtat. Sie hatte gewollt, dass er sie bestrafte. Sie hatte gewollt, dass das schmerzliche Gezerre zwischen Mutter und Frau ein für alle Mal aufhörte. Sie war nach London gekommen, um ihr eigenes Leben zu führen. Zu sehen, welchen Schmerz sie damit anderen bereitete, hatte den Traum zerschlagen und sie schlagartig mit der Wirklichkeit konfrontiert.

Sie drehte sich um und nahm James den Waschlappen aus der Hand. Sein Penis war steif, aber nicht so hart, wie er in ihr war. Die glatte Haut zwischen den bläulichen Venen war zartrosa.

»Glaubst du, Gott hat etwas dagegen, dass wir beim Orgasmus seinen Namen ausrufen?«, fragte sie halb im Spaß, halb ernst und säuberte ihn behutsam unter der Vorhaut.

James hob ihr Kinn an, damit sie ihm in seine dunklen, eindringlichen Augen blickte. »Warum sollte er?«

Wenn Fleischeslust keine Sünde wäre.

»Ich mag die Geräusche, die du beim Orgasmus machst«, sagte sie.

»Wie ein Tier«, warf James sachlich ein.

Ihre Nackenhaare sträubten sich plötzlich wachsam. Prüfend musterte sie ihn, um zu sehen, ob sie ihm unbeabsichtigt wehgetan hatte, und sagte: »Ich versichere Ihnen, Sir, ich habe mehrfach Tiere versorgt, und die Geräusche, die sie machen, haben mich noch nie tief bewegt.«

Seine Miene hellte sich auf. »Nicht einmal das Muhen eines einsamen Stieres?«

»Ich war durchaus sehr bewegt, als ein Stier mich mal über eine Weide gejagt hat«, sagte sie, um ihn zum Lachen zu bringen.

Doch das Leuchten in seinen Augen verlosch. »Eltern tun das, was sie tun, weil sie es nicht besser wissen.«

Frances ließ den seidig glatten Penis los, der in ihrer Hand lag. Man hatte sie nicht dazu erzogen, ihren Kindern wehzutun, sondern sie zu trösten.

Der Griff seiner Finger war zu fest. »Aber das gilt auch für Kinder.«

Frances wandte sich ab, weil die Wahrheit zu schmerzlich war, und wusch den Waschlappen aus. Links von ihr stieß Holz hart gegen Porzellan. Sie drehte den Wasserhahn ab, wrang den Waschlappen aus und hängte ihn über den Beckenrand. Als sie sich umdrehte, ließ James' Anblick sie erstarren. Sein Rücken wölbte sich. In seinen Pobacken zeichneten sich Grübchen ab.

Impulsiv tappte sie über den kalten Marmorboden, stellte sich hinter James, so dass ihre Hüfte sich an seine runden Backen schmiegte, und griff um seine Taille. »Mein ältester Sohn hing sehr an seinen Windeln.«

Bei ihrer Berührung versteifte James sich, wich ihr aber nicht aus.

Behutsam packte Frances ihn. Sein drahtiges Schamhaar pikste an ihren Fingern. »Schließlich kam mir eine Idee, um ihn davon zu entwöhnen.«

James ließ sein Fleisch los und führte ihre Hand. »Wie denn?« Hitze durchschoss ihn. Flüssigkeit sprudelte in die Toilettenschüssel, hörte aber abrupt auf.

Erinnerungen voller Liebe und Lachen stürmten auf Frances ein. Ein kleiner Junge mit weizenblondem Haar und schokoladenbraunen Augen. Ein winziges Mündchen, das gierig an ihrer Brust saugte und von Milch tropfte.

»Er liebte Schiffe«, erzählte Frances, gefangen zwischen Vergangenheit und Gegenwart, »also machte ich Papierschiffchen und ließ sie in seinem Töpfchen schwimmen.«

Das Fleisch zwischen ihren Fingern versteifte sich. Wasser floss.

Frances lenkte James. »Da drüben ist ein Schiffchen, lass es nicht entwischen.« Sie lenkte ihn auf die andere Seite. »Versenke das große Schiff da drüben, schon geht es unter.« Plötzlich riss sie ihn herum. »Lass das Kriegsschiff nicht entwischen, James, schieß es ab!«

Als plötzlich ein schallendes Männerlachen in das Plätschern des Wassers platzte, konnte Frances sich nicht länger an die Vergangenheit klammern. Sie glitt ihr aus den Händen. James sackte zu Boden, riss Frances mit sich, und sie krümmten sich beide vor Lachen, bis ihnen die Tränen kamen.

Sie hatte ihren kleinen Sohn geliebt, aber er war nicht mehr klein. Sie liebte ihre Familie, aber ihre Familie würde ihr nie mehr genügen.

Das war der Preis, eine Frau zu sein.

45

Margaret verbiss sich die Tränen. Sie wusste nicht, was schmerzlicher war, die Liebe eines Sohnes zu seiner Mutter oder die Liebe einer Mutter zu ihrem Sohn.

David senior war tot, aber David junior wollte ihn nicht loslassen.

Sorge hatte ihn getrieben, Frances Hart zu besuchen. Seit seiner Rückkehr aus London war er schweigsam und grimmig. Aus Erfahrung wusste Margaret, dass David reden würde, wenn er so weit war: Es war mehr als offensichtlich, dass er noch nicht dazu bereit war.

Margaret suchte unter dem frisch gewaschenen und gebügelten Laken, das nach Waschpulver und Sonne roch, nach einer schwieligen Hand und legte sie auf ihren prallen Bauch. »Das Baby ist unruhig.«

Das Baby vermisste seinen Vater. Margaret vermisste ihren Mann.

Lange tasteten seine vierschrötigen Finger nach dem winzigen, tretenden Fuß. »Mama sollte hier sein, um dir zu helfen.« Davids Ton war barsch und angespannt: Es war nicht der Ton des Mannes, den sie zu lieben und zu ehren gelobt hatte.

»Dem Kind und mir geht es gut.« Ihre Kühnheit ließ Margaret den Atem anhalten, als sie seine Hand an ihre geschwollene Brust zog, die vor Verlangen pulsierte. »Die Hebamme hat es erst gestern noch gesagt.«

David schob einen Arm unter ihre Schultern und drehte

sie in eine Löffelchenlage. »Es gibt nichts Wichtigeres als die Familie.«

Margaret starrte aus dem Fenster in die Nacht, die dunkler war als die Vorhänge. »Ich bin deine Frau.«

»Ich bin dein Mann.«

Aber er klang nicht wie ein Ehemann, eher wie ein Gefängniswärter. Wie schwer es doch war, ein Verlangen zuzugeben, das sie noch nie offen eingestanden hatte. Die Liebe, die sie nachts teilten, war ihr Geheimnis, das sie lediglich in einem Blick über den Esstisch oder in einer flüchtigen Berührung offenbarten.

»Ich brauche dich, David.«

»Und ich sorge für dich, so gut ich kann.« Davids Stimme war rau, sein Körper, der sich an ihren schmiegte, war angespannt. »Aber ich schaffe es nicht allein.«

Eine heiße Träne rollte über ihre Schläfe auf das Kopfkissen. »David, du bist nicht allein.«

»Ich trage die Verantwortung für dieses Kind.« Sein Körper war angespannt, seine Hand presste sich an ihren Unterleib, in dem ein Füßchen strampelte. »Ich trage die Verantwortung für euch alle.«

Angst brannte in ihrer Magengrube wie Sodbrennen. »Dein Vater war ein guter Mann«, sagte Margaret vorsichtig.

»Mein Vater hat es verstanden, die Familie zusammenzuhalten.«

Margaret erkannte, was David nicht sah: Frauen hielten Familien zusammen, nicht Männer. Frances Hart war die Seele der Familie gewesen, nicht David Hart senior.

»Dass Timothy sein eigenes Land bestellen will, ist doch nicht das Ende der Familie.«

David war der Einzige, den Timothys Ankündigung beim letzten Sonntagsessen überrascht hatte.

»Abigail war nicht zum Sonntagsessen da.«

»Sie erwartet ein Kind, David.«

»Du hast noch nie beim Sonntagsessen gefehlt.«

»Ich musste auch nicht 20 Kilometer fahren.«

Margaret hatte in Frances Harts Haus gewohnt, in dem sie nun Hausherrin war.

»Die ganze Familie hängt von mir ab.«

Die grimmige Entschlossenheit in Davids Stimme brach ihr das Herz. Eine Familie sollte etwas Erfreuliches sein, nicht eine so lastende Bürde. »Deine Familie liebt dich, aber du bist nicht dein Vater. Du kannst doch nicht erwarten, dass sie sich benehmen, als ob du es wärst.«

»Wenn ich die Familie nicht zusammenhalte, wer soll es dann tun?«

»Die Liebe.« Margaret legte ihre Hand auf seine und drückte sie an ihren prallen Bauch, in dem die Frucht ihrer Liebe sich bemerkbar machte. »Die Liebe hält eine Familie zusammen.«

»Mein Vater hat immer gesagt, Anstand und harte Arbeit halten eine Familie zusammen.«

Noch nie hatte Margaret Angst um ihren Mann gehabt. Aber mit einem Mal hatte sie große Angst um ihn.

David wandte sich von ihr und dem Kind ab. »Timothy kann dich morgen zur Kirche bringen. Ich fahre früher, um mit dem Vikar zu sprechen.«

Es lag ihr auf der Zunge, zu fragen: *David, was hast du getan?* Aber sie brachte es nicht über die Lippen.

Mutter Hart hatte die Grundlagen der Familie Hart gelegt: Frauen liebten bedingungslos. Doch noch nie zuvor war es ihr so schwergefallen, bedingungslos neben ihrem Mann zu liegen.

46

Frances starrte auf den länglichen Tropfen schwarzer Tinte. Die Worte auf dem Papier waren nicht besser als das, was sie laut ausgesprochen hatte.

»Mistress Hart.« Dem kurzen Klopfen folgte die vertraute Stimme des Butlers. »Sie haben Besuch.«

Es waren fünf Tagen vergangen, seit David sie aufgesucht hatte. »Wer ist es, Mister Denton?«

»Ein Mann und eine Frau, Ma'am.«

Schwarze Tinte tropfte auf das weiße Blatt Papier. »Was wollen sie?«

»Sie sagen, es gehe um den Damen- und Herrenclub.«

»Ach.« Freude wallte in Frances auf. Sie drehte sich auf ihrem Stuhl zum Butler um. »Führen Sie die beiden ins Wohnzimmer. Ich komme sofort.«

Schnell richtete sie ihr Haar. Aber die Vorstellung, mit Ardelle Dennison und Joseph Manning Tee zu trinken, ließ sie mitten in der Bewegung innehalten. Resolut straffte sie die Schultern. James schenkte ihr seine Nächte, seine Tage gehörten anderen. Mit der Publizistin und dem Professor Tee zu trinken, wäre sicher eine interessante Abwechslung. Aber der Mann und die Frau, die nebeneinander auf dem braunen Sofa saßen, waren keine Mitglieder des Damen- und Herrenclubs.

»Verzeihen Sie«, sagte Frances auf der Schwelle der zweiflügeligen Walnusstür. »Kenne ich Sie?«

»Mistress Hart, nehme ich an?« Der Mann, der einige Jahre älter war als Frances, stand auf. Er trug einen makellosen Anzug aus schwarzem Wollstoff und ein gestärktes weißes Leinenhemd. »Ich bin Mister Steward, und das ist meine Begleiterin, Miss Shell.«

Miss Shell war ähnlich gekleidet wie die jungen Frauen im Damen- und Herrenclub. Sie hatte wohl auch das gleiche Alter: Sie wirkte wie Ende 20, Anfang 30.

»Guten Tag, Miss Shell, Mister Steward«, sagte Frances. Ihr Magen flatterte. Abgesehen von James waren die beiden ihre ersten Gäste in London. »Kann ich Ihnen Tee anbieten?«

»Vielen Dank, das wäre sehr nett«, antwortete der Mann verbindlich.

Frances machte kehrt, um den Butler zu suchen, aber er stand bereits hinter ihr.

»Ich bringe den Tee, Madam.«

»Vielen Dank, Mister Denton.« Frances setzte sich auf die Kante eines Brokatsessels, der dem Sofa gegenüberstand. »Mein Butler sagte, Sie seien wegen des Damen- und Herrenclubs hier.«

»Ja, wir sind daran interessiert, ihm beizutreten«, erklärte der Mann, »hätten allerdings gern mehr darüber erfahren.«

»Ich verstehe«, antwortete Frances, obwohl sie ganz und gar nichts verstand. Joseph Manning war Präsident des Clubs, Marie Hoppleworth die Sekretärin. An diese beiden hätte der Mann sich wenden sollen, nicht an Frances. »Wieso kommen Sie ausgerechnet zu mir, und woher haben Sie meine Adresse?«

Seine dunklen Augen waren ohne Falschheit. »Mister Harmon im Museum dachte, dass Sie leichter erreichbar seien als die anderen Mitglieder.«

»Zweifellos«, bestätigte Frances. Im Gegensatz zu den anderen war sie weder berufstätig noch studierte sie oder hatte einen Ehemann zu versorgen. »Was möchten Sie wissen?«

»Der Club ist für Herren und Damen, wenn ich recht verstehe?«

Ein leicht ironisches Lächeln huschte über Frances' Lippen. »Er heißt schließlich Damen- und Herrenclub, Sir.«

»Ja. Ja, wahrhaftig.« Das verbindliche Lächeln des Mannes geriet nicht ins Wanken. »Wir würden gern erfahren, welche Art von Gesprächen Sie führen.«

»Ich fürchte, ich bin noch nicht lange genug dabei, Mister Steward«, erklärte Frances wahrheitsgemäß. »Um Näheres zu erfahren, müssen Sie sich wohl mit einem der anderen Mitglieder in Verbindung setzen.«

»Sie sprechen doch über Themen, die mit den Beziehungen zwischen Männern und Frauen zu tun haben, nicht wahr?«

»Ja, sicher.«

»Wir sind sehr an den Beziehungen zwischen Männern und Frauen interessiert, nicht wahr, Miss Shell?«

»O ja.« Aus den Augen der jungen Frau sprach keinerlei Interesse, nur etwas merkwürdig Abwartendes. »Sehr interessiert.«

»Können Sie uns vielleicht Beispiele für die Art der Diskussionen nennen, die Sie führen?«, fragte der ältere Mann.

Er hatte eine ungewöhnlich beruhigende Stimme, fand Frances.

»Wir haben über den Gebrauch von …«, James hatte gesagt, das Wort »Kondom« sei vulgär, »gewissen Gerätschaften gesprochen.«

Das Gesicht der jüngeren Frau wurde puterrot. Genau wie die Gesichter der Frauen bei ihrer ersten Sitzung im Damen- und Herrenclub.

»Befürworten Sie die Verwendung von Verhütungsmitteln?«, fragte Mister Steward, unbeeindruckt von ihrer Enthüllung.

»Ja, das tue ich.« Wissen meine Töchter über derlei Dinge Bescheid?, fragte sie sich. Woher sollten sie davon wissen, da sie ebenso behütet aufgewachsen waren wie Frances. »Ich bin sicher, Sie haben von Mary Bartle gehört. Sie würde noch leben, wenn ihr Mann sie geschützt hätte.«

Die dunklen Augen musterten sie neugierig. »Finden Sie, dass Mary Bartle ein Recht hatte, ihren Mann zu töten?«

»Ich … Ach, Mister Denton, vielen Dank.« Der Butler stellte das schwere Silbertablett mit dem Tee zwischen Frances und ihren Gästen ab. »Was möchten Sie in Ihren Tee haben, Miss Shell?«

»Nichts, danke.«

Frances schenkte aus der Porzellankanne ein. Rosa Rosen überzogen Tasse und Unterteller.

Die jüngere Frau stellte ihre Teetasse vor sich auf den Tisch und faltete die Hände. Sie hatte ihre grauen Glacéhandschuhe nicht ausgezogen.

»Wie möchten Sie Ihren Tee, Mister Steward?«

»Ohne irgendetwas, danke.« Der ältere Mann balancierte Tasse und Unterteller auf den Knien. »Was wollten Sie gerade sagen?«

»Entschuldigung.« Frances schenkte sich Tee ein. »Was wollte ich gerade sagen …?«

»Sie sagten, Sie fänden, dass Mary Bartle das Recht hatte, ihren Mann zu töten.«

»Nein.« Schlagartig fiel es ihr wieder ein. Entschlossen stellte sie die Teekanne ab. »So etwas habe ich nie geäußert, Sir.«

»Aber sicher, Mistress Hart. Sie sagten, Mistress Bartle würde noch leben, wenn ihr Mann Gerätschaften benutzt hätte.«

Das Wort »Gerätschaften« ließ ihn nicht erröten. Wie seltsam es klang, wenn er es in seinem beschwichtigenden, geschlechtslosen Ton aussprach.

»Die Geschworenen haben Mary Bartle vom Mordvorwurf an ihrem Mann freigesprochen«, erwiderte Frances barsch.

»Glauben Sie nicht, dass die Geschworenen unbotmäßig

beeinflusst worden sein könnten von diesem Anwalt … wie hieß er noch gleich, Miss Shell?«

Die junge Frau rührte ihren Tee nicht an. Dampf kräuselte sich in der kühlen Morgenluft. »Mister Whitcox, Sir.«

»Ja. So heißt er.« Frances fiel auf, dass die dunklen Augen des Mannes für die Größe seines Gesichts recht klein waren. Er erinnerte an einen Maulwurf, der wühlte, wo er nichts zu suchen hatte. »Glauben Sie nicht, dass Männer wie Mister Whitcox imstande sind, unschuldige Seelen verletzlicher Frauen zu verführen?«

Frances bezweifelte keineswegs, dass James verführen konnte, wen er wollte, wenn er es darauf anlegte. Ein unbehagliches Prickeln lief ihr über den Rücken. Der ältere Mann wusste doch wohl, dass der Anwalt dem Club ebenfalls angehörte? Behutsam gab sie zwei Stück Zucker und einen großzügigen Schuss Sahne in ihren Tee. »Ich weiß nicht, was das mit dem Damen- und Herrenclub zu tun hat, Sir.«

»Sind das nicht die Art von Diskussionen, die Sie führen?« Der ältere Mann hielt sich die Porzellantasse mit dem Rosenmuster an den Mund und setzte sie wieder auf den Unterteller, den er auf den Knien balancierte. »Ich finde solche Gespräche faszinierend.«

»Nein«, erklärte Frances nachdrücklich. Ihr fiel die letzte Sitzung ein, an der sie teilgenommen hatte: John Nickols' Frage, ob Frauen Angst bei Männern nicht abstoßend fänden; Esther Palmers Geständnis, dass sie keine attraktive Frau sei; Thomas Pierce' herausfordernde Behauptung, dass es unmoralisch sei, keine Kondome zu verwenden. »Derlei Gespräche führen wir nicht.«

»Sie sind unserer kleinen List auf die Schliche gekommen, wie ich sehe.« Der ältere Mann stellte Tasse und Unterteller auf den Tisch. »Ich gestehe, dass ich Sie ein wenig hinters Licht geführt habe, Mistress Hart.«

Frances erstarrte.

»Wissen Sie«, fuhr er in seinem beschwichtigenden, geschlechtslosen Ton fort. »Miss Shell und ich sind gar nicht daran interessiert, Ihrem Club beizutreten, wir möchten vielmehr einen eigenen Club gründen. Aber wie Sie sehen, haben wir nicht die geringste Ahnung, wie wir das anstellen sollen. Hätten Sie etwas dagegen, wenn ich einen Freund mitbrächte, um mehr darüber zu erfahren? Das würde uns sehr helfen.«

»Die anderen Clubmitglieder wissen wesentlich mehr als ich«, wiederholte Frances. »Sie könnten Ihnen erheblich besser helfen.«

»Aber wir hatten gehofft, unseren Club so bald wie möglich zu gründen«, beharrte er sanft. »Möchten Sie uns denn nicht helfen?«

»Ich ...« Frances schwankte. Eigentlich hatte sie nichts zu bieten. Doch die guten Manieren siegten. »Selbstverständlich.«

»Hervorragend. Vielen Dank für den Tee. Wir müssen gehen, nicht wahr, Miss Shell? Behalten Sie Platz, Mistress Hart, trinken Sie in Ruhe Ihren Tee. Wir finden schon hinaus.«

Frances fühlte sich ebenso aus der Bahn geworfen wie an dem Tag, als sie versehentlich in die Sitzung des Damen- und Herrenclubs geraten war. Von der Haustür waren entfernt Stimmen zu hören, gleich darauf hallte das Schließen der Tür durchs Haus. Sie nahm ihren Tee.

»Ein seltsames Paar, Mistress Hart.«

Sahnige Flüssigkeit schwappte auf ihren Unterteller. Sie hatte den Butler gar nicht bemerkt.

»Die beiden haben Sie gestört.« Er räumte die Tassen und Untertassen zusammen. »Falls sie wiederkommen, werde ich einfach sagen, dass Sie nicht zu Hause sind.«

»Nein.« Sosehr Frances es sich auch wünschen mochte, durfte sie es doch nicht zulassen. »Sie kommen im Laufe des Tages wieder. Ich habe ihnen gesagt, dass ich sie empfangen werde.«

Lange brauchte Frances nicht zu warten. Kaum hatte sie ihren Tee getrunken und den Brief fertig geschrieben, den sie nie abschicken würde, kamen der Mann und die Frau zurück. Verärgert musterte sie ihren »Freund«. Der Mann räkelte sich auf dem Sofa und starrte sie an, als sei sie ein seltenes Insekt.

»Die Herren und Damen in Ihrem Club sprechen also über den Gebrauch von Verhütungsmitteln?«, fragte Mister Steward.

Frances straffte die Schultern. »Das habe ich Ihnen bereits gesagt.«

»Ist es nicht bemerkenswert, Mister Wedon, dass Männer und Frauen so demokratisch sein können, wenn sie Gelegenheit dazu bekommen?«

Der sich räkelnde Mann mit den öligen Haaren nickte grinsend. »Wahrhaftig, Mister Steward.«

Frances verkniff es sich mühsam, ihm zu sagen, er solle sich gerade hinsetzen, weil das Makassaröl Flecken ins Sofa mache.

»Befürworten die anderen Mitglieder Ihres Clubs den Gebrauch von Verhütungsmitteln?«

Frances sprach nicht gern für andere. »Manche schon.«

»Worüber unterhalten Sie sich sonst noch?«

»Wir reden ...« Frances hatte vor den Mitgliedern des Damen- und Herrenclubs unverhohlen zugegeben, dass sie sich streichelte, aber bei diesem Mann konnte sie sich nicht durchringen, das Thema Selbstbefriedigung anzuschneiden. »... über erotische Kunst.«

»Wirklich!« Mister Steward schien erfreut. »Finden Sie Vergnügen an erotischer Kunst?«

»Ja.« Frances leckte sich die Oberlippe. »Ich finde sie recht ...«, *stimulierend* blieb ihr im Hals stecken, »... interessant.«

»Eine wohlerzogene Dame findet eindeutig geschlechtliche Kunstwerke doch sicher abstoßend.«

Drei Augenpaare musterten sie gespannt.

Frances hob das Kinn. »Wieso?«

»Sie erachten also Bilder, die darauf abzielen, die Sinne zu erregen, nicht als geschmacklos, Mistress Hart?«

»Ich habe doch schon gesagt, dass das nicht der Fall ist, Sir.«

»Sie sind Witwe.«

»Woher wissen Sie das?«, rutschte es Frances heraus.

»Von Mister Harmon, dem Kurator«, lautete die beschwichtigende Antwort. »Er ist ein Freund von mir. Er hat eine sehr hohe Meinung von Ihnen.«

Weder die Stimme des älteren Mannes noch die Erwähnung des Kurators beruhigten sie. »Ja, ich bin Witwe.«

»Hatten Sie auch schon Vergnügen an erotischer Kunst, bevor Sie Witwe wurden?«

»Bevor ich nach London kam, wusste ich gar nicht, dass es erotische Kunst gibt.«

Sobald Frances die Worte ausgesprochen hatte, wurde ihr klar, dass sie etwas Falsches gesagt hatte. Plötzlich ertrug sie es nicht mehr, mit diesem seltsamen Trio in einem Raum zu sein, mit dem Mann, der sich auf dem Sofa räkelte, dem älteren Mann, der in zu steifem Kragen und Manschetten aussah wie ein Leichenbestatter, und der jungen Frau mit ihrer tristen Kleidung und dem stieren Blick.

»Ich habe noch eine Verabredung, Mister Steward«, log Frances. »Bitte verzeihen Sie. Es war sehr nett, Sie kennenzulernen, Mister Weldon. Ich wünsche Ihnen einen angenehmen Tag, Miss Shell.«

»Gewiss, Mistress Hart.« Der ältere Mann setzte sein beruhigendes Lächeln auf. Seine Augen leuchteten seltsam. »Es war äußerst großzügig von Ihnen, sich Zeit für uns zu nehmen. Miss Shell. Mister Weldon. Wir haben bekommen, was wir brauchen. Lassen Sie uns gehen und Mistress Hart die Vorbereitungen für Ihre Verabredung treffen lassen.«

Die Haustür schloss sich. Sie waren fort. Wieso war Frances trotzdem noch so flau im Magen? Schlagartig überfiel sie das dringende Verlangen, mit James zusammen zu sein. Wie verlockend es doch war, sich in allen Bedürfnissen an ihn zu wenden. Doch sie hatte gelernt, wie schädlich eine solche Abhängigkeit war. Sie brauchte nur etwas frische Luft, machte sie sich Mut: Die Stadt der furchtbaren Freuden hatte noch viel zu bieten. Kew Gardens hatte sie bisher nicht gesehen, der Park wäre sicher erholsam.

Entschlossen ging sie die Treppe hinauf. Das ganze Stadthaus atmete James' Gegenwart. Er hatte im selben Bett geschlafen wie sie, dieselbe Toilette benutzt wie sie, sich am selben Waschbecken gewaschen wie sie. Frances steckte einen schlichten Strohhut mit grünem Band auf ihrem Kopf fest und nahm Veloursmantel und Täschchen. Ein lautes Hämmern von Metall auf Metall ließ sie am Fuß der Treppe stocken. Das Klopfen löste eine erwartungsvolle Woge aus, die gleichermaßen schmerzlich wie freudig war. Ihr war klar, dass es nicht James sein konnte, aber es konnte durchaus ihr Sohn sein. Frances nahm die letzte Treppenstufe.

Eilige Schritte kamen den Flur entlang. »Ich mache schon auf, Mistress Hart.«

Ihr Herz pochte bis zur Kehle, als sie zusah, wie die Tür sich öffnete. Der Mann mit den öligen Haaren, der sich vorher auf dem Sofa geräkelt hatte, stand zwischen zwei Frauen. Frances kannte keine der beiden Damen: Sie waren groß, grobknochig und schauten recht grimmig drein.

»So, Mistress Hart.« Der Mann mit den öligen Haaren blickte an dem Butler vorbei. »Wenn Sie jetzt bitte mitkommen würden, verschaffen wir Ihnen die Ruhe, die sie brauchen.«

Frances musterte ihn verwundert. Mister Denton war ebenso erstaunt, bemerkte sie flüchtig. Ohne Vorwarnung schlüpften die beiden Frauen an dem Butler vorbei und packten Frances jeweils an einem Arm.

Sie war viel zu schockiert, um sich Sorgen zu machen. »Lassen Sie mich sofort los!«

Die beiden waren ebenso groß wie Frances und reagierten nicht auf ihren Befehl. Der Mann mit den öligen Haaren wedelte mit einem Blatt Papier vor der Nase des Butlers herum, als hätte er einen Haftbefehl.

Frances fiel ihr Ausflug in die illegale Buchhandlung ein. *Wenn es in der Buchhandlung eine Razzia gäbe, kämen wir alle ins Gefängnis*, hatte Joseph Manning gesagt. Aber es hatte keine Razzia gegeben.

»Lassen Sie mich los«, verlangte Frances erneut und versuchte, ihre Arme zu befreien.

»Es wird Ihnen nicht gut bekommen, wenn Sie sich wehren, Mistress Hart«, sagte der Mann mit den öligen Haaren von der Haustür aus, zu der die beiden Frauen Frances hinzerrten. »Kommen Sie mit, wir haben eine richterliche Verfügung, Sie abzuholen.«

Plötzlich wurden ihre Knie weich: Sie wurde tatsächlich verhaftet.

»Lassen Sie Mistress Hart auf der Stelle los.« Frances erkannte die Stimme ihrer Haushälterin, die aus der Küche kam. Mistress Jenkins war vollkommen ruhig. »Sonst wird sie Sie wegen tätlichen Angriffs anzeigen.«

Der widerliche Gestank nach altem Schweiß und Schlimmerem, der von den beiden handgreiflichen Frauen ausging, überwältigte Frances. Sie mussten ihr doch wohl sagen, weshalb man sie verhaftete? Mit aller Kraft riss sie sich los.

Sofort stellte die Haushälterin sich zwischen Frances und die beiden Frauen und schwang einen Besen. »Wenn Sie mich anrühren, zeigt nicht nur Mistress Hart Sie wegen Tätlichkeiten an, sondern ich Sie ebenfalls.«

»Sie stellen sich gegen das Gesetz, Ma'am!«, brüllte der Mann mit den öligen Haaren wütend.

»Das wird die Polizei beurteilen, Sir«, erklärte die Haushälterin resolut. »Gehen Sie ins Wohnzimmer, Mistress Hart, und warten Sie da, bis Mistress Ellis mit dem Wachtmeister kommt.«

Frances wollte sich auf keinen Fall ins Wohnzimmer schicken lassen wie ein kleines Kind. Es musste sich um einen Irrtum handeln. Um einen ganz schrecklichen Irrtum, der sich bestimmt aufklären ließ.

»Das ist einfach lächerlich, ich habe nichts Gesetzeswidriges getan«, log sie.

Eine leere Flasche Chloroform hatte als Beweismittel gegen Mary Bartle gedient. Würde die Polizei nun etwa ihr Haus nach der Flasche Gleitmittel durchsuchen, die sie gekauft hatte?

Die beiden Frauen traten vor, eine rechts, eine links.

»Schließen Sie sich ein.« Die Haushälterin warf einen kleinen Schlüsselbund hinter sich. »Das sind die einzigen Schlüssel. Diese Banditen werden Sie nicht kriegen.«

Frances hatte ein ganz unwirkliches Gefühl. James war ein bekannter Anwalt: Er würde ihr sicher helfen können. Doch vielleicht gab es gegen ihn auch einen Haftbefehl. Vielleicht wurden in diesem Augenblick alle Mitglieder des Damen- und Herrenclubs verhaftet.

»Ich werde mich nicht verstecken, Mistress Jenkins.« Frances hatte gegen das Gesetz verstoßen und würde die Konsequenzen tragen. »Aber ich verlange zu erfahren, warum man mich verhaftet.«

47

Lautlos schwang die Tür auf, die in dunklem Schatten lag. Als Frances James sah, leuchteten ihre Augen vor Angst, Verwirrung und Erleichterung.

»Du bist es!«, brachte sie keuchend heraus.

Sie trug einen Veloursmantel, Handschuhe und Strohhut.

Diese Aasgeier waren gekommen, als sie gerade ausgehen wollte, erkannte er, und noch nachträglich fuhr ihm die Angst in die Glieder. James kam auf ihre ausgestreckte Hand zu. Am liebsten hätte er vor Wut getobt über den Schmerz, den er ihr zufügen musste. »Ja, ich bin es.«

»Ich hatte Angst, dass sie auch für dich einen Haftbefehl hätten«, flüsterte sie und schlang die Arme um seine Taille, so dass ihr Atem heiß sein Ohr streifte. Sie zitterte.

Hätten sie sie vor ihrem Stadthaus erwischt, hätten sie sie mitgenommen. Sie hätte nichts dagegen ausrichten können.

Mit brennender Kehle küsste James ihre Wange. Sie war kalt vor Angst. »Wieso dachtest du, sie hätten einen Haftbefehl gegen mich?«

»Ich …« Frances krallte ihre Finger in seinen Wollmantel, zog ihn näher an sich und rang darum, sich wieder in den Griff zu bekommen. »Wieso bist du hier?«

»Denton.«

»Mister Denton hat dich geholt?«

»Ja.«

»Woher wusste er, wie er dich erreichen kann?«

James hob den Kopf, um ihre Miene zu beobachten. »Er hat meine Visitenkarte.«

Verwirrung verdrängte die Angst. »Wie konntest du so schnell hier sein?« Sie war in so vielen Dingen immer noch so wenig weltgewandt.

»Er hat mir telegrafiert.«

»Wir haben doch gar keinen Telegrafen.«

»Einer deiner Nachbarn hat einen.«

Schlagartig wich die Verwirrung in ihrem Blick erneuter Furcht. »Sind sie immer noch draußen?«

James zog sie fester an sich, da er genau wusste, dass sie sich bald gegen ihn zur Wehr setzen würde. »Der Polizist hat sie fortgeschickt.«

Frances zog die Arme unter seinen hervor und schlang sie ihm um den Hals. Ihr weicher Busen schmiegte sich an seine Brust. »Dann war es also wirklich ein Irrtum.«

»Nein.« Nur seiner Erfahrung im Gerichtssaal hatte James es zu verdanken, dass ihm seine Gefühle nicht anzumerken waren. »Es war kein Irrtum.«

»Das verstehe ich nicht.« Die feuchte Wärme ihres vermengten Atems lag als Dunst in der Luft zwischen ihnen. »Man lässt mich ins Irrenhaus einweisen, weil ich eine pornografische Buchhandlung besucht habe?«

Er beugte den Kopf über ihren, bis die Krempe ihres Strohhuts ihn an der Stirn kratzte. »Das hast du gedacht, Frances?« James schloss kurz die Augen, um die Arglosigkeit nicht zu sehen, die er gleich erschüttern würde. »Dass man die Einweisung in ein Irrenhaus verfügt hat, weil du in der Achilles-Buchhandlung warst?«

»Warum sonst?«, fragte sie.

James blickte in ihre fragenden Augen. Vom Besuch ihres Sohnes hatte sie sich erholt, doch er wusste nicht, ob sie sich je von der Nachricht erholen würde, die er ihr nun überbringen musste.

»Frances.« Er hüllte sie in die Wärme seines Körpers, wusste aber, dass es nicht genügte. »Nur der männliche Haushaltsvorstand kann eine Einweisung ins Irrenhaus anordnen.«

Ganz allmählich sickerte die Botschaft zu ihr durch. Ihr Mann war das Oberhaupt der Familie Hart gewesen, aber er war nun tot.

»Nein.« Abwehr ließ ihre Arme an seinem Hals erstarren. »Nein.«

»Doch.« James ließ sie nicht los. »Doch, Frances.«

Das leise Rumpeln einer vorbeifahrenden Kutsche drang durch die kühle Luft.

Die kalte Starre ihrer Arme in seinem Nacken ging in warme Hinwendung über. Die Bereitschaft, zu verzeihen, die aus ihrem Blick sprach, forderte ihn auf, die Wahrheit abzustreiten. »Das ist lächerlich, James.«

Er konnte sich vorstellen, dass sie ihren Sohn genauso angesehen hatte, wenn sie ihn bei einer kindlichen Lüge ertappt hatte. Doch James hatte sie noch nie belogen. Sein Schweigen sprach für sich.

Langsam glitten Frances' Arme von seinem Hals zwischen ihrer beider Brust. »Ich glaube dir nicht.«

Er achtete nicht auf den schmerzlichen Stich, den ihre Zurückweisung ihm versetzte. »Ich habe die Einweisungsverfügung gesehen.« Er war eingetroffen, bevor der Polizist den Direktor des Irrenhauses weggeschickt hatte.

»Ich bin doch nicht verrückt«, wandte sie ein.

»In England ist nichts einfacher, als eine gesunde Frau in ein Irrenhaus zu stecken.«

In ihren vor Schreck dunklen Augen blitzte Verleugnung auf. »Das kann ich nicht glauben.«

Ebenso entrüstet hatte sie reagiert, als sie erfahren hatte, dass Justizbeamte dieselben Pornografiebuchhandlungen aufsuchten wie die Angeklagten, die sie verurteilten. Es gab so vieles, vor dem er sie nicht bewahren konnte.

»Du kannst es dir nicht leisten, es nicht zu glauben«, antwortete er brutal.

Der Polizist, der den Direktor des Irrenhauses fortgeschickt hatte, hätte den Dienern ebenso gut befehlen können, ihm Frances zu übergeben.

»Das würde mein Sohn niemals tun«, erklärte sie bestimmt.

Söhne taten es. Väter taten es. Ehemänner taten es ständig.

»Ich habe seine Unterschrift gesehen.«

Frances wand sich, um der Wahrheit zu entkommen. »Nein!« Sie war erstaunlich stark.

»Doch.« James zog sie nachdrücklich an sich. »Doch.«

»Du lügst.«

»Nein.« Er drückte sie noch fester an sich, bis ihre eingezwängten Arme keine Hebelkraft mehr hatten, und hielt sie fest. »Ich würde dich niemals belügen.«

»Dann ist es nicht seine Unterschrift.«

Dasselbe hatte sicher jede Frau gesagt, die man jemals zwangsweise eingewiesen hatte. Männer vertrauten auf das Gesetz, Frauen vertrauten ihren Männer.

»Wer sollte es denn sonst getan haben?«

»Nein«, wiederholte sie. »Du irrst dich. Ich kann es einfach nicht glauben. Mein Sohn liebt mich. Das würde er nicht tun.«

Der Schmerz in ihren Augen ließ James zusammenzucken. »Du musst es glauben«, sagte er ausdruckslos.

»Warum?«, fragte sie herausfordernd.

Warum sollte sie dem Mann, ohne den sie lediglich meinte, sterben zu müssen, mehr glauben als dem Sohn, für den sie sterben würde?

»Weil die Einweisungsverfügung sieben Tage lang gilt«, sagte James mit brutaler Offenheit.

Ihre Augen weiteten sich vor Schreck. »Sie können wiederkommen?«

»Sie werden wiederkommen.«

»Dürfen sie mich mitnehmen?«

Die Verletzlichkeit, die plötzlich in ihrem Ton lag, trieb ihm Tränen in die Augen. »Ja.« Und er würde nichts tun können, um es zu verhindern.

»Das englische Recht erlaubt meinem Sohn, mich in ein Irrenhaus sperren zu lassen?«

Die Gesetze konnte James nicht ändern, aber er konnte sie umgehen. »Um dich mitzunehmen, müssen sie dich erst einmal finden.« Er stählte sich gegen das Gefühl von Verrat, das in ihren Augen aufblühte. »Niemand kennt unser Zuhause.«

»Ich habe also die Wahl, mich entweder in ein Irrenhaus oder in dein Stadthaus sperren zu lassen?« In das Zuhause, in dem er versprochen hatte, niemals Schmerz zuzulassen.

»Nur für sieben Tage.«

»Was passiert, wenn die sieben Tage vorbei sind?«

Das hing ausschließlich von ihrem Sohn ab. Und vom Gesetz. James kannte sich mit der einschlägigen Rechtslage nicht aus. Aber das sollte sich bald ändern. »Dann verliert die Verfügung ihre Gültigkeit«, sagte er sachlich.

Hoffnung flackerte in ihrem Blick auf. »Bin ich dann in Sicherheit?«

James hätte gern gelogen, doch die Lüge blieb ihm im Hals stecken. »Nein.«

48

Die Männer sind da, um das Kombinationsbad zu installieren, Mistress Hart.«

Frances starrte teilnahmslos aus dem Schlafzimmerfenster. »Schicken Sie sie herauf, Mister Peasebody.«

Die Klempner waren nicht so leise wie der Butler: Sie trampelten durch das Schlafzimmer und hämmerten im Badezimmer herum. Ersticktes Gelächter und knurrige Antworten wehten durch die kalte Stille herüber.

»Mistress Hart.«

Regentropfen rannen an der Fensterscheibe herunter wie Tränen. Wann hatte es angefangen zu regnen?

»Hören Sie mich? Mister Whitcox ist am Telefon.«

»Bitte sagen Sie ihm, dass ich gerade die Installation des Kombinationsbads beaufsichtige.«

Sie hörte den Butler nicht hinausgehen, aber sie hörte ihn wiederkommen.

»Mister Whitcox bat mich, Ihnen auszurichten, er bedaure, dass Sie nicht ans Telefon kommen konnten.«

Der Butler wartete auf ihre Antwort. Doch Frances hatte nichts zu sagen. Sie hatte eine Frau werden wollen und feststellen müssen, dass Mütter keine Frauen waren. Wie sonst könnte das Gesetz zulassen, dass ihr eigener Sohn sie nach Belieben einsperren lassen konnte? Allmählich drang ihr ein schwaches Spiegelbild ins Bewusstsein, das sich in der tränennassen Fensterscheibe abzeichnete.

»Mister Peasebody.«

»Ja?«, fragte der Butler mit seltsam hoher Stimme.

»Würden Sie bitte die Installation beaufsichtigen, während ich ...« Was konnte sie tun, um diesem Geist Substanz zu verleihen, der hinter dem Fenster eingesperrt war? »... während ich einen Augenblick hinuntergehe?«

»Selbstverständlich, Madam.«

Lange starrte Frances mit trockenen Augen auf das fahle Spiegelbild, das von fallenden Tränen umrahmt war. Schließlich nahm sie ihre Tasche von dem vergoldeten Frisiertisch und verließ das Schlafzimmer, das so viele Erinnerungen barg. Die Stimme des Butlers war bis auf die Marmortreppe zu hören: Offenbar war er mit den Einbauarbeiten nicht zufrieden. Ihr Veloursmantel und der Strohhut mit dem grünen Band hingen an der Messinggarderobe, wo der Butler sie am Tag zuvor aufgehängt hatte. Der schneidend kalte Regen durchnässte ihre Kleider, drang aber nicht bis in ihren Körper vor. Sie wusste nicht, wohin sie ging, sie wusste nur, dass sie gehen musste.

»Droschke, Ma'am?« Räder ratterten auf dem Kopfsteinpflaster und passten sich ihrem Schritt an. »Ich fahr Sie, wohin Sie wollen.«

Frances blieb stehen. Die Droschke ebenfalls.

»Ja.« Wasser rann von ihrer Hutkrempe in den Mantelkragen. »Danke.«

Frances setzte sich auf das abgenutzte schwarze Lederpolster und schloss den Wagenschlag gegen den peitschenden Regen. Die Kutsche rührte sich nicht. Ihr fiel ein, dass sie dem Kutscher ein Ziel nennen musste. Aber sie hatte kein Ziel.

Wohin fahren wir, James?

Nach Hause, Frances.

Sie stand auf und schob die Luke auf.

An der Viktoria Station war es feucht, zugig und laut. Rauch- und Dampfschwaden waberten um den Zug. Frances stieg in ein Abteil dritter Klasse. Eine junge Mutter in trister

Haube und dunklem Wollmantel setzte sich mit einem schlafenden Säugling im Arm neben sie. Winzige Wimpern lagen auf den Pausbäckchen, ein Rosenmündchen spitzte sich, als ob es davon träumte, an der Brust zu saugen. Plötzlich spannten sich Frances' Brüste sehnsüchtig.

»Sind sie nicht niedlich, wenn sie schlafen?«, fragte die atemberaubend junge Frau.

Frances blickte auf. Die hellblauen Augen der Mutter strahlten voller Stolz.

Frances richtete den Blick wieder auf das schlafende Kind und strich sanft über die kleine Hand. »Ja, das sind sie.«

Winzige Finger umklammerten ihren Zeigefinger. Ihre Lippen bebten.

»Möchten Sie ihn mal halten?«, fragte die junge Mutter.

»Nein.« Frances merkte, dass sie völlig durchnässt war. Plötzlich durchdrang die Kälte sie bis in die Knochen. »Ich bin ganz nass.«

Das schlafende Baby gähnte und ließ Frances los. Sicher war ihr Finger ebenfalls nass. Und kalt.

»Kann ich Ihnen etwas mitbringen?«, fragte sie die strahlende Mutter. »Tee vielleicht?«

Sofort verhärtete sich die Miene der Frau. »Nein, danke, Ma'am.«

Frances war zwar nicht reich, aber hinlänglich gut gestellt. Im Gegensatz zu der jungen Mutter.

»Sie würden mir einen Gefallen tun, wenn Sie sich einen Becher Tee mit mir teilen würden«, sagte sie freundlich. »Während der Zugfahrt trinke ich nicht gern allzu viel.«

Die Frau verstand, was sie meinte, und entspannte sich sichtlich. Die sanitären Einrichtungen im Zug ließen sehr zu wünschen übrig. »Das ist furchtbar nett von Ihnen.«

Belebte Marktplätze wichen einer sanften Hügellandschaft. In Kerring, Sussex, regnete es nicht. Weizenfelder leuchteten in der Mittagssonne. Im Schatten einer blühenden Birke döste ein Mann auf einem Ponywagen. Frances weckte ihn. Ein georgianisches Haus aus verwittertem Backstein ragte in der Ferne auf. Eichen in vollem Laub spendeten grünen Weiden Schatten, die Schafe abgegrast hatten. Hier waren ihre Kinder auf die Bäume geklettert und hatten die Schafe gejagt. Der ferne Widerhall ihres Lachens raschelte durch die Blätter. Frances bezahlte den Fuhrmann und wies ihn an, in zwei Stunden wiederzukommen.

»Oma! Oma!« Der Ansturm eines kleinen Körpers raubte Frances den Atem. Dünne Ärmchen schlangen sich um ihre Taille. »Du bist wieder zu Hause! Papa hat gesagt, dass du kommst!«

Frances ging in die Knie und umarmte Megan. Ihre Enkelin duftete nach unschuldiger Kindheit und unbändiger Energie. Rote Zöpfe baumelten auf ihrem schmalen Rücken. Schmutzspuren prangten an ihrem Hals und auf ihrer weißen Schürze. Frances war beklommen um die Brust: Die Kleine war ein ganzes Stück gewachsen, seit sie sie zum letzten Mal gesehen hatte.

»Was hast du mit deinem Fisch gemacht?«, flüsterte sie heiser.

»Ich habe die Wachsfrüchte weggeworfen und Wasser in die Obstschale auf dem Esszimmertisch getan«, erzählte Megan an Frances' Hals. Aus ihrer Kinderstimme sprach die Erinnerung an den erlebten Kummer. »Aber Mama hat mir nicht erlaubt, dass ich ihn behalte.«

Ein anderes Mal würde Frances darüber lachen. Vielleicht aber auch nicht. Erwachsene konnten wahrhaftig ungerecht sein.

»Mutter Hart!« Überraschung und Beklommenheit schwangen durch die warme Frühlingsluft.

Widerstrebend ließ Frances ihre Enkelin los, stand auf und lächelte die blonde Frau in dem geblümten Musselinkleid an. »Hallo, Margaret.«

Ihre Schwiegertochter stammte aus einem Seebad in der Nähe. David hatte sie kennengelernt, als er bei ihrem Vater Saatgut gekauft hatte. Die Frau mit den Rehaugen strahlte eine Wärme aus, die zu Herzen ging. Frances wusste, dass ihre Schwiegertochter sie liebte. Sie wollte nicht, dass die junge Frau zwischen Mutter und Sohn geriet, aber der Preis für den Frieden war zu hoch.

»Ach, Mutter Hart, wie schön, dich zu sehen!« Margaret, die ein gutes Stück kleiner war als Frances, beugte sich vor und umarmte sie, soweit ihr Babybauch es erlaubte. Leise flüsterte sie ihrer Schwiegermutter ins Ohr: »Es tut mir so leid!«

Frances schloss schmerzlich berührt die Augen und erwiderte die Umarmung. »Du siehst wunderbar aus.«

Es war gelogen: Margaret wirkte abgehärmt.

»Du auch, Oma«, flötete Megan dazwischen. »Guck mal, ihre Haare, Mama! Sie sind genauso rot geworden wie meine!« Megan schob sich zwischen Mutter und Großmutter, packte Frances an der Hand und zog sie zum Haus. »Komm gucken, was Mama gemacht hat!«

»Willkommen daheim, Mistress Hart!« Mistress Pippins, die stämmige Putzfrau, die fast ebenso lange im Haushalt war wie Frances, grinste sie von der Türschwelle aus an. »Soll Mister Pippins Ihr Gepäck vom Bahnhof holen?«

Peinliche Stille folgte der gut gemeinten Frage. Das Lächeln schwand aus der Miene der Putzfrau.

»Mutter Hart ist sicher müde von der Reise«, sagte Margaret und strich sich eine blonde Haarsträhne hinter ihr Ohr. »Sagen Sie bitte Mistress Tilley, sie möchte ein Teetablett fertig machen – Komm doch rein, Mutter Hart, es ist wunderbar, dich zu sehen!«

Erinnerungen brachen über Frances herein, sobald sie in das Haus trat, in dem sie 34 Jahre lang gelebt hatte. Durch diese Haustür war sie im Brautschleier gegangen. In diesem Wohnzimmer hatte ihr Mann aufgebahrt gelegen. Aber das Haus hatte sich in den knappen anderthalb Monaten, die Frances in London verbracht hatte, sehr verändert: Anstelle goldener Samtdraperien hingen nun rote Seidenvorhänge, Goldbrokat und rote Seide hatten die braunen Leder- und Plüschpolster ersetzt. Es war ein Heim, aber es war nicht mehr ihr Zuhause.

»Es ist schön«, sagte Frances wahrheitsgemäß.

Margarets sanfte braune Augen ruhten flehend auf ihr. »Es macht dir nichts aus?«

»Es ist jetzt dein Zuhause, Margaret.«

Für ein paar flüchtige Jahre. Dann würde Margarets Heim an ihren Sohn Matthew übergehen.

»Was ist mit dir, Mutter Hart?« Das Flehen in Margarets Rehaugen wich einem weiblich forschenden Blick. »Hast du ein Zuhause gefunden?«

... wenn du in mir bist, habe ich das Gefühl, ein Zuhause zu haben, James.

»Oma, ist London wirklich so schmutzig und var-vor-verkommen?« Verkommen war offensichtlich ein neues Wort für das siebenjährige Mädchen.

Ja, in der Stadt der furchtbaren Freuden gab es Schmutz und Verkommenheit – sicher stammten diese Ausdrücke von David –, aber es gab in der Großstadt noch wesentlich mehr als Schmutz und Armut.

»In London pulsiert das Leben, Megan. In einem Augenblick bekommst du kaum Luft vor Rauch und Nebel, und im nächsten Moment glänzt alles wie ein nagelneuer Penny. Es gibt Restaurants, Parks, Museen, Gärten und sogar einen Kristallpalast mit riesigen Dinosauriern, die einen See bewachen. Einer von ihnen hat mich bespuckt«, erzählte Frances feierlich.

Megans hellgrüne Augen – Frances' Augen – wurden groß vor Staunen. »Wirklich, Oma?«

Frances spürte wieder James' heißen Händedruck im Rücken, als sie gemeinsam über den Wasser speienden Dinosaurier im Tümpel gelacht hatten. »Wirklich.« Sie hatte einen Kloß im Hals. »Wo sind Matthew und die kleine Peg?«

»Machen ein Mittagsschläfchen, Gott sei Dank«, sagte Margaret, ehrlich erleichtert. »Megan, Schatz, lauf doch mal und sieh nach deinem Bruder und deiner Schwester.«

»Mama, du weißt doch, dass ich das nicht kann.« Megan verschränkte die Arme mit einem Selbstbewusstsein, das Frances nie besessen hatte. »Geh du doch lieber, dann kann ich ein bisschen mit Oma plaudern.«

Frances musste sich ein Grinsen verkneifen. »Megan, ich habe dir eine Überraschung mitgebracht, aber du bekommst sie erst, wenn du tust, was deine Mama sagt.«

Im nächsten Moment flogen Megans verdrehte Schürzenbänder hinter ihr her wie ein weißer Schwanz. Frances starrte auf die glänzende Eichentür, durch die ihre siebenjährige Enkelin verschwunden war. Sie würde nicht miterleben, wie das kleine Mädchen sich tagtäglich mehr in eine junge Frau verwandelte.

»Du siehst gut aus«, unterbrach Margaret sie in ihren Gedanken. »Ich habe dich noch nie schöner gesehen.«

Frances wandte den Blick von der Tür und grinste abschätzig. Mit einer Hand prüfte sie, ob ihre Frisur, die sie im Ponywagen gerichtet hatte, noch hielt. »Ich sehe bestimmt aus wie eine ertrunkene Ratte. In London hat es geregnet.«

»Nein.« Tränen traten in Margarets sanfte braune Augen. »Deine Haut strahlt. Du bist … einfach … schön.«

Das hatte James auch gesagt.

Frances musste blinzeln, um wieder klar sehen zu können. »Wo ist David?«

»Auf dem Ostfeld.«

Energisch zog Frances aus ihrer Tasche drei kleine Dosen Schokolade, die sie im Zug gekauft hatte. »Gib das bitte den Kindern.« Sie traute sich nicht zu, ihnen nach der bevorstehenden Auseinandersetzung noch einmal gegenüberzutreten.

»Dieser Anwalt, Mister Whitcox.« Kleine, von zu viel Hausarbeit gerötete Hände nahmen Frances die drei Dosen aus der Hand. »Ist er ein guter Mann?«

Frances erstarrte. Sie hatte David nichts von James erzählt. Sofort fiel ihr die erste Begegnung mit dem Irrenarzt ein und die silbrige Dampfspirale, die aus der geblümten Porzellantasse aufstieg. Als David sie besucht hatte, hatte er nichts von James gewusst, aber nun wurde ihr klar, dass er über James Bescheid gewusst hatte, als er den Irrenarzt aufsuchte.

»Ja«, antwortete Frances. Die Bürger von Kerring wären zwar anderer Ansicht, aber egal. »Mister Whitcox ist ein sehr guter Mann.«

»Ich glaube, nach all den Jahren hast du dein Zuhause gefunden.« Margaret legte den linken Arm um Frances' Taille und küsste sie rasch auf die Wange. »Gott sei mit dir.«

Das Haus hatte sich verändert, nicht aber das Land. Der Geruch von Dung und feuchter Erde stieg Frances in die Nase. Eine leichte Brise fuhr raschelnd durch eine Hecke. David lehnte an einem einzelnen Ahorn, aß ein dickes Butterbrot und betrachtete ein Weizenfeld. Zärtlichkeit zerriss Frances schier die Brust. Er war ihr Sohn, und sie würde ihn immer lieben. Plötzlich fuhr sein Kopf zu ihr herum, seine Hand mit dem Butterbrot stockte in der Luft. Der Schatten des Baumes und seine herabhängende Hutkrempe verbargen seine Augen.

Frances trat unter das Blätterdach des Baumes. »Hallo, David.«

Ihr Sohn ließ das Brot sinken. »Was machst du hier?«

»Du meinst, statt im Irrenhaus zu sein?«, fragte Frances ruhig und versteckte ihren Schmerz.

»Es ist kein Irrenhaus«, wandte David abwehrend ein. »Es ist ein Sanatorium für Frauen.« In seinem Blick war nichts von dem Bruch zu sehen, den er bewirkt hatte.

»Ich habe dir vom Damen- und Herrenclub erzählt, weil ich wollte, dass du es verstehst.«

»Was sollte ich verstehen, Mama? Dass Papas Liebe – dass unsere Liebe – dir nicht reicht?« Davids Schmerz traf sie wie ein Schlag. »Ist es das, was ich verstehen sollte?«

Eine Biene summte vorbei, unbeirrt von den Kränkungen, die Mutter und Sohn einander zufügten.

»Oder sollte ich verstehen, dass die Liebe deiner Familie eine Last ist, die dich daran hindert, eine ›Frau‹ zu sein?«, fragte David rau.

»Das habe ich nie gesagt.« Tränen drängten nach Erleichterung. Frances unterdrückte sie. »Ich habe nie behauptet, dass die Liebe meiner Familie mir nicht genügt. Ich habe nie gesagt, dass ihr eine Last seid.«

»Dann erkläre mir bitte, was du gesagt hast.«

Wie schwer es ihr fiel, sich daran zu erinnern, was sie ihm gesagt hatte, wo es nun unter einem dichten Nebel der Kränkung verborgen lag.

»Ich habe dir erklärt, dass ich deinen Vater geliebt habe, aber dein Vater ist tot, und ich brauche etwas …« *Mehr*, mein Gott, das hatte sie tatsächlich gesagt, und er hatte gedacht, die Liebe ihrer Familie reiche ihr nicht. Sie genügte ihr tatsächlich nicht, aber das lag nicht an irgendetwas, was ihre Familie getan oder gelassen hätte. »Ich muss die Lücke in meinem Leben füllen, die der Tod deines Vaters hinterlassen hat.«

Sein Blick wurde milder. »Dazu ist die Familie da.«

Aber eine Familie tat nicht, was David ihr angetan hatte. Frances starrte den Mann an, der ihrem Mann wie aus dem Gesicht geschnitten war: Er hatte die gleichen schokoladenbraunen Augen, das gleiche weizenblonde Haar. Doch ihr Mann hätte nie getan, was ihr Sohn getan hatte. Oder vielleicht hätte er genau dasselbe getan. Frances vermochte nicht mehr zu unterscheiden, was Wahrheit war und was sie lediglich für die Wahrheit hielt.

»David.« Mütterliche Liebe rang mit einem tief sitzenden Gefühl, verraten worden zu sein. »Ein Mann und zwei Frauen haben versucht, mich in ein Irrenhaus zu schleifen.« Hätte sie nicht ihre Dienstboten gehabt, wäre es ihnen gelungen.

»Das sollte nur vorübergehend sein.« Flüchtig leuchtete das Wissen um seinen Verrat aus seinen Augen. »Bis du wieder zur Vernunft gekommen wärst.«

Joseph Manning hatte von »Vernunft« gesprochen, aber er war ein gebildeter Mann. »Ich kann nicht glauben, dass du das von dir aus gemacht hast.« Frances suchte in seinem Gesicht nach dem kleinen Jungen, der ihr jedes Geheimnis anvertraut hatte. »Sag mir, dass du das nicht von dir aus getan hast.« Woher sollte er etwas über »Einweisungsverfügungen« und »Sanatorien für Frauen« wissen?

David wandte den Blick ab, da er ihr nicht in die Augen sehen konnte. Finster musterte er sein Butterbrot, zwei dicke Scheiben Weißbrot mit aufgeschnittenem Rinderbraten. Brauner Senf quoll aus dem Abdruck seiner Zähne. »Ich bin für dich verantwortlich, Mama.«

Die Wahrheit war verletzender als körperliche Gewalt.

»Magst du immer noch Schiffe?«, fragte sie unvermittelt mit Tränen in der Stimme. In diesem grimmigen, »verantwortungsbewussten« Mann musste doch noch irgendetwas von ihrem kleinen Lausejungen stecken.

»Ich bin kein Kind mehr.«

»Muss man ein Kind sein, um Freude zu haben?«, fragte sie voller Bedauern. Hatte sie ihre Kinder etwa so erzogen?

»Du bist auch kein Kind mehr.« Aber sie benahm sich kindisch, unterstellte sein Ton.

»Deshalb sollte man mir auch keine Ferien erlauben?«

»Du hast Verpflichtungen gegenüber deiner Familie.«

»Ich habe mich noch nie meinen Verpflichtungen entzogen.« Sie war eine gute Tochter gewesen. Eine gute Ehefrau. Eine gute Mutter.

»Mein Vater ist in seinem Grab noch nicht mal kalt.« Davids Vorwürfe schnitten ihr ins Herz. Seine schokoladenbraunen Augen richteten sich voller Kummer auf sie. »Und sieh dich an! Ich dachte, du liebst uns, aber du trauerst nicht mal um meinen Vater. Du trägst keine Trauer. Du hast seinen Ring abgelegt, als hätte es ihn nie gegeben. Wie konntest du bloß? Wie konntest du seinem Andenken das antun?«

Frances starrte ihren Sohn an und hätte am liebsten um ihre verlorene Unschuld geweint. Sie atmete tief durch. Sie wusste genau, wie sie aussah: der Strohhut aufgeweicht, ihr Veloursmantel voller Wasserflecken, ihr Haar schlaff und glanzlos von dem Regen, den sie in London abbekommen hatte. Sie wusste auch, dass ihr Sohn ihre Erklärungen nicht verstehen würde, aber ihr war klar, dass sie es ein letztes Mal versuchen musste. Also sagte sie: »Ich habe deinen Vater geliebt, David.«

»Du hast ihn so sehr geliebt, dass du es gar nicht abwarten konntest, ihn unter die Erde zu bringen, damit du dich nach London absetzen und sein Geld verprassen kannst«, sagte David verächtlich.

Manche Menschen tun anderen weh, ohne es zu merken, hatte James gesagt. Frances war nicht naiv genug, zu glauben, dass David nicht merkte, wie weh er ihr tat. Doch sie war erwachsen genug, zu begreifen, dass aus ihrem Sohn die Kränkung und nicht böse Absicht sprach. Der Schmerz würde nicht von Dauer sein. Im Augenblick jedoch tat er unendlich weh.

»Du weißt, dass ich deinen Vater geliebt habe, David«, erwiderte Frances mit fester Stimme und musterte sein allzu vertrautes Gesicht. »Ich weiß, dass du es weißt.«

»Wenn du ihn wirklich geliebt hast, dann erkläre es mir.« Seine Augen füllten sich mit Tränen: Er war wieder Davie, ihr kleiner Junge, der von Heuschobern in ihre Arme sprang, nicht David, der eine Einweisungsverfügung unterschrieb, um sie wegsperren zu lassen. »Erkläre mir, warum du weggerannt bist nach London, als Papa gerade mal drei Monate tot war. Erkläre mir, warum du dir die Haare färbst wie ein billiges Flittchen und dich anziehst wie ein aufgedonnertes junges Mädchen. Erkläre mir, was aus meiner Mutter geworden ist, die noch vor fünf Monaten Pläne für die Geburt meines nächsten Kindes gemacht hat, sich aber jetzt, da meine Frau kurz vor der Niederkunft steht, in London mit Männern und Frauen herumtreibt, die über Dinge reden, über die kein Mann und keine Frau reden sollten. Erkläre es mir, Mama, denn ich erkenne dich nicht mehr wieder.«

Frances drückte die Knie durch, um die Last einer Mutter und den Schmerz ihres Sohnes zu stemmen. »Margaret und dem Baby geht es gut.«

»Wir brauchen dich, und du hast uns im Stich gelassen.«

»Aber Margaret und dem Baby geht es doch gut«, beharrte Frances.

»Wenn dir etwas an meiner Frau und meinem Kind läge, kämst du zurück nach Kerring.«

»Wenn Margaret und das Kind mich bräuchten, würde ich sofort meine Sachen packen und zu euch fahren«, sagte Frances schärfer. »Aber ihr braucht mich nicht.«

»Margaret kann in ihrem Zustand nicht mehr hinter den Kindern herlaufen.«

»Dann stell eine Frau ein, die auf sie aufpasst.«

»Familie kümmert sich um Familie.«

»Das siehst du in mir? Jemanden, der sich um deine Kinder kümmert, um dir und Margaret das Leben leichter zu machen?«

»Du weißt genau, dass das nicht stimmt.«

»Dann sag mir, warum du mich wieder in Kerring haben willst.«

»Abigails Haushälterin hat gekündigt. Sie braucht Hilfe, bis sie eine andere findet.«

»Jetzt bin ich also Haushälterin.«

»Du bist Mutter und Oma«, erwiderte David wütend.

»Ich bin auch eine Frau.«

Lange blieb Davids Miene völlig ausdruckslos, schließlich liefen seine Wangen puterrot an. »Ich höre mir nicht an, wie du das Andenken meines Vaters besudelst«, sagte er leise.

»Es ist wegen Mister Whitcox, nicht wahr?«, fragte Frances. »Deshalb hast du unterschrieben, mich in ein ›Sanatorium für Frauen‹ sperren zu lassen?«

»Es ist ekelhaft!« Das hässliche Rot, das seine Haut glühen ließ, entsprang ebenso sehr der Wut wie der Verlegenheit. »Dass eine Frau in deinem Alter sich derart aufführt.«

»Dennoch findest du es nicht ekelhaft, dass dein Vater mich geheiratet hat«, rutschte ihr heraus. »Oder?«

»Mein Vater war ein Mann.« Davids Reaktion hatte also nicht nur mit ihrem Alter zu tun.

»Frauen haben auch Bedürfnisse«, sagte Frances sanft.

»Das bist du nicht«, erklärte David grimmig.

»Das bin ich.« Das war die Frau, die sie hätte sein sollen, aber nicht den Mut besessen hatte, zu sein.

»Bevor du nach London gegangen bist, warst du nicht so.«

Frances erinnerte sich an die Frage des Irrenarztes: *Hatten Sie auch schon Freude an erotischer Kunst, bevor Sie Witwe wurden?* Und sie erinnerte sich an ihre Antwort: *Bevor ich nach London kam, wusste ich gar nicht, dass es erotische Kunst gibt.* Wie gut sie dem Arzt in die Hände gespielt hatte.

»Ich liebe dich, mein Sohn.« David würde immer ihr kleiner Junge bleiben. Als sie ihn zur Welt gebracht hatte, war sie selbst noch fast ein Kind, und so war er ihr nicht nur Sohn, sondern auch Spielkamerad gewesen. »Ich liebe meine ganze Familie. Aber ich werde mein Leben nicht opfern, nur um euch das Leben bequemer zu machen.«

David wich zurück, als hätte sie ihn geohrfeigt. »So würdest du nicht reden, wenn du nicht unter dem Einfluss dieses Mannes stündest.«

Traurigkeit wallte in ihr auf. Ihr Sohn konnte ihr vieles vorwerfen, doch sie würde nicht zulassen, dass er einem Mann die Schuld gab, dessen einziges Verbrechen darin bestand, sie zu mögen.

»David, ich kannte James Whitcox noch gar nicht, als ich aus Kerring fortging.«

»Also hast du dich wie eine Hure mit irgendeinem Kerl eingelassen, der dich haben wollte«, sagte David wie versteinert. Eine Brise fuhr seufzend durch das Weizenfeld.

»Das denkst du also von mir?«, fragte sie vorsichtig. »Dass ich eine Hure bin?«

Er warf sein Butterbrot ins Feld. »Ich habe den Anwalt angewiesen, kein Geld mehr auf dein Konto zu überweisen.«

Eigentlich hätte sie gedacht, ihr Sohn könnte ihr gar nicht noch mehr wehtun, doch dem war nicht so.

»Dein Vater hat in seinem Testament gebeten, dass ich eine monatliche Leibrente erhalte.« Noch während sie es aussprach, wurde ihr der doppelte Verrat klar. Ihr Mann hatte darum *gebeten*, ihr eine monatliche Zuwendung zu zahlen. Sie brauchte keinen Anwalt, um zu wissen, dass kein Gesetz der Welt ihren Sohn zwingen konnte, einer Bitte nachzukommen. Das musste ihr Mann gewusst haben. »Du hast gesagt, du kennst mich nicht mehr wieder, David.« Die Tränen, die Frances zurückhielt, brannten ihr im Herzen. »Ich kenne dich auch nicht wieder.«

»Ich liebe dich, Mama!« Der Schrei schreckte einen Spatz auf. Eine Feder mit weißer Spitze schwebte zwischen ihnen herunter. »Es gibt Hilfe für Frauen wie dich. Der Arzt hat gesagt, du machst …« David stockte. Brennende Röte ließ seine sonnengebräunte Haut noch dunkler werden: Verlegenheit ohne jede Wut. »… Veränderungen durch … körperliche Veränderungen …, die sich auf deine Seele auswirken. Es ist nicht ungewöhnlich, dass eine Frau in deinem Alter sich wieder jung fühlen möchte, sagt er. Aber er kann dir helfen, Mama.

Er kann dich wieder so machen, wie du warst, bevor du nach London gefahren bist.«

»Und wenn ich gar nicht wieder so werden möchte, wie ich vorher war?« Frances schluckte. »Was dann?«

»Der Arzt sagt, das ist ein weiteres Zeichen deiner Krankheit«, erklärte David ernst. »Wenn du gesund wärst, würdest du begreifen, dass dein Benehmen ungehörig ist, meint er. Bitte lass dir von dem Arzt helfen.«

Frances bemühte sich, die männliche Logik zu verstehen, die es rechtfertigte, eine Frau einzusperren. »Was ist das für eine Krankheit?«

David antwortete nicht. Sie merkte, dass er nicht wusste, was er antworten sollte. Er hatte das alles nicht von sich aus getan, doch er war von ganzem Herzen überzeugt, dass sein Handeln zu ihrem Besten sei.

»Glaubt dieser Arzt, dass ich krank bin, weil ich keine Kinder mehr bekommen kann?«, fragte Frances nach.

Zweifel blitzten in Davids Augen auf, wurden jedoch sofort von Entschlossenheit geschluckt.

»Oder glaubt dieser Arzt, dass ich krank bin, weil ich die Gesellschaft eines Mannes genieße?«, hakte sie nach. »Und wieso glaubst du, dass ich krank bin, David?«

Seine Antwort war ein allzu verdammendes Urteil.

49

In Kerring hatte die Sonne geschienen. In London hatte dagegen der Regen nicht aufgehört. Er trieb Frances in der Dunkelheit weiter.

In ihrem gemieteten Stadthaus brannte kein Licht. Frances hatte den Dienstboten gesagt, sie werde nicht wiederkommen, solange die gerichtliche Verfügung gelte. Dass sie nicht mit ihr rechneten, trug nicht dazu bei, das Gefühl tiefster Einsamkeit zu mildern, das sie befiel, als niemand sie willkommen hieß.

Kalte Nässe rann über ihre Wangen und tropfte von ihrer Nase. Sie schmeckte nach Ruß und Salz. Die Wahrheit ließ sie fast zusammenbrechen: Ihr Sohn hatte tatsächlich die Einweisungsverfügung veranlasst. Sie hatte ein Stöhnen wie von peitschendem Regen im Ohr. Ihr Sohn hatte ihr etwas genommen, was sie nicht zu ersetzen vermochte. Sie wusste nicht, ob es sich je würde ersetzen lassen. Hinter ihr trommelte Wasser gegen die Tür. Unter ihr bildeten sich Wasserlachen. Von weit her schlug Big Ben die volle Stunde. Es war fünf Uhr. Sie hatte die Teezeit versäumt. Die Dienstboten hatten ihre Abwesenheit sicher genutzt, um sich etwas Urlaub zu gönnen. Frances konnte es ihnen nicht verübeln.

Mit schlurfendem Schritt und ausgestreckten Händen tastete sie sich zu einem Tisch vor. Sie zog ihre Handschuhe aus, streifte ihr Täschchen ab und legte das nasse Leder auf ein Zinntablett. In einer Schublade entdeckte sie eine Schachtel

Streichhölzer. Die bläuliche Flamme beleuchtete zwei Bronzekerzenhalter. Frances zündete die Kerzen an. Die Dunkelheit wich glänzend gebohnerten Eichenböden und dunkelgrüner Tapete. Sie blies das Streichholz aus und legte das qualmende Hölzchen neben ihr Retikül. Der verkratzte Walnusstisch unter dem Zinntablett verschwamm vor ihren Augen.

Die Miete war schon für die gesamte Saison bezahlt, aber sie hatte nicht einmal mehr Geld für das Nötigste. Dafür hatte ihr Sohn gesorgt. Doch darüber konnte sie im Augenblick nicht nachdenken. Ihr Sohn hatte gesagt, er liebe sie. Auch darüber konnte sie nicht nachdenken. Langsam, vorsichtig und voller Angst vor den Gefühlen, die sich Bahn brechen wollten, stieg Frances die ausgetretene Treppe hinauf.

Hier merkte sie, dass sie nicht allein im Haus war. Ein Mann stand mit dem Rücken zu ihr neben einer flackernden Messinglampe am Ende des Flurs. Auf seinem gesenkten Kopf leuchtete ein weißer Haarschopf. Er trug keinen Gehrock. Sein weißes Hemd war um die Hüften hochgezogen. Schwarze Hosenträger hingen über seine Ellbogen. Über der heruntergelassenen Hose prangte ein Vollmond, der sich rhythmisch vor- und zurückbewegte. Ein kehliges Stöhnen riss Frances aus ihrer Erstarrung. Ihm folgte ein leises Keuchen: männliche Begierde, beantwortet von weiblichem Verlangen. Frances trat einen Schritt zurück. Und glitt auf einer Wasserlache aus. Erschrocken klammerte sie sich an das Treppengeländer, um nicht zu fallen. Das Klatschen von Fleisch auf Holz hallte im flackernden Licht wider. Es hemmte nicht den Rhythmus des bleichen Hinterteils.

Die Gefühle, die Frances mühsam in Schach gehalten hatte, brachen über sie herein. Sie drehte sich um und ging so leise, wie sie nur konnte, die Treppe hinunter. Die Dienstbotentreppe ins Untergeschoss war schmaler als die Haupttreppe. Die kleine Küche war leer. Gaslicht zischte und knisterte über einem verkratzten Walnusstisch. Ein blau gesprenkelter Wasserkessel stand auf einem schwarzen Eisenherd. Er war voll mit warmem Wasser. Im Schrank über der Teedose fand Frances eine bauchige blaue Tasse mit Weidenmuster. Blindlings brühte sie sich eine Tasse lauwarmen Tees auf.

»Es tut mir leid, dass Sie das mit ansehen mussten, Mistress Hart.« Der irische Akzent der Haushälterin war unverkennbar.

Frances fiel das mädchenhafte Kichern ein, das sie aus dem Wohnzimmer gehört hatte. Sie stellte ihre Tasse Tee ab, ohne daraus zu trinken, und beobachtete die 66-jährige Dienstbotin. Sie sah kluge smaragdgrüne Augen. Sie sah glänzendes schwarzes Haar mit silbernen Strähnen. Sie sah leicht faltige Wangen, die vor sexueller Befriedigung rosig glühten. Sie musterte ihre Haushälterin und sah eine Frau. Plötzlich wurde Frances sich ihres aufgeweichten Strohhuts und triefnassen Veloursmantels bewusst.

Sie hatte in ihrer Haushälterin das Gleiche gesehen, was ihr Sohn in ihr sah: eine alte Frau, deren einziger Lebenszweck es war, anderen zu dienen.

»Mir nicht, Mistress Jenkins«, sagte Frances.

Die klugen Augen leuchten neugierig auf. »Wieso?«

»Weil ich wohl erst sehen musste, dass eine Frau, die ein gewisses Alter erreicht hat …« Frances schloss die Augen. Ihr Sohn wollte ihr ihre Sinnlichkeit nehmen, und sie wusste nicht, was sie dagegen tun sollte. »Ich musste wohl erst sehen, dass Männer und Frauen jeden Alters …«, sie öffnete die Augen, »Spaß ›daran‹ haben.«

Plötzlich funkelten die smaragdgrünen Augen. »Was dachten Sie denn, passiert mit Frauen, wenn sie ein ›gewisses Alter‹ erreicht haben?«

Brennende Scham stieg in Frances auf. »Ich habe gar nichts gedacht«, antwortete sie ehrlich. Frauen sprachen über den Haushalt und die Kinder. Frauen sprachen nicht über weibliche Begierde. In ihrem ganzen Leben hatte Frances noch nie darüber nachgedacht, dass ihre Mutter oder Großmutter sich mehr vom Leben wünschen könnten als ein Heim und Kinder.

Die Haushälterin beugte sich vor und nahm das blaue Porzellan mit dem Weidenmuster fort. »Und jetzt, wo Sie darüber nachgedacht haben?«

Peitschender Regen hämmerte gegen die Küchentür.

Frances wusste nicht mehr, was sie denken sollte. Nur eins war klar ... »Ich könnte dafür sorgen, dass Sie entlassen werden.« Ein Wort von Frances würde genügen, damit der Hausverwalter die Haushälterin und den Butler entließe.

»Ja, Mistress Hart.« Die ältere Frau hielt mit Unterteller und Tasse in der Hand inne. »Das könnten Sie.«

»Macht Ihnen das keine Angst?«, fragte Frances. Sie konnte die Haushälterin kündigen lassen. Ihr Sohn konnte Frances einsperren lassen.

»Ich habe keine Angst davor, zu lieben, Mistress Hart.« Die ältere Frau richtete sich auf. Mitgefühl machte ihr leicht faltiges Gesicht weich. »Nicht zu lieben ist armselig.«

Frances musste an winzige Wimpern, rosige Pausbäckchen und ein gespitztes Rosenmündchen denken. »Haben Sie Kinder, Mistress Jenkins?«

»Ja.« Unverkennbarer Mutterstolz ließ das Gesicht der Haushälterin leuchten. »Ich habe zwei Mädchen. Beide sind gut verheiratet. Sie haben mir sechs Enkelkinder und drei Urenkel geschenkt.«

»Glauben Sie nicht, dass Ihr Platz bei Ihrer Familie sein sollte ...?«

»Mit Mister Denton zu sündigen?«, fragte die Haushälterin scharfsinnig. Sie nahm wahrhaftig kein Blatt vor den Mund.

Frances blickte der älteren Frau in die Augen. »Ja.«

»Die Jugend ist schon was Komisches.« Die Haushälterin trat hinter Frances. Porzellan klapperte in der Spüle. »Wenn du sie hast, weißt du sie nicht zu schätzen. Ständig hast du vor irgendwas Angst: dass eine andere ein hübscheres Kleid hat oder die Schwester die schöneren Verehrer findet.«

Frances' zwölf Jahre ältere Schwester war schon vor ihrer Geburt gestorben. Nach mehreren, schweigend ertragenen Fehlgeburten hatte ihre Mutter schließlich ein weiteres Mädchen zur Welt gebracht: Frances.

»Wenn du sie dann nicht mehr hast«, die Klappe des Eisenherdes öffnete sich quietschend, »spielt die Erinnerung dir Streiche. Du denkst an Tanzveranstaltungen, auf denen du nie warst, und an Jungs, die du nie geküsst hast.«

Regen prasselte ans Fenster.

»Eines Tages wachst du auf und merkst, dass du ganz allein bist.« Kohle polterte auf Eisen. Beißender Schwefelgestank erfüllte die kalte Luft. »Enkel können einen Mann nicht ersetzen, Mistress Hart. Sie wärmen dir nachts nicht den Hintern und bringen morgens nicht dein Blut in Wallung. Eine Frau hat nur ein Leben: Sie muss es mit beiden Händen packen, sonst geht es vorbei und übrig bleibt nur ein stinkender Furz.«

Die Klappe des Eisenherds fiel zu.

»Wie alt waren Sie, als Sie Witwe wurden, Mistress Jenkins?«

»Mister Jenkins starb, als ich 60 war.« Wasser plätscherte, als die Haushälterin den Kessel in die Spüle leerte. »Ich erinnere mich noch gut an den Abend: Er kam nicht zum Abendessen nach Hause. Mister Jenkins hatte einen gesunden Appetit, er kam nie zu spät zum Abendessen. Aber an dem Abend kam er zu spät. Als die Schlafenszeit kam, hielt ein Fuhrwerk vor der Tür. Ein Nachbar hatte ihn am Straßenrand gefunden. Es war nichts mehr zu machen. Er war tot, wahrscheinlich hat sein Herz nicht mehr mitgespielt. Das kommt von der Feldarbeit.«

Frances musste erst einmal verdauen, dass der Mann ihrer Haushälterin Bauer gewesen war wie ihr eigener Mann. Eine brennende Kohle knackte im Herd.

»Ihr Engländer seid ein komisches Volk«, sagte die Haushälterin sachlich, als sei es für sie etwas ganz Alltägliches, mit einer Frau, die sie eben beim Geschlechtsakt erwischt hatte, über Fleischeslust und Tod zu sprechen. Wasser schoss aus dem Wasserhahn in den leeren Kessel. »Nehmen Sie doch bloß mal Ihre Königin. Selbst als sie Mistress Brown spielte, trug sie ihre Trauerkleidung.«

Mister Brown war wohl der Kammerdiener, bei dem die Königin Trost gesucht hat, überlegte Frances.

»Sie hätte dem Prinzen eine schöne irische Totenwache halten sollen. Ein ordentliches Glas Whiskey runtergekippt, dann merkt der Körper schon, dass du im Herzen trauerst. Der ganze Rest ist doch bloß Fassade.« Das Rauschen des Wassers hörte abrupt auf. »Der Tod ist kein Grund, dass man aufhört zu leben.«

Aber war der Tod ein Grund, mit dem Leben anzufangen?

Ein Metalldeckel legte sich scheppernd auf den Wasserkessel.

Ich habe Angst, Mistress Jenkins, wallte in Frances' Brust hoch. Die Angst blieb ihr wie ein Kloß im Hals stecken. Sie konnte ihre Angst nicht zugeben. Sie konnte ihre Niederlage nicht zugeben. Aber sie hatte Angst. Weil sie nichts anderes als ihre Niederlage sah. Wie versteinert starrte sie auf den Lichtkeil, der durch das enge Treppenhaus fiel. »Ich habe mich noch gar nicht dafür bedankt, dass Sie mich gerettet haben.«

Als der Irrenarzt ihr mitgeteilt hatte, dass er sie nicht verhaften wollte, sondern eine Einweisungsverfügung habe, sie in ein Irrenhaus zu bringen, war Frances wie angewurzelt stehen geblieben. Die Haushälterin hatte ihr die Schlüssel aus der Hand gerissen, sie ins Wohnzimmer geschoben und die Tür abgeschlossen.

»Frauen tun, was sie tun müssen, Mistress Hart.« Baumwollunterröcke und Wollröcke raschelten. Blech traf auf Eisen, als sie den Kessel auf den Herd stellte.

Der Irrenarzt hatte mit den Papieren vor der Nase des Butlers herumgewedelt.

»Hat Mister Denton die Unterschrift auf der Verfügung gesehen?«, fragte Frances leise in das gleichmäßige Prasseln des Regens.

»Ja.« Ein Metalldeckel landete auf der Holzplatte. »Hat er.« Das würzige Aroma getrockneter Teeblätter drang durch den Kohlengeruch, der in der Luft lag.

»Mein Sohn liebt mich«, sagte Frances. Auch wenn nicht klar war, wem die Beteuerung galt.

»Und Sie lieben Ihren Sohn.« Getrocknete Teeblätter fielen auf den Boden der Teekanne, ein tröstliches Pfeifen schrillte durch das Knistern des Feuers und das Prasseln des Regens. »Der Liebe einer Mutter kann nichts was anhaben.«

»Ist denn eine Mutter auch eine Frau?«, fragte Frances erstickt.

»Alles in allem läuft's darauf hinaus«, Blech stieß auf Blech, als der Deckel wieder auf die Teedose fand, »dass wir alle nichts anderes sein können als eine Frau oder ein Mann. Unsere Kinder und Enkelkinder haben ihr eigenes Leben. Wir können nicht ihr Leben leben, und sie können nicht unser Leben leben. Eine Frau zu sein ist nicht leichter, als ein Mann zu sein. Wir müssen selbst für uns kämpfen. Sonst sind wir es nicht wert, dass man für uns kämpft – Sie sind ja nass bis auf die Haut.« Der irische Akzent der Haushälterin schwand, als die Frau wieder in die Rolle der Dienstbotin schlüpfte. »Mister Denton lässt Ihnen ein Bad ein. Ich bringe Ihnen den Tee nach oben, während Sie sich was Warmes anziehen. Sobald Sie fertig sind, setzt Mister Denton Sie in eine Droschke und schickt Sie zu Mister Whitcox.«

50

Schritte hallten hohl durch den dämmrigen Korridor. Unsicher blieb Frances vor einer dunklen Tür im Schatten stehen. Dahinter waren gedämpfte Geräusche zu hören. Sie sammelte Kraft für das, was sie tun musste, und griff nach dem Türknauf. Die schwere Mahagonitür war nicht abgeschlossen. Lautlos schwang sie nach innen.

Flackerndes Gaslicht beleuchtete die Privatkanzlei. Avery Tristan beugte sich über einen kleinen Schreibtisch. Eine grüne Lampe erhellte sein Gesicht, während sein Finger emsig auf einen runden Knopf an einer kleinen Maschine tippte. James Whitcox saß mit goldbronzen glänzendem Haar in seinem schwarzen Ledersessel und hielt sich einen Telefonhörer ans Ohr. Der Referendar bemerkte Frances als Erster. Das Tapptapptapp – schneller als das rhythmische Tippen der Schreibmaschine im Museum – stockte. Zwei dunkelbraune Augen musterten sie lange, bevor sie sich wieder dem seltsamen Knopf zuwandten. Das unregelmäßige Tippen hörte auf. Frances kam in den Sinn, dass es sich bei dem Gerät um einen Telegrafen handeln musste, sicher war es dieselbe Maschine, auf der James die Nachricht von Mister Denton erhalten hatte.

Der Referendar stand auf, kam auf Frances zu, nahm einen goldbraun karierten Mantel von der Garderobe, ging an ihr vorbei und schloss die Tür hinter sich.

»Mister Tristan …« James' scharfe Stimme verstummte. Zwei kalte nussbraune Augen musterten Frances abschätzend.

»Danke für Ihre Hilfe, Oberinspektor. Eine weitere Suche erübrigt sich«, sagte er ins Telefon. Seine Stimme war ebenso kühl wie sein Blick. »Mistress Hart ist gerade in mein Büro gekommen.« Ein knappes Klicken beendete das Gespräch.

»Ich habe noch nie ein Telefon benutzt«, sagte Frances.

»Heute Morgen hättest du eins benutzen können«, antwortete James. Statt ohne ein Wort, ohne eine Nachricht einfach in den Regen hinauszulaufen – aber das brauchte er nicht ausdrücklich hinzuzufügen.

»Ich musste meinen Sohn sehen.«

»Ich hätte dich jederzeit zu deinem Sohn gebracht.«

Eigentlich hätte nichts herzzerreißender sein dürfen, als die Verachtung in Davids schokoladenbraunen Augen zu sehen, aber die unnachgiebige Kälte in James' Blick tat viel mehr weh. Ein Holzscheit knackte in das stetige Prasseln des Regens. Sie hatte ihrem Sohn die Stirn geboten, nun sammelte sie Kraft, sich James anzuvertrauen.

»Ich habe mit 15 Jahren geheiratet.« Das wusste James bereits. »Mein Mann war damals 44 Jahre alt.« Nur drei Jahre jünger als James heute.

In seinen nussbraunen Augen leuchtete keine Verwunderung auf: Ältere Männer heirateten häufig jüngere Frauen.

Mühsam brachte Frances heraus: »Er ist vor viereinhalb Monaten gestorben.«

David Hart senior war 78 Jahre alt geworden, sechs Jahre älter als Mister Denton.

»Er war schon eine Zeit lang krank und erlitt dann noch einen Schlaganfall. Ich saß Tag und Nacht bei ihm. Er starb friedlich im Schlaf.« Ihre Unterlippe bebte, als sie ihr selbstsüchtiges Verhalten gestand: »Ich habe ihn geliebt, aber ich konnte nicht um ihn trauern. Ich hielt seine Hand, aber ich hatte nur das Gefühl, dass mein Leben mir entglitt. Ich beerdigte ihn und tat drei Monate lang so, als ob ich um ihn trauerte. Als ich es nicht mehr aushielt, den Schein zu wahren, flüchtete ich nach London.«

Seine nussbraunen Augen leuchteten dunkel. »Hast du gedacht, ich würde dich deswegen verurteilen?«

Ja. »Mein Sohn tut es.«

»Dein Sohn ist ein junger Mann, der nur seine eigene Frau und seine Kinder sehen kann.« Die Blindheit der Jugend.

»Wie lange bist du schon Witwer?«

»Seit sieben Monaten.«

»Würden deine Kinder dich verurteilen, wenn sie … von uns wüssten?«, fragte sie mit einem Kloß im Hals.

Er beobachtete sie aufmerksam. »Weder meine Frau noch ich waren sonderlich liebevolle Eltern.«

»Dann werden also nur liebevolle Eltern von ihren Kindern verurteilt?«

»Im Namen der Liebe werden mehr Grausamkeiten begangen als aus irgendeinem anderen Grund.«

»Ist es denn wirklich Liebe, wenn jemand einem anderen absichtlich wehtut, oder ist es nur etwas, was sich als Liebe ausgibt?« Ihr Schmerz spiegelte sich in seinen Augen.

Unvermittelt streckte er die Hand aus. »Komm nach Hause, Frances.«

Blindlings ging sie um den großen Teakschreibtisch herum. James befreite sie von Veloursmantel und Hut, zog sie auf seinen Schoß, so dass ihre Tournüre auf ihre Hüfte rutschte, und drückte sie so fest an sich, bis sie kaum noch atmen konnte. Er zitterte.

Frances strich ihm durchs Haar – schönes, dichtes Haar, das sauber glänzte – und grub ihr Gesicht hinein, bis sein Duft ihre Lungen füllte. »Es tut mir leid.«

»Ich dachte, sie hätten dich abgeholt«, sagte James heiser.

»Ich weiß.«

»Ich konnte mir einfach nicht vorstellen, dass du freiwillig aus unserem Zuhause weglaufen würdest.«

»Ich habe ein Haus verlassen, das mir zum Gefängnis wurde.« Frances tastete nach seiner Hand und führte sie zwischen ihre Schenkel. »Das ist unser Zuhause.«

Kalte Luft drang unter ihren Rock, gefolgt von harten, männlichen Fingern. Er glitt an ihren glatten Seidenstrümpfen vorbei in den offenen Schlitz ihrer Unterhose und unter die Wölbung ihrer Pobacken. Sie war eng und trocken, er hart und stumpf.

»Nur einen Finger, Frances.« Sie schloss die Augen und öffnete sich. Sein Eindringen brannte. Weder Öl noch Reste seines Samens ebneten ihm den Weg. Ohne Gleitmittel fühlte sein Finger sich größer an als ein Penis. »Jetzt sind wir zu Hause.«

Regen schlug an die Fenster. Die Wärme seines Fingers drang bis in ihre Knochen vor.

James drehte den Kopf und streifte ihr Kinn mit seinen Lippen. »Erzähle es mir.«

Frances ließ die vergangenen fünf Tage noch einmal Revue passieren. »Als ich am letzten Samstag die Treppe hinunterging, um dich zu treffen, stand David in der Diele.« Zur Stärkung sog sie James' Duft nach Salz, Moschus und Seife ein, der betörender war als das Parfüm im Kristallpalast. »Zuerst erkannte er mich gar nicht.« Sie sah wieder Davids ungläubig verdutzte Miene vor sich, als ihm klar geworden war, dass sie tatsächlich seine Mutter war. »Er sagte kein Wort, starrte mich nur an, als ob er seinen Augen nicht traute.« James' Finger zu spüren nahm der Erinnerung etwas von dem Schmerz. »Ich ging mit ihm ins Wohnzimmer und versuchte es ihm zu erklären.«

Ein Regenschauer trommelte ans Fenster. Frances zuckte zusammen. James wartete ab.

»Diese Leute aus dem Irrenhaus … David erzählte ihnen, was ich ihm gesagt hatte. Er erzählte ihnen von …« Es war ihr unmöglich, den Satz zu beenden, da der erlebte Verrat wieder in ihr aufwallte. »Gestern Morgen sagte Mister Denton mir, ein Mann und eine Frau wollten mich wegen des Damen- und Herrenclubs sprechen. Ich wies ihn an, sie ins Wohnzimmer zu führen. Aber sie kamen gar nicht vom Club.«

»Warum hast du sie nicht fortgeschickt?« In seinem Ton lag keinerlei Missbilligung.

»Ich wünschte, ich hätte es getan.« Frances schluckte. In ihrer Vagina pochte ein zarter Pulsschlag. »Ich wünschte ... er sagte, sie hätten Interesse, dem Club beizutreten. Er wollte wissen, über welche Themen wir diskutieren.« Vor Entsetzen über ihre Leichtgläubigkeit schloss sie die Augen. »Doch dann behauptete er, das sei nur eine List gewesen, um sich Zugang in mein Haus zu verschaffen, in Wahrheit würden er und diese Frau einen eigenen Club gründen wollten. Also willigte ich ein, einen Freund von ihnen zu empfangen, um ihnen mehr über unsere Gespräche zu erzählen. Wie konnte ich bloß so dumm sein?«, flüsterte sie gequält und kniff die Augen an seinem sauber glänzenden Haar zu.

»So gehen die Irrenärzte vor, Frances«, erklärte James sachlich, »und einige von ihnen machen ihre Sache sehr gut.« Leben zu zerstören, statt Lebensfähigkeit wiederherzustellen.

»Mein Sohn behauptet, er habe es getan, weil er mich liebt.« Ihre Vagina krampfte sich aus Protest um seinen Finger. »Aber er hat es nicht allein getan, das weiß ich genau.«

»Auf der Verfügung war noch eine zweite Unterschrift.«

»Wessen Unterschrift?«

»Sie war gegengezeichnet von einem Reverend Samuel Petty.«

Verdutzt sagte sie: »Das ist unser Vikar.« Ihr Leben lang hatte Frances sich in der anglikanischen Kirchengemeinde engagiert. »Ich nehme an, er weiß nicht, dass man einen Penis auch als Johannes bezeichnet«, sagte sie trostlos.

Als sie kürzlich erzählt hatte, der Vikar predige ständig über Johannes, hatte James gelacht, aber nun lachte er nicht.

Unablässig prasselte der Regen ans Fenster.

»›Ich bin für dich verantwortlich, Mama‹«, flüsterte Frances unvermittelt an den Knorpel und die warme Haut von James' Ohr. »Das hat David heute gesagt. Er hat behauptet, ich sei krank und der Arzt im Irrenhaus werde mir helfen. Er hat die monatlichen Zahlungen gesperrt, die mein Mann für mich festgesetzt hat. Er hat gesagt, er habe seinem Vater geschworen, sich um mich zu kümmern, und genau das werde er auch tun.« Frances presste die Lippen in bronzegoldenes Haar mit silbernen Strähnen. »Ich kann so nicht leben, James. Ich kann nicht mit dem Wissen leben, dass mein Sohn jederzeit wieder eine Einweisungsverfügung erwirken und mich in ein Irrenhaus sperren lassen kann, nur weil er glaubt, es sei zu meinem Besten.« Die lebendige Wärme seiner Haare sickerte nach und nach in ihre kalten Lippen.

»Heirate mich.«

Sein Antrag kam völlig unerwartet. Aber noch größer als die Freude, die sein Angebot auslöste, war der Schmerz. »Ich kann nicht.«

»Wenn du meine Frau bist, kann dein Sohn dich nicht einsperren lassen.«

»Aber du könntest es tun.« Bewusst kränkte sie ihn, weil das Gesetz sie kränkte.

»Ich würde dir niemals wehtun.«

»Dennoch könntest du es tun«, sagte Frances barsch. »Ich bin zum Opfer meines Sohnes geworden, wie Mary Bartle Opfer ihres Mannes war, und es gibt für mich kein Entrinnen aus der Krankheit, zu wissen, dass der Mann, den ich liebe, mich jederzeit einsperren lassen kann. Ich kann so nicht leben. Du sagst mir, die Gesetze sind so, dass es die einfachste Sache der Welt ist, eine gesunde Frau ins Irrenhaus zu sperren, aber ich kann so nicht leben. Ich kann nicht mit dem Wissen leben, dass ich ein Opfer bin, nur weil ich eine Frau bin.« Jede harte Wahrheit, jeder raue Atemzug erschütterte ihr Zuhause aufs Neue. »Ich weigere mich, ein Opfer zu sein. Ich weigere mich, zu glauben, dass das Gesetz so etwas zulässt. Es muss doch etwas geben, was ich dagegen tun kann. Es muss einfach, James, sonst kann ich gleich morgen ins Irrenhaus gehen und den Schlüssel selbst umdrehen, weil ich mich nie mehr sicher fühlen werde.«

Ihre Stimme hallte über das Knistern des Feuers und das Trommeln des Regens. Im Dämmerlicht zeichnete sein Profil sich scharf ab, seine gerade Nase, seine Wimpern auf den Wangen, seine vollen Lippen. Sein Finger pochte schnell in ihrem Schoß, sein Herz raste ebenso wie ihres.

»Hat dein Mann in seinem Testament die monatliche Leibrente für dich festgesetzt?«, fragte er sachlich.

»Er hat David in seinem Testament gebeten, mir eine Leibrente zu zahlen.«

James wandte den Kopf und sah sie eindringlich an. »Strafrechtlich ist da nichts zu machen.«

Tränen brannten ihr in den Augen.

»Zivilrechtlich kannst du dich allerdings zur Wehr setzen«, sagte James ausdruckslos.

»Wie?«

»Du kannst gegen deinen Sohn klagen.«

»Mir geht es nicht um Geld …«

»Du kannst gegen ihn auf deine Emanzipation klagen.«

Freiheit. Von einem Sohn, den sie genährt und großgezogen hatte. Es war obszön, dass die Gesetze so etwas notwendig machten. »Wie?«, wiederholte sie gepresst.

Doch James beantwortete ihre Frage nicht. »Wenn du es tust, wird dein Name in jeder Tageszeitung Londons besudelt werden. Alles, was du je getan und gesagt hast, wird in den Zeitungen und vor Gericht gegen dich verwendet werden. Vielleicht wird dein Sohn klein beigeben, wenn er merkt, wie ernst es dir ist und wie weit du zu gehen bereit bist, vielleicht aber auch nicht. Eine Klage wird tiefgreifende Folgen haben, nicht nur für dich, sondern für deine ganze Familie. Der

Damen- und Herrenclub wurde als Faktor angegeben, der zu deiner Geisteskrankheit beigetragen hat. Marie Hoppleworth führt genau Protokoll. Diese Protokolle wird man als Beweise beschlagnahmen. Die Mitglieder des Damen- und Herrenclubs werden als Zeugen geladen werden, um vor Gericht gegen dich auszusagen. Man wird deine Dienstboten befragen. Sie werden aussagen, dass du und ich ein Verhältnis haben. Diese Aussage werden sie nicht machen, weil sie es so wollen, sondern weil man sie dazu zwingen wird. Bist du bereit, gegen deinen Sohn vor Gericht zu ziehen? Es kann sein, dass du gewinnst, es kann jedoch auch sein, dass du verlierst. Bist du bereit, einen Richter, einen Mann, und die Geschworenen – zwölf Männer, die alle selbst Mütter haben – über dein Leben entscheiden zu lassen?«

51

James starrte auf den sechs Meter langen Mahagonitisch. Hinter ihm kamen sechs Frauen und fünf Männer nacheinander in den burgunderrot tapezierten Saal. Die Tür schwang abwechselnd auf und zu. Holzgriffe von Regenschirmen stießen an Messing. Wollmäntel wanderten raschelnd an Garderobenhaken. Vereinzelt fiel ein Gruß in die Hintergrundgeräusche, die gedämpft von der Straße heraufdrangen. Heute würde James erfahren, wie tiefgreifend Frances Hart die Mitglieder des Damen- und Herrenclubs verändert hatte. Das Holz der Stühle mit Medaillonlehnen ächzte unter dem Gewicht, das sich auf ihnen niederließ. Schweigend rollte John Nickols seinen Rollstuhl an den Tisch.

»Guten Tag, Mister Whitcox«, hallte es durch den Saal.

Jane Fredericks zog die Schultern hoch und starrte ihn an wie ein Tierchen, das aus seinem kleinen wollenen Bau hervorlugte. Sie behauptete von sich, eine engagierte Suffragette zu sein. Zynisch fragte James sich, wie viel ihr wohl an den Rechten der Frau liegen mochte. Von ferne tönte ein Glockenschlag durch das Seufzen von Kleidung und das Ächzen der Holzstühle. Joseph Manning griff nach dem Holzhammer.

James hielt ihn mit volltönender Stimme auf, als sei er im Gerichtssaal, und in gewissem Sinne war es tatsächlich so: Denn dieser Nachmittag würde über die Grundlagen seiner Prozessführung entscheiden. »Bevor die Sitzung eröffnet wird, möchte ich gern ein paar Worte sagen.«

Elf Köpfe fuhren zu ihm herum. Ein zweiter Glockenschlag verkündete, dass es zwei Uhr war: Zeit, die Sitzung zu eröffnen.

Ungeduldig fingerte Joseph Manning an dem Hammer herum. »Was gibt es, Mister Whitcox?«

»Geht es um Mistress Hart?«, fragte Rose Clarring besorgt.

»Ist ihr etwas zugestoßen?«, erkundigte sich Sarah Burns.

»Kann Mistress Hart nicht mehr an den Sitzungen teilnehmen?«, fragte Esther Palmer.

»Sie haben das Wort, Mister Whitcox«, erklärte Marie Hoppleworth bestimmt.

Louis Stiles musterte James über den Rand seines Skizzenblocks hinweg. Thomas Pierce und John Nickols beugten sich über den Tisch, so dass ihre Stühle knarrten.

»Was ich Ihnen nun mitteile, wird in Kürze öffentlich gemacht, ich verletze also nicht meine Schweigepflicht, indem ich es Ihnen sage.« James wählte seine Worte mit Bedacht. »Am vergangenen Mittwoch erging eine Einweisungsverfügung in ein Irrenhaus an Mistress Hart. Der Damen- und Herrenclub wurde als wesentlicher Faktor angeführt, der zu ihrem Irrsinn beigetragen habe.«

»Was?«, fragte John Nickols fassungslos.

»Ist Mistress Hart in einer Irrenanstalt?«, fragte Sarah Burns scharf.

»Wieso sollte dieser Club als Faktor genannt sein, der zu ihrem Irrsinn beigetragen hat?«, platzte Joseph Manning wütend heraus.

»Mistress Hart ist nicht verrückt«, wies Marie Hoppleworth ihn scharf zurecht. »Bitte sprechen Sie weiter, Mister Whitcox.«

Aufmerksam beobachtete James die Reaktion eines jeden. »Mistress Hart ist in Sicherheit, Doktor Burns.«

»Wer sollte denn eine Einweisungsverfügung in ein Irrenhaus gegen Mistress Hart erwirken?«, fragte Thomas Pierce.

James schaute dem Bankier offen in die Augen. »Ihr Sohn, Mister Pierce.« Das Rattern vorbeifahrender Kutschen füllte die Stille. Über ihren Köpfen zischten und knisterten die fünf Gaslampen.

Keiner sprach. Keiner rührte sich. Vorsichtig sprach James weiter. »Im Prozess werden viele Fakten zur Sprache kommen …«

»Der Club wird in einen Prozess verwickelt?«, fiel Ardelle Dennison ihm aufgeregt ins Wort.

»Ja, Miss Dennison«, bestätigte James sachlich. »Sollte es zum Prozess kommen, und das ist äußerst wahrscheinlich, dann wird der Club einer genauen Prüfung unterzogen.«

»Wieso geht diese Angelegenheit vor Gericht?«, hakte Joseph Manning mit vor Wut weißen Lippen nach.

»Weil Männer das gesetzliche Recht haben, eine weibliche Verwandte einsperren zu lassen, nur weil sie es so wollen«, antwortete James kalt. »Mistress Hart weigert sich, über ihr Leben Gesetze bestimmen zu lassen, die einzig und allein zum Wohl von Männern geschaffen wurden.«

Schreckstarre entstellte Jane Fredericks' Gesicht.

James' Blick streifte die Suffragette. »Ich sage Ihnen das, weil dieser Prozess jeden Einzelnen von Ihnen betreffen wird.«

»Mit mir hat dieser Prozess nichts zu tun«, protestierte Ardelle Dennison vehement. In ihren Augen loderte Angst.

»Dieser Prozess und sein Ausgang betrifft jeden Mann und jede Frau in diesem Raum, Miss Dennison«, erwiderte James unumwunden. »Ihr Vater …« Er sah zu Jane Fredericks hinüber. »… und Ihr Vater …« Sein Blick schweifte zu Rose Clarring. »… und Ihr Mann, Mistress Clarring, haben gesetzlich das Recht, jede Einzelne von Ihnen einsperren zu lassen.«

James hielt den Blick von John Nickols fest. »Wir Männer wollen, dass Frauen uns ihre Sexualität anvertrauen.« Sein Blick schweifte von dem Journalisten nacheinander zu Thomas Pierce, Joseph Manning, Louis Stiles und George Addimore. »Aber wie sollen sie uns vertrauen, wenn wir Männer sie wegen ihrer Sexualität einsperren lassen können? Im Laufe dieses Prozesses werden Ihre Namen ebenso in den Zeitungen erscheinen wie der von Mistress Hart.« James beobachtete die Männer und Frauen nacheinander. »Man wird Sie als Zeugen vorladen, ob Sie es wollen oder nicht. Die Protokolle der Clubsitzungen werden zur Untermauerung Ihrer Zeugenaussagen herangezogen. Es geht um Ihr Leben. Es liegt in Ihrer Hand, es zu schützen. Sie können es tun, indem Sie Misses Hart unterstützen und sich stolz dazu bekennen, Mitglieder dieses Clubs zu sein. Wenn Sie sich verhalten, als würden Sie sich für Mistress Hart – und für diesen Club – schämen, dann zeigen Sie damit der Außenwelt eindeutig, dass alles, was hier besprochen wird, moralisch verwerflich ist, und Sie werden sowohl Ihre Arbeit als auch Ihren guten Ruf verlieren.«

Manche von ihnen würden ihre Stellung ohnehin verlieren, ganz gleich, wie sie sich nach außen präsentierten.

»Was haben Sie denn dabei zu verlieren, Mister Whitcox?«, schnaubte Joseph Manning aufgebracht, weil man ihm die Kontrolle über seinen Club gewaltsam aus der Hand nahm.

»Frances Hart«, antwortete James schlicht.

Sollte er diesen Prozess nicht gewinnen, würde er die einzige Frau verlieren, die ihm je etwas bedeutet hatte.

»Ich kann Ihnen versichern, dass die Entscheidung, vor Gericht zu gehen, nicht leichtfertig gefallen ist. Mistress Hart bedauert zutiefst alle Unannehmlichkeiten und Kränkungen, die diese Klage mit sich bringen wird. Ihre Unterstützung bedeutet ihr mehr, als ich Ihnen sagen kann. Sie haben jetzt sicher einiges zu besprechen.« James stand auf. »Die Vorladungen werden Ihnen dann zugestellt.«

»Mister Whitcox.«

James hielt inne. In Gedanken bereitete er längst sein nächstes Treffen mit Frances vor. Zuerst würde er frische Austern besorgen. Anschließend wollte er sich darauf konzentrieren, wieder einen Funken Freude in ihre Augen zu bringen. »Ja, Miss Fredericks?«

»Warum tut Mistress Hart das?« Der Suffragette stand eine echte Lektion über Frauenrechte bevor.

»Was würden Sie tun, wenn ein Mann, den Sie lieben und dem Sie vertrauen, fände, es sei zu Ihrem Besten, Sie in ein Irrenhaus zu sperren?«, fragte James sachlich. »Was würden Sie tun, wenn die Polizei Ihnen nicht helfen würde, weil es nicht gegen das Gesetz verstößt? Was würden Sie tun, wenn Ihnen klar würde, dass Sie nie wieder sicher wären, es sei denn, Sie würden den Mann verklagen, den Sie lieben?«

»Klagt Mistress Hart um Geld?«, keuchte Ardelle Dennison empört.

James fiel die enttäuschte Miene von Frances ein, als er ihr an der Victoria Station gesagt hatte, dass Ardelle Dennison und Joseph Manning nicht mit in den Kristallpalast kämen. Kühl erwiderte er: »Mistress Hart klagt auf Emanzipation von ihrem Sohn, damit sie ihr Leben so führen kann, wie sie es für richtig hält.«

52

Die Tür schloss sich hinter James Whitcox. Am Konferenztisch musterten sich sechs Frauen und fünf Männer.

»Man kann eine Frau nicht einsperren, wenn sie nicht krank ist«, platzte Ardelle Dennison heraus.

»Doch, das kann man«, entgegnete Sarah Burns kleinlaut.

John Nickols tat die ungläubige Haltung der Publizistin ab: »Das passiert tagtäglich, Miss Dennison.«

»Woher wissen Sie das, Mister Nickols?«, erwiderte Ardelle Dennison.

»Ich bin Reporter«, antwortete John Nickols nüchtern.

»Wieso berichten Sie dann nicht darüber statt über all diese Sittlichkeitsverbrechen?«, schaltete Jane Fredericks sich aufbrausend ein.

»Wieso führt Ihre Mistress Butler keine Kampagne dagegen, dass Frauen zu Unrecht eingesperrt werden, statt gegen das Gesetz über ansteckende Krankheiten zu Felde zu ziehen?«, schaltete Thomas Pierce sich ein.

»Wenn Frauen von den Ansprüchen männlicher Sexualität befreit wären, würden sie auch nicht eingesperrt«, erklärte die Suffragette abwehrend.

»Mistress Harts Sohn hat die Einweisungsverfügung unterschrieben, Miss Fredericks«, entgegnete Sarah Burns mit grimmiger Miene, »nicht ihr Mann. Ich habe einmal eine solche Verfügung für einen Vater unterschrieben, der seiner Tochter Gehorsam beibringen wollte.«

Aller Augen richteten sich auf die Ärztin. Keinem der Clubmitglieder war bisher aufgefallen, dass eine der ihren die Autorität besaß, eine Einweisung in ein Irrenhaus anzuordnen.

»Ich berichte über Sittlichkeitsverbrechen, weil Geschlechtliches den Verkauf ankurbelt«, erklärte John Nickols unvermittelt, »und weil sich niemand für die Frauen interessiert, die in Irrenhäusern eingesperrt sind.«

»Die betroffenen Frauen interessiert es«, sagte Rose Clarring leise.

»Ja, die Frauen schon«, sagte John Nickols grimmig.

»Mister Whitcox sagte, Mistress Hart sei in Sicherheit«, meldete Esther Palmer sich nervös zu Wort. »Wieso muss sie auf Emanzipation klagen? Offensichtlich war die Einweisungsverfügung doch keine große Gefahr für sie.«

»Eine Einweisungsverfügung gilt sieben Tage«, erklärte Sarah Burns. »In diesen sieben Tagen können sie Mistress Hart jederzeit mitnehmen.«

»Also, dann …«

»Sie ist untergetaucht, Miss Palmer«, warf Marie Hoppleworth barsch ein. »Sie können sie nicht in eine Anstalt bringen, solange sie sie nicht finden. Aber wenn sie sie finden, sperren sie sie ein, und niemand kann das verhindern.«

»Bestimmt versteckt er sie in seinem Haus«, sagte Joseph Manning angewidert.

»Wäre es Ihnen lieber, sie wäre in einer Anstalt?«, fragte Rose Clarring entsetzt.

»Unser Ruf und unsere Karriere stehen auf dem Spiel, weil Mister Whitcox und Mistress Hart diesen Club in eine Gesellschaft zur Förderung unsittlichen Verhaltens verwandelt haben«, platzte Joseph Manning heraus.

»Der Wunsch eines Mannes und einer Frau nach Intimität ist nichts Unsittliches, Sir«, erwiderte Rose Clarring frostig.

»Was glauben Sie wohl, was passiert, wenn Ihr Mann Ihren Namen in der Zeitung liest?«, fragte Joseph Manning gallig.

»Sein Name wird ebenfalls diskreditiert. Auch er verliert seine Stellung in der Gesellschaft.«

»Er sagte, die Protokolle würden beschlagnahmt«, schaltete George Addimore sich mit hochrotem Gesicht ein. »Was ist, wenn herauskommt, dass wir in der Buchhandlung waren?«

Esther Palmer lief puterrot an. »Was ist, wenn herauskommt, dass wir dort etwas gekauft haben?«

»Unsere Privatgespräche habe ich nicht protokolliert«, sagte Marie Hoppleworth in die ängstlich gespannte Stille, die plötzlich eingetreten war.

»Es ist Ihre Aufgabe, genauestens Protokoll zu führen, Miss Hoppleworth«, schimpfte Joseph Manning.

Bellendes Gelächter hallte von den Mahagonizierleisten wider. Zehn Augenpaare richteten sich auf John Nickols.

»Sie sollten sich nur mal reden hören«, sagte der Journalist freudlos. »Sie, Mister Manning, beklagen sich, dass Mister Whitcox und Mistress Hart unsere kleine akademische Nische für Orgien der Fleischeslust missbrauchen, und halten Miss Hoppleworth gleich darauf vor, dass sie nicht jedes laszive Detail festgehalten hat. Sie, Miss Dennison, behaupten, Männer könnten unschuldige Frauen nicht einsperren lassen, denn wenn Sie das zugeben würden, müssten Sie auch zugeben, dass die Ideale, für die Sie so vehement eintreten, alles andere als gerecht für Ihr Geschlecht sind. Miss Fredericks, Sie sind bereit, über jeden herzufallen, der Ihr schwaches Geschlecht nicht befreit hat, aber Sie selbst haben nichts zur Förderung Ihrer Sache beigetragen. Mister Manning hat klar und deutlich auf die Risiken hingewiesen, die ein Besuch in der Achilles-Buchhandlung birgt, trotzdem haben wir für den Besuch gestimmt. Das Ergebnis dieser Abstimmung können wir weder Mister Whitcox noch Mistress Hart anlasten. Die Entscheidung, die wir jetzt treffen müssen, hat nichts mit den beiden, aber sehr viel mit uns zu tun. Die Wahrheit, meine Damen und Herren, ist vielmehr, dass jeder Einzelne von uns sich nach zwei Jahren endlich entscheiden muss, ob er tatsächlich überzeugt ist, dass Männer und Frauen gleich sind. Nachdem wir das entschieden haben, müssen wir feststellen, ob wir die Charakterstärke besitzen, zu unseren Überzeugungen zu stehen. Ich für meinen Teil bin sehr gespannt darauf, endlich herauszufinden, aus welchem Holz wir geschnitzt sind.«

53

»Doktor Burns!«

Schlagartig wurde Sarah bewusst, dass die Schritte hinter ihr von George Addimore stammten, der ihr folgte. In den beiden Jahren, die sie nun schon dem Damen- und Herrenclub angehörten, hatte er kein einziges Mal ein Gespräch mit ihr gesucht. Sie zwang ihr Herz, ruhig in ihrer Brust zu schlagen, statt wild in ihrem Hals zu pochen, wo es anatomisch schlicht nicht hingehörte, und ging langsamer, damit er sie einholen konnte.

»Doktor Burns.« Der Steuerberater klang, als sei er außer Atem. Mit einem verstohlenen Seitenblick stellte Sarah fest, dass sein Gesicht unter der Krempe seines braunen Filzhuts gerötet war. »Ich dachte, ich könnte vielleicht mit Ihnen gehen.«

»Wieso?«, fragte sie rundheraus.

Der Steuerberater sah nicht zu ihr auf. Hinter ihnen gingen Marie Hoppleworth, Ardelle Dennison, Thomas Pierce, Joseph Manning, Esther Palmer, Jane Fredericks, Louis Stiles und Rose Clarring jeweils allein. Das Scheppern der eisernen Aufzugtür, die sich öffnete, hallte durch den dämmrigen Korridor. John Nickols ging ebenfalls allein, auch wenn er nicht seine Beine benutzen konnte.

»Also, Mister Addimore?«, fragte Sarah schroff wie ein Mann. Aber anders vermochte sie sich nicht zu geben, nur so hatte sie es dazu gebracht, Ärztin zu werden.

»Ich wollte meine Bemerkung von eben in der Sitzung erklären.«

»Welche Bemerkung?«

»Meine Sorge, dass … gewisse … Fakten öffentlich bekannt werden.«

Sarah sah wieder einen Schwanzring aus Elfenbein über den Tisch rollen. »Sie haben allen Grund zur Sorge, Mister Addimore.«

James Whitcox hatte unmissverständlich aufgezeigt, welche Konsequenzen es hatte, wenn ihre Namen öffentlich mit dem Damen- und Herrenclub in Verbindung gebracht würden.

»Machen Sie sich keine Sorgen über die Auswirkungen eines Gerichtsverfahrens, Doktor Burns?«

»Sie treten doch für die Malthus'schen Thesen zur Bevölkerungskontrolle ein, Sir.«

Der dämmrige Korridor mündete in das helle Treppenhaus. Schwungvoll bog Sarah um den Treppenpfosten und stieg die Holztreppe hinunter, wobei Unterröcke, Rock und Mantel ihre Knöchel umschmeichelten. Dabei fühlte sie sich seltsam feminin.

George Addimore fiel mit seinen etwas kürzeren Beinen leicht zurück. »Ja.«

Über Sarah ragte die ausgestopfte Giraffe auf.

»Ihnen ist doch sicher klar, dass der Kauf und die Verbreitung jeglicher Literatur, die Verhütungsmittel propagiert, illegal ist«, sagte sie über die Schulter.

»Ja, selbstverständlich«, antwortete er über ihre hallenden Schritte hinweg.

Sarah trat von der Holztreppe auf den Marmorboden. »Ich besitze eine kleine Auswahl solcher Bücher und Broschüren, die ich meinen Patienten leihe.«

Der Steuerberater beeilte sich, sie einzuholen. »Haben Sie keine Angst, dass ein Patient Sie anzeigen könnte?«

Sarah hatte schon zu viele Tote und verpfuschte Leben gesehen, Frauen mit Tuberkulose, die ihre letzte Lebenskraft in Schwangerschaften verausgabten, Männer, die ihre Kinder nicht ernähren konnten. »Dieses Risiko bin ich bereit einzugehen, Sir.« Seit langem lebte sie mit dem Wissen, dass man sie verhaften und verurteilen konnte, aber das würde ihre loyalen Patienten nicht fernhalten.

»Was ist mit Ihrem Vater?« George Addimore hatte sie eingeholt. »Hat er nichts gegen Ihr Engagement für das Malthus'sche Programm?«

Sarah ging an einem angeschlagenen römischen Sarkophag vorbei. »Mein Vater ist vor einiger Zeit gestorben.«

»Und Ihre Mutter?«, hakte der Steuerberater nach.

»Meine Mutter lebt bei ihrer Schwester in Bath.« Zwei Jahre lang war Sarahs Vater an Krebs gestorben, der ihn tagtäglich mehr ausgezehrt hatte. Ihre Mutter hatte sich nie von der aufwendigen Pflege erholt, die er benötigt hatte.

George Addimore gelang es, an Sarah vorbeizugehen und ihr die mit Glaseinsätzen versehene Messingtür aufzuhalten, die aus dem Museum führte. Eine Woge der Freude wallte in ihr auf, die aber sofort von Befangenheit gedämpft wurde: Sie war in jeder Hinsicht größer als der Steuerberater.

»Es ist ein herrlicher Tag, Ma'am«, platzte er nun heraus. Skeptisch musterte Sarah den grau verhangenen Himmel. »Hätten Sie Lust auf eine Tasse Tee?«

Schritte näherten sich hallend auf dem Marmorboden.

»Haben Sie die anderen Clubmitglieder eingeladen, sich uns anzuschließen, Mister Addimore?«

Das Gesicht des Steuerberaters glühte roter als seine Koteletten. »Nein, Ma'am.«

»Dann bitten wir sie doch dazu.«

Seine Koteletten zuckten. »Ich würde mich über die Gelegenheit freuen, Sie besser kennenzulernen.«

Vorübergehend verschlug es Sarah die Sprache, und sie trat

wortlos aus der Tür. Der Steuerberater bot ihr den Arm an. Frauen, die sich sittsam bei Männern untergehakt hatten, gingen an ihnen vorbei: hübsche Frauen, zierliche Frauen.

»Mister Addimore.« Sarah wurde rot. »Ich bin ein gutes Stück größer als Sie. Es sähe höchst lächerlich aus, wenn wir Arm in Arm über die Straße gingen.«

»Im Kristallpalast schien Ihnen das nichts auszumachen.«

»Im Kristallpalast waren wir auch nicht allein.«

»Aber es war doch schön, nicht wahr?«

Sarah fielen die plätschernden Fontänen und die prickelnde Erregung wieder ein. Thomas Pierce, George Addimore und Louis Stiles hatten die Damen abwechselnd begleitet. Sie hatte sich gefühlt wie ein junges Mädchen, und weder ihre Größe noch ihre unfeminine Art hatten ihr etwas ausgemacht.

»Es war recht schön«, gab sie zu.

Joseph Manning ging mit gesenktem Kopf an Sarah und George vorbei, ohne nach rechts oder links zu sehen.

»Ich wusste gar nicht, dass ein Mann eine Frau nach Belieben einsperren lassen kann«, sagte der Steuerberater unvermittelt.

Zögernd legte Sarah ihre Hand in seine Armbeuge. Sein Körper wärmte ihre Finger durch den Handschuh hindurch. »Haben Sie eine Verwandte, die Sie gern loswerden möchten?«

»Selbstverständlich nicht!«, protestierte er verärgert mit funkelnden grauen Augen.

»Woher sollten Sie es dann auch wissen«, erklärte Sarah pragmatisch.

Es gab vieles, was sie den Mitgliedern des Damen- und Herrenclubs noch nicht gesagt hatte: Dinge, die nur Ärzte und ihre Patientinnen wussten. Regelmäßig wandten Frauen sich an Ärzte, um einen Orgasmus zu erleben, weil ihre Männer ihnen keinen verschafften. In der Medizin bezeichnete man diese Praxis als Beseitigung eines Blutstaus im Unterleib: Die mit Dampf betriebenen Apparate brachten große Erleichterung für verkrampfte Finger.

»Das Mädchen, von dem Sie gesprochen haben …«, unterbrach George Addimore sie in ihren Gedanken, »ist es immer noch in der Anstalt?«

Sarah passte ihren männlichen Gang dem seinen an. »Nein.«

Erleichterung klang aus seinem Ton. »Dann droht Mistress Hart also nicht, auf Dauer eingesperrt zu werden.«

»Das Mädchen wurde entlassen, weil sein Vater zufrieden war, dass er ihm ein für alle Mal Gehorsam beigebracht hatte«, sagte Sarah unverblümt. »Er hätte sie ihr Leben lang einsperren lassen können, wenn er gewollt hätte.«

Die junge Frau hatte sich von den erlittenen Qualen nie wieder erholt. Sarah schämte sich noch immer für die Rolle, die sie bei der Einweisung gespielt hatte. Der Duft gebratenen Fleischs und Obstkompotts überdeckte die weniger appetitlichen Gerüche von Kohlenrauch und Pferdeäpfeln.

Der Steuerberater lenkte sie um ein Grüppchen von Leuten herum, die einem Pastetenbäcker hinter einer Fensterscheibe zuschauten. »Ihre Aussage könnte viel dazu beitragen, die Geschworenen zu überzeugen, dass Mistress Hart nicht verrückt ist.«

Sarah war nur praktische Ärztin und obendrein noch eine Frau. »Wollen wir es hoffen.«

»Sie haben sich also entschieden.«

»Für mich bestand nie ein Zweifel, wie meine Entscheidung ausfallen würde.« Sarah stieg über die Reste einer Pastete, wie sie hoffte. »Was ist mit Ihnen?«

»Manchmal ist sie schon schockierend.«

»Ich habe Sie schockiert.« Sarah musterte den Steuerberater verstohlen. »Sie sagten, ich ließe euch Männern keinerlei Schamgefühl.«

»Sie hatten vorgeschlagen, eine Frau solle eine Gerätschaft demonstrieren.«

»Das hat Miss Fredericks dann getan«, sagte sie. »Fühlen Sie sich jetzt in Ihrem Schamgefühl verletzt?« Sarah genoss die Röte, die in seinem länglichen Gesicht aufblühte und wieder verschwand.

Er wandte den Blick ab, sah sie aber sofort wieder an. »Erzählen Sie mir nicht, dass Sie nicht auch darüber schockiert waren.«

»Doch«, gab sie zu. »Es war ziemlich schockierend, sie ganz praktisch über Sexualität reden zu hören, statt sie in akademischen Erörterungen zu kaschieren, wie Mister Nickols sagte.«

Das Café tauchte vor ihnen auf.

»Das, was ich in der Buchhandlung erstanden habe, hat Sie allerdings nicht schockiert«, stellte der Steuerberater fest.

»Ich bin Ärztin, Mister Addimore.« Sarah konnte nicht verhindern, dass sie rot wurde. »Mir ist durchaus klar, dass eine anhaltende Erektion beim Mann erfordert, das Blut im Penis zu stauen.«

Er suchte ihren Blick. »Stört es Sie denn nicht, dass ein Mann … Schwierigkeiten haben könnte?«

»Wenn Sie wüssten, wie anfällig die menschliche Natur ist, wäre Ihnen klar, was für ein Wunder es ist, dass ein Mann überhaupt zu einer Erektion fähig ist«, sagte sie mit pochendem Herzen.

»Aber ich bin kein Patient, Doktor Burns.«

Sarah war durchaus bewusst, dass er kein Patient war. Dem Damen- und Herrenclub von ihren Fantasien zu erzählen, war ihr völlig natürlich erschienen, aber mit diesem Mann allein zu sein …

»Waren Sie schockiert über meinen Einkauf?«, fragte sie, wobei sie ihre Unsicherheit mit Aggressivität kaschierte.

Die grauen Augen über den glänzenden Koteletten und der glühend roten Haut leuchteten so warm, wie sie es noch nie zuvor gesehen hatte. »Ich habe Sie nie anders als feminin wahrgenommen.«

Sarah konnte sich ein Schnauben nicht verkneifen. »Ich nehme an, Sie haben mich überhaupt nicht wahrgenommen.«

Er öffnete die Tür des Cafés. »Da irren Sie sich.«

Behutsam schrubbte Frances eine harte Muschel und konzentrierte sich lieber auf die Auster als auf ihre Scham. »Hat jemand nach mir gefragt?«

»Mistress Clarring, Doktor Burns.« Ein scharfer Schnitt war in der Küche zu hören, Zitronenduft erfüllte die Luft. »Miss Palmer. Alle waren um dich besorgt.«

»Auch Mister Manning?«, fragte sie trocken und legte die gesäuberte Auster zu den übrigen.

Eine scharfe Klinge traf auf Holz, nachdem sie eine Zitronenhälfte durchteilt hatte. »Mister Manning hat seine eigene Art, Sorge zu zeigen.«

Frances musterte James, der sich ein weißes Geschirrtuch über die Schulter gelegt hatte. Seine Miene strahlte jungenhaften Ernst aus, seine kurzen dunklen Wimpern warfen gefächerte Schatten auf seine Wangen, sein Blick richtete sich konzentriert auf seine Aufgabe. Er war erstaunlich geschickt in der Küche.

»Hast du früher schon mal Essen zubereitet?«, fragte sie neugierig.

»Sicher. Im Internat haben wir häufiger Wurst stibitzt. Wir schnitten sie auf und aßen sie ganz schnell, bevor die Eigentümer uns erwischen konnten.« Sorgfältig viertelte James die zweite Zitronenhälfte. »Wir nahmen uns den Lateinunterricht zu Herzen. *Potior est conditio possidentis*, du verstehst schon.«

Nein, sie verstand kein Wort. »Was heißt das?«

Seine dunklen Wimpern fuhren hoch. »Um etwas zu besitzen, muss man es haben.«

Lachen perlte in ihrer Brust hoch, schaffte es aber nicht, an dem Kloß in ihrem Hals vorbeizukommen. »Hast du es ihnen gesagt?«

Zwei nussbraune Augen musterten sie eindringlich. »Ja.«

Frances wandte sich ab und zog den Stopfen aus dem Abfluss. »Was hast du gesagt?«

»Die Wahrheit.«

Sie stellte sich die Mienen der Mitglieder des Damen- und Herrenclubs vor. »Ich nehme an, sie hätten es ohnehin irgendwann erfahren.« Aber sie wünschte, es wäre nicht nötig gewesen.

Zitronenduft hüllte sie ein, gleichzeitig hoben seine warmen, feuchten Finger ihr Kinn an. »Du brauchst dich für nichts zu schämen, Frances.«

Sie sah ihm in die Augen. Die Iris war nur ein schmaler farbiger Ring. »Wenn es zum Prozess kommt, muss mein Sohn sich einen Anwalt nehmen.«

James ließ ihr Kinn los und strich ihr über die Lippen. »Ja.«

»Er wird über mich reden …«, Zitrone sickerte in ihren Mund, es war die reine Säure, »wie der Staatsanwalt über Mary Bartle.« Er würde sie als ehebrecherisch und lüstern bezeichnen.

Klebrige Finger legten sich an ihre Wangen. Bedauern schluckte den schmalen Ring seiner Iris, bis sie nur noch seine dunklen Pupillen sah. »Ja.«

Frances atmete bebend ein. »Werde ich auf demselben Platz sitzen wie Mary Bartle?«

54

»Mistress Humphrey Ward, eine angesehene englische Schriftstellerin, ich muss sie wohl nicht eigens vorstellen, da sicher viele der Anwesenden ihre Werke kennen«, Gekicher ging durch die Reihen der anwesenden Frauen, »behauptet, dass es ›die besonderen moralischen Qualitäten der Frauen‹ untergrabe, wenn wir uns mit der ›gewöhnlichen Maschinerie des politischen Lebens‹ einlassen würden, wie sie es nennt.«

Thomas Pierce setzte sich auf einen harten Holzstuhl.

»Auf der anderen Seite des großen Teichs«, die in schmuckloses Schwarz gekleidete Frau beugte sich über ein dunkles, verkratztes Rednerpult, so dass die weiße Reiherfeder vor Erregung zitterte, »behauptet Miss Catherine Beecher, es entspreche der *Natur*, dass die Gesellschaft sich in Männer und Frauen unterteilt.«

Thomas hatte bisher weder von Mistress Humphrey Ward noch von Miss Catherine Beecher gehört. Verstohlen musterte er die Frau neben sich, deren Profil sich bleich gegen das flackernde Gaslicht abzeichnete. Begierig sog sie jedes Wort der Rednerin auf.

»Sie rät uns, wir sollten ›neue Wege suchen, um die Grenzen zwischen Männern und Frauen zu wahren‹. Wir haben Ehemänner, sagt Miss Beecher. Wir haben Söhne, behauptet Miss Beecher. Wozu sollten wir Frauen wählen, wo wir doch diejenigen beeinflussen, die das Wahlrecht besitzen?«

Die Frau neben ihm hatte weder einen Mann noch einen Sohn.

»Sorgt Ihr Vater für Sie und Ihre Mutter?«, fragte Thomas über die Stimme der Rednerin hinweg.

Der Kopf von Jane Fredericks fuhr herum. Sie trug die Uniform einer Suffragette: schmuckloses, dunkles Kleid, Mantel und einen runden Hut mit einer einzelnen Reiherfeder, die ihm zuwinkte. Unter der schwarzen Hutkrempe weiteten sich dunkelgrüne Augen, als sie ihn erkannte. »Mister Pierce!«

»Guten Abend, Miss Fredericks«, erwiderte er gelassen.

»Was machen Sie hier?«, fragte sie leise. Ihr Atem bildete in der kalten Luft zwischen ihnen Wölkchen.

Was machte ein leitender Bankangestellter in einer kalten, feuchten Halle inmitten von »kreischenden Schwestern und frömmlerischen Brüdern«, wie seine Mutter sie nannte?

Prompt lenkte die Rednerin Jane Fredericks' Aufmerksamkeit wieder auf sich. »... Beecher findet große Unterstützung bei der amerikanischen Regierung. Senator George H. Williams sagte 1866 ...«

Plötzlich wusste Thomas genau, warum er in diese Halle gekommen war. »Ich wollte herausfinden, was Ihre Leidenschaft schürt.«

Sie erstarrte sichtlich und richtete weiter den Blick, wenn auch nicht mehr ihre Aufmerksamkeit, auf die Rednerin. »Hier werden Sie keine pornografischen Geständnisse zu hören bekommen.«

Stattdessen bekam er die Rednerin zu hören, die den Senator der Vereinigten Staaten zitierte: »›Wenn die Frauen dieses Landes Seeleute und Soldaten werden ... wenn sie die Meere befahren und hinter dem Pflug gehen ... wenn sie die Tücken und Tumulte der Politik lieben ... wenn sie die Ausschweifungen des Feldes ... den Rauch des Kanonendonners ... und das Blut des Schlachtfelds ... mehr lieben als die Zuneigung und Freuden des Heims und der Familie‹«, bei jeder Pause sah die Rednerin einer anderen Frau fest in die Augen, »›dann ist es an der Zeit, darüber zu reden, Frauen zu Wählerinnen zu machen.‹«

Thomas bezweifelte stark, dass der Senator je hinter einem Pflug gegangen war: Arme Männer konnten sich Politik nicht leisten. Der amerikanische Politiker erinnerte Thomas an seine Mutter, die an Frauen Maßstäbe anlegte, an die er nicht heranreichen konnte.

»Sie sind nicht für die Sünden Ihres Vaters verantwortlich«, sagte Thomas. Drei Reihen vor ihm wirbelte ein Kopf mit Haube herum. »Und Sie sind nicht für das Leid Ihrer Mutter verantwortlich.«

»Ich denke, Sie gehen jetzt besser, Mister Pierce«, sagte Jane Fredericks erstickt.

Thomas rührte sich nicht, sondern forderte sie auf: »Überzeugen Sie mich, dass Frauen das Wahlrecht bekommen sollten.« Er wollte überzeugt werden, dass die Freiheit einer Frau es wert war, den Ruf und die Karriere eines Mannes aufs Spiel zu setzen.

Jane sah ihn nicht an, ihr Profil zeichnete sich als scharfe Silhouette ab. »Wenn Sie wissen wollen, warum Frauen das Wahlrecht bekommen sollten, schlage ich vor, dass Sie dem Vortrag zuhören, Sir.«

»In den letzten beiden Jahren haben Sie endlos wiederholt, was Mistress Butler und andere angesehene Führerinnen der Frauenbewegung sagen«, entgegnete Thomas. »Ich würde gern hören, was Sie sagen, Miss Fredericks, und nicht was andere sagen.«

Psstt!, zischte es rundherum über die donnernde Stimme der Rednerin hinweg.

Jane Fredericks sah weder nach links noch nach rechts. Ihre Wange glühte dunkelrot. Er hatte sie in Verlegenheit gebracht. Nachdem er sein Leben lang Angst davor gehabt hatte, dass eine Frau ihn in Verlegenheit bringen könnte, fühlte er sich nun seltsam befreit von jeder Verlegenheit.

»Kommen Sie mit mir ein Eis essen«, sagte er unnachgiebig, »sonst sorge ich dafür, dass man uns hinauswirft.«

Weitere Köpfe drehten sich nach ihnen um.

»Woher wussten Sie, dass Sie mich hier finden würden?«, zischte Jane Fredericks.

»Wo sollten Sie sonst an einem Samstagabend sein?«, erwiderte er.

Wortlos stand sie auf. Für einen flüchtigen Augenblick war sein Gesicht an ihrer weichen Hüfte vergraben – ein faszinierend süßer, ausgesprochen femininer Duft drang durch den Geruch feuchter Wolle –, als sie sich zwischen ihm und der Stuhllehne vor ihm durchzwängte. Thomas machte eine überraschende Entdeckung: Jane Fredericks trug keine Drahttournüre. Er folgte ihr.

Hinter ihm donnerte die Rednerin: »Es ist kein ›Naturgesetz‹, das uns an unsere Ehemänner und Söhne fesselt, sondern ein *unnatürliches* Gesetz! Unser eigener Premier …«

Die Tür der kalten, feuchten Halle schwang hinter Thomas zu. Auf der Straße ratterten Einspänner und Mietdroschken vorbei. Ihre Gaslampen warfen scharfe Lichtkegel. An einem Laternenpfahl lehnte eine Frau mit einladend geöffnetem Mantel.

Jane Fredericks wirbelte herum. »Ich möchte kein Eis, Mister Pierce.« Die Suffragette war eine Handbreit kleiner als er. Im Schein der vorbeifahrenden Gaslampen wirkte das Haar unter ihrer Hutkrempe abwechselnd rötlich braun und mattschwarz.

»Warum nicht?«, fragte er nachdrücklich.

Ihre Nase fuhr in die Höhe. »Ich bin dem Damen- und Herrenclub nicht beigetreten, um Unzucht zu treiben.«

Statt der mattgrünen Augen, die ihn wütend anfunkelten, sah er olivenhelle Augen vor sich. Scham wallte in Thomas hoch. »Glauben Sie etwa, dass Mistress Hart deshalb dem Club beigetreten ist?«

»Sie etwa nicht?«, entgegnete Jane herausfordernd.

Ihm fiel ein, wie er Frances Hart sarkastisch gefragt hatte, ob sie in den Club gekommen sei, um moralisch unschickliche Handlungen zu begehen. Und er erinnerte sich an ihren traurigen Blick, als sie geantwortet hatte, über das Alter sei ihr Körper hinaus. Im Kristallpalast hatte nichts Trauriges in ihrem Blick gelegen. Sie hatte James Whitcox gemustert, wie keine Frau ihn jemals ansehen würde.

»Wieso glauben Sie, dass Pornographie die Prostitution fördert?«, fragte er ausweichend.

»Weil es so ist«, antwortete sie. Männer verweigerten Frauen das Wahlrecht, weil es so war. Frauen verweigerten Männern ihre Gunst, weil es so war.

Plötzlich war Thomas die Spielchen zwischen Männern und Frauen leid. »Sollen wir die Frau da drüben fragen?«

Jane Fredericks funkelte ihn wütend an. »Seien Sie nicht albern!«

Thomas kam sich kein bisschen albern vor. Er verspürte ein wachsendes Bedürfnis, die Frau zu verstehen, die ihm seit zwei Jahren Woche für Woche gegenübergesessen hatte.

»Sind Sie Jungfrau, Miss Fredericks?«

»Ich bitte Sie!«

»Benutzen Sie Kerzen oder Würstchen und wünschen sich, es wäre ein Mann?«

»Verwechseln Sie mich bitte nicht mit Miss Palmer oder Miss Hoppleworth.«

Jane Fredericks war jünger und hübscher als Esther Palmer und Marie Hoppleworth, aber plötzlich fand er sie nicht annähernd so attraktiv wie die beiden unscheinbaren, älteren Frauen. »Wie kommen Sie darauf, sich für etwas Besseres zu halten, nur weil Ihr Vater Ihre Mutter mit einer Krankheit angesteckt hat?«

»Meine Mutter wäre nicht krank, wenn es nicht solche Frauen gäbe«, fuhr sie ihn an.

Ein gesichtsloser, namenloser Mann sprach die Frau am Laternenpfahl an.

»Haben Sie je darüber nachgedacht, dass Ihr Vater vielleicht keine Prostituierte aufgesucht hätte, wenn Ihre Mutter mehr wie Miss Palmer und Miss Hoppleworth gewesen wäre?«

Die Frau steckte in aller Ruhe die Scheine ein, die der Mann ihr hinhielt.

»Sie wissen doch gar nichts über meine Mutter, Sir!«

»Und Sie wissen nichts über diese Frauen, Miss Fredericks.« Der Mann und die Frau verschwanden in den dunklen Tiefen eines Hauseingangs. Thomas drehte den Kopf und musterte die Suffragette. »Aber Sie würden mehr über sie wissen, wenn Sie mit uns in den Kristallpalast gekommen wären.« Das Schnauben von Pferden und das Ächzen von Wagenrädern dröhnte in seinen Ohren.

»Haben Sie keine Angst, dass Sie den Hang Ihres Vaters zur Zügellosigkeit geerbt haben könnten?«, fragte Jane Fredericks überraschend.

Plötzlich begriff er. »Ich habe mehr Angst, dass ich die Frigidität meiner Mutter geerbt habe.«

»Das ist ihre Schuld«, platzte Jane Fredericks heraus. »Mistress Hart ist 49 Jahre alt, sie ist *Großmutter*. Aber sie kleidet sich wie ein … ein Flittchen, sie spricht über … über Selbstbefleckung, als ob es für eine Frau durchaus angemessen wäre, ihren animalischen Trieben nachzugeben, und dann verteidigt sie auch noch die Frauen und ihre ehelichen Rechte, und wie kann Mister Nickols es wagen, zu behaupten, ich hätte nichts getan, um die Sache der Frauen voranzubringen. Wir werden der Knechtschaft nie, niemals entkommen, wenn wir unsere Begierden nicht zügeln. Frauen *müssen* über jeden Vorwurf erhaben sein!«

»Dennoch haben Sie dafür gestimmt, sie in den Club aufzunehmen«, sagte er ruhig.

»Wieso haben Sie denn dafür gestimmt?«, entgegnete sie prompt.

»Weil sie uns nicht verurteilt hat.«

Frances Hart hatte keinen von ihnen, die über sie zu Gericht saßen, verurteilt.

»Er hat ihren Freispruch erwirkt«, sagte sie unvermittelt, »und Mistress Hart hat mich aufgefordert, mit ihnen in seiner Privatkanzlei auf den Urteilsspruch zu warten. Als ob ich ihren Freispruch gewollt hätte.«

Thomas merkte, dass sie über den Prozess gegen Mary Bartle sprach und mit »er« James Whitcox gemeint war. »Wollten Sie nicht, dass sie freigesprochen wird?«, fragte er neugierig.

»Sie hat ihren Mann getötet«, sagte sie gepresst.

»Woher wissen Sie das?«

»Sie hat sich erhängt.«

»Haben Sie sich je gewünscht, Ihr Vater wäre tot?«, fragte Thomas, um ihre widerborstigen Gefühle zu durchdringen.

»Ich würde meinem Vater niemals etwas antun!«, erklärte Jane Fredericks vehement. Aber in Gedanken hatte sie es getan.

»Vielleicht konnte Mary Bartle, nachdem sie den Tod ihres Mannes herbeigewünscht hatte, nicht mit der Schuld leben, dass ihr Wunsch in Erfüllung gegangen war.« Sosehr Thomas seine Mutter auch hasste, hoffte er im Stillen immer noch, sie eines Tages lieben zu können.

»Meine Mutter behauptet, sie liebe meinen Vater.«

Plötzlich kam Thomas ein Gedanke. »Woher hatten Sie das Kondom, Miss Fredericks?«

Aus ihren grünen Augen sprach ein fast greifbarer Schmerz. »Er versteckt sie in einer Dose – einer Dose mit dem Bild der Königin darauf, als ob sie dadurch respektabel würden! Sie steht in ihrem Schlafzimmer.«

Thomas verspürte einen merkwürdigen Stich in der Brust. Jane Fredericks' Vater schützte seine Frau zumindest vor einer

Schwangerschaft, nachdem es zu spät war, sie vor der Ansteckung mit einer Krankheit zu bewahren.

»Früher schliefen sie nicht im selben Zimmer.« Janes Verständnislosigkeit war nicht gespielt. »Wieso tun sie es jetzt?«

Ein dunkler Schatten lehnte sich an den Laternenpfahl. Die Prostituierte war mit dem Mann fertig und kehrte zurück, um den nächsten anzulocken.

Thomas wusste nicht, warum Männer und Frauen sich so verhielten, wie sie es taten, aber zumindest eine ihrer Fragen konnte er beantworten. »Sie sind so.«

Eine Verwirrung löste bei Jane die nächste ab. »Was?«

»Die Kondome.«

»Sie sind in Dosen mit dem Bild der Königin?«

»Ja.«

»Woher wissen Sie das?«

Thomas erinnerte sich an seine Scham, als er sich vor zwei Wochen an einen Apotheker gewandt hatte. »Weil ich eines gekauft habe.« Er hatte wissen wollen, wie eine solche Gummihaut aussah und sich auf seinem Penis anfühlte.

»Aber Sie sind doch unberührt«, keuchte Jane Fredericks, als habe seine Enthaltsamkeit ihn in ihrer Achtung steigen, der Kauf von Kondomen ihn aber wieder sinken lassen.

Mit glühenden Ohren hielt Thomas ihrem Blick stand. »Ich hoffe, ich finde eines Tages eine Frau, die mir hilft, dieses Hindernis zu überwinden.« Wenn er eine solche Frau finden sollte, würde er sie gewiss beschützen.

»Sie sagten doch, Sie genießen die Gesellschaft von Frauen nicht«, sagte sie spröde.

»Ich habe festgestellt, dass ich ihre Gesellschaft durchaus genieße, wenn sie andere nicht herabsetzen.« Und wenn er aufhörte, sie mit den Augen seiner Mutter zu sehen. Es hatte ihm Spaß gemacht, die Frauen in dem Kristallpalast zu begleiten. Doch nun musste Frances Hart sich wegen der Freiheiten verstecken, die sie sich erlaubt hatte. Vor ihrem eigenen Sohn.

Während seine Mutter auf freiem Fuß war und Zeitung lesen konnte. Thomas hatte ihr nie von dem Damen- und Herrenclub erzählt. Es war sein Geheimnis. Aber nun würden sowohl seine Mutter als auch sein Arbeitgeber von seinem Geheimnis erfahren.

»Sie glauben also, dass Frauen, die für Frauenrechte eintreten, Männer herabwürdigen«, schnaubte Jane Fredericks und klang ebenso befremdlich, wie er selbst noch vor drei Wochen geklungen hatte.

Thomas wandte den Blick von der Feindseligkeit in ihren Augen ab. Er war sich nicht sicher, was er für Jane Fredericks empfand und ob er überhaupt etwas für eine Frau empfinden konnte. Er war sich nicht sicher, ob Jane Fredericks etwas für ihn oder einen anderen Mann empfinden konnte. Aber er konnte hoffen. Er konnte hoffen, dass ihre Wut Liebe nicht ausschloss. Er konnte hoffen, dass Leidenschaft seine Gefühlskälte auftauen würde. Er konnte hoffen, dass sie die Wunden zu heilen vermochten, die man ihnen zugefügt hatte und die sie sich selbst ständig zufügten.

»Miss Fredericks.« Er griff in seine Manteltasche und drückte ihr zwei goldene Anhänger in ihre steife, widerstrebende Hand. »Ich dachte, dass Sie die hier vielleicht gern hätten.«

Entsetzt riss sie die Augen auf. »Wie kommen Sie darauf?«

»Weil wir eine Entscheidung treffen müssen.« Thomas trat zurück in die Dunkelheit. »Und wir beide brauchen Kraft, um zu dieser Entscheidung zu stehen.«

55

Bist du sicher, dass du das willst, Frances?«, fragte James, der zu ihren Füßen auf dem harten Marmorboden kniete.

Laute Orgelmusik dudelte über Geschrei, Gekreische und Rollgeräusche hinweg.

Ihre hellen Augen musterten ihn unter dem Rand ihres runden Strohhuts ernst. »Du nicht, James?«

Er würde alles tun, um wieder Freude in ihre Augen zu zaubern. »Schlittschuhe haben Kufen statt Rollen.« Er setzte sich neben sie auf die harte Holzbank. »Aber das Prinzip ist das gleiche.«

Bisher hatte Frances jedoch weder auf Schlittschuhen noch auf Rollschuhen gestanden. »Hast du Angst, zu fallen?«, fragte sie leise.

»Überhaupt nicht.« Grimmig schnürte James seine Rollschuhe. »Wenn ich falle, sorge ich dafür, dass ich auf dir lande und du das meiste abbekommst.«

»Allein deswegen sollte ich mir wohl einen anderen Lehrer suchen.« Ein leiser Humor schlich sich in ihren Ton.

Der Kloß in seinem Hals löste sich ein wenig, als er die Verheißung auf ein Lachen in ihrer Stimme hörte. »Zu spät.« Er stand auf, wirbelte herum und streckte gebieterisch die Hand aus. »Du hast mich schon engagiert.«

»Du würdest mich sicher wegen Vertragsbruch verklagen, nehme ich an«, sagte Frances.

»Und ich würde gewinnen«, erklärte James und half ihr auf.

Frances drückte die Arme durch, um sich abzustützen, und stand auf.

»Bleib stehen«, sagte er und mühte sich ab, seine Füße nebeneinanderzuhalten. »So. Das ist doch gar nicht so schlecht, oder?« Er fragte sich, wen er eigentlich beruhigen wollte. Im Gerichtssaal war er ein Meister, aber auf der Rollschuhbahn war er ein blutiger Anfänger.

Sie machte einen Schritt und schoss nach vorn. James schnappte sie, wobei sein Zylinder verrutschte und sie beide schwindelerregend herumwirbelten. Ein siebenjähriges Mädchen, dessen blondes Haar unter einer Paisley-Haube hervorquoll, rollte an ihnen vorbei und sauste auf die volle Bahn.

»James.«

Er hielt den Atem an und umarmte sie mit rasendem Herzschlag. »Was?«

»Ich glaube, du kannst gar nicht Rollschuh laufen.«

»Frances.« Ein Lachen über ihr völlig absurdes Tun kam in seiner Brust auf. Sie war eine Frau, die sich vor einer Einweisungsverfügung in eine Irrenanstalt versteckte. Er war ein Kronanwalt, umgeben von Männern und Frauen, die sicher seinen Namen kannten, auch wenn sie ihn nicht erkannten. »Du kränkst mich.«

Ihr herausfordernder Ton ließ etwas von der alten Frances erkennen: »Beweisen Sie es, Sir.«

»Wie kann ich das?« Schelmisch sah er auf sie herunter. Ihre Weichheit, ihre Geschmeidigkeit und ihr Duft erfüllten ihn mit einer fast schmerzlichen Freude. »Du klebst an mir wie eine Klette.«

Sofort ließ Frances seine Taille los, an der sie sich festgeklammert hatte, und schwankte bedenklich, bevor sie unbeholfen das Gleichgewicht wiederfand.

James war nicht mehr Schlittschuh gelaufen, seit er als Junge in Cambridge die Schule besucht hatte. Stocksteif starrte er auf seine Füße, damit sie keinen Unsinn machten, und rollte an den Rand der Marmorbahn. Rollschuhlaufen war ein beliebtes Sonntagsvergnügen für Arbeiter und Bürger. Hauben, Bowler, runde Strohhüte und Sportkappen in allen Größen und Farben rasten vorbei. In kurzen Achterkurven schaffte er es, ans andere Ende des Gebäudes zu rollen. Der Triumph wölbte seine Brust. Als er aufsah, fing er durch das bunte Gewühl der Männer, Frauen und Kinder Frances' Blick ein. Sie presste die Hände mit den Lederhandschuhen an den Mund und strahlte vor Stolz über seinen Erfolg. Ebenso begeistert hätte sie die Leistungen ihres Sohnes gefeiert, dachte er mit einem freudig schmerzlichen Stich. James hielt ihren Blick fest und rollte zurück, angezogen vom Stolz in ihren Augen. Doch seine Füße rutschten unter ihm weg. James landete schmerzhaft auf dem Hinterteil.

»Verdammt«, knurrte er, war aber sofort hingerissen von ihrem Anblick: Sie lachte schallend. Seine Mundwinkel zuckten nach oben. Ihre Freude war durchaus ein bisschen Schmerz und Demütigung wert. Er schnappte seinen Seidenzylinder, auf dessen Krempe sich eine Rollspur abzeichnete.

»Brauchst du Hilfe, alter Mann?«, fragte ein frecher Bursche, der seine Sportkappe tief über ein Auge gezogen hatte.

»Ich komme schon zurecht«, knurrte James finster.

Einige Minuten später war er noch immer nicht auf den Füßen. Aus den Augenwinkeln bemerkte er braunen Velours flattern. James balancierte auf einem Knie und einem Rollschuh auf dem unnachgiebigen Marmor und sah Frances mit sich biegender Strohhutkrempe, wehendem Mantel und flatterndem grünem Seidenrock heranrollen. Um sie herum fuhren Männer, Frauen und Kinder einzeln und paarweise vorbei. Mit ausgestreckten Armen versuchte sie ihren Körper im Gleichgewicht zu halten, der vor- und zurück- und von einer Seite zur anderen schwankte. Plötzlich schnürte Angst ihm die Brust ab und raubte ihm den Atem. Wenn sie fallen sollte, könnte er sie nicht auffangen.

»James.« Zwei hellgrüne Augen funkelten ihn an. Ihre Stimme war atemlos vor Lachen. »Wie konnte ich nur jemals an deinen Fähigkeiten zweifeln?« Ihr Lachen perlte über das laute Dröhnen der Orgel.

James packte Frances um die Taille und zog sich an ihr hoch. Abrupt verstummte ihr Lachen. Ein wissender Schimmer trat in ihre Augen, die ihm sagten, dass sie seine Freude tief in sich einsog. Sie hielt ihn, wenn er am verletzlichsten war. Sie kannte ihn, wie keine andere Frau ihn je kennen würde. Und das, was sie sah, gefiel ihr. Die Wärme ihres Blicks kroch ihm den Rücken hinauf, bis er sie am liebsten in die Arme genommen und vor allem Leid bewahrt hätte, das Männer Frauen antaten, nur weil sie es konnten.

»Es ist nicht so einfach, über einen Mann zu lachen, wenn er auf seinen Füßen steht, stimmt's?«, neckte er sie mit wackeligen Knien.

Eine ganze Kette von Jungs, die sich an den Händen hielten, raste an ihnen vorbei.

»Es ist sehr schwer, über einen Mann zu lachen, wenn er voll aufgerichtet dasteht«, bestätigte Frances ernst.

Ein tiefes Lachen brach sich aus ihm Bahn.

»Du lachst, James«, stellte Frances fest, als ob es ein Geschenk sei.

Sein Lachen verklang, aber nicht die Gefühle, die sie in ihm weckte. Ohne auf die neugierigen Blicke der anderen zu achten, schlang er einen Arm um ihre Taille. »Du läufst Rollschuh.«

Die Freude in ihren Augen wich jäher Erkenntnis: Man musste mit den Konsequenzen von Leid und Lust leben. Das hatte Mary Bartle sie beide gelehrt.

Die Erkenntnis verwandelte sich in Entschlossenheit. »Bring mir bei, schneller Rollschuh zu laufen.«

56

Rose stand an dem Schreibtisch mit Glasplatte und blickte auf ihren Mann hinunter. Sein braunes Haar war heller als das Leder der Sessellehne, an der sein Kopf lehnte, und rührend zerzaust. Dunkle Wimpern ruhten auf seinen schmalen, sensiblen Wangen. In der Nachmittagssonne, die durch die Fenster hinter ihm schien, sah er wieder aus wie der Mann, den sie geheiratet hatte, und wirkte, als halte er ein Nickerchen vor dem sonntäglichen Abendessen.

Eine Zigarre glimmte in einem schweren silbernen Aschenbecher. Rose erinnerte sich, dass ihr jüngerer Bruder ihnen den Aschenbecher zur Hochzeit geschenkt hatte. Behutsam nahm sie den Cognacschwenker aus den schlaffen Fingern ihres Mannes. Die vertraute Wärme seiner Haut ließ Tränen in ihre Augen schießen. Am Boden des Glases schwappte eine bernsteingelbe Flüssigkeit. Ohne sonderliche Neugier hob sie das Glas an die Lippen und trank. Der Brandy brannte sich durch ihre Speiseröhre und verbreitete sofort ein wohliges Gefühl von einem kleinen Punkt im Magen. Ihr Blick fiel auf funkelndes Kristall: Er hatte nur zwei Drittel des Brandys in der Karaffe getrunken. Impulsiv goss sie von der bernsteingelben Flüssigkeit in das ballonförmige Glas nach und zog sich einen Sessel heran. Sie ließ sich auf dem kalten, steifen Leder nieder und nippte schweigend.

Das Arbeitszimmer lag an der Rückseite des Stadthauses an einem kleinen, ummauerten Garten. Staubteilchen tanzten in den schräg einfallenden Sonnenstrahlen. Ihr war noch nie aufgefallen, wie friedlich dieses Zimmer mit den geschnitzten Kirschholzmöbeln und den schweren Ledersesseln war.

»Wir haben nie miteinander geredet, Jonathon«, sagte sie impulsiv. In seinem Arbeitszimmer zu sitzen und seinen Brandy zu trinken erfüllte sie mit einem merkwürdigen Gefühl von Kameradschaft. Fast hatte sie den Eindruck, dass er ihr hier an seinem männlichen Rückzugsort zuhörte. »Wir haben Pläne geschmiedet, aber wir haben nie miteinander geredet.«

Gemächlich stieg Zigarrenrauch vom Schreibtisch auf. Er roch nach süßen Kirschen und starkem Tabak, ein vertrauter Geruch. Er hatte seine Zigarre immer geliebt.

»Ich erinnere mich noch an unsere Hochzeitsnacht. Meine Mutter sagte mir, du würdest mir wehtun, aber ich wusste, dass du mir niemals wehtun würdest. Und das hast du auch nicht getan. Du hast mich geküsst. Du hast mich geküsst, bis ich dachte, mein Körper würde dahinschmelzen.«

Rose verschloss die Augen vor der strahlenden Vergangenheit und spürte den brennenden Cognac und den süßen Zigarrenduft: damals, jetzt. Blaue Augen, sanft wie ein Sommerhimmel, lächelten sie in der gemeinsamen Erinnerung an ihre Hochzeitsnacht an. Er war so voller Zärtlichkeit gewesen. Wenn er gelacht hatte, hätte sie vor Glück weinen mögen.

»Ich wusste natürlich nicht, dass ich Begierde empfand. Ich glaube, du wusstest es auch nicht.« Sie schmiegte den zerbrechlichen Cognacschwenker an ihren Magen. »Wir waren beide noch so jung. Jeden Abend sagtest du mir, du würdest einen Sohn in mich pflanzen.«

Aber der Samen hatte keine Frucht getragen. Und dann hatte die Mumps den Samen vernichtet.

»Damals wusste ich nicht, dass man das, was du machtest, eine Ejakulation nennt.« Sie trank einen großen Schluck Brandy. Das anhaltende Brennen war angenehm. »Mädchen werden ja so unwissend gehalten.« Das wohlige Gefühl im Magen breitete sich aus. »Ich spürte einen tiefen, heißen Strahl und dachte, es sei deine Liebe, die du in mich ergossen hättest. Ich dachte, die Liebe brächte die Kinder hervor, Jonathon. Von Sperma und der Bedeutung, die Männer ihrem Samen beimessen, hatte ich keine Ahnung.«

Vor dem Fenster gurrte eine Taube. Ihr Paarungsruf klang trauriger als ein Klagelied.

Rose öffnete die Augen und betrachtete ein träges Rauchwölkchen, das einen schiefen Kringel bildete. »Ich begreife immer noch nicht, wieso das Sperma wichtiger ist als die Liebe.«

Ein gedämpftes Lachen drang unten aus der Küche. Bald würde das Abendessen serviert, und sie würde allein essen. Jonathon würde irgendwann aufwachen und sich in sein Einzelbett zurückziehen.

»Aber ich weiß …« Sie lehnte den Kopf an den tröstlich männlichen Sessel, abgeschirmt von einer Welt, in der Männer sich nach den Kindern beurteilten, die sie zeugten, statt nach dem Glück, das sie schenkten. »… dass ich eine Entscheidung treffen muss, und ich merke, dass es nicht so einfach ist, wie man meinen sollte.«

Sie nahm einen Schluck Weinbrand und wärmte ihn im Mund an: Jenseits des Brennens schmeckte sie sein Aroma. »Weißt du, ich gehöre einem Club an. Ich bin eingetreten, weil ich einsam war. Ich hoffte, eines Tages zu lernen, wie ich dich dazu bringen kann, mich wieder zu lieben.«

Jonathons dunkelbraune Wimpern flatterten. Vielleicht flatterten aber auch ihre eigenen Wimpern, eingelullt vom Brandy und der Illusion einer Kameradschaft.

»In den Sitzungen sprachen wir über die Beziehungen zwischen Männern und Frauen. Zumindest taten wir so, als ob wir darüber diskutierten. Der Club hatte viel Ähnlichkeit mit unserer Ehe. Wir tun so, als ob wir verheiratet wären, aber wir sind es nicht. Im Club taten wir so, als ob wir unsere Gedanken teilten, aber es war nicht so.«

James Whitcox hatte gesagt, sie sei Expertin für erotische Kompositionen in Stillleben. Aber Rose wusste über erotische Kompositionen nicht mehr als über den Schmerz, den die Zeugungsunfähigkeit Männern bereitete.

»Eines Tages platzte eine Frau in unsere Sitzung.« Sie schluckte den Kloß im Hals herunter. »Und es passierte etwas Wunderbares.« Sie erinnerte sich an Frances Hart mit ihrem unglaublich roten Haar und an James Whitcox mit seinen fesselnden nussbraunen Augen. »Ein Mann schaute diese Frau an und stellte ihr eine Frage. Eine Frage, die wir uns in den Sitzungen der zwei Jahre zuvor nie gestellt hatten. Er fragte: ›Was begehrt eine Frau?‹«

Rose starrte durch ein träges Rauchwölkchen. »Die Frage war so absurd. Als ob es eine Rolle spielt, was Frauen wollen.«

Die Sonne beschien eine Ecke der Gartenmauer und verwandelte den braunen Backstein in warmes Gold.

»Aber sie antwortete. Sie antwortete, als ob die Wünsche einer Frau wirklich wichtig wären …« Ein blauer Schmetterling flatterte über die goldgelbe Mauer in den dunklen Schatten. »Wir saßen da und waren viel zu schockiert und erschrocken, um auf diesen Mann zu reagieren, den wir zu kennen geglaubt hatten. Nun mussten wir feststellen, dass wir ihn überhaupt nicht kannten.«

Sie betrachtete den Cognacschwenker in ihrer Hand. An ihrem Ringfinger schimmerte Gold. »Wir hatten über sämtliche Gründe gesprochen, weshalb zwischen den beiden Geschlechtern Ungleichheit herrscht, aber noch nie hatten wir – ein Raum voller Männer und Frauen – uns gefragt, ob wir nicht vielleicht trotz der ganzen Unterschiede die gleichen Bedürfnisse haben.« Sie hob die Hand und schluckte mit der bernsteingelben Flüssigkeit ihre Wehmut. »Aber er stellte die

Frage. Und sie gab ihm eine Antwort. Dann sagte sie etwas, was ich nie vergessen werde, so lange ich lebe.«

Rose schloss die Augen und schwelgte in der bittersüßen Erinnerung. »Sie sagte: ›Ich glaube, es gibt Frauen, die sich von einer Ehe mehr wünschen, als ihre Männer ihnen zu geben vermögen, ebenso wie ich glaube, dass es Männer gibt, die mehr begehren, als ihre Frauen zu geben vermögen. Ich glaube, das ist niemandes Schuld.‹«

Erneut verspürte sie den überwältigenden Ansturm der Gefühle wie in dem Moment, als sie Frances Hart eheliche Schuldzuweisungen hatte ablehnen hören. »Ich kann dir gar nicht sagen, wie erleichtert ich war.« Rose schlug die Augen auf und sah durch einen Schleier aus Zigarrenrauch und schimmernden Staubkörnchen in den kahlen Garten. »All die Jahre wollte ich glauben, dass das Scheitern unserer Ehe meine Schuld war. Oder dass es deine Schuld war. Oder die Schuld des Arztes. Ich brauchte jemanden, dem ich die Schuld geben konnte. Dabei spielte es die ganze Zeit überhaupt keine Rolle.«

Sie blinzelte die Tränen fort und musterte ihren Mann. Das hellbraune Haar war fein wie bei einem Baby. Seine dunklen Wimpern waren länger als ihre. Selbst im Schlaf wirkte sein blasses, sensibles Gesicht noch finster.

»Wir sind an einem Punkt unserer Ehe angelangt, an dem ich eine Entscheidung treffen muss, Jonathon.« Zwölf Jahre lang hatte sie ignoriert, dass ihr Mann – ein erfolgreicher Börsenmakler – nur trank, wenn er zu Hause war, allein mit ihr und den zerbrochenen Träumen, die sie repräsentierte. »Ich muss akzeptieren, dass ich mehr von dieser Ehe will als du.«

Roses Tränen rannen über Jonathons Wangen, sicher eine Sinnestäuschung durch den Brandy, denn ihr Mann konnte nicht ihre Tränen weinen. »Ich liebe dich, aber ich muss dich gehen lassen.« Die glimmende Zigarre kippte vom Rand des Aschenbechers. Heiße Asche fiel auf die Glasplatte des

Schreibtischs. Rose stellte den Cognacschwenker ab, beugte sich vor und drückte die Zigarre aus. Das Feuer im Aschenbecher erstarb. »Zu unser beider Wohl muss ich dem Leid ein Ende bereiten.«

57

Vor drei Jahren verklagte Georgina Weldon erfolgreich die Ärzte, die ihre Einweisungsverfügung in die Irrenanstalt … Ist alles in Ordnung, Sir?«

»Ja, sicher.« James sah von dem Stapel Papiere auf, die er gerade durchblätterte. »Wieso fragen Sie, Mister Tristan?«

»Sie rutschen ständig auf Ihrem Sessel hin und her, als hätten Sie Schmerzen.«

Amüsiert musste James an die blauen Flecken an seinem Hinterteil und seinen Knien denken. »Mistress Hart hat mich zum Rollschuhlaufen überredet.«

Avery Tristan riss ungläubig die Augen auf. »Sie, Sir?«

James fiel der Stolz in den Augen von Frances ein. »Bezweifeln Sie etwa meine Fähigkeit, mit acht Rollen fertig zu werden, die sich gleichzeitig in unterschiedliche Richtungen bewegen?«

Die Augen des Referendars leuchteten vor Lachen. »Haben Sie es denn geschafft?«

James fiel auf, dass er in Avery Tristans Miene noch nie etwas anderes gesehen hatte als unpersönliche Höflichkeit und ernste Nachdenklichkeit.

»Ja, ich denke, ich habe mich recht gut geschlagen.«

»Und Mistress Hart?«

»Sie ist die geborene Rollschuhläuferin«, antwortete James trocken. »Hat Mistress Weldon ihren Mann verklagt, weil er die Einweisungsverfügung beantragt hat?«

»Ich bin mir nicht …« Das Lächeln des Referendars schwand, als er seine Notizen durchblätterte. »Nein. Sie hat ihn erfolgreich verklagt, allerdings wegen Vernachlässigung der ehelichen Pflichten.«

Die Presse hatte die Spiritualistin als »Irrenanwalt in Unterröcken« bezeichnet. Sie hatte sich der Einweisung in ein Irrenhaus entzogen, indem sie sich im Haus einer Freundin versteckt hatte. Denton hatte ihm berichtet, dass der Irrenarzt täglich an dem gemieteten Stadthaus vorsprach.

»Sehen Sie nach, was Sie zu Klagen finden, in denen eine schlechte Vormundschaft …«

»Warum tun Sie das?«

James sah zur Tür hinüber, die eben noch geschlossen war. Nun stand auf der Schwelle ein Mann mit einem gefalteten Brief in der Hand. Er hatte hellblondes Haar und dunkelbraune Augen.

»Das ist eine Privatkanzlei, Sir«, sagte Avery Tristan scharf. Aus den Augenwinkeln beobachtete James, dass der Referendar seinen Stuhl zurückschob. »Wenn Sie Fragen an Mister Whitcox haben, stellen Sie sie bitte über Ihren Anwalt.«

Der Mann in der Tür ignorierte den Referendar und musterte nur James. »Was haben Sie mit meiner Mutter gemacht?«

James erstarrte. Die gleiche Erkenntnis ließ auch seinen Referendar wie angewurzelt stehen bleiben.

Die Stimme des jungen Mannes klang zugleich gequält und wütend. »Weiß sie, dass Sie das tun?«

»Machen Sie ein Teetablett fertig, Mister Tristan.« James wandte den Blick nicht von dem Mann, der in der Tür stand. Seine Züge zeigten keinerlei Ähnlichkeit mit Frances. Mit einem Knoten im Magen wurde ihm klar, dass so ihr Mann mit 33 Jahren ausgesehen haben musste, also elf Jahre bevor er sie zur Frau genommen hatte. »Mister Hart und ich nehmen den Tee im Konferenzraum.«

Das Gesicht des jüngeren Mannes lief hässlich rot an.

»Nicht mal, wenn ich ein Schwein wäre, würde ich mit Ihnen aus einem Trog saufen, Sir.«

»Sie werden mit mir Tee trinken«, sagte James kühl und stand von seinem Schreibtischsessel auf. »Und Sie werden sich daran erinnern, dass Sie der Sohn von Frances Hart sind, nicht meiner. Wenn Sie sich nicht benehmen können wie ein Gentleman, wird Mister Tristan Sie umgehend aus meiner Kanzlei begleiten.«

Demütigung nagte an der Wut, die in David Harts Augen loderte. Mit einem knappen Kopfnicken gab er sich geschlagen.

James deutete auf den Türbogen zwischen ihnen. Steif ging Frances' Sohn ihm voraus, wobei seine Absätze auf dem Hartholzboden hallten.

Unmittelbar rechts war die Tür zur Toilette, der Konferenzraum lag am anderen Ende des Flurs. Fahles Licht fiel durch ein vorhangloses Fenster am Kopfende des drei Meter langen Mahagonitisches. Ein querformatiges Gemälde von einem sonnigen Strand mit Badenden belebte die monoton cremeweißen Wände.

James schloss die Tür fest hinter sich. »Nehmen Sie Platz.«

Steif zog der jüngere Mann einen braunen Ledersessel heraus und setzte sich.

James setzte sich ihm gegenüber an den Tisch und musterte ihn. »Ihre Mutter hat mich in der Tat beauftragt, diese Klage einzureichen.«

Ungläubig flackerte es in dem Gesicht seines Gegenübers auf, das halb im Schatten, halb im fahlen Licht lag. »Sie kennt sich doch gar nicht aus mit Gerichtsprozessen.«

»Nicht besser als Sie mit Einweisungsverfügungen«, erwiderte James gelassen.

Demütigung. Wut. Schuld. Diese drei widersprüchlichen Gefühle rangen im Blick des jüngeren Mannes miteinander. »Meine Mutter würde ihren eigenen Sohn niemals verklagen!«

»Wissen Sie, David«, sagte James nachdrücklich, »genau dasselbe hat Ihre Mutter in Bezug auf die Einweisungsverfügung über Sie gesagt.«

Für einen Moment gewannen die Schuldgefühle in den dunkelbraunen Augen die Oberhand über Demütigung und Wut. Doch dann überwog die Wut alles andere. »Für Sie Mister Hart, Sir.«

»Wenn Sie sich benehmen wie ein Erwachsener, werde ich Ihnen auch die Höflichkeit erweisen, Sie wie einen Erwachsenen zu behandeln.«

»Was haben Sie nur mit ihr gemacht?«, fragte David Hart gepresst.

»Ich habe sie vor Ihrer Einweisungsverfügung in Sicherheit gebracht.«

Am nächsten Tag würde die Verfügung ihre Gültigkeit verlieren. Allerdings könnte David Hart dann eine weitere Verfügung erwirken.

»Sie haben kein Recht, sich in unsere Familie einzumischen«, sagte David wütend.

James musterte den jüngeren Mann eingehend und versuchte in ihm den kleinen Jungen zu sehen, der den Windeln entwachsen war, indem er Papierschiffchen versenkte. »Ist Ihnen eigentlich klar, wie tief Sie Ihre Mutter verletzt haben?«

Aus Davids Augen sprach keinerlei Einsehen. »Ich verlange zu erfahren, wo Sie sie verstecken«, sagte er.

James musste an die Liebe denken, die Frances ihren Kindern großzügig geschenkt hatte. »Macht es Ihnen denn gar nichts aus, dass Sie ihr eine fast nicht wiedergutzumachende Kränkung zugefügt haben?«, hakte James nach.

»Wenn Sie mir nicht auf der Stelle sagen, wo sie ist, gehe ich zur Polizei und behaupte, dass Sie meine Mutter entführt haben.«

»David«, sagte James sanft. »Ich weiß, dass Sie die Zeitungen gelesen haben. Sie müssen doch wissen, welchen Einfluss ich in London habe.«

»Das ist eine heidnische Stadt!«, tobte David. Er war so berechenbar, dass James peinlich berührt für ihn die Augen schloss. Frances hatte gesagt, die Männer auf dem Land seien anders als die Männer in der Stadt, aber das stimmte nicht. »Meine Mutter wäre nicht so, wie sie jetzt ist, wenn sie zu Hause geblieben wäre.«

Weder Frances noch James wären so, wie sie nun waren, wenn sie Kerring in Sussex nicht verlassen hätte. James beschlich ein seltsames Gefühl, als er mit dem Sohn sprach, der als Kind an der Brust der Frau gesaugt hatte, an deren Brust nun James saugte. »Ihre Mutter verdient ein wenig Glück.«

»Was wissen Sie schon von meiner Mutter?«, fragte der jüngere Mann verächtlich. »Sie hat bei der Geburt meiner Kinder geweint. Jeden Sonntag sind wir – ihre Familie – zusammen in die Kirche gegangen und haben anschließend gemeinsam gegessen. Sie sehen nur das Geld, das mein Vater ihr hinterlassen hat, aber Sie kennen sie gar nicht.«

James merkte, dass David Hart Frances nicht als Frau betrachten wollte, weil er immer noch zu sehr ein Kind war, das im Glanz mütterlicher Liebe baden wollte.

Ich habe meinem Sohn sehr wehgetan, hatte Frances gesagt. Plötzlich begriff James, wie gut sie ihren Sohn kannte.

»Sie können dieser Geschichte ein Ende setzen«, sagte er ruhig.

»Wie?«, fragte David misstrauisch.

»Unterschreiben Sie einen Vertrag, in dem sie auf sämtliche Rechte über Ihre Mutter verzichten und sich verpflichten, ihr die monatliche Leibrente zu zahlen, um die Ihr Vater Sie in seinem Testament gebeten hat.«

Sein Vorschlag stieß auf entsetztes Schweigen.

»Das würde Ihnen wohl gefallen, was?«, schnaubte David schließlich.

»Ja«, antwortete James aufrichtig. Frances hatte bereits genug gelitten.

»Das würde Ihnen so gefallen, weil Sie dann an das Geld meiner Mutter kämen.«

Unter anderen Umständen hätte James gelacht. Er hatte ein Jahreseinkommen von über 20000 Pfund. Das Gut der Harts erwirtschaftete im Jahr durchschnittlich 1300 Pfund, wovon Frances eine monatliche Rente von 20 Pfund erhalten sollte. Aber der Schmerz, den David Hart ausstrahlte, und das Leid, das er Frances zufügen konnte, waren alles andere als lustig.

»Ja, ich will, dass Sie diesen Vertrag unterschreiben«, sagte James rundheraus. »Ich will diese Sache beenden. Ich will sie sofort beenden. Aber als Prozessbeauftragter Ihrer Mutter möchte ich, dass die Sache vor Gericht geht. Ich will, dass sie Sie verklagt, und ich will, dass sie gewinnt. Ich will, dass sie erhobenen Hauptes aus dem Gerichtssaal gehen kann und weiß, dass sie in den Augen des Gesetzes ebenso viel wert ist wie jeder Mann. Was wollen Sie für Ihre Mutter, David?«

Ein leises Klopfen hallte durch den Konferenzraum, Avery Tristan brachte den Tee.

»Herein«, sagte James mit leicht erhobener Stimme und beobachtete genau jede Reaktion von David Hart.

Die Tür schwang auf, Porzellan klapperte. Beim Anblick des schweren silbernen Teeservices riss David Hart die Augen auf.

James bemerkte die Unsicherheit, die in den braunen Augen aufflackerte und wieder verlöschte, als habe jemand elektrisches Licht ein- und ausgeschaltet. »Wie möchten Sie Ihren Tee, David?«

Es lag David schon auf der Zunge, abzulehnen, aber er schluckte es hinunter. »Mit Milch und zwei Stück Zucker.«

Auch Frances trank ihren Tee mit Milch und zwei Stück Zucker. Der Referendar stellte die Tasse aus weißem Eierschalenporzellan mit Goldrand vor David hin. Zitronenduft stieg

James in die Nase. Gleichzeitig klirrte das Porzellan, als es vor ihn auf den Mahagonitisch gestellt wurde.

»Danke, Mister Tristan.«

Leise schloss sich die Tür hinter dem Referendar.

Dampf stieg von Davids Tee auf und löste sich im fahlen Licht auf. »Ich will meine Mutter sehen.«

»Ich werde Ihre Bitte an sie weiterleiten.« Ausnahmsweise waren der Anwalt und der Mann in James sich einmal einig. »Wenn sie einwilligt, treffen wir uns an einem von mir bestimmten Ort.«

»Ich bin ihr Sohn.« Wut flammte in Davids Augen auf. »Ich habe das Recht, sie zu sehen, ohne dass Sie ihr jeden Gedanken verdrehen.«

James musterte den jungen Mann eingehend. »Haben Sie so wenig Vertrauen zu Ihrer Mutter, dass Sie wirklich glauben, ich oder sonst jemand könnte sie überreden, etwas zu tun, was sie nicht tun will?«

»Sie ist eine Frau«, sagte David kurz angebunden. »Frauen lassen sich von Männern leiten.«

James nahm den kleinen Silberlöffel, der neben seiner Tasse lag, und rührte in dem klaren schwarzen Tee. Langsam sah er auf und begegnete durch eine graue Dampfwolke Davids finsterem Blick. »Sie erkennen also an, dass Ihre Mutter eine Frau ist.«

Das sonnengebräunte Gesicht des jungen Mannes lief dunkelrot an. »Wie können Sie es wagen!«

»Wie kann ich was wagen?«, fragte James ruhig.

»Wie können Sie es wagen, so über meine Mutter zu reden, obwohl mein Vater in seinem Grab noch nicht einmal kalt ist?«

»Was stört Sie daran, David?« James klopfte mit dem Silberlöffel einmal scharf gegen den Tassenrand. »Die Tatsache, dass Ihre Mutter eine Frau mit eigenen Bedürfnissen ist, oder die Tatsache, dass sie nicht da ist, um sich um Sie zu kümmern?«

David sprang auf, woraufhin der Tisch wackelte und der Tee überschwappte. »Das muss ich mir nicht anhören.«

»Sie werden sich das und noch Schlimmeres anhören müssen, wenn wir vor Gericht gehen.«

»Ich will meine Mutter sehen.«

»Ich werde Ihre Bitte weiterleiten.«

»Ich will meine Mutter sofort sehen.«

»Was hält der Rest der Familie Hart eigentlich von der Einweisungsverfügung ins Irrenhaus?« James legte den Löffel mit einem leisen Klicken auf den Unterteller. »Finden sie auch, dass ihre Mutter in eine Irrenanstalt gehört?«

Schuldgefühle ließen das wutrote Gesicht noch dunkler anlaufen. Aber sofort schluckte die Wut das schlechte Gewissen. »Es spielt keine Rolle, was sie denken«, erwiderte David. »Ich bin der Älteste und trage die Verantwortung für meine Familie.« Dem jüngeren Mann war nicht bewusst, was für ein sprechendes Gesicht er hatte, genau wie seine Mutter.

»Sie werden noch feststellen, dass die Meinung Ihrer Familie im Gerichtsaal sehr viel gilt, David.«

»Ich will meine Mutter sehen«, wiederholte er hartnäckig. »Allein.«

»Ich traue Ihnen nicht.« James musste an die Tränen denken, die Frances auf dem Badezimmerboden in seinen Armen geweint hatte. Ihm fiel der Schmerz in ihrer Stimme ein, als sie ihm im Flüsterton erzählt hatte, was ihr Sohn gesagt hatte. »Sie werden sie in meiner Gegenwart sehen oder gar nicht.«

»*Sie* trauen …« Den Rest des Satzes schluckte David herunter. Steif kapitulierte er. »Gut. Aber ich will sie heute noch sehen.«

58

Mister Tristan.« Zögernd ergriff Frances die bloße Männerhand und stieg auf den schmalen Eisentritt. Pferdegeschirr rasselte warnend. Unbeholfen sprang sie auf die Bordsteinkante. »Sie hätten nicht eigens in die Kälte zu kommen brauchen. Ich kenne doch den Weg in die Kanzlei.«

»Frische Luft kommt nie ungelegen.« Der Referendar zog sie auf den Bürgersteig, bevor er ihre Hand losließ. »Mister Whitcox ist um Ihre Sicherheit besorgt.«

Die Erinnerung an die Sorgen, die sie James bereitet hatte, als sie die Stadt Hals über Kopf verlassen hatte, ließ sie erröten. »Es tut mir leid, dass ich Ihnen zusätzliche Arbeit bereite.«

»Im Gegenteil, Ma'am.« Der junge Mann legte kameradschaftlich die Hand an ihren Ellbogen und führte sie geschickt um eine Gruppe von Männern herum in das Gerichtsgebäude. »Ich arbeite im Augenblick weniger denn je.«

Ein Schauer jagte ihr den Rücken hinunter. »Ich halte Mister Whitcox doch hoffentlich nicht von der Arbeit ab?«

»Nur im bestmöglichen Sinne.«

Vor ihnen tauchte ein Korridor auf, der ihr bekannt vorkam. »Wie das?«

»Mordprozesse sind anstrengend, Mistress Hart.«

Und Zivilklagen nicht? Aber vielleicht wäre eine Zivilklage gar nicht nötig. Neugierig fragte Frances: »Sie haben meinen Sohn getroffen?«

»Nur ganz kurz, Ma'am.« Sein Ton war ausdruckslos. Die

Begegnung mochte angenehm oder unangenehm verlaufen sein. Avery Tristan würde seine Mandanten niemals verraten, indem er seine Gefühle zeigte.

»Sie sind Mister Whitcox sehr ähnlich, Sir«, stellte Frances fest.

Vor ihr tauchte die Tür zu James' Privatkanzlei auf.

»Ich fasse das als Kompliment auf.«

»So war es auch gemeint.«

Der Referendar öffnete die schwere Mahagonitür.

Unsicherheit schnürte ihr die Kehle zu. Die Hoffnung, die Davids Wunsch, sie zu treffen, hatte aufkeimen lassen, wurde durch das Wissen gedämpft, dass ihr Sohn und James sich inzwischen persönlich begegnet waren. Die Mutter in ihr wollte, dass die beiden Männer einander mochten, die Frau in ihr erkannte, dass die Umstände nicht dazu geeignet waren, Sympathie zu fördern.

James stand hinter seinem Schreibtisch auf und kam ihr entgegen. Auch seine Miene war ausdruckslos.

»Wo ist mein Sohn?«, fragte sie mit geneigtem Kopf und rauer Stimme.

James' Wimpern verbargen seine Augen, als er die Hand nach ihren Mantelknöpfen ausstreckte. »Im Konferenzraum.«

Frances war sich der Anwesenheit des Referendars deutlich bewusst, der hinter ihr seinen Mantel an die Messinggarderobe hängte. Daher half sie James rasch, die wenigen Rattanknöpfe zu öffnen. Ihre Glacéhandschuhe behinderten sie dabei. »Ich wusste gar nicht, dass es hier einen Konferenzraum gibt.«

Jeden Tag erfuhr sie etwas Neues über James. Sie war sich nicht sicher, ob sie bereit war zu erfahren, wie er und ihr Sohn miteinander umgegangen waren. Während Avery Tristan ihr den Veloursmantel von den Schultern nahm, zog James ihr das Retikül vom Handgelenk, gefolgt von ihren Handschuhen.

»Ihr beide wärt hervorragende Garderobiers«, stellte Frances fest.

James' Augen funkelten amüsiert.

»Vielen Dank, Mistress Hart«, murmelte der Referendar und nahm seinem Vorgesetzten Handschuhe und Retikül aus der Hand.

»Will er mich immer noch sehen?«, fragte sie und spürte plötzlich ihr Herz bis in den Hals.

»Soll ich frischen Tee machen, Sir?«

»Jetzt nicht, Mister Tristan.« Vertraute Wärme strich über ihren Rücken und legte sich in die Mulde zwischen ihrer Tournüre und ihrem Rückgrat. »Hier entlang, Frances.«

Der dämmrige Flur wirkte durch seine Mahagonitäfelung noch dunkler. In einem fensterlosen Waschraum brannte flackerndes Gaslicht.

Frances spähte hinein, um die bevorstehende Begegnung hinauszuzögern. »Du hast ja gar kein Kombinationsbad.«

»Ein Mangel, den ich bald beheben werde«, sagte James. Sein Atem streifte feucht ihr Ohr. Er wollte sie hänseln, vielleicht aber auch nicht.

Die geschlossene Tür am anderen Ende des kurzen Flures dräute überlebensgroß. Es konnte nur die Tür zum Konferenzraum sein.

Frances schmiegte sich Trost suchend an James. »Sehe ich … respektabel aus?«

»Frances.« Seine dunklen Augen pressten ihr das Herz zusammen. »Du *bist* respektabel.«

Reflexartig strich sie ein Fältchen auf seiner grau gestreiften Weste glatt. »Aber ich sehe nicht so aus, wie er es gern hätte.«

Feste Finger legten sich an ihr Gesicht, so dass seine Haut mit ihrer verschmolz. »Siehst du denn so aus, wie du es möchtest?«

Schuldbewusst blickte Frances auf, hin- und hergerissen

zwischen dem Sohn, der auf sie wartete, und dem Mann, der sie berührte. »Ich …« Ihre Hände glitten unter seinen Gehrock und legten sich um seine Taille. Die Erinnerung an seine Augen, wenn sie ihren nackten Körper betrachteten, wallte in ihr auf. »Ja.«

»Das ist das Einzige, was zählt.«

Frances hatte am eigenen Leib erlebt, dass das, was ihr Sohn dachte, durchaus zählte.

»Ich habe heute Morgen geduscht und ein zweites Mal, als du mich angerufen hast, aber ich spüre dich immer noch, James.« Ihre Finger gruben sich unter seine Weste und suchten sein Seidenhemd und die Wärme seiner Haut. »Ich werde meinen Sohn mit dir in mir begrüßen, und ich weiß, dass er darin den allergrößten Verrat sehen würde.«

»Du hättest die Rosenduschdüse benutzen können.«

»Ich schäme mich nicht für das, was wir tun.«

»Darüber bin ich froh.« Seine harte Miene wurde weicher. Er senkte den Kopf und küsste sie. Seine warmen Lippen klebten kurz an ihren wie brennendes Harz. »Lass uns gehen und mit deinem Sohn sprechen.«

»Ja.« Frances steckte sein Hemd fester in die Hose und strich seine Weste glatt. »Lass uns gehen.«

David wollte sie sehen. Das war doch sicher ein gutes Zeichen. Er liebte sie. Sie liebte ihn. Sie würden gemeinsam klären, was sie quälte.

Dass James plötzlich erstarrte, hätte sie warnen müssen. Frances drehte sich um und blickte in zwei schokoladenbraune Augen. Die Augen ihres Mannes. Die Augen ihres Sohnes.

59

»Ich hab's nicht geglaubt, Mama.« David Harts Miene war wie versteinert vor Entsetzen und etwas weit Gefährlicherem. »Ich habe in der Zeitung gelesen, dass du dich mit diesem Mann herumtreibst, aber ich habe nicht geglaubt, dass du jedes Anstandsgefühl verloren hast. Ich bin nach London gekommen, um zuzugeben, dass ich vielleicht vorschnell gehandelt habe, aber jetzt weiß ich, dass der Doktor recht hatte. Du brauchst Hilfe. Bevor du nicht die nötige Hilfe bekommen hast, wirst du mein Haus nicht mehr betreten. Du wirst auch keinen Kontakt mit meiner Frau und meinen Kindern haben. Ich lasse nicht zu, dass du sie verdirbst.« Er nickte kurz und entschlossen. »Wir sehen uns vor Gericht, Mister Whitcox, auch wenn ich nicht verstehe, wie Sie meine Mutter vertreten können, obwohl Sie sie zur Hure gemacht haben, Sir.« David Hart schob sich an James vorbei, der instinktiv Frances näher an die Wand zog, um ihn durchzulassen.

Frances wollte ihm nachgehen. Ihr Schmerz ballte sich wie eine Faust in seiner Brust. »David …«

James packte sie um die Taille und zog sie wieder an sich. »Lass ihn gehen, Frances.«

In rascher Folge dehnte sich ihr Zwerchfell und zog sich wieder zusammen. »Das ist nicht …« *Das ist nicht mein Sohn*, wollte sie sagen, aber sie hatten beide gesehen, dass er es war. Holz knallte gegen Holz, als die Tür zur Kanzlei zuschlug. »Er hat es nicht so …«

James verhinderte ihre Lüge: »Er hat jedes Wort ernst gemeint.« Lauter rief er: »Mister Tristan.«

Sofort trat der Referendar in den schmalen Flur. »Ja, Sir?«

»Zwei Brandy bitte.«

»Sehr wohl, Sir.«

»Wir müssen miteinander reden, Frances«, murmelte James an ihrem Ohr. Ihr Vanilleduft mischte sich mit frischem Seifengeruch. »Komm mit in den Konferenzraum.«

Steif drehte Frances sich um und ging ihm voraus durch die offene Tür. Im Gegensatz zu ihrem Sohn entschied sie sich für den Stuhl, der der Tür am nächsten stand und dem Fenster am anderen Ende des Tisches zugewandt war. Hinter ihr öffnete James die Doppeltür der Kredenz und holte einen Notizblock und eine Handvoll gespitzter Bleistifte heraus und legte sie vor Frances auf den Tisch. Die gelben Bleistifte rollten über die Mahagoniplatte. Frances war immer noch bleich vor Schreck.

»Frances.« James kniete sich neben ihren Stuhl. Ihre Silhouette hob sich gegen das fahle Licht ab. »Dein Sohn liebt dich.«

Als sie sich zu ihm umdrehte, war ihr Gesicht, das er so gut kannte wie sein eigenes, verkniffen. »Das weiß ich, James.« Aber dieses Wissen verhinderte nicht den Schmerz.

Frances hatte gesagt, wenn eine Kränkung nicht auf Absicht beruhe, sei sie nicht von Dauer. James hoffte, dass sie recht behielt. »Dein Sohn tut, was er für richtig hält«, sagte er, um ihren Schmerz zu lindern, »obwohl es ihm selbst wehtut.« Rechtschaffenheit war zugleich die einfachste und die schwierigste Tugend. »Du tust, was du für richtig hältst, obwohl es dich schmerzt. Ihr seid euch sehr ähnlich.«

»Das habe ich früher auch gedacht.« Der Schmerz in ihren Augen versetzte ihm einen Stich an Stellen, von denen er nie geglaubt hätte, dass sie wehtun könnten. »Ich bedaure sehr, was er über dich gesagt hat.« James drehte ihren Stuhl an den Armlehnen etwas weiter zu sich herum, um ihr Gesicht besser sehen zu können. »War es das erste Mal, dass er dich eine Hure genannt hat, Frances?«

Schlagartig trat Scham in ihre Augen. »Nein.«

»Wann noch?«

»Als ich zurückgefahren bin nach …« *Nach Hause*, lag ihr schon auf der Zunge, aber David hatte deutlich gemacht, dass ihr Zuhause jetzt sein Heim war und sie dort nicht mehr willkommen war. »Nach Kerring.« Zwei Mal hatte David betont, Frances brauche »Hilfe«.

James drehte den Stuhl ganz herum, um ihr Gesicht besser zu sehen. Ihre Knie drückten von beiden Seiten gegen seine Lenden. Instinktiv öffneten sie sich für ihn. »Sag mir, wieso dein Sohn glaubt, dass du Hilfe brauchst.« Ihre Augen leuchteten im Zwielicht des Konferenzraums.

»Sein Vater …« Sie biss sich auf die Lippe. James spürte förmlich ihre Zähne. »Mein Mann ist erst seit viereinhalb Monaten tot.«

»Was noch?«, fragte er. Seine Hüften schoben ihre Knie auseinander, seine Arme umschlossen sie.

Frances wandte den Blick von ihm ab, offenbar hielt sie etwas zurück. »Ich trage keine Trauer.«

»Was noch?«, hakte James unnachgiebig nach.

»Ich bin nicht … ich kleide mich nicht mehr so wie früher, bevor ich nach London kam.«

Das waren Informationen, die der Privatdetektiv nicht wissen konnte. »Wie hast du dich gekleidet, bevor du nach London gekommen bist?«, fragte er sanft.

Ein leises Klopfen, bei dem die Knöchel kaum die Tür streiften, drang in den Konferenzraum.

Frances' Knie brannten durch den Wollstoff seiner Hose an seinen Hüften. »Kommen Sie herein, Mister Tristan.«

Eine zarte Röte trat auf ihre bleichen Wangen, aber sie zog sich nicht aus der intimen Berührung zurück. Das leise Aufsetzen von Glas auf Holz durchbrach die Stille. Aus den Augenwinkeln bemerkte James neben dem Schreibblock zwei Cognacschwenker, in denen bernsteingelbe Flüssigkeit schwappte, und die bräunliche Haut zweier Hände, die sich zurückzogen.

»Wünschen Sie sonst noch etwas, Sir?«

»Sagen Sie meine restlichen Termine für heute ab.«

»Ja, Sir.«

James sprach mit Avery Tristan, sah dabei aber Frances an. »Haben Sie mit dem Sekretär gesprochen?«

Frances musterte James plötzlich fragend.

»Ja, Sir, er versucht, uns dazwischenzuschieben.«

»Sehr gut, Mister Tristan.« James wollte den Prozess so schnell wie möglich hinter sich bringen. »Wenn Sie die Termine abgesagt haben, können Sie gehen. Ich brauche Sie heute nicht mehr.«

»Vielen Dank, Sir.« Leise fiel die Tür ins Schloss.

»Hat Mister Tristan gemeint, dass man meinen – unseren – Prozess dazwischenschieben wird?«

»Ja.« Er kam wieder auf seine Frage zurück. »Inwiefern kleidest du dich anders?«

Ihre Wangen färbten sich noch dunkler. Ganz offensichtlich hatte sie Angst, ihm etwas zu sagen, was sie in seiner Achtung sinken lassen könnte.

»Früher habe ich mich … gesetzter gekleidet.«

In praktischer Kleidung wie dem Nachthemd und Morgenrock aus Flanell, schloss James. »Du bist keine gesetzte Frau«, versicherte er ihr.

»Ich war es aber, James.« Ihre Augen wurden traurig. »Mein Sohn sagte, er kenne mich nicht wieder. Ich weiß nicht, ob ich mich selbst noch wiedererkenne. Ich bin nicht mehr dieselbe Frau, die ich in Kerring war.«

David Harts Anwalt würde all diese Veränderungen zu seinem Vorteil ausschlachten. »Wieso glaubt dein Sohn sonst noch, dass du Hilfe brauchst?«, fragte er leise.

In ihren Augen blitzte Verleugnung auf. Sie wandte den

Blick ab. Unter dem grünen Seidenmieder hoben und senkten ihre Brüste sich heftig.

»Frances.« James ließ die ledernen Armlehnen los und nahm ihr Gesicht in beide Hände. Ihre Haut war weich und warm. »Nichts, was du sagen könntest, wird meine Gefühle für dich ändern.«

Sie sah ihn abwehrend an. »Was empfindest du für mich?«

Er richtete seine Antwort an ihre volle Oberlippe statt an ihre fragenden Augen. »Ich habe dich gebeten, mich zu heiraten.«

»Um mich zu beschützen«, erwiderte sie prompt.

Er hob die Lider und hielt ihren Blick fest. »Du hast meinen Schutz abgelehnt.«

Sie verschloss die Augen vor der Wahrheit: Sie vertraute ihrem Sohn nicht, aber auch James vertraute sie nicht. Nur weil er ein Mann war. Es gab nur einen Weg, ihm je wieder zu vertrauen.

Ihre heiße Haut brannte an seinen schmeichelnden Daumen. »Sag es mir, Frances.«

Unter seinen Fingern breitete sich dunkle Röte aus. »Ich habe mir die Haare gefärbt.«

Ihre weibliche Eitelkeit bereitete ihm prickelnde Freude. »Mir gefällt es«, raunte er. Seine Finger glitten sanft über ihre heiße, samtige Haut zu den Löckchen in ihrem Nacken. »Es steht dir.« Wie ein Leuchtfeuer der Hoffnung hatte sie mit ihrem flammroten Haar und dem sattgrünen Kleid in der Tür des Sitzungssaals gestanden.

Sein Kompliment ließ sie strahlen, aber das Leuchten ihrer Augen verlosch gleich wieder. Sie strich ihm mit einem Finger über die Wange. Ihre Zärtlichkeit spannte seine Hoden. »Anstelle meines Sohnes würde ich mir auch Sorgen um mein Wohlergehen machen, James.«

»Vielleicht.« Er nahm ihre Hand, die kleiner und weicher war als seine, und küsste ihre Handfläche. Dann stand er auf, setzte sich auf den Stuhl rechts neben ihr und griff nach einem Cognacschwenker. »Trink. Ich möchte, dass du mir alles erzählst, was zwischen dir und deinem Sohn vorgefallen ist.«

Spröde nahm Frances das Glas an. »Versuchen Sie etwa, mich beschwipst zu machen, Mister Whitcox?«

James legte die Hand um den zweiten Cognacschwenker und wärmte den Brandy, wie er ihre Brüste wärmte, wenn sie schlief und sich mit ihrem Hinterteil an seine Lenden schmiegte. »*In vino veritas.*«

»Was heißt das?«, fragte sie. Sie rümpfte die Nase – James bemerkte einige Sommersprossen, die vor ihrer Fahrt nach Sussex noch nicht da gewesen waren – und trank einen Schluck.

»Im Wein liegt Wahrheit«, antwortete er und beobachtete ihre Reaktion auf den 20 Jahre alten Weinbrand.

»Oh.« Überrascht betrachtete Frances die bernsteingelbe Flüssigkeit. »Er schmeckt ganz anders als der, den ich gekauft habe.«

»Besser«, fragte er neugierig, »oder schlechter?«

»Ich bin sicher, es ist eine sehr gute Marke«, versicherte sie ihm hastig. Die Angst, ihn zu kränken, verdrängte ihre eigenen Kränkungen.

»Hier.« Ein Lachen zauberte Fältchen um seine Augen. »Probiere ihn richtig.«

Sofort beugte Frances sich über den Tisch zu ihm hinüber. James nahm einen Schluck Brandy in den Mund und kam ihr entgegen. Ihre Lippen öffneten sich für ihn.

Er lehnte sich etwas zurück. »Wie findest du ihn jetzt?«

Sie leckte sich die Lippen, ohne zu ahnen, wie verführerisch sie in ihrer schlichten Freude an ihm war. »Viel besser, danke.«

Ihre Sinnenfreude erstreckte sich über das Sexuelle hinaus auf alle Sinne. Er lehnte sich zurück und nahm einen Bleistift, um nicht mehr als einen Kuss zu fordern. »Erzähl mir wortwörtlich, was zwischen dir und deinem Sohn vorgefallen ist.«

»Eigentlich gibt es da nicht viel. Ich sagte ihm …« Frances stockte lange. James schaute von der Bleistiftspitze auf. »Ich sagte ihm, dass ich seinen Vater geliebt habe.«

Es erfüllte ihn mit einem bittersüßen Gefühl, sie von ihrer Liebe zu einem anderen Mann reden zu hören.

»Und?«, fragte er sachlich.

Scham sprach aus ihrem Blick. »David sagte, ich habe seinen Vater so sehr geliebt, dass ich es gar nicht hätte abwarten können, nach London zu fahren, um sein Geld auszugeben.«

James starrte auf den leeren Schreibblock. »Er deutete an, ich sei hinter deinem Geld her.«

»Das tut mir leid.«

Schon zum zweiten Mal entschuldigte sie sich nun für das Verhalten ihres Sohnes. James hatte sich noch nie für seinen Sohn entschuldigt und würde es auch niemals tun.

Er kritzelte das Wort *Geld* und strich es durch. »Hat er etwas über unsere Beziehung gesagt?«

»Er meinte, sie sei ekelhaft.«

James notierte das Wort *Fleischeslust*, bevor er nachdenklich aufsah. »Was hast du darauf erwidert?«

Die Scham, die sie für ihren Sohn empfunden hatte, kehrte sich nach innen. »Ich habe ihn gefragt, ob er seinen Vater ekelhaft finde, weil er mich geheiratet hat.«

Touché, dachte James mit einem Anflug von Bewunderung. »Was noch?«

Frances hielt lange den Cognacschwenker in beiden Händen, bevor sie das Glas hob und sich mit einem Schluck stärkte. »Der Arzt hat ihn davon überzeugt, dass ich krank bin, weil ich in den Wechseljahren bin.«

James wünschte, er wäre überrascht. Doch er hatte schon lange aufgehört, sich über die Aussagen von Männern zu wundern. »Erzähl mir, wie dein Leben aussah, bevor du nach

London kamst«, bat er und unterstrich das Wort *Wechseljahre*.

Bislang hatte James David nur von seiner schlechtesten Seite erlebt. Nun schilderte Frances ihn von seiner besten Seite. Er war ein guter Vater, ein liebevoller Ehemann und ein fürsorglicher Sohn. Aber nun nannte er seine Mutter, die ihn großgezogen, seinen Vater gepflegt, seine Frau herzlich aufgenommen und sich um seine Kinder gekümmert hatte, eine Hure.

»Was halten deine anderen Kinder von Davids Vorgehen?«

»Ich weiß es nicht.«

»Außer ihm hast du niemanden gesehen?«

»Margaret, meine Schwiegertochter.« Die leidvolle Erinnerung ließ ihre Stimme brechen. »Und meine Enkelin.«

David hatte zwei Töchter, die siebenjährige Megan und die zweijährige Margaret, die nach ihrer Mutter benannt war.

»Was sagte Margaret?«

»Sie sagte, ich sei schön.«

Sein Kopf fuhr hoch. »Ihr gefällt es, wie du jetzt aussiehst?«

Frances starrte in die bernsteingelbe Flüssigkeit am Grund ihres Glases. »Das hat sie gesagt.«

Er beobachtete ihre angespannte Miene. »Hat sie früher schon einmal gesagt, du seiest schön?«

»Nein.« Hatte überhaupt jemand Frances je gelobt? »Wieso machte sie dir Komplimente, als du nach Kerring kamst?«, hakte er nach.

»Ich weiß es nicht.« Mit einem tiefen, bebenden Seufzer sah Frances auf. »Margaret hat Megan, meine Enkelin, gebeten, nach ihrem Bruder und ihrer kleinen Schwester zu sehen.« Die Erinnerung brachte ein flüchtiges Lachen in ihre Augen. »Megan sagte, das könne sie nicht, Margaret solle selbst nach den Kindern sehen, während sie und ich einen Plausch hielten.«

Eine leichte Wehmut befiel James, als er ihre Liebe zu ihrer

Enkelin sah, zu der ihr Sohn ihr ausdrücklich jeden Kontakt verboten hatte.

»Ich sagte zu Megan, sie bekomme die Überraschung, die ich ihr mitgebracht hatte, nur, wenn sie ihrer Mutter gehorche. Als Megan aus dem Zimmer gegangen war, sagte Margaret: ›Du siehst schön aus, Mutter Hart‹, und dann noch: ›Ich habe dich noch nie so schön gesehen.‹«

Mutter Hart. Wie seltsam eine so höfliche Anrede in Verbindung mit Frances klang. »Margaret sagte also, du seiest jetzt schöner als früher, bevor du nach London kamst.« Geistesabwesend balancierte James den Bleistift zwischen den Fingern. »Was passierte dann?«

Sie wandte den Blick ab. »Ich sagte ihr, in London habe es geregnet. Ich sähe bestimmt aus wie eine ertrunkene Ratte.«

Mit den Komplimenten ihrer Familie konnte Frances ebenso wenig umgehen wie mit seinen.

»Was sagte sie darauf?«, fragte er sanft.

»Sie sagte ...« Frances spielte mit dem Stiel ihres Glases. »Sie sagte: ›Nein.‹ Sie sagte, meine Haut strahle. Dann sagte sie noch, ich sei ... einfach ... schön.«

Margaret war erstaunlich scharfsichtig.

»Deine Haut strahlt wirklich.« Das Kompliment hellte ihre Miene nicht auf. James warf den Bleistift beiseite. Er fiel auf den Schreibblock und rollte auf den Tisch. »Ich werde Margaret vorladen lassen.«

In ihren Augen flackerte Verständnislosigkeit. »Das verstehe ich nicht.«

Marie Hoppleworth hatte behauptet, er und Frances hätten dem Club eine Sprache gegeben, in der Männer und Frauen über ihre Sexualität reden könnten: die Sprache der Begierde. Schon bald würden sie die Sprache der Juristerei lernen müssen.

»Eine Vorladung ist ein Schreiben, das eine Person als Zeugen vor Gericht zitiert«, erklärte er knapp.

»Du meinst …«, ihre Verwirrung wich Fassungslosigkeit, »eine Vorladung bewirkt, dass eine Person vor Gericht als Zeuge aussagen muss, egal ob sie will oder nicht?«

James musterte Frances eingehend, um ihre Reaktion einzuschätzen. »Ja.«

Der Ausdruck ihrer hellgrünen Augen jagte ihm einen warnenden Schauer über den Rücken. »Du würdest Margaret *zwingen*, für mich auszusagen?«

60

»Bitte warten Sie, Mister Nickols.«

John griff nach hartem Metall. Eine Taube flog hinauf in den Himmel. Ein Mann in einem dunkelblau gestreiften Mantel schob einen Kinderwagen mit schwarzem Verdeck links an seinem Rollstuhl vorbei. Gleichzeitig ging eine Frau in einem grauen Umhang mit den Händen in einem dunkelblauen Samtmuff rechts an seinem Rollstuhl vorbei. Sein Magen verkrampfte sich, als er seinen Stuhl energisch umdrehte. Im ersten Augenblick blendete ihn die Nachmittagssonne. Die Kinderwagenräder klackerten, Absätze klapperten, als die dreiköpfige Familie hinter einem dunklen, reglosen Schatten wieder zusammenfand.

»Miss Hoppleworth«, grüßte John knapp. »Haben Sie sich verirrt?«

»Nein«, antwortete Marie Hoppleworth und presste die Finger auf die geflochtene Schlaufe am Verschluss ihres schwarzen Wollcapes. »Keineswegs.«

Unwillkürlich folgte John der Bewegung ihrer Hand. Ihre kleinen Brüste hoben und senkten sich neben einem grauen Wollhandschuh. Ein Pochen meldete sich in seiner Handfläche. Es war sechs Jahre her, seit er die Brust einer Frau in der Hand gehalten hatte. Sechs Jahre, seit er den Herzschlag einer Frau gespürt hatte. Nun spürte John ihn verletzlich wie den Flügelschlag eines Vogels.

»Sind Sie gekommen, um bei mir Hilfe zu suchen?«, fragte

er sarkastisch und kämpfte gegen eine lächerliche Anwandlung von Hoffnung an.

»Würden Sie sie mir denn gewähren?«, fragte Marie Hoppleworth zurück.

»Ich habe Ihnen im Kristallpalast Hilfe gewährt.«

»Ich habe auf Ihrem Trittbrett gesessen, Mister Nickols.«

Seine Ohren brannten bei der Erinnerung an seine Erektion, die durch das doppelte Hindernis ihrer beider Kleidung den Druck ihres Körpers gesucht hatte. »Sind Sie danach zu Ihren Würstchen nach Hause gegangen?«

»Sind Sie zu Ihren französischen Postkarten nach Hause gegangen?«, erwiderte sie.

Er war ebenso wie sie in ein einsames Zuhause zurückgekehrt. John starrte an der schwarz verhüllten Gestalt vorbei, die einen dunklen Schatten über ihn warf. Die dreiköpfige Familie bog um die Ecke eines Backsteingebäudes voller Reklametafeln. Jenseits des Gewirrs von Bildern und Worten hasteten Männer und Frauen, Pferde und Kutschen vorbei. Er wohnte nur ein paar Häuserblocks von der Zeitungsredaktion entfernt. Plötzlich fühlte er sich bedrängt: Die Sekretärin war ihm fast bis zu seiner Wohnung gefolgt.

»Es ist kein günstiger Zeitpunkt«, sagte er kurz angebunden mit abgewandtem Kopf und griff mit der linken Hand fester an das Metallrad, um den Rollstuhl zu wenden. »Ich habe zu arbeiten.« Das war nicht gelogen: Es gab immer einen Artikel zu überarbeiten, einen Sittlichkeitsskandal aufzudecken, eine Nacht durchzustehen. »Wenn Sie mich jetzt bitte entschuldigen würden …«

»Sie sind nicht der Einzige, der Angst hat, Mister Nickols.«

John hatte über das Leben der zwölf Mitglieder im Damen- und Herrenclub nichts wissen wollen, weil er nicht gewollt hatte, dass sie etwas über sein Leben erfuhren. Aber nun kannte er sie. Und sie wussten von seiner Angst.

»Tatsächlich, Miss Hoppleworth? Wovor haben Sie eigentlich Angst?«

Er hob den Kopf und kniff die Augen gegen das Sonnenlicht zusammen. »Haben Sie Angst, dass ich Sie überfalle?«

Silber funkelte um ihre umschatteten Augen. »Haben Sie Angst, dass ich Sie überfalle?«

Johns Finger umklammerten das Metall. »Glauben Sie nicht, dass eine Frau einen Mann überfallen kann?«

»Ich glaube, eine Frau kann alles, was ein Mann kann.«

»Wenn das der Fall wäre, würde Mistress Hart sich jetzt nicht verstecken, um dem Irrenhaus zu entgehen«, antwortete John.

»*Kann* bezeichnet eine Fähigkeit, keine Rechtslage, Mister Nickols«, wies die Sekretärin ihn lehrerinnenhaft zurecht.

Eine Windbö zerrte an ihren Röcken und wehte John ein Haarbüschel in die Stirn.

»Werden Sie Ihre Anstellung verlieren, wenn der Prozess öffentlich bekannt wird?«, fragte er unvermittelt.

»Ich habe Privatschüler«, antwortete sie. »Sie können kaum ihre Hausaufgaben lesen, geschweige denn eine Zeitung. Wird es Auswirkungen auf Ihre Position bei der Zeitung haben?«

»Unwahrscheinlich.« John starrte auf die schwarze Haube und die wippende Feder, die sich vom grellen Sonnenlicht abhoben. Er konnte sich nicht mehr erinnern, was für ein Gefühl es war, nicht zu einer Frau aufzublicken. Hatte sein Nacken je geknackt, weil er nach unten gesehen hatte? »Damit werde ich zusätzliche Aufmerksamkeit auf die *Gazette* lenken.« Zeitungen kümmerten sich nicht um Menschenleben, sie kümmerten sich nur um ihre Auflagen.

»Sie muss irgendjemanden davon erzählt haben, einer Freundin oder Verwandten«, sagte Marie Hoppleworth eher verwundert als verurteilend. »Uns hat sie gesagt, die Leute in ihrem Dorf würden nicht verstehen, wie eine Frau dem Club angehören und sich dennoch als respektabel bezeichnen könne. Was glauben Sie, wieso sie es erwähnt hat?«

Frances Hart war ihren Fragen kein einziges Mal ausgewichen, ganz gleich, wie unhöflich sie auch waren.

»Ich glaube, sie ist zu keiner Falschheit fähig.«

»Im Gegensatz zu uns.«

Vertraute Gerüche wehten durch die Luft: nach Pferdeäpfeln, Kohle, frisch gebackenem Brot, gekochtem Kohl. Der säuerliche Geruch der Angst.

»Im Gegensatz zu uns«, wiederholte John grimmig. Kalte Luft drang durch seinen Wollmantel.

»Hat Sie je eine Frau überfallen?«

John erinnerte sich an seine Erregung, als er mit der Sekretärin den Wettstreit um vulgäre Ausdrücke ausgetragen hatte. Diese Erregung wollte er wieder verspüren. Er wollte in ihren Augen die angeregte Heiterkeit sehen, wenn die Frau in ihr den Mann in ihm herausforderte.

»Eine Prostituierte hat mich mal beim Huren überfallen«, sagte er bewusst derb.

»Haben Sie ein Kondom benutzt?«, fragte sie pragmatisch.

»So weit kam es gar nicht.« Die Erinnerung an die erlittene Demütigung wallte in ihm auf. »Sie wollte keinen Beischlaf, sie wollte Geld.«

Ein Wachtmeister hatte ihn in einer Gasse gefunden, wo er fluchend und heulend auf einem Bett aus Dung und verrottetem Abfall gesessen und es nicht zurück in seinen umgekippten Rollstuhl geschafft hatte.

»Es gibt übrigens einen Ausdruck für den Orgasmus, den ich bis vor kurzem nie verstanden habe.«

»Welcher ist das?«, fragte John barsch und kniff die Augen gegen die grelle Sonne zu.

»›Nach Hause kommen‹, Mister Nickols.«

Der Ausdruck weckte eine durchdringende Sehnsucht. Der Hufschlag eines einzelnen Pferdes hallte auf dem Kopfsteinpflaster der Straße. Vor den Messerstichen, die ihn gelähmt hatten, war John nie geritten. Nun würde er es nie mehr können. Kein Pferd. Keine Frau.

»Warum sind Sie hier, Miss Hoppleworth?«, fragte er tonlos.

Sie hatte die Impotenz seiner leblosen Beine an ihren Schultern gespürt und war gegangen.

»Ich bin gekommen, um mich zu entschuldigen.«

Es war die Sonne, die seine Augen brennen ließ, nur die Sonne.

»Ich will Ihr Mitleid nicht«, fuhr er sie bissig an. »Meine Aufmerksamkeiten im Kristallpalast haben Sie offensichtlich angewidert. Mehr ist dazu nicht zu sagen.«

»Ich bin nicht angewidert von Ihnen.«

»Sie waren also derart überwältigt von meinen Reizen, dass Sie gar nicht schnell genug von mir fortkommen konnten?« Er packte die Metallräder fester.

»Ja.«

Sengende Sonnenstrahlen stachen ihm in die Augen.

»Ja, Sie konnten gar nicht schnell genug von mir fortkommen?«, fragte er höhnisch.

»Ja, ich war überwältigt von Ihren Reizen.« Plötzlich spürte John schmerzlich die Gegenwart der Frau, die die Sonne verdunkelte, während das einzelne Pferd mit seinem Reiter an ihm vorbeitrabte. »Nicht Sie waren es, von dem ich fortwollte.«

Einen belebenden Moment lang hätte John ihr beinahe geglaubt. »Sagen Sie bloß, Miss Hoppleworth«, spottete er.

»Das Leben in einem Waisenhaus fördert nicht gerade das Vertrauen«, sagte Marie Hoppleworth schließlich. Die Reiherfeder war ein tanzender Schatten. »Kinder sterben. Kinder laufen fort. Manchmal verschwinden Kinder auch einfach.« Zur Kinderarbeit verkauft. Oder an Bordelle verkauft.

»Sie haben Angst, einem Mann zu vertrauen«, stellte er tonlos fest.

Das Hufgeklapper wurde leiser. Die Stille zwischen ihnen dehnte sich in die Länge.

»Waisen, die anderen vertrauen, sterben«, bestätigte sie im reinsten Sekretärinnenton: nüchtern und sachlich.

Stechendes Sonnenlicht fiel durch die Feder und zwang ihn, wegzusehen. John hatte gedacht, Männer im Rollstuhl könnten sich Vertrauen nicht leisten. Doch dann hatte ein Anwalt ihm seine Schulter angeboten. Noch nie hatte er sich einem Mann so eng verbunden gefühlt wie in dem Moment, als er sich auf die Schultern von James Whitcox und George Addimore gestützt und den Zug verlassen hatte wie andere Männer.

Im Vorübergehen hob das Pferd den Schweif und hinterließ eine bleibende Erinnerung.

Johns Blick richtete sich nach oben auf die dunkle Silhouette einer schwarzen Haube. »Und nachdem Sie sich entschuldigt haben, Miss Hoppleworth, was dann?«

Sie fingerte nervös an ihrer geflochtenen Mantelschlaufe. Marie Hoppleworth hatte hohe spitze Brüste. Wut, Schmerz und Verlangen tobten in seinem Magen. Brüste waren das Erste, was ein Mann im Rollstuhl von einer Frau sah. Jeden Tag starrte er auf Frauenbrüste. Jeden Tag gingen Frauen von ihm fort. Jeden Tag starb er ein bisschen.

»Falls Sie meine Entschuldigung annehmen sollten, wollte ich Sie um einen Gefallen bitten«, sagte sie.

Johns Kopf fuhr hoch. »Um welchen Gefallen?«

»Ich habe meinen Schuh zu fest geschnürt.« Die Gluthitze der Sonne drang in seine Brust. »Ich brauche einen Stuhl.«

61

»Frances«, hallte es durch den dämmrigen Korridor.

Mit klappernden Absätzen, wippender Tournüre und geradem Rücken ging Frances allein. Die geschlossenen Türen waren stumme Zeugen ihres Entschlusses. Vertraute Schritte folgten, kamen näher. Frances hatte das merkwürdige Gefühl, durch zwei Korridore gleichzeitig zu gehen: im Museum und im Gerichtsgebäude.

»Frances.« Sie sah das Licht am Ende des Korridors, aber gleich darauf wirbelte der Flur herum und sie stand im Gerichtsgebäude James gegenüber. Lange Finger schlossen sich um ihren Oberarm. »Ich habe dir gesagt, dass eine Klage Auswirkungen auf das Leben anderer haben wird.«

Sein weißer Seidenschal leuchtete im Dämmerlicht. Hitze drang durch ihren Ledermantel und ihr Seidenkleid. Sie pochte wie ein Herzschlag.

Eine Ruhe, die nicht aus dem Brandy, sondern aus Überzeugung erwuchs, strömte durch ihre Adern. »Ich werde niemanden zwingen, für mich auszusagen.«

Heißer Atem streifte ihre lächelnden Lippen. Er roch nach dem Brandy, den sie aus seinem Mund getrunken hatte. »Eine Vorladung ist lediglich eine Formalität, um Zeugen vor Gericht zu holen.«

Ihr Mund straffte sich resolut. »Nein.«

Seine Finger drückten zu, bis sie ihr fast wehtaten. »Glaubst du, Margaret möchte, dass du ins Irrenhaus kommst?«

»Margaret und David lieben sich.«

Sobald sie zusammen in einem Zimmer waren, strahlten ihre Gesichter, als sei die Sonne aufgegangen. Frances würde sich nicht zwischen ihren Sohn und die Frau stellen, die er liebte.

»Was ist mit dir, Frances?«, fragte James harsch. »Verdienst du es nicht auch, geliebt zu werden?«

Liebe.

David behauptete, Liebe habe ihn gezwungen, die Einweisungsverfügung zu erwirken, aber das stimmte nicht. Der Vikar behauptete, Liebe mache eine Familie aus, aber sie allein genügte nicht.

»James.« Sie nahm die baumelnden Enden seines Schals. »Das ist eine Sache zwischen meinem Sohn und mir.«

»Frances.« Sein Ton und seine Miene waren unnachgiebig. »Ich werde Margaret nur in den Zeugenstand rufen, wenn es unbedingt notwendig ist, aber wir müssen die Mitglieder des Damen- und Herrenclubs vorladen.« Ihr fiel die Erregung ein, die sie beim Besuch in der Achilles-Buchhandlung geteilt hatten.

Ihr fielen die Vertraulichkeiten ein, die sie an dem Mahagonitisch ausgetauscht hatten. Ihr fiel die Kameradschaft ein, die sie bei ihrem Ausflug in den Kristallpalast verbunden hatte. Ihr fiel ihre Verletzlichkeit ein, als sie sich an der Victoria Station voneinander getrennt hatten. Frances hatte sie verraten, als sie ihrem Sohn vom Club erzählt hatte, sie würde sie nicht noch mehr verraten, indem sie sie zu einer Aussage zwang. »Das kann ich nicht zulassen, James.«

»Glaubst du nicht, dass der Anwalt der Gegenseite sie vorladen wird, wenn wir es nicht tun?« Noch nie hatte Frances James wütend erlebt. Jetzt loderte Wut aus den nussbraunen Augen, die sie anstarrten.

»Ich bin nicht dafür verantwortlich, was Davids Anwalt tut.«

»Aber ich bin für dich verantwortlich.«

»Ach ja?«, fragte Frances gleichmütig und klammerte sich an den weißen Seidenschal.

»Hier geht es nicht darum, wer das Abendessen bezahlt«, erwiderte er bissig.

»James.« Frances atmete ruhig durch. »Es ist meine Schuld.«

Die lodernde Wut in seinen Augen verglühte.

»*Ich* habe das getan.« Die Verantwortung zu übernehmen schnürte Frances die Kehle zu. Sie ließ seinen Schal los, schlüpfte mit den Händen in die dunkle Öffnung seines Mantels und fand zielsicher den Schlitz seines Gehrocks. Auf seiner Weste spreizte sie die Finger. Sein Herz schlug an ihrer Hand. »Ich bin für meinen Sohn verantwortlich. Meinetwegen hat David das getan. Nur ich kann diese Sache in Ordnung bringen.«

Schmerz sprach aus seinen Augen. »Frances …«

Sie wollte nicht seinen Schmerz. Sie hatte Davids Schmerz gespürt, bis sie daran zu ersticken glaubte. Sie brauchte James' Unterstützung. Entschlossen fiel sie ihm ins Wort. »Was können Margaret oder die Mitglieder des Damen- und Herrenclubs sagen, was ich nicht sagen kann?«

Bedauern trat an die Stelle des Schmerzes in seinen Augen. Seine Finger wanderten von ihren Oberarmen um ihre Schultern. »In der Justiz geht es nicht um richtig oder falsch, Frances.«

»Doch, sicher«, erklärte sie bestimmt. »Welchen Sinn sollte die Rechtsprechung sonst haben, wenn es nicht so wäre?«

»Es besteht ein Unterschied zwischen richtig und falsch sowie rechtmäßig und unrechtmäßig.« Seine Augen strahlten eine vertraute Distanziertheit aus. »Die Geschworenen sind angewiesen, ein Urteil aufgrund geltenden Rechts zu sprechen, nicht aufgrund von Wohlwollen.« Er liebte das Recht, aber er glaubte nicht daran.

»Sie haben Mary Bartle freigesprochen«, wandte Frances ein.

Seine Lippen kräuselten sich zynisch. »Sie haben Mary Bartle freigesprochen, weil sie ein besseres Opfer abgab als ihr Mann.«

Frances weigerte sich, ein Opfer zu sein, selbst wenn es darum ging, ihre Emanzipation zu erringen. »Vielleicht sind Geschworene nicht so zynisch wie Juristen«, sagte sie gleichmütig.

»Wenn ich dich in den Zeugenstand rufe, wird der Anwalt der Gegenseite dich ebenfalls befragen.« Die dunklen Schatten seiner Wimpern ließen seine Wangen hohl wirken.

Die Wärme seines Körpers stand in Gegensatz zu einem ängstlichen Frösteln: Der Staatsanwalt war nicht gerade zimperlich mit Mary Bartle umgegangen. Aber der Staatsanwalt war Anklagevertreter der Krone, er würde Frances nicht befragen. »Soll er doch«, sagte sie mit einem Selbstvertrauen, das sie durchaus nicht empfand.

»Das kann ich nicht zulassen«, antwortete er.

Ihr Herz schlug im Takt mit seinem. Es gab keinen Teil ihres Körpers, den er nicht eingehend erkundet hätte. Es gab keinen Teil seines Körpers, den sie nicht eingehend erkundet hätte.

Zärtlich. Forschend.

Kostend.

Liebend.

Er war ein Teil von ihr, aber sie durfte nicht zulassen, dass er die Menschen auseinanderriss, die ihr etwas bedeuteten.

»Dann werde ich einen anderen Anwalt beauftragen.«

Die dichten Wimpern fuhren schlagartig hoch. Sein Herz schlug schneller an ihrer Handfläche. Gleichzeitig spürte sie, wie auch ihr Puls schneller wurde. »Frances, ich will dich nicht verlieren.«

Frances wusste nicht, was nach dem Prozess kommen würde – wenn sie gewann oder wenn sie verlor –, aber sie wusste, dass sie mit den Konsequenzen leben musste. »James, in dem Prozess geht es um mein Leben. Das hast du gesagt. Du hast gesagt, man wird alles, was ich je getan habe, gegen mich verwenden. Ich habe doch sicher das Recht, mich zu verteidigen. Der Arzt hat meinen Sohn davon überzeugt, dass mein Alter« – nein, nicht ihr *Alter* – »dass die Wechseljahre einer Frau eine Krankheit sind.« Die Erinnerung an Roses Lubrificum stärkte sie: Das Gleitmittel bewies, dass es noch andere Frauen gab, die ebenso wie sie Verlangen verspürten, jedoch keine weiblichen Säfte mehr produzieren konnten. »Ich kann mir einfach nicht vorstellen ... dass die Geschworenen mir in die Augen blicken und glauben können, mein Glück sei Anzeichen einer Krankheit.« Frances musterte James eindringlich und ließ ihn die Wahrheit sehen. »Denn ich bin glücklich mit dir, James. Ich hätte nie gedacht, dass ein solches Glück möglich ist. Wenn mein Sohn dieses Glück sieht, kann er vielleicht akzeptieren, dass ich das Andenken an seinen Vater nicht herabwürdige. Vielleicht versteht er dann, dass ich gerade wegen seines Vaters – und wegen der Liebe zu meiner Familie – imstande bin, mir ein neues Leben aufzubauen.«

Seine dunklen Augen wurden so eindringlich, dass es fast wehtat, sie anzuschauen. »Und wenn du verlierst, Frances?«

»Das kann ich doch gar nicht, oder?«, fragte sie mit Tränen in den Augen. »Du bist doch mein Anwalt und verlierst nie.«

James schloss die Augen und drückte ihre Schultern, während sie seinen Herzschlag an ihren Handflächen spürte. Allmählich ließ das Hämmern nach. Er ließ die Hände sinken, öffnete die Augen und sagte: »Lass uns nach Hause gehen.«

Flüchtig sah sie das niedrige Backsteingebäude in Kerring vor ihrem inneren Auge. Ihre Vergangenheit, nicht ihre Zukunft. Heute ist der letzte Abend, an dem ich mit Sicherheit weiß, was mich erwartet, dachte Frances: Die Einweisungsverfügung lief morgen ab. Ob ihr Sohn eine weitere Einweisungsverfügung erwirkte, würde sie erst erfahren, wenn die Ärzte erneut an ihrer Tür klopften. Ob sie den Prozess gewänne, würde sie erst erfahren, wenn die Geschworenen ihr Urteil bekannt gäben. Ob sie und ihr Sohn sich je versöhnen würden, wusste sie nicht, aber darüber würde sie sich keine Sorgen mehr machen.

»Lass uns essen gehen«, schlug sie impulsiv vor.

Langsam hob er die Lider. Ein Leuchten strahlte aus seiner Miene. »Wo?«

Zuletzt hatte sie ihn zum Rollschuhlaufen überredet. »Entscheide du«, erklärte sie großzügig.

Seine Augen verengten sich. »Was ist mit dem Gerede, Frances?«

Sie atmete tief durch. »Mistress Jenkins sagt, eine Frau hat nur ein Leben.«

»Was schlägt die gute Mistress Jenkins vor, was sie mit diesem Leben anfangen soll?«

»Sie sagt, eine Frau müsse es mit beiden Händen packen, sonst gehe es vorbei und übrig bleibe nur ein stinkender Furz.«

62

»Wir haben einen Termin, Sir«, murmelte Avery Tristan. »Ich habe die Vorladungen vorbereitet.«

James starrte auf seine Notizen. Die unterstrichenen Worte *Fleischeslust* und *Wechseljahre* dominierten die Seite. »Zerreißen Sie sie.«

»Sir?«

Langsam blickte James zu dem jungen Referendar auf. »Mistress Hart möchte nicht, dass wir in ihrem Namen Zeugen vorladen.«

In den dunkelbraunen Augen des Referendars flackerte es. »Warum?«

»Sie glaubt, dass moralisches Recht über den Rechtsgrundsätzen steht.«

»Sollte es nicht so sein?«

»In der Justiz geht es nicht danach, was sein ›soll‹«, sagte James zynisch.

»Mistress Hart ist eine ganz reizende Frau.«

»Sind Sie ein Bewunderer von ihr, Tristan?« James zuckte selbst über seinen harschen Ton zusammen.

»Ja«, antwortete der Referendar schlicht.

James lehnte sich zurück. »Ich möchte nicht, dass man ihr wehtut.«

»Ich glaube, sie ist stärker, als Sie vielleicht denken, Sir.«

James wusste aus eigener Erfahrung, wie stark Frances war: Sie hatte sich seinem Zorn gestellt, ohne auch nur mit der

Wimper zu zucken. Dabei war er wirklich wütend gewesen. Er war wütend gewesen, weil er Angst hatte. Noch nie hatte er einen Fall verloren. Aber bislang hatte es ihn auch nie gekümmert, ob er verlor. James lag sehr an Frances.

»Ich habe noch nie eine Zivilklage vertreten«, sagte er ausdruckslos.

Zur Prozesseröffnung würde er mit einer Einlassung beginnen müssen, ohne maßgeschneidert auf die Einlassung des Prozessgegners eingehen zu können. Der Anwalt des Beklagten hatte das letzte Wort und konnte in seinem Plädoyer auf das Plädoyer von James eingehen.

»Ich glaube, es wird sehr gut laufen, Sir«, beruhigte ihn sein Referendar.

James blickte in die ehrlichen braunen Augen des jüngeren Mannes. Avery Tristan bemerkte seine Verwundbarkeit. Er bemerkte seine Angst. Was würden die zwölf Geschworenen wohl sehen, wenn sie Frances musterten? Eine Hure, die ihren verstorbenen Mann betrog? Eine Mutter, die »Hilfe« brauchte, weil sie keine Kinder mehr bekommen konnte?

James musterte den Referendar lange. »Wir müssen diesen Prozess gewinnen, Mister Tristan.«

»Ich kann mir nicht vorstellen, dass Sie verlieren, Sir.«

»Es heißt, man hört nie die Kugel, die einen tötet.«

»Mein Bruder, der Leutnant in der Armee ist, behauptet das Gegenteil.«

»Ihr Bruder lebt noch, Sir«, erwiderte James. Um seine Augen zeigten sich Lachfältchen.

Der Referendar stimmte nicht in sein Lachen ein. »Aber viele seiner Kameraden sind tot.«

Der Anflug von Humor schwand. »Sie will niemandem wehtun, Mister Tristan.«

Frances wollte lediglich, dass zwölf Männer – deren Mütter aller Wahrscheinlichkeit nach bei ihnen im Haus wohnten, bei der Wäsche und beim Kochen halfen und sich um ihre

Kinder kümmerten – einer Frau das Recht auf Glück zusprachen.

»Dann werden wir eben eine freundschaftliche Offensive starten, Sir.«

63

»Es ist ein Brief von Mister Harts Prozessanwalt gekommen.«

James schaute gespannt vom Entwurf der Eröffnungsrede auf, an der er gerade schrieb. Die Miene des Referendars verriet nichts.

»Wer ist es?«, fragte er und ging im Geiste die Liste der Prozessanwälte durch, die am häufigsten Zivilklagen vertraten.

»Mister Lodoun, Sir.«

James hatte das merkwürdige Gefühl, dass der Stuhl unter ihm nachgab. *Dieses Mal werden Sie nicht gewinnen, Whitcox.* »Wer ist David Harts Anwalt?«, fragte er tonlos.

»Mister Seaton, Sir.«

Bilder tauchten vor James' innerem Auge auf: ein Mann mit grau meliertem schwarzem Haar, der den Durchgang versperrte. Unsichere grüne Augen, die ihn anschauten. Blauviolette Augen, die Frances über weiß gedeckte Tische hinweg anstarrten. James fiel ein, dass Seaton öffentlich mit Jack Lodoun zu Abend gegessen hatte, als James mit Frances in ein Separee gegangen war. Frances hatte gefragt, ob sie auf demselben Platz sitzen würde wie Mary Bartle. Wie sollte er ihr sagen, dass ihr Sohn sich von dem Mann vertreten ließ, der versucht hatte, Mary Bartle verurteilen zu lassen: eine sterbenskranke Frau, deren Mann sie mit seiner Krankheit infiziert hatte? Wie konnte er ihr sagen, dass Jack Lodoun sie im Zeugenstand vernehmen würde?

Warme Lippen streiften ihren Nacken. Vertraute Hitze stieg in Frances hoch.

»Sieh dir an, was Mister Peasebody in einer Buchhandlung entdeckt hat.« Sie wirbelte herum. »Ein Buch über den Kristallpalast.«

James warf einen flüchtigen Blick auf die Neuerwerbung. »Gibt es auch Bilder von den Dinosauriern?«

»Ja.« Sie blätterte die bunt illustrierten Seiten durch. »Sieh nur.« Die unheimlichen, scheußlichen Dinosaurier würden Megan sicher gefallen.

»Ich will vor dem Essen noch duschen«, antwortete er.

In ihrer Erregung gebremst, blickte Frances zu James auf. Sein Gesicht strahlte nicht. Sorge stach ihr in die Brust. Die dunklen Schatten unter seinen Augen waren nicht verschwunden. Der Gedanke, dass sein Ernst mit dem bevorstehenden Prozess zusammenhängen könnte, ließ ihren Mund austrocknen. »Ist etwas nicht in Ordnung?«

James verschränkte seine Finger mit ihren. »Komm mit.«

Seine Körperwärme konnte die kalten Schauer nicht vertreiben, die ihr über den Rücken jagten. »Hast du etwas von meinem Sohn gehört?«

»Mister Whitcox.« Der Butler kam eilig den Gang von der Küchentreppe entlang. »Willkommen zu Hause, Sir.«

»Danke, Peasebody.« James sah den Butler nicht an. Aber auch Frances sah er nicht an. »Sagen Sie der Köchin, sie soll das Abendessen warm stellen. Mistress Hart und ich bedienen uns später selbst.«

»Sehr wohl, Sir.«

»Sagen Sie dem Personal, es kann nach Hause gehen, Mister Peasebody«, wies Frances ihn an. Irgendwas stimmte ganz und gar nicht. »Ich hoffe, Ihrer Enkelin geht es besser.«

»Vielen Dank, Mistress Hart.

»Geht es Mister Tristan gut?«, fragte sie, während James' heiße Finger sie die Treppe hinaufzogen.

»Ihm geht es gut«, antwortete James ohne jede Emotion. »Er ist ein Bewunderer von dir.«

»Nein«, sagte Frances. Ihr Herz schlug schneller. So distanziert hatte sie James seit der Nachricht von Mary Bartles Tod nicht mehr erlebt. »Wieso behauptest du das?«

»Er hat es mir selbst gesagt.«

»Wann?«, fragte sie, um einen leichten Ton bemüht, der ihr aber misslang.

»Gestern.«

Sie erreichten das Ende der Treppe. Flüchtig fiel Frances der erste Abend ein, an dem sie diese Treppe hinaufgegangen war: Wie ahnungslos sie damals noch war. Über Söhne. Über Liebhaber. Der pfauenblaue Läufer dämpfte ihre Schritte.

»Was hat er heute gesagt?«, fragte Frances, als sie in ihr Schlafzimmer trat. Es war ebenso kalt wie das Schlafzimmer in ihrem gemieteten Stadthaus.

James schloss die Tür. »Heute haben wir über andere Dinge gesprochen.«

Plötzlich wollte Frances nicht mehr wissen, worüber er mit seinem Referendar geredet hatte. Sie legte den Bildband auf den vergoldeten Frisiertisch. »Soll ich dir den Rücken waschen?«

Warmer, feuchter Atem strich fedrig über ihren Nacken. »Lieber würde ich dich waschen.«

Ein Lächeln kämpfte sich durch die Anspannung, die ihre Haut prickeln ließ. »Welchen Teil von mir würdest du gern waschen?«

»Deine Lippen.«

Sie drehte den Kopf und reckte sich ihm entgegen.

Ein Lächeln huschte über seinen Mund. »Deine anderen Lippen.«

Sein heißer Atem drang ihr in die Kehle. »Denkst du je an uns, wenn du mit anderen Dingen beschäftigt bist?«

»Ständig.«

Sie klammerte sich an die Freude, die sein Geständnis auslöste. »Woran denkst du dann?«

Er senkte die Lider und zerrte an den Knöpfen ihres Mieders. »Ich denke an deine weiche Haut.« Sie griff nach seinen Westenknöpfen. »Ich denke daran, wie feucht und heiß du bist, wenn du voll von meinem Samen bist.« James griff nach ihrem Rockbund, Frances nach seinen goldenen Knöpfen. »Ich denke an deinen schnellen, flachen Atem, bis er dir in der Kehle stecken bleibt und du meinen Namen rufst.« James band ihre Tournüre los. Sie fiel mitsamt ihrem Seidenrock hinunter. Frances steckte seine Knöpfe in eine Westentasche und machte sich an seinen Hosenträgern zu schaffen. »Ich denke an unser Heim, das sich fester als eine Faust um mich schließt, bis die ganze Welt sich in dir vereint.« James schnürte ihre Unterröcke auf, Frances blinzelte ihre Tränen fort. »Ich denke daran, wie du im Dunkeln mit dem Nachthemd um die Hüften daliegst, und ich möchte weinen.«

»Anwälte weinen nicht«, sagte sie mit bebender Stimme. Ihre Unterhose glitt über ihre Hüften, und sie stand nur noch im Korsett da.

»Nein«, antwortete er tonlos, »Anwälte weinen nicht.«

Frances griff nach seinem Hosenschlitz. »Bitte denke nicht an das Mädchen im Dunkeln.«

Feste Hände legten sich um ihr Gesicht. »Aber darum geht es doch in diesem Prozess, nicht wahr?«

Sie öffnete einen Knopf, zwei, drei, und richtete den Blick auf den wachsenden Schlitz in dem schwarzen Wollstoff statt auf die Wahrheit vor ihren Augen. »Ja, darum geht es.« Um das Recht einer Frau, Nein zu sagen: zu einem Ehemann, zu einem Sohn.

Seine unnachgiebigen Finger hoben ihr Gesicht an, bis sie ihm in die Augen blicken musste. »Davids Anwalt hat sich heute mit mir in Verbindung gesetzt.«

Frances griff in seine Unterhose. James' Penis war lang, prall und steif. Sie klammerte sich an ihn statt an die Angst, die sich in ihr zusammenballte. »Ist er ein guter Anwalt?«

»Ja.«

Glitschige Tränen befeuchteten die pflaumenförmige Eichel, die pochte wie ein Herz. »Wer ist es?«

»Jack Lodoun.«

Sein Geschlecht lag brennend heiß in ihren plötzlich eiskalten Fingern. Frances öffnete den Mund, um etwas zu sagen, brachte jedoch kein Wort heraus. Sie leckte sich die Lippen, um sie anzufeuchten. »Wie ist das möglich?«

»Er ist nicht mehr Staatsanwalt.«

Frances sah ihn an. »Seit wann?«

Sein Ton war ebenso leidenschaftslos wie sein Blick. »Er ist nach dem Prozess zurückgetreten.«

Frances hatte gedacht, Mary Bartle habe sich aus Schuldgefühlen erhängt. Oder um der Syphilis, die tagtäglich an ihr zehrte, ein Ende zu bereiten. Bis gerade war sie nicht auf den Gedanken gekommen, dass Mary Bartle sich vielleicht aus Scham erhängt haben könnte, weil man sie öffentlich bloßgestellt hatte. Ihre Wimpern verbargen ihre Augen, als sie James von seiner weichen Wollunterhose befreite. Er trug die weicheste Wolle, die sie je in Händen gehalten hatte. »Hast du Angst, James?«

»Ja.«

Sie strich über seine Tränen, bis der große, purpurrote Kopf im Schatten ihrer Körper glänzte. »Warum?«

»Ich habe Angst, dass du wieder im Dunkeln liegst, wenn du verlierst.«

Frances hob den Kopf, führte ihren Finger an ihre Lippen und leckte seinen Saft ab. Unter dem salzigen Geschmack lag der säuerliche Dunst der Angst. »Dann dürfen wir nicht verlieren, nicht wahr?«

64

»Sie wissen es nicht, oder?«, fragte Jack Lodoun mit hitzigem, wütendem Blick.

Der Richtertisch war mit einem blauvioletten Vorhang verhängt.

James glitt hinter dem Tisch hervor, was die rutschige Seide ihm erleichterte. »Ich weiß genau, welche Spitznamen man mir gibt.«

»Aber wissen Sie auch, wieso?«

James wachte auf. Plötzlich wusste er, wieso.

Frances' Pobacken schmiegten sich an seine Lenden. Von Westminster drangen drei helle Glockenschläge gedämpft durch die Nacht. Jedem hellen Schlag folgte ein ferner, dumpfer Schlag. Es war drei Uhr morgens. Er schloss die Augen und sog den Duft von Vanille und Moschus ein. Die Nähe von Frances hielt die Gefühle in Schach, Gefühle, mit denen er sich auseinandersetzen musste. Allerdings nicht jetzt. James wusste noch nicht, wie er auf das reagieren sollte, was er eigentlich schon längst hätte wissen müssen.

»Frances«, flüsterte er. Seine Hand glitt über die Rundung ihrer Hüfte und tauchte in das geschlossene Dreieck zwischen ihren schlafwarmen Schenkeln. Ihre Pobacken zuckten. Sein Schwanz reagierte sofort. James schob seine Finger in das feuchte Schamhaar und fand einen kleinen Fleischhügel: Im Gegensatz zu ihm war sie weich.

»Hmmm …«

In kurzen, kleinen Kreisen rieb er mit dem Mittelfinger über das schlafende Fleisch, um es aufzuwecken.

»Mmmm …«

Ein Lächeln huschte über seine Lippen, als er hörte, wie ihr schlaftrunkener Protest in lustvolles Murmeln überging. »Dreh dich um, Frances.«

James half ihr, indem er sich auf einen Ellbogen stützte und sie in die Mulde rollte, die sein Körper schuf. Sie kuschelte sich an ihn, weich, warm und geschmeidig. Er strich ihr das leuchtend rote Haar, das die Dunkelheit verblassen ließ, aus dem Gesicht. Vor sieben Monaten hatte er noch nicht gewusst, dass das Ohrläppchen einer Frau so weich war wie ihre Klitoris und ihr Nacken so warm wie ihr Schenkelansatz. Langsam glitt seine Hand hinunter über eine weiche Brust, deren Brustwarze sofort härter wurde, über ihren Bauch, dessen Rundung sich an seine Handfläche schmiegte, in den Zwischenraum, den ihre Beine boten. Ihre einladende Wärme ging ihm zu Herzen. Aus seiner Brust stiegen Worte auf, die er noch nie gesagt hatte.

Er zog seine Finger aus dem Hort ihres gemeinsamen Heims und strich ihren gemeinsamen Saft auf eine weiche Wange, tastete sich schnell weiter und strich sie ihr auf die Lippen.

Neulich unter der Dusche hatte ihrer beider Geschmack ihr nicht gefallen, jetzt öffnete sie bereitwillig die Lippen. Sie leckte mit einer Sinnlichkeit an seinem Finger, die die Geschworenen wahrscheinlich zutiefst verurteilen würden. Vielleicht aber auch nicht. Vielleicht würden sie ein moralisches Recht anerkennen, das über der Schicklichkeit stand.

Er beugte sich herunter und sog den Geruch ihrer Vereinigung ein. Unweigerlich stieß er auf weiche Haut. Ihre Leidenschaft schmeckte so, wie sie roch: würzig und nach Moschus. Er leckte an der feuchten Stelle auf ihrer Wange. Ihr Atem ging schneller. Langsam leckte er einen Pfad bis zu ihren Lippen. Sie waren feucht von ihrer beider Essenz. Neben ihren Lippen verströmte Frances ihren ureigenen Vanilleduft. Warme Finger legten sich auf sein Ohr. James spürte die Berührung im ganzen Körper.

»Bleib still liegen«, raunte er. Er nahm ihre Finger und führte sie unter die warme Bettdecke. Seine Augen waren sicher im Dunkeln verborgen. »Das ist für dich.«

Und für ihn.

Er musste sie berühren. Er musste sie schmecken. Er musste mit seiner Vergangenheit fertig werden.

Rasch schlüpfte er unter die Decke, wo es dunkler war als im Zimmer, aber auch wärmer, und schmiegte sich zwischen ihre weichen, nachgiebigen Schenkel, die seine Schultern weiter auseinanderschoben, bis nur noch Frances existierte.

»James.« Seine Hände schoben sich unter ihre Pobacken und hoben ihre Hüften an. Frances erstarrte leicht, ihre Stimme drang gedämpft durch die warme, schwere Decke, die ihn einhüllte. »Was machst du da?«

Er brachte die Worte nicht über die Lippen. Er zog sie näher, schob ihre Hüften höher und fand ihre Klitoris: Sie war hellwach. Zärtlich erkundete er ihre Härte mit der Zunge, die kleine Knospe, die Männer so oft ignorierten. Er schmeckte ihre Weichheit, die winzige Vorhaut, von der Männer nichts ahnten. Er leckte und schmeckte sie, bis ihre Hüften sich nach oben reckten, um dem Griff seiner Hände zu entkommen. Er spürte die Sehnsucht, die sie in der Ehe mit einem Mann erfüllt hatte, der ihr seine Kinder, nicht aber seinen Körper geschenkt und ihr als einzige Befriedigung ihre Finger gelassen hatte. James lieh Frances seine Finger, um den Schmerz ihrer Einsamkeit zu lindern.

Ihre Schenkel strafften sich. Ihre Klitoris zuckte. Die Lust einer Frau hatte ihren eigenen Rhythmus. Sie umklammerte und ließ los, umklammerte und ließ los, umklammerte und ließ los. Er zog die Finger aus dem Klammergriff ihrer Vagina, spitzte die Zunge und schob sie in den Ring ihres Fleisches. Allmählich verebbten die Kontraktionen. Zarte Finger krallten sich in sein Haar. James spürte die heiße Feuchtigkeit ihrer Leidenschaft und wusste, dass er seine Frau nicht verurteilen konnte.

Er legte den Kopf auf Frances' Schenkel und lullte mit seinem Atem ihr Geschlecht in Schlaf, bis ihre Finger sich entspannten. Langsam, vorsichtig darauf bedacht, sie nicht zu wecken, schlüpfte er aus dem Bett. Ihr Gesicht hob sich als fahler Schimmer von der Dunkelheit ab.

Er hatte eine Frau gezwungen, im Dunkeln zu leben. Er würde nicht zulassen, dass diese Frau für seinen Fehler büßen musste. James sammelte die Kleider auf, die Frances vorhin auf den Boden geworfen hatte, und zog leise die Badezimmertür hinter sich zu. Im ersten Moment blendete ihn das elektrische Licht.

Er betrachtete den nackten Mann im Spiegel, die strahlenförmigen Fältchen um die Augen, die silbernen Strähnen im zerzausten Haar, und sah den Mann, den Frances sah: Es war nicht derselbe Mann, den seine Frau am Frühstückstisch gesehen hatte. Schnell wusch er sich und zog sich an. Bedauern erfüllte ihn. Frances würde allein aufwachen. Wie seine Frau allein aufgewacht war. Er schaltete das Licht aus und öffnete leise die Badezimmertür. Frances seufzte im Schlaf. Die dunkle Wölbung der Bettdecke bewegte sich, kam wieder zur Ruhe. Vorsichtig öffnete er die Schlafzimmertür und schloss sie hinter sich. Im Arbeitszimmer, das er noch nie benutzt hatte, fand er Papier und Bleistift. Den Zettel legte er ins Foyer.

Es kam ihm vor, als sei er stundenlang gegangen, bis er eine Droschke entdeckte. Mit kalten, silbrigen Atemwölkchen nannte er dem Kutscher die Adresse. In der Ferne schlug Big Ben die halbe Stunde. Männer und Frauen gingen mit gebeugten Schultern durch die frühmorgendliche Dunkelheit zur Arbeit oder von der Arbeit nach Hause. Die schemenhaften Silhouetten der Röcke waren voller als die der Hosen. Mit einem Ruck hielt die Droschke. Das Rasseln des Pferdegeschirrs und das Knarren von Holz hallte durch die Nacht. Eine geraume Weile blieb James sitzen und starrte auf die dunklen Fenster. Über der Tür brannte kein Licht. Er stieg aus.

»Das macht sechs Shilling, Sir«, sagte der Kutscher erstickt durch einen Wollschal.

»Ich gebe Ihnen fünf Pfund, wenn Sie warten«, erwiderte James sachlich. Er wusste nicht, wie lange er bleiben würde. »Fahren Sie um den Block, wenn das Pferd Bewegung braucht.«

Der Kutscher nickte.

Ein fahler rötlicher Streifen am Rand der Dunkelheit zeugte von der Dämmerung eines neuen Tags. James hob den Türklopfer aus Messing. Sechs Mal musste er klopfen, bevor durch das Holz eine verschlafene Stimme zu hören war. Er hob den Türklopfer ein siebtes Mal.

Die Tür schwang auf. »Was wollen Sie?« James starrte den Butler unbarmherzig an, den er ohne Würde und Livree aufgeschreckt hatte. »Zu Jack Lodoun.«

»Er schläft, wie jeder anständige Mensch es um diese Zeit tun sollte«, knurrte der Butler.

James hatte noch nie von sich behauptet, ein anständiger Mensch zu sein. »Wecken Sie ihn.«

Das leicht ergraute blonde Haar stand dem Butler zu Berge, sein gestreiftes Nachthemd hing aus der hastig übergezogenen Hose, als er schimpfte: »Kommen Sie wieder, wenn gottesfürchtige Leute aufgestanden sind.«

James reichte ihm seine Karte. »Mister Lodoun wird mich empfangen.«

»Mister Lodoun wird mich fristlos entlassen, wenn ich ihn um diese Zeit wecke«, sagte der Butler, nahm aber widerstrebend die Karte.

»Mister Lodoun wird Sie fristlos entlassen, wenn Sie ihn jetzt nicht wecken«, antwortete James entschieden.

Der Butler richtete sich auf und blinzelte auf die Karte. Langsam hob er den Kopf. »Kommen Sie herein, Mister Whitcox.«

Die Diener wissen immer als Erste Bescheid, dachte James sarkastisch. Und die Ehemänner immer als Letzte.

»Wenn Sie bitte hier warten würden, Sir.«

»Sicher.«

Die Wahrheit hatte so lange gewartet, dass sie jetzt durchaus noch ein paar Minuten länger warten konnte.

Jack Lodouns Stadthaus sah seinem eigenen recht ähnlich: Marmorböden, ein Gaslüster und eine geschwungene Treppe.

Als der Butler zurückkam, hatte er seine Würde wiedergefunden, auch wenn seine Kleidung noch in Unordnung war. »Darf ich Ihnen den Mantel abnehmen, Sir?«

»Nicht nötig.«

»Wenn Sie mir bitte folgen würden.« Er folgte dem Butler in ein männliches Arbeitszimmer, das offensichtlich viel genutzt wurde. »Möchten Sie etwas trinken, Sir?«

James bemerkte das Tablett mit den alkoholischen Getränken. »Nein danke.«

Die Tür schloss sich hinter ihm. James fragte sich, welche Geheimnisse die Schreibtischschubladen des Anwalts bergen mochten. Er ging über den abgenutzten Orientteppich und schenkte zwei Gläser Cognac ein.

»Haben Sie endlich auf das gehört, was die Leute reden, Whitcox?«

James nahm die beiden Cognacschwenker und drehte sich um. »Nein.«

Jack Lodoun ergriff das angebotene Glas. Seine Beine unter dem blauen Samtmorgenrock waren nackt. »Wie sind Sie darauf gekommen?«

»Blauviolette Vorhänge.«

Lodoun hob sein Glas zu einem Toast. »Sie haben nur zwei Jahre gebraucht, es zu merken.«

»Wieso hat sie sich nicht scheiden lassen?«

Der weite Ärmel des blauen Samtmorgenrocks, der an eine Anwaltsrobe erinnerte, rutschte zurück, als Lodoun den

Arm hob. Sein Adamsapfel hüpfte, während er den Cognac schluckte. Jack Lodoun hatte weniger Haare als James. An den Armen. An den Beinen. Rot und golden schimmerte es in seinen Achselhöhlen. Der blaue Samtärmel fiel herunter. Blauviolette Augen fingen James' abwartenden Blick ein. »Hätten Sie in eine Scheidung eingewilligt?«

James hob sein Glas. Der Napoleon war exzellent. Hellgrüne Augen leuchteten aus der bernsteinfarbenen Tiefe. Die Wahrheit wallte in seiner Brust hoch. Er schluckte und ließ sein Glas sinken. »Ich weiß es nicht.«

»Gesprochen wie ein Kronanwalt«, spöttelte Lodoun.

»Aber ich möchte gern glauben, dass ich zugestimmt hätte«, sagte James ruhig.

»Was wäre, wenn Frances Hart keine Witwe wäre?« Lodoun ging im Halbkreis um James herum. »Würden Sie den alten Herrn um eine Scheidung bitten?«

»Das sind sinnlose Spielchen, Lodoun.«

»Ich habe sie geliebt«, hallte es durch das Arbeitszimmer. »Aber Ihnen hat man das Beileid ausgesprochen. Ich trauere jede Minute um sie. Erinnern Sie sich überhaupt noch, welche Farbe ihre Augen hatten?«

Einen lastenden Augenblick lang konnte James sich nicht daran erinnern. »Grau«, sagte er schließlich. »Sie hatte graue Augen.«

»Gratuliere, alter Junge.« Lodoun trank einen großen Schluck Cognac. »Gratuliere.«

»Hat sie Sie geliebt?«, fragte James voller aufkeimender Hoffnung.

»Haben Sie sie geliebt?«, schnaubte Lodoun.

»Nein.« Er wollte nicht lügen. »Das habe ich nicht.«

»Lieben Sie Frances Hart?«

Er war verdammt, wenn er antwortete, und verdammt, wenn er nicht antwortete. »Ich weiß nicht, was Liebe ist.« Ruhig begegnete James dem wütenden Blick der blauvioletten

Augen. »Aber wenn Liebe bedeutet, sich zu fühlen, als würde man ohne sie sterben, ja, dann liebe ich Frances Hart.«

»Das Dumme ist nur, dass man nicht stirbt, Whitcox.« Die lodernde Wut in den blauvioletten Augen flackerte. »Jeden Tag tut es weiter weh.«

James kannte jede Faser von Frances' Körper. Ihren Geruch. Ihren Geschmack. Das Geräusch ihres Atems.

»Erzählen Sie mir von ...« *Meiner Frau*, aber seine Frau war sie nur dem Namen nach gewesen. Den Ring ihres Fleisches hatte der Mann getragen, der vor ihm stand. »Erzählen Sie mir von Cynthia.«

Lodouns Nasenflügel bebten, als wittere er eine Falle. James versuchte, den Liebhaber seiner Frau zu sehen, sah aber nur einen Mann. Jack Lodoun litt, wie James leiden würde, falls er Frances verlieren sollte.

»Ich vertrete David Hart«, sagte Lodoun plötzlich wie versteinert.

»Ich bin nicht als Anwalt hier«, antwortete James. »Mein Besuch hat nichts Unethisches.« Eine Halbwahrheit: Er war nicht als Anwalt hier, sondern als Mann.

»Was wollen Sie über Ihre Frau wissen, Kronanwalt?«, fragte Lodoun bitter. »Wollen Sie wissen, ob sie meinen Schwanz mehr mochte als Ihren?«

James ignorierte die Bitterkeit. »Ich will wissen, ob sie bei Ihnen Glück gefunden hat.«

»Ja«, fuhr Lodoun ihn an. »Sie war glücklich, wenn sie mit mir zusammen war.«

James fiel ihr Lachen ein, als sie geheiratet hatten, das antrainierte Lachen einer Debütantin. Sie hatte nicht aufgeschrien, als er ihr die Jungfräulichkeit genommen hatte. Sie hatte lediglich die Beine gespreizt und sich von ihm distanziert.

»Haben Sie sie befriedigt?«, fragte James.

Eine geraume Weile verging. Lodoun wandte den Blick von

James ab und starrte in seinen Cognac. »Spielt das eine Rolle?«

»Ja.«

Lodouns Kopf fuhr hoch. »Wieso?«

»Weil ich sie nicht befriedigt habe.«

Leise Geräusche drangen durch die Stille. Die Dienstboten standen auf.

James musste an Frances denken. Ob sie schon aufgewacht war und gemerkt hatte, dass er fort war? Er hatte den Butler angewiesen, sie schlafen zu lassen und ihr zu sagen, er habe schon früh in die Kanzlei gehen müssen.

»Ja.« Lodouns Stimme lenkte James' Aufmerksamkeit auf ihn. »Ich habe sie befriedigt.«

Erleichterung durchströmte ihn. »Ich bin froh darüber.«

»Wieso?«, fragte Lodoun scharf.

»Weil keine Frau mit dem Bild leben sollte, wie sie mit dem Nachthemd um die Hüften im Dunkeln daliegt.«

Schmerz verzerrte Lodouns Gesicht. James sah den Kummer, mit dem der ehemalige Staatsanwalt tagtäglich lebte.

Der jüngere Mann wandte sich ab. »Ich habe Frances Hart im Museum gesehen.«

James musterte ihn. »Sie hat gar nicht erwähnt, dass sie Sie getroffen hat.«

»Wir haben uns nicht getroffen.« Flüssigkeit plätscherte in ein Glas. »Sie hat unter die Giraffe geschaut.«

Bei der Erinnerung daran, wie enttäuscht Frances unter dem Dinosaurier hervorgekommen war, musste James grinsen.

»Sie ist geschlechtslos«, sagte er leichthin.

»Wie jeder Junge bezeugen kann, der je im Museum war«, stellte Lodoun trocken fest.

»Aber die Mädchen nicht«, sagte James.

Das Scheppern von Eisen gegen Eisen drang durch den Boden. Die Köchin schürte den Herd für das Frühstück.

»Sie haben die Mitglieder des Damen- und Herrenclubs

nicht als Zeugen vorgeladen«, sagte Lodoun unvermittelt. Damit gerieten sie auf gefährliches Terrain.

»Nein«, bestätigte James.

Sie wussten beide, dass er keine Zeugen benannt hatte. James würde die Zeugen vernehmen, die Lodoun vorladen ließ. Ebenso wie Lodoun Frances vernehmen würde.

»Familiensachen sind heikel«, erwiderte Lodoun ausdruckslos. Glas traf mit leisem Klirren auf Holz, als er die Cognackaraffe abstellte.

»Ja.« Mehr konnte James nicht sagen.

»Wenn Sie Zeugen benennen würden …«, Lodoun richtete sich auf, wandte James aber weiter den Rücken zu, »… wen würden Sie vorladen?«

65

Mister Tristan.« Frances nahm die Hand des Referendars und sprang vom Eisentritt der Kutsche auf den Bürgersteig. »Was für eine angenehme Überraschung.«

»Ich dachte, ich hätte Ihnen am Telefon gesagt, dass ich Sie abholen würde, Mistress Hart.«

»Das haben Sie auch.« Der bevorstehende Abend wühlte ihren Magen auf. »Ich wollte bloß etwas leichte Konversation betreiben.«

»Mister Whitcox sagt, Sie seien auf der Rollschuhbahn recht talentiert.« Feste Hände nahmen ihre geballte Faust und zogen sie in seine Armbeuge. »Mehr als er.«

Das Lächeln erstarrte in ihrem Gesicht. Aus dem Gerichtsgebäude drang flackerndes Licht. Es grinste wie eine Kürbislaterne.

»Sehen Sie mich an, Mistress Hart.« Frances schreckte zusammen. »Blicken Sie sich nicht um. Konzentrieren Sie sich auf das, was ich sage.« Sie zwang sich, aufzusehen. »Es tut mir leid.« »Mister Whitcox wird Sie in das Gerichtsprotokoll einführen.«

»Was sagt das Gerichtsprotokoll über eine Frau, die einem Richter das Frühstück in den Schoß erbricht?«

Ein Lächeln ließ die dunklen Schatten in den braunen Augen des Referendars aufleuchten. »Sie werden dem Richter nicht nahe genug kommen, um ihn zu bespucken, Ma'am.«

»Ich habe Angst.« Allein die Tatsache, dass sie ihre Angst

gegenüber dem Referendar erwähnte, belegte, wie groß sie war.

»Die Verhandlung ist nicht heute Abend.« Sein Arm straffte sich beruhigend unter ihren Fingern. »Konzentrieren Sie sich auf einen Tag nach dem anderen.«

Der Referendar hatte leicht reden: Schließlich würde er nicht vor ganz London vor Gericht stehen und sich von einem Mann befragen lassen, der seine Verachtung für die Sexualität einer Frau offen bekundet hatte. Er musste sich nicht in einem Gerichtssaal ihrem Sohn stellen. Und *wofür*? Frances unterdrückte eine aufkommende Hysterie. In ihrem ganzen Leben war sie noch nie hysterisch geworden, sie war zu alt, jetzt noch damit anzufangen.

»Mister Whitcox hat sich auf der Rollschuhbahn sehr geschickt angestellt«, sagte sie ruhig und blickte in die dunkelbraunen Augen statt auf das Gerichtsgebäude, das sie gerade betraten. »Ich glaube, die ganzen Kleider, die wir Frauen tragen, helfen uns, das Gleichgewicht zu bewahren.«

Anerkennung blitzte aus den Augen des Referendars. »Ich glaube, Sie sind zu bescheiden.«

»Vielleicht.« Graue Schatten umgaben sie. »Mister Whitcox und ich haben ein Wettrennen gemacht.«

»Wer hat gewonnen?«

In dem dämmrigen Korridor herrschte Luftmangel. Der Gedanke, dass es morgen im Gerichtssaal ebenso sein könnte, ließ sie schneller atmen.

Frances grub die Finger in den Arm des Referendars. »Das fragen Sie noch, Sir?«

Ein warmes, männliches Lachen jagte ihr Schauer über den Rücken. Frances blinzelte. Avery Tristan lachte. Es verwandelte den aufmerksamen Referendar in einen charmanten Mann.

Noch immer mit einem Lachen in den Augen, streckte der Referendar die Hand aus, um die Mahagonitür zu öffnen, und gestand: »Mister Whitcox sagte, Sie seien die geborene Rollschuhläuferin.«

Die Panik, die Frances erfasst hatte, löste sich. Wenn ein Mann lachte, konnte doch wohl nichts Schlimmes passieren. »Laufen Sie auch Rollschuh, Mister Tristan?«

Die Tür schwang auf. Der Referendar richtete sich auf. »Ja, gelegentlich.«

Fasziniert trat Frances über die Schwelle. »Vielleicht könnten Sie mir einmal Unterricht geben, wenn es Ihnen nichts ausmacht.«

»Es wäre mir eine Ehre.«

Die Privatkanzlei war leer. Frances unterdrückte ihre Enttäuschung. »Wo ist Mister Whitcox?«

»Er kommt sofort.« Warmer Atem streifte ihre Wange. »Darf ich Ihnen den Mantel abnehmen?«

»Ja.« Frances zog rasch ihre Handschuhe aus und öffnete die Knöpfe. »Danke.«

Der Veloursmantel glitt von ihren Schultern. Frances fiel das letzte Mal ein, als der Referendar ihr den Mantel abgenommen hatte. Sie unterdrückte ein angespanntes Schaudern.

»Möchten Sie nicht im Konferenzraum warten?«, fragte er mit leicht erstickter Stimme.

»Oh.« Noch immer glimmte die Angst in ihr, allerdings war sie inzwischen beherrschbar. »Ja. Sicher.« Entschlossen drehte Frances sich zu dem Referendar um. Er hängte ihren Mantel an die Messinggarderobe. »Vielen Dank, Mister Tristan«, sagte sie aufrichtig, »dass Sie einen Anfall von Hysterie abgewehrt haben.«

Der Referendar drehte sich mit ernster Miene um. »Immer schön konzentrieren.«

»Ja.« Frances schob entschlossen den Gedanken an einen Mann in grauer Perücke mit stacheligen Koteletten und violettblauen Augen beiseite. »Vielen Dank.«

»Im Konferenzraum steht Tee bereit.«

Frances blieb stehen, um im Spiegel des Waschraums ihr Haar zu richten. Zwei nussbraune Augen sahen sie an.

Ich denke an unser Zuhause, das sich fester als eine Faust um mich schließt, bis die ganze Welt sich in dir vereint.

Gedämpfte Stimmen drangen durch die geschlossene Tür des Konferenzraums. Unsicher blieb Frances stehen. Der Referendar hätte ihr doch sicher gesagt, wenn der Raum besetzt wäre? Sie atmete tief durch und stieß die Tür auf. Vier Köpfe fuhren herum, drei Frauen und ein Mann. Alle hatten weizenblondes Haar und schokoladenbraune Augen.

66

Ein entferntes Klingeln schrillte durch Holz und Backstein. Louis konnte förmlich spüren, dass er ein Eindringling war, ein Mann in einer Frauenwelt. Prompt öffnete sich die verzierte georgianische Tür einen Spalt weit. Große blaue Augen, gerahmt von goldblonden Löckchen, musterten ihn unverhohlen. Brennende Hitze breitete sich in seinem Gesicht aus. »Ich möchte zu Miss Palmer, wenn es geht.«

Die blauen Augen weiteten sich. Ungläubigkeit wich einem perlenden Lachen.

Louis erstarrte vor Verlegenheit.

»Miss Alders!« Das mädchenhafte Lachen verstummte. »Es ist Ihnen verboten, die Tür zu öffnen.«

»Henley war nicht da, Miss Werrimen.« Das heranwachsende Mädchen drehte den Kopf, so dass Louis eine zierliche Ohrmuschel sah. »Stellen Sie sich vor, Miss Palmer hat Besuch!«

Die Mitteilung ging in ein weiteres perlendes Lachen über. Wut kochte durch Louis' Verlegenheit hoch.

»Sofort aufs Zimmer, Miss!«, befahl die energische Frauenstimme. »Ich habe nicht übel Lust, Sie Mistress Beasley zu melden.«

Wut und Verlegenheit ließen die Ohren des jungen Mädchens rot anlaufen. Wortlos flüchtete sie.

Gleich darauf öffnete sich die schwere, lackierte Tür weiter. »Kann ich Ihnen helfen?«

Der dunkelhaarigen Frau mit dem breiten, attraktiven Gesicht gegenüberzustehen, war tausendmal peinlicher, als sich dem verwöhnten jungen Mädchen gegenüberzusehen, das nichts Nobleres im Sinn hatte, als anderen das Leben schwer zu machen. Louis presste seinen Zeichenblock an die Brust und starrte auf seine schwarzen Lackschuhe. »Ich möchte gern zu Miss Palmer bitte.«

»Wir sind es nicht gewohnt, abends Besucher zu empfangen, Mister …?«

»Stiles, Ma'am.« Louis blickte kurz auf und verglühte fast vor Hitze. »Louis Stiles.«

»Verstehe.« Die energische Stimme wurde sanfter. »Erwartet Miss Palmer Sie?«

»Nein, Ma'am.« Zielstrebigkeit verlieh ihm Rückgrat. »Aber Miss Palmer darf doch sicher Besuch empfangen?«

»Gewiss.« Die Frau zögerte lange, während Louis sich fragte, wie er sie überreden könnte, ihn einzulassen. Er verstand sich nicht gut auf Worte. »Folgen Sie mir, Sir.«

Dankbar betrat er Mistress Beasleys Mädchenpensionat. Früher muss es einmal ein vornehmes Haus gewesen sein, stellte der Architekt in ihm fest, während sein Blick über die bemalte Gewölbedecke und die weit geschwungene Marmortreppe schweifte.

»Wenn Sie hier eintreten würden«, die dunkelhaarige Frau öffnete eine vertäfelte Tür, »dann hole ich Miss Palmer.«

»Danke«, sagte Louis und bedachte sie mit einem flüchtigen Lächeln. Frauen waren manchmal nett zu ihm, aber er hatte noch nie herausgefunden, weshalb. Groß und schlaksig, wie er war, gehörte er gewiss nicht zu den Männern, die Frauen Bewunderung abnötigten. Nervös ging er in dem kleinen Vorzimmer auf und ab. Ölgemälde in allen Größen hingen dicht an dicht an den Wänden wie in einer Miniaturgalerie. Prompt verlor er sich in den klaren Farblinien.

»Mister Stiles.« Esther Palmer riss Louis aus der Welt der

Malerei. Sie stand in der Tür, als wisse sie nicht recht, ob sie hereinkommen oder hinausgehen sollte. »Was für eine Überraschung.«

Wut über das Lachen des jungen Mädchens schoss ihm erneut den Rücken hinauf. Esther Palmer hatte einen zierlichen Knochenbau und einen Teint, wie man ihn selten sah. Ihre Haut wurde nicht »purpurrot«, ein nichtssagendes Wort, das unzählige Farbschattierungen umfasste. Sie errötete vielmehr wie eine sonnengeküsste Aubergine.

»Ich habe meine Vorladung bekommen«, sagte Louis und starrte nach unten, nicht auf seine Zehen, sondern auf die Zehen der Mathematiklehrerin. Sie trug praktische, stabile Schuhe, die ihren schmalen Füßen nicht gerecht wurden. »Und da musste ich an Sie denken.«

»Ich habe ebenfalls eine Vorladung bekommen.« Die praktischen Schuhe scharrten, als sie das Gewicht von einem Fuß auf den anderen verlagerte. »Wieso mussten Sie an mich denken?«

Wenn er nur in Worte fassen könnte, was ihm vorschwebte. »Mistress Hart sagte einmal, eines Tages würde ich einen besonderen Moment einfangen wie den, …« Er stockte, schluckte und sprach weiter. »… wie den in dem Druck, den ich in der Achilles-Buchhandlung gekauft habe. Als ich die Vorladung bekam, fiel mir ein, dass ich eine Chance habe, einen solchen Augenblick einzufangen.« Bevor ihn der Mut verließ, platzte er heraus: »Miss Palmer, würden Sie mir die Ehre erweisen, für mich Modell zu stehen?«

Stille, vermengt mit schwachem Stimmengewirr, erfüllte den kleinen Raum.

»Soll das ein Witz sein, Mister Stiles?«

Er sah von der schlichten Farb- und Formstudie auf. Kränkung und Zorn prägten Esther Palmers Augenfarbe, eine Spur von Rot, überlagert von Grau. Dabei hatte es nicht in seiner Absicht gelegen, sie zu kränken oder zu ärgern.

»Ich nehme Kunst sehr ernst, Ma'am.«

»Dann begreife ich nicht, was Sie an mir einzufangen wünschen.«

Allwöchentlich hatte er die Mitglieder des Damen- und Herrenclubs gezeichnet und war immer wieder auf Esther Palmer zurückgekommen. »Sie besitzen eine solche Leidenschaft, Miss Palmer.« Louis suchte nach Worten, um seine Gefühle auszudrücken. »Diese Leidenschaft würde ich gern einfangen.«

Ihre Haut wurde wachsbleich. »Hier kann ich nicht Modell stehen.«

»Ich habe ein Atelier.«

Eine Lachsalve schlängelte sich durch die Decke. Einen Augenblick lang, der sein Herz zum Stocken brachte, dachte er, sie würde seine Bitte abschlagen.

Stattdessen sagte sie: »Ich hole meinen Mantel.«

»Und das, was Sie gekauft haben, Miss Palmer.« Ausnahmsweise musste Louis sich nicht zwingen, dem Blick einer Frau standzuhalten. »Bitte bringen Sie das mit, was Sie gekauft haben.«

Das Wachsweiß ihres Gesichts verwandelte sich in ein erfreuliches Aubergine. Sie schlüpfte aus der Tür. Louis musterte in ihrer Abwesenheit die Gemälde: Sie waren seltsam flach und farblos.

»Gehen wir, Mister Stiles?«

Rasch drehte Louis sich um. Esther Palmer trug einen schwarzen Umhang und eine Haube, ihr Gesicht war eine zarte Farbpalette. Plötzlich fühlte er sich gar nicht mehr linkisch und unbeholfen.

Die Nacht war nebelverhangen.

»Ist Ihr Atelier weit von hier?«

»Nein.« Mit lautem Rumpeln hielt ein Omnibus an der Bordsteinkante. Drei Frauen und ein Mann stiegen hinten aus dem Wagen. »Wir können den Bus nehmen.«

Louis warf die nötigen Münzen für die Fahrt in die Kiste. Esther Palmer fand im hinteren Teil des Wagens zwei freie Plätze. Louis setzte sich neben sie und betrachtete den Schatten an ihrem Halsansatz. Entgegen der landläufigen Meinung war der Schatten nicht schwarz, sondern voller Farbpigmente: schieferblau, violett, umbra.

»Haben Sie Angst vor dem Prozess, Mister Stiles?«

»Ja«, sagte er schlicht.

Die Farbpigmente verschmolzen zu fragenden Augen. »Warum?«

»Was soll Männer davon abhalten, zu Ungeheuern zu werden, wenn das Gesetz es ihnen so furchtbar leicht macht?«

»Sie finden also, dass Mistress Hart gegen ihren Sohn klagen soll?«

»Was bleibt ihr anderes übrig?«

Esther Palmer blickte aus dem Fenster. »Ich werde meine Stelle verlieren.«

Ihm fiel die Freude in ihrer Miene ein, als sie die Musikkapelle im Kristallpalast hatte spielen hören. »Wollen Sie wirklich für den Rest Ihres Lebens Wolle tragen?«

Louis begegnete Esthers Blick in der spiegelnden Fensterscheibe. Unter dem Rand ihrer Haube waren ihre Augen blau, violett und umbra wie die Schatten an ihrem Halsansatz. Wie er versprochen hatte, war es nicht weit bis zu seinem Atelier. Seine Finger zitterten – ob vor Erregung oder Angst, wusste er nicht –, als er die Tür aufschloss. Hastig lief er umher, zündete Gaslampen und ein Feuer in dem rostigen Eisenkamin an.

Als er sich umdrehte, sah er, dass Esther Palmer, klein und zerbrechlich, ihn beobachtete. »Wie soll ich für Sie posieren, Mister Stiles?«

Zielstrebig nahm Louis seinen Zeichenblock. »Ich glaube, Sie wissen, wie ich Sie haben will.«

Er zeichnete, während sie mit verletzlich gesenktem Kopf ihren Umhang aufknöpfte. Er zeichnete, während sie mit abgewandtem Gesicht ihr Mieder öffnete. Er zeichnete, während sie mit abwehrendem Blick ihr Korsett aufschnürte. Louis zeichnete flüchtige Skizzen, bis sie nackt vor ihm stand und er wie gebannt auf Licht und Schatten, auf glattes Fleisch und scharfe Knochen starrte. »Sie sind schön, Miss Palmer.«

Sie wandte den Blick ab, unfähig, ihre Schönheit zu sehen.

»Darf ich Sie in Position bringen?«, fragte er.

Sie war formbar unter seinen Händen, ihre Haut war warm und geschmeidig. Louis setzte sie so auf die Kante eines Schemels, dass nur der Rand ihrer Pobacken auf dem abgewetzten Samt ruhte. »Wo ist Ihr Witwentröster?«

Ihr Gesicht lief in dem wunderbaren Auberginetón an, den auch ihre zierlichen, glockenförmigen Brüste und schlanken Hüften hatten. »In meiner Tasche.«

Er holte den Witwentröster und kniete sich vor sie. »Würde es Ihnen schwerfallen, ihn einzuführen?«

Die Wimpern, die ihre Augen verbargen, hatten die Farbe von rohem Sienna. »Nein.«

Er ging in die Hocke, als sie die Schenkel spreizte. Sie roch nach frischem Lavendel, wie er auf der Straße verkauft wurde, bevor die empfindlichen Blüten welkten und starben. Der runde Kopf des Phallus verschwand langsam aus dem Blickfeld. Ungebeten streckte Louis die Hände aus und schob die Lippen in der Farbe sonnengeküsster Auberginen auseinander, die die Pforte ihres Geschlechts verbargen. Sie erstarrte, eine Jungfrau, die noch nie die Berührung eines Mannes erlebt hatte, im Augenblick der Selbsterforschung. Er blickte von dem schimmernden Fleischring, der dunkles Leder umschloss, auf ihr Gesicht, das sich in schmerzlicher Lust zurücklehnte. Rohes Sienna strähnte herabfallendes Haar und zog eine Bahn über ihren angespannten Hals.

Louis holte Bleistifte – weicher als Kohle –, ein kleines Töpfchen Terpentin und seinen Zeichenblock.

67

Frances lehnte den Kopf an die lederne Lehne. Das Gaslicht an der Decke drückte auf ihre Lider.

Eine Tür ging auf, ihr leises Klicken hallte im Konferenzraum wider. »Ist alles in Ordnung, Mistress Hart?«

Frances drängte die Tränen zurück. »Er hat meine Kinder zu mir gebracht, Mister Tristan.«

»Ja.« Die Stimmen ihrer Kinder hallten noch im Raum nach. »Er dachte, Sie würden sich dann besser fühlen.«

»Es muss schon spät sein.«

»Es ist Viertel vor neun.«

An Mary Bartles Plädoyer hatte James bis zehn Uhr abends gearbeitet. Hatten er und sein Referendar an ihrem Eröffnungsplädoyer gearbeitet, während Frances mit ihren Kindern zusammen war?

»Wo ist er?«, fragte sie.

»Er wartet auf Sie.«

Eine Träne rann feucht über ihre Wange. Hastig wischte sie sie fort und stand auf. Aber James war nicht in seinem Büro.

»Hier entlang, Mistress Hart«, sagte der Referendar und öffnete die Tür.

Sie schritten nicht auf das Licht am Ende des Korridors zu.

»Wohin gehen wir?«, fragte Frances mit verkrampftem Magen.

»Hier entlang«, wiederholte der Referendar. Das Klappern seiner Absätze gab die Richtung an.

Frances blieb nichts anderes übrig, als ihm zu folgen. Sie hatte das seltsame Gefühl, auf einem Weg zu gehen, der nicht mehr ihr eigener war, sondern der aller Männer und Frauen, die vor ihr diesen Gang genommen hatten. Männer, die freigesprochen wurden. Frauen, die gehenkt wurden …

Unvermittelt öffnete der Referendar eine Tür, die kleiner war als die zu James' Privatkanzlei. Ihr angespannter Magen ballte sich zusammen, als sie den Gerichtssaal erkannte.

James saß in grauer Perücke und schwarzer Robe an einem Eichentisch und schrieb in aller Ruhe. Ein leises Unbehagen nagte an ihr. Plötzlich fiel ihr auf, was sie störte: Er saß am anderen Ende des Tisches, wo der Staatsanwalt während der Verhandlung gegen Mary Bartle gesessen hatte.

Langsam hob er den Kopf. Zwei nussbraune Augen suchten ihren Blick. »Danke, Mister Tristan, das ist dann alles.«

»Sehr wohl, Mister Whitcox.«

»Willkommen in meinem Arbeitszimmer, Frances«, sagte James.

Ihr war nicht recht klar, ob er es scherzhaft oder ernst meinte. Langsam trat sie ein.

»Mach die Tür zu.«

Die Anweisung ließ sie mitten im Schritt innehalten. Sie atmete zu flach, als sie die Tür schloss und in den Gerichtssaal ging. Nervös blickte sie in den Zuschauerraum. Männer und Frauen hatten die Entscheidung der Geschworenen mit Gejohle, aber auch mit Applaus aufgenommen. Frauen wie Männer hatten sich vorgebeugt, um Mary Bartles Leiden besser sehen zu können. Das Rascheln von Seide zog ihre Aufmerksamkeit auf sich. James kam hinter dem geschwungenen Eichentisch hervor und streckte die Hand aus. Ihre Schritte hallten in der Stille, als sie zu ihm ging. Die vertraute Wärme seiner Finger löste die Verkrampfung ihres Magens sofort auf ein erträgliches Maß.

»Das ist der Anwaltstisch«, erklärte James und deutete auf den Tisch, an dem er eben gesessen hatte. »Lodoun wird da drüben an dem Ende sitzen.«

»Wo du gesessen hast«, sagte sie bebend.

»Ja.« Er musterte sie prüfend. »Wo ich als Mary Bartles Verteidiger gesessen habe.«

Frances ließ seine Hand los, um nichts völlig Unangebrachtes zu tun, wie zu weinen – oder zu schreien –, und ging um die große Geschworenenbank herum. Wagemutig setzte sie sich auf einen gepolsterten Holzstuhl. Von der Geschworenenbank aus sah James ganz anders aus. Wieso auch nicht?, dachte sie. Die Urteile, die frühere Geschworene gefällt hatten, durchdrangen das polierte Holz und lasteten auf den Schultern aller, die auf dieser Bank saßen.

»Danke, dass du meine Kinder nach London geholt hast.« Verzweifelt rang Frances darum, ein Gefühl von Normalität wiederzufinden. »Das war sehr lieb von dir.«

»Sie lieben dich, Frances«, sagte er ruhig.

Es schnürte ihr die Kehle zu. »Timothy pachtet einen eigenen Bauernhof.«

»Er fängt auch ein neues Leben an«, stellte James fest.

»Ja.«

Ihre beiden Jüngsten hatten ihr Vorgehen voll und ganz unterstützt. Die beiden Älteren hatten sich reserviert gezeigt: Man klagte nicht gegen die eigene Familie. Davids Abwesenheit war Frances sehr nahegegangen.

James unterbrach sie in ihren Gedanken. »Komm herunter.«

Widerstrebend stand sie auf: Es war wesentlich angenehmer, zu verurteilen, als verurteilt zu werden.

Lange, elegante Finger streckten sich ihr entgegen. »Ich bin der Mann, der jeden Teil deines Körpers berührt, geschmeckt und erkundet hat. Eine Perücke und eine Robe ändern nichts daran.«

»Das weiß ich.« Sie nahm seine Hand. »Es ist nur … du … ich habe Angst.«

»Dagegen werde ich etwas tun.«

»Ja, bitte«, sagte sie inbrünstig.

Seine Lippen verzogen sich zu einem Lächeln. »Siehst du den Vorhang hinter dir?«

Frances drehte sich zwischen dem Vorhang und der Geschworenenbank um. »Ja.«

James stieg die kurze, schmale Stiege hinauf und zog den Vorhang beiseite. »Nach Ihnen, Madame.«

Mit zittrigen Knien bewältigte Frances die Treppe ohne Stolpern. Ein kurzer Gang führte zu einer Tür. Zögernd öffnete Frances sie und fand sich im Zeugenstand wieder. Sie wich zurück.

James schob sie vorwärts. »Morgen, wenn du auf diesem Platz sitzt, möchte ich, dass du mich ansiehst.«

Sie kämpfte gegen einen Schwindelanfall an. »Mister Tristan sagte vorhin, ich solle mich konzentrieren.«

»Ja.« Wärme drang durch ihr Seidenmieder und ihr Satinkorsett. »Wenn ich dich befrage, konzentrierst du dich nur auf mich, auf nichts anderes. Ich werde dich durch die Fragen führen. Höre nur auf meine Stimme.«

Sie leckte sich die Lippen. Die Luft im Gerichtssaal erschien ihr unglaublich trocken. »Als ich dir zum ersten Mal begegnet bin, hast du nach Karamell gerochen.«

»Lodoun hatte sein Eröffnungsplädoyer gehalten.« Warme Feuchtigkeit streifte ihren Nacken. »Darum brauchte ich nicht zu fürchten, dass ich mit Bonbon im Mund einen Zeugen befragen müsste.«

Doch morgen würde James das Eröffnungsplädoyer halten. Anschließend würde er sie in den Zeugenstand rufen. Vielleicht aber auch nicht.

»Hält Mister Lodoun sein Eröffnungsplädoyer gleich nach dir?«

»Nein.« Sofort erstarb die Hoffnung auf einen Aufschub. »Er befragt dich unmittelbar nach mir.«

»Soll ich mich auf ihn konzentrieren?«

James gab keine Antwort. Stattdessen zog er sie von der Eichenbalustrade zu dem riesigen Tisch, an dem der Richter sitzen würde.

»Das nennt man die Richterbank.« Er ließ sich auf einen riesigen Ledersessel fallen. »Der Richter entscheidet, welche Fragen zugelassen werden und welche nicht.«

Frances starrte James erschrocken an. »Da darfst du nicht sitzen.«

Er zog sie zu sich. »Warum nicht?«

»Da sitzt doch der Richter.«

»Jetzt sitze ich hier.« Frances verlor das Gleichgewicht. »Und nun auch du.«

Sie landete auf seinem Schoß. Ihre Tournüre – ein Gesäßpolster, kein Rosshaargebilde – lag wie ein Kissen unter ihren Beinen. Kalte Luft drang unter ihre Röcke. »James«, protestierte sie.

»Zuhause, Frances.«

Es war einfach lächerlich, sich jetzt noch auf Schicklichkeit zurückzuziehen.

Frances lehnte sich zurück. »Mein Zuhause steht dir immer offen.«

Warme Finger glitten über die Seidenstrümpfe an ihren Schenkeln und fanden den Schlitz ihrer Unterhose. Unwillkürlich spreizte sie die Beine für ihn, während der Zuschauerraum zusah. Vertraute Wärme dehnte sie: James, der Anwalt. James, der Mann.

»Für mich warst du nie ein Anwalt.« Tränen traten ihr in die Augen. Sie packte einen muskulösen Oberschenkel. »Du warst immer ein Mann.« Aber jetzt war er Anwalt.

»Mein Samen macht dich immer noch geschmeidig.«

»Ja.«

Behutsam bewegte er die Finger hin und her, sein Handgelenk presste gegen ihre Klitoris. »Tut es weh?«

Sie spannte ihre Vagina an, um die sanften Stöße abzufangen. Es war sicher unangebracht, in einem Gerichtssaal Erregung zu empfinden. »Nein.«

»Erregt es dich?«

Ihre flachen Atemzüge wurden tiefer. »Das weißt du doch.«

»Das Gericht kann ebenfalls erregend sein, Frances.«

»Nein«, flüsterte sie und kniff die Beine zusammen. Zu spät.

»Sieh nicht in den Zuschauerraum.« Das sanfte Wiegen ging unvermindert weiter und lockte ihren Schoß. »Sieh hinunter ins Gericht. Das Gericht ist deine Domäne, Frances.«

Widerstrebend blickte Frances hinunter.

»Spüre, wie deine Macht wächst.« Ihre inneren Muskeln passten sich seinem Rhythmus an, zogen sich zusammen, wenn er sich zurückzog, öffneten sich, wenn er in sie drang. »In diesem Gericht bestimmst du. Ich bin für dich da. Die Geschworenen sind für dich da. Sie wollen diese Erregung spüren, Frances. Sie warten darauf, dass du sie ihnen gibst. Es liegt in deiner Macht, sie ihnen zu geben.«

Frances sah hinunter auf die Geschworenenbank und spürte James' heiße Stöße bis in die Brust. »Aber sie haben die Macht, mich zu verurteilen.«

»Ist das so?«

Unvermittelt war ihr Körper leer, sie stand wieder auf ihren Füßen, und ihre Röcke fielen um ihre Knöchel.

»Setz dich.« James zog sie mit. »Hier wirst du morgen sitzen.«

Wo ganz London sie sehen würde. Wie sie Mary Bartle gesehen hatten. Frances' Beine gaben nach: Sie saß.

»Sieh hinunter.« James setzte sich neben sie. Seine Hüfte und Schulter rieben an ihrer Hüfte und Schulter. »Sieh immer die Geschworenen an.«

Frances blickte auf die leere Geschworenenbank. Sie stellte sich die zwölf Männer vor, die dort sitzen und alle zu ihr hinaufstarren würden.

»Beobachte ihre Gesichter, während ich mein Eröffnungsplädoyer halte.« Ihr Körper konzentrierte sich auf die pulsierende Hitze, die von James ausging. Die Erregung, die er ausstrahlte, schärfte ihre Sinne. »Wie sie sitzen, wie sie sich bewegen. Sie sitzen nicht still auf der Geschworenenbank. Ständig bewegen sie sich: ihre Hände, ihre Arme, ihre Beine, ihre Köpfe. Du wirst genau wissen, wann ich sie gewonnen habe. Das Gefühl wird wachsen wie ein Orgasmus.«

Es fühlte sich an, als wachse gerade in diesem Augenblick ein Orgasmus in ihr. James stand auf, legte die Hand an ihren Ellbogen und zog sie mit hoch. Frances stolperte hinter ihm her. Enttäuschte körperliche Sehnsucht rang mit der Angst vor der bevorstehenden Gerichtsverhandlung.

Sie gingen durch die weiß lackierte Tür des Zeugenstands, den kleinen Gang entlang, durch den dunklen Samtvorhang und die kurze Stiege hinunter. James setzte sich in die vordere Reihe der Geschworenenbank. Frances folgte ihm.

Mit gesenktem Kopf – goldbronzenes Haar lugte hinten unter der grauen Perücke hervor – knöpfte er sich die Hose auf. Frances starrte auf den rundlichen Kopf seines Penis und die blauen Venen in dem prallen Fleisch, das aus einem Bett dunklen Wollstoffs ragte.

Seine einladend ausgestreckte Hand brauchte sie nicht als Aufforderung. Kalte Luft drang von hinten an ihre Beine … an ihre Pobacken. Sie setzte sich auf seinen Schoß und biss sich auf die Lippen über die sie dehnende Fülle, die dicker war als seine Finger. Das war ihr Zuhause, und kein Gericht und keine Geschworenen konnten es ihnen nehmen. Ein feuchter Finger fand ihre Klitoris. Frances zuckte zusammen. Dumpf fiel ihr auf, dass er ihn an sich angefeuchtet haben musste.

»Sieh zum Zeugenstand hinauf, Frances.«

Unwillkürlich schweifte ihr Blick nach oben, und sie reckte den Hals, um besser sehen zu können.

»Die Geschworenen merken, wenn du lügst.« Langsam glitt sein Finger über die Spitze ihrer Klitoris. »Lüge nie.«

Wie gebannt starrte Frances auf den Zeugenstand, wo sie morgen stehen würde, weil sie nicht gelogen hatte.

»Die Geschworenen sind einfache Männer, die etwas fühlen wollen«, flüsterte James und ließ den Finger langsam kreisen, während sie mit dem Mund seinen Herzschlag ertastete. »So wie ich etwas fühle. Wie du etwas fühlst. Was sie fühlen, ist ihnen gleich, solange sie nur etwas empfinden.«

Mit beiden Händen klammerte Frances sich an das kühle Eichenholz, das sie in der Geschworenenbank einschloss.

»Sprich mit ihnen, Frances, wie du mit mir gesprochen hast.« Langsam glitt sein Finger an die rechte Seite ihrer Klitoris. Er brannte ebenso wie sein Fleisch in ihr. »Erzähle ihnen von deinem Leben. Deiner Freude. Deinen Sorgen. Deiner Liebe zu deinen Kindern.«

Sie biss die Zähne zusammen. Es war unvorstellbar, dass sie auf der Bank, auf der Geschworene über sie urteilen würden, einen Orgasmus erleben sollte.

»Lass sie deine Leidenschaft spüren, Frances.« Die Hand an ihrer Taille verschwand und legte sich um ihre Brust. »Lass sie in das Lachen einstimmen, das du gelacht hast, als der Dinosaurier Wasser spie.« Feste, heiße Finger kneteten ihre Brust im Takt mit dem pulsierenden Pochen ihres ganzen Körpers. »Lass sie in die Tränen ausbrechen, die du geweint hast, als ich dich im Bad in den Armen gehalten habe.«

Lachen prickelte in ihrer Brust. Tränen schnürten ihr die Kehle zu.

»Gib ihnen ein Stück von deinem Leben, Frances«, sagte James durch die Hitze, die sie durchdrang wie ein glühendes Schwert, »und sie werden dich so lieben, wie ich dich liebe.«

68

Meine Herren.« James musterte die zwölf Männer auf der Geschworenenbank, auf der er noch vor zwölf Stunden in Frances zum Höhepunkt gekommen war. »Wir Engländer schätzen die Freiheit höher als jedes andere Gut. Sie ist die Grundlage unseres Rechtssystems. Unsere Freiheitsliebe ist der Grund, weshalb wir heute hier sind. Und eine Frau, die unsere Freiheitsliebe teilt.« Bewusst lenkte er die Aufmerksamkeit der Geschworenen auf Frances. »Erlauben Sie mir, Ihnen Mistress Frances Hart vorzustellen.«

Sie trug die Kleider, in denen James sie zum ersten Mal gesehen hatte: eine grün karierte Samtjacke mit passendem Rock und grüner Seidenpolonaise. Sie war schön. Sie war unverschämt feminin. Sie war sein Leben. James musste dafür sorgen, dass sie den Geschworenen ebenso wichtig wurde wie ihm.

»Sehen Sie sich die Dame genau an, meine Herren«, drängte James. »Sehen Sie ihre Kleidung an. Sehen Sie ihr Haar an. Sehen Sie ihr Gesicht an.«

Eingehend musterten die zwölf Männer Frances, die ihre prüfenden Blicke mit einem höflichen Kopfnicken erwiderte. Die Geschworenen zwei, fünf, sechs, acht und zehn waren fasziniert. Die Geschworenen eins, drei und neun waren sprachlos. Die übrigen wirkten interessiert.

Ein schmerzliches Lächeln huschte über seine Lippen. Diesen Prozess würde allein Frances gewinnen oder verlieren.

Noch nie hatte James das Gefühl gehabt, die Lage so wenig im Griff zu haben.

»Ich bitte Sie, sich ihre Kleidung und ihr Haar genau anzusehen«, sagte er, »weil das Gesetz uns Männern – als Familienvorstand – gewisse Mittel an die Hand gibt: Wenn uns das Haar einer Frau nicht gefällt – sei es nun unsere Ehefrau, Mutter oder eine andere Frau in unserer Obhut –, können wir eine Verfügung erwirken, sie in eine Irrenanstalt einzuweisen. Wenn uns die Kleidung einer Frau nicht gefällt, können wir eine Einweisungsverfügung in ein Irrenhaus erwirken.«

Die Geschworenen eins, drei, vier und neun lehnten sich völlig ungläubig zurück.

»Das mag Ihnen grotesk erscheinen«, sagte James zu den vier Geschworenen, alles junge Männer, die Frau und Kinder hatten. »Das sollte es auch. Verantwortungsbewusste Männer unterschreiben keine Verfügungen, ihre Frauen einsperren zu lassen, nur weil ihnen ihre Haartracht oder die Farbe ihrer Kleidung nicht gefällt.« Aus den Augenwinkeln bemerkte James David Harts Wut. Frances blieb äußerlich ruhig, aber James spürte ihre Kränkung wie Brennnesseln.

»Doch genau so ist es Mistress Hart ergangen. Ihr Sohn, David Matthew Hart, hat eine solche Einweisungsverfügung in ein Irrenhaus erwirkt. Ihm gefallen ihr Haar und ihre Kleidung nicht, daher hat er eine Verfügung erwirkt, sie in eine Anstalt einzusperren, wo gute Ärzte ihr vorschreiben sollen, ihr Haar und sich selbst auf eine Weise zurechtzumachen, die er passender findet. Mein werter Kollege …«, James war sich deutlich der Präsenz von Jack Lodoun bewusst, jenes Mannes, den seine Frau zum Liebhaber genommen hatte und der nun am anderen Ende der Anwaltsbank saß, »wird Ihnen sagen, dass nicht etwa Mistress Harts Haartracht oder Kleidung Mistress Hart veranlasst haben, eine Einweisungsverfügung zu erwirken. Er wird Ihnen sagen, es habe an der Gesellschaft gelegen, die sie pflegte. Vielleicht sagt er Ihnen auch, es habe daran gelegen, dass Mistress Hart drei Monate nach dem Tod ihres Mannes nach London gekommen sei. Oder Mister Lodoun wird Ihnen sagen, dass Mistress Harts Sohn eine Einweisungsverfügung erwirkt habe, weil sie 49 Jahre alt und nicht mehr imstande sei, Kinder zu bekommen.«

Jack Lodoun hatte James den Gefallen erwiesen, die Zeugen vorzuladen, die er selbst nicht vorladen konnte. Doch James machte sich nicht vor, dass Lodoun nicht mit jedem Atemzug darum kämpfen würde, diesen Fall zu gewinnen. »Ungeachtet der Gründe, die ihren Sohn bewogen haben, die Einweisungsverfügung zu erwirken – sei es, dass ihm ihr Haar nicht gefiel … oder ihre Kleidung … oder ihr Umgang … oder die Art, wie sie um ihren Mann trauerte … oder weil Frances Hart in den Wechseljahren ist, die alle Frauen durchmachen –, Tatsache ist, dass er eine Einweisungsverfügung in ein Irrenhaus erwirkt hat«, fuhr James fort. »Als Familienvorstand hat David Hart die bindende Pflicht, seine Mutter zu beschützen. Aber er hat sie nicht beschützt. Er hat sie auf eine Weise verraten, die ihr Leben tiefgreifend beeinträchtigt hat. Zweck dieses Prozesses ist, wie der Vorsitzende Richter Ihnen erklären wird, festzustellen, ob Frances Hart aus der Vormundschaft ihres Sohnes entlassen wird. In dieser Verhandlung geht es jedoch nicht darum, was eine Geisteskrankheit ist, meine Herren. In dieser Verhandlung geht es um Freiheit, um ein Gut, das wir Engländer höher schätzen als alles andere. David Hart hat seine Mutter ihrer Freiheit beraubt. Im Namen von Frances Hart ersuche ich Sie daher …«, James sah jeden einzelnen der zwölf Männer nacheinander fest an, »sie ihr wiederzugeben.« Langsam lehnte er sich mit pochendem Herzen zurück gegen die harte Holzlehne.

Der Verweis auf das englische Freiheitsrecht war ein zweischneidiges Schwert: Allzu oft entgingen Männer, die Frauen misshandelt hatten, einer Bestrafung, weil sie als Einschränkung ihrer Freiheit galt.

Der Gerichtsdiener rief die Zeugin der klagenden Partei auf. Mit ausdrucksloser Miene verfolgte James, wie Frances in den Zeugenstand trat. Gefühle regten sich in ihm. Er erkannte sie als Stolz. Obwohl sie wusste, was für sie auf dem Spiel stand, kämpfte sie.

»Mistress Hart.« Er hob leicht die Stimme. »Lieben Sie Ihre Kinder?«

»Ich liebe meine Kinder sehr.« Ihre Stimme war klar, klang aber gestelzt. Sie teilte ihre Liebe nicht mit.

Die Geschworenen zwei, fünf, sechs, acht und zehn lehnten sich enttäuscht zurück. Die Frau, die sich so extravagant kleidete und auf die prüfenden Blicke mit anmutigem Nicken reagiert hatte, antwortete, wie jede Frau es tun würde.

James hakte nach: »Lieben Sie Ihren Sohn David Hart?«

»O ja.« Wärme trat in ihre Stimme. Sie schloss kurz die Augen. »Nach seiner Geburt zählte ich seine Zehen und Finger und weinte vor Freude über das Geschenk, das mein Mann mir gemacht hatte.« Frances schlug die Augen auf. Sie strahlten im Gaslicht, das jedes Mienenspiel bei ihr erkennen ließ. »Ich kam aus einer Familie, in der es nicht üblich war, seine Gefühle zu zeigen. David zu lieben und von ihm ebenfalls geliebt zu werden war das überwältigendste Gefühl, das ich je erlebt hatte.«

James ließ die Liebe, die sie ganz offensichtlich für ihren Sohn empfand, auf die Geschworenen wirken, bevor er weiterfragte. »Die Irrenärzte kamen in Ihr Haus. Wären Ihre Diener nicht gewesen, hätte man Sie buchstäblich in eine Irrenanstalt geschleift. Wie war das für Sie, Mistress Hart?«

Holz ächzte. Die Geschworenen rutschten auf ihren Stühlen vor. Das Publikum rutschte auf den Bänken vor. Jack Lodoun beugte sich mit gespitztem Bleistift auf der Anwaltsbank vor.

»Ich begriff gar nicht …« Ihre Unterlippe bebte, beruhigte sich. »Ich wollte gerade das Stadthaus verlassen … um Kew Gardens zu besuchen. Ich habe sie noch nie gesehen, wissen

Sie … als jemand klopfte. Mister Denton, mein Butler, öffnete die Tür. Zwei Frauen schlängelten sich an ihm vorbei und packten mich an den Armen.« James spürte den Schrecken, den sie verspürt hatte, als man sie mit körperlicher Gewalt festhielt. »Zuerst war ich viel zu erschrocken, um Angst zu haben. Ein Mann wedelte mit einem Schreiben vor Mister Dentons Gesicht herum und sagte, er habe eine gerichtliche Verfügung. Ich dachte, man wollte mich verhaften. Ich wusste gar nicht, dass man Frauen aufgrund einer gerichtlichen Verfügung in eine Anstalt schleppen kann. Ich weiß nicht, ob sich mit Worten beschreiben lässt, was ich empfunden habe.«

Sie senkte lange den Kopf, bevor sie langsam aufblickte. »Ich glaube, es wäre weniger schmerzlich gewesen, wenn mein Sohn mir ein Messer ins Herz gestoßen hätte, denn dann wäre der Schmerz vorbei gewesen. Immer wieder musste ich daran denken, wie winzig er als Säugling war. Wie vertrauensvoll er als Kind war. Er kletterte immer auf Stühle und rief: ›Mama, fang mich!‹ Ich fing ihn auf, und er warf den Kopf in den Nacken und lachte, dann wand er sich aus meinen Armen, um es noch mal zu versuchen. Ich liebte sein Lachen und sein Vertrauen. Als ich erfuhr, dass mein Sohn eine Verfügung unterschrieben hatte, mich in ein Irrenhaus einweisen zu lassen, fühlte ich mich, als wäre ich von einem Stuhl gesprungen und er hätte mir den Rücken gekehrt.«

Sie hatte James nicht geschildert, was sie empfunden hatte. Der Schmerz, den sie nun beschrieb, zerriss ihm schier die Brust. Aber als Mann konnte er sie nicht beschützen. Also zwang er sich, seine Gefühle auszuschalten. »Sie heirateten David Hart senior, als Sie 15 waren. Er war damals 44 Jahre alt. Liebten Sie ihn?«

Die Zuneigung, die in ihren Augen leuchtete, ließ James zusammenzucken. »David war ein guter Mann. Ich glaube nicht, dass ich ihn liebte, als wir heirateten.« Angespannt beobachtete James, wie die Geschworenen drei, neun und zwölf erstarrten. »Ich bin mir nicht sicher, ob ein 15-jähriges Mädchen überhaupt fähig ist zu lieben. Ich war noch ein Kind, und er wollte Kinder. Ich fühlte mich geehrt, dass er mich dazu erwählt hatte, ihm eine Familie zu schenken, aber mir war gar nicht klar, was Liebe bedeutete, bis ich meinen Sohn zur Welt brachte. David weinte, als er den kleinen Davie in den Armen hielt. Ich hatte nicht gewusst, dass Männer vor Glück weinen können. Mit der Zeit war ich meinem Mann wirklich sehr zugetan. Dieses Gefühl wuchs im Laufe der Jahre. Also ja, ich liebte meinen Mann.«

Sie hatte ihre Liebe und ihren Schmerz vermittelt, nun war es an der Zeit, ihr Glück zu vermitteln. James warf einen Blick auf den Notizblock, der vor ihm lag. »Waren Sie glücklich in Kerring, Mistress Hart?«

»Ja.«

»Aber Sie kamen nach dem Tod Ihres Mannes nach London.« Langsam blickte er zu ihr auf. »Warum?«

»Dinosaurier.«

Gelächter wurde im Zuschauerraum laut.

James' Lippen verzogen sich zu einem Lächeln. »Dinosaurier, Mistress Hart?«

»Als David starb, starb auch ein Teil von mir.« Frances sprach jede Witwe und jeden Witwer an. »Ich hatte mein ganzes Leben meinem Mann, meinen Kindern und meinen Enkeln gewidmet, aber plötzlich war mein Mann tot, und ich wusste nicht, wie ich mich meiner Familie gegenüber verhalten sollte. Mein Mann hatte immer für mich gesorgt, aber er war nicht mehr da. Ich kam nach London, um ... Dinosaurier zu suchen.«

»Haben Sie sie gefunden?«

Das Strahlen in ihrem Gesicht blendete James beinah. Er hatte ihr gesagt, sie solle den Geschworenen ein Stück ihres Lebens geben: Frances gab jedem Einzelnen von ihnen ein Stück davon. Sie brachte sie zum Lächeln, als sie ihnen ihre erste Begegnung mit Elektrizität schilderte. Sie brachte sie zum Lachen, als sie ihnen von dem Wasser speienden Dinosaurier erzählte. Sie brachte sie dazu, sie als Persönlichkeit zu sehen, nicht als Frau.

James hatte alles erreicht, was er mit ihr als Zeugin erreichen konnte. »Vielen Dank, Mistress Hart«, sagte er sachlich. »Ich habe keine weiteren Fragen.«

Aus den Augenwinkeln bemerkte er das Huschen eines Kohlestiftes. Morgen würde ganz London Frances' Gesicht kennen.

»Mistress Hart.« James' Aufmerksamkeit richtete sich schlagartig auf Jack Lodoun. »Sie klagen auf Emanzipation von Ihrem Sohn. Warum?«

»Wie bitte?«, fragte Frances, ehrlich verwirrt.

»Warum klagen Sie gegen Ihren Sohn? Unser werter Kollege Mister Whitcox behauptet, David Hart habe Sie tiefgreifend beeinträchtigt, indem er eine Einweisungsverfügung in eine Irrenanstalt erwirkte. Aber tatsächlich gingen Sie gar nicht in eine Anstalt, Mistress Hart. Inwiefern wurden Sie also tiefgreifend beeinträchtigt?«

Gespannt wartete James auf die Antwort.

»Wenn eine Mutter ein Kind bekommt, entsteht eine Bindung, Mister Lodoun«, sagte sie bedächtig. »Eine Mutter stillt ihr Kind, auch wenn sie selbst zu müde ist, um zu essen. Sie pflegt ihr Kind, wenn es krank ist, auch wenn sie selbst vielleicht krank sein mag. Ein Kind vertraut seiner Mutter, aber eine Mutter vertraut auch ihrem Kind. Ich musste mich sieben Tage lang verstecken wie eine Verbrecherin. Ich konnte nicht in meinem eigenen Haus wohnen. Ich konnte nicht über eine Straße gehen, ohne zu fürchten, dass man mich einsperren könnte. Ich kann noch immer nicht in mein Haus zurückkehren, aus Angst, dass David eine weitere Verfügung erwirkt, mich einsperren zu lassen. Ich versichere Ihnen, Sir, Angst hat äußerst tiefgreifende Auswirkungen. Ich liebe meinen Sohn, aber ich kann ihm nicht mehr vertrauen, was mein Wohlergehen betrifft.«

»Während Sie sich vor den Irrenärzten ›versteckten‹, besuchten Sie Ihren Sohn, nicht wahr, Mistress Hart?«

»Ja.«

»Er hätte die Behörden rufen und Sie in eine Anstalt bringen lassen können, oder?«

Frances schwankte sichtlich. »Ich nehme es an.«

»Aber er tat es nicht.«

Sie fasste sich wieder. »Er hätte es jedoch tun können.«

»Sie ziehen also Ihren Namen – den guten Namen Ihrer Familie – in den Schmutz, nur wegen etwas, was hätte passieren *können?*«

»Einspruch, Euer Ehren«, fiel James ihm kalt ins Wort. »Es steht fest, dass Mistress Hart in ernstlicher Gefahr war, ihre Freiheit einzubüßen.«

»Ich lasse die Frage zu, Mister Whitcox.« Der Richter lehnte sich in dem Sessel zurück, in dem James Frances erregt hatte. »Beantworten Sie die Frage, Mistress Hart.«

»Ich besuchte meinen Sohn in der Hoffnung … in der Hoffnung, dass es ein Missverständnis war. Mein Sohn bestätigte mir, dass er die Verfügung beantragt hatte. Weil er mich liebte, sagte er. Er sagte, der Arzt werde mich wieder zu der machen, die ich vor dem Tod meines Mannes war.«

»Sie geben also zu, dass Ihr Sohn Anlass hatte, um Ihre Gesundheit zu fürchten.«

»Ich gebe nichts dergleichen zu, Sir«, erwiderte Frances prompt.

»Sagte David Hart, dass er eine weitere Einweisungsverfügung unterschreiben würde?«, fragte Jack Lodoun.

»Mein Sohn sagte, er sei für mich verantwortlich.«

»Ein einfaches Ja oder Nein, Mistress Hart«. Jack Lodoun versuchte bewusst, sie aus der Fassung zu bringen. »Sagte David Hart, dass er eine weitere Einweisungsverfügung erwirken würde, oder ließ er auf irgendeine andere Weise erkennen, dass er Ihre Freiheit weiter einschränken würde?«

»Mein Sohn sagte, er habe seinem Vater geschworen, sich um mich zu kümmern ...«

»Euer Ehren«, unterbrach Jack Lodoun die Antwort, »bitte weisen Sie die Zeugin an, meine Frage zu beantworten.«

»Beantworten Sie die Frage, Mistress Hart«, bat der Richter nachdrücklich.

Frances suchte James' Blick. Er nickte kaum merklich.

»Nein, Sir«, erklärte Frances in gestelztem Ton.

»Ich frage Sie also noch einmal, Mistress Hart, warum verklagen Sie Ihren Sohn?«

»Euer Ehren«, meldete James sich schneidend zu Wort, »der Herr Anwalt versucht ...«

»Ich ziehe die Frage zurück, Euer Ehren«, sagte Jack Lodoun. »Ich habe keine weiteren Fragen an Mistress Hart.«

»Sie sind entlassen, Mistress Hart. Die Sitzung ist geschlossen.« Holz hämmerte auf Holz. »Die Verhandlung wird nach der Mittagspause fortgesetzt.«

69

»Mistress Hart.« Eine warme Hand schloss sich um Frances' kalte, steife Finger. »Kommen Sie mit. In der Kanzlei wartet ein Mittagessen.«

»Oh.« Langsam ließ Frances die Balustrade los, an die sie sich klammerte wie an einen Rettungsanker. Sie konnte sich gar nicht erinnern, an das Holz gefasst zu haben. »Ich glaube, es lief nicht so gut für uns, Mister Tristan.«

»Sie haben Ihre Sache wirklich sehr gut gemacht.« Tröstliche Wärme legte sich um ihren Ellbogen. »Kommen Sie jetzt mit.«

Schatten drifteten durch den dämmrigen Korridor. Frances fragte sich, ob Eva in den verbotenen Apfel gebissen und darin nur Würmer entdeckt haben mochte.

Warme Finger legten sich um ihren rechten Ellbogen. Erschrocken blickte Frances zu James auf. Er sah sie nicht an. Schweigend begleiteten die beiden Männer sie in die vertrauten Kanzleiräume.

»Das Mittagessen steht im Konferenzraum«, sagte Avery Tristan ausdruckslos und verschwand durch den Türbogen.

Tränen verschleierten ihre Augen. »Es tut mir leid.«

James warf Robe und Perücke auf den schwarzen Ledersessel und nahm sie in die Arme. »Du warst wunderbar.«

»Wieso klage ich denn nun eigentlich gegen meinen Sohn, James?«

»Frances.« Seine glatte Wange schmiegte sich an ihr Gesicht. »Lodoun macht nur seine Arbeit. Und er ist sehr gut in seinem Fach. Er wird alles Mögliche behaupten, um die Geschworenen auf seine Seite zu ziehen. Dafür bezahlt David ihn schließlich. Aber du hast die Geschworenen auf deiner Seite. Hast du es nicht gespürt?«

Frances erinnerte sich an das Kichern, das sie von unten gehört hatte. »Du hast gesagt, ich soll mich auf dich konzentrieren.«

Er schloss sie fester in die Arme. »Es lief besser, als ich erwartet hatte.«

Die Angst krampfte ihren Magen noch mehr zusammen. »Dann kannst du keine hohen Erwartungen gehabt haben.«

Warme Lippen streiften zart ihre Schläfen. »Kopf hoch.«

Frances hob den Kopf.

Licht fiel auf sein Gesicht. »Komm, wir machen es uns bequem.«

Ohne ihre Samtjacke fröstelte sie. »Meine Kinder sind im Zuschauerraum, James.«

»Stört es dich?«

Ja.

»Soll ich Mister Tristan bitten, sie aus dem Saal zu schicken?«

»Nein.« Frances hatte bereits ausgesagt. »Danke.«

Warme Finger hoben ihr Kinn an. »Vertrau mir.«

»Ich habe meinem Sohn vertraut.«

Feuchte Hitze legte sich auf ihre Lippen. Seine heiße Zunge verdrängte die Kälte, die ihren Körper erfüllte. James zog sich ein Stück zurück. Seine Augen unter dem schweißnassen Haar waren ernst. Sein Atem war fast ebenso heiß wie seine Zunge. »Ich bin nicht dein Sohn, Frances.«

»Nein.« Sie schlang die Arme um seinen Nacken und presste ihren Mund wieder auf seinen. »Bestimmt nicht.«

Langsam zog sich die intime Wärme zurück, die ihren Mund ausfüllte. »Sie sind eine wankelmütige Frau, Mistress Hart.«

Frances zwinkerte die Tränen fort. »Wieso?«

»Mister Tristan erzählte, du hast ihn gebeten, dir Unterricht im Rollschuhlaufen zu geben.«

Ein widerstrebendes Kichern arbeitete sich an den verkrampften Muskeln in ihrer Kehle vorbei. »Ich hätte nie gedacht, dass dein Referendar ein Klatschmaul ist.«

James grinste. »Dafür hat er andere Qualitäten. Sollen wir gehen und mit ihm zu Mittag essen?«

Später wünschte Frances inständig, sie hätte die Suppe und das Sandwich nicht gegessen, die Avery Tristan ihr gebracht hatte. Es erforderte sie alle Mühe, ihr Mittagessen nicht zu erbrechen, als Jack Lodoun sein Eröffnungsplädoyer hielt:

»Mein werter Kollege sagte, es gehe hier nicht um Geisteskrankheit, doch dem muss ich widersprechen. Frances Harts Geisteszustand spielt eine zentrale Rolle in diesem Verfahren. David Hart, ein liebevoller Sohn, besuchte seine Mutter aus Sorge in London und musste feststellen, dass sie nicht mehr die Mutter war, die anderthalb Monate zuvor Kerring verlassen hatte. Mister Whitcox sagte, ein verantwortungsbewusster Mann lasse seine Mutter nicht einsperren, nur weil ihm ihr Haar oder ihre Kleider nicht gefielen – und das würde ein verantwortungsbewusster Mann tatsächlich nicht tun –, aber David Hart handelte nicht verantwortungslos, als er eine Einweisungsverfügung für Frances Hart erwirkte. Mistress Hart verließ ihre Familie drei Monate nach dem Tod ihres Mannes. Ich frage Sie, meine Herren, was würden Sie tun, wenn Ihre angeblich trauernde Mutter sich plötzlich das Haar färben würde? Was würden Sie tun, wenn Ihre trauernde Mutter ihre Trauerkleidung ablegen und gegen – zugegeben attraktive, aber völlig unpassende – Kleidung tauschen würde, wie Mistress Hart sie nun trägt? David Hart hatte seinem Vater versprochen, sich um seine Mutter zu kümmern. David Hart ist zu loben, nicht zu verklagen. Mister Whitcox behauptet, es gehe in diesem Prozess um die Freiheit einer Frau. Ich sage, es geht in diesem Prozess um die Ehre eines Mannes. David Hart hat getan, was jeder ehrenhafte Mann tun würde: Er hat Verantwortung für seine Mutter übernommen. Ich werde Ihnen verraten, welche Art von Bekanntschaften Mistress Hart in London gemacht hat. Ich versichere Ihnen, meine Herren, auch Sie wären besorgt, wenn Sie erführen, dass Ihre Mutter mit solchen Männern und Frauen Umgang pflegt. Mistress Hart behauptet, sie habe durch ihren Sohn, der sie liebt, irreparablen Schaden genommen und könne ihm nicht mehr trauen. Aber welchen Schaden hat Misses Hart ihrem Sohn zugefügt?

Dieser Prozess ist der reinste Hohn, lediglich angestrengt, weil Mister Hart die Zahlung der monatlichen Leibrente an Mistress Hart eingestellt hat, um die sein Vater ihn in seinem Testament gebeten hatte. *Gebeten*, meine Herren. Hätte Mister Hart seiner Frau vertraut, hätte er rundheraus festgesetzt, dass sie das Geld erhalten soll, und sie bekäme es auch. Aber David Hart senior übertrug die Verantwortung seinem Sohn, damit sein Sohn dafür sorgen konnte, dass seine Mutter das Geld umsichtig verwendet. Das hat sie nicht getan, ehrenwerte Herren. Sie hat ihre Kinder im Stich gelassen, als sie sie am nötigsten brauchten. Sie hat ein Stadthaus in London gemietet, fernab von ihrer Familie, die sie zu lieben vorgibt. Sie hat – nur drei Monate nach dem Tod ihres Mannes – die Trauerkleidung abgelegt und ihre Leibrente auf völlig unpassende Kleidung verschwendet. Frances Hart braucht einen Mann, der Verantwortung für sie übernimmt, weil sie für sich selbst keine Verantwortung zu übernehmen vermag. Mistress Hart aus der Vormundschaft ihres Sohnes zu entlassen, hieße in Wahrheit, ihr ein großes Unrecht anzutun. Ich ersuche Sie daher dringend, diese Klage umgehend abzuweisen.«

70

James spürte im Schlaf, dass Frances nicht da war, und wachte schlagartig auf. Fahle Röte drang durch die geschlossenen Vorhänge. Mit einer Handbewegung stellte er fest, dass das Laken an der Stelle, wo sie gelegen hatte, kalt war. Angst durchzuckte ihn. Nachdem die Verhandlung für den Tag beendet war, hatte Frances kaum etwas gesagt. Ihre Miene während Jack Lodouns Eröffnungsplädoyer hatte ihn zerrissen wie Glasscherben. Dass David Hart genauso dreinschaute wie Frances, hatte seinen Schmerz nicht gelindert. Er setzte sich auf und sah einen Lichtschimmer aus dem Badezimmer. Leise ging er über den flauschigen Teppich und öffnete die Tür.

Frances saß auf dem geschlossenen Toilettendeckel und starrte in ein Buch. James kniete sich vor sie und verzog das Gesicht, als seine bloßen Knie den eiskalten, harten Marmorboden berührten.

»Mister Harmon sagte in einem Vortrag, viele Leute glauben nicht, dass Dinosaurier wirklich existiert haben.« Frances strich mit dem Zeigefinger über einen purpurroten Megalosaurus. Die Schatten ihrer Wimpern gruben tiefe Ringe unter ihre Augen. »Glaubst du es?«

James spürte einen Kloß im Hals. »Absolut.«

Frances hatte ihm vieles gezeigt, was er nie für möglich gehalten hätte.

»Warum hat Mister Lodoun nichts davon gesagt, dass ich ein Verhältnis mit einem Mann habe?«

James war ein verschwiegener Mensch, aber Frances brauchte seine Ehrlichkeit. »Weil er der Liebhaber meiner Frau war.«

Ihr Kopf fuhr hoch. »Mister Lodoun hat mit deiner Frau geschlafen?«

»Ja.«

»Wie lange weißt du es schon?«

»Seit ein paar Tagen.«

»Wie bist du darauf gekommen?«

»Während Mary Bartles Prozess ging er im Gericht auf mich los«, erzählte James. »Er sagte, ›dieses Mal‹ würde er gewinnen. Eines Tages, als ich im Gericht zur Toilette ging, stand er am Urinal. Er hatte uns an jenem Sonntagabend in dem Restaurant gesehen. Er fragte, ob ich eine Frau gefunden hätte, die amüsanter sei als die Vorbereitung auf einen Prozess. Ich antwortete mit der Gegenfrage, ob er eine solche Frau gefunden habe. Darauf sagte er: Ja, aber sie sei gestorben.«

Schweigend wartete Frances, dass er weitererzählte.

»Jack Lodouns Augen haben eine eigentümliche Farbe«, erklärte James, dem die Vergangenheit mittlerweile völlig klar vor Augen stand. »Blauviolett wie blühendes Immergrün. Ich träumte, wir wären im Gerichtssaal und hinter der Richterbank hinge ein Vorhang – blauviolett wie die Vorhänge im Wohnzimmer meiner Frau. Als ich aufwachte, wurde mir klar, dass er von meiner Frau gesprochen hatte.«

»Das war an dem Morgen, als du mich geweckt hast, um …«, eine zarte Röte trat auf ihre bleichen Wangen, »… meine Klitoris zu küssen.«

Der Anflug eines Lächelns huschte über seine Lippen: Er hatte ihr immer noch nicht abgewöhnt zu erröten. Er strich ihr das Haar aus dem Gesicht. »Ich habe mehr geküsst als nur deine Klitoris.«

Sie suchte seinen Blick. »Hast du ihn zur Rede gestellt?«

»Ja.«

»Warst du wütend?«

James ließ die Hände sinken und legte sie an ihre Hüften. Ihr weiches Fleisch war kalt. »Ich mag vieles sein, Frances, aber ein Heuchler bin ich nicht.«

»Wärst du …«, sie stockte, »… vorher wütend gewesen?«

Bevor seine Frau gestorben war, meinte sie. Bevor er Frances' Leidenschaft erlebt hatte.

»Ich weiß es nicht«, sagte er aufrichtig.

Er wusste nicht, ob er in eine Scheidung eingewilligt hätte, wenn seine Frau ihn darum gebeten hätte. Es hatte keinen Sinn, sich Fragen zur Vergangenheit zu stellen, wo die Zukunft so viel für ihn bereithielt.

»Als ich Mister Lodoun bei Mistress Bartles Prozess sah, dachte ich, er komme mir bekannt vor, aber erst heute Abend ist mir eingefallen, woher.« Frances schaute auf den purpurroten Megalosaurus hinunter. »Ich habe ihn im Museum gesehen.«

»Ja, das hat er mir erzählt.«

»Ich glaube, er mag mich nicht.«

»Er hat sich die Giraffe auch angeschaut.«

Ihr Blick fuhr hoch. »Du auch?«

»Ich bin überzeugt, jeder Junge, der je im Museum war, hat heimlich einen Blick darauf geworfen.«

»Mädchen auch, vermute ich.«

»Das hoffe ich doch«, sagte James.

Frances strich über den Schenkel des gezackten Ungeheuers, an dem sie gestanden hatte, als sie sein Geschlecht erkundet hatte. »Ich liebe dich, James.« Liebe sollte nicht wehtun, tat es aber.

»Das weiß ich, Frances.«

»Hältst du es für ein Symptom meiner Krankheit?«

James nahm ihr das Buch aus den Händen und klappte es entschlossen zu. Er stand auf und legte es neben das Waschbecken. Dann beugte er sich vor, packte sie unter den Armen und zog sie hoch, bis sie vor ihm stand und ihre Brustwarzen sich an seine Brust schmiegten. »Machen wir uns fertig fürs Gericht.«

Die Schatten in ihren Augen waren dunkler als die Ringe darunter. »Ist es zu spät, es einfach aufzugeben?«

»Willst du dich geschlagen geben?«

»Ich hasse es, dort zu sitzen.«

James konnte sich nicht vorstellen, als Frau vor Gericht zu stehen, während Männer über sein Leben entschieden. Er zog sie zur Dusche. »Ich gebe dir etwas, was dir hilft, die Zeit zu überstehen.«

Er spürte, wie sie ihm zusah, während er die Rosendüse aufschraubte. »Einen Orgasmus?«

James drehte die Wasserhähne auf. »Hast du etwas dagegen?«

»Mein Zuhause ist dein Zuhause, James.«

Wasser hüllte sie ein. Zwischen ihnen sprudelte die Rosendüse.

»In unserem Zuhause gibt es keinen Schmerz«, sagte James. Er seifte ihre nasse Haut ein … ihre sanften Finger, die seine umschlangen, ihre Arme, die ihn hielten, ihren Hals, der sich reckte, um ihn an sich heranzulassen. »Sie mögen dich, Frances.«

Sie schlang die Arme um seine Taille. »Danke, dass du meinen Sohn nicht schlechtmachst.«

Sanft rieb James seine Wange an ihrer, kratzige Bartstoppeln an samtiger Haut. »Habe ich dir schon gesagt, dass ich dich bewundere?«

»Nein.«

»Das tue ich aber.« Er drehte sie mit dem Rücken zu sich und zog sie an sich. »Streck das Hinterteil heraus.«

Sie war feucht genug, ihn schmerzlos aufzunehmen.

James ging in die Knie, um sich in ihr zu halten. Sie setzte sich auf seine Schenkel, er hockte sich auf die Rosendüse. Dann rückte er so weit vor, bis der Wasserstrahl, der aus dem

Boden schoss, ihre Klitoris traf. Bei ihrem ersten Orgasmus zuckte sie in seinen Armen, und die ganze Welt versank in ihrer Vereinigung.

»Guten Morgen, Mistress Hart.« Der Butler hielt die Hände auf dem Rücken. »Mister Whitcox. Möchten Sie jetzt frühstücken?«

»Ja, danke, Mister Peasebody.«

James' vertraut warme Hand führte sie durch das Morgenzimmer. Ein Eichenstuhl mit Seidenpolster glitt unter dem Tisch hervor. Wortlos setzte Frances sich an den Tisch. Eine dampfende Tasse Kaffee tauchte vor ihr auf.

James setzte sich neben sie. »Was haben Sie da, Peasebody?«

»Es ist Mistress Hart, Sir.«

Frances erstarrte mit der Tasse auf halbem Weg zu ihrem Mund. »Ich stehe in der Zeitung?«

James hatte ihr gesagt, dass damit zu rechnen war. Sie hatte gehofft, er möge sich ausnahmsweise einmal irren.

»Ja.« Ein seltenes Lächeln breitete sich im Gesicht des Butlers aus. »Hier.«

Die Zeitung war auf der mittleren Seite aufgeschlagen. Zumindest stehe ich nicht auf der ersten Seite, dachte sie mit erleichtertem Seufzen. Aber dann zuckte sie zusammen. Ihr Bild starrte ihr entgegen.

James beugte sich über den Tisch und drehte die Zeitung so, dass sie beide die Schlagzeile lesen konnten: »Hart gegen Hart: Eine Frau aus Sussex sucht Dinosaurier und klagt auf Emanzipation.«

»Oh.« Frances machte große Augen. »Der Zeichner war sehr gnädig.«

»Wieso sagst du das?«, fragte James.

Sie wirkte wesentlich jünger als 49 Jahre. »Ich sehe recht nett aus.«

»Sie machen sich sehr gut, Mistress Hart«, sagte der Butler und schaute ihr über die Schulter.

Die Freundlichkeit des Butlers trieb Frances Tränen in die Augen. »Danke, Mister Peasebody.«

»Lies den Artikel, Frances«, forderte James sie auf.

Sie wappnete sich und las den ersten Absatz:

Frances Hart, eine 49-jährige Witwe aus Kerring, Sussex, klagt gegen ihren Sohn, David Hart, auf Emanzipation. Der Sohn hat eine Verfügung erwirkt, Mistress Hart in eine Irrenanstalt einweisen zu lassen. Als ein Symptom ihrer Geisteskrankheit wurde Mistress Harts Alter angeführt. Frances Hart, die in ihrer Aussage vor Gericht geistig durchaus klar wirkte, wird von keinem anderen vertreten als Kronanwalt James Whitcox, der kürzlich Mary Bartle erfolgreich verteidigte.

Der Artikel ging ausführlich auf die Rechtsgrundlagen der Einweisungspraxis ein, die es Männern erlaubten, unschuldige Frauen einsperren zu lassen, und führte den Fall einer Frau an, die vor einigen Jahren erfolgreich die Ärzte verklagt hatte, die sie für geisteskrank erklärt hatten.

»Ich bin froh, dass er über die Gesetze schreibt.« Frances schob die Zeitung beiseite. »Es sind schlechte Gesetze.«

»Frances.« Warme Finger legten sich an ihre Wange. »Der Reporter unterstützt dich.«

»Ja.« Wärme durchströmte sie. Sie drehte die Zeitung um. »Es ist dieselbe Zeitung, die den hässlichen Artikel über dich gedruckt hat.«

»Mister Nickols schreibt für die *Pall Mall Gazette*«, sagte James leichthin. »Ach, das Frühstück. Danke, Peasebody.«

Frances hatte ihre Lektion am Vortag gelernt: Sie aß nur eine Scheibe Toast.

71

Im Saal drängten sich die Zuschauer. Gafften. Flüsterten. Hielten nicht still.

Ich glaube, daran gewöhnt man sich nie.

John Nickols war das erste Mitglied des Damen- und Herrenclubs, das in den Zeugenstand gerufen wurde.

»Mister Nickols«, fragte Jack Lodoun, »Sie sind Mitglied des Damen- und Herrenclubs?«

Zumindest hatte man den Journalisten nicht in den Zeugenstand tragen müssen, er saß in seinem Rollstuhl. »Ja.«

»Sie schreiben für die *Pall Mall Gazette*?«

»Ja.«

»Sie schreiben Artikel, deren Veröffentlichung viele für unpassend halten?«

»Viele halten die Veröffentlichung von allem, was nicht in der Bibel steht, für unpassend, Sir.«

Frances spürte ein bisschen Stolz in ihrem Magen glühen: Im Gegensatz zu ihr ließ sich der Journalist nicht von Jack Lodoun einschüchtern.

»Worüber sprechen Sie in Ihren Sitzungen, Mister Nickols?«

»Wir sprechen über viele Dinge. Wir haben über Herrn Darwin und die natürliche Selektion gesprochen. Wir haben über die Malthus'sche Bewegung gesprochen.«

»Sie sprechen also über Verhütungsmittel.«

Ein erschrockenes Seufzen ging durch den Zuschauerraum. Frances konzentrierte sich auf den Journalisten.

»Ja, wir haben auch über Verhütungsmittel gesprochen.«

»Hat Mistress Hart sich an diesem Gespräch beteiligt?«

»Ja.«

»Danke, Mister Nickols.«

Völlig zusammenhanglos fiel Frances die Bemerkung des Irrenarztes ein, dass Männer und Frauen demokratisch sein konnten, wenn sie Gelegenheit dazu bekamen.

»Mister Nickols.« Instinktiv sah Frances James an. »Dem Damen- und Herrenclub gehören außer Frances Hart noch sechs weitere Frauen an. Stimmt das?«

»Ja.«

In den Augen der beiden Männer war kein Wiedererkennen zu sehen, keine Spur der engen Verbindung, die Frances gespürt hatte, als sie gemeinsam aus dem Zug gestiegen waren.

»Halten Sie diese sechs Frauen für geisteskrank?«, fragte James.

John Nickols Augen funkelten amüsiert.

»Einspruch, Euer Ehren«, rief Jack Lodoun.

»Ich ziehe die Frage zurück, Euer Ehren«, sagte James leichthin. »Welchen Eindruck haben Sie von Mistress Hart?«

»Einspruch, Euer Ehren«, protestierte Jack Lodoun.

»Euer Ehren, Mister Lodoun hat die Mitglieder des Damen- und Herrenclubs vorgeladen, um Mistress Harts Charakter in Misskredit zu bringen. Da sollte es diesen Herren und Damen doch wohl erlaubt sein, uns die Gründe zu nennen, weshalb sie meine Mandantin einstimmig in ihren Club aufgenommen haben.«

»Die Frage wird zugelassen«, sagte der Richter. »Sie dürfen antworten, Mister Nickols.«

»Als ich Mistress Hart vorgestellt wurde, war ich wütend auf sie, weil in ihren Augen keinerlei Mitleid lag. Als ich sie darauf ansprach, erklärte sie, es gebe Menschen, die das Alter einer Frau für eine Verkrüppelung hielten. Mein Eindruck von Mistress Hart war und ist, dass sie eine überaus warmherzige

Frau ist, die sehr viel zu geben bereit ist, damit andere sich wohlfühlen.«

Frances schluckte, aber der Kloß im Hals verschwand nicht.

»Vielen Dank, Mister Nickols.«

Frances verfolgte, wie ein Clubmitglied nach dem anderen in den Zeugenstand gerufen wurde.

Louis Stiles war ungewöhnlich gefasst: Er wurde zwar rot, wandte aber den Blick nicht ab, als die beiden Anwälte ihn befragten. Jane Fredericks' Wut brodelte in beherrschbarem Rahmen. George Addimore gelang es, einzuflechten, dass ihn die Einweisungsverfügung schockiert hatte. Dr. Sarah Burns machte Frances sprachlos.

»Doktor Burns«, sagte James. »Sie sind Ärztin.«

»Ja, Sir.«

»Als Ärztin sind Sie berechtigt, eine Einweisungsverfügung in eine Irrenanstalt zu unterzeichnen, nicht wahr?«

»Ja.«

»Haben Sie je eine Einweisungsverfügung ausgestellt?«

»Ja.«

»Zu welchem Zweck?«

»Ein Vater wollte seiner Tochter Gehorsam beibringen.«

»Und Sie haben diese Einweisung unterschrieben.«

»Ich bedauere es zutiefst, Sir.«

»Warum?«

»Weil ich eine Einweisungsverfügung für ein Mädchen unterschrieben habe, das nicht geisteskrank war.«

»Aber das Mädchen war ungehorsam, sagten Sie.«

»Das behauptete der Vater.«

»Doktor Wedon sagte gestern aus, jede Frau, die auffallende Autorität zur Schau trage – oder exzentrische Eigenheiten zeige –, sei von Natur aus geisteskrank. Stimmen Sie mit dieser Meinung überein?«

»Nein.«

»Warum nicht?«

»Nach Doktor Wedons Definition müssten alle in diesem Saal Anwesenden in eine Anstalt gesperrt werden, Sir.«

Gelächter brach im Zuschauerraum aus.

»Einspruch, Euer Ehren«, sagte Jack Lodoun scharf.

»Euer Ehren, Doktor Burns ist eine qualifizierte Ärztin und besitzt als solche die gleiche Kompetenz, eine Einweisung in eine Irrenanstalt zu verfügen, wie ihr Kollege Wedon. Oder beruht Mister Lodouns Einspruch auf Doktor Burns' Geschlecht?«

»Ich lasse die Aussage zu, Mister Lodoun«, erklärte der Richter scharf.

James lächelte. »Vielen Dank, Doktor Burns, das wäre alles.«

Hoffnung erfüllte Frances. Joseph Manning wurde als letztes Clubmitglied in den Zeugenstand gerufen. Frances wartete angespannt. Ihre Spannung löste sich jedoch in ungläubiges Staunen auf, als er den Damen- und Herrenclub vehement verteidigte und Frances Hart als Frau von Charakter bezeichnete.

»... Mistress Margaret Hart«, schallte es über Geraune und bohrende Blicke hinweg.

Frances starrte wütend in James' ungerührte Miene. Sie wusste genau, dass er für das Erscheinen ihrer Schwiegertochter im Zeugenstand verantwortlich war. Ihre Vermutung bestätigte sich, als Jack Lodoun der schwangeren Frau nur ein paar allgemeine Fragen stellte. Zwei nussbraune Augen schauten sie lange an, bevor sie sich auf Margaret richteten.

»Mistress Hart«, sagte James freundlich. »Geht es Ihnen gut?«

»Ja, Sir.« Margaret errötete. »Sehr gut, danke.«

James warf einen Blick auf die Notizen, die er sich im Laufe der Verhandlung gemacht hatte. »Wie lange sind Sie schon mit David Hart verheiratet, Ma'am?«

»Etwas über zwölf Jahre. Das ist unser viertes Kind.«

»Hatten Sie viel Kontakt mit Ihrer Schwiegermutter Frances Hart?«

»Ich habe mein gesamtes Eheleben im selben Haus gewohnt wie Mutter Hart, Sir.«

»Würden Sie sie als liebevolle Großmutter bezeichnen?«

»Sie liebt ihre Enkelkinder sehr.«

»Wie würden Sie Frances Hart beschreiben?«

»Ich würde Mutter Hart als liebevollen Menschen bezeichnen, Sir. Als eine Frau, die über die Jahre hinweg ihr eigenes Glück für das Glück ihrer Familie geopfert hat.«

»Sehen Sie Ihre Schwiegermutter an.«

Frances begegnete den rehbraunen Augen ihrer Schwiegertochter. Die Ringe, die sie unter den Augen der Schwangeren gesehen hatte, waren verschwunden.

»Was sehen Sie, Mistress Hart?«

»Ich sehe eine Frau, die vor Gesundheit und Glück strahlt, Sir.«

»Glauben Sie, dass Frances Hart glücklich ist?«

»Bei ihrem letzten Besuch strahlte sie über das ganze Gesicht, als sie von London erzählte.«

»Sie meinen ihren Besuch, nachdem David Hart die Einweisungsverfügung erwirkt hatte?«

Margarets Schuldbewusstsein war im Saal zu spüren. »Ja, Sir.«

»Sie finden Frances Harts Haar oder ihre Kleidung nicht unpassend?«

»Nein, Sir«, erklärte Margaret ernst. »Ehrlich gesagt: Ich beneide sie darum.«

»Sie erkennen in ihrem Aussehen keine Respektlosigkeit gegenüber David Hart senior?«

»Vater Hart war ein guter Mann, Sir. Bevor er starb, war er wegen seines schwachen Herzens zwei Jahre lang ans Bett gefesselt. Mutter Hart las ihm jeden Wunsch von den Augen ab. Sein Tod war zwar traurig, aber nicht unerwartet und eigentlich sehr friedlich. Vater Hart starb, wie er gelebt hatte, im Kreis seiner Familie.«

»Haben Sie den Eindruck, dass Mistress Hart ihre Familie vernachlässigt hat, als sie in London war?«

»Ich liebe Mutter Hart.« Margaret blickte auf ihre Hände, die die dunkle Eichenbalustrade umklammerten. »Aber ehrlich gesagt, Sir, es war ganz schön, meine Familie eine Weile für mich zu haben. Mutter Hart würde sich natürlich niemals einmischen – sie ist die beste Schwiegermutter, die man sich vorstellen kann –, doch sie hat ein Vermächtnis hinterlassen, an das schwer heranzureichen ist.«

»Inwiefern?«

»Mutter Hart war selbstlos in ihrer Hingabe. Ich verließ mich auf sie. Wir alle verließen uns auf sie. Aber manchmal, Sir, wenn wir uns zu stark auf einen anderen verlassen, entfalten wir uns weniger, als wir sollten. Ich glaube, Selbstlosigkeit kann manchmal bei anderen zu Selbstsucht führen. Ich glaube, eine Frau muss ein bisschen selbstsüchtig sein. Wenn das passiert – dass eine selbstlose Frau plötzlich ein Selbstgefühl entwickelt –, dann macht es die anderen vielleicht unsicher, die es gewohnt sind, im Mittelpunkt zu stehen. Ich glaube, Männer tun manchmal unvernünftige Dinge, wenn sie unsicher sind, und sie merken es nicht, weil sie es gewohnt sind, die ungeteilte Aufmerksamkeit zu haben.« Margaret blickte auf. »Beantwortet das Ihre Frage, Sir?«

»Vollkommen, Mistress Hart.« Es versetzte Frances einen Stich, als sie die Sanftheit in James' Stimme hörte. »Vielen Dank. Sie können gehen.«

Wie gebannt starrte Frances auf ihre Hände. Ihre Schwiegertochter hatte seit Jahren bemerkt, was Frances erst vor kurzem erkannt hatte: Indem sie durch ihre Familie gelebt hatte, hatte sie ihr vielleicht irreparablen Schaden zugefügt. Ihr Sohn hatte nicht einsehen können, dass sie eigene Bedürfnisse hatte, weil sie selbst sich nie um ihre Bedürfnisse gekümmert hatte. Das Vermächtnis, das Frances hinterlassen hatte, war Selbstsucht. *Ihre Schuld*. Nicht die Schuld ihres Sohnes.

James' Schlussplädoyer war nur Hintergrundgeräusch. Es folgte Jack Lodouns Plädoyer.

»Mistress Hart.« Frances schaute durch einen Tränenschleier auf. Avery Tristan stand neben ihrem Stuhl. »Der Richter hat die Geschworenen instruiert. Kommen Sie, warten Sie in der Kanzlei.«

72

»Ich kümmere mich jetzt um Mistress Hart, Mister Tristan.« Vertraute Wärme strömte von Frances' Ellbogen aufwärts. »Danke.«

James stieß die Tür zu seiner Kanzlei auf.

Blindlings trat Frances ein. »Mister Lodoun hat Margaret in deinem Auftrag vorgeladen.«

Feuchte Hitze küsste ihr Ohr. »Ja.«

»Sie wusste es.«

»Ja.«

»Aber woher wusstest du es?«

»Sie sagte, dass du strahlst.«

Frances atmete bebend ein. »Was denkst du, wird es lange dauern?« Kalte Luft trat anstelle der Wärme, die sie einhüllte.

»Nein, ich glaube, es wird ganz und gar nicht lange dauern.« James hob die Hand, um seine Perücke abzunehmen.

»Lass sie auf«, sagte Frances impulsiv.

James stockte. »Wieso?«

»Sie zeigt mir, wie du eines Tages aussehen wirst.«

»Während du leuchtend rote Haare hast.«

»Ja.« Ihre Lippen bebten. »Meine älteste Enkelin glaubt, sie hätten von selbst diese Farbe angenommen.«

»Das haben sie doch auch.«

»Was machen wir jetzt, James?«

Die lange Hutnadel glitt heraus. »Wir warten in unserem Zuhause, Frances.« Ein kleines Feuer knackte im Kamin.

Sie lehnte den Kopf an das Leder und schloss die Augen, während vertraute, warme Finger sie weiteten. »Deine Perücke riecht.«

»Das muss sie wohl«, sagte James und lehnte den Kopf an ihren. »Sie ist seit über hundert Jahren tot.«

Frances schlug die Augen auf und betastete eine graue Locke. »Kannst du dir keine neue leisten?«

»Ich mache Sie darauf aufmerksam, Madame, dass Perücken, die berühmten Anwälten gehörten, sehr begehrt sind.«

Sie musterte seine geschlossenen Lider und die fransigen Schatten, die seine Wimpern warfen. »Die Perücke gehörte einem berühmten Anwalt?«

»Meinem Ururgroßvater.«

Behutsam strich sie über die dunklen Fransen. »War er berühmt?«

James hielt unter ihrer forschenden Berührung still. »Sehr.«

»Möchtest du meine Familie kennenlernen?«

Er öffnete die Augen und sah sie an, sein Blick war kühl. »Ganz gleich, ob wir gewinnen oder verlieren, Frances?«

Plötzlich schien es gar nicht mehr so wichtig, zu gewinnen. »Ja.«

Seine Augen glänzten feucht. »Es wäre mir eine Ehre, deine Familie kennenzulernen.«

»Stellst du mich auch deiner Familie vor?«, fragte sie mit einem Kloß im Hals.

James schloss die Augen und wandte den Kopf zum Feuer. »Sicher.«

»War es verboten, was du und Mister Lodoun gemacht habt?«

»Manche könnten das so sehen.«

»Was wird aus Mister Lodoun?«

»Er wird weiter als Anwalt praktizieren, genau wie ich.« Aber im Gegensatz zu James hatte er keine Frau, die er liebte.

Das leise Klopfen rüttelte Frances auf. Die Anspannung schnürte sie mehr ein als ein Drahtkorsett. Sie steckte ihren Hut fest, während James kurz mit seinem Referendar sprach.

»Fertig, Frances?«

Nein. »Ja.«

Angespannt wartete sie auf das Urteil, umklammerte ihr Täschchen und konzentrierte sich voll und ganz auf James und ihren Sohn. Davids Miene wirkte so verletzlich wie zu der Zeit, als er ein kleiner Junge war. James' Miene war ungerührt, wie sie es wohl immer sein würde, vermutete sie, auch wenn in seinen Augen Tränen schimmerten. Plötzlich strahlte Triumph aus den nussbraunen Augen, die sie anschauten. Frances merkte, dass sie das Urteil gar nicht gehört hatte. Aber der Blick in James' Augen sagte ihr alles, was sie wissen musste. Im Zuschauerraum brachen Jubelrufe und Applaus aus: Es gab keine Buhrufe. Da fielen Frances sechs Frauen und fünf Männer ins Auge: Die Mitglieder des Damen- und Herrenclubs standen hinten im Zuschauerraum zu beiden Seiten von John Nickols' Rollstuhl und klatschten.

»Mama?« Frances blickte erschrocken zu ihrem Sohn auf. Tränen strömten über sein Gesicht: der kleine Davie, der seine Schiffchen mochte. Warme Arme schlangen sich um sie. »Ich liebe dich, Mama.«

Unvermittelt war sie von vertrauten Gerüchen umgeben: David, ihr Ältester; Helen, ihre Zweitälteste; Prudence, ihre Drittgeborene; Abigail, ihre Viertgeborene, und Timothy, ihr Nesthäkchen.

In der weiß lackierten Tür stand ein Mann: Avery Tristan strahlte über den Sieg. Vor ihm stand eine zierliche Frau, die unsicher zurückblieb. Frances begriff allmählich, dass James seinen Referendar angewiesen hatte, ihre Familie zu ihr zu bringen. Sie streckte die Hand nach Margaret aus, ihrer ersten Schwiegertochter, einer klugen Frau.

Zwei nussbraune Augen zogen ihren Blick auf sich. Ganz

gleich, ob sie gewinnen oder verlieren, hatte sie James versprochen. Plötzlich lachte Frances lauthals vor Freude.

Gewinnen war viel schöner als verlieren.

ANMERKUNG DER AUTORIN

Den Damen- und Herrenclub gab es tatsächlich. Er wurde 1885 in London gegründet, bestand vier Jahre lang und löste sich 1889 leider wegen sexistischer Hierarchie auf. Die Mitglieder – Männer und Frauen – trafen sich, um über soziale, moralische und philosophische Geschlechterfragen zu diskutieren, ebenso über hochtrabende Themen wie sexuelle Beziehungen im perikleischen Athen und die Rolle buddhistischer Nonnen. Der Begründer des Clubs heiratete die Sekretärin, was mich dazu inspirierte, meine eigene »romantische« Version des Damen- und Herrenclubs zu schaffen. Sämtliche Mitglieder *meines* Clubs sind frei erfunden, spiegeln allerdings gewisse Einstellungen der tatsächlichen historischen Mitglieder wider.

Lange vor Disney World gab es bereits den Kristallpalast in Sydenham, sieben Meilen außerhalb von London. Dieser 80 Hektar große Themenpark wurde 1854 eröffnet und hatte etwas von einer »illustrierten Enzyklopädie«: Er präsentierte historische und zeitgenössische Kulturen, Statuen, Gartenanlagen, künstliche Seen usw. Leider brannte der eigentliche Kristallpalast 1936 nieder. Einige Dinosaurier sind jedoch erhalten geblieben. Näheres ist auf der Internetseite der Crystal Palace Foundation nachzulesen (www.crystalpalacefoundation.org.uk).

Eine kleine Freiheit, die ich mir herausgenommen habe, mögen meine Leser/-innen mir verzeihen: Die Nachspeise

»Cherries Jubilee« wurde tatsächlich für Königin Viktoria anlässlich ihres Thronjubiläums kreiert (die Königin liebte Kirschen). Diese Köstlichkeit genießt Frances im Buch jedoch schon einen Monat vor dem tatsächlichen Thronjubiläum. Wer weiß? Vielleicht hat der Koch ja ein bisschen kulinarische Spionage betrieben?

Von allen Charakteren, die ich geschaffen habe, sprechen Frances und James mich am stärksten an. Während ich ihre Geschichte schrieb, war ich manchmal völlig verblüfft über ihren ehrlichen Umgang miteinander. Ich glaube, hätten sie dem realen Damen- und Herrenclub angehört, hätten sie auf jedes Mitglied eine ebenso große Wirkung ausgeübt, wie sie es im vorliegenden Buch tun.

DANKSAGUNG

Mein besonderer Dank gilt Jean Wenger, Bibliothekarin für ausländisches und internationales Recht an der Cook County Law Library. Keine Frage, die ich ihr stellte, war ihr zu trivial. Sie besorgte mir wertvolle Quellen über das englische Recht aus der viktorianischen Zeit. Besonderer Dank gebührt auch Melvyn Harrison von der Crystal Palace Foundation Organization. Er besitzt eine erstaunliche Liebe zum und Sachkenntnis über den Kristallpalast, den größten Themenpark, der je gebaut wurde.

Danken möchte ich posthum Mistress Georgina Weldon, die 1884 das geltende Recht erfolgreich in Frage stellte und sich den Spitznamen »Irrenanwalt in Unterröcken« einhandelte. Natürlich bin ich auch den Mitgliedern des Damen- und Herrenclubs (1885–1889) zu Dank verpflichtet, die mich zu meinem Club inspiriert haben.

Für alle Ungenauigkeiten in der Darstellung des spätviktorianischen Rechts und Lebensstils übernehme ich die alleinige Verantwortung. Ich habe mich nach Kräften bemüht, ein so wirklichkeitsgetreues Bild jener Zeit zu entwerfen, wie ich nur konnte.

Meine Liebe und Anerkennung gelten meinem Mann Don, der mich mit seiner unermüdlichen Ermutigung und Unterstützung in Gang gehalten hat, wenn es schwierig wurde, und meiner Mutter, die mir das größte Kompliment machte, als sie mich bat, das Manuskript lesen zu dürfen, weil sie, wie sie sagte, unbedingt ein gutes Buch lesen wolle. Wow! Das ist wirklich ein großes Lob.

Mir fehlen die Worte, meinen Dank an alle meine Fans auszudrücken, die geduldig – und manchmal weniger geduldig! – auf dieses Buch gewartet haben. Dass sie mich nicht vergessen haben, ist mir das größte Geschenk. Was meine Gespielinnen in »Robin's Retreat«, meiner Internetseite, angeht … seid umarmt! Ihr habt in einer verrückten Zeit meines Lebens dafür gesorgt, dass ich nicht den Verstand verloren habe.

Last, but not least … Nancy, David … Vielen Dank.